By this, and this only, we have existed
Which is not to be found in our obituaries.

T. S. Eliot *The Waste Land*

Den Kindern derer, die sich geirrt haben.

Knokke-Le Zoute, 1952

Das Meer

Prolog zu einer Auflösung

Eine Nachkriegszeit. Eine Nachsaison. Ein wiederaufgebautes Casino am Meer. Ein internationales Dichtertreffen.
Darunter ein deutscher Dichter. Ein sehr deutscher.
Etwas fehlt. Etwas muß noch eintreten.
Aber was?
Wohl der Tod des deutschen Dichters?

„Sich abfinden und gelegentlich auf Wasser sehn ...“

Diese Formulierung, mit der einer seiner letzten Prosatexte schließt, fällt ihm ein, während er den Festsaal verläßt. Als wollte Doktor Benn in aller Eile wieder Schutz bei den Worten, seinen eigenen Worten suchen. Wieder einmal ist er mehr oder weniger zufrieden und unzufrieden mit sich. Dabei hat er seinen Gastgebern in Knokke-Le Zoute an diesem Freitag, dem 12. September 1952, keine andere Rede gehalten als die, die er mit kleinen Unterschieden und einigen Variationen seit etwa vierzig Jahren vorträgt.

„Mich beschäftigen nicht die geistigen Strömungen ... Auch nicht die Dichtkunst. Sondern allein das Gedicht, das ein lyrisches Ich hartnäckig herstellt!“ Das ist die Position, auf die er sich zurückgezogen hat, während kurz vor ihm ein belgischer Erziehungsminister, ein afrikanischer Barde und ein südamerikanischer Literat ihren Glauben an die Universalität der Kultur zum Ausdruck gebracht hatten. „*Je suis dans une situation difficile* ...,“ hat er eingangs erklärt. Doch seine Zuhörer konnten mißverstehen, worin diese Schwierigkeit lag. Gewiß, sie ergab sich schon daraus, daß er französisch sprechen mußte, während er geglaubt hatte, sich in seiner eigenen Sprache ausdrücken zu können. Eigentlich, dachte er, stelle ich hier den einzigen exotischen „Troubadour“ dar ... Der Marokkaner und der Senegalese und sogar der Ekuadorianer und die kleine Japanerin reden alle in der Sprache Victor Hugos! Übrigens allein schon um diese, keineswegs improvisierte, vorsichtige rhetorische Floskel: „Ich befinde mich in einer schwierigen Lage“ ins Französische zu übersetzen, hatte er dem Dolmetscher seine Ratlosigkeit anvertraut: sagte man besser: „*Je suis dans une situation difficile*“ oder „*Je me trouve dans une position délicate*“? Wer von seinen unbekannten Zuhörern

– deren Blicke er eine Weile zu entziffern suchte und in denen er Neugier, oft Gleichgültigkeit las –, wer würde auf den Gedanken kommen, daß sein Unbehagen von weiter herrührte und tiefer in ihm bohrte? Wie in Brüssel ..., dachte er. In Brüssel, im Jahr 1915, als ich Militärarzt war. Allein, mitten in einer fremden Stadt, in der ich überdies den Eindringling vertrat. Dennoch war ich dort, manchmal, unerklärbar glücklich: selbst die Feindseligkeit der Gesichter, die mir auf der Straße entgegenkamen, vermochte damals nichts gegen jene Freude, außerhalb meines Lebens zu sein, um mich besser den Worten hinzugeben, die eben diese Entfremdung, diese Abwesenheit ausdrücken sollten ... Heute, in Knokke, wo ich als Freund behandelt werde und wo mich nur wohlwollende oder ausdruckslose Blicke mustern, welche Botschaft soll ich hier vermitteln, die nicht enttäuschend wirken würde?

Dann erklärte der deutsche Dichter genauer, warum er keinen sittlichen Auftrag empfände und sich ebensowenig aufgefordert fühlte, die Menschen besser zu machen wie dem höchsten Streben der Jugend nachzukommen. „Das lyrische Ich trägt diese Perücken nicht ..."

Ohne es gewollt zu haben, hätte er fast den Eindruck erweckt zu provozieren. Dennoch hatte er sich nicht gescheut, die kaum aufgewärmte alte Platte wieder aufzutischen, die er mit sich herumschleppte, seit er unter die Dichter gegangen war, nicht wie man ins Kloster geht, sondern wie andere sich in die Heilanstalt einweisen lassen: um ihren Wahnsinn auszuleben, nicht, um von ihm geheilt zu werden. Als hätte die Epoche inzwischen nicht Schiffbruch erlitten, als hätte die Geschichte als solche nicht ihr Wesen verändert. Zwei totale Kriege waren über die Welt hereingebrochen – zwei Kriege, in die er selbst nicht wenig verwickelt gewesen war, das war das Mindeste, was man sagen konnte: war es da nicht etwas anstößig zu behaupten, dieses Ich habe überlebt, dieses Ich, das jenseits der Katastrophen „allein Plastizität, Rausch, Üppigkeit, Geist, Elan" ausdrückte, auch wenn es sich an keinen anderen Gesprächspartner richtete als an das Nichts, aus dem man es geholt hatte, und nichts als Gegenleistung erwartete?

Das waren die Fragen, die ihn noch bewegten, während er im blaugrünen Licht, das durch die Glaswände drang, zu zögern schien, sofort die Stufen der Freitreppe hinunterzugehen. In einem Spielsaal, dessen Türen halb offen standen, sah er nämlich Männer in Schwarz und elegante Damen aus einem anderen Zeitalter sich über ein Roulette und einen Elfenbeinwürfel beugen. Immerhin eine großartige Idee, dieses internationale Festival der „Dichtung des Halbjahrhunderts" in einem Spielcasino zu veranstalten. Dichter aller Länder, der Krieg ist vorbei. *Faites vos jeux. Rien ne va plus.*

Auf einer Fassadenwand hatten weder die Geschichte noch die Stürme das Plakat ganz abreißen können, das zu einem früheren Liederabend von Richard Tauber einlud, und man hatte es nicht mit dem überklebt, das Marlene Dietrichs bevorstehenden Auftritt ankündigte. Andere Zeiten, andere deutsche Stimmen. Auch wenn die Banner aller zur Biennale der Poesie in Knokke-Le Zoute geladenen Nationen – wahrscheinlich aus Hohn – oben auf dem Peristyl im Winde knatterten und ihre Ringe an den Fahnenstangen klingelten, um ihm ein Willkommen vom Ausmaß eines weltweiten Sarkasmus zu signalisieren, so würde es den Barden nur wenig stören, der sechsundsechzig Jahre zuvor in der Ebene von Westprignitz geboren war und der auf seine Weise die Verantwortung für fünfzig Jahre Dichtung übernommen hatte – in denen es nicht ohne Sarkasmus abgegangen war. Müssen wir diesen Fluß aus Licht und Schatten nicht in Trauer um unsere Klarheit durchschreiten?

„Wovor könnten wir noch niederknien?" fragte er.

Gewiß, er hatte zur Vorsicht ohne falsche Bescheidenheit erklärt, daß er nur sich selbst vertrete. Das spielte keine Rolle: hatte er nicht die stillschweigende Gewähr, wenn nicht den Auftrag einer ganzen Generation erhalten? Notwendigerweise stillschweigend, da postum. Sie waren alle tot, die Trakl, Heym, Stadler, Stramm, Werfel, Lasker-Schüler. Nur er war übrig – man würde sich schon damit zufriedengeben müssen –, um das kluge Wort Nietzsches zu zitieren, das allen diesen

Geistern als Erbe zuteil geworden war und dem zufolge die Kunst die letzte metaphysische Tätigkeit darstellte, zu der Europa nunmehr imstande sei. Auf den noch rauchenden Trümmern der Ideologien, über dem verwesten Leichnam der Utopie würde der Geist allein, für sich selbst tanzen wie ein Stern über dem Abgrund. Davon besessen, nur seine eigene Choreographie zu komponieren. Und all das würde sich wahrscheinlich weder auf das Schicksal des Menschengeschlechts auswirken noch ihm irgendeinen Zugewinn an Seele verleihen. Das würde seine Schwäche sein – und seine Größe.

Was willst du ihnen denn erzählen? hatte seine Frau ihn am Tag seiner Abreise an die belgische Küste gefragt. Ich behalte mir die Überraschung vor! hatte er mit einer dieser witzigen Bemerkungen geantwortet, auf die er erpicht war, weil sie immer ein Stück verborgener Wahrheit enthielten. Er war nämlich nicht ganz unaufrichtig, als er noch die Hoffnung hegte, seine Rede im letzten Moment durch eine andere auszutauschen, die ihn selbst überrascht haben würde. Aber war er nicht dazu verurteilt, sich zu wiederholen?

Was hätte er gedacht, dieser deutsche Dichter der bleiernen Zeit, wenn er hätte voraussehen können, daß zwanzig, dreißig Jahre nach seinem Tod junge Denker, die ihn wahrscheinlich nicht einmal gelesen haben oder ihn manchmal in allem in Abrede stellen würden, sein ungläubiges Wort für sich wieder aufnehmen sollten. Diese Überraschung hätte er sich nicht vorbehalten können, sie sollte das Los seiner ahnungslosen Erben sein. Das ist der Lauf des Ruhmes, der Undankbarkeit der Welt.

Einstweilen meditierte Gottfried Benn nicht über seine Nachfahren, er hatte genug damit zu tun, in sein Hotel zurückzukommen, während der Wind, der über den Deich hinwegfegte, auf seinen massigen Körper einstürmte.

„Frisch weht der Wind / Der Heimat zu / Mein irisch Kind, wo weilest du?" Diese Verse aus dem *Tristan*, welcher zeitgenössische Dichter hatte sie noch einmal zitiert? fragte er sich.

Welcher Dichter seiner Generation? Meine Generation ..., meine Generation ...: ich spreche ungeniert von ihr, wann endlich werde ich die Toten ihre Toten begraben lassen, jetzt, wo sie nicht mehr da sind, um mir zu erwidern – um mich zu widerlegen, womöglich? Friede ihrer vermischten Asche. Wie lange wollte man sich noch hinter dieser Rolle des wundersam Erretteten, des einzigen Überlebenden eines massenhaften Untergangs verschanzen? Ja, sogar der des Totengräbers ... Irgend jemand muß eben die Kerze des Gedenkens halten. Georg Heym, 1912 ertrunken, weil er sich im Spiegel eines zugefrorenen Teiches betrachtete. Gestorben vor allem, weil er die Katastrophe erahnt hatte, weil er in einigen unvergänglichen Versen den Albtraum so vorausgesagt hatte, wie er sich der Welt bemächtigen sollte. Georg Trakl, zwei Jahre später in Krakau hinweggerafft, weil er einen Kokainvorhang zwischen sich und „die gebrochenen Augen, die schwarzen Münder" der zu Beginn des Krieges neben ihm gefallenen Soldaten ziehen wollte. Ebenfalls 1914 wurde Ernst Stadler, hier, auf flandrischem Boden, von einer englischen Granate zerfetzt, er, der sich Angelus Silesius' Devise „Mensch, werde wesentlich!" zu eigen gemacht hatte. Noch ein Prophet: „Zum Meer. Zum Untergang", hatte er geschrieben. Und danach August Stramm. 1915 an der russischen Front gefallen. 1918 Tod Wedekinds, der die Wiederkehr des Friedens nicht mehr erleben konnte. Dann war Klabund an der Reihe, 1928 in Davos von dem Leiden bezwungen, das der Held des *Zauberbergs* am selben Ort glücklich überstanden hatte. (Totenrede von Gottfried Benn, dem Zeremonienmeister: „Ach, diese spärlichen vollen/ Schläge des Herzens.") Wenig später Ableben von Stefan George, diesem Gläubiger jener, die ihn in Deutschland ablehnten. (Eine neuerliche Würdigung durch Gottfried Benn war vorgesehen – der schon zum Spezialisten für Trauerreden aller Art befördert war –, die vorzutragen ihn diesmal aber in letzter Minute die Nazis hinderten.)

Dann kommt ein neuer Krieg, der solche Untergangsstilübungen für einige Zeit pleonastisch machen wird, selbst wenn man in ihm eines natürlichen Todes stirbt. 1942 entschläft

Carl Sternheim in Brüssel, eben dort, wo Gottfried Benn ihm 1914, einen Krieg zuvor begegnet war. Der letzte Umzug eines Mannes, der kreuz und quer durch ganz Europa ständig den Wohnsitz gewechselt hatte, wie man die Kleidung wechselt, weil man sich in keiner wohlfühlt. Er glaubte an die Nuance, an eine Epoche, die ihn für vogelfrei erklärt hatte. Und er hatte in einer Welt, die, aus Angst, der Wahrheit ins Gesicht zu sehen, vom Dämon der Analogie geritten wurde, eine Bresche für die Metapher geschlagen. Er meinte, Mut sei eine private Tugend. Man sagte ihm Anfälle von Wahnsinn nach. Dasselbe wurde von Else Lasker-Schüler behauptet, die 1945 auf palästinensischem Boden im Elend endete. (Nachdem sie vor dem Regime geflohen war, dem Gottfried Benn, ihr Ex- und ephemerer Geliebter, eine wenig dauerhafte, aber kompromittierende Huldigung erwiesen hatte.) Möge der Abendfrieden sich über den Ölberg senken.

Doch manchmal schlug der Krieg aus der Ferne oder mit Verspätung zu. 1942 Selbstmord von Stefan Zweig in Südamerika, aller Werte beraubt, an die er geglaubt hatte. 1949 Selbstmord von Klaus Mann, vom gleichen Leiden heimgesucht.

Doktor Benn erschauerte. Er blieb stehen. Er bot dem Wind eine zu große Angriffsfläche. Man kann nicht immer seitlich gehen. Er dachte, daß es Zeit wäre, dieses Familienalbum zuzuklappen, dessen Deckel eisenschwer war. Ebensogut konnte man es sich um den Hals hängen, um am Tag des Jüngsten Gerichts besser unterzugehen. Er hatte unterwegs nämlich bestimmt einige jener Zeitgenossen vergessen, die Deutschland erschaffen hatten und die Deutschland vernichtet hatte. Für all jene keine Rede mehr. Keine Biennale der Poesie für Miss Lasker-Schüler ... Meine Generation ... Meine Generation ... murmelte Gottfried Benn. Glücklich jene, die eine haben. Glücklich und unglücklich, wer seine überlebt. Mutig aber, wer mal auf der Menge der Verstorbenen reitet, mal sie auf seine Schultern nimmt! Er würde ihr Blut nicht bis zur Neige trinken. Er würde sich damit begnügen, folgende Statistik aufzustellen: zwei Drittel der Dichter Deutschlands, die er geliebt – oder verraten – hatte, waren in den zwei Kriegen gestorben.

Zwei Drittel von diesen zwei Dritteln waren bereits im ersten Krieg gefallen. Und von diesen zwei Dritteln waren wiederum zwei Drittel 1914 schon nicht mehr am Leben. So daß das „Halbjahrhundert der Dichtung", über das er hätte berichten sollen, schon vor 1915 zu mehr als der Hälfte vorbei war ... So hätte man es sagen müssen. Mit dieser argwöhnischen Rohheit. Waren übrigens die Gedichte von ihm, die man zu diesem Anlaß übersetzt hatte, nicht aus den Jahren 1910, 1912 spätestens?

Ich bin wohl in jeder Hinsicht unübersetzbar, dachte er. Und wer liest mich denn in meinem eigenen Land wirklich? Indessen, ebenso wie man niemanden anspricht, wenn man sich an alle richtet, kann man in einer universellen Sprache reden, wenn man sie gleichwohl nur mit dreißig Menschen in der ganzen Welt teilt ...

Im Namen aller hat er fast nichts gesagt. Aber in gewisser Hinsicht hat er gut über sie gesprochen ... In seinem Namen hat er die Wahrheit gesagt, hat er auch gelogen. Durch Auslassung. Seit vierzig Jahren verkörpert er in seiner Person alle Widersprüche seiner Zeit, seines Landes. Warum er? Warum hat man ihn erwählt, warum hat er sich gewählt? Verirrter Prophet. Verleugneter Renegat. Verblendeter Visionär. Es ist so schwer zu tragen, seit so langer Zeit – obwohl man wem auch immer fast nichts anvertraut hat; obwohl man sich selbst Nahestehenden kaum noch offenbart. Er zappelt in einem Dornengestrüpp von Paradoxa. Bald möchte er fliehen, bald alle Verantwortung übernehmen. Nie ist es ihm gelungen, ganz das eine oder ganz das andere zu tun. Ein Windstoß läßt sein Herz stocken. Er ringt nach Luft. Er dreht sich nach links und nach rechts, als wollte er um Hilfe rufen. Auf der einen Seite dieser verfinsterte, rußige Horizont unter dem grandiosen Wolkengestöber. Auf der anderen diese versandenden Büschel von Strandhafer, Stechdorn, blauen Disteln oben auf den grauen Dünen zwischen den Hotels *Thalassa, Stella Maris* und *Isola Bella,* den Villen *Mon rêve, Ça m' suffit* oder *Nitschewo* ... Ein Stück weiter könnte man meinen, das Meer selbst hätte die Fassaden dieser leeren Luxushotels durch Erosion so gemeißelt, daß sie aussehen wie ein auf der Esplanade gestrandeter Passagierdampfer. Weiter! Es ist nichts. Er hätte einen Spazierstock mitnehmen sollen, um sich mit dem Wind herumzuschlagen. Er würde ohne auskommen. Er muß seinen Weg über den vom Regen blanken Deich fortsetzen, der von fahl kreischenden Basstölpeln und hexenhaft lachenden Möwen heimgesucht wird. Es wäre unangebracht, sich Gedanken zu machen: er hat nur einen Gelegenheitsvortrag gehalten, am Ende des Sommers 1952, in einem kleinen Badeort, in dem ein letzter, von einer Schokoladenfirma organisierter Strandwettbewerb und eine Vorbeugungskampagne gegen Kinderlähmung angekündigt werden. In den Seitenalleen dösen Villen mit englischen Namen: *Gaby, Victory, New Style.* Alles, selbst ein Flugzeug hoch oben am Himmel summt einen friedlichen Refrain. Der Frieden ist eine Nachsaison. Diesen Vortrag, dem er bedauernd nachhängt, wird er doch schließlich nicht hier, vor dem Meer, noch einmal halten? (Er wird diesem Testament doch kein Kodizill hinzufügen?) War der des senegalesischen Dichters oder der des Ekuadorianers etwa gut? Irgendeinen Vorwand müssen sich die Dichter für ihr Treffen doch wohl ausdenken, wenn sie sich schon treffen müssen? Deshalb halten sie Vorträge, schlechte Vorträge, die das Gegenteil von Poesie sind. Das ist die Spielregel. Gerade das festigt ihr Zusammengehörigkeitsgefühl. Heute abend werden sie wie Kinder auf einem Schulausflug zusammen im Bus zu einem *son-et-lumière*-Schauspiel in Brügge fahren. In „Bruges-la-morte", von dem sich das Meer eines Tages durch ein Wunder zurückgezogen hat …

Wenn die Dichter erst in ihre jeweiligen Länder zurückgekehrt waren, würde das von einem in Murano entworfenen, sieben Tonnen schweren Kronleuchter illuminierte Casino *Violettes impériales* mit Rudi Irigoyen, ein Konzert der Schwestern Étienne und bald, zu Sylvester, *Towarischtsch* ankündigen. Wenn der Sommer wieder da war, würde man an derselben Stelle eine Schönheitskönigin wählen. Und im September 1953 würden die Dichter nicht hierher kommen, da man ihnen nur alle zwei Jahre eine Tribüne bot. Worüber hätte er sich einstweilen beklagen können, der Doktor Benn? Hatte man ihn nicht an diesem Morgen als einen Valéry, Lorca, Majakowski Gleichrangigen vorgestellt? Als den Nachfolger Rilkes?

Rilke ... Er hatte seinerzeit auch Verse über jene geschrieben, die uns zu früh verlassen haben. Und dann hatte er eines Tages gesagt: „Wer spricht von siegen? Überstehen ist alles." Manchmal allerdings kam es seinem „Erben" so vor, als wäre die Dichtung des Mannes mit dem androgynen Vornamen gleichsam erschlafft, als er bei jeder Gelegenheit „seinen Herrn" anrief und sie gleichzeitig zum Reim zurückkehrte ... Dabei ist Gott – zwischen den Zeilen – so sehr in dem Gedicht, daß er nicht mehr beschworen zu werden braucht! „Frisch weht der Wind / Der Heimat zu / Mein irisch Kind, wo weilest du?" zitierte der heimwärts Gehende noch einmal. Eliot, erinnert er sich. Eliot hatte diese deutschen Verse in *The Waste Land* zitiert. Diese und auch den: „Öd' und leer das Meer". So drückte sich der Späher aus, als er Tristan meldete, daß kein Segel in Sicht sei, daß das Meer leer sei.

Wieder bleibt er stehen. Er fühlt sich nämlich besser. Wie jedesmal, wenn die Verse eines anderen Dichters durch ihn hindurchgegangen sind wie elektrischer Strom, dessen magnetischen Widerstand er nachprüfen kann. Wie jedesmal, wenn ein Dichter Verse von gestern an die heftet, die ihm sein Heute eingibt. So hatte Eliot aus *Tristan* zitiert, und dann hatte er geschrieben: „Ich glaubte nicht, der Tod fälle so viele." Und dann noch: „Diese Scherben hab ich gestrandet, meine Trümmer zu stützen."

All jene, die in offiziellen Ansprachen laut und stark die Unsterblichkeit der Poesie verkündeten, sollten sich hüten: sie war nämlich seit zweitausend Jahren im Begriff zu verschwinden. Jene, die Männer beschrieben, die einander die Fackel des Wortes weiterreichten, hätten zweimal darüber nachdenken sollen: sie wandten sich nämlich an Pyromanen, die Feuer an die altüberlieferte hölzerne Sprache legten. Dieser starke Duft nach Ewigkeit, den ihre Tätigkeit verströmte, war vor allem ein Brandgeruch ... Er, Gottfried Benn, war im Mai 1886 geboren – genau zum gleichen Zeitpunkt, als die *Illuminations* erschienen: wie sollte man da ohne Scham oder unangebrachten Stolz nicht glauben, daß auf diese Weise bestimmte Stafetten aufrechterhalten werden?

War das nicht die unausgesprochene Schlußfolgerung aus der Diskussion, die an diesem Morgen im Casino nicht so weit gediehen war?

Aber hatte man nicht einige Etappen übersprungen, um so bald wie möglich mit einem Satz zu dieser glücklichen Auflösung zu gelangen?

Nichts hatte so wenig einem „unaufhaltsamen Aufstieg" geglichen wie sein Leben – und aus gutem Grund. Doch was wußten seine Zuhörer von dem Mann, den sie eingeladen hatten, um ihn zu feiern – nicht, um über ihn zu richten? Er kam von weit her, der verlorene alte Mann. Litt er etwa an einem Schwund des Erinnerungsvermögens? Eher hatte er zuviel Erinnerung – widersprüchliche Erinnerungen – und wußte nicht mehr, welchen Gebrauch er davon machen sollte. Das war nicht erst seit heute so. Eine sonderbare Krankheit, die ihn ebenso daran hinderte, seinen eigenen Prozeß durchzuführen, wie von den anderen wirklich eine Amnestie zu erhoffen. Er war wie jemand, der nach einem Albtraum nicht weiß, in welcher Welt er erwachen soll – so sehr wurde ihm die Wahl zur Qual.

In seinem Zeitplan war ein Loch – in dem nahezu zwanzig Jahre wie eine einzige Stunde untergegangen waren – aber eine unverjährbare Stunde. Hier, an diesem Tag im Herbst 1952, am Meer, vernahm er noch ihr Echo wie ein Tosen in einer Muschel. Er hätte sich dazu beglückwünschen können, daß man höflich mit Schweigen über seine Vergangenheit hinweggegangen war. Merkwürdigerweise war er nicht der Mensch dazu, sich restlos darüber zu freuen. Es wäre ihm bestimmt nicht lieber gewesen, wenn diese erwähnt worden wäre. Aber nur wenn niemand Rechenschaft von ihm verlangte, fühlte er sich, wie wenig es auch sein mochte, aufgefordert, sie zu liefern. Man kann sich mit allem abfinden, außer, was man auch tut, mit der Zerstückelung eines Schicksals. Er hatte sich nur auf die Suche nach einer bewohnbaren *Form* gemacht, um sie sich mit Worten zu eigen zu machen, um sein Lager darin einzurichten. Geschichte war ihm ein Greuel: das einzige Mal, daß er geglaubt hatte, sich ihrer Bewegung anschließen zu können, war sie wie eine Falle über ihm zugeschnappt. In der Zeit, die er brauchte, um wieder herauszukommen – die Zeit einer Sühne –, hatte er sich bemüht, die verborgene Seite dessen, was ihm geschehen war, zu verstehen. Er hatte sich kaum darüber ausgesprochen, nicht einmal seinen Vertrauten gegenüber: einzig der geheime Sinn seiner Verirrung war ihm wichtig – betraf nur ihn selbst: die obskure Verkettung der Ursachen und Wirkungen, dieses Spiel der sich gegenüberstehenden Kräfte, diese Ansammlung von dem Zustand der Welt ausgelieferten Seelenzuständen. Der Sturm hatte sich gelegt, es war abgezogen, das Unwetter des Expressiven. Er war wieder zugefallen, der blutige Vorhang der Geschichte. Wieviel Lärm und Rasen. Ruß und Schrecken. Nacht und Entsetzen. Irren. Verglichen mit dem, was letztlich geschehen ist, dachte er, waren unsere jugendlichen Brüllereien nur schonungslose Angriffe auf Spinngewebe. Wir warnten im Nebel vor dem Wolf. Wir wußten nicht, daß die Morgendämmerung purpurrot über einer Wüste heraufziehen würde, in der der Geist nur noch im Zustand der Sinnestäuschung voranschreiten würde. Wir haben die Augen so bestürzt aufgemacht wie Kinder, die beim Spielen mit Zündhölzern das Schloß in Brand gesteckt haben.

Fünfzehn Jahre Schweigen, Schattendasein. Und dann kam sein Wort in seinem eigenen Land wieder in Umlauf. Eine Jugend, die den Beginn eines neuen, von seinen Verbrechen geläuterten Deutschland erstrebte, entdeckte bei ihm nicht die Fotografie der Ereignisse – sondern gleichsam deren Negativ. Sein Ruf überschritt Grenzen. Nun lud man ihn in eben das Land ein, in das er vor vierzig Jahren zum erstenmal in der Uniform des kaiserlichen Besatzers gekommen war … Und nun verglich man ihn mit Saint-John Perse, Pasternak, Ezra Pound. Wem verdankte er diese Langmut, sogar ohne daß er ein Gnadengesuch hatte einreichen müssen? Er kroch in die Haut eines Spions, der sich bis in die Reihen derer eingeschlichen hatte, die vor kurzem einen Preis auf seinen Kopf ausgesetzt hatten. Stand nicht alles zum Besten? fragte er sich. Das war nicht ohne Ironie. Das war auch nicht ohne Melancholie. Es handelte sich hier nicht nur um die zweideutige Mischung aus Euphorie und Ärger, die ihn stets überfiel, wenn er von seiner Arbeit sprach. *Post verbum animal triste.*

Er hob den Kopf und wandte sich dem offenen Meer zu.

Die Fischerboote, die sich am Horizont tummelten, gefolgt von einem Schwarm Möwen, den der Wechsel von Wolken und Sonnenschein hin und wieder aufleuchten ließ: das alles wirkte ebenso prachtvoll unwahrscheinlich wie die Amazonen, die auf heraldischen Reitpferden am Wasser entlangtrabten. Plötzlich blätterte der heimwärts Gehende nur noch in den Bildern eines erhörten, erlösten Universums. Schließlich lebte man in der letzten Woche des Sommers 1952: ein neuer Krieg war ausgebrochen, aber das war im Fernen Osten, während die Bündnisse von gestern zerbrachen und das Schachbrett der Strategen durcheinandergeriet: immer treibt ein Keil den nächsten in das Gedächtnis der Menschen. Daß der Strand von Knokke dem keinen Spiegel vorhielt, konnte man ihm nicht vorwerfen. Auf dieser Seite der Welt gingen die Ehemänner und Familienväter nicht mehr an die Front, sie waren bloß in die Stadt zurückgekehrt, um den Gang der Geschäfte zu verfolgen. An der Küste waren nur noch Frauen und Kinder. Auch einige wenige Männer immerhin, aber dabei handelte es sich nur noch um Fischer, oder um Dichter …

Das hätte den deutschen Dichter erheitern oder wenigstens rühren können. Aber die Reue ist eine durchtriebene Muse, die ihre Zeit zu wählen und einen überfallartig wieder einzuholen versteht. Plötzlich fühlte der Vertreter der germanischen Lyrik in Knokke Wunden und Verdächtigungen in sich erwachen. Er lief Gefahr, weniger unschuldig von hier abzureisen, als er gekommen war. Ohnehin erwartete er von seinem Leben nicht mehr, daß es ihn von irgend etwas reinwüsche. Er würde seinen Weg ungebleicht beenden. Eigentlich, dachte er, habe ich nur eine einzige Tugend gezeigt: ich habe weitergemacht.

Endlich ist er wieder in seinem Hotel. An der Rezeption hinterläßt er eine Nachricht für seinen Freund Walter Lennig: ob dieser ihn am frühen Nachmittag abholen könnte? Der Dichter würde auf das Mittagessen verzichten. Die Emotionen des Morgens – so etwas wie wollüstige Reue – hatten ihm den Appetit genommen.

Während er in sein Zimmer hinaufgeht, gibt er sich seinem liebsten Zeitvertreib hin: wenn er jetzt nicht hier wäre, wo wäre er dann und was täte er anderswo? Seit ihm nämlich klargeworden ist, daß man in einem einzigen Leben mindestens zwei leben kann – und das sogar und vor allem ohne es gewollt zu haben –, befragte er sich über die Peripetien solch eines anderen Lebens, das er andernorts hätte führen können.

In Berlin, in seiner Praxis in der Bozener Straße, würde er gleich die Nachmittagspatienten empfangen: Männer und Frauen, die ihre Krankheit demütigte und deren barmherziger Gebieter er für eine Stunde sein würde. Ilse, seine Frau, würde sich am Ende der Sprechstunde ihm gegenüber hinsetzen wie eine unangemeldete weitere Patientin – aber sie würde die Rollen umkehren und würde ihn über seinen Gesundheitszustand ausfragen und ihn mit Ratschlägen für den Abend überschütten ... Oder er könnte spontan nach Kopenhagen gefahren sein; ein plötzlich ununterdrückbares Bedürfnis, seine Tochter zu sehen, die seit dreißig Jahren dort lebt. Aber ebensogut hätte er nie eine Tochter gehabt haben können, hätte sogar nie die Frau geheiratet haben können, die ihm diese zu Beginn des Ersten Weltkrieges geschenkt und ihn dann bald als Witwer zurückgelassen hatte ... So sehr stimmte es, daß alles – aber wirklich absolut alles – anders hätte sein können. Nur die Gedichte, dachte er, hätten sich kaum geändert ... So sehr hatte es für ihn den Anschein, daß in einer ganz anderen Lesart dieselbe Paraphrase der Welt aus seiner Feder gekommen wäre. Er war nicht in Berlin bei Ilse geblieben, er war nicht nach Dänemark gefahren, um Nele zu besuchen, er war nach Knokke-Le Zoute gekommen, wohin ihm die Bekanntheit jener paar Verse vorausgeeilt war, die zu schreiben ihm keine andere Biographie erlassen hätte. Das war es, was er heute morgen mit anderen Worten auszudrücken versucht hatte. Das war es, was man nie sagt, aus Scham vielleicht: aus Angst, das Ungeheuer sehen zu lassen, das dem Künstler innewohnt. Das Ungeheuer, das keine Zufälligkeit von einigen unverrückbaren Bruchstücken abzulenken vermöchte. Wenn man es nicht zu Gehör gebracht hatte, warum hatte man dann die Reise gemacht? In Berlin oder in Kopenhagen wäre dieses Schweigen über einen, in einem weniger belastend gewesen …

Er läßt sich ein Bad einlaufen. Nicht, daß ihm das empfohlen worden wäre. Übermäßig viele Waschungen würden ihm eher schaden in Anbetracht des Ekzems, das von jeher seinen Körper bedeckt. Wasser, um das Brennen, wenn auch nur für einen Augenblick zu lindern. Selbst wenn es danach um so stärker wieder aufflammt. Er lacht. Er denkt: eine Metapher, um eine andere zu ertränken und sie so noch mehr anzufachen. Es hat sich gelohnt, Dermatologe zu werden, um in so einen Zustand zu geraten! Mit dieser Lepra bedeckt, wenn man für sich selbst sein einziges Lepraspital ist. Aber Ärzte sind manchmal unfähig, sich zu heilen, die Tatsache ist bekannt, ebensowenig wie die Prinzipien der Philosophen dieselben trösten, oder wie Priester oft schlecht für ihr eigenes Heil beten. Und außerdem brechen Hautkrankheiten nur scheinbar an der Oberfläche aus: sie kommen aus der Tiefe und kehren dorthin zurück. Von ihnen angesteckt und abgeschuppt werden jene, die sich selbst unglücklich machen.

Nackt, ist er auf einmal gehäutet. Er hat keine Hände, keine Füße, keinen Hinterkopf mehr: er hat unten an den Armen und Beinen, oben auf dem Schädel Flammen, die sich selbst verzehren. Er zappelt in einem brennenden Dornbusch. Er ist in einem Brennesselnetz gefangen. Man weiß nun nicht mehr, was den Juckreiz verursacht und was ihn empfindet. Es ist alles eins. Was man kratzen möchte, befindet sich jenseits von einem selbst. Am liebsten würde man seinen Schatten bis aufs Blut schaben. Man hat das Gefühl, für mehr als für sich selbst zu sühnen. (Woher diese Wißbegierde – diese Vorliebe, die von der Allergie noch gesteigert statt beeinträchtigt wird –, die man schon als junger Mann für alles hatte, was die Haut betraf? Dieses Augenmerk – dieses Mitleid? –, das man auf die Haut der Leute richtete, auf alles, was ihre Struktur gefährdet, auf alles, was an der Rinde der menschlichen Bäume nagt.)

Man denkt an Marat. Man stellt sich gerne vor, er hätte sich sein Leiden selbst auferlegt, weil er sich nicht die Absolution dafür hatte erteilen können, geboren zu sein. Unter diesen Umständen konnte ihn nur das Messer irgendeiner großherzigen Gerichtsherrin heilen. Sollte Charlotte Corday den „Freund des Volkes" etwa nicht erstochen haben, um seinen Leiden ein Ende zu bereiten?

Man hat sich übrigens sagen lassen, daß der Mann mit dem Turban nicht alle Verbrechen begangen hatte, die die Geschichte, diese Verleumderin, ihm zugeschrieben hat. Nur Reformatoren werden nachsichtig beurteilt. Allerdings übte er, bevor er Blut vergoß, unberechtigterweise die Heilkunst aus. Im Grunde hatte der Scharlatan sich lediglich umgestellt. Der Kurpfuscher ließ sich in Essig einweichen. Da hätte man gleich einen Tierarzt rufen können. Mit Salzsäure fängt man keine Fliegen. Ich, denkt Doktor Benn, hätte ihn mit Alibour-Wasser oder mit Zinkoxydsalbe oder mit Ichthyol behandelt. Das wirkt immer ... Er erinnert sich, daß der Jakobinerführer auf dem von David gemalten Bild in Frieden zu ruhen scheint – endlich erlöst. Im Kampf gefallen: die Feder in der Hand. Solche Leidenschaften: lachhaft; ein solches Martyrium: lächerlich.

Doch man weiß, wie sehr die Geißel sich als erblich erweist. Das ist nur gerecht: die Väter haben gesündigt, die Kinder werden Hautreizungen haben. Der Dichter erinnert sich, daß „Ekzem" das erste Wort war, das seine Tochter sprechen konnte. Deshalb schickt er Nele zu jedem Neujahr Grüße, die sich prosaisch anhören: „Viel Erfolg bei Deinen Vorhaben und vor allem: kein Ekzem!" Wenn er beten könnte, würde er dafür beten, dieser ferne Vater: daß zumindest das Hautjucken, an dem er leidet, mit ihm enden möge.

Er richtet sich in der Badewanne auf. Sein Körper dampft. Der Badezimmerspiegel ist ganz beschlagen. Er greift nach dem blauen Frotteehandtuch mit dem Wappen des Hôtel du Roi Albert. Er beschließt, sich nicht gleich wieder anzukleiden. Um die Zeit totzuschlagen, liest er noch einmal die Liste der Teilnehmer an der Biennale. Der alphabetische Zufall hat gewollt, daß Deutschland obenan steht und daß mit dem Anfangsbuchstaben B sein Name, Gottfried Benn, als erster genannt wird ... Die deutsche Delegation ist übrigens stark vertreten. Rudolf Hagelstange, Hans-Egon Holthusen, Wilhelm Lehmann gehören dazu. Und natürlich Walter Lennig.

Sein Blick fällt auf den Namen Alexander Lernet-Holenia, der Österreich repräsentiert. Er hatte ihn heute morgen im Saal nicht gesehen. Vor einem Jahr hatte der Chronist den Dichter aufgefordert, aus seiner nietzscheanischen Einsamkeit herauszutreten und den von den Ereignissen unterbrochenen Dialog mit der deutschen Nation wiederanzuknüpfen. Alle, die monologisieren, sind zum Scheitern verurteilt, hatte der österreichische Absender versichert. Der Empfänger hatte die Aufforderung abgelehnt. Er würde diesem Mann gern erklären, daß der, in dem alles zu Bruch gegangen ist, deshalb doch nicht gescheitert sei. Daß man selbst dann sehr wohl auf Kosten und am Ende eines hoffnungslosen Monologs eine Art Ziel erreicht haben kann. Wird man sich jedoch abseits, im Korridor eines Casinos oder im Lauf eines Abschlußempfangs im Hôtel des Ambassadeurs darüber unterhalten können?

Dichter waren von überall gekommen. Aus dem „freien Katalonien", wohnhaft in Brüssel oder im Departement Indre-et-Loire. Der luxemburgische Delegierte lebte in Belgien und der Senegalese in der Rue de la Grande Truanderie in Paris. Einer namens Bonaparte stammte aus Haiti. Und ein gewisser Bayle kam aus Marokko ...

Die meisten Namen waren ihm unbekannt. So ist der Krieg: er trennt einen nicht so sehr von seinen Feinden wie von seinen Brüdern. Er wußte jedoch, daß Zeitgenossen existierten. Einige hatte er im Inhaltsverzeichnis einer neuen Ausgabe des *Merkur* entdeckt, die ein Bewunderer ihm zugeschickt hatte. Das hat ihn gefreut: nicht so sehr, Jünger oder Erben ausfindig zu machen, als festzustellen, daß nach dem, was in Europa geschehen war, zwischen den Trümmern noch ein Wort aufgestöbert, aufgelesen wurde.

Aber hier, in Knokke, schwamm man in einer kosmopolitischen Menge. Gab es wirklich noch so viele lebende Dichter auf der Erde, fragte er sich ohne schwarzen Humor. Zwei weltweite Konflikte hatten sie also nicht ausgerottet?

Wieder blähte seine Müdigkeit ihn auf wie ein Ödem, eine jener grenzenlosen Ermüdungen, deren Geheimnis er kennt und die seit der Kindheit sein Gehirn magnetisieren und es zum Mittelpunkt der Erde ziehen. Immer hat er Listen anwenden, mit ihr rechnen müssen, um nach und nach einen Schutz aus dieser Schwäche zu machen. Eine Schwester aus dieser kraftlosen Megäre. Bei vielen Gelegenheiten hatte sie ihn geschützt.

Er denkt wieder an den Cocktailempfang zur Eröffnung, gestern, im Casino. Und wie steif, unbeholfen er sich unter seinen vornehmen Kollegen und eloquenten Kolleginnen gefühlt hat. Ein Rhinozeros, das sich mitten in ein Ballett verirrt hat. Den Arzt in ihm konnten ihre Vornehmheit und ihr mondänes Auftreten allerdings nicht täuschen. Eine *déformation professionelle:* am Ende des Empfangs gab es keinen mehr, dessen Krankheit, die ihn verzehrte und die eines Tages die Oberhand über ihn gewinnen würde, er nicht diagnostiziert hätte. Selbst den Körper mit dem größten Geschick, seine geheime Beschädigung zu verhehlen, konnte er röntgen. Auf jedem Gesicht entzifferte er ein verborgenes Leiden. Er hätte nicht geschworen, daß alle, die dort versammelt waren, zu Recht die Bezeichnung Dichter in Anspruch nahmen – aber alle bargen tief in ihren Augen den Keim des Todes. Sollte es so sein, daß jene, die mit den Worten spielen, sich wehrloser in das Getümmel der Welt stürzen? Sollte die Poesie nach der besten der Hypothesen nicht eine Verflechtung von Symptom und Diagnose sein? Es waren plötzlich zu viele Dichter um einen. Mochte Doktor Benn auch glauben und öffentlich bekennen, daß man tatsächlich nur mit Künstlern sprechen kann, daß es Worte gibt, die man nur mit ihnen austauschen kann, so kam doch schnell der Moment, da man sich von ihnen entfernte, da man sich gern von ihnen trennte - und vielleicht vor allem dann, wenn das *Wort* so gut von einem zum anderen floß, daß es ihnen ein ungewöhnliches Geständnis wie ein glückliches Aufschluchzen entriß, ja, vor allem dann mußte man das Weite suchen: sie pumpten einen nämlich aus, diese Menschen, die wie man selbst auf ein bestimmtes Geplapper zurückgreifen, wofür die Seele, dieser alte Zopf, die Syntax liefert. Sie saugten einem das Blut aus. Man hatte nichts davon, allzu viel mit ihnen in gemeinsamen Wundmalen herumzustochern.

Ohne die Steppdecke zurückzuschlagen, hat der fettleibige Dichter sich aufs Bett gelegt. So atemlos, als hätte er ein Hindernisrennen mit seinem Schatten ausgetragen. Er hat die Augen geschlossen. An seine Schläfe hält er die Muschel des Universums. Den Hörer eines Telefons, den der Ewige vor sehr langer Zeit am Ende eines Gesprächs mit jemand anderem aufzulegen versäumt hatte. Das Meer macht ihm in seine Ohrmuschel Geständnisse, bei denen man erröten müßte.

Ihm ist, als hätte er sich an allem zugleich aufgerieben. Das war ganz sein Stil. Jetzt ist er reglos. Von einer Windstille erfaßt, aber mitten im Mahlstrom. Er rechnet nicht mehr damit, durch die Maschen des Netzes zu rutschen. Er befindet sich auf dem Todessitz. Er erlebt eine umgekehrte Geburt. Erstarrter Körper, lenksames Träumen. Er würde sich gern duzen. Er läßt den gewaltsamen Frieden des Gedichtes in sich einkehren. Um dieses Beben zu spüren, das von überall und nirgendwo kommt. Damit dieses Glück wie im Drogenrausch noch einen Augenblick länger anhält. Wie ein Seitenhieb von Gott und der Elektroschock des Nichts. „Tiere, die Perlen bilden, sind verschlossen, / sie liegen still und kennen nur die See."

Er fährt aus dem Schlaf auf. Schaum ist ihm vor den Mund getreten. Ein Albtraum, an dessen Verlauf er sich nicht mehr erinnern kann. Sogleich dreht er sich zum Fenster, sucht mit den Augen den Ozean. Aus Aberglaube. Als hinge sein Heil davon ab. Ah, welch herrliches Klischee! Meereshorizont, letzter Notausgang, der sich noch vor jenen öffnet, die alle Bücher gelesen haben und denen bewußt ist, daß das Fleisch mehr tot als lebendig ist! Diese auf dem Strand verstreuten Gestalten, wissen sie, welchem Ertrinken sie entronnen sind? Zu ihrem Wohl möchte man wünschen, daß sie ahnungslos bleiben …

Der Schauende erinnert sich, das Kind einer Landschaft gewesen zu sein, die im Sommer fieberte, im Winter erstarrte. Es roch nach Leder, Eisen und Milch. Selbst die Feldarbeit wurde im falben Geruch und in der Schalheit eines bösen Traums verrichtet. Die Ewigkeit schmeckte dort, in der Neumark, nach Schlaf.

Als er im Dickicht der Städte ankam, um den Ausdruck eines Dichters zu gebrauchen, den man ihm gern gegenüberstellte, mußte er deren Ungeheuern schmeicheln. Als neuer Orpheus wußte er, daß „nur in ihr die Musen schwärmen und klagen." Sie haben dort eine heisere Stimme und schmecken nach Blut.

Eben dieser Mann lernt, das Meer zu schauen. Seinem Basso ostinato zu lauschen. Doch als Wasserzeichen zieht wieder seine ganze Vergangenheit vorbei und söhnt sich aus. Die Bilder überlagern sich: „O daß wir unsere Ururahnen wären … / Die weiche Bucht. Die dunklen Wälderträume. / Die Sterne, schneeballblütengroß und schwer. / Die Panther springen lautlos durch die Bäume. / Alles ist Ufer. Ewig ruft das Meer –". Nun ist er angekommen. Weiter geht es nicht. Hier endet das Ich, beginnt die Welt. Was er sieht, nötigt ihm mehr ab als Liebe: Respekt. Um nichts in der Welt ließe er sich von diesem seidigen Schillern, diesen bleiernen Brechern ablenken.

Zum Beispiel wird er nicht dieser Frau nachblicken, die sich auf dem Deich entfernt und deren geschweifte Mähne, deren Körperkurven eines Seepferdchens seine Aufmerksamkeit alarmiert haben ... Ilse, seine Frau, ist zwar nicht eifersüchtig, aber wenn sie wüßte, daß er der Gestalt einer anderen mit Blicken folgt, würde es ihr einen leichten Stich ins Herz versetzen.

Er ist in seinem Leben den Spuren vieler Frauen gefolgt. Er ist, in Gedanken, den Schritten vieler anderer nachgegangen. Unter denen, die er gekannt hat, waren manche seine Patientinnen, und oft waren es Huren. Erbarmen mischte sich dann mit dem Laster. Die Not ist eine unwiderstehliche Kurtisane. Hat man sie einmal freundlich aufgenommen, neigt sie dazu, sich häuslich einzurichten. Sie ist da, wie für immer, inmitten der Möbel.

Aber warum angesichts des Meeres daran denken? Weil das Meer grausam und großzügig ist. Weil er, während er an alle Frauen denkt, die er gekannt hat, jene nicht vergißt, die am Ende eines Krieges und an der Schwelle des Alters zu ihm gekommen ist. Denen, die sein Los geteilt haben, hat er nicht oft ins Gedächtnis gerufen, daß er sie liebte. Nicht etwa aus Scham. Es ist so, daß die Not, wenn man sie gekannt hat, und die Barmherzigkeit, wenn man sie empfunden hat, zuletzt den ganzen Platz einnehmen: sie sind die redseligsten aller Rivalinnen. Sie entfremden nicht von der Geliebten, sondern machen den Liebenden mundtot. Ilse sollte er hier ein eheliches Gedicht widmen, in dem seine eigene Not, in dem die Not der Welt nur zwischen den Zeilen vorkäme, in dem einzig die Liebe mit ihrem tosenden Wogen, ihrer geduldigen Brandung beschworen würde. Das ginge so: er brauchte nur das weiße Blatt auf das Gesangspult des Meeres zu legen. In den Fensterrahmen und gegen diesen „Himmel aus den Anfängen des Mittelalters", wie der Freund Carl Sternheim sagte, als er hier lebte – lang, lang ist's her.

Während der Dichter an Ilse, seine Frau, denkt, erinnert er sich daran, daß sie sich manchmal, am Ende des Arbeitstages, nach ihren jeweiligen Sprechstunden, wie Kinder damit amüsierten, ihre Stirn gegeneinanderzulegen, bis ihre zwei Augen füreinander nur noch zu einem einzigen riesengroßen Zyklopenauge wurden.

Er hat bloß darüber nachgesonnen, und schon ist es dunkle Nacht. Wie das Negativ eines Fotos, das nie entwickelt werden würde.

In dem Moment, in dem man es am wenigsten erwarten würde, überkommt ihn die Lust blauzumachen. Die ihm nahestehen, wissen, daß diese plötzlichen Launen, diese unbeschwerten Zustände nur eine Atempause darstellen. Er, der ungern verreist, möchte auf einmal alles über den Ort erfahren, an den er sich begeben hat. Auf gut Glück. Die kleinste Kleinigkeit belustigt ihn. „Wissen Sie", fragt er Walter Lennig, „daß man hier, auf der Terrasse vor den Konditoreien, Berliner verschlingen kann? Was mag das wohl sein? Mit Crème fraîche gefüllte Zervelatbouletten? Ich empfehle Ihnen die besonderen Brötchen, die zum Morgenkaffee serviert werden: sie sind in der Mitte gespalten wie Babypopos, haben aber den Namen von Feuerwaffen: man nennt sie hier Pistolen." Er bleibt einen Augenblick stehen, um der Loreley zuzuschauen, die vom Balkon eines Hotels Brotkrumen streut, die die Vögel abfangen, noch ehe sie auf dem Boden landen. Wem, fragt sich der Dichter, gab man noch einmal den Beinamen „Großzügige Hand"? Einer Göttin, einer Kurtisane? Es erheitert ihn, im Vorbeigehen aus einem Bierlokal *Terry's theme* zu hören. „Lennig, ist Ihnen klar", schwärmt er, „daß ich gestern eben hier den Refrain der *Capri-Fischer* habe trällern hören? Ermessen Sie einmal die Konkurrenz, die uns diese melodiösen kleinen Schnulzen auf der ganzen Welt machen! In Berlin haben wir diesen Sommer nur das gehört! Sagt man nicht, alles ende mit Liedern? Man täte gut daran, aufzupassen und den Wörtern ihren ganzen Sinn zuzuschreiben. Man erstickt in parfümierter Watte. Auch die Hölle ist nur eine Bonbonniere. Man vergißt, daß die Bonbons, die zur Taufe verschenkt werden, in ihren Farben Menschenleichen nachahmen!" Schon hat es den Anschein, daß er düster wird, der deutsche Dichter. Er scheint alles viel zu ernst zu nehmen. Tatsächlich ist es bei ihm wieder einmal Freude, die sich in Grimm verwandelt. Am Eingang einer Taverne hört er einem Sänger zu, der behauptet, „sein Herz sei eine Gei-i-ge". Warum eigentlich nicht?

Man wird diese Behauptung doch nicht in Zweifel ziehen? Man wird sich doch nicht über etwas so Geringfügiges ärgern? Warum muß man eigentlich immer gegen die Attacken einer galoppierenden Schwermut ankämpfen? Ist das Leben nicht plötzlich leichter für ihn geworden? *Petite fleur de pa-, petite fleur de pa-, petite fleur de pa-pi-llon.*

Ist es für ihn nicht gut gelaufen, als er nicht mehr darauf hoffte? Müßte er dafür nicht zumindest Dankbarkeit empfinden? Es bleiben ihm doch wohl ein paar ruhige Jahre späten Glücks, unerwarteten Ruhms? *Une demoiselle-sur-une-balançoire-se-balançait-un-dimanche.* Er stellt sich Ilse vor, wie sie den Möwen am Bayerischen Platz Brotkrusten hinwirft. Er malt sich aus, wie sie kleine Figuren aus der Krume formt, er verleiht ihr Gesten einer Magierin. Er schaut ihr zu, wie sie Gladiolen in einer mattierten Kristallvase ordnet. So rinnt das Leben in Zukunft dahin: schön und immer etwas trübe. *Cerisiers-roses-et-pommiers-blancs ... La-petite-diligence-sur-les-beaux-chemins-de-France. D'enfance? D'en transe?* Ah, ja nicht die Worte dieser albernen Sprüche verstehen! Alles soll wieder unverständlich werden, man soll sich selbst unbegreiflich sein, wie 1916, in Brüssel, als man sich wie ein Tagesschlafwandler in den Rues de Terre-Neuve, Nuit-et-Jour, Chair-et-Pain, Notre-Dame-aux-Neiges verirrte. Getragen von einer Strömung von Nichtmitteilbarkeit. Wenn das Licht sprüht, wird es undurchsichtig. Man ist geblendet: man weiß alles, man sieht nichts mehr, und die Stimme, die es riskiert, das zu sagen, stammelt, murmelt und brüllt, bebt und gellt. Auf, verpassen wir nicht eine Gelegenheit, uns zu freuen! Wenn man Brücken schlagen kann, die uns von uns selbst zur Welt, von der Gegenwart in die Vergangenheit, von einer Sache, irgendeiner, zu irgendeiner anderen befördern, ist es doch immerhin ein Sieg, nicht wahr? Ist es ein Glück? Oder wenigstens ein Spaß? Daher fragt er seinen Freund: „Lennig, wußten Sie, daß Engels, als er Marx ins Exil folgte, genau hier, oder ein Stück weiter, in

Ostende, dann in Brüssel, geritten ist? Zur großen Freude von Marx ahmte Engels gern das Wiehern des Pferdes nach: man hätte nicht geglaubt, daß diese beiden Burschen sich zu solchen Scherzen hinreißen ließen, nicht wahr? Auf der Straße drehten sich die Leute nach ihnen um, hielten sie für Säufer. Wie hätten sie auch ahnen sollen, daß diese beiden damals *Die deutsche Ideologie* ausbrüteten, daß sie erwogen, eine internationale proletarische Partei zu gründen, daß sie die Welt erschüttern würden? Aber einstweilen, auf dem Deich von Ostende, unweit des Hippodroms, erbaut von Léopold II., diesem König der Belgier und der Neger – also doppelt kolonialistisch –, machte Friedrich Engels den Paßgang nach, schlug mit dem Kopf, während Karl Marx ihm auf Teufel komm raus die Peitsche gab ... Man simplifiziert berühmte Leute immer übermäßig. Oder noch nicht genug, je nachdem. Mal stolpert man über ihre Widersprüche, mal übersieht man ihre Kohärenz. Mochte Engels, als kluger Buchhalter, auch noch so sehr über die Weltwirtschaft nachgrübeln, er vergaß darüber nicht, die Bilanz seiner Einnahmen und Ausgaben und der von Marx auf dem laufenden zu halten. Er übte gewissermaßen. Ein ordentliches Budget fängt bei einem selbst an. Man weiß das, weil in den Gasthäusern, in denen sie sich gemeinsam gestärkt haben, Spuren auf Papiertischtüchern gefunden wurden. Ein wertvoller Hinweis, Lennig! Man müßte immer alles über das Verhältnis der Philosophen, der Dichter, der Gelehrten zum Geld wissen. Die Beziehung zum Geld wie zur Haut von ihresgleichen: da spielt sich oft alles ab. (Meine Patientinnen, die Schöneberger Dirnen, wissen ein Lied davon zu singen.) Apropos, habe ich Ihnen schon gesagt, daß meine Dichtung mir insgesamt im Durchschnitt monatlich vier Mark fünfzig für das Urheberrecht eingebracht hat – wenn man die Übersetzungen mit berücksichtigt natürlich. Und da die Venerologie seit der Entdeckung des Penizillins auch kaum noch ihren Mann ernährt, werden Sie verstehen, warum ich immer in der Klemme bin. Wissen Sie, Ezra Pound, der amerikanische Barde, mit dem man mich hier ehrenvollerweise verglichen hat und für den es anscheinend genauso schlecht gelaufen ist, noch viel schlechter als für mich, hat irgendwo geschrieben, daß er von 1914 bis 1915 ungefähr zweiundvierzig Pfund verdiente, und er war ziemlich stolz darauf. Das kann man verstehen. Glauben Sie, man müßte alle Orpheus-Jünger der Welt zwingen, derart ihren Konkurs anzumelden. Das wäre bestimmt erbaulich. Natürlich würden sich Kommentatoren finden, die sich darüber wunderten, daß wir so triviale Sorgen haben. Verhüllen wir nicht unser Antlitz. Alles ist Vertrag, von der Übertragung menschlicher Körper (Sklaverei, Menschenhandel, Prostitution, Ehe) bis zum Vermächtnis *post mortem* inklusive Nutzung des Inventars unserer teuren sterblichen Überreste. Man müßte nämlich auch all das verbuchen, was wir außer Geld sonst noch ausgeben. Gegen die, die das einfach nicht wahrhaben möchten, wollen wir gar nicht polemisieren. Engelhaftigkeit war nie meine Stärke. Wohlgemerkt ist hieran eigentlich nichts Beschämendes oder Unsägliches. Alle Verrichtungen können ungeniert genannt werden: man wird geboren, man gibt, man empfängt, man holt auf, man verliert, man gewinnt, man kauft, man verkauft, man tauscht, man verschleudert, man gebraucht, man mißbraucht, man hehlt, man schiebt, man berechnet alles, was zum Leben und zum Tod gehört, man handelt mit nichts, man kauft Wind, man verkauft seine Seele, man verliert seinen Schatten: die einzigen Gesetze, unter denen dieses Hin und Her, dieses Vor und Zurück stehen, sind eindeutig die des Marktes! Indem Engels seine kleinen häuslichen Additionen und Subtraktionen machte, wollte er wenigstens erfahren, was die Revolution schon bei ihm kostete: das war loyal von ihm und hatte Fug und Recht ..."

Man erlebt es nicht oft, daß er sich so aufgekratzt der Erzählfreude hingibt. Der Zuhörer ist zweifach verwirrt: durch diese ungewohnte Redseligkeit und durch die Anekdoten, auf die er sich da kapriziert. Marx und Engels! Eine solche Lektüre hätte man bei ihm nicht vermutet! Zu Recht natürlich: er hatte bestimmt weder von dem einen noch von dem anderen eine Zeile gelesen. Aber er hatte von dieser Reitsportepisode in Ostende gehört. Woher bezog er seine Informationen? Er wußte immer ein bißchen mehr oder weniger als vorausgesehen. Seine Interessensschwerpunkte, die Themen, die ihn beschäftigten, wie seine Wissenslücken irritierten den Gesprächspartner um so mehr, als er es gerade nicht darauf anlegte, zu überraschen. Er gab so wenig von sich selbst preis, daß, wenn er seine Schweigsamkeit durchbrach, man seine Neigung kannte, nur Entscheidendes mitzuteilen. Aber auf Umwegen. In einem schönen Durcheinander. Indem er die verborgene Kindheit der Dinge von hinten, von ihren Flanken her aufs Korn nahm. Er, der soviel fand, suchte so wenig. Alles war Wasser auf die Mühle seiner Elegie. Die Welt war für ihn ein Radio, und er sprang ständig von einem Sender zum anderen auf der Suche nach dem rätselhaften, einzigartigen Satz, den die Dinge ohne ihr Wissen in ihrer Polyphonie formulierten: ein Ausritt von Friedrich Engels am Meer entlang und seine Sorge um die Wirtschaftlichkeit, der einfältige Text eines fremden Liedes, ein Werbeslogan: das alles käute er mit unermüdlicher Neugier und nicht ohne Belustigung wieder. Und so, ohne daß man es ahnen würde, fing sein Fliegenauge die Anekdote des Wirklichen in ihrer Totalität auf. Es war eine sinistre und heitere Tätigkeit. Eine Art und Weise, Zeitgenosse zu sein. Die Kleingeister würden behaupten, das sei ohne Rührung gelebt. Aber schließlich gibt es doch Sehnsüchte, die männlich sind und ihren Namen nicht preisgeben.

Er entführt seinen Freund Walter Lennig zu einem Straßenbahnausflug entlang der Küste. Ein richtiges Abenteuer! *Es ist verboten mit dem Fahrer zu sprechen,* steht auf der Rückenlehne der Sitzbänke aus gelbem Holz. Und: *Hinauslehnen gefährlich* hat man auf die Fensterbänke geschrieben. Diese Vorschriften sehen ganz so aus, als wären sie für deutsche Besucher bestimmt! Der Dichter blickt sich suchend nach den Reklamen um, die ihn darüber aufklären sollen, wo er ist. Er erinnert sich, daß er aufgrund einer Bleistiftmarke, die er 1915 in Brüssel gesehen hatte, einen seiner Helden Karandasch getauft hat. Allerdings war das russische Wort auf den Schildern in einer phonetischen Schreibweise wiedergegeben: *Caran d'Ache*. „Ich erfuhr erst später", erzählt er, „daß das auch das Pseudonym eines Karikaturisten war, der Ende des 19. Jahrhunderts als Gefreiter in der französischen Armee gedient hatte und dessen Überspanntheiten und Verführungskünste sprichwörtlich waren: er kultivierte unter anderem einen Hang zur Verkleidung und zum Studentenulk. Nach dem Panamakanalskandal ließ er ein mit seinen persönlichen Kommentaren geschmücktes Scheckheft in Faksimile drucken. Von all dem wußte ich nichts. Erst nachdem ich es erfahren hatte, entdeckte ich, daß meiner Figur auch das wie auf den Leib geschneidert war: einer Art metaphysischem Betrüger, von dem sich herausstellt, daß er nie etwas hat, um mit dem Universum zu handeln. In seinen Beziehungen zu anderen stellt er Wechsel aus, erzwingt Respektfristen, unterzeichnet Blankoschecks. Sein vermeintlicher Vater ist in gewisser Weise immer noch nicht weitergekommen. Sehen Sie, Lennig, wie gut der Zufall die Dinge hinkriegt. Es gibt kein zufälliges Zusammentreffen: unsere Intuitionen errichten unsere Werke, wie unsere Blindheiten leider manchmal unsere Leben kompromittieren. Ach, wenn wir Dichter ebenso scharf sähen wie unsere Gedichte! Aber immer müssen unsere Verse uns voraneilen, und wir müssen in ihrem Kielwasser und ihrem Schatten im Krebsgang gehen! Sagen Sie einmal, Lennig, können Sie sich vorstellen, wie ich morgen diese schlechte Nachricht im Casino verkünde? Aber sehen Sie sich lieber die Reklame an, die über uns hängt und zum Verzehr von grobem Salz anspornt: ein Küken, das von einem kleinen Jungen mit dem Salzstreuer in der Hand verfolgt wird ... Und bewundern Sie den Bildtext: *See how it runs!* Und dann die andere, strenger, ohne Umschweife: *Banque d'outre-mer - Crédit mutuel - Das Leben ist ein Kampf. Schließen Sie gleich heute eine Leibrente ab.*"

Die Lokalbahn fährt an Wassertürmen und badezimmerartig gekachelten Fassaden vorbei. *Les heures claires. Cosy corner. Mélancholie des chats.* Der deutsche Dichter wundert sich, daß man an den Stränden nirgends solche Strandkörbe sieht, die den Reiz der Mittagsruhe an der Ostsee ausmachen. Bald verstummt er und wird düster. Er stellt fest, daß zwischen den verlassenen Golfplätzen und den ausgebleichten Tennisanlagen, den Landhäuschen und den Bauernhöfen mit unechten Strohdächern überall Spuren der Kämpfe auftauchen. Am Dünenabhang klaffen noch Gefechtsstände wie die Rachen grauer Haie. Sieht man einen Lunapark außer Betrieb, eine in Trümmern liegende Windmühle, vermutet man sogleich einen Luftangriff im Sturzflug ... Bald stellt man sich beiderseits der wie durch ein Wunder verschont gebliebenen Gleise nur noch Bombenabwürfe, Infanterieangriffe, Landungen vor. Dieses Riff, das in der Ferne aus dem Saum der Wellen ragt, ist es eine Boje oder eine nicht entschärfte Mine? Und dann dieses Kind, das eine Gouvernante in einem Rollstuhl über den Deich von Zeebrugge schiebt, hat es Kinderlähmung oder ist es kriegsversehrt? Und ich, denkt der deutsche Poet, der ich meinen Gastgebern beinah meine Freude anvertraut hätte, dieses Land wiederzusehen, wie man mit einer Jugendliebe wiederanknüpft! Ist mir nicht im entferntesten eingefallen, daß ich nicht als Besucher hierherkam, sondern als Wallfahrer, am Ende eines langen Exils! Oh, damit wäre ich schön angekommen, kein Zweifel! *Persilweiß* liest er über dem Kopf seines Gegenübers: *Sie glaubte, ihre Wäsche sei weiß.* Die Leute hier haben einen Waschzwang. Sie haben Grund dazu. Was wir gebracht haben, werden sie nicht so bald reingewaschen haben.

„Sehen Sie mal, Lennig, das Gefallenenehrenmal ..."

„Für die Gefallenen des Ersten Weltkrieges?" fragt Walter Lennig.

„Nein: sie haben ein Denkmal für die Toten beider Kriege zusammen aufgestellt. Das hat bestimmt die Kosten verringert ... Oder sie haben es zweimal so hoch errichtet ..."

An zwei Kriege gegen denselben Feind zu erinnern, denkt er, ist ein bißchen so, wie aller Kriege zu gedenken ... Als Lennig mit einem Funken Hoffnung gefragt hat, ob es um den Ersten Weltkrieg ginge, habe ich gedacht: der meine ... Als hätte der Zweite nicht auch zu mir gehört. Wenigstens habe ich ihn nicht hier mitgemacht.

„Man könnte meinen, es wäre von gestern, nicht wahr?" fragt Walter Lennig.

„Was, das?"

„Das Ehrenmal ... Es ist noch ganz neu."

„Aber es ist von gestern, Lennig: diese beiden Kriege sind nicht länger her als gestern. Wir haben gerade das Ende von beiden erlebt. Wir leben in der Zeit nach zwei Kriegen."

Und wenn er nur nach Knokke gekommen wäre, um Brüssel wiederzusehen?

Als ihm die Einladung zugestellt wurde, sagte er zu seinem Freund Walter Lennig nur: „Ich werde Ihnen die Stadt zeigen, in der für mich alles angefangen hat ..." Er beschloß sogar, vor der Eröffnung der Biennale der Poesie hinzufahren. „Auf diese Weise", sagte er zum Spaß, „kann ich, wenn ich wiederfinde, was ich dort suche, noch auf den Kongreß verzichten: ich würde keine Erklärung mehr abzugeben haben!" Wonach suchte er eigentlich? Er äußerte sich nicht näher. Und sein Reisegefährte übte keinen Druck auf diese Einsilbigkeit aus. Er ahnte, daß es wohl nicht bloß darum ging, an Erinnerungen anzuknüpfen, nur darum, sein Gedächtnis auf die Probe zu stellen.

Fünfunddreißig Jahre lang hatte er geglaubt, er würde nie wieder den Fuß in diese Stadt setzen. Doch jedesmal, wenn einer seiner Freunde oder seiner Angehörigen hinfuhr, überschüttete er ihn mit Informationen und Ratschlägen, die sich bestimmt oft als anachronistisch erwiesen. Er empfahl, an dem kleinen Theater in der Rue de la Loi vorbeizugehen, dessen Rückseite auf den Parc Royal hinausging: zu Beginn seines Aufenthalts wohnte er ganz in der Nähe ... Gab es noch Orchideen in den Gewächshäusern des Palastes, in dem Léopold II. und Cléo de Mérode heimlich die vollkommene Liebe lebten? Konnte man daran denken, ihm Pralinés und parfümierte Toilettenseife mitzubringen? Nicht versäumen durfte man das Museum in Tervuren mit seinen Unmengen von afrikanischen Masken, die man den Kolonialvölkern geraubt hatte! Masken soweit das Auge reichte ... Als er sie betrachtete, hatte er vielleicht Sehen gelernt. Doch wie die Sonne ließen sie sich nicht länger als einen Augenblick ansehen. Aber wenn man sich von ihnen abwandte, waren einem die Augen geöffnet. Alles schwankte: die Welt, die die Masken von oben herab ansahen, brach unter einem zusammen. Die Masken sahen richtig: die Welt war ein Abgrund, und man stürzte kopfüber hinein. Und das Café de la Toison d'Or, gab es das immer noch? Ja nicht das Stück Seife vergessen. Das war natürlich während der Blockade, als es einem in Berlin an allem fehlte. Aber seitdem die Blockade aufgehoben war, seit das Leben wieder angefangen hatte und die Schaufenster von Wertheim oder im Kaufhaus des Westens sich mit Lebensmitteln und Luxusprodukten füllten, lebte der Arzt so weiter, als würde Berlin in seiner Insularität ersticken. Berlin, die geteilte Stadt, von Nofretete mit einem Auge gemustert, als wäre ihr das andere bei der Bombardierung durch eine verirrte Kugel weggerissen worden. Auch unter ihrem Blick schwankte die Realität. Übrigens, steigt doch im Hotel Métropole ab: eine damals berühmte Sängerin hatte dort ein Zimmer, in dem ich mich mit ihr zwischen den Auftritten traf, die sie zur moralischen Aufrüstung der Verwundeten in den Militärhospitälern veranstaltete. Ich soll noch einmal nach Brüssel fahren? Ausgeschlossen! Was ich dort erlebt habe, dachte er, war noch nie dagewesen und sollte unwiederbringlich sein.

Eben angekommen, marschierte er los, er ging ohne Zögern von einem Punkt der Innenstadt zum anderen, als hätte er sie am Tag zuvor verlassen und fände sie unversehrt wieder. Nein, dachte er, natürlich hat sich alles verändert. Alles geht vonstatten, als würde ich mich den Zerstörungen der Stadt, die ich gekannt habe, augenblicklich anpassen. Als verstünde ich ihre Logik. Als hätte ich sie aus der Entfernung vorhergesehen oder mir vorgestellt. Eben das habe ich hier erfahren: daß alles unter unserem Blick bebt, daß nichts ganz und gar fest-steht, daß alles der Mühsal, sich selbst zu zerstören, ausgeliefert ist. Wir sind bestenfalls nur deren Zuschauer, dieser Abgründe, die zwischen den Dingen klaffen. Wir trauern ständig um einen Zusammenhang, der sich jeden Augenblick hier, unter unseren Schritten, kompromittiert.

Freund Lennig fand, daß der Arzt wirklich ein guter Führer war, daß er nie den Kurs verlor. „Weil wir auch in Berlin gelernt haben, uns in einer Geisterstadt vorwärts zu bewegen", antwortete der Dichter. Wer könnte glauben, dachte er, daß ich nur mit der legendären Sicherheit der Blinden gehe?

„Es ist seltsam, Lennig, wissen Sie, daß alle diese Stadt gehaßt haben? Was erwarteten sie denn von ihr?"

„Wer?" fragt Walter. „Wer erwartete was?"

„Die Dichter", antwortet der Arzt. „Alle Dichter, die vor mir hierhergekommen sind, um hier zu leben. Keiner hat sie wirklich geliebt. Baudelaire hat sie gehaßt und verleumdet. Hugo und Nerval haben hier ihre wankelmütigen Liebesgeschichten versteckt und haben sich an ihren Mätressen aufgerieben. Verlaine und Rimbaud haben es vorgezogen sie zum Schauplatz für eine dramatische Zeitungsmeldung zu machen ... Dies ist eine Stadt, über die man lachen oder an der man leiden kann ... Aber sie annehmen, sich in ihr zu Haus fühlen? Ich wurde überwältigt, wer weiß, warum? Weil ich am Rande des Zusammenbruchs war. Ich zweifelte an allem, was ich sah. Ich hatte recht. Die Stadt brachte es für mich zum Ausdruck. Ich durchquerte sie, sie durchdrang mich. Ich war wirklich am Rand der Welt. Am Beginn meiner selbst. Ich mußte wählen: nur dieses kleine *addendum*, dieses *postscriptum* zu sein – oder nichts zu sein."

„Übrigens, Lennig, möchten Sie es mit mir wiedersehen?" fragt der Arzt.

„Was denn wiedersehen, Benn, was denn noch wiedersehen?"

„Das Stadtpalais, in dem ich damals gewohnt habe, in der Rue Saint-Bernard, wenn es noch existiert."

Das Haus hatte überlebt. Die Loggia, die heute über einem Lebensmittelgeschäft hing, war erhalten geblieben. Hatte er das Haus richtig identifiziert? War es nicht unter einem dieser Bombardements begraben worden, deren Spur und Überreste der Arzt jetzt überall zu sehen behauptete? Oder von einem Immobilienmakler eingeebnet? Und hatte man nicht statt dessen ein anderes gebaut, das er wiederzuerkennen glaubte? Einerlei: er stand jetzt auf der Schwelle wie einer, der gleich ein Schlüsselbund aus der Tasche zieht und nach fünfunddreißigjähriger Abwesenheit wieder nach Hause kommt ... Er sah glücklich aus. In diesem Haus oder vielmehr in der Stadt rings um dieses Haus mußte wahrhaftig irgend etwas sich ereignet haben, was sein Leben für immer beeinflußt hatte. Irgend etwas, konnte er Walter Lennig nur sagen, was ihm später, in den schwierigsten Momenten geholfen hatte, sich aufrecht zu halten: wie eine aus der Ungewißheit selbst geschöpfte Gewißheit.

„In diesem Haus, Lennig: da habe ich für immer schreiben gelernt."

„Aber nein, Benn ...", wendete sein Reisegefährte ein.

„Wie, nein?" fragt der Arzt.

„Das hat früher angefangen. In Berlin", behauptet Walter Lennig.

„Was wissen Sie denn?" fragt der Arzt über diese Kühnheit etwas erstaunt.

„Es war im Leichenschauhaus, Doktor Benn, vor dem Krieg, als schon viel gestorben wurde, aber vor den Kriegen, da haben Sie schreiben gelernt. Sie haben es mir in all den Jahren oft genug gepredigt! In den Eingeweiden der Menschen haben Sie das Geheimnis der Götter gelesen", fügt Walter Lennig hinzu – Freunde von Dichtern neigen immer ein wenig zur Emphase –, „wie die heidnischen Priester, die glaubten, die Zukunft der Gemeinwesen in denen der Opfertiere zu lesen ..."

„Lassen wir die Götter doch, wo sie sind", erwidert der Arzt mürrisch, „und das Vieh wird in guter Hut sein. In den inneren Organen der Menschen habe ich zwei oder drei Geheimnisse der Menschen selbst entziffert, sonst nichts, zwei oder drei ihrer kläglichsten Geheimnisse. Aber alles übrige, Lennig, mußte ich hier suchen, hier verstehen, im ersten Stock dieses Hauses, in dieser Straße, im Herzen dieser Stadt, mitten unter diesen Leuten, die uns haßten, uns Deutsche, und deren Sprache ich nicht verstand ... Nachdem ich mich mit den Worten herumgeschlagen hatte, geriet ich mit den Fremden aneinander. Und in mir war eine solche Stille, Lennig, eine so verschwenderische, so ungestüme Stille, daß ich fürchtete, man würde es merken, und nicht wußte, wo ich mich mit ihr verbergen sollte ... Deshalb war die Landung hier, diese Strafexpedition gegen meine eigene Leere eine Chance, Lennig, es war die Chance meines Lebens, meines bißchen Lebens, wie kann man das erklären? Ich werde später vielleicht darauf zurückkommen. Doch wie an den Ort eines Verbrechens schickt es sich wahrscheinlich nicht, an den eines unerklärlichen Glücks zurückzukehren. Eines unbegreiflichen Glücks. Sogar ein wenig skandalösen Glücks. Ich bin kein Flaneur, Lennig, ich bin weder ein einsamer Spaziergänger noch ein empfindsamer Reisender durch Italien: unnötig, mich viel wegzubewegen, mich noch anderswohin zu begeben: *das* ist immer dort geschehen, wo ich war!"

Was für eine seltsame Art er in der Tat hatte umherzuschweifen, wird sein Freund später von ihm denken, werden die ihm Nahestehenden denken und auch die, die ihn nicht mochten. Er, der nach Knokke fuhr, um dort eine gewissermaßen testamentarische Rede im Namen jener Dichter Deutschlands zu halten, deren Namen keinem mehr etwas sagten, oder sehr wenig, er schwärmte jetzt von den Reklameschildern, die im Brüssel von 1952 an die Stelle jener getreten waren, die er einst gekannt hatte. Früher: *Das elektrische Klavier*, zwanzigtausend Werke auf Walzen. Heute: *Die Stimme seines Herrn*, Langspielplatten. (Ohne davor zurückzuschrecken, ein Trichtergrammophon als Markenzeichen zu behalten, das dank eines musikbesessenen Foxterriers in die Legende eingegangen ist.) Gestern: *Five o' clock Tea*, Teestube. Heute: *Milk-and-Snack-Bar*. Und dann buchstabierte er: *Lavécire*, das Wachs, das putzt und wachst! *Sapoli*, das poliert! *Ça va seul* ... das geht von selbst: wie wahr, das kann man wohl sagen. Aus Gründen, die nur ihn betrafen, freute er sich über diese Formeln wie ein Kind. „Sehen Sie, Lennig? Das ist das Alphabet, die ABC-

Fibel der modernen Städte! Reinheit, Hygiene, Politur ... Sich von seinen Sünden reinwaschen, und von selbst gehen: was für ein Programm, nicht wahr?"

Der Dichter wollte noch eine pietätvolle Pflicht erfüllen. „Carl ...", sagte er. „Carl Sternheim, einer von uns, der zur gleichen Zeit wie ich hier war, liegt in Ixelles begraben. Anscheinend nicht weit von General Boulanger, was ihn sehr belustigt hätte ..."

Nach vielen Umwegen entdeckten die beiden Besucher am Rand einer Kastanienallee schließlich eine Grabstätte aus grauem Sandstein mit einer Stele, auf die in einem ovalen Medaillon aus weißem Marmor eine bescheidene Heckenrosenblüte graviert war. Der Friedhofswärter, den sie befragten, erklärte ihnen, daß das Grab schon mehrmals umgebettet wurde. Wie der Mann selbst, merkte Gottfried Benn an: schon zu seinen Lebzeiten war er dauernd unterwegs.

Diese Verbissenheit, in einer fremden Stadt ein Grab zu finden, dachte Walter Lennig später: war es nicht schon sein eigenes, das Gottfried Benn zur Andacht aufsuchte?

Aber an den Tod dachte er vorerst nicht. Ebensowenig an seinen eigenen wie an den seines Freundes, auf dessen Grabschrift sein Schatten fiel. Die letzte Sommersonne wärmte ihm Nacken und Rücken. Er bemühte sich ein letztes Mal, zu verstehen, was ihm hier, vor sechsunddreißig Jahren geschehen war. Nur ein Mann, der hier, in Brüssel gelebt hätte, sagte er sich, und der in sechsunddreißig weiteren Jahren auf der Suche nach den Orten, an denen ich gelebt habe, in den Straßen Berlins herumgehen und sich verirren würde, wenn man sie inzwischen nicht alle dem Erdboden gleichgemacht hat, würde vielleicht den verborgenen Sinn dieses magischen und glückseligen Miß-Geschicks erahnen. Ich wäre seit langem tot. Er würde seinerseits in diesen absoluten Exilzustand gelangen. Er würde nichts mehr mit Sicherheit wissen. Alle Bezüge, alle geistigen Bilder, mit denen er die Reise gemacht hätte, wären ihm auf einmal abhanden gekommen. Nun würde für ihn die Zeit der Prüfung beginnen. Er würde alles neu lernen müssen. So sehr auf dem Quivive, daß Tränen der Müdigkeit und Freude ihm in die Augen steigen würden. Er müßte, ohne mit der Wimper zu zucken, an diesem Abgrund Maß nehmen, von dem man plötzlich nicht mehr weiß, ob er sich in einem oder außerhalb von einem auftut. Eben diese Verwirrung, in die er gestürzt wäre, wie ich es war, würde in Zukunft sein Schatz sein, wie er auch der meine war. Er würde endlich wissen, daß er sogar für sich selbst wie ein Unbekannter ist, der ihn nicht in seiner Sprache anspricht. Um sich künftig zu verstehen, würde er einen Code erfinden müssen, um mit diesem Freitag die Beziehung eines Robinson aufzunehmen. Es wäre für ihn so, wie eine große Liebe zu hegen, wenn man noch nicht weiß, ob sie erwidert wird oder nicht …

Und davon würde er, wie ich, wenn er mir ähnlich ist, wenig sprechen. Wahnsinnige Freuden können, wie große Schmerzen, stumm sein. Dieser Mann würde ganz in seinem Epos aufgehen: dem seiner Vereinsamung.

Es war, dachte er weiter, wie wenn man von einer dunklen Erleuchtung getroffen worden ist. Meine Katastrophe und meine Erkenntnis! Ich hatte eine höchst verhängnisvolle Neuigkeit über den Zustand der Dinge erfahren. Aber gleichzeitig wurde mir folgendes Geheimnis enthüllt: das ihres Auseinanderfallens. Ich war buchstäblich geblendet. Ich litt nun an einem Sehfehler durch übermäßiges Sehen. Nein, ich pries mich nicht dafür, in einer Welt von Blinden der einzige zu sein, der sah: es war eher umgekehrt. Ich wurde nur etwas früher blind als die anderen … Die Krankheit hatte mich als ersten befallen, sonst nichts. Ich wußte, daß es der Beginn der Seuche war. Und daß ich nur das Übel ins Leben rief, an dem in der kommenden Zeit alle mit mir leiden würden. Dieses erschreckende Geheimnis: die Realität existiert vielleicht nicht, wahrscheinlich ist bis jetzt nichts geschehen. Über die Welt und über uns sagt der eine immer die Wahrheit, und der andere lügt immer, aber wer? Meine Damen und Herren, ich sage Ihnen: Der König, der in jedem von uns über die Welt zu herrschen glaubt, ist tot, es lebe der König! Wir brauchen nur noch die leere Rüstung anzulegen. Verschwunden das Subjekt, das in uns war. Übrig bleibt die Form. Gewiß wird die Neuigkeit später viel Staub aufwirbeln, aber heute ist es besser, sie nicht zu verbreiten: wer würde uns noch ernst nehmen? Wir müssen uns einfach in dieses Unheil schicken. Und darin unsere alleinige Hoffnung, unsere einzige Erfüllung sehen.

Darüber sinnierte der Dichter in einer Art Trunkenheit. Das gackerte als ungeheures Getöse in ihm, während er mit unsicherem Schritt die Rue Vilain XIIII hinunter- oder schwankend die Rue de l'Aurore hinaufging! Und hier, auf dem Friedhof von Ixelles, wo doch so viele Jahre vergangen waren, entdeckte er, daß die ungebührliche Botschaft, die er zu übermitteln hatte, noch verfrüht war. Nun, da die Welt zweimal verheert worden war, sollte dies etwa der richtige Zeitpunkt sein, das Heraufziehen der stillen Apokalypsen zu verkünden, die in der Verborgenheit der Seelen und ganz privat unsere letzten Gewißheiten vernichten würden? Was der Dichter sich darüber hinaus noch nicht zu fragen wagte, war, weshalb die Wahrheiten, die er hier entdeckt hatte, ihm in keiner Weise geholfen hatten, als der Albtraum Wirklichkeit geworden war. Schlimmer: sie hatten womöglich dazu beigetragen, ihn noch mehr zu verwirren. Diese verwünschten Offenbarungen! „Natürlich", fühlte er sich aufgefordert zu Walter Lennig zu sagen, wie um sein langes Schweigen zu rechtfertigen, „als ich auf einmal hier war, dachte ich wie alle, der Krieg würde nur ein paar Wochen dauern. Das war ein bißchen das goldene Zeitalter ..."

Er hatte sich in diesen Straßen nur deshalb so bereitwillig dem Rausch hingegeben, weil der Frieden unmittelbar bevorzustehen schien. Meine Albträume, dachte er, waren kein Ende, sondern ein Anfang. Die eines Kindes, das erst die Kindheit des Jahrhunderts kennengelernt hätte. Oder die eines Greises, der lange danach auf seinen Ruinen eingeschlafen wäre. Eine Geschichte, die ich mir erzählt hätte, um mir angst zu machen.

„Sie haben recht, Lennig", sagte er, „meine Art zu reisen ist recht ungewöhnlich ..."

Das war buchstäblich wahr. Er war so wenig wie möglich gereist. Er erinnerte sich, daß er einen Ausflug in die Monts Maudits gemacht hat. Daß er in Paris und Avignon bei einem Antiquitätenhändler alte Möbel gekauft hat. Daß er in einem Schweizer Tal dem Brausen des Windes gelauscht hat. Daß er eines Tages seine Tochter mit ihren Kindern an einem dänischen Strand zurückgelassen und sich etwas abseits gesetzt hat, weil er sich so erschöpft fühlte. Seltsamer Vater, eigenartiger Forschungsreisender. In New York hatte er Caruso in der Metropolitan Opera singen hören und ihn in der Pause in seiner Garderobe Patiencen legen sehen, um mit seinem Lampenfieber fertig zu werden. An Bord des Frachtdampfers der Hapag, der ihn nach Amerika brachte, hatte er die überflüssigen Vertraulichkeiten einer Ladenbesitzerin angehört. An der Reede von Hoboken war das Schiff unter Quarantäne gestellt worden. So etwas passiert nur mir, dachte der Poet, das ist unvermeidlich: womöglich werden wir nie an Land gehen können ... Er erinnerte sich an einen ganzen regungslosen Sonntag auf dem Hudson. Die Unwirklichkeit, aufs neue. Man durfte nicht reisen. Schon im Räumlichen verzettelte man sich derart ... Aber in Brüssel hatte er in einer Stunde Palmen zwischen den Pflastersteinen der Rue du Midi wachsen und Kamele die Wüste des Marché Sainte-Catherine durchqueren sehen. Es roch nach Safran und Zimt. Man mußte sich vor den Tigern hüten, die mit einem Satz über die Rue du Lombard flogen. Während einer Jahreszeit, die wie ein ganzes Leben mehr war, das man aus Versehen geschenkt bekommen hätte, war Brüssel ein wuchernder Urwald und ein prunkvoller Ahaggar. Das war nicht nur dem Kokain zu verdanken, das er manchmal schnupfte, bevor er den Boulevard Botanique oder die Rue Neuve einschlug, um die Bizarrerie dieser exotischen Stadt von hinten anzugehen und ihren Gefahren zu trotzen ...

Er kehrte nach Hause zurück. Hinfort gehörte er der Stadt an, in der das Komplott geschmiedet wurde, das das Antlitz der Welt veränderte. Er dachte, daß er sie, was sich dort auch abspielen mochte, nicht mehr verlassen sollte. Er zog von der Passauer Straße an den Belle-Alliance-Platz.

„Lennig?"
„Ja?"
„Ich möchte wieder nach Berlin."
Am liebsten hätte er hinzugefügt: für immer.

Er kam dennoch nach Knokke und hielt dort die vorbereitete Rede. Eine alte Rede, die er schon anderweitig gehalten hatte. Eine Rede, die so alt, so müde war wie er. Die bei keinem eine Erinnerung zurücklassen sollte. In einem Nebensaal wurde Black Jack und Bakkarat gespielt.

Später sollte der eine oder andere fragen: Sind Sie sicher, daß der deutsche Dichter wirklich da war? Wurde sein Vortrag nicht von jemand anderem verlesen?

Tatsächlich ist er nicht bis zum Ende des Kongresses geblieben. Er hat sich diskret von seinen Gastgebern verabschiedet, indem er jedem seine Visitenkarte überreichte. Er würde nicht einmal den Busausflug mitmachen, der die Kongreßteilnehmer nach Damme führen sollte, dorthin, wo Thyl Ulenspiegel und Nele, seine treue ewige Braut, lebten ..., erzählte er Walter Lennig.

„Ich habe das Paar aus Stein in Ixelles, unweit der Avenue Louise, so sehr geliebt ..."

Trotzdem hatte er diese Statue nicht in Brüssel wiedersehen wollen, doch eines Tages, als er in Knokke aufs Geratewohl ein paar Schritte durch die benachbarten Alleen ging, war er auf ein anderes Denkmal für den flämischen Don Quijote und seine Dulcinea gestoßen. Er bemerkte, daß es gerade erst aufgestellt worden war. Diese Epiphanie überraschte ihn zwar kaum, freute ihn aber sehr. Es gibt kein zufälliges Zusammentreffen, dachte er, es gibt nur Verabredungen, und unter diesen einige, die wir verpassen, so ist es nun einmal.

Am Tag vor der Abreise wollte er trotzdem mit seinen Freunden Walter Lennig, Wilhelm Lehmann, Hans-Egon Holthusen und Alexander Lernet-Holenia an den Strand hinunter. Diesen fiel auf, wie mühsam er ging. Der Wind hatte ihm eine Handvoll Sand in die Augen geblasen, und ein Hund, der ihm zwischen den Beinen hindurchlief, warf ihn beinah um. Hier streifte ihn das Bewußtsein des Todes, als er es nicht mehr erwartete. Kein Schrecken in ihm. Nur die Furcht, daß *das* abbräche, *wo er doch gerade erst anfing zu verstehen* … Er, der behauptete, ein „Doppelleben" gelebt zu haben, er, der als geistiger Bigamist glaubte, sich zweimal mit seiner Zeit vermählt zu haben, er meinte, daß eine dritte Existenz nicht zuviel wäre, um sie wirklich zu umfangen. Es würde nichts ausmachen zu sterben, aber daß die Maschine zum Erzeugen von Bildern anhielte, daß eine letzte Intuition erstarrte, die vielleicht die richtige gewesen wäre, das erschien ihm unerträglich. Ich bin so langsam … Es ging so schnell und war für immer zu spät. Schade, wirklich. Seine Begleiter beobachteten diese schwerfällige Gestalt eines gestürzten Monarchen, den man für den Rest seiner Tage auf eine Insel deportiert hatte. Er hätte dabei nur einen von Weisheit erfüllten und etwas perversen Mandarin darstellen können. Aber er verkörperte weniger als das, und viel mehr. Er war dieser Block gefrorene Verzweiflung, der schwitzte und in der Wärme des Herbstes schmolz. Ein Bündel Verwirrung. Ein Krampf des Nichts. Der Knoten in einer Schlinge, in der sich das Licht erdrosselt hatte. Ein der Geschichte, dieser Hündin, hingeworfener Knochen, damit sie sich die Zähne ein bißchen daran wetzen konnte.

Dem Horizont den Rücken kehrend sah er, wie die Wellen sich in den Schaukästen der Hotels weit weg auf dem Deich spiegelten. Man hätte meinen können, sie wären fotografiert. Diese Pracht erschloß sein Herz, und er wunderte sich, daß er seine Augen nicht öfter in der Milch der Welt gebadet hatte.

„Wißt Ihr", sagte er zu seinen Begleitern, „daß ich das Meer nicht einmal richtig angesehen haben werde?"

Berlin, 1906

Die toten Körper

Hier endet nun die Kindheit, überlegt der Student. Vor diesem starren, wächsernen Körper, den der Pathologe sich anschickt zu öffnen. Hier löst sich nun der Konflikt mit dem Vater auf, denkt der Student weiter und hält dem Blick des Pathologen ohne mit der Wimper zu zucken stand. Einem Blick, dem der Mundschutz etwas Rätselhaftes verleiht. Alles macht Schluß mit der Kindheit, in diesem Amphitheater, wo das Licht gedämpft durch das Glasdach fällt und bis zu dem Tisch aus blauem Granit sickert. Und alles beginnt unter den Augen des Pathologen, der soeben an die Stelle des Vaters getreten ist. Heute ist es noch der Fachmann, der das Messer führt, aber bald wird, wie er mit Gummischürze, Stiefeln, Handschuhen und Mundschutz, der Student seinen Platz einnehmen und seinen ersten Toten aufschneiden. In nur wenigen Tagen ist es soweit. Dann wird es beinah Sommer sein. Und so heiß wie heute. In dem Moment, da er die funkelnden Werkzeuge ergreift, wird der junge Obduzent das Blut aus seinen Wangen, seiner Stirn, seinem Nacken weichen fühlen. In dem Moment der ersten Berührung mit dem Körper, der seinem Eingriff ausgeliefert ist, wird das Blut zurückfließen und seine Schläfen wie eine Krone zusammendrücken. Es wird so einfach sein wie der erste Liebesakt. Schließlich denkt der Student, daß er bei dem besonderen Anlaß schön sein wird. Daß er vielleicht nie wieder so schön sein wird, wie an dem Tag, an dem er seine erste Leiche seziert. Daß es sehr schwierig sein wird, nachher davon zu erzählen. Denn natürlich wird man das auch in Worte umsetzen müssen. Vielleicht ist man vor allem deshalb hierhergekommen, in das Krankenhaus von Moabit, im Herzen von Alt-Berlin, hat man deshalb in Etappen das kleine Dorf in der Neumark, nahe der polnischen Grenze hinter sich gelassen, wo man sich in einem Sommer wie diesem vor kurzem noch Flöten aus Schilfrohr schnitzte, wenn man nicht stundenlang in der Krone eines Kirschbaums saß. Dann das Gymnasium in Frankfurt an der Oder, wo man sich aus Scham wegen der eigenen Kleidung und der unbeholfenen Manieren bemühte, nichts zu sagen oder zu tun, was die Verachtung der Junkerssöhne wecken oder nähren konnte. Man mußte lernen, geizig mit seinen Worten und großzügig im Schweigen zu sein. Schließlich die theologische Fakultät, an der sein Vater ihn gegen seinen Willen eingeschrieben hat, in dieser Stadt Marburg, die insgesamt nichts als eine Universität ist. Man begann die Poesie um so mehr zu lieben, als sie an einem solchen Ort seziert, autopsiert vorkommt. Man träumte mit einer Leidenschaft, die vom Studium der Meisterdenker noch geschürt wurde, jener, die ihrerseits selten träumen. Deshalb lieber die Medizin, die Begegnung mit den Kranken und Toten, wie eine Rückkehr in die wahre Familie. Der Vater gibt nach. Man gelangt nach Berlin, dessen Bewohner die Stadt angeblich nicht mögen, sie aber nicht verlassen können, weil die Erbitterung, die sie in ihnen weckt, alle Anzeichen einer krankhaften Leidenschaft hat. Man wird Bürger dieser Stadt sein, deren Gifte die Nerven angreifen. Man wird Bürger dieser manchmal abscheulichen, aber immer reizvollen Stadt sein. Man wird Armenarzt sein. Man wird der sein, der die Körper der Menschen berührt. Die erniedrigten Körper der Lebenden und der dem Tod Anheimgegebenen. Man wird der Dichter sein, der das zur Schau stellt, was die anderen verbergen oder verschweigen. Andere als er haben vor ihm das Leichenhaus beschrieben. In weinerlichen Klageliedern. Während man das bittere Feixen des Gehäuteten hätte vernehmen müssen. Man wird der sein, der die Leichen aus dem Keller holt. Deshalb ist man in Etappen bis hierher gekommen. Um sich dieser Gefahr auszusetzen.

„Heutzutage", sagt der Pathologe mit etwas müder Stimme, „ist es in Berlin kein Problem mehr, uns zu versorgen: in den Leichenschauhäusern wimmelt es von unbekannten Kadavern. Wir brauchen nicht einmal mehr die Leichen der Hingerichteten zu stehlen! Aber wir wollen doch mal sehen, ob der junge Mann hier uns Offenbarungen machen kann ..." Denn jener, den der Obduzent mit einem Zollstock für den Leichenschaubericht vermißt, dürfte tatsächlich noch sehr jung sein. Seine Maße zu nehmen ist nicht leicht: im Sterben scheint er sich wieder aufrecht hingesetzt zu haben, er hat kampfbereit die Hände zu Fäusten geballt, als hätte er mit dem Tod, der ihn ereilte, boxen wollen... „Das ist oft so", bemerkt der Pathologe, „das ist die Stellung, in der die einsetzende Leichenstarre den Körper unmittelbar nach der Agonie befällt."

Doch unversehens hat sich das Hautmesser an die Arbeit gemacht. „Es ist eine unselige Auffassung, meine Herren, und eine schlechte Methode, die Dinge schleifen zu lassen: der tüchtige Obduzent trägt die Gewebe ab und trennt die Schichten nicht mehr genau, in die sie eingebettet sind ..." Schon ist die Brusthaut von den Schlüsselbeinen zum Sternum und vom Oberkörper zur Symphyse Y-förmig eingeschnitten. Nachdem der Obduzent in Höhe des Epigastriums ein kleines Loch geschnitten hat, fleischt er die Schnittkanten flach vom Rippenbogen ab. Dann werden die Rippen wie trockene Zweige mit der Rippenschere durchtrennt. Fettmassen fließen in die Rinnen. „Unser Mann war fettleibig", erklärt der Pathologe, „meine Herren, Sie werden die Dicken nie mögen: sie machen die Aufgabe undankbar, sie versuchen gleichsam, uns das Geheimnis ihres Ablebens zu verbergen ... Das Fett hält die Flüssigkeit zurück, staut das Blut. Vor allem im Sommer, denn dann treten Würmer auf und kriechen in die Körperöffnungen und sogar unter die Gesichtshaut ..."

Das ist die erste unfreundliche Bemerkung, die man ihn über die Toten machen hört, denkt der Student. Er mag die Dicken nicht und verordnet, daß wir – sofern, natürlich, wir Pathologen werden wie er – sie auch nicht mögen sollen. Dabei vermeidet er immer sorgfältig, den Toten Schlechtes nachzusagen – als würde er seine eigene Arbeit herabsetzen, wenn ein Verdacht auf seine Beziehung zu ihnen fiele. Im allgemeinen würde er lieber Reklame für sie machen ... Aber die Dicken erregen seinen Argwohn. Alles wäre soviel besser ohne sie! Sie verderben ihm sein Glück.

Ich haßte meinen Vater nicht so sehr wie seine Stimme, die so laut war, denkt er. Überall sprach er so laut, als wäre er in der Kirche. Wirklich schwer, nicht zu glauben, Gott spräche so aus ihm, aus seinem Munde. Dieses lawinenartige Wort, das er sonntags auf seine Pfarrkinder niedergehen ließ, war keine dem Ewigen gestellte Frage mehr, weder eine Auslegung seines Denkens noch eine irdische Paraphrase des göttlichen Textes, denn man hätte zunächst glauben können, daß der Pastor Gustav Benn sich an seinen Herrn richtete, daß er sich mit ihm fast von gleich zu gleich unterhielt, aber nein, er ließ sich nur von den von Oben gekommenen Worten durchdringen, er war es zufrieden, diese Elektrizität zu leiten. Er schwebte in seiner Kanzel wie in einer Gondel zwischen Himmel und Erde, und ich gewöhnte mir an, ihn nur noch von unten nach oben anzuschauen. Und Er, der Allerhöchste, der aus meinem Vater sprach, von Seinem Tod habe ich erst in Berlin erfahren, als ich eine Vorrede des Philosophen Friedrich Nietzsche aus dem Jahr 1886 las – dem Jahr meiner Geburt. War mein Vater denn nicht auf dem laufenden, daß er hartnäckig für einen bereits erloschenen Stern sprach? Allerdings las er außer der Bibel nie etwas, mein Vater, und hörte nie Musik. In seinem ganzen Leben war er nur ein einziges Mal im Theater gewesen, um ein Stück von Wildenbruch mit hurrapatriotischem und pseudosozialistischem Anspruch zu sehen, und er lag uns damit in den Ohren. Nietzsche und seine Vorreden zu *Die Fröhliche Wissenschaft* und zu *Jenseits von Gut und Böse* hat der Pastor natürlich nicht zur Kenntnis genommen ... Im übrigen, woher hatte Nietzsche denn seine Informationen? War es eigentlich so sicher, daß das Ableben des Unsterblichen festgestellt worden war? Welcher Gerichtsmediziner und Experte in Sachen Ewigkeit hatte denn für den Beweis Sorge getragen, indem er den Spiegel der zeitlosen Wahrheiten vor den Lichtmund hielt, ob dieser nicht mehr beschlüge oder sich trübte?

War das glaubwürdig: dieser Philosoph, der uns zwar im Ton wilden Triumphs die frohe Botschaft von diesem Tod verkündete, sie danach aber selbst nicht verkraftet zu haben schien und bald von Wahnsinn umnachtet war?

Ja, man hatte nach Berlin kommen müssen, um das zu erfahren, nachdem man etappenweise Mansfeld, Sellin, Frankfurt an der Oder, Marburg verlassen hatte; dieses Berlin, das Nietzsche nicht liebte, er, der in jeder deutschen Großstadt das Stein gewordene, labyrinthische Laster sah ... Während dem jungen Medizinstudenten, der aus seinem Dorf in der Neumark gekommen war, die Stadt sogleich herrlich graugrün und schmierig vorgekommen war und von einer weiblichen, einer gebärmütterlichen Gastlichkeit. Hier würde man doch wohl anfangen können zu leben und zu wissen, wer man war? Hat er vor seinem Schatten Angst gehabt, jener Friedrich Nietzsche, vor seinem im Schatten der Stadt verlorenen Schatten, er, den gleichwohl ein bilderstürmerischer Furor, die Wahrheit zu erkennen, beseelte? Nein. Er hatte lediglich entdeckt, daß er „Leib ganz und gar und nichts außerdem" war. Und dann kommt Zarathustra und fügt hinzu, „daß er einen schönen Fischfang getan hatte. Keinen Menschen fing er, wohl aber einen Leichnam". Aber warum an Nietzsche denken, hier, vor dieser Leiche eines Unbekannten, die der Pathologe gerade geöffnet und zur Schau gestellt hat, warum an Nietzsche denken, hier, wo die Kindheit zu Ende gegangen ist? Vielleicht weil der Philosoph sein Leben lang geglaubt hat, sein eigener Vater sei an Gehirnerweichung gestorben, was schließlich nicht mehr und nicht weniger bewiesen war als der Tod Gottes ... Meinen Vater, denkt der Student, habe ich wahrscheinlich weniger gehaßt als seine Stimme, die so laut war. Es war jemandes Stimme, der unfähig war, sich zu irren, und der sich nie die kleinste Schwäche gestattet hätte. Seinetwegen, seiner schallenden Stimme wegen habe ich die meine in mir ersterben, in der tiefsten Tiefe meines Wesens untergehen lassen und ihren Klang gedämpft. Ihretwegen habe ich ein für allemal diesen einförmigen Ton angenommen. Diese Tonlosigkeit, diese Sanftheit, diese Monotonie passen, um das auszudrücken, was ich zu sagen haben werde, nämlich durchdringenden Zweifel, dumpfe Ungewißheit, Verwirrung den Dingen gegenüber. Man schreit Worte nicht, die schon im Keim Schreie sind.

Der Pathologe durchtrennt mit einer Knochenzange die Knorpel. Mit einem Knopfmesser exartikuliert er die Gelenke der Claviculae, die wie eine Armbrust zusammenlaufen. Der Blick der Studenten taucht in die Bauchhöhle ein, in der die Organe wie vielgestaltige Zitrusfrüchte in exotischen Farben schwimmen. Noch einmal könnte der Zuschauer über die Grandiosität des Schauspiels staunen, die seine Schauerlichkeit bändigt und zensiert. Nichts könnte der formalen Vollkommenheit dieser Maschine gleichkommen, der bunten Fülle ihrer Einzelteile, der Klarheit und Schärfe ihrer Konturen. Jeder trägt also ohne sein Wissen dieses Füllhorn in sich? Aber er muß sterben, damit es ans Tageslicht gelangt. Einen Augenblick lang unterbricht der Pathologe seine Arbeit. Er ist in Schweiß gebadet. Wahrscheinlich möchte er auch seine Studenten die schreckliche Pracht dieser menschlichen Landschaft ermessen lassen, die das Auge nicht erschöpfend wahrnehmen, an der es sich nicht satt sehen kann, dieser individuellen Schrift, deren Linien und Verflechtungen es vergebens zu folgen und entlangzugehen trachtet ... Seine Brille ist beschlagen. Wahrscheinlich ist er bewegt. Jeder hält den Atem an. Gegen den eigenen Willen würde man gern das Hieratische des Toten übernehmen. Noch einen Augenblick lang wird nichts die Topographie des geöffneten Körpers stören. Dann kommt die Zerstückelung, die blutige, didaktische Plünderung. Die Verwesung wird den Rest besorgen. Einige Sekunden, so lange wie eine Fata Morgana währt, ist dieser Kadaver ohne Hinterbliebene, diese absolute Waise, in der Gestalt eines vornehmen Herrn erschienen. Die Sittsamkeit dieses Fleisches, das, nach außen gekehrt, nicht mehr nackt wirkt. Die bläulichen Glanzlichter seiner edlen Strukturen. Die tosende Stille dieser Eingeweide, die durch ihre Exhumierung enthüllt werden wie das Modell einer verschütteten Stadt. Man muß dieses Meisterwerk mit den Augen verschlingen, das vergänglicher ist als die Kreidezeichnung, die ein Kind auf den Bürgersteig einer Alt-Moabiter Straße gemalt hat. Man hätte gewünscht, es würde immer so bleiben, und man könnte sich mit dem Schauspiel des Todes über den Tod hinwegtrösten. Nicht einmal dieses Schauspiel wird weitergehen. Nicht nur im Leben ist die Schönheit flüchtig.

Einst hatte Xavier Bichat in Paris erklärt, daß „das Leben die Gesamtheit der Funktionen ist, die dem Tod widerstehen", und dieser schöne Aphorismus hatte sich wie ein Lauffeuer durch alle Hörsäle Europas verbreitet. Als könnte man vom Lebewesen nur behaupten, daß es bloß nicht gestorben war. Dann wäre das Leben nie mehr als die Ausnahme, die die Regel des Todes bestätigt? Das Leben war da, auf der Bühne der Welt, doch nirgendwo trat es als Prinzip in Erscheinung. Man kommt auf die Welt, hatte der Physiologieprofessor zur Einführung in das zweite Semester gesagt, und sogleich fängt man an sich zu zerstören. Im Grunde wartet die Trauer nur auf unsere Geburt, um sich an die Arbeit zu machen …

Zum Zeichen der Zustimmung hatten die Studenten mit den Mittelgliedern ihrer gekrümmten Finger oder mit den Spitzen ihrer Bleistifte auf ihre Pulte getrommelt.

Dennoch, fragte sich der Pastorensohn, hätte man nicht, wie bei jedem klugen Ausspruch, auch bei dem von Bichat das Gegenteil behaupten können: daß der Tod die Gesamtheit der Kräfte vereint, die dem Leben widerstehen? (Daß man darin nur die Abdankung eines Protoplasmas sehen muß?) Ein meistens von Erfolg gekrönter Widerstand … Es gab soviel mehr Tod als Leben! Und das war zweifellos erst ein Anfang. Deshalb hatte Leonardo da Vinci wahrscheinlich, trotz der Begeisterung, in die ihn seine nächtlichen Treffen in Santa Maria Nuova zu Florenz versetzten, diese stets als grausig bezeichnet, diese seine hautnahen Begegnungen mit den Leichen, die er häutete, entbeinte und zerlegte, um ihnen die Geheimnisse zu entreißen, die sie noch niemandem anvertraut hatten. Und deshalb hatte er den Ekel, den sie ihm einflößten, nie ganz überwinden können. Wahrscheinlich ging es dabei weniger um einen Widerwillen des lebenden Körpers gegenüber dem gestorbenen als um eine Abneigung des Geistes in bezug auf eine buchstäblich hoffnungslose Aufgabe. Erwies sich das Herz, das, wie er erkannte, keinerlei vitales Prinzip barg, nicht als ein Muskel wie jeder andere? Schon zu Leonardos Zeiten gewann der Tod. Über die Kunst zur Anatomie gelangt, sollte der Maler um etwas Erkenntnis reicher und um einige Illusionen ärmer zur Kunst zurückkehren: was er auf den mit Fett und animalischer Lymphe verschmierten Sektionstischen hinter sich ließ, war eine bestimmte Vorstellung vom Unendlichen, die er sein Leben lang gehegt hatte. Eine Leiche mehr …

Es wird keine großen Ferien mehr geben. Man würde nicht mehr mitten im Sommer nach Sellin fahren. Ruth, die zärtlich geliebte große Schwester, die Verse schrieb, bevor man selbst damit anfing, ist im Internat in Göppingen. Man wird nicht mehr auf die Erntewagen klettern. Man wird kein Heu machen. Man wird die Vögel nicht mehr aus ihren Nestern holen. Man wird nicht mehr den Duft der im Obstgarten aufgehängten Wäsche riechen. Man wird nicht mehr der sein, der für die jüngeren Brüder und die Schwester Edith die Dinge, Bäume, Pflanzen und Tiere, Sterne, Naturerscheinungen bei ihrem Namen nennt. Flieder, Akazie, Schwarzerle, Löwenzahn, Distelfink, Waldkauz, Dohle, Spitzmaus, Wiesel, Abendstern, Beteigeuze. Man wird nicht mehr der sein, der das Los beschreibt, das der Winter den Vögeln beschert. Man wird keine Märchen und keine Geschichten mehr erzählen, weder die von „dem Onkel, der im Wald spazierenging, nachdem er seine Haut verloren hatte", noch die von dem schwarzen Ritter, der bei dem Krönungsfest in Frankfurt eine ganze Nacht mit der Kaiserin tanzte und der, aufgefordert sich zu demaskieren, verriet, daß er der Henker von Bergen war, den der Kaiser aber, um die Festlichkeiten nicht zu beeinträchtigen, auf der Stelle zum Ritter schlug – nein, man würde niemandem mehr diese haarsträubenden Geschichten erzählen, denn Gnade wird immer nur in den Büchern gewährt, und Menschen, die ihre Haut verloren haben, gibt es nur, weil man sie ihnen auf dem Sektionstisch abgezogen hat. Man wird im glühenden Schatten der Scheune nicht mehr den Vorrat an Haselnüssen und Pfefferminzplätzchen teilen. Man wird Ostern nicht mehr nach brandenburgischem Brauch feiern, indem man sich mit grünen Zweigen peitscht. Man wird sich nicht mehr insgeheim wundern, zu sehen, wie die Mutter altert, dicker wird und immer weniger dem Porträt von ihr ähnelt, das man eines Tages im Album entdeckt hat und das sie, die Hände auf eine Sessellehne gelegt und um einen Fächer geschlossen, in all ihrer verdutzten Freude zu leben zeigte – freilich hatte sie sich damals noch nicht mit dem Vater verlobt, und er war vielleicht noch gar nicht in ihr Leben getreten –, und man wird sie nicht mehr mit einem ganz leichten schweizerisch-französischen Akzent *les chloches sonnent, l'air en rayonne* singen hören. Man würde sie, die teure Fremde, nicht mehr die Berggipfel beschwören hören, mit den nie endenden Sonnenstrahlen. Nein, es wird in diesem Jahr keine Ferien auf dem vom Sommer erhitzten und betäubten Land geben, diese Ferien, in denen man vor Langeweile umkommt und die man anschließend bezaubernd findet. Stotternde Sehnsucht. Die Erinnerungen, die man nachher sammelt: Flöte aus Schilfrohr, Erntewagen, Pfefferminzplätzchen, bekommen eine pathetische Banalität. Man wird in diesem Jahr keine alten Freunde treffen, diese Söhne des Landadels, die aus Baden, Düsseldorf oder München kommen, wo sie manchmal bei den Barsängerinnen und Tänzerinnen bekannt sind. Man braucht sich diesmal nicht zu schämen und seinen Ärger zu verbergen. Man hat sich für die Medizin entschieden und für Berlin. Man wird nie wieder derselbe sein. Der Vater hat nachgegeben. Ihm, der sich vertrauensvoll auf die Ratschlüsse eines undurchdringlichen Gottes verläßt, muß die Medizin wie eine nahezu überflüssige, ebenso anmaßende wie frivole Tätigkeit vorkommen. Aber nun, da man mit den Kranken und den Toten verkehrt, ist man von der ganzen übrigen Welt getrennt und sogar von der der Herkunft. Am Ende des Sommers wird man dann den Dienst in der Armee antreten, man wird als Militärarzt arbeiten, um sein Studium abzubezahlen: haben Armee und Medizin nicht viel miteinander zu tun? Nächstes Jahr vielleicht, wenn es wieder Sommer ist, wird man auf Besuch nach Sellin zurückkehren und wird feststellen, wieviel der Vater der Mutter wieder von ihrer Jugend gestohlen hat, man wird nicht einmal über das Wesentliche mit ihm sprechen können: daß man jeden Tag mit Toten in Berührung kommt, daß man sie von ganz nahem sieht, daß man auch Frauen berührt hat, aber daß nicht einmal sie immer ausreichen, um einem die Lust am Leben wiederzugeben.

Mit einer Faßzange reißt der Pathologe das Herz-Lungen-Paket aus der Thoraxhöhle. Das härteste Stück Arbeit. Womöglich weil es sich um diese heiligen Organe handelt? Das Herz, denkt der Student, riecht auch am schlechtesten ... Aber wahrscheinlich bildet er sich das ein. Der Fachmann schöpft mit der Kelle das Blut heraus, das schon wie lauwarmer Kakao in der Höhle gerinnt. Er behilft sich mit dem Schwamm, um sich auf die Suche nach den Nieren und der Aorta zu machen. Er zieht Dünndarm und Dickdarm heraus, schneidet sie ab und bindet sie mit einer Schnur ab, die ein Assistent neben ihm verknotet. „Sehen Sie“, kündigt er an, „ich fiedle das Mesenterium an seinem Ansatz ab, dann führe ich die Knopfbranche der Darmschere in die Öffnung des Organs ein und schneide dann am Rand des Mesenteriums entlang. Betrachten Sie die Arbeit, meine Herren, reine Routine: ich löse die Milz von ihrem Stiel, schätze ihre Größe, begutachte ihre Farbe und Konsistenz, bitte den Gehilfen, das Gewicht festzustellen ...“ Danach geht die Bestandsaufnahme weiter: Entfernung der Leber, des Magens, des Zwölffingerdarms und der Bauchspeicheldrüse. Anordnung des Eingeweidepakets auf dem Sektionstisch. Schätzen der Größe, des Gewichts, der Farbe, der Konsistenz.

Seine behandschuhten Hände tauchen noch tiefer in den Panzerschrank ein, den er aufgesprengt hat, um sich diesen Piratenschatz, diese wie Saphire und Rubine funkelnden menschlichen Edelsteine anzueignen. Doch das Auge des Zuschauers hat kaum Zeit, größer zu werden, sich daran zu weiden. Der Pathologe taucht sein Publikum in ein Wechselbad, er macht seine eigenen Effekte gern zunichte, sobald sich Faszination einstellt. (Gleich, wenn er eine Blasenpunktion vornimmt, wird er sagen: „Sehen Sie nur, meine Herren, dieses Ferkel scheut sich nicht, in seinen eigenen Körper zu pinkeln! Werden Sie das, wenn die Zeit da ist, ebenso machen, frage ich Sie?") Wenn der Pathologe im übrigen den Speisebrei links liegen läßt, wenn er es seinem Assistenten überläßt, Gewebe und Membranen in Scheiben zu zerlegen, wenn er sich vor allem nicht mit den schleimigen Klumpen der Lungen aufhält und die Untersuchung der Pleura und der Pleuralflüssigkeit aufschiebt, wenn er die Verzweigung der Bronchien verschmäht, so denken alle, daß es sich dabei um eine List handelt und daß der Meister einen Theatercoup zurückhält, daß er die Auflösung nur verzögert ... Daß er insbesondere vorhat, keine der Möglichkeiten ungenutzt zu lassen, die ihm das mit dieser vogelfreien Leiche zur Verfügung gestellte Material bietet ... Schon klafft der Hals: nach der Ablösung des Mundbodens entrollt sich an einer Pinzette die Zunge. Auch die Schilddrüse wird entfernt. Untersuchung der Schleimhaut von Kehlkopf und Luftröhre. „Beachten Sie, meine Herren, daß er beim Sterben nicht auf seine Zunge gebissen hat. Aber übersehen Sie nicht das Vorhandensein von Bronchialschleim ... Nun müssen wir noch das Wesentliche untersuchen. Da der Tod sich vor allem als das Außerkraftsetzen der Intelligenz definieren läßt, obwohl ich Sie daran erinnere, daß zwei Drittel der Hirnmasse nur stumme Zonen sind, wollen wir uns der Spitze des Gebäudes zuwenden ... Wie Sie wissen, fängt man gewöhnlich damit an ... Wenn ich eine Ausnahme gemacht habe, so wahrscheinlich um es diesem jungen Mann zu ermöglichen, bis zum letzten Moment mitanzusehen, was wir uns mit seinen sterblichen Überresten zu tun gestatteten ..." Die Studenten fühlen sich bemüßigt zu lachen. Der von ihnen, der aus Sellin stammt, fragt sich, ob in einem solchen Scherz nicht eine Spur Verachtung zutage tritt.

Aus der behaarten Lederhaut hervorgehend, die von einem Warzenfortsatz zum anderen reicht, legt sich die Haut über das Gesicht, macht die toten Augen ein zweites Mal blind und bedeckt den Nacken. Man kann die Knochen des Schädeldaches sehen: die Knochensplitter stieben umher, es riecht verbrannt. Die Hirnhaut wird mit einer spitzen Schere geöffnet. Zum Vorschein kommt ein bläulich schillerndes Gefäß, voll mit fast schwarzem Blut: ein Gral. Die in Handschuhen steckenden Finger schieben sich behutsam unter die Frontallappen; mit geschickter Hand nimmt der Obduzent das Großhirn und das Kleinhirn wie ein Almosen aus Fleisch entgegen. „Sehen Sie selbst, meine Herren! Püree, Marmelade, gegorene Konfitüre! Andererseits haben Sie vorhin wohl nebenbei ein schlagartig auftretendes Lungenödem bemerkt … Drogen natürlich, meine Herren. Später, dank der Laboruntersuchung, werden wir wissen, womit wir es zu tun haben. Unser Kunde, nennen wir ihn der Einfachheit halber Ulrich, wird gerade eben Zeit gehabt haben, einen kurzen Rausch, einen euphorischen Schwindel zu empfinden, und wird bald in ein Delirium versunken sein, von dem wir für ihn hoffen können, daß es erotisch war. Dann wird er tödliche Kälte verspürt haben. Übelkeit wird ihn so sehr geschüttelt haben, daß er den Geist aufgab. Das Ganze wird nicht länger als ein paar Stunden gedauert haben. Ich hebe das Hautvisier dieses armen Ritters hoch: Sehen Sie die Lippen, die Säure hat sie ihm zerfressen. *Exit Ulrich. Sic transit gloria mundi. Taceant colloquia effugiat risus hic locus est ubi mors gaudet succurrere vitae.*" Die Studenten in der ersten Reihe klopfen beifällig mit ihren Bleistiften auf den Rand der Bahre. Denn wenn der Pathologe, überglücklich, im Besitz der Wahrheit zu sein, seinen verstorbenen Sklaven Ulrich dazu bringen will, mit allem herauszurücken, und sich weiter über ihn hermacht, wenn er sich an den Gehilfen wendet und ihn auffordert, Kleinhirn, Brücke und verlängertes Mark erst frontal, dann transversal zu zerschneiden, so wissen die Zuschauer doch, daß er damit nur noch die letzten Formalitäten eines Rituals erfüllt. Wenn er sogar launig mit dem Skalpell noch tiefe Einschnitte in das Fettgewebe der Arme und der Oberschenkel vornimmt, so handelt es sich nur noch um einen Schnörkel. Man trennt sich nämlich nicht so leicht von einem Menschen, den man zerstückelt hat. Man würde unerschöpflich weiterreden: das Schweigen des Toten muß gebrochen werden. Man wird ihn jedoch jahraus, jahrein den Leichenhausbediensteten überlassen, die dem Kadaver in losen Stücken geben werden, was des Toten ist, die seine Organe, oder was davon übrig ist, wieder in die Körperhöhle stecken, zwei oder drei zusammengeknüllte Zeitungen und Sägespäne hinzufügen, um die Lücken zu füllen, und ihn dann in großen Stichen mit Katzendarm wieder zunähen. Es kommt nicht so darauf an, wie dieses Einnähen des Körpers in sein natürliches Leichentuch ausgeführt wird, da niemand kommen und seine Herausgabe verlangen wird.

Beim Verlassen des Hörsaals wirft der Student aus Sellin einen letzten Blick auf Ulrichs Haare: sie sehen aus wie die einer monströsen, lebensgroßen Puppe. Er schließt eine Sekunde die Augen und sieht das funkelnde, scharfe Bild des Körpers im Moment seiner Eröffnung wieder vor sich, des wie in Marmor gezeichneten Körpers, so klar, daß er unecht wirkt. Eine grandiose Imititation von Leben. Er denkt auch, daß es nach Verlassen eines solchen Ortes wider alle Hygienevorschriften angemessen wäre, sich nicht die Hände zu waschen.

Man ist aus einem naturwissenschaftlichen Jahrhundert hervorgegangen, denkt der junge Pastorensohn von den Ufern der Oder: selbst wenn man wollte, könnte man nichts daran ändern. In jedem Fall hat man kein anderes Argument, das man gegen den fanatischen Gott des Vaters und das Philistertum jener vorbringen kann, die Ihm nur Darwin und sein äffisches Glaubensbekenntnis entgegenhalten können. Sich der Naturwissenschaft anvertrauen – aber um sich der Nutzlosigkeit von nahezu allem, was wir Natur nennen, stärker bewußt zu werden! Wie schmal ist doch der Spielraum, über den der Geist erst verfügt! Weil er allein die Welt so wahrnimmt, wie sie ist – ein Schlachthaus, eine Pestkrankenstation, ein Albtraum, aus dem man nicht oft herausgerissen wird –, muß er sich menschenscheu verschließen, kann er nicht umhin, sich inmitten der Welt in Quarantäne zu begeben. Muß, um dem Wal zu entrinnen, sich in dessen Bauch flüchten. Und dort, den Stürmen ausgeliefert, sein Logbuch führen. Ein Credo streng nach einer Wissenschaft formulieren, die dazu berufen ist, vor allem das Nichts zu vermessen. Es zartbesaiteten Hedonisten überlassen, gefälligst an den Fortschritt zu glauben, der immer nur der des Kapitals ist. Die Naturwissenschaft, aber um ja nicht den Menschen aus den Augen zu verlieren und sich nie von ihm ablenken zu lassen, denn er ist mörderisch und erbärmlich. Das reicht aus, damit man ihm die ganze Zeit, die man hat, widmet. Sich der Welt vermählen, aber um ihr leidenschaftlich untreu zu werden. Und außerdem natürlich, da es keinen Rauch ohne Feuer und ebensowenig Medizin ohne Kunst wie Kunst ohne Medizin gibt, wissen, daß das Zeremoniell der Erfahrung mit einem Schrei eröffnet wird und schließt.

Sobald er zum erstenmal am Stettiner Bahnhof ankam, packte die Stadt ihn bei der Kehle. Ich kehre nach Haus zurück …, ertappte er sich zu murmeln. Seither hatten die Steine ihren Zugriff nicht gelockert. Es war wie der Beginn eines Zwiegesprächs mit ihnen, das alle Empfindungen auf einmal zu zerstören oder bis zum äußersten zu steigern drohte. Nichts, außer einem unwiderstehlichen Antrieb, hatte den Dorfjungen aus Sellin hierher gerufen. Ein Grauen vielleicht, das aber von der Liebe beseelt wurde, oder umgekehrt. Er war gekommen, die Stadt zu erfahren, wie man sich einem Initiationsritus unterwirft.

Ihm fiel auf, wie viele Leute auf der Straße mit sich selbst redeten. Doch führte die Stadt selbst nicht insgesamt ein Selbstgespräch? Es kam ihm vor, als unterhielte man sich in Berlin immer nur über Berlin; die Stadt konnte nur sich selbst para-

phrasieren. Sie war nichts als ein ungeheurer Solipsismus. Die Gorgone tauchte mit Mühe aus einem bleiernen Schlaf auf. Zu welchen Maßlosigkeiten würde das ungestüme Erwachen sie anstiften? Sie war nicht, sie würde nie ehrwürdig sein. Sie wirkte im Gegenteil furchtbar jugendlich. Sie konnte gerade genug Geschichte in Anspruch nehmen, um sich einem Exzeß von Abenteuern hinzugeben. Sie wollte nichts als sich in schlechte Gesellschaft begeben. Ihr Elend erstickte ihren Jubel nicht. Doch diese Freude, die man auf manchen Gesichtern las, hatte Ähnlichkeit mit der der Raubkatze. Fangzähne leuchteten im Dunkeln. Sie war zu jedem Verrat bereit. Angefangen bei dem der Lebenden an den Toten, der Toten an den Lebenden. Sogar die Straßen, durch die der Spaziergänger schon hundertmal bei Nacht gegangen war, erkannte er bei Tag nicht wieder.

Der junge Mann aus Sellin wußte, daß er hier allein sein würde. Aber so, wie man es bei der Promiskuität empfinden kann. Wenn man sich an den Menschen reibt und an den Dingen klebt, wenn einem sogar das Nachlassen des Schwindelgefühls abhanden gekommen ist.

Er spürte, daß er das Alter dieser Stadt hatte. Daß er der absolute Zeitgenosse von Berlin war.

Er hatte keine Angst. Nicht einmal davor, die wenigen Illusionen zu verlieren, die er noch hegte. Auch nicht davor, sein bitteres Lebensgefühl bis ins letzte auszukosten.

Ruß von Stettin. Schwarze Fassaden von Kreuzberg. Strenge Kranzleisten, in die Fremde verpflanzte Kampanile, entlehnte Gesimse, Säulen, Innenhöfe, Kuppeln, Gewölbe, Glockentürmchen von Charlottenburg, Giebel, glasierte Ziegel, Turmspitzen und -helme, Blitzableiter. Karyatiden, Putten und Atlanten des Tiergartens. Schwülstige Statuen der Siegesallee. Blumengeschmückte Balkone in Moabit. Schrebergärten mit Tiroler Hütten und Zwergen aus Gips. Gemüsefelder: Kohlrabi, Gurken, Sellerie. Verwelkte Bäume Unter den Linden. Graue Weiden am Havelufer. Bimmelnde Fiaker, kreischende Straßenbahnen. Café Adlon. Bristol-Keller. Restaurant Kem-

pinski. Trinklieder in den Kneipen der Schumannstraße. Tanzdielen in Treptow. Ein Diner im Morgengrauen, bei Tony Grünfeld. Vom Schiller- ins Lessingtheater. Vom Büchner- ins Schillertheater. Richard Strauss, dirigiert von Felix Weingartner, in der Oper, Mahler unter der Leitung von Nikisch in der Philharmonie. Jaks und Zebus im Zoologischen Garten. Raubvögel von jeder Flügelweite. Insektenhaus. Gehege der wilden Tiere. Fütterung der Riesenschildkröten. Flußchamäleons. Goldkarpfen aus den chinesischen Meeren. Völkerkundemuseum in der Prinz-Albrecht-Straße. Sammlung Schliemann. Im ersten Stock, im dritten Saal die Route von Cooks Reisen, die Masken vom Bismarck-Archipel. Das untergegangene Polynesien, dessen Rätsel überlebt.

Bläulicher Schein der Gaslaternen. Die Billardpartie am Samstagabend. Das Pilzesammeln am Sonntag im Grunewald. Die Lektüre des *Vorwärts* während der ganzen Woche für jene, die wie der Pastor von Sellin glauben, man könne die Welt noch verändern. Wandervereine. Gymnasiastenverbindungen. Feldgraue Gehröcke und Jacken, satinierte Zylinder, Kreissägen, Panamahüte, Pickelhauben, Schirmmützen, Stiefel mit hohem Schaft, Gamaschen, Nagelschuhe. Mit Bimsstein abgeriebene Schädel, blaue Kinne, aufgezwirbelte Schnurrbärte, Monokel. Flachsblonde Zöpfe, mit Wasserstoffsuperoxyd gebleichtes Haar, kurze Röcke. Auf dem Jahrmarkt gibt es bärtige Frauen und Männer mit Brüsten. Hinkende und Einarmige. Damen ohne Unterleib, beleibte Männer. Stummfilme, die das Schmachten des Pianolas versüßt. Händler für Schnürsenkel – um sich aufzuhängen, oder für Streichhölzer – um Feuer an die Stadt zu legen. Amateurastronomen – um sich am Entdecken zu freuen. Messerschleifer – um sich am Töten zu ergötzen.

Im Dunkel der nach Wachs riechenden Salons diese gotischen Möbel auf geschweiften Löwenpranken, diese auf Hochglanz polierten Kommoden. Anderswo gibt es nur einen Tisch, auf den man seine Ellbogen stützen und die vom Hunger schwere Stirn in die Innenfläche der verschränkten Hände legen kann. Ranziger Speck, Kleiebrot, Rübensirup. „Gott

mit uns". In den Abdeckereien fließt Tag und Nacht das karminrote Blut der Schweine und Färsen. Frühmorgens in den Straßen der vermischte Geruch von Wurst und erloschenen Zigarren. Im Sommer Jasmin und Erbrochenes im Schatten der blühenden Hecken. Scheiße unter den Lindenbäumen. Aber es wird behauptet, Berlin werde in Kürze über Hamburg via Stettin mit dem Ozean verbunden sein. Auf! Man wird die südlichen Meere wiederentdecken.

Und dann sind da die Frauen. Warum ist die Stadt so voll von ihnen? Man muß also erreichen, von ihnen geliebt zu werden. Welchen Sinn man diesen Worten auch gibt: lieben, Frauen … Das wird nicht gerade leicht sein! Aber man wird nicht darum herumkommen. Die Frau taucht im Leben des Mannes so sicher auf wie der letzte Schlaf. Doch das Leben ohne Frau ist der Tod ohne Umschweife. Sie war nicht fern, die Zeit, da der Sohn des Pastors bei Anbruch der Dämmerung, wie um seine Gedanken in einem gnädigen Dunkel zu verbergen, durch die brandenburgische Flur spazierte und glaubte, der einzige kleine Junge auf Erden zu sein, den der Körper der Mädchen lockte. Und noch heute wunderte er sich manchmal, daß er dieses Gelüst, diese Unruhe mit der Gattung teilte. Wenn er gelegentlich liebte, fühlte er sich an Alter verlieren. Er entdeckte, daß man jedesmal, wenn „man ein Mann wurde", wieder zum Kind werden mußte.

Die Frau des Pastors vor einem Kippspiegel stehend. Ein Träger ihres Mieders ist den linken Arm herabgerutscht und entblößt das Schulterblatt. Sie weiß nicht, daß sie angesehen wird. Sie ahnt nichts von der Anwesenheit ihres ältesten Sohnes im Zimmer. Es ist zu spät, sie ihr kundzutun. Verwirrung bemächtigt sich seiner. Nicht, weil er seine Mutter bei ihrem intimen Tun überrascht hat. Eher weil er entdeckt hat, daß dieser Rücken so schön ist und daß die Mutter es bestimmt nicht weiß. Man müßte es ihr sagen, damit sie ihn öfter zeigt – und weil der Vater es auch nicht weiß: er spricht nie darüber. Den kleinen Jungen erfüllt Melancholie, in seiner Reichweite

eine Mutter, eine Frau zu haben, die in diesem Maße ahnungslos von ihrer Schönheit ist. Von dem Frieden, den diese Schönheit dem schenkt, der sie betrachtet.

Der Blick des Kindes wandert zum Spiegel, um das Spiegelbild dieses Körpers zu sehen, das der Körper selbst ihm verbirgt. Die entblößte Brust mit dem Zyklopenaugenlid der Brustwarze wirkt nicht weniger keusch und nicht weniger herrlich als die seidig weiße, geflügelte Schulter, die sie stützt. In Gottfried entsteht der Blick, den er künftig auf den Körper der Frauen richten wird. Dieser gerührte Blick, der viel respektvoller ist, als er selbst es sich je eingestehen wird, aber ein bißchen verzweifelt.

Die Mutter ist für einige Zeit die einzige Frau in Sellin, die es verdient, angesehen zu werden. Aber ein andermal wirkt sie in ihrem schwarzen Kleid wie untergetaucht, ertrunken. Sie trägt wahrscheinlich Trauer. Aber nicht um jemand Bestimmtes. Ein andermal wieder geht sie nach vorn gebeugt – als schleppe sie eine Last –, die Hände flach auf den Schenkeln. Die Augen vom Licht angegriffen, von einer geheimen Pein, einer grundlosen Sorge vergrößert. Wenn nicht von der Sorge, einen ganz und gar zu seiner Seinsfron bestimmten Körper zu haben. Gottfried wünschte, sein Vater würde als Feldgeistlicher eingezogen.

Er wünschte sich auch, alle Frauen zu besitzen, um diese Frau zu rächen, die so endgültig gebeugt ist, so beflissen, sich noch mehr zu beugen.

Die Stadt quoll über von Frauen, die man hätte lieben können. Auch von käuflichen Frauen. Das waren manchmal dieselben. Wer behauptet, die Frauen zu lieben, und nicht auch von den käuflichen angezogen wird, weiß nicht, wovon er spricht. Er stammelt die Liebe.

War die Hure eine Frau wie alle anderen? Und war jede Frau etwa nichts als eine Hure? So lauteten die schwerwiegenden Fragen, die schon 1906 die Biertrinker quälten, denen die Frauen angst machten. Diese Diskussion beunruhigte den Pastorensohn aus Sellin dagegen kaum. Dabei hatte er wie alle

Welt *Geschlecht und Charakter* von Otto Weininger gelesen. „O!!! Gib dem Laster rothe Wangen / Daß ich ihm angstlos fröhnen kann!“ Es war doch wohl ein bißchen einfältig, die Frauen in Mütter und Hetären aufzuteilen, wenn der Autor sie auch nicht unbedingt gegeneinandersetzte. Denn womit das frühreife, suizidale Wiener Genie ins Schwarze traf, war seine Behauptung, die Frauen hätten im Gegensatz zu den Männern eben keine Angst, sich zu verdoppeln. Man brauchte nämlich „das Wort Doppelgänger nur zu nennen, um in den meisten Männern heftiges Herzklopfen hervorzurufen“. Was das übrige betraf, inwiefern war es wichtig, ob Weininger recht oder unrecht hatte? Wittgenstein hatte dazu angemerkt, daß der Autor, wenn man seinem ganzen Buch ein „Nein“ entgegenhielt, nichtsdestoweniger eine bedeutsame Wahrheit verkündete. Sein gewaltiger Irrtum ist es, der Größe hat, schloß er. Jedenfalls, dachte der listige Dorfjunge aus Sellin: Mutter oder Hure, solange ich die eine oder die andere lieben oder zurückweisen kann, geht es mich nichts an und ist nicht einmal ein Thema für mich ... Denn er war weitsichtiger. Wenn die Frauen keine Angst vor ihrem Schatten hatten, so fürchteten die meisten Männer ihr weibliches Double. (Oh, jeder auf seine Art und in gewisser Hinsicht noch nicht genug!)

Beginnen wir doch damit, uns für das trügerisch mitfühlende Völkchen der Huren annehmbar zu machen, überlegte sich der junge Mann. Zumindest unterschieden sich die Dirnen hier so wenig wie möglich von den anderen Frauen ... Und sogar: wie viele herausfordernde Bürgerliche provozierten mehr! So daß man die Geschöpfe mit dem leeren Blick, die auf der Friedrichstraße hin und her gingen, selbst wenn sie ein grelles Make-up und dick getuschte Wimpern zur Schau stellten, nur mit Vorsicht, beinah mit Ehrerbietung ansprach. Man hatte recht: bei jedem zweiten Mal hatte man sich geirrt, aber wenn man an die Richtige geraten war, bestätigten allein diese Augen, durch die das Nichts geisterte, der Stich, den einem ein nicht einmal auffälliges Zwinkern ins Herz versetzte, daß man „verhaftet“ worden war. Das durchbohrte einem den Plexus, beglückte einen und erregte leichte Übelkeit.

Aber wenn das Mädchen anschließend die sittenwidrigen Forderungen ablehnte oder das Feilschen des mittellosen jungen Freiers mißachtete und dieser sie auf dem matschigen Bürgersteig davongehen sah, empfand er Verdruß, der über die Demütigung hinausging: schon bei einer Kleinigkeit verwandelte er sich in Kummer. Dann ging er sich eine obszöne Postkarte kaufen, die am wenigsten obszöne, um sich, wieder in seinem Zimmer, mit ihrer Hilfe von dem Unglück zu erlösen, daß er keine Gelegenheit hatte, am Fleische selbst zu verzweifeln.

Ebensogut kann ich mich an denen schadlos halten, die nichts kosten, beschloß er. Abgemacht: er würde im Arcadia, im Café Riche oder in der Halle des Metropol herumstreunen. Da der Tod ihn ja nicht schreckte und, besser noch, ihn interessierte, würde er eben ein Verführer sein. „Blüht nicht zu früh, ach blüht erst, wenn ich komme." Nicht ohne bittere Freude beobachtete er an sich selbst, daß Armut die Menschen nicht immer besser macht.

„Mich", erklärte der Pathologe in einem Moment der Offenherzigkeit vertraulich, „mich interessiert das Skelett. Diese Konstruktion. Dieser Rohbau. Sie werden sehen, meine Herren, daß die Zukunft dieses Berufs daran hängt! Es wird den Menschen von morgen mehr Informationen über sich selbst erbringen als alles Fleisch! Heißt es nicht in der Bibel, daß unsere Sünden sich in unsere Knochen einschreiben? Nichts ist wahrer. Ich habe an ein und demselben Tag einen jungen Dragoner und eine arme Alte in der Charité ankommen sehen, deren Beine gebrochen waren, seine durch einen Sturz vom Pferd, ihre, weil ein Hund sie auf der Straße umgeworfen hatte ... Sie werden es vielleicht nicht glauben, meine Herren, aber sie war sehr viel früher wiederhergestellt als er. Nichts konnte dies erklären. Nichts, außer daß unser Mann ein ausschweifendes Leben führte. Das Laster hatte die Säulen, die ihn trugen, zersetzt und zerfressen, seine Oberschenkelknochen waren so porös wie Kreide! Bedenken Sie die Atrophie, die Zerstörung der Knochen, die die Syphilis mit sich bringt! Dabei war unser Reitersmann nicht einmal syphilitisch. Was die

Alte anging, so hatte sie einen mustergültigen Lebenswandel. Dafür wurde sie mit einer schnellen Genesung belohnt. Wir brauchen nicht immer auf das Jenseits zu warten, um unsere Belohnung zu bekommen ... Die von ihnen, die jetzt darüber lächeln sollten, werden sich eines Tages daran erinnern, daß ich sie gewarnt habe: alle Turbulenzen in unserem Leben graben sich tief in unsere fleischliche Hülle ein und hinterlassen dort ihre Ablagerungen. Was machen unsere Selbstgefälligkeit und Vergeßlichkeit aus, der Körper vergißt nichts. Lebendig oder tot, spricht er. Was wir hier entziffern, ist ein lebendes Lexikon. Wenn ich einen Menschen wie ein Buch öffne, kann ich seine ganze Geschichte rekonstruieren! Waren die antiken Menschen etwa unvernünftig, die ihre Zukunft in den Eingeweiden ihrer Hähne lasen? Deshalb, meine Herren, sollte, wer den Anblick eines offenen Körpers nicht ertragen und den Blick nicht aushalten kann, den Gott aus der Tiefe dieses Körpers auf ihn richtet, ja, wer bei diesem Anblick seinen Ekel nicht überwinden kann, der sollte meines Erachtens jede Absicht, Arzt zu werden, aufgeben – auch nicht Seelenarzt, das gibt es ja heutzutage ... Würde man Überseekapitän werden wollen, wenn man für die Seekrankheit anfällig ist?“ Aber, fragt sich der Student, konnte das künftige Aas ahnen, daß es all seine niedrigen Geheimnisse, sein intimes Elend auf diese Weise einem Mann in Weiß mit fleischfarbenen Gummihandschuhen an den Händen preisgeben würde? Und wenn jener es vorhergesehen hätte, der hinfort durch dieses hier ersetzt wird, hätte er seine Laufbahn anders angelegt? Was er im Laster und in den Orgien gesucht und entdeckt hatte, war das nicht gerade das Abbröckeln und die Auflösung seiner selbst, die dafür sorgte, daß er der Treibjagd seiner Verfolger entging? Warum erkennt man, identifiziert man die Körper auch erst, wenn sie gestorben sind?

Er wirkt plötzlich sehr furchterregend, der Pathologe, und seine Macht unmäßig. Dem Studenten kommt der Gedanke, daß, wenn man nur einmal über einen toten Körper verfügt hat, es ein wenig so ist, als hätte man alle entweiht. Zu anderen

Zeiten wurden der Pathologe und der Chirurg als unberührbar angesehen, weil diese Erforscher der sterblichen Überreste es wie der Scharfrichter *inter faeces et urinas* mit dem Blut zu tun hatten.

„Das Störendste ist", teilt ihm ein Prosektor mit, „wenn etwas Unvorhergesehenes auftritt. Man findet nicht, was man gesucht hat ... Die Sektion zieht sich ewig in die Länge. Man muß pinkeln und kann das Ruder nicht loslassen, während der Körper untergeht ... Dann denkst du nur noch daran: Wasser zu lassen ... Wenn du könntest, wie du wolltest, würdest du ihm ins Maul pinkeln, dem Kadaver. Eines Tages, als ich an einem arbeitete, fand ich, daß er verbrannt roch. Glaub es oder nicht: davon bekam ich Hunger. Ich weiß nicht, was ich dafür gegeben hätte, meine Instrumente hinzuschmeißen und mir ein Stückchen Fleisch zu leisten!"

Nun läßt der Meister es sich nicht nehmen, dem Studenten die in ihrem Etui funkelnden Instrumente selbst vorzuführen, und aus einem pädagogischen Bestreben nennt er nebenbei ihre Namen: Skalpell, Stichmesser, Spreizer, Wirbelsäulensäge, Hammer, Säge, Sonde, Knochenfeile ... „Geben Sie acht, sich nicht zu verletzen, mein Herr, und wenn es doch vorkommt, unterbrechen Sie sofort die Arbeit und reinigen Sie die Wunde."

Der Körper in seiner Blöße hat auf dem Granittisch seine ganze Schicklichkeit wiedererlangt. Natürlich hat man ihm einen Wohlriechenden anvertraut. Einen natürlichen Tod, sofern es einen gibt. Der Pathologe behält sich die verdächtigen oder hingerichteten Toten vor. Das Kasperletheater, wie die Assistenten sagen: Ertrunkene, Vergiftete, Erwürgte, Vergewaltigte.

Mehr als fünfzehn Liter Formaldehyd haben die sterbliche Hülle aufgebläht, haben ihr wieder Farben gegeben, haben ihre Züge ausradiert. „Wenn Sie Ihre Großmutter zum Sezieren vor sich hätten, würden nicht einmal Sie sie wiedererkennen!" beliebt der Pathologe zartfühlend zu bemerken. Der

Student freut sich, daß man ihm keine Frau zugeteilt hat. Und keinen Buckligen oder Einarmigen. Aus Aberglaube oder aus technischen Gründen fürchten die Studenten die Leichen Behinderter: unvollständig, verstümmelt, bringen sie den Analytiker durcheinander. Der Student aus Sellin hat Günther kaum gemustert – nennen wir ihn der Einfachheit halber so ..., sagt der Pathologe –, doch er hat wieder einmal feststellen können, was er immer beobachtet: daß alle Toten wie gealterte Kinder aussehen. Riesige Säuglinge mit behaarten Stellen und mit einem riesigen Geschlechtsteil ausgestattet.

War dieses grinsende Gesicht, diese Greisenbosheit etwa senil? Man wird durch die Handschuhe hindurch die übermäßige Weichheit und Kälte des Fleisches spüren müssen. Wie eben wird man überrascht sein, daß das bißchen Blut, das übrig ist, sich eisig anfühlen kann. Und dann, wenn der Mann erst einmal vom Salzfäßchen bis zum Damm aufgeschnitten ist – Bogen der Schlüsselbeine, Wölbung des Abdomens, mißlungener Glast des Nabels, Beckentrichter –, wird man auch wieder einmal vor der Fülle von Organen, der Vielfalt der Gewebe, der Komplexität des Aufbaus erschrecken: *De humani corporis fabrica* sagte Vesalius mit einer Art Stolz, dem Stolz der Gattung anzugehören, die sich durch dieses Überangebot an Formen, Mengen und Farben auszeichnete. Schönheit dort, wo man am wenigsten darauf gefaßt ist, sie zu erkennen, und wo es skandalös ist, ihr zu begegnen. All das in einem Körper ...

„Mir scheint, Sie sind müde, mein Herr?“ fragt der Pathologe. Überhaupt nicht, denkt der Student. Das heißt: nicht mehr als sonst. Aber das ist bei Gott das wenigste: man soll uns bloß Sammlung gestatten angesichts der Palette von grellen und gedämpften Farben, der Verzweigungen und geologischen Reliefs, die dieser Mann, dieser Günther ohne sein Wissen enthielt, dieser Günther, von dem wir sonst nichts erfahren werden. Eröffnen der Kalotte durch den Scheitel. Aufstemmen. Öffnung. Durchtrennen der Nerven der Basis und des verlängerten Marks. Ablassen der Zerebrospinalflüssigkeit. Abtragen des Gehirns.

Der Student begreift, warum es wichtig ist, sich so bald wie möglich dem Blick des Sezierten zu entziehen, auch wenn die Lider geschlossen sind. Das erspart dem Zuschauer jenen ekstatischen Ausdruck, den die alten Graveure, wie Casserio, Estienne, Valverde, Paré, mitunter den Muskelfiguren im Moment des Ausblutens zu verleihen beliebten. Der Student aus Sellin hebt einen Augenblick den Kopf: das schmutzige Licht, das die Glaskuppel auf das Operationsfeld wirft, beruhigt ihn, es isoliert ihn wie ein Aquarium von der Welt, wo man sich nicht einmal vorstellen könnte, eine sterbliche Hülle so zu behandeln, wie er es gerade tut. Ihm fällt ein, daß man auf den Vanitas-Bildern und anatomischen Tafeln, die in den vergangenen Jahrhunderten in Kupfer gestochen wurden, Sorge trug, die Ausgeweideten und Skelette vor dem Hintergrund heiterer Landschaften, bepflanzt mit Baumgruppen und bestückt mit Halbsäulen oder Festungen, darzustellen. Trachtete man auf diese Weise, das Grauen zu zähmen? Man machte es nur spürbarer. Der Student denkt an seinen Vater, den Pastor von Sellin. Er sieht seine sorgenvolle Stirn vor sich. Schwer von einer gleichsam gegenstandslosen Verbohrtheit. Er erinnert sich an die Marburger Vorlesung von Hermann Cohen über Neuere Philosophiegeschichte. Zwischen seinem Vater, der Gott nicht diskutierte, und den Neukantianern, die nur zu froh waren, auf der Unmöglichkeit, seine Existenz zu beweisen, herumzureiten, und Nietzsche, der auf seinem Grab tanzte, fühlte er, der Dorfjunge aus Sellin, sich ziemlich allein. Es ging nicht so sehr darum, schien ihm, die Existenz Gottes zu diskutieren, als das Rätselhafte seiner Seinsweisen, die Undurchsichtigkeit seines Daseins in der Welt hervorzuheben. Gottfried war immer noch bloß ein Kind, aber dennoch schien ihm, daß Kant, Nietzsche, Weininger ihrerseits in heroischer Weise kindische Reden führten – wenn man sie mit der Elle der höllischen Komplexität des Lebens maß –, und daß nichtsdestoweniger alle Geheimnisse des Universums gleichzeitig aus einer einzigen Strophe eines Schmachtfetzens klangen, den ein Leierkasten in einem Hinterhof der Leipziger Straße bis zur Erschöpfung dudelte.

Abheben der ventralen Thoraxwand. Herauslösen der lebenswichtigen Organe. Weiter geht es mit dem Thorax, den das Blut marmoriert hat. Stumpfes Lösen der Pleura von ihrer Verwachsung. Präparation des Zwerchfells zu beiden Seiten des aufgerissenen Herzbeutels. Aufschneiden der Aorta von der Beckenteilung bis zum Aortenbogen. Erweiterung des Aortenbogens. Nicht die Ventrikel des Herzmuskels verwechseln. Bestimmt hat es sich hier abgespielt. Der Obduzent richtet sich auf, wie um die Intarsienarbeit des viszeralen Geländes besser bewundern zu können, das sich vor seinen Augen ausbreitet. Die Rotviolett-Töne des Herzens. Der Urwald, den diese Schale barg ... Er erinnert sich an ein Foto, das 1896, als er zehn Jahre alt war, von ihm gemacht wurde und das seine Mutter an die Tapete ihres Schlafzimmers geheftet hatte. Er stand am Rande eines Schwimmbeckens, die Arme vor dem nackten Oberkörper verschränkt, um ihn den Blicken zu entziehen oder um sich vor der Kälte zu schützen. Er runzelte die Stirn. Es mißfiel ihm wohl, daß das Foto gemacht wurde. Ein anderes zeigte ihn mit einem Blumenstrauß in den Händen. Schmächtig wie ein Mädchen. Und schließlich auf einem dritten, in der Gymnasiastenuniform schon männlicher wirkend: Kappe, Kniehose mit Hosenbeinen bis zur Wadenmitte, Halbstiefel mit Gummizug. Von Mal zu Mal empfand er sich als ein bißchen häßlicher. Zu alt für sein Alter. Immer etwas mehr anderswo hinsehend. Im ersten Stock des Völkerkundemuseums in der Prinz-Albrecht-Straße gab es riesengroße Karten, auf denen vergessene Archipele an die Oberfläche von Meeren, blau wie Waschlauge, emportauchten. Um das Gefühl von Unendlichkeit auszuhalten, das ihnen die ozeanische Weite einflößte, hatten die Eingeborenen aus Baustoffen, von denen man nicht wußte, woher sie sie hatten, Kolossalstatuen errichtet. Diese Bildnisse maßen mit einer unsäglichen Arroganz den Horizont. Um seine Angst loszuwerden, wußte man hinfort nicht, was man sich ausdenken sollte.

Glied in erschlafftem Zustand. Der zerknitterte, violette Hodensack. Im Tode sind alle Teile intim. Keine Struktur ist edler als die andere. Man ist bei allem mit dem gleichen Anrecht Voyeur. Rektum, Ureter und Blase, Prostata, Samenblasen: was für eine schöne Mischung aus Unrat und Wahnvorstellungen trugen diese Eingeweide in sich. Wir sind eine Kleinigkeit und zugleich so unermeßlich ... Denn selbst hier, um diese zusammenfallenden Organe, geistert ein Hauch von Transzendenz umher, nicht? Springen Sie doch über Ihren Schatten, Doktor Kant! Weiter! Durchtrennen wir den Samenstrang, lösen wir die Peniswurzeln vom Schambeinbogen. Dies nur der Vollständigkeit und der Exaktheit der Geste halber. Der Student aus Sellin erinnert sich an jene Lithographie, auf der eine Leiche zu sehen war, die, mit gerade abgetrenntem Penis, noch ganz verträumt dreinblickte ... In Neuguinea sammelten die Papuas die Schädel ihrer Feinde, die sie mit Ton füllten. Die Eingeborenen der Marquesas-Inseln meinten, die Kraft des Gegners ließe sich einnehmen, ginge vom Besiegten auf den Sieger über, und verzehrten ihn nur zu diesem Zweck. Wer hätte schwören können, daß sie nicht recht hatten? Doch im ersten Stock des Völkerkundemuseums in der Prinz-Albrecht-Straße, im dritten Saal, konnte man eine Galeere besichtigen, die derart mächtig war, daß ihre Erbauer wohl zu schwach waren, sie zum Meer zu schleppen, und so war die Rasse dem Untergang geweiht. Unter diesen Umständen konnten Völker verschwinden: man mußte es wissen. Immerhin ein Glück, wenn sie ein Zeichen am Gestade hinterließen. Zum Überleben genügte es demnach nicht immer, den Körper seines Feindes zu verschlingen. Das mußte die Mediziner doch begeistern!

Ehe er weitermachte, dachte der Student aus Sellin, daß andere Obduzenten – vor allem, wenn sie wie er auch Dichter waren – sich in Zukunft für das interessieren würden, was sich da in der tiefsten Verborgenheit der Ozeane zusammenbraut. Wurde die Melancholie des Blutes nicht von der Sehnsucht nach den warmen Meeren abgelöst? Man fährt auch in den Körpern zur See. Anschließend Untersuchung von Günthers Wirbelkanal. Ein Gehilfe legt den hohlen Mann auf den Bauch, legt einen Holzklotz unter den Hals, einen weiteren unter das Abdomen. Hier läßt Günther alle Hoffnung fahren, erhaben zu wirken: diesmal ist keine Rede mehr davon, Wagnersche Klänge hören zu lassen, es ist Günther, der getötet wird und nicht Siegfried, und er wird schonungslos vom Nacken bis zum Kreuz- und Steißbein eingeschnitten. Es ist nicht Cäsars Leiche, an der Antistius dreiundzwanzig Wunden zählte, von denen eine einzige sich als tödlich erwies. Aufs Geratewohl die rituellen Einstiche in Arme und Schenkel, letztes Zerfetzen der Leiche, aber es handelt sich nur noch um eine Signatur oder nur um ein Handzeichen, denn die Sache ist schon längst entschieden: Riß eines Aneurysmas natürlich. Ein völlig erklärlicher und banaler Tod, wäre da nicht das geringe Alter der Leiche ... Wieder einmal, denkt der Obduzent beinah verdrossen, gibt es kein Geheimnis.

Warum zum Teufel hat er Polynesien und Professor Kant in all dies mit hineingezogen? In diese Politik der Überreste? Vielleicht wegen der Zerbrechlichkeit der Zivilisationen, die weit über die der Menschen hinausgeht, trotz der ungeheuren Irrealität der Statuen, die die Bewohner der Osterinseln an den Küsten ihrer Inseln errichteten, um dem Unbekannten, dem Unendlichen womöglich die Stirn zu bieten? Was den Philosophen von Königsberg betraf, so hatte der Pastorensohn aus Sellin sich plötzlich daran erinnert, daß dieser nach dem Erdbeben, das Lissabon verwüstet hatte, einen Essay über die Vorzüge von seismischen Phänomenen geschrieben hatte, so sehr glaubte er an die Vollkommenheit unserer Welt, so wie sie ist. Was ihn später ganz naturgemäß dazu geführt hatte, den Selbstmord als unmoralisch zu verurteilen. Hatte der pünktliche Spaziergänger, der es den Bürgern seiner Stadt ermöglichte, ihre Uhren nach seinem Vorbeikommen zu stellen, schließlich nicht doch ein einziges Mal in seinem ganzen Leben die Zeit vergessen: bei der Lektüre von Rousseau, der „ihn lehrte, die Menschen zu achten"? Noch besser war es, dachte der Student der Medizin, sie verehren zu lernen, indem man sie vom Kehlkopf bis zum Anus öffnete, um überhaupt zu erfahren, wovon man sprach! Von der reinen Vernunft in Zweifel gezogen, wurde Gott in Königsberg von der praktischen Vernunft eine weitere Chance gegeben. Der Ewige auf Sparflamme. Die Unsterblichkeit als Wasserzeichen durchscheinend – das unsichtbare Netz eines ängstlichen, betrügerischen Trapezkünstlers. So daß der unheilbare Pietist Kant nur scheinbar die Ära des scheinheiligen Optimismus abgeschlossen hatte und nur halb aus seinem „dogmatischen Schlummer", aus seiner häuslichen Nachtarbeit aufgetaucht war. Der unverbesserliche Idealist warf verrottete Fußgängerbrücken über die Abgründe, die sein eigenes Denken grub. Kant hatte sich nie in Frage gestellt: er war immer nur von Wende zu Wende gegangen. Ein Terrorist, der den Tyrannen die Leviten las. Ein Junggeselle, der die griesgrämigen Freuden der Ehe pries. Der Partei für die prosaische Ehefrau gegen die nach Erfahrungen und Samen dürstende Abenteuerin ergriff. Kurz, Ergebenheit in die letzten Dinge und Glaube an die volkstümliche Lebensweisheit. Das Schöne als Anerkennung der bestehenden Ordnung. Geregelter Stundenplan und Diätetik der Seele. Immanuel Kant hat nie die Rinde eines Menschen aufzuschneiden brauchen: wer weiß, ob sein schönes System beim Anblick dieser unerschütterlichen Logik kurz vor der Verwesung nicht von Schwindel ergriffen worden wäre und zu hinken angefangen hätte? Und wer weiß, ob man, hätte man die sterbliche Hülle von Kant selbst aufgebrochen, nicht irgendeine Ausschweifung des Geistes – eine schüchterne Orgie, ein trostloses Bacchanal – in sein Knochengerüst geprägt entdeckt hätte? Glücklicherweise hatte es danach Nietzsche gegeben, der ein Don Juan der Erkenntnis sein wollte, dieses „schönen Mittels zum Untergang." Es war aus mit den in preußische Soße eingelegten kategorischen Imperativen, die nur eine bodenlose Unfähigkeit zu zweifeln zum Ausdruck brachten. Alles in allem genommen: lach lieber mutterseelenallein auf der Straße. Umarme einen gequälten Droschkengaul. Stirb im Sommer, Punkt zwölf Uhr mittags. Und geh lieber als Schmierenkomödiant unter denn als Kirchenfürst: dein Kadaver wird schwieriger zu inventarisieren sein. „Alles ist Lüge an mir, aber daß ich zerbreche – dies mein Zerbrechen ist echt."

Der Pathologe gratuliert seinem Schüler nicht – das gehört auch nicht zu seinen Gewohnheiten –, aber es genügt dem Studenten aus Sellin, daß seine Kommilitonen jetzt wieder den Meister umringen – und der heutige Meister ist der, der die Zeremonie ausgeführt hat, ist er selbst –, damit er die dunkle Brüderlichkeit der gemeinsam Suchenden empfindet. In diesem Moment ist er sicher, daß der gewöhnlichste und beschränkteste Vorstadtquacksalber mehr über den Menschen weiß als der König der Denker, der nie erfahren wird, daß man gegen den Tod mit seinen Händen kämpfen muß. Jener, der unter dem graugrünen Glasdach des Anatomiesaals von Alt-Moabit seine Gummihandschuhe auszieht und seine Instrumente wegräumt, erinnert sich, daß er nur Arzt hat werden wollen, weil er sich von einer dämmrigen Gleichgültigkeit der Realität der Dinge gegenüber befallen wußte. „Weh dem, der Wüsten birgt ...“, hatte der von ihm verehrte Philosoph in seinen *Dionysos-Dithyramben* geschrieben. „Die Wüste schlingt und würgt.“

Wäsche dampft in einem Hinterhof der Potsdamer Straße. Zwei Nutten, die knapp an Freiern sind, tanzen miteinander, um sich aufzuwärmen, am hellichten Nachmittag im Saal eines menschenleeren Tingeltangels. Der Schornsteinfeger geht mit einem Blechzylinder auf dem Kopf vorbei. Eine Schneiderpuppe ist auf dem Bürgersteig abgestellt worden. Der Leierkasten spielt neben einem erloschenen Kohlebecken den *Radetzkymarsch*. Man könnte meinen, der Winter wäre da. Die Stadt hat ihre Stimme nicht einzusetzen verstanden: gerade wenn jene bricht, hört man Berlin singen.

Der Student der Medizin sieht das Pfarrhaus vor sich, seine überdachte Veranda, seine Scheune, die Obstbäume, die ihre Äste immer weiter ausstrecken und sich an den Fenstern festklammern zu wollen scheinen. Das Echo von Axthieben im Wald. Ein Klappern von gegeneinanderschlagenden Eimern im Hof. Die auf der Leine hängende Wäsche knattert mitten im Garten wie ein Segel. Mitten in der Wüste der Welt. Die

Sonne läßt die Laken blau anlaufen, spiegelt sich darin wie in einer Glasscheibe. Das war in einer anderen Zeit, wahrscheinlich 1896, als der Schüler für ein paar Ferientage aus dem Gymnasium in Frankfurt an der Oder, wo er im Internat war, nach Hause kam.

Er wurde dieser Ausflüge, von denen er zuviel erwartete, schnell überdrüssig. Er sieht sich wieder durch die betäubten Wiesen und Felder wandern, seine Arme, die nichts zu tragen und nichts festzuhalten haben, hängen am Körper herab.

Schließlich sieht er sich wieder mit gesenktem Kopf in der Aura einer Lampe sitzen: letzte Rettungsleine, einzige Zuflucht.

Damals glaubte er das Leben zu lieben. Aber er ahnte, daß das Vorhaben zu leben, Gott weiß warum, schwer auszuführen sein würde.

Später gibt man ihm einen Ertrunkenen zum Sezieren. Bläuliches Gesicht. Schuppige Lippen. Seifiges Fleisch. Einsetzende gasige Verwesung. Emphysem. Risse in den Alveolarwänden. Verwässerung des Blutes. Erweiterung der rechten Herzkammer. Vorhandensein von flüssigen Stoffen und Pflanzenresten in den Atemwegen, im Magen und im Zwölffingerdarm. Schrumpfung des Penis. Mazeration der Haut an den Extremitäten. Aller Wahrscheinlichkeit nach von einem Schleppkahn verursachte Verstümmelungen.

Eine Operation nach der anderen. Das aus einer Lunge zischende Gas, die auf dem Tisch zusammenfällt. Das angeschwollene Gewinde der Därme. Die zusammengeschrumpfte Leber eines Zirrhosekranken knirscht unter dem Messer. Ein Bauchfell wird aufgeschnitten. Punktion eines Tumors mit einem Trokar.

An manchen Tagen ist das Unerträglichste der fade Blutgeruch. Aber das Hautmesser durchfurcht unermüdlich die herrenlosen Körper. Ohne Hoffnung, jemals eine endgültige Meisterschaft zu erreichen. Man muß immer wieder neu anfangen, anders anfangen. Man ist nun einmal auf die Spur der Apoplexien, Hirnhautentzündungen, Infarkte, Metastasen angesetzt. Lauter Flecken, überall: vaskuläre, purpurrote, bräune, narbige Flecken. Man hat die Fährte des Todes aufgenommen. Man sorgt dafür, daß die Todesursachen beschattet werden.

Einmal immerhin ist es um eine Frau gegangen. Eine feine Schere, die eine Vulva aufschneidet, letzter Besucher einer Vagina. Unterblutungen in den Eileitern und Ovarien. Wundbett in der Gebärmutter. Placentareste. Entdeckung eines Eies ...

An jenem Tag schien der Duft des Todes am durchdringendsten zu sein, und man konnte meinen, er würde einem von nun an überallhin folgen. Man bildete sich ein, die Eingeweide der Toten würden gleich anfangen zu kochen.

Danach gab es einen, der sich vor längerer Zeit erhängt hatte. Sein Gesicht war geschmolzen: es sah aus wie ein Schemen in seinem Schweißtuch.

Gewiß, man sah auch Operationen an Lebenden. Körper, die durchbohrt wurden, um sie am Leben zu erhalten. Man führte später sogar ein Dutzend Entbindungen durch. Doch wie hätte man noch annehmen können, daß das Geheul der Gebärenden und die ersten Schreie eines klebrigen Babys nicht ein Leiden mehr verkündeten und daß sie den Tod der anderen ausglichen?

„Machen Sie sich nur keine Sorgen", erklärt der Pathologe mit einem gütigen Lächeln, „tatsächlich gewöhnt man sich nicht daran. Es besteht keine Gefahr, daß unsere Sensibilität je abstumpft. Was wir auch tun, da kommen wir ein für allemal nicht mit, wissen Sie. Leben heißt auf einem Seil tanzen. Die Wissenschaft gibt uns nur die Balancierstangen an die Hand. Und wenn wir den, den wir öffnen, während seines Lebens näher gekannt haben, so macht das keinen Unterschied, oder fast keinen. Es ist immer ein wehrloser Mensch. Man hat Mitleid mit allen, wissen Sie. Mit dem ganzen Geschlecht. Dem gegenüber bleibt man immer gleich allein. Und seinen persönlichen Gefühlen ausgeliefert. Es gibt Tage, an denen es, wer weiß, warum, härter ist als an anderen. Herr Benn, sollten Sie vorhaben, in diesem Fach weiterzumachen? Sie haben sich noch nicht festgelegt? Es wäre schade, wenn andere Abenteuer Sie locken sollten: Sie sind sehr begabt, wissen Sie. Sie arbeiten sehr klarsichtig ...“

Wie könnte ich luzide sein, wo ich jetzt an der Realität von allem zu zweifeln beginne?

Und wenn die einzige Realität die wäre, der auf dem Obduktionstisch die Haut abgezogen wird? Der Student der Medizin bemüht sich daran zu denken, daß er das Privileg hat, in einer Akademie zu wirken, aus der Virchow, Helmholtz, Leyden, Behring hervorgegangen sind, deren Geist noch in den Mauern herrscht. Man erlebt ebenfalls eine große Zeit. Er ruft sich ins Gedächtnis, daß in diesem Jahr 1906 Wassermann die Reaktion zum Nachweis von Syphilis gefunden hat. Es fehlt nicht viel, und er würde in die Begeisterung einstimmen, als er sich schließlich daran erinnert, daß dank Schwann der Zellaufbau tierischer Organismen bekannt geworden ist. Als er selbst, der junge Medizinstudent, sich zum ersten Mal über die Linse eines Mikroskops gebeugt hat, entdeckte er, daß das Wirkliche, wenn man es in seinem allerkleinsten Maßstab erfaßte, sich mit neuen Formen und noch nie gesehenen Farben schmückte. Aber wie sollte man sich nicht manchmal für ein Opfer ebenso vieler Trugbilder halten?

Er wäre nur gern wieder zehnjährig oder noch jünger. In dem Alter wusch ihm seine Mutter, um ihn zu entlausen, die Haare mit Petroleum. Er glaubte, danach würde sein Gesicht in der Dunkelheit leuchten wie eine Sturmlaterne.

Er erinnert sich, daß er sich manchmal hinten im Flur des Pfarrhauses niederkauerte. So konnte er längere Zeit sitzen und das Licht ansehen, das die lackierte Holztreppe mit Reif überzog. Heute weiß er, was ihn in Sellin so sehr rührte: es war ein Ort luxuriösen Elends.

Von dort, wo er saß, konnte er seinen Vater beobachten, der in seinem Zimmer auf dem Bett sitzend die sozialdemokratische Zeitung las, die er abonniert hatte, oder den *Reichsanzeiger*, die *Kreuz-Zeitung:* Kolumnen lebloser, verstorbener Wörter.

Manchmal sagte seine Mutter zu ihm: „Von dem Land, aus dem ich komme, weiß man hier nichts. Ich könnte Sachen erzählen ..."

Doch bald gab sie auf. Sie fand wohl, daß es nicht der Mühe wert war. Ihre Bescheidenheit kannte keine Grenzen.

In Frankfurt an der Oder hatte der junge Mann aus Sellin gelernt, was die Dinge kosten. Eine Mark war eine Mark: ein ganzes Vermögen. Manchmal konnte er sich nicht einmal ein Mittagessen in der Mensa leisten.

Es kam vor, daß er während der Religions- oder Geographiestunden sein Abbild in der Fensterscheibe sah, die die Sonne in einen Spiegel verwandelte. Er dachte: Das ist das Gesicht eines Mannes, der später Poesie schreiben wird.

In Mohrin, wohin der Pastor 1910 versetzt worden war, wurde der junge Mann am Ufer der Oder fotografiert: nie war er so schön gewesen wie auf diesem Foto, und er würde nie wieder so schön sein. Weil er damals angefangen hatte zu schreiben, würde er denken. Später sollte ihn dieselbe Arbeit häßlich werden lassen.

Er studierte schon in Marburg, als er sich entschloß, ein paar Gedichte anonym an die *Romanzeitung* zu schicken, die in Berlin-Lichterfelde herausgegeben wurde. Nach einiger Zeit fiel das Urteil wie ein Fallbeil: „Freundlich in der Gesinnung. Etwas harte Sprache. Schwach im Ausdruck."

Der Ausdruck. Gerade der Ausdruck ...

Er analysiert eine Reproduktion des Isenheimer Altars von Matthias Grünewald. Er betrachtet den leidenden und sogar verzerrten Leib des Heilands genau. Die nahezu ekstatische Ohnmacht der Jungfrau. Den vom Schmerz gebrochenen Evangelisten. Maria Magdalena, deren strahlendes Gewand den Jammer noch ein wenig steigert: ihre gefalteten Hände sind wie von Rheumatismus gekrümmt, das Leiden verwüstet ihr Sirenengesicht. Das Lamm verspritzt sein Blut in den Kelch. Und der heilige Antonius, der Held dieser Schmerzenssaga, ist den Dämonen verfallen. Man könnte meinen, er hätte einen Anfall von Delirium tremens. Ein Kommentar deutet an, es handelte sich vielmehr um konvulsiven oder gangränösen Ergotismus, jenes „heilige Feuer", das im Mittelalter die Glieder der Kranken verdorren und abfallen ließ. Und auch schon die Syphilis? Vielleicht. Aber sind es seine Kranken in der Krisis, die den Heiligen anfallen, oder ist es eher sein eigenes Fieber, das diese in einer Halluzination herbeiruft? Der Pinsel des Meisters ließ es offen. Der Exeget fragte sich, ob der Künstler dem heiligen Johannes nicht seine eigenen Züge gegeben hatte. Wenn er sie nicht dem heiligen Sebastian gegeben hatte. Oder sogar dem heiligen Paulus? Aber ja, natürlich ... Und dem Heiland ebenfalls! Und Maria, warum nicht? Und in dem kleinsten seiner Teufelchen erkannte sich Matthias Grünewald wohl wieder?

Und dennoch konnte man nicht weniger zum Naturalismus neigen. Welch eine Lektion. So würde man verfahren müssen. Hier ging es nur mehr um Scheinanekdoten. Und um nichts als Ausdruckskraft.

Der Ausdruck. Der Ausdruck eben!

Ehe diese Prometheusgestalten mit der von innen her zerfressenen Leber oder diese Hetären mit dem Opheliahaar auf dem Obduktionstisch abgeladen werden, mit einer Kennziffer versehen, die man ihnen aus Angst, sie könnten das Namensschildchen an ihrem großen Zeh verlieren, in die Stirn eingebrannt hat, müßte man ihnen eine unverhoffte, eine ergreifende Huldigung darbringen. Zeigen, wie ihr ganzes Leben sich in dem letzten Bild kristallisiert, das sie jenseits von aller Not hinterließen. Kein kommentierendes Wort. Anstößigkeit der kleinsten Paraphrase. Gedichte, die nur Schollen wie Lava versteinerten Mitleids wären.

Der Pastorensohn aus Sellin hegte im voraus eine unglückliche

Liebe zur Sprache Luthers: so jung noch, diese Sprache, daß man sie nach Wunsch biegen konnte, ohne sie überhaupt zähmen zu brauchen.

Sich das Beispiel von Nietzsche merken, der eine Hetzjagd auf den Stil veranstaltete. Der die Meute seines megalomanen Schreis auf ihn losließ. Der schon beinah alles gesagt hatte, was es noch zu sagen gibt, denn er hatte die Realität der modernen Welt wie ein Stück Wild geschnappt und sie uns zerfetzt vor die Füße gelegt …

Nicht die Lektion eines Unbekannten namens Stefan George vergessen: er hat gesehen, daß es nur Körper gibt. Daß allein die Körper nicht lügen. Der Körper ist ein Gott, ein unglücklicher, den Katastrophen geweihter Gott.

Alle Lektionen waren gut: die, die man von dem jungen Rilke übernehmen konnte, oder von Detlev von Liliencron, dem man von einem Ausflug nach Rüdesheim in einem Augenblick des Überschwangs eine Postkarte schickte. Die, die man unmittelbar aus Vespers *Ernte der deutschen Lyrik* entnahm, die in eben diesem Jahr 1906 erschienen war.

Noch ein paar Jahre, dann wird man Arzt geworden sein. Man wird eine Dissertation *Über die Häufigkeit des Diabetes melitus im Heer* vorgelegt haben. Man wird in der Zwischenzeit eine Auszeichnung für die Forschungen *Über die Ätiologie der Pubertätsepilepsie* bekommen haben. (Man wird zwischen einer Medaille und einem Betrag von zweihundert Mark wählen können. Man wird das Geld wählen. Man wird endlich seine Schulden bezahlen können. Sogar den Koffer aus gummiertem Leder, mit dem man zum ersten Mal in Berlin angekommen ist, hatte man auf Kredit kaufen müssen.)

Noch ein paar Jahre, dieselben Jahre, und man wird nicht Psychiater geworden sein: dabei ist man an der Charité versucht, Körper und Seele stets zu verbinden. Man neigt nur allzu sehr zu dem Glauben, daß die Mythen eigentlich nur Gegenstände sind, die wir seit Jahrtausenden sammeln. Aber es widerstrebt einem, in den Diagnosen den gebräuchlichen Jargon zu benutzen. Man möchte die Psyche anderswo erkunden. Und außerdem vor allem: man birgt soviel Melancholie in sich; das erklärt, warum der Bericht über die der anderen den Zuhörer stimmlos machte, seinen Hals austrocknete, seine Augen wie bei Schlafmangel rötete. Unfähig schließlich, einen Fall nach dem anderen zu behandeln und zu analysieren, den Abgrund zu ermessen, in dem man selbst jeden Augenblick versinken möchte. Über all das kann man schreiben – eine Dissertation, Gedichte vor allem –, aber es noch einmal leben? Kommt nicht in Frage!

Noch ein paar Jahre, immer noch dieselben, und man wird zum Kriegsdienst untauglich erklärt worden sein: eine angeborene Krankheit, eine Wanderniere, die sich nach einem ganztägigen Ritt bemerkbar gemacht hatte. Man wird nicht mehr reiten. Man wird nicht ahnen, daß man unter anderen Umständen wieder in die Armee zurückfinden sollte.

Und wiederum in diesen Jahren wird die Mutter in Mohrin an einem Brustkarzinom gestorben sein. Es wird Doktor Gottfried Benn sein, den sie an ihr Bett ruft. Doch er wird weder ihren Schmerz durch Morphininjektionen lindern noch ihr das Sterben erleichtern dürfen. Der Pastor Gustav Benn paßt zu gut auf, daß kein irdisches Leid abgekürzt wird, da es von Gott gewollt ist und ein Sprungbrett zur Auferstehung darstellt. Der junge Arzt wird mit einem Päckchen voller Haß und Kummer in die Hauptstadt zurückkehren, das ihn fast sein Leben lang begleiten wird. Der durchdringende Geschmack von Blut im Mund: würde man ihm denn nie entrinnen? Die Mutter wird das Erscheinen des ersten Gedichtbandes ihres Sohnes nicht erlebt haben. Aber es war vielleicht besser so: was hätte sie von all diesem zur Schau gestellten Tod gehalten, sie, die dem Leben so nahe war, dem der Tiere und der Pflanzen? Wer weiß, ob er die Veröffentlichung nicht aufgeschoben haben wird, als er sah, daß eben dieser Tod seine Mutter einholte und ihm ihr gegenüber recht gab?

Wiederum in diesen Jahren wird man eine siebzehn Jahre ältere Frau zur Geliebten haben, obwohl sie ihm dies verheimlicht hat, eine andere Mutter gewissermaßen, jüdisch, extravagant und schön, mit Augen, die ihr Gesicht verschlingen.

Sie werden sich im Café des Westens begegnet sein, dort, wo die großen Verschwörungen der neuen Kunst angezettelt wurden, für die Else Lasker-Schüler eine Muse ist. Es werden vor allem seine Gedichte sein, die ihn zu ihr geführt haben. Die Gedichte führen zu den Frauen, und die Frauen zu weiteren Gedichten, scheint es. Else fing die Männer ein, die damals Seele hatten, sie spielte noch mit Puppen, sie behängte sich über und über mit unechtem Schmuck: wie ein Weihnachtsbaum. Ein Lebenshunger, dem nur ihre Lebensuntüchtigkeit gleichkam. Zwischen ihnen wird also diese Lawine von Poesie, die dazu führt, daß sie sich so gut verstehen, mit dazu beitragen, sie zu trennen. Else wird später bis nach Palästina reisen, etwas gebeugt, wie eine Spielerin, die in einer einzigen Nacht ihr ganzes Vermögen verloren hat. Sie muß in einem anderen Leben eine Katze gewesen sein, die aufgrund ihrer Wildheit für einen Panther gehalten wurde: das sagen die Jäger, wenn ihnen der Schuß zu schnell losgegangen ist.

In eben diesen Jahren also, am Ende dieser Jahre wird man allmählich, wiewohl sofort, nach und nach und auf einmal Dichter geworden sein.

Ein Zyklus von sechs Gedichten, während einer einzigen Dämmerung verfaßt, gleich im Anschluß an einen Sektionskurs in Moabit. In einer Zeitstunde geschrieben – und für den Verfasser selbst erschreckend.

Aber nun, da er in Ruhe daran zurückdachte, fragte er sich, ob er nicht Jahre gebraucht hatte, sie zu entwerfen? Ob sie nicht ohne sein Zutun entstanden waren, ob sie nicht in der Tiefe seines inneren Halbdunkels wie in einem summenden Bienenstock gekeimt waren.

Von der ersten Autopsie, die er gesehen hatte, bis zu diesem Abend, an dem, in seinem Zimmer im Nordwesten Berlins, der Schrei seine Lippen voneinander gelöst hatte. Es war gleichsam das eigentliche Sehen der Toten: die von seiner ersten Leiche hervorgerufene Schockwelle hatte ihn durchlaufen, bis er sicher war, daß es ein Wort gab, um das wiederzugeben. Dadurch, daß er wieder und wieder wirklich gesehen hatte, war er gleichsam in Trance verfallen. In all diesen Jahren hatte sich der angehende Mediziner nicht an das Grauen gewöhnt. Statt in ihm zu versiegen, hatte es ihn als den Ort erwählt, wo es sprachliche Form gewann. Es war wie eine Krankheit, die er hatte ausbrüten müssen und die plötzlich die Stille zerrissen hatte. Lange hatte er sich, um sein eigenes Entsetzen zu überlisten, wahrscheinlich, um es zu stählen, Probleme ästhetischer Natur gestellt. Um das zu sagen, entschied er, mußte man auf die Wörter der Medizin verzichten. Sogar auf die Wörter der Poesie ... Aus all dem Dichtung machen, dem sie sich sonst entzog. Und dann hatte man plötzlich nur noch folgendes feststellen müssen: daß unsere Toten keine Sprache haben. Man kannte sie weniger gut als die Völker Polynesiens. Die Sprache, man würde sie ihnen einfach zurückgeben, auch wenn man sie für sich selbst noch nicht gefunden hatte: man würde sie eben zur gleichen Zeit entdecken, wie man sie ihnen gab. Sie würden durch einen sprechen, die Toten. (Ja: man hatte so die Macht, das zu verschenken, was man in der Stunde davor nicht einmal für sich selbst besaß.) Oh, es ging diesmal nicht mehr um ein technisches Problem! Es wäre auch so, als ließe man die Stadt sich durch einen selbst ausdrücken: Berlin, von dem so viele Einheimische die Augen abwandten, als wäre seine Sittenlosigkeit ihnen peinlich. (Dann sahen sie anderswohin, sie taten so, als hätten sie nichts gemerkt. Und tatsächlich hatten sie wirklich nichts erkannt.) Eine Poesie, die diese Begegnung umsetzte, dieses Tête-à-tête eines Lebenden mit einem Toten, nur die beiden, im engsten Familienkreis, wie man bei Beerdigungen sagt. Als wären sie allein auf der Welt. Liebesgedichte also, aber der Leser würde nichts davon merken.

Der mit einer Aster zwischen die Zähne geklemmte tot aufgefundene Bierfahrer. Die Ertrunkene, die unten im Wasser ein Rattennest empfangen hatte. Die Dirne, deren mit Gold plombierter Backenzahn vom Leichendiener weiterverwertet wurde. Die Ermordete, die wie eine Braut am glücklichen Saum der ersten Liebe lag. Und dann dieser Mann und diese Frau, die der Tod noch auf dem Tisch paarte. Das, was der

Krebs von dem übrigließ, was eine Mischung aus Rausch und Heimat war. Und das Kind, das einer erst noch aus dem verkrebsten Schoß geschnitten wurde. Und dann noch die kreißenden Frauen und jene, die man kürettiert hatte, die ein und denselben Schrei beim Sterben und Gebären ausstießen. Man würde so wenig auf diese Art Poesie gefaßt sein, daß man darin abscheulichen Sarkasmus, eine Provokation, ein zynisches Glaubensbekenntnis sehen würde. Sie war nur unüberwindlicher Ekel vor der Schöpfung, aber Mitleid gegenüber den Geschöpfen.

Nie wieder etwas schreiben, hatte Nietzsche gesagt, was nicht alle Sorten von eiligen Menschen zur Verzweiflung trieb. Oh, man hatte sich wirklich, Nietzsches Wunsch entsprechend, unzeitgemäß, unpassend gezeigt! Das Berliner Leichenschauhaus stand nicht auf der Tagesordnung! Man gehörte nicht, man würde nie zu den Dichtern gehören, von denen Nietzsche wiederum sagte, sie erinnerten ihn an Hengste, die keusch wiehern. Man verpflichtete sich nämlich dazu, daß man mit seinen Versen nie jemanden trösten würde! Man würde nicht befriedigend sein! Man würde die feinen Leute demoralisieren!

Es war nämlich ein merkwürdiger Singsang, den die Leiche sang ... Und man fing erst an, ihn im Kanon mitzusingen! Man zwang niemanden, diesem Duo länger zuzuhören! Entschuldigen Sie uns: man hatte nicht einmal vor, Sie zu schokkieren ... Man konnte ja nicht ahnen, daß dieselben, die die Welt dem Gesindel auslieferten, so schwache Nerven hatten!

Sehr viel später sollte der Dichter zum Spaß einige Ereignisse aufzählen, die das Jahr 1886, sein Geburtsjahr, geprägt hatten. Unter anderen: „Turgenjew in Baden-Baden / besucht täglich die Schwestern Viardot. / Eintausendachtundachtzig Wörter aus dem Faust / sollen verdeutscht werden. / Dreizehnte Auflage von Brockhaus / Konversationslexikon. / Die Zeitungen beklagen die Aufführung von Tolstois ‚Macht der Finsternis', / Salammbo verfehlt. / Kapitalverdoppelung / bei Schneider-Creuzot, Krupp-Stahl, Putiloff."

Er würde sich daran erinnern, daß es in Sellin, im Pastorenhaus, einen Kachelofen der Manufaktur Tobias Christoph Feilner gab. Die Wäsche wurde mit Bolzeneisen gebügelt. Sonntags kam es vor, daß Kekse auf Tellern aus durchbrochenem Porzellan serviert wurden. Seine Schwester Edith spielte mit einer Käte-Kruse-Puppe.

Seine ganze Kindheit hindurch hatte seine Mutter immer wieder gesagt: „Über das Land, aus dem ich komme, über das, was damals geschah, könnte ich dir Sachen erzählen ...“ Aber sie erzählte nie etwas. Die Enthüllungen wurden immer aufgeschoben.

Und heute war es zu spät.

Brüssel, 1916

Die Ekstase

Der Soldat, der eine Stadt erobert, läuft darin manchmal auf Grund wie ein Meeressäugetier auf einem Strand. Er ist nicht mehr in seinem Element. Er muß eine andere Atemtechnik entdecken.

Noch ehe sie feindlich ist, ist sie fremd. Gewiß, man spricht hier eine andere Sprache. Doch sie selbst ist eine unbekannte Sprache, die man lernen muß.

In Brüssel empfand der Offizier Benn von Anfang an ein Gefühl von Unwirklichkeit. Seine Stellung als Militärarzt – dieser Doppelagent der Kriege, der mit einem Fuß im Leben und mit dem anderen im Tod steht – verstärkte diesen Eindruck einer Synkope.

Zwei Jahre zuvor hatte Belgien aufgeschrien, die kaiserliche Armee verletze seine Neutralität. Der Kaiser entgegnete, Belgien habe seine Neutralität selbst billig verkauft, indem es den Feinden Deutschlands Gunstbezeigungen erwies. Doch wie dem auch war, man hätte sich vor dieser ursprünglichen Neutralität vorsehen müssen: legte sie nicht nahe, man könnte sich, selbst als Besiegter, noch darin fangen lassen, darin einrosten?

Hatten die Ulanen nicht ganz Europa im Sturm erobert und ihren Frauen versprochen, spätestens am Ende des Sommers zurück zu sein? Und was die Belgier betraf, würde es nicht genügen, die Düsseldorfer Feuerwehrmänner gegen sie auszuschicken?

Der Militärarzt erinnert sich an den Fall von Antwerpen, das vergebens auf Verstärkung durch die Engländer gewartet hatte und das Joffre wahrscheinlich zu unterstützen nie vorhatte. Das sollte das einzige Gefecht sein, an dem er teilnehmen würde. Ende August hatte ein Zeppelin ein Dutzend Bomben auf den Hafen abgeworfen. Aber die Festung hielt sich bis zum Herbst. Am 7. Oktober stand sogar die Schelde in Flammen. Doch zwei Tage später wurde den Belagerern eine Stadt übergeben, die die nach Holland geflüchteten Belagerten evakuiert hatten. Dem Sieger blieb nichts anderes übrig, als durch menschenleere Straßen zu ziehen, in denen Gebäude vom Besiegten vorbeugend zerstört worden waren, um die Beute zu verringern ... Man hatte auch Feuer an die Erdöltanks gelegt, damit der Deutsche sie nicht aus Ärger dazu benutzen konnte, die Stadt in Brand zu stecken. Es verblüffte den Militärarzt, daß sogar im Zoo bestimmte Raubtiere totgeschlagen und die Schlangen vergiftet worden waren ... (War es etwa da und für welche Heldentat, daß er sich das Eiserne Kreuz 2. Klasse verdiente?)

Als sie in diesen Krieg zogen, beliebten Dichter und Maler, die er in Brüssel wiedersah, zu denken, er würde ihnen wenigstens eine Möglichkeit bieten, ihren Erfahrungshorizont zu erweitern. In beiden Lagern fehlte es nicht an Schöngeistern, die leicht befürchtet hätten, „den Ausflug" zu verpassen. Und die Versuchung würde bei vielen groß sein, gewisse Gefühle, die ihnen manchmal das Herz umdrehten, mit einer Initiation in gehöriger Form zu verwechseln. Gefühle von Rührung, die man verdächtigen könnte, gegenstandslos zu sein. Ein für den am wenigsten Verträumten spürbares Pathos, dessen Beben er verwundert empfindet. Auf dem Hintergrund von Geschichte erreichen es sogar bestimmte Schwächen, sich in erhabenen Tönen auszudrücken. Der Militärarzt erinnerte sich an die Arroganz jener, die in Antwerpen nur erleichtert waren, daß sie nicht hatten kämpfen müssen. Dieselben, die dann am Abend in der Garnison um so bereitwilliger von den Frauen sprechen würden, daß diese ihnen auch angst machten.

Mit „diesem Krieg" muß er sich übrigens künftig in Brüssel beschäftigen, er, der Experte für venerische Ballistik!

Vier Jahre zuvor hat er einige Verse veröffentlicht, in denen er das Verhalten der Toten sichtbar machte. In denen er ihnen lauschte. In denen er auch gewisse Wörter wiederbelebte, die die Poesie hatte aussterben lassen. Auf diese Weise gab er ihnen mehr zurück als nur eine Bedeutung: eine Art organisches Leben, in dem der Geist nicht mehr allein Empfänger gewesen war. Der Dichter ist auch ein Arzt, der die Wörter reinigt, der sie manchmal von dem Krebs heilt, von dem sie zerfressen werden. Denn die Wörter haben nur eine Unrast: dem Nichts entgegenzustreben, von dem sie angezogen werden. Einzig der Dichter gewährt ihnen dann einen Aufschub. Anderswo als unter seiner Feder schlafen sie im Stehen, schwanken hin und her, geben nach und nach unmerklich den Geist auf. Von seinen ersten Toten vorgeladen oder indem man ihre Tür aufbrach, seine ersten Worte zu finden, hieß in größter Eile vorzugehen ... Vor allem wenn die Sprache, die den Lebensnerv des Todes erfaßt, die Gemütswallungen aussparte und nur die ohrenbetäubende Verwesung der Körper vernehmen ließ. Alle Leiden des Lebens in einer letzten Kakophonie verdichtet.

Die Kritik kreischt vor Entsetzen, kläfft vor Abscheu. Erstes Mißverständnis. Unverdienter Erfolg: das Publikum drängt sich, um in der Galerie Paul Cassirer den Autor von *Morgue* zu hören.

Man begegnet auch wirklichen Lesern. Eines Abends verführt man im Romanischen Café oder im Café des Westens eine Bewunderin. Aber sie ist einem so schrecklich nahe, die Else Lasker-Schüler, daß man nicht lange dieselbe Luft atmen kann wie sie. Es ist auf einmal zuviel verdoppelte Poesie und Tragik. Das übersättigt. Die Worte des einen und des anderen prallen aufeinander. Wenn beide Liebenden Dichter sind, fügen sie sich Wunden zu, denen keine andere gleichkommt. Melancholie vertraglich gesichert. Man will entkommen. Dabei treten sie aus dem Dunkel, alle im selben Augenblick, die Dichter, die die Häßlichkeit der menschenfressenden Städte, das nackte Elend, den Untergang des Abendlandes besingen. Man veröffentlicht in *Der Sturm* oder *Die Aktion.* Man deklamiert im Neopathetischen Cabaret. Eine inzestuöse Brüderlichkeit verbindet, selbst wenn sie sich nicht kennen, die Dichter und Maler einer Generation, die von der Geschichte plötzlich requiriert und dahingerafft wird. Das beschleunigt sich. In Gottfried Benn arbeitet ein Arzt, der sich auf Gonorrhöe, auf harten oder weichen Schanker spezialisiert hat, mit einem Dichter zusammen, der schon beim Einsatz mit den Todeskarten des Tarot allein gegen die Bank gespielt hat. Für ihn ist gerade Zeit, einer Schauspielerin zu begegnen, die mit Vornamen Edith heißt, deren Künstlername aber Eva ist, Zeit, sie zu heiraten, ein Kind zu zeugen, und dann gibt in Sarajewo ein Schwarmgeist einen Schuß ab, der mehrere Nationen mobilisiert, von denen keine, wenn man sie so hört, den Krieg wollte. Wir haben, manchmal brüllend, eine Apokalypse verkündet, denkt der Jungverheiratete. Und sie findet tatsächlich statt. Wir werden sterben oder altern. Wir hatten kaum das Wort ergriffen, und schon will die Geschichte es uns wieder entziehen oder es mit ihrem eigenen Kreischen übertönen.

Diesen Realitätssinn, auf den er als Wissenschaftler soviel Wert zu legen glaubte, hat er nicht in Brüssel angefangen zu verlieren. Das ist ganz allmählich geschehen, seit er nach Berlin gekommen ist, seit er mit den Kranken umgegangen ist, seit er mit den Toten zu tun hatte. Da bereits hat er es aufgegeben, Psychiater zu sein: was er im Geist der Leute herumspuken sah, konnte er nicht ertragen. Vor *ennui* wären ihm die Augen übergegangen. Was die Neurosen betraf, so genügte die Poesie. Da war es ihm noch lieber, sich mit den Mißlichkeiten der Haut zu befassen.

Sobald er in Belgien, in Beverloo, angekommen ist und das Übel behandeln mußte, das die Eindringlinge vertraglich mit den Frauen zusammenschweißte, denen die Invasion Überbeschäftigung verschaffte, ist ihm dieses Wissen um die Realität gleichsam abhanden gekommen. Doch er hat diese Amputation nicht bedauert ...

Nun hört er sich die Geständnisse der jungen Rekruten an, die die mit einer Kokotte im Bett vollbrachten Heldentaten am

Abend zuvor in der Kantine noch so eitel machten und die nun immer noch versuchen, die Offensichtlichkeit des Stigmas zu verleugnen. Er beruhigt sie, so gut er kann. Er erklärt ihnen, daß seit Beginn des Krieges Wissenschaftler neue Heilmittel erfunden haben und daß jeder binnen kurzem wieder gesund wird, vorausgesetzt man behandelt ihn rechtzeitig. Es sind Kinder, denen er zuhört, ein bißchen feige oder heuchlerische verschreckte Kinder. Plötzlich erinnern sie sich wieder an die Warnungen, die man ihnen auf dem Gymnasium erteilte und die sie nur zu Zoten anregten. Sie erinnern sich an die Daguerreotypien und Tafeln, auf denen die Geißel in Größen und Farben dargestellt war, die sie beinah unwahrscheinlich machten. Sie frösteln. Schon sehen sie ihr Fleisch verwesen, ihre Knochen wie Kreide brechen, ihre Sehnen sich zersetzen und reißen, ihre Knorpel schmelzen. Bald würde ihre Nase in ihren Blechnapf fallen, wenn sie gerade den Löffel hineintauchten. Ihre Augen würden sich wie unter Einwirkung einer Säure auflösen. Aus ihrem vergrößerten, wie von einem Kaiserschnitt zerrissenen Mund würde ein heiserer Schrei dringen, ein Röcheln, das von den Eiterherden erstickt würde ... Der Militärarzt hört zu, wie sie ihr Entsetzen stammeln. Darunter ahnt er eine verborgene Not. Bald hört er nur noch diesen Refrain, den die Soldaten ohne ihr Wissen summen und der die Wahrheit dieser Zeit ist. Sie behandeln heißt in erster Linie sie bei der Hand nehmen, um ihnen zu versichern, daß sie nicht die Lepra haben, daß sie morgen nicht in Stücke zerfallen sein werden: die Kanone hat mehr Chancen, sie später, an der Yser zu verstümmeln, als die Mikrobe, die sie beherbergen ... Dann hellt ein Lächeln ihr einfältiges Gesicht auf. Sie ahnen nicht, daß es auf schreckliche Weise wahr ist.

Bleibt noch, den Namen derjenigen aus ihnen herauszuholen, die sie angesteckt hat, indem sie sich, irgendwo in einem Barackenlager, einer Mansarde, einem Hinterzimmer, wenn nicht gleich im Matsch einer kleinen Schneise oder eines Hohlwegs, mit hochgeschobenen Röcken, gespreizten Schenkeln in eine kleine Maschine zur Herstellung von verseuchtem Fleisch, zur Destillation von verdorbenem Blut, stinkenden

Körpersäften verwandelt hat. Das Übel grassiert, es wimmelt um das junge Kanonenfutter herum. Aufgabe des Militärarztes ist es, diese Jungs so gesund wie möglich zu erhalten, damit sie später im Schmutz des Schlachtfeldes versinken und damit, wahrscheinlich, ihr Tod würdiger ist ... Er vermutet, daß einige sich anstecken lassen, weil sie hoffen, in die Heimat geschickt oder lange von der Front zurückgezogen zu werden. Andere versuchen eher, den Schanker zu verheimlichen, weil sie fürchten, ihnen würde jeder Urlaub gestrichen. Wieder andere verraten die Nutte nicht, die sie infiziert hat. Sie würden sich für Denunzianten halten. In Panik würden sie den Namen einer anderen angeben. Was die Mädchen angeht, so könnte man schwören, daß sie in den Etappenstädten die patriotische Mission haben, dem Feind die virulente Botschaft zu übermitteln, die sie mit sich führen. Es ist die Fortsetzung des Krieges mit anderen Mitteln! Bekommen sie bei ihrer Rückkehr von einem derartigen Auftrag wenigstens einen Orden? Richteten die verseuchten Frauen früher nicht mehr Schaden an als der Kugelhagel und die blanke Waffe? So macht sich jeder eine bestimmte Auffassung von der Ehre zurecht, die bei nahender Gefahr durcheinandergerät.

Der Militärarzt registriert eine weitere Strophe des Liedes, das die Rekruten brünstig im Chor singen. Dieselben konnten auf der Wache gar nicht laut genug grölen, hatten gar nicht ausreichend derbe Worte, nicht ausreichend vulgäre Attribute, um den Bericht über ihre Ausschweifungen zu würzen.

Doch ihr Zuhörer erlaubt sich schon kein Urteil mehr. Wieder einmal zweifelt er – obwohl er nur zu sicher ist, richtig gehört zu haben – an der Wahrhaftigkeit seiner Situation als solcher. Dieses halb geschlossene Auge – wie durch den Rauch einer Zigarette, der den Zeigefinger der rechten Hand endlos verlängert – fängt alles auf, selektiert jedoch im gleichen Maße und schlägt womöglich mehr Bilder aus, als es behält. Dieses dösende Zuhören, das mitunter längere Zeit durch kein Anzeichen bestätigt wird. Daran ist etwas, was den Gesprächspartner aus der Fassung bringen könnte. Man könnte meinen, der

Fragende sei halb eingeschlafen. Dann merkt man, daß ihm nichts entgangen ist. Man könnte ihn für gleichgültig oder zerstreut halten. Aber wer weiß, ob er nicht vielmehr von einem Übermaß an Aufmerksamkeit belastet ist? Von dieser Arbeit, die bei ihm anscheinend halb über die Intelligenz, halb über die Sensibilität geleistet wird.

Syphilis. Venenpunktion mit einer ausgeglühten Nadel. Gonorrhöe: Abstrich eines Tropfens Eitersekret oder der verdächtigen Flüssigkeit auf einen gut entfetteten Objektträger. Bei den Frauen Anwendung des Spekulums, Spülen der Cervix.

Abends, ehe er sich einem von Albträumen überwucherten Schlaf hingab, die jene, die er im Wachen träumte, kaum überboten, überflog er noch Einzeldarstellungen der neuesten bakteriologischen und mikroskopischen Forschungsergebnisse hinsichtlich der Diagnostik und Behandlung von Syphilis und Gonorrhöe. *Der Krieg und die Geschlechtskrankheiten* von Professor Albert Reiffer, das gerade in Stuttgart veröffentlicht worden war. Er griff auch auf die bereits klassischen Werke von Neisser über experimentelle Syphilis und von Hoffmann über die Übertragung des Treponema pallidum auf Makaken. Doch war das, was ihn hier fesselte, nicht wieder eine Fiktion? Eine Legende von Konquistadoren, die in den Laboratorien am Werk waren?

Schließlich, als man noch auf Brüssel zumarschierte, las er die eine oder andere Szene aus Goethes *Egmont* nach, um den Blick zu entdecken, den der größte Schriftsteller des Erobererlandes auf das eroberte Land gerichtet hatte. Es war die Geschichte eines Menschen, der sein Schicksal zu meistern glaubte, während er nur von ihm verhext war, wie man es vom Gesang der Loreley sein kann. Eines Menschen oder der Menschen im allgemeinen? Und welcher Zweifel bohrte, als er dieses Stück schrieb, noch an einem Schriftsteller, der sein Schiff so sicher fernab des Riffs gesteuert hatte? Hätte er es noch verfaßt, als er schon mit Ehrungen überhäuft war? Zumindest handelte es sich um ein Werk, das ein „realistischeres" Echo zurückwarf als der Kampf gegen die venerische Gefahr!

Im Herzen der Hauptstadt läßt er sich zunächst in einem Patrizierhaus in der Nähe des Palais de la Nation und des Parc Royal nieder, das seine Eigentümer in Panik verlassen haben, um mit der Hälfte des Mobiliars bis hin zu den Salonvorhängen in Richtung Sedan zu fliehen. Doch was macht es aus? Besteht nicht die Gefahr, daß man, kaum angekommen, in die Heimat zurückkehren muß?

Auf einer Kiste aus Weißmetall sitzend, raucht der Militärarzt eine Zigarette und betrachtet amüsiert die leeren Zimmer. Er fragt sich, was für Bilder früher wohl die Empfangsräume geschmückt haben: Seestücke, Idyllen oder Stilleben? An ihrer Stelle heben sich jetzt Rechtecke von der Tapete ab, die die Sonne noch nicht hat verblassen lassen. Im Vorzimmer hängt ein Wandspiegel nur noch über der Leere, die eine Mahagonikonsole zurückgelassen hat, die wohl beim Exodus mitgenommen wurde. Der Militärarzt fragt sich, ob er sein Sprechzimmer nicht hinten im Schlafzimmer einrichten und dies hierher verlegen soll. Er lächelt. Wo er hier nur „zu Besuch" ist und nicht einmal genug hat, um ein einziges Zimmer vollständig zu möblieren, entwickelt er schon Pläne und ertappt sich bei Schloßherrenlaunen. Werden im übrigen Licht und Heizung dieser Wohnung nicht von der Stadt bezahlt?

Über diese feststehende Tatsache stellt sich der neue Mieter ebensowenig Fragen wie über die anderen Verletzungen von Sitten und Gesetzen durch den Krieg, die die Armee, deren Uniform er trägt, begangen haben mochte. Verläuft sein Leben hier nicht vor allem entgegen der Logik? Der Krieg selbst empört ihn nicht. Er erweckt in ihm keine Scham. Er erschüttert ihn höchstens als Phänomen: insofern als er den Körper von Menschen aufwühlt, verwüstet, durchdringt. Allein diese Obszönität der Krankheit und des Todes bei ihrer Verrichtung fesselt seine Aufmerksamkeit. So ist er, dieser Mann: er nimmt fast nie eine ideologische Sicht der Situation ein. Vor politischem Abstrahieren würde ihm eher grauen. Er steht zu dicht an den Körpern, um daran zu denken, den Kopf zu heben, darüber hinauszublicken, ein Konzept zu entwerfen. Er weiß nicht, daß diese Kurzsichtigkeit für ihn bedrohlich ist und daß sie ihn zu mehr Mißtrauen gegen sich selbst anregen sollte. Im übrigen sind seine Augen voll und ganz damit beschäftigt, die leidenden Körper anzusehen.

Außerdem dauert die Expedition länger als vorgesehen: sie ist da oben, im Norden des Landes, an einem Fluß steckengeblieben, sie braucht lange, um sich den Zugang zum Meer zu erschließen. Hier bleibt man seither wie für alle Ewigkeit in der Etappe.

Der Oberarzt ist umgezogen: er wohnt jetzt im Quartier Louise in einem Stadtpalais mit elf Zimmern, dessen Eigentümer, einen Emigranten, man ausgeplündert hat. Er bewohnt es allein mit seiner Ordonnanz. Hier fehlt weder ein Pfeifenständer noch ein Silberbesteck und nicht einmal eine Bonbonniere, in der zufällig Kokain gewesen ist. Man würde nie wieder so reich sein. Man würde dieses Königreich nicht für ein Pferd verschenken. Man regiert über eine Einöde. Aber gäbe es denn kein anderes Paradies als ein künstliches? Man kann „im Überschwange / Noch einmal vorm Vergängnis blühn ..."

Der Besatzer wacht mit trockener Kehle auf. Mit diesem Durst eines heidnischen Gottes, den nichts löschen könnte. Das für die Nacht gekaufte Mädchen fällt ihm ein – diese Nacht, die nie enden zu sollen schien –, das Mädchen, das wohl in einem anderen Zimmer im zweiten Stock eingeschlafen war. Wenn sie nicht stillschweigend gegangen ist. Oder unter Mitnahme eines Silberbestecks. Er erinnert sich an die Frau, die ihn umschlungen hat wie eine fleischfressende Pflanze, eine Alge, ein Netz mit flüssigen Maschen, er erinnert sich an ihren zügellosen Mund. Er erinnert sich an die Frau, dann vergißt er sie – er vergißt sie ganz –, dann erinnert er sich wieder an sie und daran, daß sie eine faulige Süße hatte. Wieder einmal weiß er nichts mehr von ihr, auch nicht, wieviel er ihr für ihre Dienste gegeben hat. War sie überhaupt eine Hure, oder ist sie es heute nacht geworden? Die Droge hat, indem sie die Zeit dehnte, eine andere Erinnerung angeboten, in der die Frauen, die sich für Geld hingeben, keine Prostituierten mehr sind, in der die Soldaten ganz anderen Betätigungen nachgehen als dem Krieg, in der man sich alternd verjüngt, in der die Farben ihre Töne, dann sogar ihre Bedeutung verändern. Danach: auf dem Betttuch diese kleinen Lachen erstarrten Spermas. Und außerdem danach: nur das Parfum, beharrlich wie eine Agonie. Dort, im ersten Stock der Rue Saint-Bernard Nr. 1.

Man hätte noch einmal nach Antwerpen fahren sollen, denkt er wieder. Die Stadt nach ihrer Einnahme wiedersehen sollen. Hatte sie eine Art Leben wiedererlangt? Hörte man wieder die Schlepper in der Fahrrinne tuten?

Der Offizier erinnert sich an seine Ordonnanz. Der junge Mann schläft wohl noch in seinem Zimmer im obersten Stock. Beim nächsten Mal sollte er ihm das Mädchen hinaufschicken, damit es den Rest der Nacht bei ihm verbringt. Dann fällt ihm ein, daß er den Auftrag hat, den Männern der Truppe gerade solche Kontakte zu verbieten, um in dieser fremden Stadt die Epidemie einzudämmen, die in den Reihen der Besatzerarmee wütet. Er lächelt. Auch eine Art und Weise, die Körper nicht aus den Augen zu verlieren, denkt er ... Um nicht zugleich den Faden der unaussprechlichen Erzählung zu zerreißen, die die Geschichte insgeheim mit zitternder Hand schreibt – und die sie unter der anderen versteckt, der Erzählung, die sie ausspricht.

Meistens nimmt er sich die Freiheit, in Zivil auf die Straße zu gehen. Aber er hat nicht vor, diese günstige Gelegenheit immer auszunutzen. Auch wenn er das Tragen der Uniform nicht schätzt, will er nicht inkognito auftreten, will er sich hier nicht in einer anderen Anonymität zeigen als der, die seine Anwesenheit in dieser Stadt schon so wenig rechtfertigt. Übrigens, ob er den einen oder den anderen Aufzug wählt, ändert nichts daran: ohne Zweifel verrät der *Baedeker,* den dieser sonderbare Tourist in seiner Kunststoffhülle zur Schau stellt, ihn den Vorbeikommenden. Wenn er die Avenue Louise in Richtung Bois de la Cambre entlanggeht und eine Frau ihm bereitwillig zulächelt oder wenn ein Bürger, der unter Mißachtung der Vorschriften der Militärregierung eine Rosette oder Kokarde in den Nationalfarben und so groß wie eine Untertasse zur Schau stellt, ostentativ vor ihm auf die Erde spuckt, weiß er, daß die Aufforderung oder die Beleidigung ihm nur als Eindringling gilt. Wenn er bis in die Avenue de Flore oder den Chemin des Cavaliers kommt, wird er vielleicht einem Lausejungen begegnen, der ihm die Zunge herausstreckt oder sich die Nase zuhält, bevor er in den Hohlweg oder auf die Schlittschuhbahn am Ende der Alleen flüchtet ... Der Oberarzt der kaiserlichen Armee wird sich nicht so lächerlich machen und dem Flegel nachjagen. Von den Militärgerichten wird man allerdings für weniger als das strafrechtlich verfolgt. Diese aufsässigen Verhaltensweisen interessieren ihn, er registriert sie als eine Information unter anderen. Sie nähren seine Einsamkeit: er überfrißt sich daran. Sie schärfen seine Wachsamkeit: er übt sich darin, diesen aufgeweckten Zustand aufrechtzuerhalten, der in allen Situationen etwas wert sein wird. Eigentlich genießt er eine grenzenlose Freiheit. Natürlich ist es nicht ohne Risiko. Alles stellt ihn auf die Probe: das eben will er. Die Sprachen, die hier gesprochen werden, versteht er nicht, er erlernt von ihnen so wenig wie möglich: für den Gebrauch, den er künftig von den Wörtern machen will, ist ihm daran gelegen, nur mehr die seiner eigenen Sprache zu kennen.

Rund um die Rue Saint-Bernard läuft er Tag für Tag den Perimeter konzentrischer Kreise ab. Er erforscht methodisch die Umgebung, er entfernt sich jeden Tag ein Stückchen weiter von ihr, er schwärmt bis hin zur Abtei de la Cambre oder zum Fort Jaco oder zur Place Malibran oder zur Jonction aus. Man könnte dieses Vorrücken für ängstlich halten. Tatsächlich hütet er sich, den Schritt zu beschleunigen. Als wären es Annäherungsversuche beim Ausarbeiten einer Liebesstrategie. Ihm gefällt, daß die Straßen und die Plätze und die Viertel eine gewisse Zeitlang für ihn nur Namen sind: die einzigen fremden Vokabeln, die er sich gerne aneignet. Rue des Minimes. Rue Hydraulique. Rue du Pépin. Rue des Six-Jeunes-Hommes. Place des Martyrs. Port de L'Allée-Verte. Rue Villa-Hermosa. Rue de la Vierge-Noire. Montagne des Larmes. Rue d'une Personne. Impasse de l'Asile ... Dann studiert er die Pflanzenornamentik der Fassaden und Monumente, die er auf seinem Weg antrifft. Er lauscht ihrer Polyphonie. So viele Stile haben sich hier in einem so rasenden Eklektizismus vermischt, daß man auf dem Weg von der Rue Saint-Bernard zur Avenue Louise von der französischen Neorenaissance zur Neogotik wandert und sich von Schemen italienischer Renaissance streifen läßt. In der entgegengesetzten Richtung stößt man auf einen babylonischen Justizpalast, der auch Rom, Byzanz, Ninive etwas entlehnt. Manchmal hat dieses Wuchern sich in kreativer, innovativer Freude entfaltet; manchmal ist es in den Größenwahn getaumelt. Man könnte meinen, die Architekten des Jugendstils hätten sich mit der Machete einen Weg durch diesen städtischen Dschungel gebahnt! Glas, Eisen, Gußeisen skandieren hier und da den Diskurs der Steine wie eine Interpunktion.

Oft läßt sich der Besucher von dem Überschwang anstecken, der diese ausschweifende Phantasie genährt haben muß. Er sagt sich, daß man sich mit den Worten auch an solchen Asymmetrien, solchen Dissonanzen versuchen müßte; daß es angebracht wäre, diese Vitalität bis zum Fiebern auszuschöpfen.

Sein Blick verweilt auf diesen schweren Zahnschnittgesimsen, diesen *bow-windows* mit ihren kannelierten Fensterstürzen, den glasierten Klinkern der Fassaden ... Etwas Wilhelminisches in ihm protestiert noch gegen soviel Anarchie. Nicht umsonst ist der Dorfjunge aus der Neumark dem Schwulst, den gekünstelten Schnörkeln Berlins erlegen, und er widersteht noch ein wenig dem unordentlichen Charme dieser Stadt, von der man noch nicht sagen kann, ob sie groß ist oder klein, und von der man spürt, daß sie sehr wohl dabei sein kann, in derselben Bewegung, mit der sie aufgebaut wurde, schon zu verfallen. Man ahnt, daß ihr Schwung gebrochen worden ist und daß es nicht nur der Krieg ist, der ihre Expansion derzeit unterbrochen hat. Bleibt der funkelnde Rohentwurf eines Raums, der vielleicht nie ins reine gezeichnet werden wird.

Eines Tages, als der Besucher durch die Überreste der Weltausstellung zwischen der Avenue des Nations und der Plaine du Solbosch wandert, die 1910 wie in einer Vorahnung von den Flammen verheert wurde, findet er noch einmal dieses Gefühl vom Ende Europas bestätigt, das ihn seit seiner Ankunft in Brüssel mitunter angewandelt hat. Hier hat das Erdbeben nur ein Dorf für Kinder vernichtet ... Aber ist es nicht symbolisch, daß manche Pavillons der Großmächte verschont geblieben sind, darunter der deutsche, über dem ein wagnerianischer Adler schwebt? Geht hier nicht das Gerücht um, Kaiser Wilhelm habe, nach seinem kühlen Empfang bei der Einweihung, den Großbrand selbst angestiftet? Der Besucher gedenkt im Vorübergehen der Raubkatzen, die im Gehege des Luna-Parks verbrannt sind.

Würden die Belgier den Prophezeiungen der Wahrsagerinnen bereitwillig Glauben verschaffen? Vor kurzem haben sehr ernsthafte Astronomen vorhergesagt, der Komet Halley würde hier auf die Erde aufschlagen, ehe der Planet aufplatzt wie ein reifer Granatapfel. Brüssel hat sich schon unter der Einwirkung einer fahlen Strahlung schmelzen sehen. Dann hat es eine Zeitlang seine alltäglichen Beschäftigungen wiederaufgenommen. Es hat Madame Sarah Bernhardt eingeladen, in einem Atemzug *Phädra* und die *Kameliendame* zu deklamieren. Vorstellungen, die im Théâtre de la Monnaie denen von *Elektra* und *Salome*, dann des *Rings* mit Schutzbach und Lohse obenan in der Besetzung folgten. Die Bevölkerung hatte gerade Zeit, sich mit der Sprache und den Größenphantasien der Deutschen vertraut zu machen. Plakate, die für den 4. Mai 1914 *Rheingold* und für den 9. *Die Götterdämmerung* ankündigen, sind auf den Litfaßsäulen des Boulevard Anspach noch nicht ganz abgerissen. Aber einige diskrete Bekanntmachungen nehmen Bezug auf die Schließung des Theaters. Wie andere die Schließung des Aquariums und des Museums für Fischzucht in der Avenue Louise 525 erwähnen. Was hat man mit den Fischen, den Makropoden und Axolotln gemacht? Hat man sie in ihre jeweiligen Meere zurückgebracht, bis die Nationen der Allianz und die der Entente ihren Streit beilegen?

Gelegentlich sieht der Besucher sich den kleinen Teich an, der mitten im Wald, rund um eine aus einem Märchen stammende Insel, mit dem Zirkel gezeichnet zu sein scheint. Er blickt einer jenseits der Rasenflächen davonfahrenden Kutsche mit einem Liebespaar nach. Ein andermal bleibt er länger unter dem halbrunden Glasdach der Passage du Nord stehen: er staunt über die Lichtungen, die sich fast überall in der Stadt, außerhalb oder in ihrem Schoß selbst, auftun. In diesem Licht würde man gern ganz aufgehen. Dieser Durchsichtigkeit vertrauen. Der Krieg ist auf einmal so fern: er ist immer zugleich so nah und so fern. Wie Gott.

Der Besucher, der Besatzer fragt sich, warum er sich allmählich im Guten wie im Schlechten in Einklang mit diesem Ort fühlt, wo er, vom Sturm liegengelassen, gegen seinen Willen gelandet ist ... Wahrscheinlich hatte er sich bisher der Einsamkeit so weit geöffnet, daß er es leid war, daß sie für ihn eine bloße Metapher blieb? War die Zeit da, ihr die ganze Festigkeit, die ganze Dichte zu verleihen, ihr keine Grenzen mehr zu setzen? War nicht vorstellbar, daß aus soviel Fülle und Leere, der Leere, die in ihm gähnte, und der Fülle, die die Schrecken der Zeit mit sich führten, daß aus der Leere, in der der Krieg unterging, und der Fülle von Entsetzen, die in ihm entstand – so daß das Verhängnis, das in seinem Bewußtsein entstand, ihm abermals wie das Menetekel für eine weltweite Katastrophe vorkam – ja, war nicht denkbar, daß aus alldem etwas ebenso Tragisches, ebenso Herzzerreißendes, ebenso Zerrissenes, ebenso Reines hervorging wie Gott? In eine derartige Situation gestellt, in der man eine solche Erfahrung macht, muß man dem doch wohl eine Lektion entnehmen, die für das ganze Leben als Lehre taugt, von der man nicht abgehen wird?

Unter deutschen Schriftstellern ist es üblich, sich manchmal auf der Terrasse des Bon Marché zum Aperitif oder auf dem Dach des Old England zum *five o'clock tea* zusammenzusetzen. Man glaubt, die Stadt besser zu verstehen, wenn man sie von oben ansieht.

„Die Besatzungsbehörden haben die Brüsseler Uhren auf Berliner Zeit umgestellt."

„Aber deshalb stehen die Belgier noch lange nicht eine Stunde früher auf ...", betont Otto Flake.

„Am besten ziehen sie ihre Uhren nicht mehr auf", sagt Flechtheim. „Dann brauchen sie nicht zu wählen ..."

„Für meinen Bruder Siegfried sind sie endgültig stehengeblieben", erwähnt Gottfried Benn, der hier schon in niemandes Augen mehr als einer gilt, der Leben in die Bude bringt.

„Wie für viele Dichter Deutschlands", sagt Wedderkop, „Lichtenstein und Lotz, die in Frankreich gefallen sind ... August Stramm an der russischen Front ..."

„Der ungerechteste Tod", mischt Flake sich ein, „ist zweifellos der von Stadler, der die französischen Dichter unterrichtete und in Flandern im Kampf gegen Frankreich getötet worden ist!"

„Es wird behauptet", sagt Carl Sternheim, „er habe sich ein paar Tage vor seinem Tod mit Charles Péguy unterhalten können, der in dem gegenüberliegenden Schützengraben kämpfte."

„Eine Legende natürlich ...", erklärt Carl Einstein achselzuckend. „Solche Sachen passieren nur in den Vorworten von Anthologien!"

„Aber eine schöne Legende ...", sagt Wedderkop. „Man muß sie festhalten ..."

„Quatsch!" sagt Gottfried Benn.

„Bitte?"

„Quatsch und Firlefanz! Wir dürfen ja keine humanitären und verliebten Blicke auf diesen Krieg werfen! Er ist, was er ist: jeder von uns hat sich darein geschickt und wird ihn auf seine Weise führen. Aber man soll uns bloß den Bericht über die edlen Taten und die erhabenen Grabschriften ersparen!“

„Benn hat recht“, gesteht Carl Sternheim zu, „es stimmt, daß die Kriege, statt sich vom Blut der Dichter befleckt zu fühlen, noch stolz darauf sein werden, es vergossen zu haben! Sie waren also der Mühe wert, da jene ihr Leben dafür gegeben haben!“

Stadler: er stand mir am nächsten, denkt Benn. Als meine ersten Gedichte veröffentlicht wurden, war er fast der einzige, der in ihnen nicht eine makabre Herausforderung sah. Der erkannte, daß Mitgefühl das Gegenteil von Gefühlsduselei sein kann. Das hat mich vielleicht gerettet. Und ich werde ihn nicht einmal gekannt haben. „Vergänglich“, wiederholte er gern. Das war sein Lieblingsepitheton. Er hat Wort gehalten. Er hatte schon alles von allen Seiten gesehen, aber er war nichts gegenüber abgestumpft.

„Weiß man, woran Trakl gestorben ist?“ fragt Flechtheim.

„Ist er nicht in der Schlacht bei Grodek auf der Strecke geblieben?“ fragt Wedderkop.

Hausenstein antwortet:

„Offizielle Version: Anfall von Wahnsinn im Krakauer Garnisonshospital.“

Trakl, denkt Benn, der Apotheker geworden war, um Zugang zu Drogen zu bekommen. Trakl, der in seinen Gedichten von jenen sprach, die starben, bevor sie gelebt hatten. Von jenen, die nur „halb geboren“ waren. Von jenen, die nie geboren würden. Trakl, der sein unmittelbar bevorstehendes Verschwinden nach Borneo ankündigte. Und der, indem er starb, gleichsam zu seiner eigenen Geburt umgekehrt, ihr entgegengestürzt ist.

„Von uns allen“, sagt Flake, „war Stadler derjenige, der die hiesigen Leute am besten verstand und die Stadt am meisten liebte ...“

„Jetzt bin ich es ...“, unterbricht ihn Carl Sternheim. „Dieser Ort hat alles, um mir zu gefallen: ich könnte mein Leben hier verbringen!“

Das ist die schönste Huldigung, die dieser eingefleischte Nomade einer Stadt darbringen kann. Zumal man ihn, als die deutsche Armee in das Land eingedrungen ist, eben hier für einen Spion gehalten hat, zumal er beinah gelyncht und sein Hab und Gut beschlagnahmt worden ist.

„Warum hat Deutschland mich hier eingeholt? Ohne dieses Land ging es mir so gut!" scherzt er.

„Was finden Sie nur an ihm?" fragt Flechtheim.

„Van Gogh hat hier gelebt", antwortet er. „Können Sie sich den Maler der *Kartoffelesser* vorstellen, wie er heute die Yserebene entdeckt? In Antwerpen beginnt die Welt jenseits der Meere. In Brügge fängt das Mittelalter an."

„In Brüssel hört Europa auf!" bemerkt Flechtheim ironisch.

„Brüssel", entgegnet Sternheim, „liegt im Mittelpunkt eines Spinngewebes, das London, Paris, Amsterdam und Köln umschreiben ..."

„Und hier haben wir unsere liebe Spinne!" scherzt Wedderkop und gibt ihm einen Klaps auf die Schulter.

„Auf jeden Fall fordere ich Sie alle auf, das Zentralafrikanische Museum in Tervuren zu besichtigen ...", sagt Carl Einstein.

Und schon legt er los mit seinen geliebten Betrachtungen zur Negerkunst, die in all ihrer wilden Reinheit, ihrer falschen Barbarei hervortreten würde, während das untergehende Abendland damit befaßt wäre, den Sinn seiner eigenen Werte zu verlieren ...

„Wir sind an jenem Abend gemeinsam zum erstenmal aufgetreten", erinnert sich Gottfried Benn wehmütig, „an dem wir, Einstein und ich, öffentlich Gedichte gelesen haben, die, ohne daß wir selbst es ahnten, den Krieg vorwegnahmen. Und jetzt sind wir hier, als läge unser künstlerisches Abenteuer schon hinter uns. Der Krieg vereint uns, um uns besser gemeinsam altern zu lassen."

„Man muß auch die hiesigen Schriftsteller lesen", versichert Einstein. „Jedenfalls: manche von ihnen. Clément Pansaers, der allen anderen Revolutionären immer um eine ästhetische Revolution voraus ist und den man im Compas oder im

Diable au Corps trifft. Und außerdem René Verboom, der auf der Radrennbahn oder in den Cafés der Porte de Namur um sich selbst trauert. Jean de Boschère ist leider von Brüssel nach London gegangen, wo er sich Eliot, Pound und den Imagisten angeschlossen hat. Wundern wir uns nicht, daß er unterwegs ist: er sagt, für ihn sei ‚Wohnen abschreckend' ..."

Liegt es daran, daß Carl Einstein nicht mehr an Europa glaubt, daß er weiter in dieser Weise über alles auf dem laufenden ist, was dort vorgeht?

„Und ich hielt Brüssel für leer ..." wirft Gottfried Benn ein. „Das heißt, ich meine: von seinen Poeten im Stich gelassen, wenn nicht von der Poesie."

„Wohlgemerkt, es gibt heutzutage mehr deutsche als Brüsseler Schriftsteller, die in Brüssel miteinander sprechen!" mischt Wedderkop sich ein.

„Vielleicht wird es immer so sein", bemerkt Otto Flake. „Die hiesigen Dichter sind Insulaner, die der Wind ungehindert von den Ardennen zur Küste zerstreut ..."

Benn gibt keinen Ton mehr von sich. Er fühlt sich etwas benachteiligt in der Gesellschaft dieser Großbürger, die sich auf der Place Royale oder in der Rue Neuve ebenso wohl fühlen, wie sie sich zur selben Stunde in einem Café am Kurfürstendamm oder am Savignyplatz wohl fühlen würden. Wenn erst der Waffenstillstand kommt, würden die meisten die diplomatische Laufbahn einschlagen.

„Wußten Sie, daß unser teurer Thomas Mann vor ein paar Tagen hier eingetroffen ist, um bei der Premiere seiner *Fiorenza* dabeizusein?" fragt Otto Flake.

Ja, das zumindest wußte Gottfried Benn. Die Familie Mann fasziniert ihn. Das ist kein Name, das ist ein Titel. Selbst wenn sie zueinander in Widerspruch stehen, machen Thomas und Heinrich, die feindlichen Brüder, noch den Eindruck, beide recht zu haben. Sie sind so geboren. Und außerdem sind beide von Nietzsche durchdrungen, wie dieser auch Einstein und ihn selbst infiziert hat. Als Treuhänder ein und desselben Erbes erkennt man sich untereinander, selbst wenn man sich beneidet. Es kommt sogar vor, daß man sich schätzt.

„Natürlich wußten wir es", brummt Hausenstein, „die meisten von uns waren mit dabei!"

Aber Flake tut, als hätte er es nicht gehört, Flake, den Nietzsche erschreckt und der den Autor von *Tod in Venedig* nicht besonders mag, hat nicht die Absicht, sich um den Bericht bringen zu lassen, den er fix und fertig bereithält: ein Essen, zu dem unser lieber Gouverneur eingeladen hat, eine Riege von Offizieren, die alle das Eiserne Kreuz 1. Klasse zur Schau stellen und den guten Thomas Mann mit „Herr Kriegskamerad" anreden, das war ungeheuerlich!

„Doch, Flake, wir waren da ..." erlaubt sich Hausenstein zu insistieren.

„Stellen Sie sich vor, daß die Soldateska Anweisung hatte, bei der Aufführung dabei zu sein! Müssen die sich gelangweilt haben, die Männer von der Truppe! Wenn die Manns es sich jetzt zur Gewohnheit machen, nach Brüssel zu kommen, ist man bald nicht mehr zu Hause!"

Gottfried Benn verabscheut derartigen Klatsch. Ihm entgeht das Pikante daran. Es wird still. Alle spitzen die Ohren, um die Kanone zu hören, die in der Ferne, in Flandern, dröhnt.

„Wie eine Riesennähmaschine", läßt Otto Flake träumerisch verlauten.

„Wer hätte vorhergesehen, daß der König der Belgier sich an der Yser festklammern würde?" fragt Wedderkop.

„Clausewitz", erwidert Einstein. „Er muß Clausewitz gelesen haben, dieser König. Und auch Hegel. Er wird uns viel zu schaffen machen. Anscheinend steigt er, um in Form zu bleiben, jeden Morgen aufs Pferd und galoppiert am Meer entlang. Sein Adjutant muß außer Atem mit dem Fahrrad hinter ihm herfahren ..."

„Nein, eher Elisabeth ...", erklärt Carl Sternheim, „die Königin."

„Die mit dem Fahrrad hinter ihrem Mann herfährt?" wundert sich Wedderkop.

„Nein, die Hegel gelesen haben muß", erklärt Sternheim. „Sie ist nicht umsonst Prinzessin von Bayern, wissen Sie ..."

„Reden wir lieber von den Dichtern", schlägt Benn vor.

Sollte es denn sonst nichts geben, was ihn heute fesselt? Es sei denn, er interessiert sich weder für die gekrönten Häupter noch für die Großen dieser Welt?

„Gut! Reden wir von den französischen Dichtern", schlägt Hausenstein vor. „Sie sind tatsächlich oft hier durchgekommen: Nerval, der Jenny Colon verfolgte und der beklagte, daß die Stadt nur von einem armseligen Bach durchflossen wurde ... Victor Hugo, als er aus Frankreich flieht, steigt in einem Hotel an der Grand-Place ab und bringt Juliette Drouet in der Nähe, in der Galerie du Prince, unter. Baudelaire wird auch gleich nebenan, in das Hôtel du Grand Miroir einziehen. Ebenfalls nur ein paar Schritte weiter, wird Verlaine seinen Revolver auf Rimbaud abfeuern ... Wohlgemerkt, hier ist immer alles nah beieinander!"

„Es gab hier nicht nur Franzosen", murmelt Wedderkop, „Charlotte Brontë hat sich zwischen der Montagne de la Cour und der Villa Hermosa vor Liebe nach ihrem Hauslehrer verzehrt ..."

„Vergeßt ja nicht unseren Karl Marx!" spottet Otto Flake. „Ein erbärmlicher Volkswirt, wie es scheint, aber in seinem Genre ein recht guter Dichter!"

„Sie alle sind hierhergekommen, das ist schon komisch ..." staunt Flechtheim.

„Dieses verrottete Kaff. Jawohl, der Arsch der zivilisierten Welt", entscheidet Einstein in letzter Instanz. „Ausgenommen natürlich das Kolonialmuseum. Was diese Barbaren den Negern gestohlen haben!"

Sie sind wahrscheinlich tatsächlich hierhergekommen, denkt Gottfried Benn, aber nur en passant. Alle sind bald wieder abgereist. Er fühlt sich gleichsam ein wenig als Waise dieser großen Verstorbenen auf der Durchreise.

„Man darf nicht übersehen", fährt Carl Sternheim fort, „daß Brüssel die Verfolgten gern aufnahm, aber um sich ihrer bald wieder zu entledigen und sie elender, als sie gekommen waren, wieder wegzuschicken ..."

„Diese Stadt hat es sogar geschafft, Baudelaire, ein Genie seiner Zeit, schwachsinnig zu machen!" erinnert Hausenstein.

„Baudelaire hat sie nur mit sarkastischen Bemerkungen überschüttet, weil Frankreich ihn enttäuscht hatte und er es hier wiederfand. Nur noch schlimmer ...", sagt Carl Einstein.

„Hugo dagegen", wendet Otto Flake ein, „hat sich hier immerhin nicht gelangweilt: er bezahlte die hiesigen Mädchen dafür, daß er den Durchmesser ihres ‚Schattenmundes' messen durfte. Er konnte sich nicht genug darüber wundern. Er widmete sich vergleichenden Studien. Juliette, die das Haushaltsbuch der wilden Ehe auf dem laufenden hielt, verzeichnete: N. fünf Francs, N. vier Francs fünfzig usw. Später hat sie behauptet, das N. sei der Anfangsbuchstabe für ‚Notleidende', und lieferte so einen Grund, die Großzügigkeit ihres Liebhabers zu bewundern. Heute ahnt man, daß diese Art Notleidenden dem Gevatter Hugo für seine Almosen etwas boten!"

Gottfried Benn empfindet ein gewisses Unbehagen. Er mag es nicht, daß die Literaten die Nutten erwähnen, wenn sie ihnen vielleicht nicht einmal nahegekommen sind. Er weiß, welches Dunkel aus dem zweiten Mund der Mädchen spricht, die ihn für Geld benutzen lassen. Er versteht, daß Victor Hugo seiner nicht müde geworden ist. Diese klaffende Öffnung ist ein Amazonien. Er denkt, daß der Verfasser von *Choses vues* sie sowohl in Paris wie in Brüssel, wie auf Jersey und Guernsey erforscht hat. Sollte das Loch der Frauen hier unergründlicher sein als anderswo? Und außerdem spricht man von Hugo ... Man würde gern erfahren, wie es damit bei Marx zum Beispiel war. Hatte er, wenn man sich so ausdrücken darf, wichtigere Löcher zu stopfen? Was wußte man von Marx' Schlaflosigkeit, von seinem nächtlichen Wandel in der Rue de la Limite, der Rue du Cirque oder der Rue du Marché? Ob der Verfasser von *Das Kapital* zu den Dirnen ging, fragt man sich einfach nicht. Wahrscheinlich hatte er keine Zeit? Oder verstieß es gegen seine revolutionären Prinzipien? Wenn er eines Tages mit einer von ihnen mitgegangen ist, wetten, daß seine Überlegungen dadurch bereichert wurden! Der Militärarzt denkt an de Quincey, den eine fünfzehnjährige Prostituierte aus Elend und Wahnsinn rettete. Er versucht, den anderen davon zu erzählen ...

„Apropos!“ unterbricht ihn Otto Flake sogleich. Und er behauptet, er habe vor ein paar Tagen selbst eine aufgegabelt, die nicht älter gewesen sein mochte ... Und obendrein hatte sie sich als Lesbierin erwiesen. Ihre Brust und ihre Hüften waren die einer reifen Frau. Wann hatte sie bloß das Backfischalter überschritten?

„Aber stimmt ja, Doktor, Ihre Tätigkeit bringt es mit sich, daß Sie diese reizende Welt aus viel größerer Nähe besichtigen als wir“, deutet er, sich Benn zuwendend, an.

Allerdings, aus viel größerer Nähe, denkt der Militärarzt. Aber von so nahem, daß er fast nichts darüber sagen könnte ... Und dann fällt ihm die Stadt wieder ein, die jene beherbergt, von denen hier gesprochen wird, die Stadt, die man mitten im Krieg von einer Terrasse aus unter sich läßt, als wäre man ebensowenig in diesen Mauern wie im Krieg. Er denkt, daß er für sein Teil hier am Ende der Welt ist und daß er gern ans Ende seiner selbst gehen würde. Aus Höflichkeit zwingt er sich noch, Otto Flake zu antworten.

„Ich wünschte, ich könnte mich eine Zeitlang an jenem Ort aufhalten“, bekennt er, „um das aus größerer Nähe zu sehen, wie Sie sagen ...“

„Das können wir uns vorstellen, Doktor!“ ruft sein Gesprächspartner aus.

Und der Militärarzt fragt sich, warum die anderen in ein anspielungsreiches Lachen ausbrechen.

Gewiß sieht er von der Stadt hauptsächlich die Krankenhäuser, die Gefängnisse, die Bordelle. Sollte er sie nicht um so mehr lieben, indem er sie so in flagranti ertappt? Wer dem Zauber des Theaters verfallen ist, dem sind die Kulissen noch lieber als die Bühne.

Er weiß nicht so recht, wo seine Zuständigkeit anfängt und wo sie aufhört. Der Offizier in ihm gewinnt manchmal die Oberhand über den Arzt und widerspricht ihm sogar. Er muß in den Hospizen Betten für die deutschen Soldaten requirieren, die verwundet, verstümmelt oder krank von der Front an der Yperlée zurückkommen. Muß zur Versorgung der Kliniken mit Zucker, Lebertran und Scharpie beitragen. Muß Fahrradschläuche und -mäntel beschlagnahmen lassen, um den Bedarf der Feldlazarette zu decken! Muß die Unterschlagung von Lebensmitteln bestrafen. Außerdem muß er dafür sorgen, daß die kampfunfähig gewordenen Soldaten ihre Waffen beim Kommandanten abliefern, der seinen Sitz in der Grenadierkaserne hat. Viele von diesen Unglücklichen haben Angst, sich davon zu trennen, und versuchen sie zu verstecken. Andere behalten unberechtigterweise Sättel, Zaumzeug und Geschirr, mit denen sie handeln. Außerdem muß er sich vergewissern, daß die marschbereit wiederhergestellten Männer der Truppe sich sofort in der Kaserne in der Rue des Petits-Carmes melden. Zufällig hat er in einem Lazarett Simulanten ertappt, die sich bei seinem Kommen vollständig bekleidet und mit ihren Stiefeln schnell wieder in ihre Bettstelle verkrochen! Er hat sie gemeldet. Er hat gehört, daß es auf belgischer Seite auch Drückeberger gibt. Daß falsche Bedürftige sich Zugang zur zentralen Volksküche verschaffen. Daß bei denen, die Fleisch aus den Küchen der Armenhäuser stehlen, Leibesvisitationen vorgenommen werden müssen. Alles wird gestohlen, sogar Schweineschmalz- und Tierfettklumpen und Gedärme, Hundenahrung, Scheuertücher.

Ein andermal muß er einen Zug öffnen lassen, der randvoll ist mit an der Yser eingesammelten Leichen, und muß sich von ihrem Tod überzeugen. Muß ihnen die Erkennungsmarken und die Soldbücher abnehmen. Muß dafür sorgen, daß die sterblichen Überreste den Angehörigen zugestellt werden. Die von den Toten zurückgelassenen Gegenstände werden an die Kommandantur in der Rue de la Loi weitergeleitet.

Der Generalgouverneur schreibt für alle Kranken, die in die Kliniken der Stadt und Sanatorien in der Provinz aufgenommen werden, einen Identitätsnachweis vor. Man stellt eine gesonderte Liste der von den Kriegshandlungen nicht berührten Ausländer auf, jener, die weder Belgier noch Deutsche, noch Österreicher und Ungarn sind. Der Oberarzt Benn nimmt die Namen eines rumänischen Juweliers, eines marokkanischen Hausangestellten, eines Bronzearbeiters aus Perugia, eines Musikers aus Iwanowsk, einer Krankenschwester aus Providence, des Hoteldiebs Salomon Rosenblatt (ohne Nationalität), eines Klavierstimmers aus Preßburg auf ... Was hatten sie denn in Brüssel zu suchen, diese Constantinescus, Mahjoubs, Wassiliews, Sparacos und Kastanidis? Haben sie Zeit gehabt, den Krieg über sich hereinbrechen zu sehen? Abgesehen von der Annahme der Spionage – die die oberste Militärregierung *a priori* nie ausschließt –, ist es die Blödheit des Zufalls, die dem Leser dieses Katalogs von Outsidern auf den ersten Blick ins Auge fällt.

Manchmal ist der Militärarzt den Beschwerden der zuständigen Belgier gleich in der Klinik in der Avenue Molière ausgesetzt, wo er Sprechstunden abhält. Oft handelt es sich um adlige Damen, die freiwillig mitarbeiten. Sie beschweren sich, daß am Eingang postierte deutsche Beamte während ihrer Wache gelegentlich in betrunkenem Zustand angetroffen werden oder in den Gängen rauchen. Er dagegen beklagt den Mangel an Achtung gegenüber den deutschen Krankenschwestern. Man mißt sich einen Moment mit dem Blick. Man fragt sich beiderseits, wie weit die Verweigerung von Zugeständnissen gehen und wann offen der Haß zum Ausbruch kommen wird. Der Oberarzt kann nicht ganz umhin, diese etwas hochmütigen Aristokratinnen zu bewundern, die ihn mustern, ohne mit der Wimper zu zucken. Aber der Plebejer in ihm erwacht, der nach Herausforderung trachtet. Doch er sagt aufs Geratewohl: „Unter Vertretern des Ärztestandes verständigt man sich letzten Endes immer ..." Diese Unverschämtheit kann auch ein verhüllter Wunsch nach Versöhnung sein. Damit bricht man ab. Schade. Der Dialog zeichnete sich kaum ab. Vielleicht glaubt der Oberarzt nur an die Wirksamkeit ausgetauschter Worte, wenn es wirklich hoffnungslos scheint, daß man sich versteht?

Er hat es satt, überall Hand anzulegen. Er wundert sich, daß die Militärhierarchie nicht mehr dazu übergeht, die Aufgaben zu verteilen. Er beantragt, von bestimmten paramedizinischen Fronarbeiten abgelöst zu werden. Er sagt, er sei Arzt für Wunden, nicht für Betrügereien. Er will mit Körpern zu tun haben, nicht mit Papierkram. Höheren Orts versteht man ihn ohne weiteres. Und man hält ihm sogar vor, aus eigenem Antrieb übereifrig gewesen zu sein und die Vorschriften überschritten zu haben. Er gibt zu, daß das wahrscheinlich nur zur Hälfte falsch ist.

Man hat ihn jedoch dazu herangezogen, einen Erlaß zu formulieren, den die Besatzungsbehörden betreffs der Einrichtung einer Sittenpolizei in Groß-Brüssel verkünden.

„Uns ist zu Ohren gekommen, Doktor, daß das Schreiben Ihnen leichtfällt ... Dann zeigen Sie uns doch mal eine kleine Probe Ihrer Begabung!"

Es hatte ihm nicht gefallen, daß der Dichter herangezogen wurde, um den Arbeitseinsatz des Rechtskundigen zu begründen. Vor allem hatte es ihm widerstrebt, daß ein Rechtskundiger in ihm dem Arzt zu Hilfe kam. Aber er hatte sich gefügt. Man kann sich über die Ordnung der Dinge empören und an die Rechtmäßigkeit eines innerhalb einer kriegführenden Armee befohlenen Dienstes glauben.

Er geht durch Sträßchen nach Hause, die noch mit Gas beleuchtet sind und wo man die Scheiben der Straßenlaternen blau angemalt hat. Überall sind die Fensterläden geschlossen, die Vorhänge zugezogen, die Rolläden heruntergelassen. Oder die Schirme der Laternen in der Loggia der Hotels sind mit einer schwarzen Haube verhüllt. Die Flugzeuge, die oben am Himmel patrouillieren, überfliegen eine verschwundene Stadt. Es ist nicht ohne Bedeutung, daß die Sperrstunde eben den Krieg verdunkelt, den sie hervorhebt. Der heimwärts Gehende fragt sich, woher in diesem Tiefseelicht die Gefahr kommen könnte.

Seit einiger Zeit denkt er sich eine Figur aus, die sich, wie er, in einer besetzten Stadt aufhält. Die, ebenso wie er, von einem Zweifel an der Realität der Dinge gequält wird und wünschte, sie zu erfassen, als handelte es sich um einen Nebelfleck. Die, wie er, eine Brücke zwischen dem Diskurs der Welt und ihrem eigenen Schweigen schlagen wollte. Selbst dieser Steg werden wollte. Diesen Doppelgänger, dieses *alter ego,* sein Hin und Her würde er erzählen, seine kortikalen Absonderungen würde er beschreiben. Doch es würde sich nur scheinbar um einen Roman handeln. Eine Autobiographie? Gewiß, aber so tiefgründig wie möglich – in einer Tiefe, wo bei anderen die Worte bestimmte Schwellen nicht mehr überschreiten.

Seit einiger Zeit sind ihm so viele Abenteuer zugestoßen, die im üblichen Sinn keine waren, daß er sie überhaupt nicht würde erzählen können. Zunächst ist er in die Metropole gekommen, in der die Weltgeschichte Gefahr läuft, entschieden zu werden. Er hat mit den Leichen verkehrt und ist den Lockrufen dieser entzauberten Sirenen gegenüber nicht taub geblieben. Er hat Körper geöffnet, er hat andere verarztet. Er hat sogar Zeit gefunden, Nietzsche zu lesen, den seinerzeit eben jene Krankheit, für die er, der Doktor Benn, Spezialist geworden ist, nach einem Anfall von Euphorie in das Jenseits von Krieg und Frieden des Geistes befördert hat. Dann hat er eine Frau geliebt, die wie er dachte, daß man die Wörter wider den entstellten Sinn kehren muß, der ihnen verliehen wird. Er hat sich von dieser Frau getrennt: er befürchtete, daß sie zu zweit so etwas wie ein Pleonasmus würden. Er hat eine andere Frau geheiratet, und ein Krieg hat ihn gleich darauf von ihr entfernt. Und dann hat ihn eine ähnliche Trennung soeben außerhalb der Welt abgesetzt. Das ergab keine Geschichte. Es war der Ansatz zu einer Beichte, aber einer, wie man sie in letzter Minute kurz vor der abgelaufenen Frist ersinnen würde.

Indem er sich erzählte, würde er das Gegenteil eines Bildungsromans schreiben wollen, denn was er über seine Beziehung zum Universum gelernt hatte, muß er wieder und wieder lernen. *Sein* Roman ist nicht romanesk, seine Geschichte ist nicht geschichtlich. Aber er träumt von einem Geschichtenfragment, das von der Literatur abgetrennt wäre wie ein Meteorit von einem Stern. Eine Wolke nicht prosaischer Prosa, durch die er sich in aller Freiheit bewegen würde. Unter diesen Umständen würde die Figur, deren vermeintlicher Vater er wäre und die ihm gleichen würde, wie zwei Tropfen Wasser oder Blut sich gleichen, und die er ebensogut Constantinescu, Sparaco oder Rosenblatt würde nennen können, diese Figur würde sich im gleichen Maße auflösen, wie sie infolge des Stils zum Vorschein kommen würde: man könnte sie „Wassiliew-Syndrom" oder „Rosenblatt-Komplex" oder „Constantinescu-Effekt" taufen ... Während der heimwärts Gehende die Chaussée de Charleroi entlanglief, dachte er, daß er darauf beschränkt war, eine reine Form abzusondern – die nur einen Augenblick lang aufglühen würde wie ein Funke unter der Asche. So würde der Dichter mit der Welt Krieg geführt und seinen Frieden mit ihr gemacht haben.

Der Offizier trifft seinen Burschen, eine seiner Zigarren rauchend, auf dem Balkon des Palais in der Rue Saint-Bernard Nr. 1 an. Um Max zu bestrafen, läßt der Militärarzt ihn die belgischen Zeitungen übersetzen, die zu Propagandazwecken mit dem ausdrücklichen Wunsch, sie weiterzugeben, heimlich Absatz finden.

Max stammt aus dem Elsaß und gehorcht seinem Herrn mit suspekter Beflissenheit. Dieser verdächtigt seinen Bediensteten, hämische Lust dabei zu empfinden, ganz und gar ungestraft die Beleidigungen auszusprechen, mit denen diese Blätter die Besatzungsarmee überschütten. Blutrünstige Hunnen ... grausame Menschenfresser ... Raubritter ... niederträchtige Blutsauger ... teutonisches Gesindel. Ehrlose *boches* ... Seltsamerweise gewöhnt sich der Zuhörer nicht an diese rachsüchtige Verfolgung. Vor allem wenn Max nicht umhin kann, darüber zu lachen: „Wenn ich mir erlauben darf, Herr Doktor: sie schonen uns nicht!" („Herr Doktor" redet er seinen Vorgesetzten an, weil dieser ihm, ohne seine Gründe aufzudecken, verboten hat, im Privatleben jemals an seinen Dienstgrad zu erinnern.)

Bis hin zu Cäsar, Tacitus oder Velleius Paterculus zitieren *La Libre Belgique* oder *La Flandre libérale* alles, um nachzuweisen, daß die Germanen schon einst nichts als Schande und Verachtung verdienten. In jüngerer Zeit hat Kant die Gottlosigkeit der modernen Welt gelehrt, Nietzsche hat den Würgeengel gespielt und die Hegelsche Philosophie hat nichts Geringeres als den preußischen Imperialismus hervorgebracht.

Es amüsiert den Offizier nicht, daß man sogar den Denkern Deutschlands die Verantwortung für die Ereignisse aufhalst. Wenn er Max bittet weiterzulesen, dann um aus dem Mund des Feindes die wenigen nützlichen Informationen zu erfahren, die die kaiserliche Führung ihren eifrigen Dienern tunlichst vorenthält. Und zum Beispiel, daß die am Justizpalast umherfliegenden Tauben vom Stab für spionierende Tauben gehalten worden sind ..., das ist leider zu lächerlich, um nicht wahr zu sein! Und dann soll ein weiterer vom Unwetter beschädigter Zeppelin auf eine Kuhherde gestürzt sein, die man nur mit großer Mühe darunter hervorgeholt hat ... In Lovenjoul sollen die Ulanen sich mit Korsetts, Schnürleibchen und Garnituren der Einwohnerinnen herausgeputzt haben, bei denen sie eingebrochen waren, dann sollen sie sich, Obszönitäten grölend, auf der Straße zur Schau gestellt haben.

Gottfried Benn spürt, wie ihm die Röte in die Wangen steigt. Er erkennt nur zu gut die Soldateska wieder, bei deren Anblick es ihn schon in Beverloo, in Mecheln vor Ekel würgte.

Schließlich soll ein Kinematographiespezialist eigens aus Berlin gekommen sein, um „die Ankunft" der Pickelhauben in der belgischen Hauptstadt „unter dem Beifall von auf den Bürgersteigen in Massen versammelten Zivilisten" zu filmen, die offensichtlich nur Komparsen waren ... Würde dieser trügerische Dokumentarfilm in den Grenzen des Reichs jene täuschen, die mit Liebknecht und Konsorten meinten, Deutschland habe sich auf ein unpopuläres Abenteuer eingelassen? Wer würde dort dieser Fraternisierungsmaskerade Glauben schenken? Wer würde in Berlin noch annehmen, wir wären hier mit offenen Armen empfangen worden? Der Oberarzt bittet seine Ordonnanz, für heute nicht weiter vorzulesen.

„Soll ich Ihnen nicht einmal die Liste der Greuel- und Missetaten aufstellen, die von unseren Truppen begangen worden sind?" fragt Max.

„Sind es immer noch dieselben?"

„Es scheint sich nicht zu bessern, Herr Doktor. Man hat einem Pfarrer Nase und Ohren abgeschnitten, man hat einige Nonnen mißbraucht – und sie sind schwanger geworden –, man hat ein Mädchen vor den Augen seines Vaters vergewaltigt. Es werden auch einige vorgetäuschte Hinrichtungen und das fortgesetzte Festhalten mehrerer Geiseln gemeldet. Hier zerlegt man eine Kuh auf einem Klavier, dort trinken deutsche Ärzte den Wein der ihnen anvertrauten Verwundeten ..."

„Max, Sie sagen, man hat dies oder das getan ... Setzen Sie diese Behauptungen nicht in den Konjunktiv? Sie schenken ihnen doch wohl keinen Glauben?"

„Ach, Herr Doktor, ich denke schon, daß man übertreibt, aber, wie man im Französischen sagt: man leiht nur den Reichen, und kein Rauch ohne Feuer ..."

„Max, denken Sie doch daran, was man uns Deutschen bei der Mobilmachung beigebracht hat! Daß von allen Völkern, mit denen wir kämpfen würden, die Belgier am grimmigsten seien ... Was hat man uns nicht alles erzählt! Daß wir mit Partisanen aneinandergeraten würden, die zu alkoholisierten, fanatischen Apachen geworden sind. Daß die jungen Belgierinnen den Verwundeten die Augen ausstechen und die Beine absägen und daß ihre Mütter uns mit Pulver gefüllte Zigaretten anbieten würden, wenn sie uns nicht gerade im Vorbeigehen mit heißem Öl übergießen! Belgien, das hieß Mittelalter! Man mußte sich vor den Bäckern hüten: sobald man ihnen den Rücken kehrte, schlugen sie einen tot und warfen einen in den Backofen. Man sollte den Quellen mißtrauen: sie waren vergiftet! Man kämpft auch mit Hilfe von Kommuniqués, die himmelschreiend Rache fordern oder schwören, daß das Blut der Opfer über die Schuldigen kommen wird! Während die *Kölnische Zeitung* die Listen und den Sadismus unserer Gegner aufzeigt, streut *L'Âme belge* das Gerücht aus, unsere Soldaten würden den Kindern die Hände abhacken, damit diese später nicht ihre Gewehre auf sie richten können: besser könnte man nicht voraussagen, daß dieser Krieg ewig dauern wird ... Von beiden Seiten werden wissentlich Legenden verbreitet.

Je dicker die Lüge, um so größer die Chancen, daß sie geglaubt wird ..."

„Hier wird erzählt, daß wir die zum Tode Verurteilten zwingen, ihr eigenes Grab auszuheben, bevor sie erschossen werden", betont Max. „Möchten Sie nicht, daß ich Ihnen die Rubrik ‚Wie die Belgier zu sterben verstehen' vorlese?"

„Warum? Hat es wieder Hinrichtungen gegeben?"

„Eine Verurteilte hat fünf Kilo Dynamit unter ihrer Bluse transportiert. Eine andere war Verkäuferin in einem Kaufhaus. Sie hat Nachrichten weitergegeben."

Der Offizier gibt keinen Kommentar ab. Wahrscheinlich erwähnt sein Bursche dieses Ereignis nicht ohne ein wenig Bosheit. Ihm ist nicht entgangen, daß sein Herr bei diesem Kapitel seit einiger Zeit ziemlich wortkarg ist.

„Sie haben ein tödliches Spiel gespielt", sagt er indessen nach kurzem Schweigen. „Das mußten sie wissen. Wahrscheinlich hätten sie nicht einmal einen anderen Tod gewünscht? ‚Sie verstehen tatsächlich zu sterben' ..."

„Weil ‚wir es verstehen', sie zu töten", fügt die Ordonnanz hinzu.

„Vielleicht werden wir um diesen Preis den Krieg gewinnen", sagt der Offizier schroff. „Die einzige Daseinsberechtigung dieses Krieges – womöglich sogar die einzige Entschuldigung dafür – ist, daß wir wirklich wünschen, ihn zu gewinnen ..." Welche andere Rede kann ein Offizier im übrigen seiner Ordonnanz halten? fragt sich der Militärarzt, dessen Stimmung plötzlich düster geworden ist.

„Und dann ist wieder von Gas die Rede ...", bemerkt Max, der nicht lockerlassen zu wollen scheint. „Von diesem neuartigen Gas, mit dem wir die Schützengräben des Gegners ausräuchern. Etwas noch nie Gesehenes ... Wollen Sie Einzelheiten hören, Doktor?"

„Was es damit auf sich hat, werden wir in den Lungen der Opfer sicherer lesen als in den Gazetten des Feindes. Die Franzosen setzen es auch gegen uns ein. Und dann kommt es vor, daß der Wind sich dreht und ihre eigenen Rauchwolken sie einhüllen und ersticken. Darüber weiß ich Bescheid."

Sollte er diesmal Angst vor der Wahrheit haben? Oder bringt sie ihn nur zur Verzweiflung? Verzweiflung macht fatalistisch. Er hat nie so sehr an die Legitimität des deutschen Angriffs gegen halb Europa geglaubt, um anzunehmen, daß dieses sich dem gerne fügen müßte! Plötzlich hat er diesen Dialog wie zwischen schulmeisterlichen Säufern satt, in den ihn sein Bursche heimtückisch verstrickt hat. Und während er, um das Gespräch abzubrechen, im *Thyl Ulenspiegel* weiterliest, den er in deutscher Übersetzung mitgebracht hat, kommt ihm nicht einen Augenblick lang der Gedanke, daß De Costers Roman die Bürgertugenden eines dem schändlichen spanischen Eindringling ausgelieferten freien Volkes rühmt ... Er liest ihn vielmehr so, als wäre alles darin nur Phantasie. Er erliegt dem Charme der Erzählung, weil er vor allem in Nele verliebt ist, die ewige Braut des aufsässigen Widerstandskämpfers, die auf so natürliche, spontane Weise ihrerseits in die Menschheit verliebt ist ...

„Ist das ein schönes Buch, Doktor?" fragt der Bursche besorgt. „Ich frage Sie das, weil ich nämlich gehört habe, daß die Bücher, seit wir hier sind, unerschwinglich geworden sind ..."

Es ist schon merkwürdig, denkt der Offizier, daß der hohe Preis der Bücher meinen Burschen beunruhigt, der nie auf die Idee käme, nur eines aufzuschlagen!

Aber er wird am selben Abend daran zurückdenken, wenn er in seinem taghell erleuchteten Zimmer seine wuchtige Stirn zwischen die Brüste eines von Max in der Rue de la Vanne oder der Rue des Chevaliers aufgegabelten Mädchens drückt und wenn er zwischen zwei von einer Prise Kokain hervorgerufenen Trugbildern nicht mehr aus dem Teufelskreis herauskommt: eine schreckliche Zeit, in der ein Buch nun mehr fast so teuer ist wie eine Stunde des Vergessens in den Armen einer Dirne ... Aber auch eine absurde Zeit, in der der Gedächtnisverlust neben einer Frau, von der etwas zu erfahren man sich nicht die Zeit genommen hat, trotz allem noch mehr wert ist als das schönste aller Bücher ...

Die von nun an „Verseuchte" Genannten vermehren sich stark. Weder die ärztlichen Untersuchungen noch die prophylaktischen Empfehlungen, noch das Verbot der Straßenprostitution und die Kontrolle der Freudenhäuser, noch die Verteilung von Präservativen an die Truppe und die Vorsicht beim Erstellen der Diagnose, noch die Unterrichtung der Ärzte in einer therapeutischen Moral haben die Ausbreitung des Übels eindämmen oder gar bremsen können. Die Nähe der Gefahr steigert die Begierde von Männern, die kaum der Kindheit entwachsen sind und die nichts so sehr fürchten, wie in den Tod zu gehen, ohne sich, und sei es nur einmal mehr, wollüstig in den Bauch einer Mutter-Hure ergossen zu haben.

Man beschließt, die Syphilitiker in der Dailly-Kaserne unter Quarantäne zu stellen. Der Einheimische regt sich mit einigem Recht darüber auf, daß die Ausschweifungen des Besatzers in ihren unheilvollen Konsequenzen zu Lasten der Stadt gehen …

Der Militärarzt liest noch einmal die Geschichte der Geißel von ihrer angeblichen Einfuhr nach Europa an Bord der Karavellen von Christoph Kolumbus bis zum 2. oder 3. März 1905 – das genaue Datum bleibt umstritten –, dem Tag der Isolierung des Krankheitserregers, des Treponema pallidum.

Schaudinn hatte ihn im Serum der Schleimhäute einer Prostituierten aufgestöbert, die zur Beobachtung in Hoffmanns Abteilung lag. (Der Leser bedauert beiläufig und findet es undankbar, daß nirgendwo der Name dieser ergebenen Mitarbeiterin genannt wird … Hätte die Wahrung der Schweigepflicht in diesem Fall nicht eine Ausnahme geduldet?)

Er verfolgt die Etappen einer Entdeckung, die ebenso spannend ist wie die von Amerika selbst, von wo das Übel vermutlich kommt. Die eben hier in Brüssel von Bordet fortgeführten Forschungen, Bordet, den ein anderer – doppelter – Schlußkonsonant unheilvoll dazu vorherbestimmt hätte. Wassermanns Entwicklung einer Reaktion von unwiderlegbarer diagnostischer Leistungsfähigkeit, die seither seinen Namen trägt. Schließlich – gewissermaßen einen Tag vor dem Schuß von Sarajewo – Ehrlichs Erfindung eines Heilmittels, das es ermöglicht, eine abtreibende Kur vorzunehmen. Die Kranken werden von nun an nicht mehr nur mit Quecksilber oder, wie früher, mit Sarsaparille, Guajaktinktur oder Kalomel abgeschliffen. Sie werden bald mit Wismut und Salvarsan auf Arsenbasis behandelt. Zwei oder drei Jahre früher, und die Soldaten, die hierhergekommen sind, um im Schlamm Flanderns zu versinken, hätten, vorausgesetzt sie wären davongekommen, nie ganz von der in ihrem Affen mitgebrachten Mikrobe geheilt werden können. Man ist aktiv dabei, zumindest *diesen* Krieg zu gewinnen ... Einmal in Schwung, ruft sich der Militärarzt voller Begeisterung die Versuche experimenteller Inokulation in Erinnerung. Die von Neisser in Batavia mit Affenarten – dann mit Kindern, als die Tiere knapp wurden ... Die von Hoffmann mit niederen Affen. Die von Finger und Landsteiner mit Pavianen. Von Siegel mit Kaninchen. Von Mulzer und Uhlenhut mit Meerschweinchen und Ziegenböcken. Schließlich die von Steiner und Siemens mit Paralytikern ... Offen gestanden waren wenige Säugetiere dieser Weihe entgangen. Katzen, Hunde, Ratten, Füchse, Schafe, Schweine und Lamas waren herangezogen worden.

Gottfried Benn sinnt seit langem über die kühne Tat des Anonymen aus der Pfalz nach, der Blinden, die zwangsläufig nicht ahnen konnten, wie ihnen geschah, Abgeschabtes sekundärer Infektionen inokulierte und bei vielen von ihnen die Entstehung eines höchst achtbaren Schankers erzielte ... Ein Anonymer, der Blinde behandelt: wie symbolisch! Verlief die Geschichte der Wissenschaft nicht oft nach diesem Bilde?

Bevor der Militärarzt seine Nachschlagewerke zuklappt, möchte er noch nachsehen, was für ein Gesicht diese Laborpioniere hatten. Die linke Hand unter die Weste geschoben, nimmt der Anonyme eine napoleonische Haltung ein. Bei Schaudinn muß man über den Bart und über den wie eine Lenkstange geformten Schnurrbart lächeln. Neissers Kinnbärtchen und seine Bandbrille sind rührend. Ehrlich dagegen schaut dem Leser über seine Brille hinweg gerade in die Augen. Er sieht beunruhigt aus. Er macht sich Sorgen um die Zukunft. Er hat nicht unrecht.

Endlich Urlaub, gerade so lange, um nach Hellerau zu fahren und seine Frau, seine Tochter zu küssen. Als diese vor ein paar Monaten geboren wurde, hat er nicht die Erlaubnis abtrotzen können, bei der Taufe dabeizusein. Und das hat wegen des Namens, den er dem Kind geben wollte, alles kompliziert gemacht …

„Namen sind wichtig …", sagt er zu seiner Frau, die er um die Taille gefaßt hat, während sie die Treppe hinuntergehen, die sie auf die Brühlsche Terrasse führt.

Sie sind für einen Tag nach Dresden gekommen. Wahrscheinlich empfand er das Bedürfnis, wieder mit seiner Familie zusammenzusein, aber auch das, wieder eine deutsche Großstadt zu sehen.

„Eine Stadt an einem Fluß", bestimmt er, „durch Brüssel fließt keiner … Das wird unsere Hochzeitsreise sein, da der Krieg uns um die gebracht hat, die wir nach Epidaurus, Paestum, was weiß ich, nach Borneo, hätten machen sollen. Namen sind wichtig", wiederholt er. „Wer weiß, ob ich dich nicht wegen deines Namens geheiratet habe."

„Edith?" fragt sie. „Warum denn das? Du hast mir nichts davon gesagt …"

„Eva …", erwidert er.

„Ach, Eva war mein Künstlername, das zählt nicht."

„Es ist der Künstlername der ersten Frau, der je eine Rolle anvertraut wurde!" scherzt er.

Er sieht seine Frau an, dann ihr Spiegelbild in der Elbe. Ist er sehr verliebt in sie? Manchmal ist er sich dessen nicht mehr sicher. Doch wie sollte er sie nicht lieben? Sie fällt auf die Landschaft wie eine Lichtsäule! Sie ist so unbeschwert: warum hat sie wohl ihr Schicksal mit dem meinen verbunden? fragt er sich. Aber natürlich kennt sie mich nicht. Sie hat keine Zeit gehabt, mich kennenzulernen.

„Und deine Tochter, warum wolltest du unbedingt, daß sie Nele heißen soll?" fragt Edith.

„Wegen der Skulptur …", sagt er. „Erinnerst du dich?"

Ja, sie erinnert sich an das Bild eines Liebespaares, das sie vom Fenster des Hotels aus sehen konnten, in dem sie ihren Mann zum erstenmal seit Kriegsbeginn wiedergesehen hatte.

„In meiner Erinnerung sah sie sehr sanft und sehr bescheiden aus: deswegen?“

Er lacht.

„Ja, wahrscheinlich deswegen: wegen all dieser blinden Liebe zu den Menschen, die sie in sich birgt und die sie durch Katastrophen, Epidemien und Kriege trägt. Ich habe ihre Geschichte gelesen. Sie ist Thyl Ulenspiegel so ergeben, daß alles um sie herum auch etwas davon abbekommt. Am Ende hält sie ihn für tot, und für einige Augenblicke wird sie von der Braut, die sie war, zur Witwe ... Aber er erwacht und zieht sie mit sich einem anderen Schicksal entgegen. Man weiß nicht, sagt der Verfasser, wo Thyl sein letztes Lied gesungen hat. Es ist mehr als ein Gefühl, was sie für ihn empfindet. Es ist wie eine Gabe, die sie von der Natur empfangen hat. Wenn man eine solche hat, muß man unverwundbar sein.“

Edith sagt nichts und mustert ihren Mann neugierig.

„Glaubst du mir nicht?“ fragt Gottfried Benn.

„Doch, natürlich, aber solche Bemerkungen aus deinem Mund zu hören, ist so unerwartet ... Hast du sie dir heute morgen in ihrer Wiege angesehen? Wir haben sie Nele genannt, diese kleine Meerkatze! Es war nicht einfach, das auf dem Standesamt durchzusetzen ...“

Sie gehen über die Carola-Brücke. Edith macht kleine Schritte wie eine Rekonvaleszentin. Sie ist in Sorge um Andreas, ihren Sohn, den Gottfried Benn adoptiert hat.

„Er wirkt immer so gefährdet“, sagt sie. „Jeden Morgen, wenn er die Augen aufschlägt, ist es, als würde er zwischen Leben und nicht mehr Leben hin und her schwanken ...“

„Es ist die Zeit“, sagt Gottfried Benn, „die das Herz der Kinder erdrückt. Wenn dieser Krieg zu Ende ist, werden sie anfangen richtig zu atmen ...“

„Nein“, sagt Edith, „sieh dir unsere Tochter an, wie gefräßig sie ist, wie sie aus vollen Lungen atmet und schreit! Eine richtige kleine Brünhilde!“

„Trotzdem wird sie nur leidenschaftlich sanft sein", beharrt Gottfried Benn. „Mit dieser unerschütterlichen Sanftheit wird sie durch die Kriege kommen."

„Denkst du denn, daß es noch andere geben wird?"

„Ja, natürlich. Es sei denn, dieser hört nie auf."

Edith ist düster geworden.

„Aber er wird sich niemals bis hierhin ausbreiten", sagt er. Er betrachtet die Stadt, deren Bild im bewegten Wasser der Elbe zittert. „Dresden wird immer verschont werden: man vergreift sich nicht an Kulturstädten, das weißt du doch."

„Und Löwen?" fragt Edith. „War das etwa keine Kulturstadt? Du hast mir selbst in einem deiner Briefe geschrieben, unsere Soldaten hätten es angesteckt ..."

„Das ist wahr. Diese Tölpel sollen, wie es scheint, sogar eine Velin-Ausgabe von Andreas Vesalius' *De corporis humani fabrica* zerstört haben. Mit der Achtung ist es aus! Dresden wird nie etwas geschehen, denn man würde keine Rokokopaläste bauen, wenn man glaubte, sie könnten eines Tages zerstört werden! Das Rokoko ist *par excellence* das Bild, das der Mensch sich von seiner Ewigkeit macht! Eine frivole Unsterblichkeit ..."

Diese Anwandlung von Zynismus irritiert Edith Osterloh nicht. Er ist ihr vertrauter als die Gefühle, die ihr Mann vorher geäußert hat.

„Weißt du, was in Berlin passiert?" fragt sie. „Man fängt an, immer offener für den Frieden zu demonstrieren. Obwohl man die linken Pazifisten eingezogen oder hinter Schloß und Riegel gebracht hat: sie verkündeten, der Hauptfeind sitze in unserem Land ..."

„Vor allem glauben die Leute allmählich, daß wir, wenn wir diesen Krieg schon nicht gewonnen haben, ihn genausogut verlieren könnten", sagt Gottfried Benn. „Die Franzosen denken dasselbe, und keiner hat unrecht, denn keiner wird ihn von nun an wirklich gewinnen. Ich hätte nicht Dermatologe werden sollen. Ich hätte mich auf Thanatologie spezialisieren sollen: auf dem Gebiet wird es einem nie an Arbeit fehlen! Aber ich werde dich wieder düster stimmen ... Eva?" fragt er.

„Ja? Aber warum bestehst du darauf, mich so zu nennen?"
„Nur so", sagt er. „Das gilt nur für heute. Nur für einen Spaziergang an der Elbe während eines Krieges ... Ich möchte dir sagen ..."

Er hat innegehalten. Er möchte ihr sagen, warum er die Gewohnheit hat, die Gefühle zu zensieren, die jene in ihm erwecken, die ihm gerade am liebsten sind, warum er keine Formel hat, das auszudrücken. Es ist ein Gebrechen, das weiß er. Er kann nichts daran ändern. Fände er endlich die Worte, hätte er den Eindruck, sie in ihrem Sinn lächerlich zu machen. Wie soll Edith von der geheimen Begeisterung erfahren, die sie mit ihrer Lebendigkeit, die Nele, welche sich so kraftvoll anschickt zu existieren, und die der kleine Andreas, der noch zögert zu überleben, manchmal in ihm erregen? Fände er sie jedoch, so könnte er nur ausdrücken, daß sie für ihn wie das verlorene Paradies auf Erden sind. Aber daß sie ihn wahrscheinlich nicht aus seiner persönlichen Hölle erretten könnten. Und daß er sich wahrscheinlich nicht einmal retten möchte. Eine innigere Huldigung hätte er nicht zu formulieren. Ist es da nicht besser zu schweigen?

„Gottfried ..."

„Ja?"

„Wolltest du mich etwas fragen?"

„Nein, nichts ... Das heißt, doch. Beim nächsten Mal kommst du mich in Brüssel besuchen, ja?"

„In dem kleinen Hotel gegenüber dem Denkmal für Thyl und Nele bei den Teichen?"

„Nein, diesmal wirst du natürlich unter meinem Dach wohnen. Immerhin darf ich dich dort bei mir haben! Übrigens, die Teiche ... Das letzte Mal, als ich dort spazierengegangen bin, hatte man sie trockengelegt! Dieser idiotische Gouverneur von Bissing, der überall Verschwörungen sieht, dachte, Terroristen hätten unter Wasser, im Schatten der Seerosen und unter dem Bauch der Enten Waffen versteckt ... Apropos, wie wäre es, wenn wir vor unserer Abreise aus Dresden noch das Zoologische und Völkerkundliche Museum besichtigten? Dort gibt es ausgestopfte Vögel mitsamt ihren Nestern und Eiern. Und außerdem Kunstgegenstände aus Indien, Java und Polynesien. Aus Polynesien, Eva."

„Arzt, nicht wahr?" fragt der Reisende.

Eine überflüssige Frage, eine bloße einleitende Bemerkung, denn der Oberarzt Benn, der seinerseits in Zivil reist, hat die dienstliche Tätigkeit seines Gegenübers an dessen aschgrauer Uniform, dem langen Mantel und der runden Schirmmütze erkannt.

Der andere bejaht mit einem Nicken.

„Bestimmungsort?"

„Dixmuiden. Und wenn Sie auch wissen wollen, woher ich komme, antworte ich Ihnen: Königsberg, wissen Sie, die Stadt Kants, wo Napoleon in so guter Erinnerung ist ... Die würden vielleicht ein Gesicht machen, Kant und Napoleon, wenn sie heute in die Marsch philosophieren oder kämpfen gingen!"

„Das ist wahr", stimmt der Reisende zu, „sie würden es nicht fassen können."

Am liebsten würde er hinzufügen, daß Beethoven, müßte er in dieser Zeit seine dem Kaiser gewidmete *Eroica* komponieren, ebenso in Verlegenheit geraten würde. Es sei denn, er würde womöglich eine Hymne *An die Schlammerde* schreiben?

Aber er macht diesen Scherz nicht. Der Mann, der ihm auf der Zugbank gegenübersitzt, wirkt sehr aufgeregt, fast außer sich. Im übrigen erwidert er die Höflichkeit seines Gesprächspartners nicht, möchte nicht wissen, mit wem er es zu tun hat ...

„Ich bin Arzt, wie Sie, in der Armee. Aber in der Hauptstadt."

„So!" reagiert der Mann. „Sie fahren nach Brüssel? Und Sie haben wohl viel zu tun?" spottet er.

„Ich bin Venerologe, die werden auch gebraucht, wissen Sie ..."

„Oh, entschuldigen Sie, ich habe Sie nicht wirklich für einen Drückeberger gehalten ..."

„Und Sie sind natürlich Chirurg?"

„Ja, stellen Sie sich vor, an der Front gibt es nichts Besseres zu tun als zu amputieren, aufzumachen, zu schneiden, wiederzuzunähen, wenn es noch etwas nützt."

Nun braucht der Reisende sein Gegenüber nicht mehr groß zum Sprechen zu drängen: der andere wartet nicht einmal mehr die Fragen ab. Als hielte er den Monolog seit langem bereit, in dem sein Zorn, sein Haß vielleicht sich verzehren, wenn nicht einfach die Traurigkeit die Oberhand in ihm gewinnt. Es ist ein sonderbares Klagelied, das vom Rhythmus des Zuges begleitet wird.

„Sie wollen es wirklich wissen, nicht wahr?" hat er gefragt und verzichtet diesmal darauf, aggressiv zu sein.

Er ist nur noch trübsinnig und ein wenig stumpf, während er sich zum Fenster dreht. Sein Blick flackert. Das ist schon nicht mehr Westfalen, was er sieht, sondern eine kahle, aufgeweichte, schwammige Ebene, über der nebliger Rauhreif am Boden wallt. Später wird das Chlor ihn absinthgrün färben.

Er erzählt vom Erwachen unten im Schützengraben wie in einem Schlammsarkophag, vom Schweiß, der unter dem Stoff der Uniformen nicht verdunsten konnte und im Lauf der Nacht gefroren ist. Er erzählt von dem Geruch nach feuchter Kreide und Fäulnis, den der Laufgraben im Sommer verströmt. Einzig die Müdigkeit dämpft noch das latente Grauen, das tief in einem umherkriecht wie Ungeziefer. Wenn alle Männer zusammen aufstehen, stoßen die Körper der aus dem Schlaf Geweckten wie Blinde aneinander: das dient ihnen als Brüderlichkeit.

„Dann", sagt der Mann, „fängt das Warten an. Das Schrecklichste, wenn man es verstehen kann, wenn man es zu sagen wagt, sind die Kampfpausen. Das Nichtstun macht einen blöde und bald unvorsichtig. Das ist ein Stellungskrieg, verstehen Sie? Ihr im Hinterland könnt nicht begreifen, wie grausig das ist. Fast keine Bewegung! Nur das Halten der eroberten Stellungen! Wie für die Ewigkeit. Quälendes Warten. Stumpfheit. Und natürlich gilt für den Arzt eine Sonderregelung. In gewisser Weise hat er immer zu tun. Aber auch er versinkt schließlich in diesem Traum. Man erweitert Wunden. Man bindet Gefäße ab. Man entfernt Kugeln und Schrapnellgeschosse. Elfenbeinartige Splitter durchlöchern die Körper. Man amputiert offene Frakturen. Bald schneidet und flickt man, ohne noch darüber nachzudenken. Die Verwundeten werden nicht mehr mit Alkohol und Opium betäubt, sie werden lokal anästhesiert. Aber sich selbst hypnotisiert man bei der Arbeit. Vor kurzem hat man, um die Diphterie zu bekämpfen, auf Pferdeserum zurückgegriffen, ja doch, man hat es Ihnen in Brüssel bestimmt gesagt? Die vom Blut schmierige Schere gleitet und rutscht in den Wunden ab. Die Säge zittert in der Hand. Am Ende würde man mir nichts, dir nichts, mechanisch schneiden, weil man dafür da ist! Die einzige Ablenkung: das Bordell auf dem Lande. Aber dort, lieber Kollege, beginnt, wenn ich so sagen darf, Ihre Rolle ... Nein, sehen Sie, wenn ich ein paar Tage Urlaub beantragt habe, so deshalb, weil ich nicht einmal mehr Angst hatte, ich gewöhnte mich daran. Das ist schlimmer als alles. Aber erklären Sie das einmal an einem Samstagabend in einem Lokal des Kneiphofs in Königsberg!"

Der Mann hört auf zu sprechen. Er wirkt überrascht, als wäre er früher als gewünscht zum Abschluß einer Rede gekommen und hätte eine Redezeit bewilligt bekommen, mit der er nun nichts mehr anzufangen wüßte.

Es ist nur ein falscher Eindruck.

„Es gäbe zuviel zu sagen", läßt der Mann verlauten. „Können Sie sich vorstellen, was es heißt, gegen eine Armee zu kämpfen, auf die sie fast nie treffen? In Königsberg habe ich in der *Norddeutschen Allgemeinen Zeitung* und im *Vorwärts* die lyrische Beschreibung der Kämpfe Mann gegen Mann im Dreck gelesen. Wenn es sich darum handelte, böte diese Metzelei noch den einen oder anderen ritterlichen Aspekt ... Aber sehen Sie sich unsere Verwundeten an: die Mehrzahl hat die Hand, von der sie getroffen wurde, nicht gesehen. Worauf die Männer den ganzen Tag lauern, sind Geräusche ... Oh, man muß ein geübtes Gehör haben, es dreht sich darum, ein feinsinniger Musikliebhaber zu sein, wenn man davonkommen will!"

Der Mann versucht das Krachen der Bomben zu erzählen, das Grollen der schweren Artillerie, die keuchenden Salven der Maschinengewehre, das Bellen der 75er-Geschosse, das heisere Kläffen der Haubitzen, das klagende Gurren der Leuchtraketen, das Wimmern der Kugeln, das verräterische Singen – das man manchmal zu spät erkennt – einer verirrten Kugel ... „Und mitten in diese Rhapsodie erklingen noch alberne Hornsignale und die durchdringende Melodie der Querpfeifen. Die Luft um einen herum ist nur noch ein Stoff, den die Waffen zerreißen, verwüsten, zerfetzen. Die Erde selbst beginnt zu schwanken. Plötzlich bricht es ab. Und die Stille macht einen verrückt vor Angst. Kein Nerv, der nicht vibriert. Man befürchtet das Schlimmste. Oft hat man recht: Wolken von Chlor, Yperit oder Senfgas wälzen sich von einem Schützengraben zum nächsten. Man hat gerade noch Zeit, die Gasmaske aufzusetzen, die Augengläser beschlagen vom Schweiß, man weiß nicht mehr, wo man ist: blind taumeln die Männer derselben Armee aufeinander zu, ohne sich zu erkennen, bereit, mit dem Bajonett zu kämpfen. Halten sie es nicht mehr aus und reißen sich ihre affenartige Kopfbedeckung herunter, dann treten ihnen gleich darauf Blasen aus den Augenhöhlen und den Nasenlöchern und sie spucken Lungenfetzen."

Der Reisende hört schweigend zu, aus Angst, die kleinste Frage könne wie bei einer Verzauberung die unbeschreibliche Litanei beenden, in der Matsch und Blut sich schließlich vermischen: die Leichen werden von der Erde weggeschnappt, vom Schlamm eingesaugt. Manchmal müssen die Plünderer sie halb wieder ausgraben, um sie auszurauben. Wenn nicht ein neuer Bombenangriff sie wieder hervorholt oder den Friedhof, der am Tag zuvor provisorisch angelegt wurde, wie ein Feld umpflügt ...

„Man wird müde, das zu erzählen", sagt der Mann, und tatsächlich redet er jetzt ungeordnet und scheint sich in Abschweifungen zu verlieren – aber hier ebnet sich alles ein, nichts ist wichtiger als dieses oder jenes Detail, weil jedes Detail grauenhaft ist. Er wird seinem Zuhörer jene Arme und Beine eines Kadavers im Starrkrampf ersparen, die sich wie von einer Feder angetrieben plötzlich noch ganz von selbst ausstrecken! Er wird sich nicht über die Arbeit der Pioniere auslassen, die unterirdische Gänge graben, um unter den feindlichen Schützengräben Minen abzulegen und dabei die Ohren spitzen, um die Kreuzhackenschläge des Feindes zu hören, der vielleicht neben ihnen gräbt oder ihnen entgegenkommt.

„Das wissen Sie, nicht wahr, lieber Kollege, das hat man Ihnen hundertmal in der Offiziersmesse erzählt, nein, nicht einmal das? Weil Sie dort wahrscheinlich gut essen: etwas anderes als in Bier angerührte rohe Eier oder Saubohnensuppe? Sie rauchen doch bestimmt keine Zigaretten aus Pferdeäpfeln? Ich habe Männer gesehen, Herr Kollege, die in ihre hohle Hand pißten, um ihren Durst zu löschen ... Ich werde Ihnen auch nicht das kraftlose Aufeinanderprallen der Infanteristen beschreiben, die sich mit der blanken Waffe – dem Bajonett oder dem ‚Käsemesser' – aneinander abmühen wie beim Liebesakt, noch die Leichen oder die Sterbenden, die nach dem Sturmangriff mit herausgerissenen Gedärmen im Stacheldraht hängen: das würde Ihnen den Appetit verderben! Und was würden Sie dann in der Messe oder im Casino als Entschuldigung vorschützen? Aber entschuldigen Sie, ich lasse mich hinreißen ..."

„Entschuldigen Sie sich nicht", sagt der Reisende, „ich glaube, ich begreife, daß Sie nicht wirklich mir die Schuld geben ..."

Der andere sagt nichts. Bestätigt nicht, widerspricht nicht. Aber die Aggressivität des Mannes, die bald an-, bald abschwillt, erschüttert und fasziniert den Reisenden. Die Aggressivität dessen, der sich von nun an als Verwahrer eines Geheimnisses versteht, das er nie wieder mit den Seinen in Königsberg wird teilen können. Er weiß nicht, denkt der Reisende, daß er, wenn er mich attackiert, auch seine Frau oder seinen Vater angreift. Im Grunde macht er mir eine eheliche Szene. Dieser Krieg wird ihn vielleicht für immer ein wenig von seiner Familie getrennt haben. Er hat nicht nur die Truppe vom Hinterland isoliert, er hat auch einen Graben zwischen Gegenwart und Vergangenheit gezogen.

„Wissen Sie", sagt der Reisende, „sogar in Brüssel steht es einem frei zu merken, daß diese bewaffnete Auseinandersetzung wahrscheinlich sogar den Sinn des Wortes ‚Krieg' verändern wird. Des Krieges, wie ihn noch vor kurzem die Dichter besangen. Sie kennen bestimmt das schöne, sehnsüchtige Liebes- und Todeslied, das Rilke den Heldentaten eines seiner Vorfahren gewidmet hat? Das ist gestern entstanden ... Das war das goldene Zeitalter!"

„Ach ja, die Dichter", brummt der Mann, „die deutschen Dichter, wovon werden sie wohl noch sprechen können?"

„Das frage ich mich auch ...", sagt Gottfried Benn. „Vielleicht werden sie von etwas anderem sprechen?"

„So ist es", sagt der Mann, „sie werden bestimmt von etwas anderem sprechen. Das müssen sie schon!"

„Ich meine, daß sie *auch* von etwas anderem sprechen werden", erläutert der Reisende. „Daß sie vielleicht durch etwas anderes vom Krieg sprechen werden, denken Sie nicht?"

„Das müssen sie schon", wiederholt der Mann grinsend. „Diesmal fehlt dem nämlich ein bißchen das ‚Pittoreske'! Das Aas der Helden stinkt diesmal genauso wie das der Deserteure."

„Ich bin doch auch an der richtigen Stelle, um es zu wissen ...", merkt der Reisende an.

„Wissen Sie", sagt der Mann, „ist das Ungewöhnlichste nicht, daß man mitunter sogar da noch schöne Momente erlebt? Würden Sie das glauben?"

Aus einer seiner Manteltaschen zieht er einen Stoß Fotografien.

Mein Gott! denkt der Reisende, nach all dem wird er mir doch wohl nicht Ferienbilder von seiner Familie zeigen?

„Natürlich hatte ich keine Zeit, sie auszusortieren: es ist von allem etwas dabei. Auch vom Krieg."

In einer braven gotischen Schrift hat der Mann seine Fotos mit Erklärungen versehen: *Ruinen des Templerturms in Nieuwpoort. Ein englisches Kanonenboot beschießt Westende. Zwanzig Meter von den Franzosen entfernt! Flugzeuge über St.-Idesbald. Johannisbeerpflanzungen an der Yperlée. Schleusen im Kanal von Dünkirchen. Brand der Pionierlager in Forthem. Ziegelei in Ramskapelle …*

„Sehen Sie sich die mal an …", sagt der Mann.

Ein Foto zeigt Soldaten in schwarzer Unterhose, die in einem Fluß schwimmen. Und dann, auf einem anderen, sind sie nackt.

„Das war in der Nähe von Lille …", sagt der Mann. „Und das hier …"

Man sieht Männer einen Klettermast hinaufsteigen. Auf einem anderen lassen sich dieselben, scheint es, mit fröhlichem Gesicht die Haare scheren. Und dann das Foto einer Bombe, auf der „Prosit Neujahr!" steht.

„Das war am ersten Januar", sagt der Mann. „Und hier habe ich das Weihnachtsessen aufgenommen … Wir haben Austern aus Seeland gegessen! Und wir hatten den Franzosen weißen Bordeaux und Château-Lagrange gestohlen! Was sagen Sie dazu?"

Auf anderen sieht man tiefe, ebene Horizonte, stehende Gewässer, eine Krankenschwester mit spitzem Kinn und Adlernase, eine Bahre auf Rädern, eine im Schilf treibende Leiche, einen offenen Sarg, ein Dorf, das wie auseinandergenommen wirkt …

„Nein, sehen Sie sich die nicht an …", sagt der Mann. „Die anderen sind wichtig."

Seltsam, denkt der Reisende, derselbe, dessen Wut eben nicht nachließ, weil er mich für ahnungslos hielt, was das Gemetzel in Flandern angeht, will mir jetzt die Bilder ersparen, die es darstellen. Derselbe, der keine hinreichend starken Worte fand, um die Grausamkeit der Kämpfe anzuprangern, hat bedenkenlos die „Votiv"-Bombe fotografiert, die unsere Truppen an einem Neujahrstag auf den Feind abgeworfen haben … Aber hämmert die neue Geschichte nicht zugleich eben diese Logik in unsere Mikrozephalengehirne ein?

„Das Schönste, was ich gesehen habe", sagt der Mann, „konnte ich nicht aufnehmen: prachtvoll herausgeputzte Spahis, die feurig an der Nordsee entlanggaloppierten. Und dann ein junges Mädchen, das auf der Landstraße ging und sich mit einem Sonnenschirm gegen die Sommerhitze schützte ... Stellen Sie sich das einmal vor: ein Sonnenschirm mitten im Krieg! Manchmal haben wir in Nieuwpoort Klavierspiel gehört, das aus einem offenen Fenster drang. Das war keine Halluzination. Es gab Tage, an denen wir die Unsrigen, die nicht im Schützengraben waren und unser Los nicht kannten, mehr haßten als den Feind, der es zumindest teilte und dessen verschwommenen Umriß wir mit unseren Sehrohren erahnen konnten ... Was wollen wir uns alle mit diesem Krieg beweisen, Herr Kollege? Denn er will doch etwas aufzeigen, nicht wahr? Und zwar mehr als die bloße Überlegenheit einer Armee über eine andere, was meinen Sie?"

„Wenn er mehr als das beweisen soll", sagt der Reisende, „dann tatsächlich etwas Schreckliches."

„Jetzt sind Sie ja bald da", sagt der Mann. „Und ich war so geschwätzig ... Von Ihnen haben wir gar nicht gesprochen."

Als hätten wir von ihm gesprochen ..., denkt der Reisende. Eigentlich hat er recht: heutzutage ist der ganze Mensch auf seine bloße Erfahrung herabgemindert. Im übrigen hat sich mein Reisegefährte nicht vorgestellt, und ich habe auch nicht daran gedacht, mich bekanntzumachen.

Hat er sich etwa von dem, was er über den Verlauf der Operationen im Norden gehört hat, beeinflussen lassen? Dem Militärarzt kommt es so vor, als habe das Elend in der belgischen Hauptstadt noch zugenommen.

In der Rue des Tanneurs wird Kohle an die Bedürftigen verteilt. (Aber man weiß schon, daß sie im kommenden Winter knapp sein wird.) Andernorts wird Suppe und Schlachtfett ausgegeben. Heringe und Reis. Sogar die Bürger sind oft mit einem Bohnenpüree mit Speckschwarte zufrieden. In „Kochkisten" genannten Töpfen bewahrt man Linsen und Hülsenfrüchte lange auf, eine doppelwandige, mit Sägespänen, Wolle, Stroh und Lehm gefüllte Holzverschalung schließt sie luftdicht ab.

Naivität oder Zynismus: der Militärgouverneur empfiehlt der Bevölkerung, anstelle von Kartoffeln weiße Rüben und

Zuckerrüben zu nehmen. In Kürze wird er zum Verzehr von Kunsthonig raten.

Wo ist die Zeit, als man auf Märkten in der Nähe der Börse noch Stör, Anthrazit, Eierkohle, Flanell fand?

Je mehr rationiert wird, um so mehr wird betrogen. Kartoffeln werden mitunter sogar in Särgen versteckt …

Und da die Verknappungen sich mehren, werden täglich neue Ersatzstoffe in Umlauf gebracht. Roßkastanien statt Stärke. Holzasche und Efeublätter statt Seife. Man preßt Öl aus Bucheckern und destilliert Alkohol aus Kartoffeln. Man stellt Malzkaffee aus geröstetem Getreide her. Man raucht noch keine Zigaretten aus getrocknetem Pferdemist wie an der Yser, aber Buchen- oder Kastanienblätter ergeben Tabaksurrogate … Bald wird man ein Recht auf Zervelatwurst aus Aas haben, auf mit Gummiarabikum verschnittenes Öl, auf mit dem Blut von Haustieren gefärbte Schokolade …

Und derweilen laden sich Offiziere des Kaiserreichs, wie dem Militärarzt nicht unbekannt ist, abends gegenseitig ein, um Madeira oder Mokkalikör zu saufen.

Bei allem übrigen gibt es heutzutage wahrhaftig außer einer gewissen Sorte Frau nichts mehr, was umsonst ist. Sie kann noch von Glück sagen, wenn sie von einem Mann weggeht, der sie für zwei oder drei Konservendosen oder ein Bund Spargel besessen hat. In den Brühkesseln sind die feinsten Stücke Abfallfleisch per Beschlagnahme für den Besatzer reserviert.

Eines Morgens kommt der Offizier durch den Schlachthof von Anderlecht. Ihm scheint, daß sich hier, im Mittelpunkt der weltweiten Gewalt, ein Geschwür von Gewalt gebildet hat. Er erinnert sich seiner Eindrücke an einem ähnlichen Ort in Berlin, als er zehn Jahre jünger war. Es ist, als wäre die Ausbreitung des Grauens in der Zwischenzeit durch nichts gebremst worden. Hier hat man es nur noch mit einer Metapher dessen zu tun, was an der Front geschieht: es handelt sich nur um einen furchtbaren Anthropomorphismus. Er begegnet dem leeren Blick eines Abdeckers. Er sagt sich, daß, wer sich zwischen diesen Wänden aus Fleisch und diesen Vorhängen aus Blut aufhält, am Ende verblöden muß.

Zufällig begegnet er im Hof des Hôpital Saint-Jean Arbeitslosen, die man wohl aus Deutschland rückgeführt und ins Krankenhaus eingewiesen hat. Kahlgeschoren, abgemagert. Es kommt ihm so vor, als würden sie bei seinem Vorbeikommen die Augenbrauen zusammenziehen. Er glaubt, aus Wut. Dann begreift er, daß dieser halluzinierende Ausdruck aus den Untiefen eines Deliriums oder eines Fiebers stammt.

Dem Militärarzt fällt wieder ein, daß von Zeit zu Zeit die Leiche eines jungen Soldaten der kaiserlichen Armee aufgefunden wird, der es nicht mehr ertragen hat, hier die Mission zu erfüllen, für die man ihn zurechtgestutzt hatte.

Sollte er auf andere Gedanken kommen wollen? Der Oberarzt nimmt eines Nachmittags die Einladung eines belgischen Kollegen an, die Fundamente des Hôpital Brugmann zu besichtigen, mit dessen Bau man begann, als der Krieg erklärt wurde.

„Haben Sie keine Angst, in meiner Gesellschaft gesehen zu werden?“ fragt er. „Könnte das nicht kompromittierend für Sie sein?“

„Im Krieg“, erwidert Doktor Lauwers, „sind die Ärzte beider Lager dazu verurteilt, miteinander zu sprechen, wenn es noch möglich ist. Es ist das Privileg derer, die Wunden behandeln, nicht wahr? Wunden werden nicht in zwei Lager geschieden. Die Heilkunst ist unteilbar.“

Der Militärarzt genießt die Wendung, die dieses Gespräch genommen hat. Angesichts der zerfressenen Baustelle, auf der zwischen einem Waldrand und einer Reihe Gasometer wunderbarerweise die ersten Häuser der Klinik stehen, wandelt ihn wieder einmal jenes Gefühl relativer Ewigkeit an. Könnte man dies nicht eher für die Ausgrabungen einer von Archäologen exhumierten Stadt halten? Ruinen, die bezeugen, daß hier eine Zivilisation lebte? Und tatsächlich war es eine: nicht die von Byzanz, von Argos oder von Tyros. Die der Medizin. Es sind wirklich die Überreste eines Imperiums, zwischen denen Doktor Lauwers sich hin und her bewegt.

„Herr Kollege! Sehen Sie selbst! Hier ist die Tumorabteilung ... Dort haben wir einen Bestrahlungsraum ...“

Er drückt sich bei seiner Führung im Präsens aus, der Doktor Lauwers. Er sagt nicht: „wird die Tumorabteilung sein", oder „werden wir einen Bestrahlungsraum haben" ... Für ihn ist das schon erreicht. Es fehlt nicht viel, und der Militärarzt würde, auf das Spiel eingehend, seinen Kollegen bitten, ihn doch durch die Abteilung für Haut- und Geschlechtskrankheiten zu führen! Ertappt er sich nicht selbst dabei, wie er unwillkürlich nach der Stelle Ausschau hält?

Doch diese Aufwallung kann nicht für immer andauern. Als das Abenddunkel sich über diese Mauern senkt, könnte man sie plötzlich für unheilbar zerstört halten ... Ein Trauerschleier verhüllt sie nun, vielleicht eine Drohung? Das geht schleichend dazu über, Ähnlichkeit mit einem Lager für Kranke im Arbeitseinsatz zu bekommen ... Wenn es sich nicht um einen Friedhof für Ärzte handelt?

„Ein andermal nehme ich Sie mit in die Urologische Abteilung des Hôpital Saint-Pierre", sagt Doktor Lauwers, „oder in die Anstalt für Kriegsblinde ..."

Es käme dem deutschen Arzt nicht in den Sinn, zu glauben, sein Führer könnte ihn verspotten, aber sein Unbehagen ist deshalb nicht weniger groß. Er fragt sich plötzlich, ob er überhaupt ein Recht auf die Freundschaft dieses Mannes hat.

Doch wie jedesmal, wenn ihm Bedenken kommen, weist er sie barsch zurück:

„Ich glaube nicht, daß das von großem medizinischen Interesse ist", wendet er ein.

Mehr und mehr wird der Arzt in ihm durch einen Detektiv überflügelt.

„Ich bin der Schupo der Geschlechtskrankheiten!" spöttelt er, wenn er mit Carl Sternheim oder Otto Flake darüber spricht. „Bald werde ich die Syphilis mit der Lupe in der Hand verfolgen und meine Rezepte mit unsichtbarer Tinte ausstellen!"

Aber hat er nicht als letzte Hilfskraft jene Sittenpolizei, der ihrerseits Unteroffiziere behilflich sind, die die Freudenmädchen entlarven, indem sie sie provozieren? Diese „Infiltrationen“ erweisen sich als unerläßlich, zumal die „Gelegentlichen“ sich schnell vermehren: Witwen oder vereinsamte Ehefrauen, die sich, manchmal um zu überleben, an deutsche Soldaten verkaufen, und das zur Entrüstung der patriotischen Blätter, die fordern, daß man sie ihren Männern verrät …

Manchmal fragt sich der Militärarzt, ob ihm dieses Spiel, bei dem die medizinische Behandlung repressiv wird, auch noch Spaß macht.

Er studiert die Akte der Ehefrau Janssens, Augusta. „Sie soll sich mit deutschen Unteroffizieren in ein Hotel in der Rue de la Violette begeben haben, um mit ihnen Unzucht zu treiben. Kurz darauf hat sie sich in das Hôpital Saint-Pierre aufnehmen lassen …“

Nun geht es darum, zu ermitteln, ob die Ehefrau Janssens, Augusta, ein Mitglied des Deutschen Roten Kreuzes angesteckt haben könnte. Zu diesem Zweck haben die obengenannten Unteroffiziere nicht gezögert, die Ehefrau Janssens, Augusta, aus ihrem Krankenbett in Saint-Pierre zu holen, wo sie nach einem Anfall von *delirium tremens* zur Beobachtung war. Sie haben sie „befreit“, versichern sie, um sie von einem vertrauenswürdigen deutschen Arzt untersuchen zu lassen! Das ist nicht nach dem Geschmack der belgischen Krankenschwester, die bei allen Göttern schwört, daß die Ehefrau Janssens, Augusta, nicht mit Syphilis infiziert ist.

„Haben Sie sie der Wassermannschen Reaktion unterzogen?“ fragt der Militärarzt.

„Nein“, gibt die Krankenschwester zu, „aber Sie können doch mit bloßem Auge sehen, daß sie nicht infiziert ist.“

Der Arzt kann sich eines Lächelns nicht enthalten.

„Mit bloßem Auge, sagen Sie? Wir sind nicht mehr im Mittelalter, Mademoiselle …“

Was stellt sich diese Krankenschwester eigentlich vor? Daß die Ehefrau Janssens, Augusta, um verdächtig zu wirken, hier mindestens mit in Fetzen herabhängender Haut erscheinen müßte? Mit pockigen, nierenförmigen oder blasigen Narben bedeckt? Mit Skrofeln, Pusteln oder Röteln übersät?

Aber sie rührt ihn, diese junge Krankenschwester, die entgegnet, daß es ums Prinzip gehe: angesteckt oder nicht, die Ehefrau Janssens, Augusta, muß unverzüglich wieder ins Hôpital Saint-Pierre zurückverlegt werden.

Unerschütterlich sorgt eine deutsche Dolmetscherin für das gute Funktionieren dieses Dialogs zwischen Tauben.

„Darf ich wenigstens eine Befragung der Betreffenden vornehmen?" fragt der Militärarzt höflich.

Ja, er darf sie befragen.

Bald gibt die Ehefrau Janssens, Augusta, zu, „mit besagtem Mitglied des deutschen Sanitätsdienstes gegangen zu sein, leugnet aber mit aller Kraft, entehrt zu sein ..."

„Wie verdient sie denn ihren Lebensunterhalt?"

Die Krankenschwester schaltet sich ein, um zu erläutern, daß sie „eine arbeitslose Tagelöhnerin aus der Rue des Pierres ist ..."

Der deutsche Arzt fragt sich, inwiefern diese Adresse wohl mit dem Berufsleben der Betreffenden zu tun haben mag, aber er zweifelt keinen Augenblick daran, daß die Einzelheit ihre Bedeutung hat, und versucht sich diese Rue des Pierres vorzustellen, wohin er sich, wenn es nach ihm ginge, auf der Stelle begeben würde, um sogleich zu begreifen, daß die Ehefrau Janssens, Augusta, dort nicht dem Erreger der Syphilis begegnet sein kann ...

„Tatsächlich ist sie als Stadtstreicherin aufgegriffen worden", gesteht die Krankenschwester pflichtgetreu.

„Na also ..."

Bald steht fest, daß die Ehefrau Janssens, Augusta, regelmäßig der unangemeldeten Prostitution nachgeht. Sie willigt sogar ein, sich auszuziehen, weigert sich aber, Gegenstand „eines Experiments", wie sie sagt, zu sein, das es darauf anlegt, sie zu überführen.

Der Arzt stellt weitere Fragen. Untersucht diese Unbekannte, die eine Gänsehaut hat, auf Herz und Nieren. Die die Befragung ebensosehr in Schrecken versetzt, wie wenn sie von einem Polizisten durchgeführt würde. Der Arzt läßt sich von der Ermüdung übermannen. Er weiß, daß, selbst wenn es ihm gelänge, das Vertrauen dieser Kreatur zu gewinnen, die Anamnese, die sie anstellen würde, keine große Unterstützung bei der Hypothese einer unkenntlichen latenten Syphilis wäre.

„Sie haben hoffentlich kein Kind?" fragt er.

Die Dolmetscherin übersetzt:

„Nein, sie hat kein Kind."

„Kann ich mich dann wieder anziehen?" fragt die Ehefrau Janssens, Augusta.

„Einen Augenblick ...", sagt der Militärarzt.

Er hätte dennoch diese hoffnungslose Unterhaltung mit dieser nackten, gehetzten Frau gern fortgesetzt, die so wehrlos ist wie ein Kind. Die blöde ist. Erschütternd. Was ihm wieder einmal auffällt, ist die paradoxe Keuschheit dieser Sorte von venaler Venus, als wäre Liebe vorspielen, selbst für Geld, immer noch und nur spielen, in einer Welt, die ihrerseits leider nicht spielt. Ein Beruf für Bekloppte, sagt sich der Militärarzt. Scheißleben: was taste ich hier Körper ab, die ein Spielball des Krieges und des Begehrens der Männer sind? Plötzlich fällt sein Blick auf die Schenkel der rittlings auf einem Stuhl sitzenden Frau. Diese weißen, etwas fetten Schenkel, die schon von Zellulitis marmoriert und von bläulichen Varizen gefleckt sind. Sein Blick folgt einer Vene, die sich unter der durchsichtigen Haut wie Farnkraut verzweigt. Ihm wird schwindlig. Er schließt einen Moment die Augen. „Ockergelber Sand Afrikas, weißes Griechenland, blutrote Oberfläche der südlichen Meere", murmelt er. „Borneo, Polynesien. Polynesien, Eva ..." Er schluchzt trocken, hysterisch auf. Später wird er sich sagen: Es war das absolute Gegenteil von Sarkasmus.

„Wie bitte, Herr Doktor?"

Aber niemand hat etwas gemerkt. Er faßt sich wieder.

Er wird diesen Körper nicht weiter untersuchen, den er lächerlicherweise dem Feind gleich einer Kriegsbeute entreißen mußte. Das geht über seine Kräfte. Dies eine Mal läßt er die Arme sinken. Dies eine Mal würde er es an beruflicher Gewissenhaftigkeit fehlen lassen.

„Hier: ich gebe sie Ihnen zurück ...", sagt er zu der belgischen Krankenschwester. „Aber wenn ich an Ihrer Stelle wäre, würde ich sie einer Wassermannschen Reaktion unterziehen. Für alle Fälle ..."

„So?" fragt die junge Frau. „Wo Sie nicht einmal eine Diagnose abgeben?"

Triumph leuchtet in ihren Augen auf.

Soll sie doch anstecken, wen sie will, denkt der Offizier als er das Krankenhaus verläßt, seiner Sprechstunde entflieht. Soll sie doch all jene zeichnen, die sich, wie ich, an die liederlichen Frauen, an die „Schnuckchen" wenden. Schließlich riskiere ich trotz des Berufs, den ich ausübe, und gegen meinen Instinkt, mich über kurz oder lang durch eine von ihnen tätowieren zu lassen ... Wer weiß, ob ich es nicht darauf abgesehen habe?

Und dann, eines Tages, fordert man bei der Verwaltung des Hôpital Saint-Jean die Beobachtungsergebnisse hinsichtlich der Krankheit der Liberski, Martha, an.

Wieder an einem anderen Tag läßt man die Bestattung der Leiche der Berghmans, Yvette, und die letzten Gebete für sie aufschieben, um eine Autopsie vorzunehmen. Es ist nie zu spät, das klinische Urteil abzugeben.

Er sieht sich seine Hände im Licht einer Lampe an, seine Hände, die das Ekzem hier und da bis auf die Lederhaut beschädigt. Er berührt die Haut der anderen, er, dessen Haut lädiert, angeschlagen ist. Er könnte sich fragen: Mit welchem Recht? Wäre er nicht Richter und Partei zugleich?

Er sieht sie genauer an. Diese armen Sachkundigen. Diese Träumerinnen. Sie haben die Absicht, den Schatten anderer im Dunkeln und schon mit einer Binde vor den Augen zu treffen: sie befühlen, streicheln, tätscheln, kurieren, bauen einen Körper wieder auf, den die Zeit herunterbringt, den die Ewigkeit zerstückelt. (In Wirklichkeit tasten sie, die Hilflosen ...)

Einerlei: man spürt das Übel nur auf, behandelt es nur durch Abtasten und Abschleifen. Man erkennt die Menschen nur, wenn man sich an ihnen reibt, wenn man sich an ihrem Abtasten aufreibt: kommen Sie mir mit keinem anderen Humanismus als diesem, denkt der Militärarzt. Alles, was nicht diese demütige Berührung von Schwachem zu Schwachem ist, dieses Hervorheben der fleischlichen Wahrheit der Menschen, ist nur geschwätzige, hohle Utopie, Trugschluß, scheinheilige Sünde wider den Geist.

Jetzt sieht er die Hand an, die schreibt. Und er denkt: Diese Hand, die das schreibt, was das Los der Hand ist, die unterschreibt, diese Hand, die das sagt, diese Hand, die die zögernden Grundstriche, Auf- und Abstriche der Wahrheit zieht, die ist eine gebrannte Hand.

Seine Frau kommt ihn besuchen: diesmal hat *sie* Urlaub ... Als wiche sie vor einer in Berlin eröffneten Front zurück und käme zu ihm ins Hinterland.

„Fast ist es so", sagt sie, „die Straßen dort stinken nach Leichen. Und außerdem sind wir hier, zusammen, nicht wieder in den Ferien?"

Dazu muß man natürlich sehr ahnungslos sein, aber Gottfried Benn gibt sich Mühe, damit sie späte Flitterwochen erlebt ... Edith ist über alles entzückt oder belustigt: sie bewundert die korinthischen Säulen der Gare du Midi ebenso wie die Villa der Malibran, mit ihrer Rotunde, die des Casinos in einem Badeort würdig wäre, oder das Glasdach der Galeries Saint-Hubert, auf deren Wahlspruch er sie hinweist: *Omnibus Omnia* ... Er sagt seiner Gefährtin, daß die Passagen, Bahnhöfe und Gefängnisse in Brüssel wie Kirchenschiffe entworfen sind. Alles bezaubert die Besucherin, die nirgendwo den Krieg wahrnimmt. Was bei jemand anderem als Kurzsichtigkeit oder Zynismus angesehen würde, ist bei ihr nur ein über der Zeit, über den Dingen liegender naiver Nebel. Ihr Mann erschauert bei der Vorstellung, daß man sie aus dieser Art von Hypnose wecken könnte. Sie freut sich über die Straßennamen, die sie in einem in Dresden bei einem Antiquar neben der Oper gekauften alten *Baedeker* ausfindig gemacht hat.

„Viele dieser Straßen und Plätze sind inzwischen vielleicht umbenannt worden oder verschwunden", stellt Gottfried Benn fest.

Was macht das? Sie spricht diese Namen laut nach, wird ihrer nicht müde. Sie machen sie ganz träumerisch. Notre-Dame-aux-Neiges. Ferme des boues. Quartier de la Putterie. Rue de la Vierge-Noire. Rue du Chien Marin. Rue Montagne-des-Géants. Rue de la Grand-Ile. Rue Traversière. Rue des Clés. Rue du Regard ... Sie möchte wissen, wie die Rue de Terre-Neuve aussieht.

„Ich glaube, der Fluß fließt nicht mehr hindurch“, sagt ihr Mann.

Die Sackgasse L'Enfer macht sie neugierig.

„Ich meine, der Zug wird hindurchfahren“, sagt Gottfried Benn.

„Hier verändert sich also alles ...“, sagt sie beinah wehmütig.

Sie möchte auf dem Quai au Bois-à-brûler, dem Quai aux Barques, dem Quai aux Pierres-de-taille spazierengehen. Im Judenhafen, im Fischhändlerhafen.

„Das sind seltsame Quais“, wendet Gottfried Benn ein, „man geht dort kaum spazieren. Brüssel ist nur dem Namen nach ein Hafen ...“

Sie versteht nicht:

„Fahren hier Schiffe durch oder nicht?“ fragt sie.

Sie möchte auf der Stelle zum Japanischen Pavillon.

„Geschlossen wegen Besetzung des Geländes ...“, erfährt sie von ihrem Mann.

Diesmal scheint sie enttäuscht. Aber sie gehen ins Kolonial-Museum. Die Masken vom Kasai entzücken sie:

„Das ist der Expressionismus im Rohzustand!“ ruft Gottfried Benn aus.

Am nächsten Tag möchte Edith alle Orte mit Bäumen sehen ... Sie gehen nacheinander ins Arboretum, in den Wintergarten und in das große Palmenhaus des Laeken'schen Palais, in den Botanischen Garten – wo sie wie angewurzelt vor einer nicht enden wollenden Sequoia *(Wellingtonia gigantea)* und Rudes Nymphen stehenbleiben.

„Ihr Léopold II. muß eine Art Ludwig von Bayern gewesen sein, ein ebensolcher Träumer, aber ein muskulöser!“ bemerkt Gottfried Benn. „Er hat aus dieser Stadt einen charmanten barocken, hier und da tropisch anmutenden Trödelladen gemacht! Er ist wie ein, manchmal in einen Schirokko übergehender Föhnwind durch sie hindurchgefegt ... Danach war sie eine andere. Er verachtete sein Volk, das er für beschränkt und undankbar hielt, und er machte den Architekten das Leben schwer."

Jetzt verlangt Edith auf dem Markt an der Börse eine Tüte Schnecken. Im Stadtzentrum amüsiert sie sogar die Reklame und macht sie neugierig: *Stern-Essig, Spielzeugpalast, Stahlwarenhändler Cristofle, Hausschneider, Byrrh: anregender Aperitif und edler Wein ...*

Sie hat recht, denkt ihr Mann. Das ist auch Bestandteil des Diskurses der Stadt. Später werden wir uns daran erinnern müssen.

Als er nicht mehr damit rechnet, läßt Edith sich vom Krieg erzählen, so wie er ihn hier erlebt hat. Er will ihr so wenig wie möglich darüber sagen. Aber er zensiert nicht alles. Er verheimlicht ihr nicht den Exodus der Menschen in alten Klapperkästen, Fuhrwerken oder Schubkarren nach Sedan, Vlissingen oder Folkestone. Er klärt sie darüber auf, daß die Bevölkerung selbst innerhalb der Landesgrenzen sich nur noch mit einem Paß versehen hin und her bewegt. Daß man den Kindern zu Weihnachten oder zu Nikolaus nur noch Zinnsoldaten und Kasernen aus Papiermaché schenkt.

Absichtlich flicht er beruhigende, harmlose Anekdoten in seine Rede ein: daß man dazu übergehen mußte, streunende Hunde einzufangen, daß man in der Avenue de Tervuren die Kastanien vom Baum geschlagen hat, daß die Pferde in den Rennbahnen laufen und daß Wild gejagt wird, als hätte sich nichts verändert. Daß man irgendwo in Flandern einer halbverrückt gewordenen Ex-Kaiserin von Mexiko begegnen kann ...

Er befürchtet nämlich, daß dieses Kind, das älter ist als er und das er zur Frau genommen hat, plötzlich aus der Krise seines freudestrahlenden Somnambulismus auftaucht und genauere, wahrhaftigere Einzelheiten über das, was geschieht, verlangt …

Doch nachdem er sie verstohlen angesehen und sie sorgenvoll gefunden hat, errät er endlich, daß sie keineswegs aus Naivität oder Leichtfertigkeit nicht mehr wissen will und den Krieg um sie herum nicht einmal zu erkennen scheint. Sie tut nur so, als merkte sie nichts. Sie schont *ihn*, sie schützt ihn. Sie hofft, daß er durch sie für ein paar Tage den Kampf vergißt, den er lachhafter Weise in einer belagerten Stadt gegen eine anstößige Epidemie führt. Sie war nicht umsonst Schauspielerin, die Edith Osterloh, alias Eva Brandt, sie ist nur ein unechtes Kind … Er beschließt seinerseits so zu tun, als wenn nichts wäre.

Schon haben sie nicht mehr Stunden genug, um die Abgeschiedenheit all der Museen aufzusuchen, durch die sie gehen möchten und die ihre Pforten hin und wieder trotz der Besatzung öffnen. Aus Panik wahrscheinlich begeistert sie sich für alles und für nichts. Die ägyptische Königin Teje (18. Dynastie) oder eine Feldmütze des 7. Husarenregiments, die sie im Parc du Cinquantenaire entdecken. Einen äthiopischen *kissar* oder eine birmanische Harfe im Konservatorium. Einen Brandsatz der Marine und eine Armbrust an der Porte de Hal. Der Pottwal aus der Schelde und das Iguanodon aus Bernissart, der Ichthyosaurus aus Arlon und der große Wal aus Antwerpen im Quartier Léopold. Im Museum für Antike Kunst gehen sie sehr schnell an *Susanna im Bade* von Jordaens, an *Christus und die Ehebrecherin* von Rubens vorbei. Sie werden eine Weile vor dem *Tod Marats* stehenbleiben.

„Ich wußte nicht, daß er hier gestorben ist …", wird Gottfried Benn sagen.

„Wer? Marat?"

„Nein, David …"

Und nun stehen sie vor dem Bild, das er ihr vor allem zeigen wollte. Zusammen tauchen sie in das weinrote Meer der *Landschaft mit dem Sturz des Ikarus* von Breughel ein. Das Werk eines Menschen ohne Illusionen, denkt Gottfried Benn, aber eines, der, bevor er sich an die Arbeit machte, zweifelsohne die Augen geschlossen hat, um unter seinen Lidern die Herrlichkeiten der Welt einzufangen, und sie, so gereinigt, wieder geöffnet hat. Wie ich dieses Gestirn bewundere, denkt der Besucher, von dem ich nur die verborgene Seite erforsche! Wie ich bei diesem prometheischen Schmerz erbeben kann, der nichts als reine Wehmut ist: die Zukunft und die Kehrseite eines Jubelns. *Ich* werde nur die Schreie einer verletzten Medusa zu Gehör bringen ... In einem aus der Betrachtung dieses Gemäldes entstandenen Gedicht, in dem er ungestüm gegen sein eigenes Verhaftetsein in einem ausgeschlossenen Körper und Geist protestiert, fleht er darum, daß ihm „eine Stunde / Des guten frühen Voraugenlichts" gewährt werde.

Eine ebenfalls an diesem Ort angetroffene Karyatide von Rodin hat er verzweifelt aufgefordert, sich dem Stein zu entrücken, den sie noch auf der Schwelle zur Hölle trägt.

Unmögliche Ausbruchsversuche, wenn die Sonne uns die Flügel versengt und alles uns nach unten zieht.

Um die Komödie, die sie sich bei diesem Wiedersehen gegenseitig großmütig vorgespielt haben, in Schönheit zu beenden, schlägt Gottfried Benn vor, daß sie sich in Gesellschaft einer Handvoll deutscher Freunde ein Konzert in der Vaux-Hall anhören gehen ... Weiß Gott, als wäre man noch in Berlin, unter sich.

Sternheim und seine Frau Thea, Einstein, Flake und Wedderkop begrüßen Edith ein wenig wie ein Gespenst oder ein wiedergefundenes verlorenes Kind. Zum Aperitif geht man in die Rue de la Madeleine. Man hält es gleich für angebracht, diese reizende Frau Benn einzuweihen.

„Hat ihr Mann Sie darüber aufgeklärt, daß dieser Staat von einem Ritter-König, einem hurrapatriotischen Kardinal und aufsässigen Bürgermeistern regiert wurde?" fragt Otto Flake. „Ich sage ja, daß Deutschland einen idealen großen Bruder für dieses kleine Land abgeben würde!"

„Haben Sie gehört, daß die Franzosen und die Briten nicht

mehr wissen, wen sie um Hilfe bitten sollen? Marokkanische und senegalesische Schützen, Zuaven, die Allahs Ruhm bis nach Poperinge und Dixmuide preisen, Kosaken und Spahis. Singhalesen, Sikhs, Turkos, es gibt nichts, was nicht gegen uns gekämpft hat", spottet Wedderkop.

„Trotzdem geht das Leben weiter, meine Liebe", bemerkt Otto Flake, „lesen Sie nur die Blätter, die der Feind unterderhand verbreitet. Die Rubrik ‚Vermischte Nachrichten' nimmt darin immer geraumen Platz ein: man plündert, bricht ein, man prostituiert sich mit Sicherheit genausoviel wie vor unserem Kommen. Im übrigen weiß unser vielgeliebter Benn einiges über dieses Problem ... Und überfliegen Sie die Todesanzeigen. Man stirbt auch im Bett ..."

Edith ist ganz verwirrt. Sie dreht sich nach links und nach rechts, sucht den Blick ihres Mannes, fleht ihn heimlich an. Thea Sternheim kommt ihr zu Hilfe:

„Hören Sie nicht auf diesen Männerklatsch, meine Liebe! Diese Herren sind nicht umsonst als Propagandisten des pangermanischen Ideals nach Brüssel berufen worden, nicht wahr, Carl? Daher denken sie mit unserem Kaiser, daß Deutschland diesen Krieg natürlich nicht gewollt hat! Sie kolportieren gern die Ansicht, daß wir relativ geringe Verluste an der Front haben und daß es von der Yser nichts zu melden gibt ... Und sie stimmen sicherlich unserem geliebten Gouverneur zu, wenn er sich, am selben Tag, an dem man auf dem *Tir national*, dem Scheibenstand der Brüsseler Garnison, belgische oder britische Spioninnen füsiliert hat, per Verordnung darüber entrüstet, daß einheimische Schmuggler den barbarischen Brauch haben, Buchfinken zu blenden!"

„Sie werden bemerken, Frau Benn", sagt Carl Sternheim, „daß Thea ganz die alte geblieben ist: eine Brandstifterin!"

„Sagen Sie lieber: eine feindliche Agentin!" sagt Wederkop hellauf lachend. „Aber wollen wir nicht lieber von Geistigem sprechen? Was halten Sie von der schönen Geste, die unser Carl Sternheim kürzlich gemacht hat?"

„Nämlich?"

„Er hat den Geldbetrag des Fontane-Preises, den er so sehr

verdient hatte, an einen gewissen Franz Kafka abgetreten, der anscheinend bedürftig ist", erklärt Otto Flake.

„Das war eine Idee von Franz Blei ...", mischt sich Sternheim etwas gereizt ein.

„Wie?"

„Tatsächlich hat Blei dafür gesorgt, daß der Preis mir verliehen wurde, dann hat er mich in Anbetracht meiner Vermögenslage – nicht wahr, Liebling – dazu angeregt, ihn Kafka zu schenken. Übrigens, haben Sie ihn gelesen? Nein? Das ist ein Fehler, er ist vielversprechend. Blei hat mir erzählt, daß der Mann, der als deutschsprachiger Jude in Prag lebt, sich in eine Berlinerin verliebt hat ... Aber er besucht sie nur hin und wieder, wenn er Urlaub bekommt. Dann steigt er für vierundzwanzig Stunden mit ihr im Askanischen Hof ab und fährt dann wieder zurück."

„Ich sehe nicht, was daran so einzigartig wäre", stellt Edith fest. „Ich selbst habe meinen Mann hier nur für ein paar Tage wiedergesehen. Und in achtundvierzig Stunden werde ich wieder weg sein ..."

„Aber meine Liebe, die Situation ist kaum vergleichbar ..."

„Sprechen wir lieber von den Toten als von den Abwesenden!" schlägt Einstein vor. „Wißt ihr, daß Verhaeren gestorben ist?"

„Ein gräßlicher Unfall", sagt Flake. „Unter einen Zug zu geraten ..."

„Es sieht nach Selbstmord aus ...", deutet Wedderkop an.

„Es war keiner", sagt Flake. „Der Mann war deutschfeindlich und sehr patriotisch. Das wäre eher ein Grund zu leben ..."

„Er war – nebenbei – ein großer Dichter", sagt Benn.

„Übrigens", sagt Wedderkop, „Trakl soll nicht am Wahnsinn gestorben sein, sondern an einer Überdosis Veronal ..."

„Kokain", verbessert Gottfried Benn. Das ist wenigstens einer, der es nicht dem Krieg überlassen haben wird, seine Arbeit zu tun, denkt er, lieber ist er ihm zuvorgekommen.

„Wer ihm sehr geholfen hat, ist Wittgenstein ..."

„Sich umzubringen?" fragt Wedderkop.

„Nein, zu überleben! Er zahlte ihm seit Jahren eine anonyme Rente," sagt Otto Flake, „Drogen oder keine Drogen, er war dem Wahnsinn nahe."

„Er war nur wahnsinnig vor Angst und Verzweiflung", sagt Gottfried Benn. „Er fürchtete, hingerichtet zu werden ..., weil er schon einmal versucht hatte, sich das Leben zu nehmen. Er hat es vorgezogen, von eigener Hand zu sterben. Es sei denn, er hat eine Überdosis Drogen genommen. Herzstillstand ... Ein absurder und großartiger Tod."

„Wie es heißt", erzählt Flake, „soll er die Huren besucht haben, aber es soll sich nichts mit ihnen abgespielt haben ..."

„Das stimmt nicht", korrigiert Gottfried Benn. „Er sprach mit ihnen. Er hörte ihnen zu. Er trank in ihrer Gesellschaft Wein ..."

„Das meine ich ja ...", insistiert Flake.

„Es ist jedenfalls nicht so, wie Sie sagen", entscheidet Gottfried Benn. „Von ihren ganzen Freiern war er ihnen mit Sicherheit am nächsten ..."

„Ach, wenn Sie meinen ..."

„Ich meine es."

„Sie besitzen in dieser Frage allerdings eine Sachkenntnis, die ich nicht habe ..."

„Es wird Zeit, daß wir ins Konzert gehen ...", macht Carl Sternheim aufmerksam, der wahrscheinlich befürchtet, daß die Unterhaltung unerfreulich wird.

„Wundern Sie sich nicht, Frau Benn, wenn der Saal halb leer ist!" sagt Flake. „Manche belgischen Bürger finden es geistreich, Plätze zu reservieren, die sie dann nicht einnehmen."

„Was steht auf dem Programm?"

„*Frauenliebe und -leben*, die *Wesendonck-Lieder* und leider *Das klagende Lied* von diesem leidigen Mahler ..."

„Hören Sie nicht auf ihn, Frau Benn", sagt Carl Einstein ihr ins Ohr, „das wird wahrscheinlich das Schönste sein ..."

„Sind das deine Freunde?" fragt Edith ihren Mann.

„Weiß du, mein Liebes", erwidert Gottfried Benn, „die Freundschaft weht wie der Wind, wo sie will ... Das ist ihre verwirrende Tugend. Stell dir vor, man fragte dich, warum du mich liebst. Was würdest du antworten? Du würdest wahrscheinlich Sachen von dir geben, die kein Mensch glauben würde. Gerade deswegen müßte man dir glauben!"

„Wenn schon", sagt sie, „deine Freunde machen mir angst. Sie erinnern mich an Berlin. Um ihnen zu begegnen, brauchte ich nicht hierher zu kommen. Es ist, als wäre ich schon wieder dort ..."

In der folgenden Nacht träumte Gottfried Benn, er fände Zwerginnen auf seinem Weg, die später auf den Strich gehen würden ... Später, denn dem Anschein zum Trotz – sie waren faltig wie überreife Äpfel – hatten sie die Kindheit kaum hinter sich. Edith tauchte auf und warf ihm mit müder Stimme diesen Umgang vor. Er erklärte, daß er für diese Kreaturen keinerlei Verlangen empfinde. Nichts als Schmerz, sagte er. Schmerz beim Nehmen. Schmerz beim Geben.

Am nächsten Tag gehen sie noch einmal spazieren, aber sie sind nicht mehr mit dem Herzen dabei. Ohne sie jedoch gesucht zu haben, finden sie Spuren von Neles und Thyl Uhlenspiegels Wandeln. Hier, auf einer Poststation, wo sie Blinden begegneten. Dort, in einer Kirche, mit einem Käfig in der Hand ...

„Ich wäre traurig gewesen, abzureisen, ohne sie wiedergesehen zu haben", sagt Edith.

Mitten auf einem Platz zeigt Gottfried Benn ihr die Statue des Vesalius – der größte hiesige Mann, unser aller Meister – der als erster den Körper der Menschen öffnete, um ihn besser zu verstehen. Er selbst ist auf einer Insel, auf die ein Sturm ihn verschlagen hatte, vor Kälte gestorben. Wenn man viel mit dem Tod umgegangen ist, zögert der eigene Tod manchmal, Ähnlichkeit mit einem zu haben ...

Am letzten Abend, den sie zusammen verbringen, am Vorabend von Ediths Abreise, gibt Gottfried Benn seinem Burschen Urlaub. Er schickt ihn für eine Nacht ins Hotel.

„Warum denn nur?" fragt Edith beunruhigt. „Ist das Haus noch nicht groß genug? Er wird glauben, daß du eine Orgie vorhast ..."

„Es soll wirklich eine werden! Eine Orgie zu zweit. Eine eheliche Orgie. Dabei darf es keinen Zeugen geben."

„Er hätte sich diskret verhalten ..."

„Es genügt nicht, diskret zu sein: alles muß weit weg sein."

„Du machst mich neugierig ...", sagt Edith.

Es fehlt nicht viel, und sie würde Angst bekommen. Als hätte ihr Mann im Sinn, sie zu beseitigen. Und sich anschließend das Leben zu nehmen. Seit Kriegsbeginn sind das *Düsseldorfer Tageblatt*, die *Berliner Morgenpost* voll mit solchen Geschichten.

Ihr fiel ein, daß sie in der ersten Nacht, die sie hier, unter seinem Dach, zugebracht hatte, keinen Verkehr hatten. Er hatte sich auf die Bettkante gesetzt und sie über ihr Leben in Hellerau und Dresden, über das Gedeihen ihrer Tochter ausgefragt. Er schien ihr mit angespannter Aufmerksamkeit zuzuhören. Als suchte er hinter den Antworten besondere Informationen, deren Wichtigkeit sie nicht ermessen konnte. Auskünfte, die seinem eigenen Nachdenken über das, was er seit seiner Ankunft in Brüssel erlebt hatte, Nahrung geben würden. Er befragte sie lange, so wie man wohl eine an Amnesie Leidende ausfragt.

Er hatte sie nicht geliebt. Er entschuldigte sich. Er erklärte, er sei völlig erschöpft. Da sah sie, wie die Müdigkeit sein Gesicht aushöhlte und seine Haut grau färbte. Als könne er, während er ein Geheimnis aufstöberte, das zu schwerwiegend war, um es zu tragen, zu teilen, sie auch nicht lieben. Das war unerwartet bei einem so sinnlichen und seit langem von seiner Frau getrennten Mann. Es werden genug Geschichten von nach Frauenkörpern gierenden Soldaten erzählt, die sich in den Stunden, die gezählt sind, auf ihre Gefährtinnen stürzen, wo sie sich gerade mit ihnen treffen können ...

Am nächsten Tag hatte er sie genommen. Sanft. Wie man es mit einer kaum von der Niederkunft genesenen jungen Mutter gemacht hätte. Dann noch weitere Male. Manchmal ging er mitten in der Nacht weg und kam erst im Morgengrauen zurück.

„Hast du die Schnürstiefelchen mitgebracht, die ich dir am Tag vor der Mobilmachung geschenkt habe?"

„Natürlich habe ich sie mit. Ich habe mich schon gewundert, daß du mich noch nicht aufgefordert hast, sie anzuziehen."

„Ich möchte, daß du sie heute nacht anziehst. Daß du nackt bist und diese Schnürstiefel anhast."

„Ich werde aussehen wie eine Straßendirne ...", sagte sie lachend. „Möchtest du eben das?"

„Ich will nicht, daß du nur wie eine Schauspielerin aussiehst, Eva Brandt, ich will, daß du eine bist. Eine echte Straßendirne. Daß du die Frau Brandt, Eva, bist. Die Frau Osterloh, Edith. Die Frau Benn, Edith-Eva! Haben wir nicht in dieser ganzen Woche Theater gespielt, als würde uns der Krieg nicht erreichen, nicht mehr betreffen? Heute nacht", fügte er kurzatmig hinzu, „will ich dich sogar für deinen Liebesdienst bezahlen!"

Er zückte belgische und deutsche Banknoten und zerknitterte sie, als würden sie ihm die Finger verbrennen.

„Ich will, daß du verstehst ...", sagte er. „Ich brauche es."

Sie fragte, ob dies eine merkwürdig verdrehte Art war, ihr ein Geschenk zu machen. Oder ob er im Laufe dieses Krieges Geschmack an den Huren gefunden hatte. Und daß er sie nicht mehr entbehren konnte, sogar wenn er seine eigene Frau in den Armen hielt?

Er sagte, daß es nicht das wäre. Daß er sich an keine Zeit erinnerte, in der die Huren ihn nicht angezogen hätten, daß es aber nichts damit zu tun hätte. Er sagte ihr, daß er sie bezahlen wollte wie ein Straßenmädchen, daß es sie aber nicht kränken dürfte. Daß es in seinen Augen eher ein Zeichen von Achtung, von äußerster Ehrerbietung wäre.

Und dann fügte er hinzu:

„Du warst reich, Edith, als ich dich kennengelernt habe. Und ich werde so arm sein ..."

Sie erschauerte. Vor Erniedrigung? Vor Angst? Vor Wonne? Sie hatte Tränen in den Augen. Vor Scham? Vor Glück? Ihre Lippen bebten. Sie lachte unter Tränen.

„Ich versuche zu verstehen", sagte sie, „ich glaube sogar, daß ich verstehe. Du wirst mich doch nicht ins Verderben stürzen, Gottfried? Wirst du nach dem Krieg zu mir zurückkommen?"

„Wir werden bis zum Schluß zusammenbleiben", sagte er ihr.

Etwas hatte sich tatsächlich im letzten Frühjahr ereignet, worüber er sich mit seiner Frau nicht unterhielt, worüber er mit keinem seiner Freunde sprach. War dieses Ereignis außerdem nicht in sich ein Inkognito?

Es ist vorbei ..., sagte er sich. Schon fühlte er sich von dem, was ihm damals widerfahren war, gleichsam zurückgewiesen und hatte einen solchen Abstand dazu gewonnen, daß er jetzt daran dachte, als wäre es jemand anderem geschehen. Wenn er sein eigenes Abenteuer erzählt haben würde, hätte er vielleicht folgendermaßen angefangen: Wir müssen uns diesen Mann vorstellen, wie er hier landet, in besetztem Land, wo er beinah niemanden kennt und sich im Labyrinth der fremden Straßen verläuft. Wir müssen in seine Fußstapfen treten.

Dabei hatte alles so banal angefangen! Sobald der Besatzer in der Stadt eingetroffen war, hatte er sich darum bemüht, von ihr geliebt zu werden. Der Eroberer hatte wirklich erobern wollen. Er war mit großen, herrischen Schritten durch Straßen gegangen, die ihn an das Mittelalter erinnerten, war auf den Vorplatz gotischer Kapellen hinaufgestiegen, hatte gerührte, fast verliebte Blicke auf das Durcheinander der Stadt geworfen, war aber bereit, alles zu verehren, von den Pilasterfassaden mit ihren Volutengiebeln, die man in der Rue du Chêne sehen konnte, bis hin zu der Eckkneipe im Quartier des Marolles, in die er sich gewagt hatte, um schnell im Stehen, unter den Augen einer Zigeunerin ein Glas frisches Wasser zu trinken, war weitergegangen, hatte unter den Fratzen ziehenden Wasserspeiern einer Kathedrale haltgemacht oder war auf die Inschrift *Abattoir* gestoßen, die über einem Haus am Boulevard de l'Abattoir stand – die aber den Weg zu keiner Abdeckerei wies ...

Zufällig bleibt er vor dem Karren eines Lumpenhändlers oder eines umherziehenden Schlossers oder vor einer „wegen Invasion geschlossenen" Eckkneipe stehen ... Und im Geiste richtet er eine inbrünstige Bittschrift an die Stadt, die er berennt: „Liebe Stadt, laß dich doch erobern!" Und dann denkt er noch: „Nimm mich in deine Gemeinschaft auf, sei mir Heimat!"

Stadt im Süden! verkündet er, denn in seinen Augen ist sie südlich, diese Stadt: die Wärme der Steine erscheint ihm feminin und sinnlich. Hier existiert vielleicht eine Gemeinschaft, es muß erlaubt sein, sich ihr anzuschließen, in ihren Schoß zu gelangen, in ihr aufzugehen. Ja, denkt er, das muß sich hier besser als anderswo, mehr als früher machen lassen. Und er ist bereit, vorauszusetzen, daß es schon so ist. Er weiß noch nicht, daß es nichts Getrennteres gibt als die hiesigen Menschen. In der Sylvesternacht, in der schwarzen Kathedrale, die ihm weiß vorkam, drängten sich die Soldaten in Uniform zwischen den Gläubigen, die sie nicht abwiesen, die sie aufzunehmen schienen. Und er, der Eroberer, der nicht an Gott glaubt – zumindest glaubt er das –, er glaubte zumindest daran: daß Einheimische und Besatzer kommunizierten. So wenig ist nötig, um Träume von Versöhnung zu hegen.

Und dann kam der Frühling. Und seine Augen haben in der Rue de l' Étuve oder in der Rue des Alexiens, in der Galerie du Prince oder am Quai à la Chaux so viele Zeichen aufgefangen, eingefangen, daß sie sich schon für Eigentümer der Stadt halten.

Ja, er, dieser Besatzer, dieser Eroberer, meint, er hätte sich die Realität der Stadt schon angeeignet. Wo genau das Gegenteil eingetreten ist: er hat sogar ihren Sinn verloren. Und mit jeder Stunde seiner Wanderungen geht er seiner noch ein bißchen mehr verlustig.

Dies ist der Moment, in dem man ihn nicht aus den Augen verlieren darf, diesen Mann, weil zu befürchten ist, daß er sich selbst am Horizont der Stadt verflüchtigt. In jedem Leben gibt es eine Stunde, in der einem dessen nackte Wahrheit entgegentritt, wie ein Bajonett, das gerade aus der Scheide gesprungen ist. Man täuscht sich nicht darin. Man erkennt sie sofort. Man braucht sich nur noch auf sie zu stürzen.

Bei Gottfried Benn geschah dies in Brüssel, im Frühling, während eines schmutzigen Krieges, in dem er ohnehin nicht die beste Rolle hatte. Gewöhnlich war unser Mann aktiv, er hatte es mit offenen oder verborgenen, stillen, heimlichen Wunden zu tun, er führte ein Zwiegespräch mit ihnen. Das war nicht leicht, das nahm kein Ende. Er hatte gewählt so zu leben, zwischen den Schankern auf der Haut der Männer und ihren armseligen Begierden, zwischen den bleichen, von einem Netz tintenblauer Venen durchzogenen Schenkeln der Straßenmädchen: dafür kann man sich ein wenig aus denselben Gründen interessieren wie für ihn, für diesen Mann.

Doch jetzt ist er untätig. Er geht in Zivil durch die Rue Vilain-XIIII oder die Rue de l'Aurore oder die Rue de la Vallée oder die Rue du Lac. Unter einem wolkenlosen Himmel. Man hat einen Winter hinter sich, den der Krieg brennend machte wie eine Demütigung. Der Eroberer ruft sich Heine ins Gedächtnis, der dachte, daß seine Übersiedlung nach Paris innerhalb der Logik seines Geschicks läge, und daraus eine Begeisterung schöpfte, die auch die nachfolgende Enttäuschung nicht vertreiben sollte. Er erinnert sich auch an Rilke, der in Paris an überlaufender Traurigkeit erstickte. Er denkt, daß er, Gottfried Benn, in Brüssel nichts dem Vergleichbares erlebt. Hier jedoch kommen ihm verschlossene Gesichter entgegen. Aber binnen kurzem werden sie ihm nicht einmal mehr feindselig vorkommen. Man wird ihn nicht ansprechen. Man wird ihn nicht beachten. Man wird ihn vergessen haben. Er hat Zeit gebraucht, es zu begreifen, aber eben das hatte er angestrebt. Jetzt ist er zu dieser Autarkie verurteilt. Es gibt eine Stunde, in der man der Wahrheit seines Lebens begegnet. Wenn es der Ruhm ist, um so besser. Wenn es das Verlassensein ist, ist es auch gut. Wichtig ist, die Wahrheit seines Lebens zu umfassen, wie sie auch sein mag. Nicht länger vor ihr wegzulaufen. Er erinnert sich, dieser Reisende, der sich freut, in der Fremde kein Sterbenswörtchen seiner eigenen Sprache zu hören und die des Landes, das er durchquerte, ebensowenig zu verstehen. So, folgert er ungefähr, wird es vielleicht möglich, in der Gesellschaft der Menschen zu leben.

Wahrscheinlich sollte der Vorsatz ironisch sein. Er könnte es nicht sein. Es ist ja nicht so, daß die Menschen endlich schweigen oder endlich unverständlich sind. Im Gegenteil verwischen sie nicht mehr ihre Spuren und vernachlässigen ihre Masken. Man würde sie eher besser verstehen: sie sind dann nicht mehr nur in metaphorischer Weise Fremde.

Schon verirrt er sich – man muß ihn sich verirren sehen – in rückwärtige Viertel, in harmlose Straßen, Rue des Sols, Rue du Lombard, Rue du Midi, Rue de Terre-Neuve, als wäre es ein weites Land, der Anfang eines Küstengebiets. Er ist nicht mehr nur ein Besucher. Er vermag mehr als ein Schauspiel zu sehen. Als er auf dem Boulevard du Midi ankommt, wird am Himmel, unmittelbar über seinem Kopf, die Luft erschüttert und zersprengt. Er hebt den Kopf, legt eine Hand schützend vor die Augen. Er ahnt das Vorbeiziehen eines gas- und spindelförmigen Ungeheuers in der Farbe der Atmosphäre. Als er begreift, worum es sich handelt, ist der Zeppelin weg. Weil im selben Augenblick, unter seinen Füßen, das Meer sich geregt hat. Er spürt, daß er über dem Bett eines ehemaligen Flusses geht. Vielleicht floß er früher hier oder in der Nähe. Man hätte ihn umleiten können. Man hat ihn lieber aufgefüllt, überbaut, lebendig begraben. Er war nur noch eine von vermoderten Wiesen gesäumte Kloake. Einst sind seine öligen, schlammigen Wasser, in denen die Katzen ertranken, in denen die Abfälle sich mit Schaum und Wagenschmiere überzogen, über die wurmstichigen Quais getreten. Seine Strudel und Dämpfe brüteten die Keime einer Epidemie aus. Die Cholera hat dort gewütet, wo man ein Vorgefühl vom Meer hätte haben können. Die Stadt wurde aus ihrem Traum, ein Hafen zu sein, herausgerissen. Es gibt nur noch das Phantom eines Flusses, der zwischen den berappten Fassaden umherirrt und auf imaginäre Schleusen stößt. Doch daß eine Stadt von Wassern durchflossen worden war, wird sie nicht mehr vergessen. Ihre Abwässer wecken dauernd einen Phantomschmerz, wie Amputierte ihn empfinden. Der auf dem Lauf eines verscharrten Flusses Gehende weiß weder, warum seine Beine plötzlich schwer werden, noch, welche Gifte eine Träumerei in ihm auslösen, die ihm nicht angehört, oder ihm eine Erinnerung wiedergeben, die nicht die seine ist: er erinnert sich, daß hier einst das Meer gewogt hat und daß Kinder, die in den Sandgruben rund um die Stadt Krieg spielen, noch versteinerte Muscheln und Haifischzähne finden.

Man muß ihn sich vorstellen, diesen Mann, wie er bis zur Trunkenheit umherläuft. Er ist zittrig wie ein Rekonvaleszent, der zum ersten Mal ausgeht, nachdem man ihn für unheilbar erklärt hat, und der es vielleicht sein wird. Wenigstens nutzt man diesen unverhofften Aufschub.

In diesem Zustand kennt die Sehnsucht keine Grenzen mehr. Sie weicht zurück, damit man die Welt bis zu ihren Anfängen besser überblicken kann: man dreht sich nur eben um, und die Geschichte ist ausgelöscht. Man ist nicht mehr in Brüssel, nur irgendwo zwischen der Grande-Ile und der Rue du Chien, oder zwischen dem Kunstberg und den Galeries du Roi et de la Reine. *Omnibus Omnia.* Man ist am Zusammenfluß von Euphrat und Tigris, im Garten Eden, und schon ist in der Oase der Baum Adams gewachsen, weil Adam seit einiger Zeit tot ist: man trauert munter um ihn. Vom Exil ist man zur Ekstase übergegangen. Man glaubte, in fremdem Land verloren zu sein: man ist bloß zurückgekehrt. Der Spaziergänger, der Eroberer erschauert, er freut sich. Etwas lastet so schwer auf seinem Nacken wie der Blick Gottes, wie um ihn zu zermalmen. Nun wird das Bewußtsein das Nichts selbst überwältigen, nun tanzt es fröhlich auf der Schneide des Rasiermessers, das jedes Ding von seiner Identität trennt, befreit: es schwankt wie ein Kind, dem man Alkohol zu trinken gegeben hat. Brüssel: eine gute Stadt, um den Verstand zu verlieren! Eine schwammige Ansiedlung, in der man um die Wette gärt! Man kann sich am Risiko seines eigenen Verschlungenwerdens berauschen, kann diesen Rausch mit dem Glück, vom Wirklichen entlastet zu sein, verwechseln. Kann hinfort seine Zugehörigkeit zur Welt mimen, wie die Hure Wollust simuliert! Wie ökonomisch! Wie praktisch! Ein bißchen Psychologie, und dann, im nächsten Augenblick, keine Psychologie mehr! Wie erholsam! Keine Wahrheit mehr als eine zeitweilige. Welcher Glücksfall für einen lyrischen Dichter! Andere als er haben diesem Taumel nachgegeben, haben ihn ausgekostet, und ihre Verirrungen blieben so straflos.

Er widersteht.

Wieder muß man ihn mit großen Schritten die Straßen der Stadt durchmessen sehen, aber er läuft schon weniger schnell, er geht weniger weit, irgendwo zwischen der Rue de la Croix-de-Fer und der Rue Montagne-de-la-Cour, oder zwischen den Hallen von Ixelles und der Rue Sans-Souci, eigentlich ist es nur mehr ein Quacksalber, der nach Schluß seiner Sprechstunde umherschweift.

Nebenbei, in seinen Mußestunden, Dichter: solche kennt er.

Aber er läßt sich von nun an von einem Doppelgänger begleiten, dem er seine Vollmacht übertragen hat. Es ist diese Figur, die an seiner Stelle durch Brüssel wandert, die beschließt, nach Antwerpen zu fahren, verzichtet, im Mittagslicht zu schwanken beginnt, davon träumt, dies und das in ihrem Leben zu verbinden, eine Synthese daraus zu machen, in einem Palmenhain herauskommt, die Oase durchquert, die alles der Wüste verdankt, die sie verleugnet, über ein Delta steigt – denn das Meer ist niemals fern. Und auch sie erreicht „eine Art Glück“.

Der Dichter hat gewollt, daß seine Figur Arzt ist, wie er, Nuttenarzt. Er hat sie weder Blackwell genannt noch Constantinescu, noch Rosenblatt. Er hat sie Rönne genannt, ein kurzer, etwas heiserer Name. Alles in allem hat er sich so wenig wie möglich ausgedacht: er hat sich eine Figur so nah wie nur möglich zur Seite gestellt. Als wäre es sogar weniger als ein Doppelgänger. Kaum ein Spiegelbild. Aber das ist schon genug als Narrenkappe. Man wollte die Realität der Stadt erobern, und man ist gescheitert.

Von nun an wird Rönne an seiner Stelle scheitern.

Denn Brüssel ist ja nur ein Traum, und in diesem Traum kommt Rönne vor.

Um Rönnes Odyssee zu erzählen, wäre es zweifellos angebracht gewesen, sich wieder in die vergessenen Außenbezirke der Sprache zu begeben, sich im Uneingestehbaren festzusetzen, auf die Wörter der Zeitungen (des Besatzers und des Besetzten) zu verzichten. Es wäre wichtig gewesen, die Adjektive zu opfern, wie der Freund Carl Sternheim es empfahl. Aber wie sollte er niemals „lieblich" und „klaffend" und „blau" sagen?

Er schrieb sich vor, die Dialoge kurz zu halten.

Natürlich.

Dafür wird man die Worte so benutzen, wie man es sich vornahm: um sich an ihnen aufzureißen. Denn allein die Worte können die Wunde heilen, die sie geschlagen haben. Sie allein schweißen diese Bruchstücke von Sternen, Menschen und Blumen zusammen.

Später wird der Dichter seine Entwürfe ein wenig verleugnen, wird sich über ihre Unvollkommenheiten lustig machen, wird behaupten, er habe diese Gemütszustände abgelegt. Dies waren wohl nur manierierte Delirien.

Wenn er viel vergessen haben wird, wird ihm klar werden, daß er sich in der Zwischenzeit nicht verändert hat. Man glaubt in Tiefseegräben hinabzutauchen, anderswo wieder an die Oberfläche zu kommen, an einem anderen Ufer zu landen. Man hat sich um kein Jota fortbewegt. Man hat in der Mitte eines Spinngewebes gezappelt, man ist auf der Stelle getreten ... Genauso verhält sich die Mikrobe, um die der Militärarzt sich kümmert. Das Treponema, das er gelegentlich in seinem Laboratorium in der Avenue Molière durch die Linse seines Mikroskops betrachtet, dreht sich wie ein Bohrer um seine eigene Achse, und während die Spirillen, die es in dem Präparat umgeben, in alle Richtungen schwärmen, erzeugt das Syphilistreponema, indem es sich frenetischen Windungen hingibt, nur eine Art Hof ...

Der Dichter seinerseits wird sich später immer nur, in fanatischer Weise, auf den Stil verlassen, um dem Leben selbst, diesem arroganten Chaos, Form zu geben. Im Guten wie im Schlechten. Er wird seinen Glauben nur in dieses an das Ohr eines tauben Gottes gerichtete Wimmern setzen. Dieser Form, die einen aufgesplittert, aufgelöst hat, darf man nicht entfliehen, sondern man muß sie in Rausch umkehren! Also: die Realität dort, wo sie ist, abtun, sie ihren mörderischen Konvulsionen, ihrem Taschenspielersammelsurium, ihren berserkerhaften Spitzenleistungen, ihrem Imperialismus, ihrer Aporie überlassen.

Für ihn hat nämlich irgendwo zwischen der Rue de l'Ermitage und der Rue des Champs-Elysées, oder der Rue des Sables bis zur Rue des Fripiers, oder zwischen dem Leichenschauhaus und der Irrenanstalt alles aufgehört, alltäglich zu sein. Das reichte vollauf für einen Liebhaber von Exzentrischem. Darüber hinaus: Exkursionen für ein Ich in Auflösung, Verwüstung des Geistes, Weltenbummelei und Kosmopolitismus des unglücklichen Bewußtseins! Außer der Form ist kein Heil! Nicht in die Luft spucken! Gott liefert frei Haus!

Warum hat er, Gottfried Benn, geglaubt, diese in Brüssel verbrachte Zeit sei die beste des Lebens, sie sei das für immer in den Imperfekt gesetzte Leben selbst?

Luxuriöse Einsamkeit, Orgie von Selbstzugehörigkeit. Mittäglicher Somnambulismus. Zapfenstreich bei Sonnenschein. Welche Ausschweifung. Wäre nicht alles, verglichen mit diesem negativen Trancezustand, biographischer Schund gewesen, gerade gut genug, um auf den Abfall geworfen zu werden?

Man muß, ein letztes Mal, Mutmaßungen über den deutschen Dichter anstellen, wie er zwischen der Rue Nuit-et-Jour und der Ile des Mouches seinen verschwommenen Intuitionen ausgeliefert oder in der Rue Royale in eine allerletzte Halluzination versunken ist, während er sich, an seine wie von einer Säure angegriffene Identität klammert. So viele Traumtänzer und Großmäuler und Eintagsphilosophen werden diese Vorahnung für sich in Anspruch nehmen, daß man den Militärarzt fast seinem verstörten Umherirren überlassen würde, ihn, der mit schwerem Schritt und kurzatmig, mit zugeschnürter Kehle, ohne daß er wüßte, wieso, durch die Straßen dieser Stadt wandert, die auf ihren eigenen Bürgersteigen hin und her taumelt ... Ja, man würde ihn gern seinen düsteren Geistesblitzen, seinem stümperhaften Wiederkäuen in Sachen Ewigkeit überlassen. So viele liebenswertere Dichter als er, die nicht als Feinde kamen, sind über das Pflaster dieser Stadt gelaufen: warum soll man sich diesem anschließen, der in einem vorzeitigen Frühling Blut und Wasser schwitzte?

Weil eben dieser Mann zwischen zwei Besuchen bei den Huren, nacheinander als Pfleger und als Freier, als Gläubiger und als Schuldner, *Omnibus Omnia,* sofort alles wußte, was man von einer Stadt wissen kann. Man muß ihm, selbst unter offenem Himmel, zwischen der Rue des Chapeliers und der Rue des Petits-Carmes Maulwurfswanderungen unterstellen. Während das Licht sein verdutztes, beinah heiteres Gesicht überflutet, muß er das Gefühl haben, den Boden mit Worten zu durchwühlen, um ein Geheimnis auszugraben, das die Welt dort vor langer Zeit vergraben und seither vergessen hat ...

Aber selbst dieses Licht, das ihn einhüllt wie eine Lawine, kommt von unten. Er fällt nicht mehr auf diese Trugbilder von Straßen herein, die sich im Frühling als Esplanaden über die Wüste der Stadt ausbreiten, er macht sich keine Illusionen mehr über dieses Weiß, das ihn umfängt, er traut nicht einmal mehr dem Blau des Himmels: es regt sich unter seinen Füßen. Das alles kommt von unten, nicht von oben. Das ist der Tod, begreift er. Selbst wenn wir glücklich sind, sind wir es nur, weil wir begreifen. Und das, was wir lediglich erfahren können, ist der Tod. Wir können lediglich versuchen, unsere Toten zu erkennen, die von unseren Schritten geweckt werden und die uns an den Füßen ziehen. Unsere Toten und das Meer. Unsere mit dem Meer vereinigten Toten. *Thalassa. Omnibus Omnia. Omnibus. Omnia.*

Unsere Toten, hat er überlegt. Als gehörten uns die Toten.

Es gibt freilich einen Tod, den wir verhehlen: den, den wir zugefügt haben.

Und dann noch einen anderen, denkt der Militärarzt, den, für den wir eingestanden haben.

Eines Tages, im Lauf dieses Krieges, hat er den Tod von nahem stattfinden sehen. Es war eigentlich keine Kriegshandlung. Aber man berief sich auf den Krieg, um diesen Tod zu begründen.

Man war der Zeuge bei einer Hinrichtung.

Das ist lange vor diesem Frühling geschehen, in dem man die Welt bis zur Verzückung verdächtigte, nicht zu existieren. Anfangs machte es nichts aus, daran zurückzudenken. Die Erinnerung an diesen Tod quälte den Zeugen nicht, würde ihn nie verfolgen. Es kam sogar vor, daß er unter Freunden davon plauderte, in jenem Landgut, das Carl Sternheim in La Hulpe bewohnte und das er als Huldigung an Tolstoi – den Pazifisten Leo Tolstoi – „Clairecolline" genannt hatte. Und wenn der Oberarzt darüber sprach, geschah es mit einer furchtbaren Objektivität. Wenn man einräumte, daß der Krieg, wie erschreckend seine Absurdität auch sein mochte, ausgebrochen war, mußte man auch akzeptieren, daß diese Hinrichtung „aus der Logik des militärischen Systems" in das Gewebe der Geschichte verflochten war. Es wäre lächerlich gewesen, sie außerhalb ihres Kontextes zu bewerten, nicht wahr? Man hätte damit beginnen müssen, gegen den nationalen Verteidigungshaushalt zu stimmen ... Als der junge Hegel nach der Schlacht von Jena Napoleon in den Straßen Berlins vorbeireiten sah, kommentierte er: „Der Weltgeist zu Pferde." Sicher nahmen ihm Pazifisten wie Nationalisten dieses Epitaph sehr übel, das seine Melodie fast einer Huldigung entlehnte ... Paktierte Hegel etwa mit einem Tyrannen? Er verneigte sich nur vor etwas Offenkundigem.

Thea Sternheim, die später eine der besten Freundinnen dessen werden sollte, der mit dieser Kälte seine Milde verweigern konnte, dachte zuerst: „Bei einem solchen Menschen ist jede

Hoffnung auf einen Austausch von vornherein zum Scheitern verurteilt."

Nicht einen Augenblick ist es darum gegangen, so etwas wie Gewissensbisse zu empfinden. Man war nicht einmal versucht zu vergessen, was geschehen war, es zu verdrängen. Aber ein Detail, dann ein anderes der Szene: das mühselige Gehen zur Richtstätte, denn das Terrain senkt sich, und der Regen, der in der ganzen vorangegangenen Nacht gefallen ist, hat es glitschig gemacht, das Warten auf die Verurteilten, die Kürze dieses Wartens, die Beschleunigung der Ereignisse als sie da waren, das alles kommt ihm wieder in Erinnerung, und selbst seine Erinnerung geht im Rhythmus des Ereignisses mit ihm durch. So daß er nie denkt: Wie schrecklich das war ... Nein, er sagt sich: Wie schnell das ging. Wie leicht es ist, eine Frau zu töten.

Und wie so oft bei diesem unerschütterlich wirkenden Menschen ersetzt die Erinnerungsarbeit die Reue. Dann wird die Erinnerung fast zu Mitgefühl.

Der Krieg hat den Oberarzt also nicht seinen Gemütszuständen überlassen. Dafür hat er ihn nicht hierher angefordert. Er hat ihn nicht einmal nur mobilisiert, um sich um die Nutten zu kümmern. Immer muß man mit Frauen zu tun haben, mit allen Sorten von Frauen. Es kommt auch vor, daß man Märtyrerinnen begegnet. Darauf hätte man gerne verzichtet.

Der Eindringling hat berechtigte Gründe, die Frauen entschieden zu fürchten. Wenn sie nicht die Blüte der deutschen Soldateska anstecken, leiten sie mit meisterlicher Hand Nachrichtendienste von bemerkenswerter Wirksamkeit. Nutten oder Spioninnen. Salome oder Judith. Und da wird behauptet, der Krieg sei Männersache! Jede Nacht bringen kaltblütige, erfindungsreiche, entschlossene Frauen Männer im wehrfähigen Alter über die holländische Grenze bis zu den Entente-Depots. Wenn untersucht wird, wie das geschehen konnte und wieso die Alliierten immer so vollständig über die Bewegungen der deutschen Armee auf dem laufenden sind, auf wen stößt man? Auf Frauen, fast immer auf Frauen. Wenn man sie auf frischer Tat ertappt, wenn man sie vor Gericht stellt, werden sie schlimmstenfalls nach Deutschland deportiert und zur Zwangsarbeit herangezogen. Nach dem Krieg würden sie mit Lorbeeren bedeckt zurückkehren ... Daher beschließt der Besatzer, daß es reicht: daß es, wenn es kein schwaches Geschlecht mehr gibt, auch kein Mitleid mehr geben würde ...

Diesmal stehen die Mitglieder des wichtigsten Netzes vor Gericht. Der Prozeß findet im belgischen Parlament statt, in dem Halbrund, wo unlängst noch die Abgeordneten der Nation durch Erheben von den Plätzen über die Maßnahmen zum Schutz des Gemeinwohls abstimmten. Gedämpfte Sitzung unter Ausschluß der Öffentlichkeit in einem Rahmen, wo die Wolle der Teppiche die Schritte schluckt, wo die Wandtäfelungen im Halbdunkel schimmern, wo Fresken vergebens Parabeln entrollen, die die Zeit hinfällig gemacht hat.

An der Spitze der Aufrührer eine großgewachsene, schlanke, ernste, von ihrer Rolle durchdrungene Engländerin. Sie erscheint in einem blauen Kleid, mit einem Hut aus wabenartig geflochtenem Stroh, auf dem zwei Federn stecken. Ein weißer Kragen, eng wie ein Halseisen. Ihre Schultern fallen herab, als würde sie gleich, von einem Augenblick auf den anderen, zusammenbrechen. Äußerste Erschöpfung, unverwüstliche Energie.

Man könnte sich darüber wundern, daß sie auf ihre Schwesterntracht und -haube verzichtet hat. Aber welche Garderobe sie auch anzieht: diese wird sie auf ganz natürliche Weise wie ein Futteral umhüllen, wird ebenso gerade an ihr herabhängen, mit ebenso tadellosen Falten. Jeder Kragen muß sie auf die gleiche Weise drosseln. Es ist, als sei sie von jeher aus dem Holz geschnitzt, aus dem man Feldherren macht. Eine Kriegerin mit bloßen Händen. Zuerst war sie Kindergärtnerin. Mit den Kindern sprach sie wohl schon wie zu ihrem Richter mit dumpfer, tonloser Stimme. Sie gehört zu jenen, die nur ihre eigene Antigone-Stimme hören. Sanft, nüchtern, keinen Widerspruch duldend.

Anscheinend ist sie von einer Hausgehilfin verraten worden, die ihrerseits erpreßt wurde: als wäre etwas moralisches Elend nötig, um ein Gegengewicht zu ihrer Vornehmheit zu bilden. Sie leugnet die Taten nicht, die ihr vorgeworfen werden: warum sollte sie sie abstreiten? Sie ist mehr als stolz darauf: sie ist ihnen ähnlich. Wenn andere Angeschuldigte um sie herum anfangen, sich gegenseitig zu beschuldigen, zu belasten, zuckt sie nicht mit der Wimper, sieht sie diese nur traurig an. Als der Kriegsgerichtsrat, ganz bei der Sache, schnaubt und sie mit erdrückender Beredsamkeit attackiert – indem er die Hunderte von deutschen Frauen erwähnt, die durch ihre Schuld Witwen und deren Kinder Waisen geworden sind –, wirkt sie einen Augenblick lang überrascht: man spürt, daß sie drauf und dran ist, zumindest die Zahl, wenn nicht die Sache zu bestreiten. Und dann verzichtet sie darauf. Man wird nicht erfahren, ob sie es tut, weil sie im Geiste die Zahl der Opfer nachgerechnet hat, die man ihr zuschreibt, oder weil sie jede Widerlegung für vergeblich hält. Sie sieht nur noch ein wenig müder aus.

Sie heißt Miß Cavell. Edith Cavell. Die Nennung des Vornamens hat den Oberarzt zusammenzucken lassen. Die Koinzidenz scheint ihn etwas zu verwirren. Als könnten die Frauen sich gegenüberstehender Lager nicht gleich heißen.

Sie heißt Edith, natürlich …, denkt er. Als dächte er auch: Das ist mein Glück …, oder: So etwas passiert nur mir. Für ihn muß sich immer alles spalten. Die Einheit seines Lebens ist diese Spaltung. Diese zwiespältige Realität. In einer Hinsicht ist das aufregend. Es ist auch unheilvoll.

Unterbrechung der Verhandlung. Soldaten reichen den Angeklagten ihren Napf, in dem Kommißbrot in einem Bodensatz von Suppe einweicht. Die Anwälte sind nicht berechtigt, sich mit ihren Mandanten zu unterhalten, aber der Militärarzt hat dieses Privileg. Er ist übrigens der einzige Deutsche, den die Angeklagten noch ansprechen. Wenn man sich nicht mit Worten versteht, kann man noch stammeln, Blicke austauschen, in denen Fürsorge und Verzweiflung durcheinandergeraten. Eine belgische Prinzessin, die ebenfalls vor Gericht steht, wird sich an die Rücksicht des deutschen Arztes erinnern, der sich ihnen zur Verfügung stellte. Als viele Jahre darüber vergangen sein werden und sie ihre Memoiren schreibt, wird sie diesen schweigsamen, schamhaften, aber auf seine Weise brüderlichen Mann würdigen. Sie wird ihn allerdings nicht beim Namen nennen. Der hat ihr übrigens wahrscheinlich nichts gesagt. Vielleicht hätte sie sich weniger gewundert, daß zur Überwachung der Verhandlung nicht nur Strolche und Unmenschen da waren, wenn sie gewußt hätte, daß dieser Name auf dem Einband von Gedichtbänden gestanden hatte, noch stehen sollte ... Aber ist es nicht besser, daß es sich so abgespielt hat und daß sie nichts gewußt hat? Daß sie es nur mit einem gewöhnlichen anonymen Oberarzt zu tun gehabt hat? Würde eben diese Anonymität nicht die zerbrechliche Wahrheit eines Zwiegesprächs schützen, das kaum angedeutet war, während die blassen und angespannten Beschuldigten zwischen den Sitzen des Senats von Belgien fieberhaft einen Brotkanten aßen?

Der Militärarzt hätte gern einige Worte mit Edith gewechselt. Der *anderen* Edith. Er hat mit ihr kaum über etwas anderes sprechen können als über den Prozeßverlauf. Dort, wo sie schon war, konnte man sie nicht mehr erreichen. Nicht, daß sie den Zugang verbot, aber sie entfernte sich auf der anderen, abfallenden Seite der Dinge. Was hätte er ihr mehr sagen können? Daß sie beide einen Pastor zum Vater hatten? Hätte diese neuerliche Koinzidenz, weit davon entfernt, sie einander näherzubringen, sie nicht noch weiter entfernt?

Lieber hat er diese grauhaarige Frau von weitem angesehen, die indessen – er hat schnell nachgerechnet – nur ein paar Jahre älter sein mußte als die Edith aus Dresden ... Der Krieg hatte die hiesige Edith wohl in wenigen Monaten gezeichnet, altern lassen. Und nun die Nähe eines Todes, von dem sie wußte, daß er unabwendbar war ... Da konnte man innerhalb einiger Tage ergrauen. Als würde man in einem schwindelerregenden Abriß den Sold für ein Leben zusammenzählen, das man nicht kennenlernen würde und auf das man Anspruch gehabt hätte.

Mehr als die Tatsache, daß er sich mit Edith Cavell über nichts anderes als den Zeitplan der Verhandlung unterhalten hat, bedauert der Sanitätsoffizier, daß diese beiden Frauen, die Edith hier, an der Schwelle des Todes, und die Edith dort, die noch so jung wirkt und die der Krieg ungeschoren zu lassen scheint, ja, daß diese beiden Frauen namens Edith sich nicht gekannt haben.

Das ist natürlich überspannt, beinah unschicklich. Aber ist die Universalgeschichte der Seelen nicht mit solchen Abschweifungen wie mit Baken markiert? Hatte seine Frau Ähnlichkeit mit einer englischen Krankenschwester? Hatte Miß Cavell nicht das gleiche aristokratische Gehabe wie Edith Osterloh? Oder fühlte Gottfried Benn sich schon vor der Zeit als Witwer einer Frau, von der er indes nicht wissen konnte, daß auch sie nicht mehr lange zu leben hatte?

Weil dieser Mann, Gottfried Benn, eine räuberische, nicht frauenfreundliche Art hatte, die Frauen zu lieben, dürfen wir keineswegs denken, daß er als Arzt die seine in seinem Herzen schon aufgegeben hatte! Vielleicht liebte er sie nur mit verwirrender Wehmut: als hätte er sie schon verloren und als würde das Ausmaß seiner Liebe zu ihr ihm erst mit dem Leid offenbar, das ihr Verlust ihm verursachen sollte.

Ahnte er das alles voraus, während er das Urteil erwartete, das hier eine andere Frau treffen sollte, die ihm nichts bedeutete? Ganz sicher wußte er nichts davon, außer mit einem amorphen, schlummernden Wissen.

Aber man kann nicht Bürge für den Tod sein, den man gibt, ohne daß um einen herum die ganze Welt der Lebenden ins Wanken gerät.

Fünf Todesurteile. Von denen zwei vollstreckt werden. Wegen „Hochverrats“: ein paradoxer Urteilsspruch, wenn die Angeklagte nur den Feind verraten hat ... Aber wenigstens wird er als „hoch“ ausgewiesen: das steht ihr gut an, der Angeklagten: sie wird sich nicht zu bücken brauchen, um den Richterspruch aufzunehmen, der über sie gefällt wird. Einzig der britische Kaplan und der deutsche Feldgeistliche dürfen noch zu ihr, um sie sagen zu hören, daß sie mutig, ohne Haß oder Groll gegen irgend jemanden sterben wird. Sind sie da, um es zu hören oder um sich davon zu überzeugen?

Dann überstürzt sich alles, als wollte man jedem Einschreiten – wer weiß, vielleicht von seiten des Kaisers persönlich – zuvorkommen, das die Gefahr einer Strafumwandlung oder einer Begnadigung der Ex-Lady-nurse mit sich brächte.

Der Oberarzt schätzt es wahrscheinlich kaum, dem letzten Zeremoniell beizuwohnen: die Medizin in Uniform bringt eine derartige Vermischung von Tätigkeiten mit sich! Gestern schliff er weiche Schanker ab, heute soll er den Tod zweier Füsilierter feststellen, von denen einer eine Frau ist. Aber auch diesmal stellt er das Gesetz nicht in Frage. Sein Abscheu stammt von vor diesem Krieg und senkt seine Wurzeln tief in die Geschichte. Es ist nur Abscheu: es ist keine Auflehnung, und sein Ekel hat ihn nicht davon abgebracht, ihn mitzumachen, diesen Krieg. Er diskutiert seine Ereignisse nicht im einzelnen.

Als der Oberarzt ins Auto steigt und sich neben den Kriegsgerichtsrat setzt, der die Entscheidung – seine Mütze deutlich sichtbar neben die Akte gelegt, die seine Gehässigkeit untermauert – mit so etwas wie eiskalter Leidenschaft herbeigeführt hat, begehrt er ebensowenig auf. Man fährt wortlos durch die Straßen einer Stadt, in der der Tag anzubrechen zögert. Ihrem Richter hatte Miß Cavell erklärt: „Ich habe den Tod so oft gesehen, daß er weder fremd noch erschreckend für mich ist.“ Den Arzt durchzuckt der abgeschmackte Gedanke, daß in einem anderen Zusammenhang er selbst Urheber dieses Satzes hätte sein können. Auch ihn würde der Tod nie mehr überraschen. Er hatte zuviel Umgang mit ihm gehabt. Er war der Vertraute dessen geworden, der die einen holt, und nun der Zuschauer dessen, den man anderen gibt. So sahen sein Laster und seine Tugend aus.

Das soll auf dem *Tir national,* dem Scheibenstand der Brüsseler Garnison an der Peripherie der Stadt vor sich gehen. Als man dort ankommt, stehen schon zwei Gruppen Soldaten von je zwölf Mann in zwei Gliedern Spalier. Es dauert noch eine Weile, bis die Verurteilten aus den Kulissen der Nacht auftauchen.

Einem ersten Auto entsteigen der Hauptkomplize von Miß Cavell und der Priester, der ihm beisteht. Der Verurteilte stellt sich vor jenen auf, die ihn erschießen werden, er zieht die Mütze und verkündet ihnen unumwunden: „Angesichts des Todes sind wir alle Kameraden." Er wird sofort von dem Kriegsgerichtsrat unterbrochen, der wahrscheinlich befürchtet, daß der Bursche historische Worte spricht.

Dann kommt Miß Cavell, ohne Hut, noch grauer als bei ihrem Prozeß, und geht mit steifem, stotterndem Gang, als wären ihre sämtlichen Muskeln durch die bevorstehende Hinrichtung verkrampft, die grasbewachsene Mulde hinunter. Ein kurzer Halt, um dem deutschen Pfarrer, der sie stützt, die letzten Abschiedsworte an ihre Lieben anzuvertrauen, an ihr Land, von dem das Meer und in einem Moment der Tod sie trennen, dann verbindet man ihr und ihrem Kameraden die Augen. Die Hände werden an den Pfahl gebunden, als hätten sie noch zu fliehen versuchen oder eine Bewegung, in Deckung zu gehen, machen wollen. Im nächsten Augenblick sind sie von je zwölf Kugeln durchsiebt: sie ist nicht zusammengebrochen, sie steht aufrecht wie an den Pfahl genagelt, während ihr Kamerad umgesunken ist. Hier nun greift der Militärarzt amtlich ein. Er befreit die Frau von ihren Fesseln und der Binde, fühlt ihr den Puls, gibt an, wo die Geschosse sie getroffen haben – in Brustkorb, Herz, Lungen – und drückt ihr die Augen zu.

Sie war vollkommen und absolut momentan tot, wird der Arzt in seinem Protokoll bescheinigen. Wenn er nicht hinzugefügt hat, daß sie nicht gelitten hat, so weil die Militärbehörde derartige genauere Angaben nicht verlangt, deren Subjektivität immer verdächtig wirken kann, und weil die Formulierung einen eklatanten Widerruf des Gesagten bedeutet hätte. Sie wird in einen kleinen Sarg gelegt und eilig beigesetzt: all das wird sehr schnell getan, sehr zügig erledigt.

War es diese Übereiltheit, die den Oberarzt mehr als das Ereignis selbst bewegt hat? Warum hat die Erinnerung heute vor, das Ereignis zu rehabilitieren, indem sie ihm endlich sein ganzes Zeitmaß zugesteht? Weil sie an der Reihe ist, die Erinnerung: sie kann sich nun in ihrem Rhythmus an die Arbeit machen. Und sie gerät nicht mehr durcheinander. Das Mitleid kommt schnell zur Sache. Die Erinnerung geht gemächlich ihren Weg. Auch hat sie eine Vorliebe für wiederholtes Umkehren. Und schätzt die Zeitlupe, das Einfrieren eines Bildes.

Das Auftauchen der Kaserne des *Tir national* aus der Dunkelheit, mit ihren Fassaden im Tudorstil und einem Anflug von Nippon. Ein Lebkuchenhaus, als Kulisse für *Hänsel und Gretel* geeignet. Eine harmlose Kulisse. Und dann, im Vordergrund des Kugelfangs, die beiden für diesen Anlaß geschnittenen Pfähle: sie sind noch nie benutzt worden, sie werden nur einmal benutzt werden.

Und danach dieses fast gelöste, leichtfüßige Schreiten des Komplizen von Miß Cavell, eines Mannes, der, seinen Mut bis zum letzten ausschöpfend, eine geheime Freude nicht mehr zurückhielt.

Darauf Edith. Dieses Hieratische, wofür man erst später eine Erklärung fand: sie fürchtete so sehr, auf anstößige Weise unter den Kugeln zusammenzubrechen, daß sie sich in ihren Kostümrock wie in ein Korsett eingeschnürt hatte, und zwar mit Hilfe von Sicherheitsnadeln für Säuglinge ... Denen einer Ex-Lady-nurse.

Ein andermal sinnt man über die Binde nach ... Wieso meint der Henker nicht, daß seine eigenen Augen verbunden werden müßten, daß *er* dem Tod nicht ins Gesicht sehen kann. Unter dem Tuch, das Edith Cavell blind machte, konnte sie nicht sehen, wie das Licht auf den zwölf auf sie angelegten Gewehrläufen blinkte, sondern sie sah statt dessen das Meer, das ihre Gedanken einen Augenblick zuvor wachgerufen hatten. Das Meer: keine Binde kann es zensieren.

Schließlich dieser Sarg, der so klein war für sie, die so groß wirkte. Einen Augenblick lang konnte man fürchten, sie würde nicht hineinpassen.

Zeit würde über all dieses hinweggehen. Es wäre vielleicht nie ein Schmerz, daran zurückzudenken. Aber mit der Zeit würde man überrascht feststellen, daß dieser Tod nichts von seiner Aktualität verlor, fast möchte man sagen: von seiner Frische.

Und einmal wenigstens würde man sich fragen: ein Arzt kann, muß das bisweilen feststellen. Aber ein Dichter, durfte er es? Hätte Hölderlin es getan?

Das ist eine Frage, das sind nicht einmal Skrupel. Und man antwortet: besser noch man selbst als ein anderer.

Wie jedesmal, wenn eine derartige Seite Geschichte geschrieben wird, müssen manche sie ausschmücken oder abschwächen, sie in die eine oder andere Richtung abändern.

Man wird behaupten, die Verurteilte habe es abgelehnt, sich die Augen verbinden zu lassen. Man wird behaupten, ihr Komplize sei vor ihr hingerichtet worden und sie habe dieses Schauspiel mitansehen müssen, ehe sie selbst starb. Daraufhin sei sie ohnmächtig geworden. Daß hierauf die Soldaten sich weigerten, auf sie anzulegen, und daß ein Scharfrichter sie aus nächster Nähe mit einem Revolverschuß hinter das Ohr eiskalt abknallen mußte. Daß einer von denen, die es abgelehnt hatten zu schießen, seinerseits erschossen und neben der Heldin in einem namenlosen Grab beerdigt wurde.

Einem anderen Gerücht zufolge soll Edith Cavell nicht sofort tot gewesen sein: ihre ungeschickten Vollstrecker mußten eine zweite Salve auf die am Fuß des Pfahls Liegende wie auf einen Haufen Lumpen abgeben. Das Gesicht im Schlamm vergraben, hauchte sie endlich ihr Leben aus.

Der Militärarzt versichert, daß all das nur plumpe Erfindung sei. Daß man einen Handlungsablauf willkürlich umgestaltet habe. Die Versuchung zu retouchieren, muß unwiderstehlich sein: man spielt Todesbringer. Je grausamer die Wahrheit ist, um so weniger scheint sie merkwürdigerweise sich selbst zu genügen. Man muß sie noch übertreiben. Die Wahrheit nützt immer weniger, als der Gebrauch, den man von ihr machen kann. Ihrer Natur nach ist sie nie uneigennützig.

Mehr als zehn Jahre später sollte sich der ehemalige Zeuge aufgerufen fühlen, für eine Berliner Zeitung eine Richtigstellung der Umstände eines Todes zu verfassen, den ein auf den Londoner Kinoleinwänden gezeigter Film noch einmal ins Legendenhafte zu verzerren schien. Darin sollte er „der kühnen Tochter eines großen Volkes“ eine letzte Ehrung erweisen, ohne deswegen das Urteil in Frage zu stellen, das ihr ihre Würde als Handelnde belassen hatte ... Auf diese Weise konnte sie dieser Leidenschaft bis zum Schluß treu bleiben, würde er denken. Doch er würde sich nicht fragen, wem er selbst, der das sah, treu blieb – und ob er sich überhaupt irgend etwas treu zeigte?

Immerhin hat er das Blut einer Frau fließen sehen, und er hat nicht mit der Wimper gezuckt. Er hat das Schauspiel ausgehalten. Er stellt fest, daß es ihm nicht einmal schwergefallen ist. Daß es gut so war. So mußte es geschehen.

Der Anblick von Blut. Zu denen zu gehören, die ihn ertragen. So sehr vielleicht, daß einem der Blick getrübt ist? Ist man scharfblickend, wenn man Blut zwar nicht an den Händen hat, wenn einem jedoch die Augen davon übergehen? Kann man, wenn man kein Ungeheuer ist, ein ungeheuerliches Schauspiel ungestraft überstehen?

In Kriegszeiten ist alles unnormal, lehrte er. Er sah den Krieg als eine weitere Krankheit an. Eine Krankheit unter anderen. Um die Reinheit der Welt hat er ein für allemal getrauert. Wie viele Männer, die grauenhafte Szenen miterlebt haben, übersteht er es daher mit jenem Blick, der ungerührt blieb, der seine eigene Verstörtheit verleugnet hat. Ein etwas hochmütiger Blick, weil er das Grauen geschaut hat. Auch ein etwas unbestimmter, weil er schließlich doch ein bißchen zuviel gesehen hat.

Der Blick eines *homme fatal.*

Fatal vor allem für ihn selbst.

Er hat geglaubt, daß es angebracht sei, sich zu verhärten. Daß die Ärzte und sogar die Dichter so die Kriege mitmachen. Er weiß nicht, daß das eine Täuschung ist. Daß die Tatsache, dies ertragen zu haben, ihn im Gegenteil geschwächt hat. Eine Hinrichtung ist keine Autopsie. Hatte er, der die Körper respektierte, diesmal nicht den Körper verraten? War es nicht so, wie sich selbst zu verraten? Wahrhaftig. Ein Sichentziehen wäre nicht weniger feige gewesen ... Hinzugehen machte ihn zum Verräter, nicht hinzugehen, hätte ihn womöglich noch mehr dazu gemacht.

Wer hinnimmt, daß seinem Blick diese Gewalt angetan wird, verkauft ihr, schenkt ihr wahrscheinlich ohne sein Wissen einen Teil von sich. Etwas in ihm, bis in seine Zellen hinein, wird dann zerstört, ohne daß es ihm bewußt würde. Er, der so viel besser und so viel mehr sieht als die meisten, er, der Seher, würde teilweise tagblind geworden sein.

Wenn ein Gefühl gezügelt worden ist, muß es dann nicht anderswo wieder an die Oberfläche kommen, auftauchen? Die Szene – der frisch geschnittene Pfahl, die Binde über den Augen jener, die man ansieht, die durchschossenen Lungen, das durchlöcherte Herz, der kleine gelbe Sarg –, all das ist ihm eingeimpft worden wie ein Gift, das langsam wirken würde.

Er hat den Tod einmal zu oft in sich eindringen lassen. Er würde nur ein bißchen verwüstet werden. Er würde es nicht erkennen.

Ob er wollte oder nicht, er würde mehr oder weniger der sein, der gesehen hatte, der das wußte. Er würde von nun an der Dichter dessen sein. Doch vielleicht war einer nötig?

Angefangen hatte es damit, daß man eine tote Stadt erstürmte. Der Fluß in Brand gesteckt. Kein Schlepper auf dem Kanal. Eine vergiftete Python im Schlangengehege. Man war durch die Avenue Quentin-Metsys oder die Rue du Marché-aux-Souliers in Antwerpen gezogen, ohne den Feind von nahem gesehen zu haben. In Brüssel waren einem anschließend zweitausend syphilitische Körper durch die Hände gegangen, die mit rotblauen Flecken oder rauhen Schuppen wie mit einer Rinde bedeckt waren, und man hatte sie nach einer Schmiertherapie an die Front zurückgeschickt.

Und schließlich dieser Todesstoß für eine grauhaarige Frau. Endstadium der Krankheit, Höhepunkt. Letzte Punktur. Daß im folgenden Frühjahr in den Straßen der Stadt sich alles von seiner Realität entleert hatte – Albtraum und Trance, Virulenz und Rausch –, verdankte man es nicht jenem Crescendo von Bildern, von denen man den Blick lieber abgewandt hätte?

Es hatte keine verirrte Kugel gegeben: das Sein selbst hatte sein Teil der Salve abbekommen.

Der Militärarzt erinnerte sich daran, daß in seinen Fachbüchern über die Syphilis den fotografierten Kranken ebenfalls die Augen verbunden worden waren. Damit man sie nicht identifizieren konnte natürlich. Aber während auf dem Erschießungsstand des *Tir national* die britische Krankenschwester mehr Identität denn je erlangte, kippte die Welt um sie herum ins Leere.

Fast auf den Tag zwei Jahre nach Edith Cavells Hinrichtung hat man im gegnerischen Lager unter nahezu gleichen Umständen Margaretha Zelle, bekannter unter dem Namen Mata Hari, füsiliert.

Es wurde erzählt, man habe ihre sterbliche Hülle anschließend Medizinstudenten anvertraut, damit sie sie während eines Sektionskurses wie eine Zwiebel schälen. Pathologen versicherten, sie hätten Unterleib, Lenden, Zwerchfell und Gesäß aus Kunststoff nachgeformt und mit rostfreien Metallklammern zusammengefügt. (Auf drehbare Scheiben montiert, mit herausnehmbaren Organen und Muskeln, war das Ganze mit erklärenden Beschreibungen lieferbar.)

Das Alter der so für den Gebrauch an medizinischen Fakultäten nachgebildeten Hingerichteten scheint jedoch nicht ganz dem der ehemaligen Tempeltänzerin und Pseudobajadere zu entsprechen, die als Geheimagentin endete, nachdem sie unmerklich zur Salonstripteasetänzerin und Halbweltdame herabgesunken war.

Bis heute beweist also nichts, daß Studenten im Anatomiekurs jemals *in effigie* an dem Torso und den Eingeweiden dieser gefallenen Salome hantiert haben. Diese Rolle hatte sie in ihrer kurzlebigen Glanzzeit nicht ungestraft gespielt. Den Kopf von Herodias' Tochter gegen den von Johannes dem Täufer …

Und den Kopf von Mata Hari gegen den von Edith Cavell. Das ist Kriegsbrauch und die Anwendung des Vergeltungsrechts, das mit seinen verdächtigsten Mythen die blutrünstige Geschichte der Menschen aussöhnt. Abgesehen von dem nicht geringen Unterschied, daß die eine dieser beiden ums Leben gebrachten Frauen, wie es scheint, mit verhüllten Augen und das Bild einer Heldin hinterlassend starb und die andere mit bloßem Gesicht und versehen mit dem Ruf einer Verräterin …

Was wäre geworden, wenn Deutschland gesiegt hätte?

Der Oberarzt hätte wahrscheinlich geantwortet: Es war nicht so sehr die bezahlte Spionage, die die Frau Margaretha Zelle ins Verderben stürzte, als vielmehr ihr Pech als Hetäre. Die liederlichen Frauenzimmer, die 1914 die Truppen der Allianz und der Entente auf ihre Weise dezimierten, haben, soviel man weiß, niemals das Eiserne Kreuz 1. Klasse oder das Band der Ehrenlegion erhalten! Dabei ist der Körper der Frau und seine geheimen Gifte in keiner internationalen Konvention irgendwo als verbotene Waffe aufgeführt. Nein, angesichts des Todes sind wir gewiß nicht alle Kameraden … Und jeder Krieg ist Pornographie.

Oktober 1917: Tod von Mata Hari. Revolution in Rußland. Der Militärarzt hat sich krank gemeldet und seine Koffer gepackt, er hat den Schlüssel in der Rue Saint-Bernard 1 in Brüssel unter die Matte gelegt. Einige Tage später sollte er in der Belle-Alliance-Straße 12 in Berlin eine Praxis für Haut- und Geschlechtskrankheiten eröffnen.

Er ist nicht bis zum Ende der Vorstellung in Belgien geblieben.

Der Winter und der Frühling jenes Jahres haben zu den kältesten des Jahrhunderts gezählt. Die Möwen flohen die Küste, um nicht mitten im Flug zu vereisen, und suchten in einem erstarrten Brüssel Zuflucht. Es gab Opfer: man stirbt nicht nur an den Kriegen, man stirbt auch während der Kriege. Der

Gouverneur empfahl, die Hunde zu opfern, die nicht mehr ernährt werden konnten. Die Verseuchten der deutschen Armee lagen immer zahlreicher zusammengepfercht in den Sälen des Hôpital de Saint-Gilles. Geheilt, wanderten viele von ihnen, weil sie sich nicht selbst angezeigt hatten, in eine Zelle des Gefängnisses in Forest.

Am Meer fand noch eine Troglodytenschlacht statt. Die Heimkehrer würden mit vollgelaufenen Lungen, glasigen Augen und grauer Haut zurückkommen. Dann marschierten die Engländer in Bagdad ein. Amerika, Kuba, Guatemala erklärten Deutschland den Krieg. Die ganze Welt. Manche Länder, von deren Existenz man nicht einmal wußte. Auf der anderen Seite: Zusammenbruch Bulgariens und Österreich-Ungarns. In Brüssel wurden die Straßenbahnen mit laufenden Nummern seltener. Auf dem Schwarzmarkt verkaufte man immer mehr englische Bücher. Wegen Futterknappheit wurde in jenem Jahr sogar in den öffentlichen Anlagen und auf den Rasen der Parks das Heu geerntet.

Man würde nicht lange genug geblieben sein, um dort bei der deutschen Niederlage dabeizusein. Um in den Zeitungen den Aufschrei zu lesen, daß die Ratten das sinkende Schiff verließen, daß sie schon weg waren. Und um den Verbrüderungsversuch der belgischen und deutschen Sozialisten zu sehen, der an die in Deutschland ausgebrochene Revolution anschließen sollte. Die Amerikaner verteilten Blechschubkarren und Negermasken an die kranken Kinder in den Erholungsheimen. Im Hôpital Saint-Pierre wurde von einem Infanterieorchester der australischen Armee unter Leitung des Majors Armstrong von der zweiten Division ein Konzert gegeben. In den Cafés an der Börse genossen die Flanierenden getrocknete Schollen und hartgekochte Eier, die sie mit saurem Bier hinunterspülten.

Der Militärarzt würde die vom Direktor der Oper unterzeichnete Bekanntmachung nicht gelesen haben, in der dieser die im August 1914 unter Vertrag stehenden Künstler aufforderte, sich in Hinblick auf die bevorstehende Wiedereröffnung der Oper dort einzufinden. Eine Zeitlang würden Wagner und Strauss nicht mehr auf dem Programm stehen. Hatte Claude Debussy nicht verfügt, daß es sich dabei um die Musik von *boches* handelte?

In Berlin jedoch würde der Demobilisierte seinen Freund Carl Sternheim wiederfinden – aus Belgien verdrängt, wo er unerwünscht geworden war. Und eines Morgens im Jahre 1919 würde er beim Zeitungslesen aus dem *Berliner Tageblatt* erfahren, daß Edith Cavells sterbliche Hülle von ihrem Heimatland zurückverlangt worden war. Anläßlich der Überführung ihrer Asche würde sie geehrt werden, und die Brüsseler Schulkinder würden einen Umzug auf dem Boulevard Botanique machen. Dann würde Gottfried Benn sich wieder in dem daran angrenzenden Garten sehen, wo er an der Seite seiner Frau einen Mammutbaum bewunderte. Er würde die andere Edith vor sich sehen, die Edith aus Norfolk, wie sie aufrecht an ihrem Pfahl stand. Übernatürlich aufrecht. Nun würde sie an der Seite der Könige und der Berater ruhen. Er würde sich auf einen Schlag um zehn Jahre altern fühlen, hätte dafür aber nicht die guten und schrecklichen Gründe wie die englische Krankenschwester.

Die Brüsseler Kinder würden in Steinbrüchen und auf unbebauten Geländen noch lange nach Hülsen von Mauser-Geschossen, Schrapnellsplittern, Brandplättchen und Haifischzähnen suchen. Er würde sich an eines dieser Kinder erinnern, das eines Tages in einer Allee des Bois de la Cambre so getan hatte, als legte es auf ihn an.

Warum nur war dies das Schlimmste, was man erlebt, und das Beste, was man erfahren hatte? Man wählt sein Glück nicht aus.

Ein Krieg, der ein paar Wochen dauern sollte, hatte sich über vier Jahre hingezogen. Ein Exil, das ihm endlos hätte erscheinen müssen, hatte in seiner Erinnerung nur einen kurzen Zeitraum eingenommen. Das ist der ganze Unterschied zwischen dem Krieg und dem Leben der Menschen. Wenn die Kriege nicht wissen, wie sie die Zeit jener totschlagen sollen, die sie überleben, sprühen unsere Ekstasen nur einen Lidschlag lang.

Niemand, dachte er, würde diesen Krieg in so sinnloser Weise erlebt haben. Man würde ein wenig überschwenglicher, ein wenig verzweifelter aus ihm zurückgekehrt sein, als man losgezogen war.

Wenn die Ulanen, die Feldwebel oder die Dragoner bei der Invasion von einem Hausbewohner bekommen hatten, was sie von ihm erwarteten, dankten sie ihm, indem sie mit Kreide auf seine Tür schrieben: Verschont diesen guten Mann! Er hat schon alles weggegeben! Zündet sein Haus nicht an!

An manchen Tagen fragte sich der neue Bewohner im Haus Belle-Alliance-Straße 12, was man auf seine Tür hätte schreiben müssen: Lyncht diesen Mann! Verbrennt ihn! Er hat alles genommen!

Er hat alles verloren.

Berlin, 1926

Die lebenden Körper

Erledigt ..., stellt der Doktor für sich fest.

Er hat noch nicht die vor Alter gelbrote Glühbirne eingeschaltet, die senkrecht von der Decke hängt wie eine Spinne am Ende ihres Fadens, oder vielmehr: wegen der Streifen aus Tarlatan und Milchglas, die als Lampenschirm dienen, sieht es aus wie eine auf dem Grund eines Tiefseegrabens schwebende Qualle. Wahrscheinlich genießt er das Halbdunkel, das den Goldschimmer der gotischen Kommode dämpft und die Sessel aus grünem Plüsch, den auf Drachenfüßen stehenden pommerschen Sekretär, den mit einem Deckchen aus Teneriffa-Stickerei bedeckten Gueridon in einen durchsichtigen Überzug hüllt. Dieses von jeher nicht zusammengehörige Mobiliar taxiert er mit dem kalten Blick des Gerichtsvollziehers, der sehr wohl über kurz oder lang kommen und es in Empfang nehmen könnte.

Durch die halboffene Tür betrachtet er im Nebenzimmer den Bücherschrank mit Glasschiebetüren, das durchgesessene Sofa, das für immer die Formen einer monströsen Kreatur angenommen hat. Den wilhelminischen Kachelofen. Das Grammophon Marke Orchestrola. Eine Stehlampe aus Alabaster. Einen Zeitungsständer.

Dann zieht sein Blick sich zurück, wandert wieder in das Sprechzimmer, schweift über den Heizkörper, das Kurbeltelefon, die Schiffsuhr. In dem vor Alter fleckigen Wandspiegel trifft er auf sein eigenes Spiegelbild. Er verweilt nicht. Bei der Bestandsaufnahme läßt er absichtlich die Stahlbahre mit geneigter Liegefläche und die verschiedenen Metallgeräte aus, die dem Hausherrn bis auf weiteres erlauben, seine Kunst auszuüben. Einige Minuten noch, und nur noch diese Instrumente zum Abhorchen der Körper und zum Diagnostizieren ihrer Krankheit werden im Dunkeln hartnäckig und beunruhigigend glänzen. Nichts, außer den Christrosen, die in einer Einsteckvase stehen und deren Blütenblätter seltsamerweise wie die Flamme einer Gaslaterne leuchten.

Nichts, ausgenommen das Mädchen, das sich auf den Rand der Bahre gesetzt hat und ihm augenblicklich den Rücken zuwendet.

Einen wie in Erwartung einer Züchtigung entblößten Rücken. Reglos: es fehlt nicht viel, und der Beobachter würde sich darüber wundern. Ja, er würde fast überrascht sein, daß diese nackten, erniedrigten Schultern nicht von Schluchzen geschüttelt werden. Die Not ist plötzlich überall in diesem Zimmer: es fehlen nur noch die Tränen eines Mädchens. Und die Machtlosigkeit eines Mediziners, sie hinfort wegen irgend etwas zu trösten.

Der Arzt müßte quer durch das Zimmer, um die Bahre herumgehen, sich vor dem Mädchen aufbauen, mit einer Hand an ihr Kinn greifen, es hochheben, um folgendes wie eine Ohrfeige abzubekommen: den Bubikopfhaarschnitt, die schreiende, dick aufgetragene Schminke, die von Maskara schweren falschen Wimpern, die einen mehr von Fieber als von Leben brennenden Blick umfangen …

Er würde diese Geste nicht machen. Er würde die Frau, die an diesem Abend ein bißchen zu seinem Inventar gehört, nicht noch etwas mehr unterjochen. Er würde sich nicht in Herrenpositur vor ihr aufpflanzen. (Dieser Mann war, würde eigentlich nie ein Herr sein. Weder im Guten noch im Bösen.) Er würde es im unklaren lassen. Er würde lieber der Kreatur zusehen, wie sie langsam ihre Schnürstiefelchen aufband. Er würde sich dafür entscheiden, dieses Mädchen zu betrachten, das am Sylvesterabend seine Aufgabe ohne Pelz und ohne Lammfellstiefel erfüllt. Das nur seine Schulterblätter so spitz wie Hühnerflügel, seine Salzfäßchen bildenden Schlüsselbeine, sein Indianerhaar zu bieten hat. Das mit seinem Speichel eine Masche festklebt, die in einem seiner Netzstrümpfe läuft … (Sie glaubt, daß er sie nicht gesehen hat, sie glaubt, daß es ihm schnuppe ist.) Ihn rührt das Parfum des Mädchens, das er von weitem riecht. Dieses billige Parfum, das sie schnell noch über ihre Haut gesprüht hat, um den Geruch des vorangegangenen Freiers, ihrer Liebesdienste am Nachmittag zu überdecken. Du könntest tun, was du willst, denkt der Arzt, du könntest deinen Körper allen Männern der Stadt verkaufen, und er würde mir doch noch gegen seinen Willen, ohne sein Wissen, etwas geben, was er noch nie von sich verkauft, nie verschenkt hat. Eben das werde ich heute nacht, unter meinem eigenen Dach bei ihm suchen.

„Gehen wir nicht zu Ihnen?“ hat sie gefragt.

Er hat zuerst verstanden: Gehen wir nicht zu uns? Dann hat er es von selbst verbessert.

„Bei mir ist doch hier ... Bei uns ist hier. Nur hier. Im übrigen gebe ich meine Wohnung in der Passauerstraße auf: seit meine Tochter nicht mehr bei mir wohnt, ist es mir zu teuer.“

„Nicht wegen der Erinnerung an Ihre Frau?“

Es ist zartfühlend, dieses Mädchen.

„Nein, nicht wegen der Erinnerung. Wegen der harten Zeiten.“

„Dann machen Sie also alles hier?“ wundert sich das Mädchen.

Sie müßte es eigentlich wissen. Hat er sie nicht genau hier, in der Belle-Alliance-Straße 12, schon seit einiger Zeit wegen einer Gonorrhöe behandelt?

Er vertraut ihr nicht an, daß er sogar zu Lebzeiten seiner Frau oft gern in seinem Sprechzimmer übernachtet hat. Oder auf dem Sofa im Nebenzimmer. Daß er nicht immer die Lampe ausgemacht hat. Um im Notfall schneller wach zu werden. Er verhüllte seine Augen nur mit einer Karnevalslarve. Er erzählt nicht, daß es vorgekommen ist, daß er eine Patientin, deren Heilung er am späten Nachmittag festgestellt hatte, für die Nacht dabehalten hat ... Am späten Nachmittag ist in Berlin nichts los. Diese ganze Steinwüste der Stadt, die ganze Neutralität der Zeit um einen herum, um über diese Körper nachzusinnen, die sich verkaufen, ohne auch nur zu wissen, was sie geben, über diese Seelen, die man kauft, ohne auch nur den Preis für ihre Verderbtheit zu kennen. Er sagt nicht zu dem

Mädchen: Ich bleibe nicht nur gern über Nacht in der Belle-Alliance-Straße, weil ich jetzt dazu gezwungen bin. Nicht nur, um nachts den Dialog mit den Körpern der Frauen fortzusetzen, der an den tagsüber mit denen der Kranken aufgenommenen anknüpft. Sondern um des Körnchens Kindheit willen, das die Zeit, der Krieg und das Leid zerkaut und zermahlen haben, ohne es je hinunterzuschlucken. Um seinen Geschmack wieder zwischen den Zähnen zu haben.

„Von einer meiner Kolleginnen habe ich erfahren, daß du nicht nur Arzt bist", sagt das Mädchen. „Daß du auch Verse schreibst. Daß du in der Akademie bist ..."

„O nein", sagt der Doktor, „das ist noch zu früh! Oder es ist schon zu spät ..."

Aber es stimmt, daß ich zu allen Akademien gehöre, denkt er. Diese Arztpraxis ist eine. Sogar das Bett, in dem wir uns lieben werden. Es sind Orte der Erkenntnis.

„In die Akademie, von der du sprichst", fährt er fort, „wird man oft nur aufgrund eines Mißverständnisses aufgenommen: um dazuzugehören, ist das, was man nicht geschrieben hat, ebenso wichtig, wenn nicht wichtiger, als das Werk, das man geschaffen hat. Möchtest du etwas trinken? Weißbier und Schnaps? Heidelbeer-, Kirschlikör oder Bitter? Weißt du, daß wir hier sogar zusammen essen könnten? Wärst du vorige Woche gekommen, hättest du nur Gerstenbrei und Pflaumenkompott vorgesetzt bekommen. Nächste Woche: Grützsuppe, Nudeln mit einem winzigen bißchen Schlackwurst. An meinem oder deinem Geburtstag: für jeden ein Ei, eine Scheibe Schwarzbrot, ein Glas Milch, die hoffentlich nicht so wässerig ist wie krankes Sperma! In einem Jahr, wenn wir noch da sind: in ranziger Butter und Meerrettich geröstetes Mehl, Erbsbrei. Am Tag darauf: Suppe aus verfaulten Kartoffeln und als Zulage eine schlecht gehauene Pferdehaxe vom Potsdamer Platz. Aber an diesem Freudentag gehen wir nicht ins Kempinski, um sogenannten Spargel aus Italien oder angeblich aus der Bretagne stammende Artischocken zu schmausen! Lieber biete ich dir zu Hause eine Scheibe eingelegten Braten und dazu deutschen Whisky an. Als Nachtisch Mohnkuchen … Was hältst du davon?“

Das Mädchen weiß nicht, wie es auf diesen Anfall düsterer Munterkeit reagieren soll.

„Dann stimmt also, was man mir gesagt hat: du schwimmst nicht gerade im Geld, Doktor? Dabei sind zwei Berufe doch besser als einer …“

„Der Arzt kann den Dichter nicht ernähren …“, sagt er. „Seit man euch, dich und deine kleinen Genossinnen, im Notfall mit Wismut behandelt, geht die Syphilis zurück. Es ist beinah überflüssig, hinzuzufügen, daß der Dichter dem Arzt nicht genug einbringt, damit er sich seine Zigaretten und sein Eau de Toilette davon kauft! Weißt du“, fragt er das Mädchen ernst, „daß man in diesem Land Jahr für Jahr weniger Bücher verkauft und liest?“

„Haben Sie *Mein Kampf* gelesen?“ fragt das Mädchen.

Er hat es nicht gehört. Er denkt daran, daß er seit langem kaum andere Ferien gemacht hat, als die, die er sich eben hier leistet, mitten in der Nacht, wenn am Belle-Alliance-Platz keine Straßenbahn mehr rattert und er die zwei oder drei Verse noch einmal liest, die er im Café Möhring oder im Reichskanzler auf einen Bierdeckel gekritzelt hat.

„Weißt du, Doktor“, sagt das Mädchen, „zwischen dir und mir, das läßt sich regeln …“

„Was, das?“

„Wenn du diesmal pleite bist. Schließlich hast du mir neulich bei meiner Go Kredit gegeben. Du hast nie ein Honorar von mir verlangt. Mein ‚Hausbesuch‘ für den Arztbesuch … Wie du mir, so ich dir! Auf Gegenseitigkeit! Wenn ich dir heute nacht viel Lust verschaffe, schenkst du mir als Zugabe ein Ei oder ein Tütchen Zucker.“

Komisch, denkt er, eben, als sie in dieses Zimmer getreten ist, hatte ich Lust, sie umsonst zu haben. Und jetzt bietet sie es mir an.

„Es stimmt, daß ich lieber tausche als kaufe“, gibt er zu. „Der Beruf, den ich ausübe, wird dadurch sinnvoller!“

„Meiner auch“, räumt sie ein.

Sie lacht.

„Worüber lachst du?“

„Ich stelle mir das Gesicht vor, das meine Freundinnen machen würden, wenn ich ihnen das erzählen würde! Sie würden sagen, daß ich keine richtige Nutte bin. Daß ich an einen ganz Schlauen geraten bin, der mich mit Gequassel hereingelegt hat.“

„Ich habe tatsächlich den Eindruck, daß ich heute nacht ein gutes Geschäft mache“, gesteht der Arzt. „Wer weiß, ob ich mich nicht weniger arm fühlen werde als sonst.“

„Ich werde die Geschichte nie weitererzählen“, sagt das Mädchen.

„Warum nicht? Weil du dich schämen würdest?“

„Nein, ich glaube, ich wäre eher stolz darauf. Jedenfalls würde mir niemand glauben.“

Plötzlich ist das Geld nicht mehr von einer Hand in die andere gewandert, denkt der Freier entzückt: der Lohn für die Lust und das Honorar für die Heilung haben sich aufgehoben. Keiner der Partner hat geknausert, hat wissen wollen, was mehr wert ist. Ein neues Gleichgewicht hat sich eingestellt, aus dem jeglicher Wucher ausgeschlossen ist. Während er von Hand zu Hand geht, wird der Frauenkörper schmutzig wie der Geldschein, dessen faden Geruch er annimmt. Der Körper dieser Frau wird mich eher reinwaschen. Das unerträgliche Bild eines Mädchens in dem Moment, in dem es das verlangte Geschenk erhält und in dem seine Pupillen sich vergrößern, wird sich nicht in das Gedächtnis des Freiers eingraben. In dem einen wie in dem anderen Fall wird sie nicht der Verachtung entgehen, die sie empfindet oder die sie erregt, sie verliert sich darin.

„Als ich angefangen habe, auf den Strich zu gehen“, erzählt sie, „war gerade Inflation. Der Freier mußte sogar für das heiße Wasser bezahlen, mit dem er sich vorher und nachher wusch … An ein und demselben Tag habe ich mich für zwanzig Millionen Mark verkauft … oder für eine Zigarette.“

„Und du fandest immer einen Käufer?“

„Je mehr die Leute sich ruinierten, um so mehr jagten sie dem Vergnügen nach. Derselbe, der mir Champagner ausgab, gestand mir, daß er in seiner Badewanne Kartoffeln züchtete. Das Streichholz war teurer als die Zigarre, die es drei Wochen zuvor angezündet hatte ..."

„Und jeder hier", sagt der Doktor, „hat ein für allemal angefangen, über seine Verhältnisse zu leben. Man meint, mit der Währungsreform sei alles wieder zur Ordnung zurückgekehrt. Das ist falsch: die Leute hier haben sich das Elend, das sie bedrohte, nur zu eigen gemacht."

„Heute", erzählt sie, „bezahlt mich einer meiner Freier dafür, daß ich mich ihm verweigere. Dabei ist er nicht einmal impotent ..."

Nein, denkt der Doktor, aber er kann endlich über sich selbst weinen, wenn niemand es an seiner Stelle tut. Dafür würde er nie teuer genug bezahlen.

„Ich habe eine alte Nutte gekannt", sagt er, „die nur in meine Praxis kam, um sich die Fußnägel schneiden zu lassen. ‚Ich habe keine Familie mehr', erklärte sie, ‚wer würde es an Ihrer Stelle tun, Herr Doktor?' "

„Eines Morgens", berichtet das Mädchen, „bin ich nüchtern zum Blutspenden für die kriegsversehrten Soldaten gegangen. Nachdem die Krankenschwestern es mir abgezapft hatten, haben sie mir Fragen über mich gestellt, dann haben sie achselzuckend und ohne ein Wort der Erklärung das Reagenzglas und die Spritze in den Mülleimer geworfen. Ich bin ganz belemmert in Richtung Tiergarten weggegangen. Das war blöd, ich hatte Lust mein Blut zu spenden, wie ein Mann sein Sperma herausläßt. Und man hat es abgelehnt."

„Man glaubt, daß man sein Sperma schenkt", sagt der Doktor. „Selbst wenn man es aufzwingt, oder wenn man es sich entreißen läßt ... Blut wird gespendet. Aber es wird auch abgelehnt."

Manchmal, denkt er, müßte man, um auf seine Kosten zu kommen, seine eigene Hure oder sein eigener Freier werden, wie man sein eigener Patient oder sein behandelnder Arzt sein kann. Das sind die traurigsten Tage.

„Du wartest wahrscheinlich darauf, daß ich mich ganz ausziehe. Wir haben schon viel geredet ... Und dann, willst du ... Wollen Sie vielleicht geschlagen werden, Doktor? Entschuldigen Sie, ich kenne Ihre Vorlieben noch nicht. Aber ich habe aufs Geratewohl meine Krokodillederpeitsche mitgebracht ..."

„Nein", sagt der Freier, „ich möchte nicht, daß du dich nackt ausziehst. Es ist etwas kalt im Zimmer. Wenn du nicht in Eile bist, werde ich es auch nicht sein. Ich möchte auch nicht gepeitscht werden", fügt er müde hinzu. „Heute abend nicht. Ich habe keine Lust darauf, daß du ... daß Sie mich schlagen. Aber ich weiß es zu schätzen, daß Sie gegebenenfalls dazu imstande wären. Und daß das sogar Ihre Spezialität ist. Auf diese Weise ersparen Sie mir die Qualen, die Sie mir angeboten haben: die Vorstellung ist mir nicht unangenehm. Und dann möchte ich, daß du ... daß Sie sich nicht beeilen. Wenn Sie natürlich finden, daß ich damit die Situation ausnutze ... Aber sonst ..."

Er hatte sich gesetzt. Er ist wieder aufgestanden. Er macht einen Bogen um die Bahre und um das Mädchen. Er geht zum Fenster. Mit dem Daumen und dem Zeigefinger der rechten Hand schiebt er zwei Lamellen der Jalousie auseinander, die zur Belle-Alliance-Straße hin heruntergelassen ist. Das Pflaster glänzt im Gaslicht der Straßenlaternen. In der Ferne hört man die Straßenbahn kreischend in die gekrümmten Gleise einfahren, die um den Platz herumführen: wahrscheinlich ist sie leer. Man kann sich den Schaffner mit seiner Geldtasche vor dem Bauch vorstellen, der schwankend zwischen den Bankreihen hindurchgeht und, um das Gleichgewicht nicht zu verlieren, nach den Metallschlaufen greift, die über seinem Kopf auf vernickelten Rohren hin und her rutschen. Bestimmt entzündet der Stromabnehmer im Fahren den Schnee, der schwer auf der Oberleitung liegt, und fährt der Triebwagen in einem blauen Funkenregen in Richtung Brücke weiter ...

„Ehrlich gesagt bezweifle ich, daß Sie heute nacht noch weggehen können", sagt der Doktor. „Alles ist vereist. Bald wird die S-Bahn auf der Stelle einfrieren! Der Schnee macht die blind, die ihm auf den Bürgersteigen entgegengehen. Können Sie sich da vorstellen, auf ihren hohen Absätzen von hier wegzugehen? Was Sie brauchten, ist keine Peitsche, sondern ein weißer Spazierstock! Und außerdem ... Wie spät ist es denn, und welcher Tag ist heute? Es ist Sylvester. Sind wir noch im Jahr 1926, oder sind wir schon nach 1927 hinübergekippt? Willst du nicht neben mir das Feuerwerk abwarten: sprühende Raketen und knallende Kometen ...? Nein, die Funken, die du auf dem Dach aufleuchten siehst, sind etwas anderes. Ein Klempner, der bis zur letzten Minute des Jahres mit einem Schweißgerät arbeitet. Geh nicht weg. Es ist nicht alle Tage der 31. Dezember 1926: vor achtundvierzig Stunden ist ein großer österreichischer Dichter gestorben, und die Zeitung behauptet am Stich eines Rosendorns. So etwas kann man nicht erfinden. Er wird diesen Funkenregen nicht gesehen haben. Er wird dich nicht in seinen Armen gehalten haben, um das Jahr zu beenden. Ich weiß: du hattest sicher vor, heute nacht an der Grenadierstraße drei oder vier Freier aufzugabeln, und ich selbst hatte die Absicht, früh schlafen zu gehen. Es kommt anders. So ist das. Nichts ist heute in Deutschland mehr sicher ...“

Das Mädchen wirkt beunruhigt.

„Warum redest du von einem weißen Spazierstock, Doktor?“ fragt sie. „Bevor ich am Stettiner Bahnhof auf den Strich ging, habe ich an den Abenden, wenn Boxkämpfe stattfanden, im Sportpalast gearbeitet. Zwischen den Runden ging ich leicht bekleidet um den Ring herum, damit das Publikum sich angesichts dieser Augenweide in Geduld faßte. Dabei habe ich Boxer durch Schläge blind werden sehen. So, daß ich an manchen Tagen glaubte, ich sei selbst blind geworden. Das Licht der Scheinwerfer blendete mich. Ich taumelte aus dem Sportpalast. Gerade Schnee ertrug ich nicht mehr. Er verbrannte mir die Augen. Tränen liefen, ohne daß ich sie zurückhalten konnte. Eine Migräne umklammerte meine Schläfen wie ein Diadem aus Stacheldraht. Ich mußte diesem Weiß schleunigst entfliehen. Rede nicht von Schnee, Doktor, das ist eine böse Erinnerung. Rede nicht vom weißen Spazierstock, das bringt

Unglück. Für mich sind alle Spazierstöcke auf immer weiß. Nimm mich lieber bei der Hand und führ mich zu deinem Bett, zu deiner Wollust. Du wirst es nicht bereuen. Du hast doch nicht etwa vor, noch länger diesen weißen Staubmantel anzubehalten? Auch wenn du von mir nicht verlangst, mich auszuziehen, willst du doch wohl nicht diesen Metzgerkittel anbehalten? Man könnte meinen ein Abdecker vom Alexanderplatz. Bald wirst du mich mit einem Lamm verwechseln und wirst mir den Kehlkopf durchschneiden. Mein Blut wird erleichtert, ungehindert fließen. Mit einem Holzhammer wirst du mir den Gnadenstoß geben. Wie dein österreichischer Kollege wirst du Anspruch auf die Schlagzeile im *Berliner Tageblatt* haben. Aber von dir wird es heißen, daß du einer dieser erbarmungslosen Mörder bist, die sich in Zeiten der Unordnung an den Huren vergreifen. Hast du mich hierhergelockt, um mich zu zerstückeln? Dann laß mich nicht länger schmachten! Und was ist mit diesem Weihnachtsbaum, der dein Vestibül schmückt? Du willst ihn doch wohl nicht bis 1927 behalten? Du weißt doch, daß ein Tannenbaum, den man nach der Geburt des Messias einen Tag zu lange behält, den Blitz anzieht? Als du eben auf die Bürgersteige der Belle-Alliance-Straße hinausgesehen hast, wo niemand mehr geht – alle Nutten sind schon bei der Arbeit –, mußt du die vor die Tür zum Abfall geworfenen Tannenbäume gesehen haben, die vom Frost schon rötlichgelb verfärbt sind. Deine Blumen, das ist etwas anderes: mir gefällt, daß du überall um uns herum welche aufgestellt hast, für unsere Liebesnacht. Man errät, daß du sie gut kennst, daß du sie liebst. Du hast die Sträuße mit der Sorgfalt einer Frau geordnet. Man könnte leicht sagen: eine Frau war hier, und dabei hast du sie ausgesucht, nicht wahr, als wärest du selbst die Frau des Hauses? Du hast überall welche hingestellt, und doch meint man nicht auf einem Friedhof zu sein. Vielleicht ist das die Poesie, Doktor?“

„So ist es“, sagt er, „sei also blind, wenn du Lust dazu hast. Schlag mich nicht mit deiner Peitsche, aber sei für eine Nacht blind. Das wird eine Abwechslung für dich sein. Dabei kannst du dich ausruhen. Da du Lust so gut simulierst, kannst du doch wohl auch Blindheit vortäuschen? Du wirst tastend im Zimmer nach mir suchen. Zufällig werden deine ungläubigen, entzückten Hände auf federnde, vor Frische trunkene Blumen stoßen. Unwahrscheinliche, chimärenhafte Blumen, die um welchen Preis, in welcher Pflanzschule von einem mittellosen Arzt gekauft wurden? Deine Hände werden sie ohne Gefahr umschließen können: die Dornen der Christrosen werden dein Blut nicht vergiften wie das des österreichischen Dichters, der wußte, daß man sich seinen Tod selbst macht, daß man ihn wie ein Kind in seinem Bauch trägt, und daß man ihn dann stillt, und daß man ihm dann Laufen und Sprechen beibringt, bis er einen verschlingt. Er hat eine Rose gewählt. Friede sei mit ihm. Und Erbarmen mit den Huren, die heute nacht keinen Freier gefunden haben werden. Erbarmen und Friede sei mit den fünfundzwanzig Verzweifelten, die gemäß der städtischen Statistik diese Nacht wählen werden, um ihrem Leben ein Ende zu setzen. Aber du, deren Herkunft und deren Künstlernamen ich nicht einmal kenne, geh nicht weg: du würdest unterwegs nur noch dem Nachtwächter begegnen, den du wie eine Erscheinung erschrecken würdest und der die Flamme seiner matten Laterne an dein Gesicht halten würde, um dich zu identifizieren. Friede auf Erden den guten Willens Unzucht Treibenden."

„Ich bin in Hamburg gewesen" trällert sie, / „In Samt- und Seidenfähnchen / Meinen Namen kann ich nicht nennen, / denn ich bin ein Freudenmädchen."

Doch nun klingelt das Telefon. Bitte kein Notfall. Nicht heute nacht. Heute nacht nämlich sollte es nichts Dringenderes geben, als zu sehen, wie unsere Körper sich umschlingen, um das Packeis der Welt zu erwärmen. Als enthielten sie allein noch die Temperatur des Lebens. „Haben Sie bemerkt, mein Fräulein, wie ich mit Hilfe eines Filzstreifens die Klingel des Apparats gedämpft habe? Sie bringt uns gerade eben noch dazu, die Ohren zu spitzen. Entschuldigen Sie mich, es dauert nur einen Augenblick. ... Guten Abend, liebe Freundin. Ich wollte sie gerade anrufen. Ihre Invitation hat mich sehr gerührt, aber ein

Kommen ist unmöglich. Ich habe erfahren, daß sich bei Ihnen morgen eine Menge illustre Persönlichkeiten versammeln, die mir aber vollkommen fremd sind. Ihre Freunde in Ehren, aber es sind nicht die meinen. Es stünde Ihnen natürlich frei, das nicht zu verstehen ... Das wäre schade. Wie soll ich Ihnen erklären, daß ich in meiner jetzigen Geistesverfassung jedes Ersuchen als Gewalttat empfinde? Ich bin abgeneigter denn je, mich zu irgendeiner menschlichen Gemeinschaft zu bekennen. Auf diese Einstellung stütze ich mich, um das neue Jahr in Angriff zu nehmen. So werde ich wieder einmal nicht mit von der Partie sein. Bedenken Sie, wie wenig Sie dabei verlieren: ich bin in Gesellschaft kaum amüsant und erspare Ihnen zumindest das unanständige Schauspiel meiner Melancholie. Sehen Sie darin ein Zeichen meiner Achtung: ich billige mir nicht mehr das Recht zu, dort bedrückend zu wirken, wo Sie auf Leichtigkeit hoffen ..."

Während er so in den Hörer spricht, sich gleichzeitig entschuldigt und beschwert, während er eben das wie ein Privileg beansprucht, was ihn zermürbt, hat sich das Mädchen mit übergeschlagenen Beinen in den niedrigen Sessel vor dem Schreibtisch gesetzt. Sie macht sich daran, ihre malvenfarbig lackierten Nägel zu feilen.

Ein Brief erregt ihre Aufmerksamkeit. Ein Brief, der unterbrochen worden und da, im Lichtkegel der Lampe, liegengeblieben sein muß.

„Lieber Petit,
sehr lieber Brief mit einzelnen guten Wendungen u. Kürzungen im Stil, dagegen war im ersten langen Brief natürlich ganz unmöglich: ‚die Weite der Welt'. (Dies nebenbei, da ich Dich doch erziehen muß.) Du bist so lieb, Dich um mein Ergehen zu sorgen. Es ist so, daß meine Praxis mir als Altersheim, Greisenasyl, Siechenhaus dient. Entweder ertönt die Klingel nur hin und wieder, und der Arzt kommt um vor Angst, oder die Geschäfte gehen besser, und dann verzweifelt der Dichter, weil er seine Tage mit Schmieren u. Spritzen u. Quacksalbern

von Schmutzfinken verbringt, die vor seiner Tür stehen. Abends hat er nicht einmal mehr die Kraft, aus den Miasmen des Tages ein Gedicht zu machen. Wehe Dir, wenn Du den alten Bär in seiner Höhle aufstöberst, um ihn zu trösten! Und sei mir nicht böse wegen der erneut verschobenen Verabredung. Ich sehe Dich erst in ein paar Tagen. Dabei hat mir nie jemand im Winter so schöne Rosen geschenkt: sie werden mir helfen, in das neue Jahr zu springen. Freu Dich, daß Du sie nicht wirst welken gesehen haben. Nein, es geht diesmal nicht einmal um eine andere Frau. Die Schauspielerin wollte nur alte Verse von mir, Vorkriegsgedichte öffentlich vortragen. Ich habe sie beschworen, davon abzulassen. Allerdings hatte sie einen schönen Mund … Doch selbst um der Liebe willen kann ich nicht."

In dem Moment, in dem ihr Freier den Telefonhörer einhängt, wendet das Mädchen die Augen von dem Brief und bemerkt sofort die Fotografie in Medaillonform, die in einem kleinen Silberrahmen neben der Lampe steht.

„War das Ihre Frau?" fragt sie.

„Das ist die Frau, die meine Tochter großzieht. Weit weg von hier. Sie ist Dänin. Und Sängerin. Während einer Saison hatte sie in Bayreuth eine Hauptrolle. Sind Sie nun zufrieden?"

„Und Ihre Frau, Sie haben Sie doch wohl ein bißchen geliebt?"

„Ich habe sie mehr geliebt, als ich jetzt sagen kann. Vielleicht ist es besser, daß sie tot ist? Es war zuviel Leben in ihr: das konnte nicht anhalten … Wenn sie bei mir war, kam es mir vor, als sähe ich die Dinge nicht mehr so, wie sie sind, und als verbärge Ediths Schatten, ihr leuchtender Schatten, mir die Grausamkeit der Welt. Es fehlte nicht viel, und ich hätte mich mit ihr verbündet, aber in einer Art Amnesie. Ich wollte aber keinen Frieden mit der Welt schließen. Das ist für mich schnell unpassend geworden. Ich beklage sie, aber wozu ist es gut, sein eigenes Unglück zu bedauern? Denn es ist eines, nicht wahr? Ja, es muß wohl eines sein. Wenn man aber verbissen darauf aus ist, die Wahrheit zu sagen, kann man nur die Barbarei verkünden, verstehst du das?"

Er hat sich vor ihr aufgebaut; mit einer Hand hat er an ihr Kinn gegriffen, wie er es vor einer Weile vorhatte. Er wirkt außer sich.

„Hören Sie auf, Sie tun mir weh, Doktor ..."

„O ja, natürlich verstehst du das", sagt er, „du verstehst sogar nur das, wo hatte ich meinen Kopf? Aber wegen dieser Fähigkeit, von allem entzückt zu sein, die Edith hatte, erwies ich ihr vielleicht weniger Aufmerksamkeiten als irgendeiner anderen Frau, der ersten besten, dem ersten elenden Frauenzimmer, das sich in meiner Praxis einfand. Das Leuchten meiner Frau überflutete mich, aber einzig das Elend war für mich verständlich. Das ist eine Kalamität. Es ist leider auch eine Berufung. Edith linderte mein Leid, aber sie heilte mich nicht davon. Es kommt vor, daß sogar der Kummer noch ein Luxus für mich ist: ich würde Muße brauchen, um ihn zu empfinden."

„Womit verbringen Sie denn Ihre Tage?" fragt das Mädchen.

„Erschrecke ich Sie vielleicht?" fragt er. Wahrscheinlich hofft er, daß sie bejaht. „Womit ich meine Zeit verbringe? Sie meinen: die Zeit, die ich nicht den Kranken widme? Oder den Frauen, nicht wahr, die ich hierher locke, die ich über Nacht hierbehalte? Wissen Sie, daß alle Frauen schön sind? Daß sie wie die Wasserfälle eines Flusses mitten in die Wüste der Männer fallen? Aber mitunter vergesse ich sogar das. Ich lasse sie für die Dauer einer Nacht in meinen Armen versiegen. Ich behalte von ihnen nur einen Dunst zurück. Dann fällt mir ein, daß allein die Worte wichtig sind, die zumindest das retten werden. Sie werden nichts von dem furchtbaren Betrug der Geschichte an sich haben. Sie werden abseits, harmlos, heruntergeleiert werden ... Manchmal möchte ein Freund – Carl Einstein oder Klabund – mich im Café treffen. Zu der Verabredung komme ich immer zu früh. Man muß meinen, ich hätte viel Zeit oder ich wollte meinen Gesprächspartner sorgfältig studieren, während er auf mich zukommt. Wenn ich mir nicht eine Art Contenance geben will, ich meine eine Contenance im allgemeinen, im Leben. Ich bin so schnell überrumpelt. Ich komme bei meinen eigenen Gefühlen nicht mit. Da war der Krieg: meine Frau und eine Heerschar von Freunden sind gestorben, und da ist meine Tochter, jetzt fern von mir, die kennenzulernen ich mir nicht die Zeit genommen habe, die bei mir zu behalten ich weder Lust noch Mut hatte. Zu viele Leichen sind an meinen Augen vorbeigezogen, das hat meine Begeisterung abgestumpft. Zu viele bis ins Knochenmark ausgehöhlte Frauen haben ihre Beine für etwas anderes als die Liebe vor mir gespreizt. Ihre Vulva und ihre Ovarien sind mir vertrauter geworden als die Nase mitten in ihrem aschgrauen Gesicht oder ihr verlorener Blick. Das haut Sie um, was, daß ich mit Ihnen darüber spreche? Sie fragen sich womöglich, in welchen Hinterhalt Sie geraten sind? Nein? Sind Sie nicht einmal ein kleines bißchen verstört? Ich werde mich nicht auf den übermäßigen Genuß von Schnaps oder deutschem Whisky berufen: ich bin nie betrunken. Aber mit wem soll ein Arzt über die Heimsuchungen des Körpers sprechen, wenn nicht mit einem anderen Arzt? Wen soll ein Soldat an den Krieg erinnern, wenn nicht einen anderen Soldaten? Wem soll ein Dichter seine Verse erklären, wenn nicht einem anderen Dichter? Wenn ein Mann also das alles auf einmal ist: Arzt, Dichter und Krieger ... Demobilisierter Krieger, Armenarzt und steriler Dichter ... Nur eine Hure, denn sie ist die Tochter des Krieges, die Zuträgerin der Geißel und sie zieht sich für die Liebe aus, wie der Dichter in seinem Gedicht die Worte entblößt – und verkleidet –, mit der gleichen widernatürlichen Mischung aus nackter Wahrheit und Schein, ja, nur eine Hure, wahrscheinlich, kann verstehen oder kann noch vortäuschen, nicht taub zu sein ... Diesen Mann, dein sehr spezieller Freier für eine einzige Nacht, dem nichts mehr widerfährt, hat seine Routine mit dem Abgründigsten in Berührung gebracht, was es auf Erden gibt: dem Krieg der Männer, den Krankheiten der Frauen, dem Leiden aller und der Poesie einiger. Was kann man mehr verlangen? Deshalb fliehe ich den gesellschaftlichen Verkehr. Ich erteile denen, die noch so liebenswürdig sind, mich zu Neujahr einzuladen, einen abschlägigen Bescheid. Allein jene, die mit den Körpern zu tun haben, belasten mich nicht: wir gehören derselben Rasse an, nicht wahr? Wir, die wir die Haut der Menschen befühlen, wir kennen ihre wahre Geschichte, wir erzählen uns keine andere. Aber Sie sehen woandershin ... Woran denken Sie?"

„An das Reisen ...", sagt sie. „Hatten Sie nie Lust auszubrechen, Doktor?"

„Du etwa?" fragt er zurück. „Solltest du eine sogenannte ‚Ambulante' sein? Und bis wohin kann eine Sexnomadin ihre Schritte lenken? Ist wegfahren nicht immer eine Täuschung?"

„Man kann sich auch an Ort und Stelle irren ...", bemerkt sie.

Er hat ihr nicht zugehört.

„Meine Freunde amüsieren sich gern darüber, daß ich mich nie von hier wegzubewegen scheine", erzählt er. „Dabei bin ich vor kaum einem Monat auf den Balkan gefahren. Für zwei Tage. Vierzehn Stunden Zugfahrt. Wozu? Und doch ... Der Frau, deren Porträt unter der Lampe du eben bewundert hast und die in Dänemark lebt, bin ich während einer Reise im Zug begegnet ... Sie hatte in Deutschland ein Solokonzert gegeben. Danach habe ich sie in Kopenhagen besucht. Sie ist meine Geliebte geworden. Ich habe ihr meine Tochter dagelassen. Eines Abends hat Ellen ein Schubert-Lied, das sie besonders gern hat, für mich gesungen, ein Lied über jene, die in ihrer Erwartung enttäuscht worden sind und deren Tränen man nicht zählen kann. Da hat mich einen Augenblick lang der Gedanke durchzuckt, daß ich diese Frau des Nordens ihrem Vaterland hätte entreißen und mit ihr in den Süden hätte fliehen können, in das unvordenkliche Griechenland, um an die Reinheit einer seit jeher an ihrem ersten Morgen stehengebliebenen Welt anzuknüpfen. Hamlet und Apollon zu versöhnen. Den Okzident in den Orient zu bringen. Dahin zu gehen, wo der Mensch noch nicht von seiner Epopöe getrennt ist. Aber eben das wäre wieder eine Flucht gewesen, dazu habe ich mir das Recht nicht zugebilligt ... Und ich bin hierher zurückgekehrt ... Im übrigen ..."

Er zieht sich aus dem Sessel hoch, wo er im Dunkeln orakelte. Er geht ein paar Schritte durch das Zimmer. Als er an dem Mädchen vorbeikommt, legt er ihr einen Moment lang die Hand auf die entblößte Schulter. Dann geht er zum Fenster und schiebt zwei Lamellen der Jalousie auseinander.

„Es schneit immer noch", sagt er.

Aber es fällt ein so feiner Schnee, daß er nur die Landschaft verschleiert, als zöge er einen Tüllvorhang vor sie. Als hätte man eine Sehstörung oder einen bösen Traum. Jetzt vermeint man das Heulen einer Sirene, den Schrei eines Kindes, das Kreischen einer auf der Belle-Alliance-Brücke entgleisenden Straßenbahn zu hören ... Man fällt von einer Katastrophe in die andere. An der Ecke der Straße, die der Frost in seinen Netzen hält, ist der Feuermelder in seinem Kästchen vom Schnee mundtot gemacht. Diese Vereisung der Stadt, dieses Ächzen all ihrer Steine, hat man es sich nur eingebildet? Die Seele der Menschen gibt den Klagelaut einer ausgehungerten Möwe von sich und weiß nicht einmal mehr, was ihn ihr entreißt ...

Er fragt sich, dieser Mann, der diese Stadt, seit er nach dem Krieg in sie zurückgekehrt ist, gewissermaßen nicht mehr verlassen hat, der sich nicht einmal mehr oft aus Kreuzberg entfernt hat, wo er seine Praxis eingerichtet hatte, und dann kaum noch seine Praxis verlassen hat, er fragt sich, warum er sich immer so vor dem Ruf der Weite, des Malerischen anderer Orte gehütet hat ... Da ist es mir noch lieber, in der Falle zu sitzen wie eine Ratte, überlegt er, hier, in Berlin, wo eine Schlacht verloren wurde, wo eine Revolution keine war, wo Bürger jeden Tag verkünden, daß sie sich mit dem Schicksal Deutschlands identifizieren, und wo sich alle jeden Tag von allen verraten fühlen: die, die in die Schlacht gezogen sind, von denen, die nicht mitgemacht haben, die Invaliden von denen, die ihre Arme und Beine noch haben, die, die siegen wollten, von den Pazifisten, die Pazifisten von denen, die weder die Niederlage je akzeptiert noch die Waffen niedergelegt haben. Jeden Tag findet einer einen Grund, einen anderen zu hassen.

Und wenn er zufällig keinen findet, haßt er eben Europa, das für sein Unglück verantwortlich ist. Selbst im orgiastischen Toben von Sodom und Gomorrha haben die Nutten der Tauentzienstraße gelernt, im Gleichschritt Freier aufzureißen …

Wenn schon, er hätte sich um nichts in der Welt aus der kleinen Hölle entfernen wollen, die vor seinen Augen um eine Bahre und ein Kurbeltelefon, einen niedrigen Sessel und einen pommerschen Schreibtisch, eine Schreibtischlampe und einen Wandspiegel, eine Gaslaterne und einen Feuermelder entstanden war. Und dann vor allem um die Frauen und Männer, die hierhergekommen waren, um ihm ihre Demütigungen anzuvertrauen. Diese Not der Körper: es war darum gegangen, sich ihr nicht mehr zu entziehen, was es auch war, als drohte man sie zu vergessen, sobald man ihr den Rücken zugekehrt hätte, und als wäre dieses Vergessen schlimmer als die Verbrechen und die Kriege, schlimmer als der Tod gewesen. Die einzige Geographie, der sich zu widmen er vorhatte, ging über diese geöffneten oder geschlossenen Körper, diese unversehrten oder amputierten Körper, dieses käufliche, zweifach angebotene Fleisch. Ein Leben als Arzt und als Dichter würde nicht ausreichen, um das von allen Seiten kennenzulernen. Man kann nicht alles machen, kann nicht auf zwei Hochzeiten tanzen. Unsere Zeit ist bemessen. Er dachte nicht daran, die Menschen zu lieben – aber nur für sie interessierte er sich. Er bildete sich übrigens nichts darauf ein. Er hatte nie ohne Unbehagen gelebt, und wäre es nur eines Sonntags bei einem Ausflug aufs Land gewesen, als die Böen des sächsischen Winters sein Herz schüttelten, ihn wie ein Kind hin und her stießen und als das Licht, das die Natur flimmern ließ, ihm seine Strahlen tief in die Augen bohrte. Er lehnte die Schönheiten der Erde nicht ab: vielmehr beeindruckten sie ihn zu sehr und rissen ihn wie in einem Wirbel mit sich …

„Weißt du", sagt er verstört zu dem Mädchen, „es ist hier … Alles. Die Landschaften. Sogar die Landschaften. Ich habe alles hier … Bei der Hand."

„Doktor", sagt sie, „ich glaube, ich wäre heut nacht auf jeden

Fall bei dir geblieben, auch wenn du mich nicht dazu eingeladen hättest ... Und selbst wenn du nicht die Absicht hast, mir überhaupt etwas zu schenken. Wenn du allerdings ein bißchen Zucker hast oder auch nur sechzig Gramm Kaffeebohnen, schenkst du sie mir vielleicht morgen früh ..."

„Danke, mein Fräulein", sagt Gottfried Benn, „ich bin nämlich mit meiner Kunst am Ende. Ich schreibe nicht mehr. Man sollte heutzutage nur schreiben, indem man seine Feder in Eiter taucht. Ein paar Gedichte schreiben sich noch von ganz allein, gegen meinen Willen, quer über die Blätter meines Rezeptblocks oder auf Papier mit dem Briefkopf des Ministeriums für nationale Verteidigung von Belgien, ein Souvenir aus der Zeit, als ich dort stationiert war. Papier ist knapp: es kostet heutzutage soviel ... Ich lese nichts mehr. Was könnte ich eigentlich auch lesen?"

„Das Buch, von dem ich vorhin gesprochen habe – aber Sie haben nicht zugehört –, *Mein Kampf*, haben Sie es nicht gelesen?" fragt das Mädchen nach. „Anscheinend ist es nicht so ein Buch wie die anderen. Anscheinend sollten sogar die, die nie ein Buch lesen, wenigstens dieses lesen. Der Verfasser war nur Sonntagsmaler, er malte Motive für Postkarten. In der Armee war er nur Gefreiter. Und das Giftgas hat ihn eine Zeitlang blind gemacht. Und jetzt hat er dieses Buch geschrieben, von dem alle platt sind. Wenn man es verschlungen hat, fühlt man sich scheint's stolz, Deutscher zu sein ... Machen Sie sich das klar, Doktor? Deutscher! Als ob es überhaupt möglich wäre, das wieder zu sein!"

„Nein, liebes Kind, ich habe das Buch nicht gelesen. Das genausowenig wie alle anderen. Es macht so starken Eindruck, sagen Sie? Glauben Sie mir, daß die, die es so beeindruckt, es auch nicht gelesen haben. Noch ein Glück, wenn der Autor es selbst verfaßt hat! In einem Brief teilt mein Freund Carl Sternheim mir mit, daß der Stil des Buches nichts taugt und daß er sich in den Kopf gesetzt hat, zur Übung bestimmte Kapitel in korrigierter Syntax neu zu schreiben! Tatsächlich liest heutzutage in Deutschland niemand irgend etwas. Im Grunde bin ich keineswegs ein Einzelfall, das ist tröstlich! Und Sie werden sehen, daß Ihr Hitler trotz des Aufsehens, das sein Buch erregt, bei der nächsten Wahl keine drei Prozent der Stimmen bekommen wird. Er hat schon einen Putsch in einem bayrischen Bierlokal verpatzt, weiter wird es nicht kommen. Wohlgemerkt weiß ich nicht, ob man sich darüber freuen soll. Wir Deutschen sind nicht mehr in der Geschichte, und vielleicht hatte Ihr Mann beschlossen, uns wieder hineinzubringen?"

„Werden Sie es wirklich nicht lesen?" fragt sie enttäuscht.

„Und Sie, werden Sie es lesen? Sie antworten nicht? Sehen Sie wohl! Ich auch nicht. Die einzigen Bücher, die ich hin und wieder noch aufschlage, klappe ich sofort wieder zu, indem ich sie zuknalle wie Türen. Im Theater bemühe ich mich, nicht hinzuhören. Im gnädigen Dunkel des Saales denke ich an etwas anderes. Um diesen Kannibalenmündern zu entrinnen, die alles verschlingen, was sie vorbringen. Nicht eine Replik lassen sie am Leben. Kein Wort mehr. Keine Leser mehr ... Aber unabhängig davon hält sich hier jedermann für einen Schriftsteller und gibt sich dafür aus. Manchmal empfange ich zwischen zwei Patienten blühende junge Männer, die mit mir über mein Werk sprechen wollen. Sie wissen wohl nicht, daß ich vielleicht schon fertig bin. Es kommt vor, daß diese neuen Hölderlins Verse schreiben, in denen sie unglücklicherweise die meinen imitieren. Sollte ich so überholt sein, daß man mich schon nachmacht und karikiert? Doch einerlei, sie sprechen von gleich zu gleich. Sind wir nicht unter Schriftstellern? Alle erzählen mir von der Entrüstung und der Wut, die sie angesichts des Zustands der Welt beseelen. Natürlich ist das in gewisser Weise sympathisch ... Aber sich auf mich zu berufen, als hätte ich meine Hand dabei im Spiel? Sie können nur noch das ausdrücken: diese Prahlerei zorniger Eingeweidebeschauer. Das dient ihnen als Begabung. Oder entbindet sie davon, eine zu erlangen. Alle wollen sie den Planeten läutern. Durch ihr bloßes Auftreten wahrscheinlich. Durch die Hygiene ihres Wortes. Du meine Güte, sie selbst halten sich für unbefleckt, für so rein wie einen Diamanten. Schrecklich. Als wäre das Wesentliche, einen Glauben zu haben, um irgendeiner Sache zu dienen. Davon bekomme ich eine Gänsehaut. Was erwarten sie von dem, der keinerlei Freude mehr an sich selbst empfindet? Kein geistiges Testament für die heranwachsende Generation! Es fehlt nicht viel, und sie würden furchtbare Zweifel an der Gültigkeit, der Legitimität meiner früheren Arbeit in mir wachrufen ... Konnten sie mich nicht in Ruhe lassen? Ich wollte, ich wäre so fingerfertig wie mein Freund Klabund, dessen episches Gedicht über Cromwell vor kurzem im Lessing-Theater aufgeführt wurde. Übrigens ein ergötzlicher Freund. Man kann ihn im Romanischen Café nächtelang Lieder von Soldatenliebchen singen hören. Und eines Abends habe ich ihn dort mit Bertolt Brecht einen Charleston tanzen sehen ... So etwas schafft brüderliche Bande, auch wenn der eine von uns beiden, wie Péguy sagte, die Worte aus dem Bauch holt und der andere aus seiner Manteltasche. Ich lasse Sie raten, welcher: Sie werden es ihm nicht weitersagen. Jedenfalls hat dieser Mann auf seine Weise der Literatur alles gegeben. Diese hat seine Liebe leider nicht immer erwidert. Jetzt ist er sehr krank. Ich bin sein Arzt, obwohl er nicht mehr zu retten ist. Sollte er morgen sterben, wäre ich sehr stolz, wenn mir aufgetragen würde, die Grabrede für ihn zu schreiben, verstehen Sie das? Ich würde darin nur das Zimmer beschreiben, in dem er, auf einem ramponierten Sofa liegend, im kargen Licht eines schmalen Dachfensters rastlos und fieberhaft an seinem Werk arbeitete, von dem ich jedoch weiß, daß es die Zeit nicht überdauern wird. Ja, ich beneide diesen Mann, und ich habe wahrhaftig Grund dazu, ich, der ich in einem Anfall von Aufbegehren gegen das, was ich zu sagen hätte, nicht mehr schreibe. Als der Krieg aus war, dachte man, daß nie wieder etwas so grauenvoll sein würde. Wie könnte man akzeptieren, daß das Schlimmste peu à peu wieder möglich wird? Und wenn man es weiß, wie könnte man über etwas anderes schreiben, als darüber? So kann die Versuchung des Schweigens kommen. Oh, eigentlich keine Versuchung, eine Müdigkeit, die man nicht eingestehen darf. Die Müdigkeit des biblischen Jonas, der einschläft, während der Sturm tobt und der Wal das Wasser rund um sein Schiff aufpeitscht. Er schlummert nicht trotz der Wut der Elemente ein, sondern ihretwegen. Das ödet ihn an. Es fehlt nicht viel, und er würde vor Langeweile sterben. An dem Punkt bin ich. Dieser Jonas ist mein Bruder. Aber bei der Begegnung mit welchem Wal werden wir gerade abgetrieben? Als Walther Rathenau ermordet wurde, hat jemand gesagt, er wundere sich nicht über den Tod dieses Mannes, sondern darüber, daß er am Morgen des Attentats noch am Leben war. Und sogar seine Mörder haben ihre Bewunderung für ihr Opfer nicht verhehlt – doch eben diese Bewunderung wollten sie in sich ersticken, weil sie eine letzte Huldigung an die Welt darstellte, die sie in Schutt und Asche legen sollten. Was halten Sie von der Schlußfolgerung? Typisch deutsch, nicht wahr? Wußten Sie, daß die deutsche Revolution ganz in der Nähe gestorben ist, noch ehe sie zur Welt kam? Die Aufständischen hatten sich in den Räumen des *Vorwärts*, am Belle-Alliance-Platz, eingeschlossen: ich hätte mich nur aus dem Fenster zu beugen brauchen, um bei dem Sturmangriff auf sie zuzusehen … Ich habe es mir nicht angesehen. Das alles, um Ihnen gegenüber zu bekräftigen, daß ich *Mein Kampf* auch nicht lesen werde. Bei genauer Überlegung würde ich mir eher ein anderes Buch aussuchen, das ebenfalls in diesem Jahr erschienen ist und dessen Autor den guten Geschmack hatte, sterbend zu verlangen, daß es verbrannt werde, ebenso wie alle anderen Schriften, die er hinterließ. Grundsätzlich würde mir das eher Vertrauen einflößen. Allerdings ist die Haltung nicht üblich. Wollte man die Nachwelt darauf hinweisen, daß das dergestalt den Flammen anheimgegebene Werk aus dem Rahmen fällt, würde man es nicht anders anstellen. Natürlich ist die Gefahr groß, beim Wort genommen zu werden. Zum Glück muß Franz Kafka seinen Nachlaßverwalter gut gewählt haben, der zu unserem Nutzen meineidig geworden ist. Wir werden *Der Prozeß* und *Das Schloß* also lesen können. Der Verfasser ist bestimmt nicht irgend jemand. Die geistreiche Bemerkung über Rathenau, die ich Ihnen eben zitiert habe, stammt von ihm. Ich ahne, daß dieser Mann vor uns allen gewußt haben muß, was für Zeiten wir erwarteten. Das macht mir ebensoviel angst, wie es mich anzieht. Sie wollen wohl sagen, daß Ihr putschender Gefreiter bei der Abfassung seines kleinen Manifests wahrscheinlich nichts anderes getan hat, als unsere Zukunft vorherzusagen? Morgen werden wir also wissen, wer sich geirrt hat, Kafka oder Hitler, natürlich sofern nicht beide recht gehabt haben! Doch was mich angeht, so werde ich nur den Erstgenannten lesen. Nur aus Gründen der Form. Mein Freund Sternheim, der einmal zu Kafkas Gunsten auf einen Literaturpreis verzichtet hat, meinte nicht, er müsse dessen Stil verbessern! Und außerdem interessieren mich die Worte der Revolutionäre, egal welcher Partei, nicht. Sie sind das Holz, aus denen Särge gemacht werden. Sie müßten also besser brennen als die anderen. Dabei sind es oft die Revolutionäre, die die Bücher der Dichter anstecken, und nicht umgekehrt. So gesehen hat Kafka sich revolutionär verhalten, indem er verlangte, daß, gewissermaßen als abschreckendes Beispiel, sein Werk in Asche verwandelt werde! Wer weiß, ob ihm morgen nicht der eine oder andere Hetzredner die Genugtuung geben wird, die sein Freund Max Brod ihm verweigert hat? Wie dem auch sei: Kafka hatte recht, den Teufel zu versuchen: außer den Büchern, die man zu verbrennen müssen glaubt, taugen nur die etwas, die man auf diese Weise vor den Flammen retten muß. Um Kafka zu begegnen, werde ich ihn nur noch lesen können. Er ist tot, und zu denen, um die ich trauere, gehört von nun an dieser Mann, den kennenzulernen ich mir keine Gelegenheit gegeben habe. Es ist, als würde man einen Bruder verlieren, den man hätte haben können. Bleibt das Werk. Es ist dazu angetan, das wiedergutzumachen. Und wenn es das nicht ist, ist es nichts. Aber wenn es das ist, ist es fast so, als hätte sein Verfasser sich äußerstenfalls davon entbinden können zu existieren ...“

Das Mädchen kichert. Sie zuckt die Achseln.

„Vor kaum einem Augenblick, Doktor, haben Sie mit Verlaub behauptet, dieser Mann hätte Ihr Bruder sein können. Wie der vorhin, den der Wal dann verschlang. Oder der, der nicht mit seinen Eingeweiden schreibt ... Nebenbei bemerkt: Sie finden seit einer Stunde überall Brüder. Das muß an diesem deutschen Whisky liegen oder an diesem Schnaps, diesem Sekt, den Sie jedoch einfach nicht nachschenken, während das

Jahr doch gleich zu Ende geht ... Trotzdem ... das steigt Ihnen ein bißchen zu Kopf, nicht? Also, Ihr Mann da, der wollte, daß man alle seine Schmöker verbrennt, der jedenfalls so tat, als wollte er es, wenn er es nämlich wirklich gewollt hätte, hätte er es selbst getan, oder? Na ja, diesen Mann hätten Sie doch gern in Fleisch und Blut kennengelernt, oder?"

„Ich glaube schon, daß ich gern mit ihm zusammengetroffen wäre, ja ..." murmelt der Doktor.

„Sie glauben, Sie glauben!" unterbricht ihn das Mädchen plötzlich irritiert. „Hätten Sie ihn als Freund gebraucht, diesen Mann, ja oder nein? Man müßte nämlich wissen ..."

„Ich glaube, ich wäre ihm gern begegnet. Noch wahrer ist, daß ich es nicht gewollt habe. Ich hätte befürchtet, daß der Mann mit seiner Art, seinem Charme, seinem Körper, sogar mit seinem Schatten mir die Bücher verstellt, die er geschrieben hat. Die großen Bücher sind immer besser als die, die sie schreiben, wissen Sie. Das ist traurig, aber wahr. Und außerdem sind die Bücher, die ich lese, wie die, die ich schreibe, für die Zeit der Lektüre immer die meinen ..."

„Ach! Eben haben Sie gesagt, Sie schrieben und läsen überhaupt nichts mehr ... Und auf einmal sind Sie Eigentümer aller Bücher der Erde!"

Der Doktor wird rot. Er ist in flagranti bei einem Widerspruch ertappt worden. Oder bei einer Leichtfertigkeit. Dabei ist er nicht leichtfertig, dieser Mann, das ist das mindeste, was man behaupten kann. Er schwört, daß er sich diesem Mädchen verständlich machen kann, dieser Elsa, dieser Helga, dieser Eva, wie heißt sie noch einmal? Er hat es vergessen. Er möchte sich verständlich machen, indem er eine gewagte Beziehung zwischen ihren jeweiligen Situationen herstellt ...

„Die Freier, die Sie abschleppen", legt er dar, „meinen Sie nicht, daß sie zwischen Ihren Schenkeln nur das Buch entziffern, das ihrem Bedürfnis entspricht? Eine Bibel aus Fleisch ..."

„Sie gehen aber ran, Doktor!" sagt das Mädchen grinsend. „Du meine Güte, Sie sind ja Feuer und Flamme! Finden Sie nicht, daß Sie ein bißchen dick auftragen?"

Sie lacht böse auf. Bitter.

„Und wenn ich Ihnen sagte, daß die meisten meiner Freier Analphabeten sind? Haben Sie nicht selbst gesagt, heutzutage läse keiner mehr etwas? Wenn man also etwas in mir liest, dann immer nur einen Groschenroman! Wenn ich Ihnen erzählen würde, damit Sie aufhören zu träumen, daß der eine an der im Bidet liegenden Monatsbinde herumkaut, auf der noch das Sperma des Vorgängers gerinnt?"

„Ich würde antworten, daß der eine und der andere sich nicht dieselbe Geschichte erzählen. Das Sperma, das ein Mann hervorbringt, ist, wie die Milch einer Mutter, nicht zweimal dasselbe. Selbst wenn es die Milch der Hölle ist. Der zynischste Freier wird beim Orgasmus den Bruchteil einer Sekunde lang aufrichtig glauben, daß er mehr schenkt, als die Prostituierte ihm überläßt. Sogar der Körper eines Rohlings ist so naiv. Er glaubt, daß er das Beste von sich gibt. Leider sogar der Sadist. Sogar der Vergewaltiger. Sogar der Würger von Tübingen! Darin besteht der Wahnsinn seines Verlangens. Er würde einen anderen, heroischen brauchen, um diesem Verlangen zu widerstehen. Sein Verteidiger wird von seinem erschreckenden Geheimnis nie eine Ahnung haben. Und würde er es aufdecken, könnte er es in seinem Plädoyer nicht vorbringen ... Das unübersetzbare Leid dessen, der nur in die Welt geworfen wurde, um nicht zu begreifen, was ihm widerfährt ... Verflucht, wer allein den Leidensweg des Verlangens geht!"

„Es stimmt", gibt sie nachdenklich zu, „daß das nie zweimal gleich verläuft, aber weder die Geschicklichkeit des Mädchens noch die Phantasie des Freiers vollbringen dieses Wunder!"

Einen Augenblick lang gewahrt der Arzt gleichsam zum ersten Mal diese Kreatur, deren Funktion es ist, die Männer zu melken, und die, wenn sie sich von deren Saft genährt hat, einfach abhaut.

„Erzähl mir von ihnen ...", sagt der Arzt und legt sich gewissermaßen zerstreut auf die Metallbahre. „Erzähl mir von deinen Freiern."

„Was könnte ich dir sagen, Doktor, was du nicht schon weißt? Auch sie, nicht wahr, füllen dein Wartezimmer und machen dir ihre Geständnisse?“

„Nicht die gleichen …“, sagt der Doktor.

„Bestimmt sagen sie nicht alles. Da geht dir nicht viel verloren … Es ist vorgekommen, daß ich den einen oder anderen bei dir getroffen habe … Dann muß man so tun, als würde man ihn nicht wiedererkennen. Das Gesetz des Schweigens … Da ist der, den man erst einmal von Kopf bis Fuß mit Schmierseife abwaschen muß, so sehr stinkt er, wenn er dir auf die Bude rückt. Ich werde nicht von dem sprechen, der zu dir kommt, weil seine Frau krank, schwermütig oder frigide ist: das ist das Übliche. Ich werde mich nicht bei dem aufhalten, der in Hausdienerlivree kommt, um die Hausarbeit zu machen. Wäre es nicht so, daß er nur dieses Bedürfnis zu befriedigen verlangt und daß es eher hilfreich ist, hätte ich allen Grund, ihn zu verschweigen. Da ist der, der von dir verlangt, dich wie eine Göre anzuziehen, in Spielhöschen oder im Matrosenkleid, weil er ihm nur steht, wenn er sich vorstellt, er wäre im Tiergarten und würde beim Anblick eines kleinen Mädchens sabbern, das seiner Gouvernante weggelaufen ist. Man gibt sich ihm hin, und dann hat man Lust, schnurstracks zur Polizei zu gehen und ihn anzuzeigen, aus Angst, er könnte sich eines Tages, bei Schließung eines Parks, an einem richtigen Kind vergreifen. Da ist der, der von dir verlangt, seinen Bauchnabel mit deinen Pfennigabsätzen zu durchbohren, trotz des Gebrülls, das er unfehlbar dabei ausstoßen wird. Manchmal würde man ihn gerne wirklich erledigen. Aber er zahlt gut und – die höchste Gunst – dringt wenigstens nicht in dich ein. Da ist der Pfarrer, der Heiligabend zum Vögeln kommt und sich, wenn es beim Coitus Mitternacht schlägt, bekreuzigt und zu beten anfängt. Das vergißt man nicht. Mach mir nicht auch so eine Nummer, Doktor, wenn das neue Jahr anfängt. Wenn ich es dir gut besorge, vergiß bitte alles andere und den Kalender! Und dann muß der Kleptomane erwähnt werden, der nicht von dir weggehen kann, ohne dein Höschen, deine Peitsche oder deinen Wecker mitzunehmen.

Der, der dir aus dem Gefängnis schreibt und dich in seine Knastphantasien einwickelt. Der Tuberkulöse, der einen Zuwachs an Vitalität empfindet. Der alte Knacker, der mit seinem Sperma sein Blut ejakuliert. Der, der dich nur im Rhythmus einer bestimmten Jazzmelodie bumsen kann. Die, denen man die Eier zerstechen und nach Gebrauch mit dickem Faden wieder nähen muß, damit sie einen Monat später wieder in der Lage sind, sich vor Glück brüllend quälen zu lassen. Die, denen man mit einer Zigarette Verbrennungen dritten Grades zufügen muß – und wenn es kein blonder, amerikanischer Tabak ist, bezahlen sie weniger gut … Ganz zu schweigen von dem Herzkranken, der in deinen Armen den Geist aufgibt und diskret durch den Künstlerausgang weggeschafft werden muß: jede Hure hat eines Tages diesen schönen Tod auf dem Gewissen. Und jede hat zufällig ein Anrecht auf den Besuch des Freiers, der mit seiner bildschönen Frau kommt, die so gut riecht wie ein Spaziergang an einem Sonntag im Juni, Unter den Linden … Man fragt sich, was dem fehlt. Oder seiner Frau, je nachdem … Es sei denn, gerade das bekümmert sie: daß sie alles haben, um sich zu gefallen und zu befriedigen. Deshalb wagen sie es, fordern sie es im Bett einer Hure heraus … Und dann gerätst du an die Biedermänner, die scheinbar keine Laster haben, das sind manchmal die Schlimmsten. Man darf ihnen ja nicht den Rücken kehren, sonst läuft man Gefahr, in seiner Badewanne umgebracht zu werden, bevor man Zeit hatte, seine Mutter zu rufen. Die Routine sind die, die genug getrunken haben, um den Mut aufzubringen, zu den Mädchen zu gehen, aber viel zuviel, um ihr Ziel zu erreichen … Man muß sie zureiten wie Mähren oder an ihnen saugen wie an Ammen. Aber sie geben genausowenig Milch wie eine Färse. Übrigens, ich blase nicht gerne, man verliert davon die Zähne, scheint es. Sperma ist schlimmer als Zucker. (Apropos Zucker, du kannst mir doch wohl ein bißchen schenken, oder?) Die, die es nicht schaffen, kriegen am Ende einen Koller und werden gewalttätig. Du kommst glimpflich davon, wenn sie dich nicht zum Ausgleich verdreschen. Alle wollen sie dir zeigen, sich selbst beweisen, daß sie trotz des Elends und der Arbeitslosigkeit noch einen Ständer kriegen, vögeln, bezahlen können. Nach und nach habe ich mir angewöhnt, die Spezialitäten eines jeden in ein Notizbuch einzutragen ... So weiß ich, wenn er wiederkommt, mit wem ich es zu tun habe. Siehst du, Doktor? Ich schreibe auch ..."

„Weil du es sonst vergessen würdest?"

„Manchmal habe ich das Glück zu vergessen, ja. Und ich habe lange geglaubt, die Männer würden sich darüber freuen, wenn ich mich an ihre kleine Inszenierung erinnere. Aber sie waren eher enttäuscht. Sie wollten das nämlich vor allem noch einmal erzählen. Man durfte sie ja nicht unterbrechen ..."

„Kommen sie oft wieder?"

„Sie kommen immer wieder. Der mit den anomalen Forderungen ist der Treuste. Wenn ich ihn nach einer bestimmten Zeit nicht mehr sehe, ist er gestorben oder eine andere hat ihn mir weggeschnappt ..."

„Verwitwet oder eifersüchtig ... Alles in allem das Leben einer gewöhnlichen Frau ...", sagt der Doktor.

„Nein, nicht eifersüchtig, ich denke nur, daß ich die Schrullen des Typs umsonst gelernt habe. Verlorene Zeit einfach. Wenn du sterben solltest, Doktor, würde ich es sofort erfahren und müßte mir eben einen anderen Arzt suchen. Aber ich würde nie wieder so einen originellen wie dich finden!"

Komisch, denkt der Doktor, daß sie alle fast auf die gleiche Weise über ihre Freier sprechen. Daß sie im großen und ganzen alle die gleichen Anekdoten erzählen. Daß sie mit ihrem Zuhälter, mit ihren Kolleginnen oder mit anderen Freiern darüber sprechen und daß ihre Sprache nie weit von der einer Denunziantin entfernt ist ... Als könnten sie jenen nicht verzeihen, daß sie nur dank ihnen überleben ...

Als wollte das Mädchen seinen Gesprächspartner daran hindern, schlecht von ihm zu denken, fügt es hinzu:

„Weißt du, daß die meisten Mädchen hier sich Köter zugelegt haben? Um sich zu schützen, denkst du wahrscheinlich. Es stimmt schon, daß man sich heutzutage besser vor dem

Würger von Stuttgart, dem Vampir von Wiesbaden, dem Lustmolch von Frankfurt in acht nimmt! Aber diese Wachhunde haben eine andere Funktion: die Freier können uns auffordern, es mit ihnen zu treiben ...“

„Ich weiß“, sagt der Doktor. „Ein befreundeter Tierarzt hat mir sogar anvertraut, daß diese Tiere manchmal bei mangelnder Zuneigung ihrer Herrinnen tollwütig werden ...

„Ihr Kollege hat Sie nicht angelogen“, trumpft das Mädchen auf, „aber hat er Ihnen wenigstens gesagt, daß wir, wenn das Tier gefährlich wurde und das Mädchen oder den Freier biß, ihn rufen mußten, damit er dem Vieh eine Spritze gab?“

„Du meinst wahrscheinlich, du würdest mir tolle Enthüllungen machen“, brummt der Doktor. „Vergiß nicht, daß ich deine Freier da übernehme, wo du sie aufgibst. Ich bin auch dazu berufen, mir ihre allerletzten Vertraulichkeiten anzuhören. Die von Herrn Rudolf zum Beispiel, der sich für eine Frau hielt und sich, um es zu beweisen, eine künstliche Vagina in den Damm schneiden ließ: er hat sich gerade als Küchengehilfin im Kempinski anstellen lassen. Und was soll man zu Otto sagen, der versucht hat, sich das Scrotum mit einer Schlinge abzureißen? Jetzt ist er eine alte Frau, die sich Ottla nennen läßt, sich ganz schwarz kleidet und nie ohne ihre Handtasche aus unechter Eidechse ausgeht. Du kennst bestimmt Hansi Sturm, der jeden Abend im Eldorado auftritt, wo *sie* Arien aus *Samson und Dalila* singt (die von Dalila natürlich, nicht die von Samson) und die nichtsdestoweniger verheiratet und Vater zweier schöner Kinder ist? Soviel zu den Transsexuellen. Weißt du, daß am Rand des Tiergartens ein Institut für Sexualwissenschaft eröffnet worden ist, wo man Pädophile behandelt, Triolisten kuriert und unglückliche Exhibitionisten sogar auf ihren Wunsch hin kastriert? Gibst du zu, daß du noch nicht alles gesehen hast? Kürzlich kam deine Kollegin zu mir, die an der Ecke Knesebeckstraße auf den Strich geht. Sie war nicht krank. Aber sie hatte seit Jahren die Reitstiefel nicht mehr ausgezogen, die ihre Spezialität waren: darin fanden sich Geldscheine, die Zeit gehabt hatten, das Zehnfache ihres Wertes zu verlieren!“

„Warum wirfst du die Verrückten und die, die sie wie ich versorgen, in einen Topf, Doktor?“ fragt das Mädchen. „Die sogar die versorgen, die gar nicht verrückt sind ... Die nur einen kleinen Webfehler haben. Zum Beispiel die, die es noch nie geschafft haben, und manchmal sind sie über dreißig, und sie haben zum erstenmal einen Orgasmus, weil man sich die nötige Zeit genommen hat, weil man Tricks angewandt hat ... Danach sind sie ganz aus dem Häuschen und weinen. Am liebsten würde man mit ihnen weinen. Man war Hure und erwacht als Krankenschwester: was sagst du dazu? Ein- oder zweimal, vielleicht dreimal habe ich einen Mann von der Einbildung geheilt, er könnte mit einer Frau keine Lust empfinden, und er hat in meinen Armen geschluchzt und war verblüfft, aber nicht so sehr wie ich selbst ...“

Eine Krankenschwester, tatsächlich, die immer nur ein einziges Heilmittel zu verabreichen hat. Kranke, die alle furchtbar an dem gleichen Übel leiden.

Eine Weile schweigen sie, als würden sie nach einem stummen Kampf verschnaufen.

„Hast du woanders als hier mit Frauen verkehrt?“ fragt das Mädchen schließlich. „Ich meine: mit solchen, die auf den Strich gehen?“

„In Brüssel“, sagt er, „im Krieg. Sie boten sich dem Feind mit dumpfer Heftigkeit an. Die Feindseligkeit der Stadt gegenüber denen, die sie besetzten, hatte sich im Körper dieser Mädchen verdichtet. Bevor man sie kennenlernte, wußte man nicht, wie sehr man gehaßt wurde ...“

Wir versackten in diesem Krieg wie in einem Morast, überlegt er. Und wir mazerierten im Körper der Frauen, deren gerichtliche Verfolgung unsere Träume verdarb.

„Aber du weißt ja, was unter Kriegern passieren kann. Es kommt ein Moment, in dem die Körper wider Willen, ohne ihr Wissen fraternisieren. In dem der Reflex der Körper die Regung der Seelen überwältigt. Wenn die Seele sich gerade nur noch durch diese Körper ausdrückt.“

Der gekaufte Körper und der kaufende Körper, denkt er, der käufliche und der ausbeutende versöhnten sich ohne Absprache und empfingen bald mehr echte Freude als gekünstelte Lust. Wenn alles nur zum Schein geschehen sollte, kommt immer ein Augenblick, in dem sich eine ungeschminkte Wahrheit ausdrückt. Das kann grausam sein. Es ist von unerwarteter, unsagbarer Reinheit. Alle Symbole lösen sich auf, die Konventionen werden ausgelöscht. Es ist eigentlich etwas, was man nicht gestehen kann. Diese Bewußtseinszustände dauern natürlich nicht ewig. Das dauert so lange, wie das Universum von sich selbst abgelenkt ist. So lange wie ein schöner Ehebruch ...

„Und hier, in Berlin, ist es seitdem sehr anders?" fragt das Mädchen. „Ich meine: mit mir zum Beispiel?"

„Hier", sagt er, „hat der Krieg nur einander zugewandte, wie Hund und Hündin, wie Pech und Schwefel zusammenklebende Besiegte zurückgelassen, die sich gegenseitig stützen, sich aneinanderklammern, um sich zu retten oder um zusammen unterzugehen ..."

Ich kenne keine Stadt, denkt er, wo die Prostituierte soviel Melancholie zur Schau stellt, wo sie sich so, ihr Unglück ins Gesicht geschrieben, offeriert. Sie setzt ihre Erniedrigung als zusätzlichen Köder ein. Sie provoziert den Freier nicht, sie bietet ihm ein lebendes Schuldgefühl an: das ist unwiderstehlich ... Heute nacht, würde er Elsa, Helga, Eva am liebsten sagen, kann die Not des einen wenn schon nicht ihr Heilmittel, so doch zumindest ihren Spiegel in der des anderen finden. Wir leben in einem Waffenstillstand mit Gott. Aber ein Waffenstillstand kann eine besondere Geneigtheit bedeuten oder eine momentane Abwesenheit ... Gott, der uns sein ganzes Entgegenkommen demonstriert oder aber streikt – jedoch um uns weiter zu entlasten, um nicht mehr mit seinem ganzen Gewicht zu drücken ...

„Eines Nachts", erzählt er, „eben hier, unter meinen Fenstern, habe ich einen jungen Mann ‚Hure!' schreien hören. Wahrscheinlich richtete er mit diesem Schrei seinen Abscheu gegen die, die gerade mit ihm gebrochen hatte und schon im

Regen davonging ... Das hat mich nachdenklich gestimmt. Jede Frau, die einen Mann verläßt oder ihm einen anderen vorzieht, begibt sich in die Gefahr, von ihm in dieser Weise beschimpft zu werden. Und das seit jeher. Dieser junge Strolch sprach, ohne es zu wissen, wie ein preußischer Bürger aus dem neunzehnten Jahrhundert oder wie ein rauher Landsknecht aus dem fünfzehnten ... Welche Absurdität. Wenn die, die er so apostrophierte, zufällig wirklich eine Kurtisane war, was konnte es ihr dann ausmachen, daß man sie laut daran erinnerte? Und wenn sie nicht das älteste Gewerbe der Welt ausübte, paßte das Epitheton so wenig zu ihr, als hätte er sie ‚Gott!' genannt. Das wäre nicht mehr und nicht weniger abwegig gewesen. Wahrscheinlich weniger ... Und müßten wir nicht alles, was uns durchdringt, ‚Gott' nennen? Man könnte meinen, der, der ‚Hure!' geschrien hat, hätte im Grund nur seine eigene Identität beim Namen genannt. Aber daß er sie sich widerrechtlich aneignete ... ‚Hure!' – diese erbärmliche Anrede – verriet nur das Unvermögen, etwas mit den Worten tiefster Leidenschaft auszudrücken. Und was für ein psychologischer Schnitzer! Hoffte unser Schreihals etwa im Ernst, jene schwer zu kränken, die ihn nunmehr aus den triftigsten Gründen verließ? Es gibt Worte, die man nicht ungestraft sagt, die man nicht sagt, ohne daß sie einem, wie ein Bumerang, sofort zurückgegeben werden. Keine Hure wird sich jedesmal, wenn aus diesem Stand eine Beleidigung gemacht wird, als solche empfinden. Ja, je länger ich es bedenke, um so besser wäre es wohl gewesen, jene, deren schändlichen Verrat man mitten in der Nacht anzeigen wollte, ‚Gott' zu nennen. Die allerletzte Chance, die Ursache seines Schmerzes, seiner Wut und seines Verlassenheitsgefühls mit einem richtigen Wort zu bezeichnen. Aber wer wäre unter den gleichen Umständen darauf gekommen?"

Im übrigen, denkt der Doktor, wenn du, Elsa, Helga, Eva, was weiß ich, für eine Nacht an meiner Seite Gott bist, wäre es dann nicht aus vergleichbaren Gründen? Könnte ich dich nicht diesem Gott gleichstellen, der kommt und geht, wiederkommt und wieder weggeht, immer mit denselben mal offenen, mal abheilenden Wundmalen? Gewiß, ich hätte dich dafür bezahlen können, wie man in der Kirche eine Kerze anzündet. Und wie du dem Arzt einen entsprechenden Dienst hättest vergüten können. Als Arzt war ich für die gebrandmarkte Frau Gott. Als Hure wirst du für deinen lüsternen Freier Gott. Ein Tausch auf Gegenseitigkeit. Ordnungsgemäß. Keiner wird hereingelegt, sondern jeder wird für eine Weile von seinem Leid und von sich selbst erlöst davongehen. Gott ist nicht ehelich. Aber er ist die Umarmung und der Coitus. Man lädt ihn für eine Stunde oder für eine Nacht ein. Er ist die Zeit des Liebesabenteuers. Elsa, Helga, Eva, gewähr mir diesen Tanz, bitte. Noch einen Rausch, Herrgott, Herr Henker, meine zärtliche Krankenschwester.

„Ach", sagt er, „apropos, da wir gerade von Gott sprechen ..."

Er sagt „wir", aber glaubt er wirklich, daß sie gemeinsam aus seinem Mund gesprochen haben?

„Erinnerst du dich, daß in den Evangelien, in dem einen zumindest, ein Pharisäer, der Jesus an seinen Tisch geladen hatte, seine Tür einer Sünderin nicht verbieten konnte, die weinend kam, um die Füße des Messias zu küssen? Unser Gastgeber stellte folgende Überlegung an: Wenn Jesus ein Prophet wäre, so wüßte er, wer und welch ein Weib das ist, das ihn anrührt. Er kommt nicht auf den Gedanken, sein Besucher könnte erraten haben, mit wem er es zu tun hat ..."

Zu einer Zeit, denkt er, als die Männerkörper sich freier zwischen den Frauenkörpern bewegten als heute ... Wie Rumpf an Rumpf in der Einfahrt einer Flußmündung schlingernde Schiffe. Das gegenseitige Erkennen der Menschen und der Völker verlief damals über die Promiskuität. Man berührte sich, man beschnupperte sich, man strich wie ein Hund um seinen Gesprächspartner herum. Man verhielt sich nicht reserviert, und doch nutzte sich im Kontakt mit den anderen weder die Haut ab noch erschöpften sich die Gefühle ...

„Du weißt ja, wie es weitergeht: dieselbe Maria aus Magdala war es, die später – kurze Zeit danach, denn das alles ist sehr schnell abgelaufen – das Mysterium der Auferstehung entdecken sollte! Sei es, daß sie als erste gewahr wurde, daß der Stein, der das Grab verschloß, fortgewälzt war ... Sei es, daß ein oder zwei Engel ihr erschienen waren und sie gefragt hatten: Was suchet ihr den Lebendigen bei den Toten? Sei es, daß sogar ein Erdbeben geschehen war: in diesem Punkt weichen die von den Glaubenskundigen niedergeschriebenen Versionen voneinander ab. Und wenn der eine sie als von der Offenbarung entsetzt beschreibt, so beliebt ein anderer, sie hocherfreut darzustellen ... Doch wäre nicht das Wesentliche, daß sie vor den anderen erfuhr, daß Christus auferstanden war? So wie im Hause des Pharisäers der Sohn Gottes *sie* auszeichnete, war sie es auch, die wußte, daß er zurückgekehrt war. Das alles spielte sich zwischen Erleuchteten ab. Das Paar des Jahres! Er hatte ihr die Sünden vergeben, ‚denn sie hatte viel geliebt.' Wen denn? Nun, erst einmal ihn selbst, das heißt Gott. Aber auch die Männer, ihre Freier ... Und dann hatte er sich an ein Kreuz nageln lassen, um uns eine in gewisser Weise vergleichbare Liebe zu demonstrieren ... Zur damaligen Zeit geizte man nicht mit dem Zurschaustellen von Gefühlen!"

Mir wird viel vergeben werden, denkt er, denn ich werde Maria, Elsa, Helga, was weiß ich, heute nacht viel geliebt haben. Es sei denn, ich hätte eben aufgrund dieser Liebe zu Elsa, Eva, Magdalena nichts, was man mir vergeben müßte. Denn man kann auch die lieben, deren Namen man vergessen hat ...

„Hör zu", sagt er.

Er hat das Radio im Nebenzimmer angelassen.

„Das ist Schaljapin", sagt er, „ich erkenne ihn immer, weil er nicht singt, er weint. Sogar im *Barbier von Sevilla* singt er weinend. Mit Tremolos. Ich finde, das ist eher stimulierend ...

„Doktor?"

„Ja?"

„Warum hältst du dich an die Mädchen?" fragt sie.

Vielleicht öden die biblischen Hinweise und die Betrachtungen eines blasierten Musikliebhabers dieses Kind an? Ja, dieses Kind, sagt er sich, gleichsam um keine andere Entschuldigung suchen zu müssen. Hatte er womöglich ein bißchen feierlich geredet? Genausogut hätte sie ihn fragen können: Doktor, warum hältst du dich an die Bücher? Die Bibel, mit ihren Mantel-und-Degen-Figuren, Jonas und Maria Magdalena inbegriffen ... ‚Dieses Kind ...' Von wegen!

„Könntest du den Beruf wechseln?" fragt er.

„Nein ...", stottert sie.

„Siehst du! Deshalb halte ich mich an die Mädchen."

Sie versteht nicht so recht den Zusammenhang. Aber sie wiederholt:

„Nein, das könnte ich nicht. Was man erlebt, ist zu stark. Danach taugt man zu nichts anderem mehr. Ich habe ein einziges Mal versucht, mit dem Strich aufzuhören, aber das Leben kam mir unecht vor. Ich hörte den Leuten zu, sie redeten wie in einem Buch. Mit Verlaub, Doktor, ein bißchen wie Sie manchmal ..."

Sie hat das Universum der Verstellung aufgegeben, und die Realität ist ihr künstlich erschienen ... Vielleicht hat sie recht. Wer weiß, ob ihr Leben der Täuschung nicht wirklicher ist als alles?

„Das ist so, wie wenn man den Krieg mitgemacht hat", sagt er, „wenn man ihn wirklich mitgemacht hat, wenn man zu lange Soldat geblieben ist: danach kann man nur noch Soldat bleiben. Man ist eine Hure des Todes geworden. Wenn man ermißt, daß der Frieden nur Schein ist, fürchtet man zu denken, daß der Krieg – auf furchtbare Weise – echter war ... Man kann nur noch Soldat sein. Oder Arzt. Deshalb bin ich Arzt geblieben. Vier Jahre lang bin ich Soldatenarzt gewesen, wie es Mädchen gibt, die Soldatenliebchen sind. Männerarzt, um mich darüber hinwegzutrösten, wenn nicht davon zu kurieren, einer zu sein. Wenn man das hinter sich hat, meint man, man habe soviel gesehen, daß man von der kleinsten Gefühlsregung niedergeschmettert wird. Man glaubt, man sei kälteempfindlich geworden. Und das Gegenteil tritt ein. In der Zwischenzeit ist man, mitunter zu seiner großen Verwirrung, ein Freund starker Empfindungen geworden. Dabei dachte man, damit fertig zu sein. Man hielt sich für harmlos ... Eben das ist es. Man geht weiter mitten durch ein Minenfeld. Das Schlimmste ist, daß man für sich selbst auch eine Mine geworden ist. Deshalb kommen Sie mir ja nicht mit denen, die ihre Liebe zu den Menschen lauthals herausschreien und dabei ihre Hände in der Tasche verstecken. Ich mißtraue instinktiv den Heilern, denen der Anblick von Wunden ein Dorn im Auge ist. Man erkennt nur den, man kann nur den heilen, an dem man sich gerieben hat, und wenn man sich nicht von dem scharlachroten Spiegel abwendet, den er uns vorhält. Wenn ich blind würde, müßte ich ihn noch betasten, im Dunkeln betasten, wiederherstellen ..."

Komisch, denkt das Mädchen, eben befürchtete ich noch, zu erblinden, jetzt quält es ihn ... Das liegt bestimmt an dem vielen Weiß um uns herum.

„Wissen Sie, daß ich als Blinder meine Patienten und ihre Leiden noch an ihrem Geruch erkennen würde?" hakt er nach.

Oh, mich leider auch, denkt das Mädchen.

„Gesundes Blut, krankes Blut können nicht lügen. Ich bin nur der Beichtvater der Körper", sagt er. „Und als solcher zur Verschwiegenheit verpflichtet. Du und ich, wir versorgen wahrscheinlich dieselben Kranken, aber wir behandeln nicht dieselben Krankheiten. Meistens muß ich sie von denen kurieren, die ihr, du und deinesgleichen, ihnen einimpft! Aber jene andere Krankheit, die, die sie in eure Arme getrieben hat, ist die erste, die ich diagnostiziere, wenn sie in mein Sprechzimmer kommen. Sie verleiht ihnen diesen Blick von in der Wüste Ertrunkenen. Sie zerreißt ihr Gesicht wie der hingekritzelte Entwurf zu einem Brief, den sie nicht bis zu Ende geschrieben haben." Zu einem Liebesbrief oder zu einem lieblosen Brief? fragt sich seine Gesprächspartnerin.

„Eben hast du mich, glaube ich, gefragt, warum ich mich an die Mädchen halte."

„Ja, ich dachte mir, Sie müßten doch wohl gewöhnliche Frauen haben, also, ich meine natürlich Frauen, die Sie nicht zu bezahlen brauchen ... Ein gutaussehender Mann wie Sie, Doktor, Sie bekommen doch sicher alle, die Sie wollen!"

„O bitte, erspar mir die Sprüche, bis jetzt hast du sie doch nicht verwendet. Nicht unter uns ... Ja, es gibt Frauen in meinem Leben, es sind übrigens oft Schauspielerinnen ... Aber von Ellen, die es noch nicht weiß, habe ich schon angefangen mich zu trennen: in diesem Jahr wird es sein. Bei Ernestine wird es nicht nötig sein, sie hat so viele Liebhaber, daß hin und wieder der eine oder der andere ausbleiben muß. Vor fünf Jahren habe ich Gertrud geduzt. Heute sieze ich sie."

„Wie mich ...", hebt das Mädchen hervor. „Mal sagst du Sie zu mir, mal sagen Sie du ..."

Er lacht.

„Stimmt!" ruft er. „Aber diese Nacht ist wirklich eine ganze Liebesgeschichte im Zeitraffer!"

Die nicht schlecht enden wird, denkt das Mädchen. Der Vorteil einer Hure ist, daß man sich von ihr nicht trennt.

Die Frauen, die man nicht kauft, muß man verführen, denkt er. Vor kurzem habe ich mich gern damit beschäftigt, das regte mich an, diese Annäherungsbemühungen, dieses beschwerliche Kapern, diese Rituale mondäner Säugetiere. Weil ich auf mich selbst keinen Reiz mehr ausübe, ermüdet es mich heute und widert mich ein bißchen an. Was ich an weniger Verdorbenem in mir habe, will ich nicht in einem Maskenspiel verschleudern. Deshalb schlafe ich lieber mit Nutten, weil sie nur ein mit Haut überzogener Schlund sind. Bisweilen wird das Theater des Süßholzraspelns und des nachgemachten Röchelns, der gezinkten Karten beklagt, das die Mädchen sich mit ihren Kunden leisten: wer weiß, ob sie sich selbst manchmal nicht weniger belügen, als die nach Illusionen verrückten Liebespaare, als die nach Hoffnung jammernden Verliebten, die dadurch auf alle Mißverständnisse abonniert sind, mit deren Hilfe sie eine Weile der unerträglichen Wahrheit des Lebens entrinnen können? Zwischen den Zeilen des stets leoninischen Vertrags, den der Freier zwischen den Schenkeln eines Mädchens paraphiert – Gesetz von Angebot und Nachfrage, schmutziger Handel, Scheingeschäft – zeichnet er wenigstens nur eine Lüge gegen, die von den Partnern von vornherein bis ins Detail vorgesehen war.

Dieser Körper, möchte der Doktor Eva, Elsa, Helga sagen – möchte er ihr am liebsten zurufen – ist Subjekt und Objekt des Schreckens, den er empfindet, den er einflößt, und doch werden wir beide ihn in einem Augenblick vergessen, wenn der deine vor meinem nackt sein wird wie ein stummer Schrei.

„Sogar meine Frau", vertraut er dem Mädchen an, als schlösse er eine Überlegung ab, die er im ganzen laut formuliert hatte, „mußte ich eines Tages dafür bezahlen, daß sie mich liebt ... Es war im Krieg. Es war so, wegen der Einsamkeit um uns, zwischen uns. Um diese Kluft zu überbrücken."

„Hat sie das von dir verlangt?" fragt das Mädchen vor Lachen prustend.

„Nein, nein, du verstehst nicht. *Ich* habe sie dazu gezwungen! Mir kam es vor, als müßte ich für ihre Liebe bezahlen, als hätte ich plötzlich keinen Anspruch mehr darauf ... Ich hätte ihr gerne meinen ganzen Sold gegeben. Ich hätte mich nicht satt daran sehen können, wie sie die Geldscheine wieder und wieder zählte, um sich zu vergewissern, daß die Rechnung aufgeht! Ich hätte mich gern innerhalb einer einzigen Nacht für sie ruiniert. Wenn fast alles bezahlt wird, warum sollte man dann nicht auch eine eheliche Nummer in bar begleichen? Weißt du, ich habe in meinem Leben immer alles kaufen müssen ... Unentgeltlich habe ich nichts bekommen."

„Mich ausgenommen ...", wendet sie ein.

„Stimmt ...", wundert er sich. „Dich ausgenommen, eine Nacht lang."

Einen Monolog lang ..., denkt sie.

Als ich noch Gedichte schrieb, überlegt er, fühlte ich mich als die Hure Gottes. Aber auch da als eine Hure, die Gott nicht zu bezahlen brauchte.

„Mich ausgenommen ...", wiederholt das Mädchen. „Mich eine ganze Nacht ausgenommen. Damit das ein für allemal feststeht."

Damit ihr wortreicher Sylvesterkunde sich der ungeheuren Größe des Geschenks bewußt wird und von nun an nicht mehr irgend etwas sagen kann. Übrigens kann sie nicht umhin anzufügen: „Meine nächste Go, Doktor, du wirst doch nicht vergessen, sie umsonst zu behandeln? Ich werde mir eines Tages bestimmt noch eine einfangen ... Und auf die Weise komme ich auf meine Kosten!"

„Heute nacht", sagt er, „werden wir zusammen arm gewesen sein."

Heute nacht, ist es dieses Mädchen, das zu seinen Gunsten Fürbitte einlegt. Bei welcher Instanz weiß er nicht. Heute nacht ist es seine Besucherin, die ihm sagt, wer er ist. Auch wenn sie ihm nicht nur gute Neuigkeiten mitzuteilen hat. Plötzlich ist ihm, als machten dieses Mädchen und er sich daran, alles auf einmal zu begreifen. Als hätten sie etwas über die gesamte Menschheit erfahren, was diese noch nicht weiß ...

Er glaubt in der Ferne Explosionen knallen, Glocken läuten zu hören. Er sieht nicht auf die Uhr.

„Doktor, glauben Sie, daß unsere Stunde kommen wird?"

Was für eine sonderbare Frage. Meint sie die Stunde, wenn die abgebrannten Ärzte endlich die unheilbaren Krankheiten heilen werden? Die, wenn die sogenannten Freudenmädchen endlich ihren Namen verdienen werden? Oder den zwölften Glockenschlag einer anderen Sylvesternacht, wenn man den vornehmen Venerologen aus der Belle-Alliance-Straße mit einer ehemaligen Kurtisane am Arm ins Café Adlon kommen sehen wird, die wie eine Sphinx eine Straßtiara auf dem Kopf und Lapislazuli an den Ohren hat? Ein Kellner in Livree wird ein tragbares Telefon auf ihren Tisch zwischen ihre Gläser mit mildem Kognak stellen. Man wird dem Doktor die neueste Ausgabe des *Neuen Merkur* oder der *Deutschen Allgemeinen Zeitung* bringen. In Deutschland, das Ehrenmitglied des Völkerbundes geworden ist, gibt es nicht mehr den kleinsten Staatsstreich, die politischen Führer sterben künftig in ihrem Bett, die Währung ist stabil, man nimmt sich in dieser Nacht nicht das Leben: der Expressionismus macht die Cabarets und Lyrikzeitschriften unsicher, die Straßen aber hat er verlassen.

„Entschuldigen Sie, junge Frau, sobald man in die Falle meines Pathos geht, beiße ich. Machen Sie sich keine Sorgen, natürlich wird unsere Stunde kommen, vielleicht früher als vorgesehen, aber wird es die Stunde des Milchmanns, die des Feldgeistlichen oder die des Scharfrichters sein? Was macht es aus? Inzwischen wird ein Schauer durch uns gegangen sein."

Er war mit großen Schritten durch das ganze Zimmer gegangen. Vor dem bodenlangen Spiegel blieb er wie angewurzelt stehen.

Plötzlich wußte er nicht mehr, was Spiegel und was Fenster war. So als finge sein Blick durch einen durchsichtigen Spiegel diese blassen, gespreizten, leicht angewinkelten Schenkel auf der Metalliege ein. Wäre in diesem Moment ein Dritter ins Zimmer getreten, so hätte er vermutet, der Arzt würde gleich Gummihandschuhe überziehen, zu den Lanzetten und zu einem Schröpfkopf greifen und eben hier, in der Sylvesternacht, eine unerlaubte Abtreibung vornehmen. Wie hätte dem Mädchen, das den Kopf zurückgelegt hatte, seine Schamlosigkeit bewußt sein können? Nach vorn geschoben, wie ihre Beine nun einmal waren, wirkten sie im Spiegel riesig, unverhältnismäßig.

Der Doktor kann seinen Blick nicht von diesem opalisierenden, bläulichen Fleisch losreißen. Brüssel, denkt er, Afrika, Frühling. Tinte und Blut vermischt. Wie lange ist das her? Das war damals, als die Welt noch Erbarmen mit sich selbst empfinden konnte.

Sein Blick wandert über den Bauch, den Busen, die Augen des Mädchens, das endlich bemerkt, daß es beobachtet wird. Sie ist nicht jemand, denkt der Doktor, sie ist ein Vaterland, eine Jahreszeit. Die Wurzeln meines Lebens finden in ihr wieder zusammen und verflechten sich. Heimatwiege und Totenhaus. Der Blick, der dem seinen standhält, könnte leer scheinen: er ist nur von einem gegenstandslosen Entsetzen geweitet, von einer der Geburt vorausgegangenen Katastrophe gebannt.

Ihm wird übel. Es ist kein Ekel. Es ist, als würde er beim Erwachen Blut auf dem Bettlaken entdecken, ohne gleich zu begreifen, daß es seines ist.

Nicht so sehr diese Entblößung schnürt ihm die Kehle zu, als die Abschweifungen, die sie auslöst. Man entdeckt das Unendliche dort, wo man es nicht mehr erwartete. Er, der kaum trinkt, wird rührselig wie ein Säufer. Er, der keine Drogen mehr nimmt, gibt sich wehmütigen Räuschen hin.

Das ist die Müdigkeit, denkt er, die sich in den Jahren der Bemühungen um das Fleisch der Menschen angesammelt hat. Mein Leben ist nichts als eine endlose schlaflose Nacht gewesen. Er weint ohne Tränen. Nur seine Lippe zittert.

„Weißt du, Doktor", sagt das Mädchen, „ich heiße weder Elsa noch Eva. Mein Name ist Renate."

Er fühlt sich hundemüde. Er legt sich wieder neben das Mädchen auf die Metalliege. Sie schmiegt sich an ihn, als wäre ihr plötzlich sehr kalt. Er wundert sich über das Gewicht dieses Schädels, der seine Schulter sucht. Er erinnert sich, daß der Schädel der Toten bleischwer ist. Sollte es diese Assoziation sein, die ihm eine weitere eingibt? Ihm kommt es vor, als ginge vom Körper dieser Frau mit den geöffneten Beinen ein Moderhauch von Autopsie aus. Der Grabesgeruch der Frauen, die man nicht richtig geliebt hatte ... Und dennoch.

Früher beschrieb er die Prostituierten nur, wenn der Tod sie geholt hatte, in Reimen, die durchtränkt waren von einem blindwütigen Naturalismus in düsteren und flammenden Farben, schwarz auf grellem Untergrund. Oder er ließ sich zu irgendeinem misogynen Bonmot hinreißen: „Eine Frau ist etwas für eine Nacht. / ... Eine Frau ist etwas mit Geruch."

Behauptete sein teurer Feind Bert Brecht nicht seinerseits, daß man die Frau genießt, „wie man eine Zigarette raucht: man raucht die Zigarette auf, aber nicht ganz"?

Welche Säure hatte denn die Zeit zerfressen, daß die Literaten sich so auf den Spott versteiften? Und dennoch. „Nachts wahllos zwischen Horden verschluckt der Zeugungsakt, Gestirne!" Warum muß man allein bleiben, danach, mit weit offenen Augen, während die befriedigte Beute-Jägerin ausruht und nicht einmal zu träumen scheint? Oh, nur nicht im geronnenen Morgengrauen endlich einschlafen, sich wenigstens das schale Erwachen am Morgen ersparen!

Warum, fragt sich der Dichter, verschwindet die Frau heute aus dem Wenigen, was ich noch schreibe, und erwähne ich sie nur noch als ferne oder verschwundene Gottheit, die „Naht und sammelt die Welt."

Über seine Kopenhagener Freundin schreibt er Verse mit gekonnten Dissonanzen, doch nur um wieder die bis zur Neige genossene Scham der Trostlosigkeit und die unabwendbare Dualität des Mannes zu gestehen.

Übrigens, denkt der Dichter, man nennt nicht einmal mehr den Tod. Und warum, wie sollte man ihn noch ansprechen? Er war überall. Im Krieg hat sich die Brüderlichkeit der Männer aufgelöst, während ihr Blut kochte. Und den Frauen gegenüber erfaßt einen Schwindel. Wenn man, um sie zu nehmen, in die Haut eines Kannibalen kriecht, trägt einen ein Windstoß auf das offene Meer hinaus, aber man ertrinkt dort; man macht sich im Nu von sich und der Welt los. Dann schnell den Bierdeckel oder das Rezeptblatt, um mit der Grobheit der Verzweiflung die zwei oder drei Devisen zu verzeichnen, die das Leben mit der Feinheit und Haltbarkeit eines Engelshaars in einem festhalten ... Einziges Heilmittel gegen das Versiegen aller Quellen. Allerletztes Bollwerk gegen diese Sandflut. Schreiben, um das Gähnen zu unterdrücken, das die Tage einem abringen, so daß es einem das Herz ausrenkt.

Oh, schnell die Worte der Jugend wiederfinden, als man die Frauen noch andichtete: „Lachen ... strahlend ... Liebe ... weißes Tier ... Geschlecht behütend ... befruchtbar ...!" Damals wogte der Überschwang bis an das Ufer ... Man kann die Bräune nicht vergessen, mit der die Kreuzfahrten auf der Ostsee die Frauenkörper schminkten. Seither haben alle Lieben diese braune Farbe angenommen. Die Lust schäumte auf dem Kamm der Wellen, und das Meer war trunken. Selbst „Mit jeder Welle schmetternd dich in Staub / in Dorn des Ich, in alle Dünen ..."

Ja, wieder an diese Überzeugung anknüpfen, daß die Frau eine an das Nichts gelehnte Fülle ist. Ein glückliches Chaos. Und die Hetäre ein Spiel schillernder Formen, bei dem man den Bruch zwischen sich und dem anderen vergißt. Großzügigkeit ihres Geheimnisses. Die größte Liebende der Antike hieß Psyche.

Isolde tauchte nackt aus der Winternacht auf.

Nun stammelt der Dichter, sucht die Worte eines noch ungeschriebenen Gedichts über die Liebe, die sich schenkt und die sich entzieht und die das Leben zum Schluchzen bringt, wenn sie es auf einen Abgrund von Ewigkeit zudrängt...

„Werde ich in einem Gedicht vorkommen?" fragt Renate.

Er muß laut geträumt haben. Er lacht.

„Ich würde über dich schreiben", sagt er lächelnd, „wenn du wirklich erblindet wärest ..."

Er würde ihr gerne erklären, daß irgendwelche in Verse gefaßten Strophen ihm immer nur dazu gedient haben, mit dem Tod sein Spiel zu treiben. Schweigen wäre zwar besser gewesen, aber niemandes Schweigen ist nie jemandes Schweigen. Das Gedicht kriecht dann in einen hinein wie die Amöbe oder die Krätze, es legt seine Eier ab, bohrt seine unterirdischen Gänge, man wird es nicht mehr los. Es ist der Eiter der Seele. Was könnte man sich Besseres erhoffen? Wenn ein Gedicht einen nicht überallhin verfolgt wie ein Juckreiz – oder ein Gewissensbiß –, lohnt es sich nicht, es zu schreiben. Wenn ich zur Zeit nicht schreibe – aber wahrscheinlich denkt er wieder einmal laut –, so nicht aus Überdruß oder Unvermögen. Aus Enthaltsamkeit. Ich warte darauf, das Gedicht schreiben zu können, das den Alkoholiker am Ende seiner Entziehungskur durstig machen und bei dem vom Kokain weggekommenen Drogensüchtigen Entzugserscheinungen verursachen würde. Ich erwarte von mir die Worte, die den von seiner Syphilis geheilten Wüstling wieder ins Bordell locken und den reuigen Strolch, der seine Strafe verbüßt hat, wieder zu seinen kleinen Diebstählen treiben würden. Auch die Worte, die den, der seinen Frieden mit den Menschen gemacht hat, dazu bringen würden, den Göttern den Krieg zu erklären. Andernfalls brauche ich nur noch das Maul zu halten.

„Ich habe Kunden, die vögeln", sagt das Mädchen. „Andere, die nur gucken. Wieder andere, die reden. Es sind nicht die gleichen. Als ich hierherkam, wußte ich, daß du reden würdest, du bist geschwätzig wie die, die zu lange geschwiegen haben. Ich dachte mir schon, daß du nicht gucken würdest: als Arzt hast du schon so viel gesehen! Ich wußte nicht, ob wir vögeln würden. Ich konnte nicht vorhersehen, daß ich Lust dazu haben würde. Sonst schätze ich es nicht, wenn ein Kunde die Formen vermischt . . ."

Es liegt daran, daß ich gleichzeitig in und außerhalb der Welt bin, überlegt der Freier. Ein ständig zwischen den Menschen und den Dingen hin und her pendelndes Schiffchen. Man kann nicht immer neben dem Leben sein.

Er betrachtet diesen Körper, dessen Besitzer er in einem Augenblick werden wird. Er hat ihn nämlich noch nicht richtig angesehen. Er entdeckt die Magerkeit der Schultern, die Zartheit der Handgelenke, einen unregelmäßigen Nabel. Zwischen den dichten Haaren und diesen indianischen Wangenknochen der Raubblick, der gläsern ist vom Warten auf den, dem sie gleich zu gehören heucheln wird.

Etwas in ihm würde ihn drängen, dieses Fleisch zu verdinglichen, es lediglich als Nahrung für seine Lüsternheit zu betrachten, es wie ein Uhrwerk zu manipulieren. Es nur zu nehmen, um von ihm zu lernen. Aber wenn er es wirklich wollte, würde es ihm nicht gelingen. Er könnte sich einer heimlichen Ehrerbietung für diese alterslose Kreatur, ihre zerrüttete Kindheit nicht erwehren. Er würde alles auf der Welt darum geben, wenn sein eigener Körper wenigstens einen Augenblick lang die Robustheit dieser Göre hätte – denn er fürchtet, daß sein Leben, die Zeit, die Stadt ihn verdorben oder zerkocht haben.

Er sieht diesen Körper an, der dadurch, daß er sich so vielen Besiegten hingegeben hat, nicht zerstört worden ist. Welches Wissen um geteilte Einsamkeit könnte dem seinen gleichkommen? Es gibt nur eine einzige Großzügigkeit: die von einem Körper in einen anderen strömt. Es kommt vor, daß man aus Prüderie oder aus Affektiertheit von etwas anderem spricht. Aber letzten Endes geht es immer um einen Körper. Um diese Hülle, die jegliches Leben zerknittert, zerfetzt, zerreißt, veralten läßt. Unterdessen werden nur einige Körper in Not, in Panik etwas für einige andere vermocht haben. Und auch einige Worte, wenn sie die Reise von einem Körper zu einem anderen gemacht haben werden. Freilich muß man sie ebensosehr begehren wie die Körper selbst.

„Wenn man bedenkt, daß es bald Tag wird, und ich habe schon geglaubt, wir würden es nicht machen ..."

„Du hättest es mir übelgenommen, nicht wahr? Du wärest wütend gewesen?"

„Ich wäre traurig gewesen. Ich hätte es nicht verstanden. Ich hätte es nicht verstehen wollen. Ich hätte auch Angst gehabt."

„Angst vor mir?"

„Angst vor einem Kunden, der auf seine Vorrechte verzichtet, wo alle Worte, die er ausspricht, vor verhaltener Gewalt beben. Doktor, du hast doch wohl nicht vor, es mit einem Gummi zu machen? Du weißt doch, daß ich nicht mehr gefährlich bin ..."

Sie ist sanft auf ihn gestiegen. Sie legt die Hand auf seine Eier und kitzelt mit einem Fingernagel seinen Anus. Sie beugt sich über ihn, streift mit der Spitze ihrer Brüste die des Mannes. Beider Brustwarzen werden gleichzeitig hart. Sie greift nach den Händen des Mannes, um sein Streicheln zu leiten: als wollte sie ganz davon überzogen werden. Die Handflächen wundern sich über die Kleinheit der Brüste, legen sich auf den Schnee der Schenkel, streifen die Leisten, deren Wärme ihn rührt, umklammern die glühend heißen Lenden, dann umschließen sie den kindlich kühlen Hintern, um das Mädchen besser auf das aufgerichtete Glied zu spießen und es in sie hineinzustoßen, während sie den Kopf zurückwirft und ein langanhaltender Schauer ihren Unterleib durchzieht.

Das Geschlecht des Mädchens saugt das seine auf wie die Ränder einer Wunde.

„Wie du dich hingibst ...“, murmelt er.

Nur noch dieses Zeichen von Dankbarkeit entschlüpft ihm, weil in ihm nur noch sein Begehren spricht. Dabei dürfte nichts mehr von dem hier wahr sein. Weder dieses Keuchen noch dieses Juchzen, von dem er gerade noch denken kann, daß sie es hätte bleibenlassen sollen ... Aber diese Schauer wie die eines fiebernden kleinen Mädchens, macht sie die auch nach? Man wird es nie erfahren. Es wird immer einen Zweifel geben, und alle Huren wissen das, noch die zynischsten ihrer Partner werden sich dafür entscheiden, darauf hereinzufallen. Und dann öffnet er sich diesem Lamento, das ihre Lust stillt und sich so sehr von dem schamhaften, ernsten Schweigen der Frauen abhebt, die er geliebt hat. Er drückt diesen wie von Schluchzen geschüttelten Körper fester an sich. Er weint in ihr: sie weint mit ihm.

Im Moment seines Orgasmus erschien sie ihm animalisch und wunderschön. Mogelte sie wieder, während sie ihm einen Kuß auf den Mund gab? Er kostete die Lippen, die nach Brennnessel, Eisen und Bleistiftmine schmeckten. Das Aroma einer armen Kindheit. Er entdeckte, daß sie auf ihrem ganzen Körper unterschiedslos Parfum benutzt hatte. Er lächelte.

Er gratuliert sich dazu, daß er diese zärtliche Formalität bis zum Morgengrauen aufgeschoben hat. Mit dem Licht des Tages und den Geräuschen der Stadt erlangte die Welt ihre ursprüngliche Naivität wieder.

Und der Mann profitiert von dieser Sanftheit. Er hat vergessen, daß er allein ist. Eine Frau hat sich heute nacht für ihn eingesetzt. Er weiß nicht mehr, daß man nie etwas nimmt und daß man auch nie genommen wird. Er sagt sich nicht, daß man sich hier nur Geschichten erzählt hat, da diese ja zu der überschwenglichen Wollust angeregt haben. Weiß der Doktor denn nicht, daß alle Realität der reinen Lüge immer noch das Doppelspiel vorzieht und daß es jedem zusteht, aus eben dieser Zweideutigkeit Gründe zum Überleben zu schöpfen? Da man sich nicht einmal mit der, die man am innigsten liebt, ganz in Durchsichtigkeit vereint, wie sollte man da nicht von dem mit einer Gelegenheitsbesucherin in der Kürze eines Spasmus zurückgelegten Weg begeistert sein? Es kann sich ergeben, daß man dieser nach einer Stunde das Geständnis macht, das man bei der anderen ein Leben lang unterdrücken würde. Und daß einem ein anderes, von ähnlicher Tragweite anvertraut wird.

Wenn die Stunde vorüber ist, wird man sich jedoch nichts mehr zu sagen haben, und man wird sich vielleicht für immer trennen.

„Mein Gott, Edith ...", hat er in dem Moment gemurmelt, als er kam. Und danach hat er gesagt, wie sehr ihn diese Verwechslung beschämt ... Renate hat gelächelt.

„Ein Witwer soll sich nie entschuldigen ...", sagte sie. „Aber Edith oder nicht, da es dir viel Spaß gemacht hat, wirst du das kleine Geschenk für mich doch nicht vergessen?"

Nein, er hat es nicht vergessen.

Da freut sich das Mädchen plötzlich, daß ihr Freier gesagt hat: Ja, ich erinnere mich: ein bißchen Zucker und Kaffee, nicht wahr? Ihre Augen und ihre Zähne glänzen im Frühlicht.

„Würden Sie es glauben, Doktor, daß ich mich sogar heute nacht, als Sie alle Lampen ausgemacht hatten und im Dunkeln nur noch die medizinischen Instrumente funkelten, geborgen gefühlt habe?"

Gestern abend, denkt er, 1926, habe ich mich aus Hohn gefragt: Wo wird das Fest vorbereitet, das meine alten Knochen aufwärmt? Es braute sich eben hier zusammen.

„Manchmal nachts, wenn ich vergebens den Schlaf herbeisehne, glaube ich meinen Nachbarn singen zu hören", sagt er. „Und manchmal kommt es mir vor, daß er den Körper einer Frau zum Singen bringt. Wenn sie es nicht ist, die ihm mit ihren Zärtlichkeiten diese weiblichen Klagen entlockt."

„Und heute nacht warst du es!" ruft Renate in die Hände klatschend, „heute warst du dran!"

„Ja", stimmt er zu, „heute nacht war ich mein eigener Nachbar ..."

„Man hatte mich gewarnt", sagt sie. „ ‚Geh nicht zu ihm. Er mag die Leute nicht. Er macht allen angst. Er ist nur ein Totendoktor. Mit den Lebenden spricht er kaum.' "

Ich sage nie zu jemandem: Das Glück …, würde der Arzt am liebsten erwidern. Ich sage: der Tanz. Ich sage selten: die Freude. Aber ich sage: der Gesang. Selbst die Leichen singen, manchmal. Ich höre sie. Jemand muß doch wohl zuhören? Spuren von Freude, würde er gern erzählen, habe ich hin und wieder in den Eingeweiden eines Unbekannten entdeckt. Er war für niemanden mehr da, er hatte niemanden mehr, mit dem er hätte sprechen können, aber ich wußte, daß er nicht umsonst gelebt hatte. Ein Gott, welchen Namen man ihm auch gab, bezeugte auf diese Weise seinen Stolz, ein solches Geschöpf in die Welt gesetzt zu haben. Ja, sogar unter dem Hohngeschrei der Verzweiflung war dieser Gesang eines Geschöpfes hörbar, das sich einer solchen Freude fähig gezeigt hatte. Dann meinte ich, mich mit ihm singen zu hören.

„Wie komisch", sagt das Mädchen, „ich, eine Hure, habe auf meinem Weg nur ein paar irgendwie desertierte Soldaten, unbußfertige Ganoven, Polypen, die selbst halbe Ganoven waren, oder einen Arzt für die Lebenden oder die Toten, einen Arzt für die Mädchen und für die Toten gefunden, und nur sie waren umgängliche Männer. Die anderen waren so sauber. Sie redeten, um nichts zu sagen. Sie machten es, um es gemacht zu haben. Sie lebten, um nichts zu erleben. Wenn sie zufällig starben, wurden sie letzten Endes nicht von ihrer wirklichen Krankheit hinweggerafft. Sie gingen nicht an dem zugrunde, was sie gelebt hatten."

„Die meisten von denen, die ihre Frau betrügen", sagt der Freier, „täten besser daran, dem Leben, das sie sich eingerichtet haben, Hörner aufzusetzen. Sie werden doch wohl nicht darauf verfallen, der Welt, so wie sie ist, treu zu bleiben? Sie ist nur schön, wenn man sie verrät."

Sylvesterabend, denkt er, weder ein Abend, um einen Schanker zu bestimmen, noch, um ein Gedicht zu schreiben. Nicht einmal ein Abend, um ein Mädchen mit nach Hause zu nehmen. Eben das hat mir gefallen. Ich habe mir gesagt: das wäre auf jeden Fall eine Stunde außerhalb der Welt und des Kalenders. Außerhalb der Termine. Als hätte der Winter uns, dieses Mädchen und mich, überrascht und zusammen eingesperrt, wie bei einem Erdrutsch oder einem Erdbeben. Einer Naturkatastrophe. Die Zeit hat ihre Dämme durchbrochen, sie hat sich in ein Delta von Ewigkeit verflüchtigt. Was wir getan haben – all das, was sich zwischen einem Mädchen wie dir, einer blinden Nutte, und einem Mann wie mir, einem mit Ekzemen übersäten Dermatologen, in einer Sylvesternacht in den zwanziger Jahren in Berlin abspielen kann – haben wir gegen die Welt getan. Dennoch waren wir im Innersten der Welt, vielleicht begann sie mit uns und wird sie mit uns enden. *Stille Nacht* …

„Nichts hätte uns davon abhalten können", sagt er. „Nicht einmal ein Notfall. Wir waren für uns selbst der einzige Notfall. Wie sagst du für anschaffen gehen?" fragt der Doktor.

„Auf den Strich gehen", sagt sie. „Eine ganze Nacht lang sind wir auf einem Seil gegangen."

Wir waren schlafwandelnde Seiltänzer, denkt er, die nichts hätte aufwecken können, außer dem Fehlen von Liebe.

Dieser wahrscheinlich weit weg von hier geborene Körper, in Wuppertal, Darmstadt oder Tübingen oder sogar in Linz oder Klagenfurt – hatte diese Renate nicht einen ganz leichten österreichischen Akzent? – oder, wer weiß, in Kamerun – hatte sie nicht die krausen Haare und den milchigen Teint einer weißen Negerin? –, aber in jedem Fall weit weg von Berlin, dieser exotische Körper hätte sogar der eines Transvestiten sein können: der Freier wäre in dieser Nacht nicht wütend über den Schwindel gewesen, er hätte diese Frau nicht weniger geliebt, wenn es ein Mann gewesen wäre, diesen Körper also hatte seine Reise, einerlei auf welchen Wegen, in die Belle-Alliance-Straße geführt, und das war unverhofft, das war wie eine Rückkehr. Wundersame Zufallsbegegnung der aufeinandergeprallten Moleküle. Wunderbare Ausnahme, die die furchtbare Regel bestätigte …

Ich bin in Hamburg gewesen, in Samt- und Seidenfähnchen, meinen Namen kann ich nicht nennen, denn ich bin ein Freudenmädchen …

… die furchtbare Regel dieses Jahres 1926, in dem zwei Millionen Arbeitslose und Tausende von Kriegsversehrten – Verstümmelte, an Krücken Gehende mit Nasen aus Leder – unter den Schutz von vierhundertfünfzigtausend Stahlhelmen gestellt worden sind. Aber was macht das, nicht wahr, wo Frankfurt doch sein Tanzmarathon veranstaltete und die Hauptstadt Josephine Baker und ihre Negerrevue empfing? Was macht es, wo Margo Lion uns doch in ihrer Revue zum Jahresende daran erinnerte, daß wir von der Schwerkraft befreit in der Luft schweben. „Es liegt was in der Luft." Was macht es, wo wir das doch alles ebensogut vergessen könnten, indem wir an diesem 1. Januar 1927 uns zu einer dieser Landpartien in den Grunewald oder an den Wannsee davonmachen, auf die die naturliebenden Städter so versessen sind?

„Vergiß trotzdem nicht, Doktor, daß Adolf Hitler, der Schriftsteller, dessen Buch du nicht gelesen hast … womöglich bist du auf seinen Erfolg neidisch? Nein, wirklich nicht? Also, er hat sich in eben diesem Jahr nicht damit begnügt zu schreiben, er hat auch die deutsche Jugend um sich geschart …"

Demnach hat er also noch einmal laut gesagt, was er leise dachte, oder zumindest einen Teil dessen, was er dachte? Er sollte besser aufpassen. Nicht mehr zuviel sagen oder nicht genug. Als du zu mir gesagt hast, denkt er – und er sagt es nicht –: Ich nehme dich …, habe ich gemeint, du würdest eigentlich sagen: Ich behalte dich …

„Und nun werde ich Sie verlieren", sagt er. „Jetzt sieze ich Sie wieder, das liegt daran, daß ich nicht mehr weiß, wann ich denke und wann ich spreche. Und daran, daß ich die, von der ich getrennt sein werde, immer sieze. Ich werde Sie verlieren, wo ich doch einen kurzen Augenblick lang, eine ganze Nacht, Ihr Besitzer war. Es ist zweifelsohne skandalös, jemandes Besitzer zu sein. Aber ist es nicht fast ebenso unerträglich, ihn anschließend zu verlieren? Vielleicht, Renate, wissen wir nichts von dem Ausmaß und der Vielfalt der Skandale, deren Urheber und Opfer wir sind? Wenn ich zu Ihnen sage: Ich lasse Sie jetzt allein …, sage ich dann: Ich gebe Sie frei, oder sage ich eher: Ich lasse Sie im Stich?“

Lange nach Renates Aufbruch war da nur noch ihr billiges süßes Parfum, das in den vier Räumen der Wohnung des Arztes in der Belle-Alliance-Straße 12 schwebte. Davon bekam man einen schlimmeren Kater als von dem zwischen dem einunddreißigsten Dezember neunzehnhundertsechsundzwanzig und dem ersten Januar neunzehnhundertsiebenundzwanzig getrunkenen Alkohol. Nach und nach roch das viel mehr nach Krankheit als nach Liebe. Das war kein Aschegeruch, sondern das Aroma von Blut, dachte der Doktor, während er durch die Räume seiner ausgestorbenen Praxis ging. Und ich weiß, wovon ich spreche …, redete er vor sich hin. Und er fügte sogar hinzu: Das riecht nach ausgetauschtem Blut.

Da fiel ihm ein, daß das Mädchen es hatte spenden wollen, sein Blut, für das Vaterland, und daß das Vaterland diese Spende in Anbetracht des Berufs, den es ausübte, abgelehnt hatte. Sie hat ihre Revanche gehabt, dachte er, sie hat ihr Blut geschenkt, wir haben zusammen davon gelebt.

Als das Mädchen sich am ersten Januar neunzehnhundertsiebenundzwanzig verabschiedete, vergaß es ein Handtäschchen aus besticktem Taft: handelte es sich um eine Brieftasche oder um ein Schminktäschchen? Es enthielt nur einen phosphoreszierenden Lippenstift, eine Nagelfeile mit einem Griff aus falschem Perlmutt, ein Pessar aus Nickel, zwei Latexpräservative, drei zusammengeknüllte Zehnmarkscheine.

Das Mädchen Renate hatte sich nicht nur nicht für seine Dienste entlohnen lassen. Obendrein hatte sie ihre Einkünfte dagelassen, vielleicht der Lohn eines Liebesarbeitstages. Wie finde ich sie wieder, um ihn ihr zurückzugeben, fragte er sich.

Ja, wie sollte er es ihr zurückerstatten?

Hamburg, 1936

Der Irrtum

„Jeder von uns beiden hat den halben Weg zurückgelegt ...“, stellt der Vater fest, als er Nele auffordert sich ihm gegenüber auf die Bank zu setzen.

Wenn sie sich später ihre Unterhaltung ins Gedächtnis rief, sollte sie sich fragen, ob er damit nicht gleich ein Wortspiel hatte machen wollen. Auf welche verschiedenen Wege hätte er denn anspielen können?

Und er selbst hatte an jenen Tag vor etwa zehn Jahren gedacht, an dem er das erregende und grausame Gefühl verspürte, daß er den Gipfel der Existenz erreicht hatte und daß es für ihn von jetzt an nur noch auf der Schattenseite der Dinge bergab ginge ... Doch die Schwelle zur Hölle hatte er erst heute überschritten.

„Dabei wäre es einfacher für dich gewesen, mich nach Hannover kommen zu lassen!“ sagt sie.

„Es ist besser, daß wir uns in Hamburg wiedersehen ...“, entgegnet er.

An diesem Meer, das sie von Kopenhagen kommend nur zu überqueren brauchte, um sich in seine Arme zu werfen. Als würde nur dieses Meer sie trennen. Er gesteht ihr nicht, daß er sich vor kurzem geschämt hätte, sie in seinem möblierten Zimmer in der Hohenzollernstraße zu empfangen, in dem er selbst den Haushalt versorgte ... Und daß es ihm heute, wo er in einer Pension in der Arnswaldtstraße wohnt, immer noch peinlich wäre.

Als hätte sie seine Gedanken erraten, hakt sie nach:

„Wir hätten ins Café Kröpcke gehen können, da scheint es doch so gemütlich zu sein ...“

„Eine Wasserstelle in der Wüste!“ ruft er aus.

Er ist erstaunt, daß er ein bißchen feige eine Stadt verleugnet, die so gastfreundlich zu ihm war und an der er immer noch hängt. So macht man es mit einer Geliebten, der man hörig ist, die man aber seiner für unwürdig hält. Was das von ihr erwähnte Lokal betrifft, so erzählt er nicht, daß er vor zwei Tagen dort war und im *Berliner Tageblatt,* das er von einem Gast am Nebentisch ausgeliehen hatte, um sich darüber zu informieren, was sich in der Hauptstadt tat, zufällig auf eine Hommage an ihn anläßlich seines fünfzigsten Geburtstags gestoßen war. Darin wurde ohne Einwand die Unterscheidung betont, die der Dichter zwischen der Welt der Menschen und dem Universum des Geistes herstellte: was erschien letztlich am Realsten? Dem Verfasser dieses Artikels fehlte es nicht an Mut, wenn er in Berlin, an einem Tag im Mai 1936 andeutete, daß es noch erlaubt sei, etwas derart Extravagantes radikal zu formulieren. Um sich davon zu überzeugen, genügte es, die Berichte zu überfliegen, die dieselbe Zeitung außerdem z. B. über den Einmarsch in das Rheinland, das triumphale Defilee der Panzer-Division Unter den Linden, die Bilanz der Winterolympiade in Garmisch-Partenkirchen oder die Vorbereitung der Sommerspiele in einer nahezu mykenischen Kulisse veröffentlichte. Nichts dagegen über die Vorbereitung des nächstens Parteitags der NSDAP in Nürnberg ... Ein voller Kalender, in den sich wie eine Ungehörigkeit oder ein Anachronismus diese Verneigung vor „einem fünfzigjährigen Dichter" mitten hineingemogelt hatte: welche Dissonanz! Aber in Anbetracht des mißbilligenden Schweigens und des Mißkredits, das sein letzter Gedichtband ihm in anderen Presseorganen eingebracht hatte, die gewandter darin waren, das zu sagen, was sich im heutigen Deutschland zu denken und nicht zu denken schickte, war dies Balsam auf die Seele des besagten Dichters. Und der, den sonst sein Werk betreffende Rezensionen so wenig kümmerten, er hatte den Leser des *Berliner Tageblatts* gefragt, ob er die Zeitung behalten dürfe, hatte eilig den von Grün umgebenen Pavillon des Café Kröpcke verlassen, war in die Pension zurückgegangen, und dort hatte er in aller Ruhe und unbeobachtet den Artikel noch einmal gelesen, hatte ihn sorgsam ausgeschnitten und dabei gedacht: Ich nehme ihn mit nach Hamburg und zeige ihn Nele, denn sie muß schon viel Verleumderisches über ihren Vater gehört haben: das beruhigt sie vielleicht ...

Aber natürlich hatte er bei der Abreise vergessen, den Artikel in den Koffer zu stecken.

Wie auch immer, Nele hatte nichts von diesen Schmähungen gehört.

„Jedenfalls nicht in letzter Zeit", präzisierte sie. „Und außerdem, es wundert mich immer, aber in Kopenhagen weiß kein Mensch, daß ich die Tochter eines großen Dichters bin!"

Der Dichter denkt: Für die kommenden Jahre besteht weder in Dänemark noch sonstwo die Gefahr, diese Lücke aufzufüllen ...

Er betrachtet seine Tochter voller Neugier und bald voller Stolz. Er lächelt. Sie hatten schon zwei Tage miteinander verbracht, hatten aber, ganz dem stillen Wiedersehensglück hingegeben, über nichts gesprochen. Nach und nach jedoch war diese Stille drückend geworden. Für beide lauerte, verbarg sich etwas darin, worüber jeder entschlossen war, ja nicht zu sprechen.

Und nun schienen sie ihre Deckung aufzugeben ... Hintergedanken schnörkelten sich um ihre Unterhaltung.

„Du jedenfalls", sagte er, „hast dich wenigstens nicht verändert."

„Stimmt", trumpfte sie auf, „ich habe mich wohl nicht verändert."

Und sie hat das gesagt, ohne zu lächeln. Als wäre sie jetzt an der Reihe, mit den Worten zu spielen, und als wollte sie andeuten, daß *sie* sich auf keinem Gebiet verwandelt hatte.

„Demnach sollte Hannover seinen guten Ruf gar nicht verdienen?" fragt sie beunruhigt.

Es ist nichts als eine hübsche Stadt, denkt der Dichter, die aber nicht müde wird, den gefallenen gekrönten Häuptern nachzutrauern. Es muß banal, beinah süß sein, dort zu sterben seit Leibniz und Goethes herzliebste Charlotte damit begonnen haben.

„Eine Stadt, in der sogar die Seele kaserniert ist", sagt er, „in der die Soldaten sich mit stumpfsinnigem Eifer betrinken.

Nach einem Gang ins Vomitorium fangen sie gleich wieder an. Aber man kann dort in der Oper den *Maskenball* und im Kino Hans Albers in der Rolle von *Peer Gynt* sehen. Im Theater *Pygmalion* mit Gustaf Gründgens und Jenny Jugo."

Er bricht mit seinem Heraufbeschwören ab. Er fragt sich, im Namen welcher enttäuschten Leidenschaft oder welches erblos gewordenen Ideals eine ganze Stadt sich in dieser Weise einer gegenstandslosen Wehmut hingeben kann. Man läßt sich wider Willen davon einwickeln. Wahrscheinlich von diesen Hornnachklängen in den Kasernenhöfen? Von diesem Geruch der Gräber, von denen man nicht mehr weiß, wer darin ruht?

„Die Berliner mag man dort nicht besonders!" ruft er aus, um das Schweigen zu brechen. „Ein wichtiger Hinweis für die nächste Ausgabe des *Baedeker* ..."

„Meiner Ansicht nach", bemerkt Nele, „werden die Berliner heutzutage nirgends mehr geschätzt. Fehlt Berlin dir etwa?"

Mit welchem Ernst sie das gefragt hat.

„Ich vermisse die Schwäne und die Raben, die sich am Ufer des Lietzensees zanken ... Sogar nach dem kalten Rauch, der um die Bahnhöfe hängt, sehne ich mich."

Diese topographischen Betrachtungen. Dieser Ernst Neles. Als wäre sie auf der Hut wie eine Frau, die den ersten Ansturm eines zu draufgängerischen Verehrers fürchtet.

„Und du selbst, wie hast du Hamburg gefunden?"

Diesmal antwortet sie nicht. Sie hat viel zuviel Angst, ihn vor den Kopf zu stoßen. Wie sollte sie ihrem Vater erklären, daß sie gleich bei ihrer Ankunft vor dieser Stadt zurückgeschreckt war, die ihr mit ihren Kanälen und ihren gewundenen Gassen, ihren Patrizierhäusern und ihren mit Grünspan überzogenen Kupferkuppeln wie ein maßlos aufgeblasenes und von Riesen bewohntes Kopenhagen vorgekommen war? Auf einmal nahm sie es Kopenhagen übel, daß es nur ein kreuzbraves Hamburg für Kinder war, die Hauptstadt eines Deutschland ohne Deutschland. Schließlich ging es um Hamburg! Wo sie doch ganz Deutschland grollte, daß es das Land dieses so schrecklich deutschen Vaters war.

„Ich habe befürchtet, wir könnten deinen Geburtstag nicht termingerecht feiern. Es kam etwas dazwischen ... Ich bin trotzdem gefahren ..."

„Mich hätten einige Sorgen auch fast am Kommen gehindert ..."

„Neue Probleme?"

„Nichts wirklich Schlimmes, mal wieder ... Und dann ein Trauerfall ... Spengler war an der Reihe, beerdigt zu werden."

„Ein Freund von dir? Ist es schlimm?"

Verflixtes kleines Mädchen von etwas über zwanzig, jedesmal wenn er ihm irgendeine Neuigkeit mitteilt, fragt es: Ist es schlimm? Und macht ein etwas bekümmertes Gesicht ...

„Ein Freund, ja, gewissermaßen. Ich war eher ein Freund seines Denkens. Er hatte wie ich gesehen, daß in der Frucht der Zivilisation der Wurm ist. Daß die Geschichte ein Abweg ist. Und der Fortschritt eine theoretische Ansicht. Daß das Abendland seine Werte im dunklen Schein seiner Agonie neu überdenken muß. Er hat besser und früher als ich dem Gesang der Sirenen in Uniform widerstanden. Da ist er noch lieber in das aristokratische Wohlleben eingetaucht, dessen Nichtigkeit er als erster öffentlich verurteilt hatte. So ist es: wir Deutschen werden uns durch die Art, wie wir unser Gebiet im Königreich des Irrtums abgesteckt haben, voneinander absondern. Oswald Spengler hat sich im richtigen Moment davongemacht: mitunter ist es besser, sich nicht vergewissern zu müssen, wie sehr man mit seiner Sicht recht hatte. Man kann die Welt ruhig im Stich lassen, wenn man sie entlarvt hat. An uns ist es, mit der Erinnerung an unsere Irrungen, an unser Zaudern zu überleben. An uns ist es, der Tragödie bis zum Ende beizuwohnen, deren Ausgang andere, die das Theater in der Pause verlassen haben, besser als wir haben vorhersehen können. Manche haben sogar nicht gezögert, sich zu empfehlen. Kurt Tucholsky zum Beispiel. Es ist schon lange her, daß er schrieb: ‚Ich glaube, alles ist falsch.' Später hat er festgestellt: ‚Wenn ich sterben sollte, würde ich sagen, ich habe eigentlich nicht richtig verstanden.' Er hat dieses Land in dem Augenblick verlassen, als er die Genreszenen zumindest erahnte, die man hier aufführen würde. Aber das Vaterland fehlte ihm. Er ist einmal dorthin zurückgekehrt, bevor er sich das Leben genommen hat. Hatte er inzwischen aufgehört zu verstehen oder hatte er nur zu gut begriffen? Ich überlasse das Urteil dir. Manchmal ist es das Los derer, die zu früh, vor allen anderen verstehen, am Ende zu meinen, daß sie eigentlich wohl doch nicht klargesehen haben. Es wäre zu entsetzlich, so sehr recht gehabt zu haben! ‚Das bürgerliche Zeitalter ist dahin', stellte er vor fünfzehn Jahren fest. ‚Was jetzt kommt, weiß niemand. Wohin treiben wir? Wir lenken schon lange nicht mehr, führen nicht, bestimmen nicht.' Damals las ich diesen Schriftsteller nicht. Ich habe ihn erst vor kurzem entdeckt: seit ich in Hannover wohne, habe ich wieder etwas Muße. Dann lese ich ‚heimlich' die, von denen ich wußte – oder mutmaßte –, daß sie mir polar entgegengesetzt sind. Das bringt mir bisweilen irgendeine Offenbarung. Über mich selbst, meine ich. Unter anderen. Natürlich spreche ich mit niemandem darüber. Wer würde vermuten, daß ich so etwas lese? Bestimmt nicht die, von denen man später sagen wird, daß sie mich am besten kannten! Armes Kind, du findest meine Unterhaltung wohl nicht sehr lustig! Ich kann dich beruhigen: Nicht alle sind tot, und die Lebenden denken gewöhnlich nicht wie ich. Manche haben sich nicht zum Selbstmord getrieben gefühlt, sie haben nur den Weg ins Exil genommen, wie du weißt. Übrigens, hörst du manchmal noch etwas von Paul Hindemith?"

Nele antwortet nicht gleich. Sie will Zeit gewinnen.

Nun wären wir also soweit ..., denkt sie. Er wird also darüber sprechen. Zuerst über Hindemith und dann über alles andere. Er wird nicht mehr anders können. Deswegen hat er sogar, ohne daß es ihm bewußt wurde, den Wunsch geäußert, seinen fünfzigsten Geburtstag mit mir allein zu feiern, unter vier Augen. Er wird nur von sich sprechen. Dies alles ist von nun an seine Sache.

In ihr liegen Aufbegehren und Überdruß miteinander im Widerstreit. Warum ich? fragt sie sich. Warum hat er mich als Gesprächspartnerin gewählt? Hat er mich schließlich nicht aus Deutschland verbannt, sobald Mama gestorben war, und hat er mich nicht für immer auf Distanz gehalten? Wieso sollte der, der mir, ohne es zu wollen, die Chance gegeben hat, ein nichtdeutsches Leben zu führen, mich so leicht wieder einfangen? Wieder einmal wird er Jahre der Abwesenheit mit zwei Stunden exzessiver Anwesenheit kompensieren. Wieder einmal wird er mich *wie* seine Tochter behandeln. O dieses entwaffnende Naturell, das es ihm jedesmal ermöglicht, den Kontakt zu mir wiederaufzunehmen, als hätte er sich am Tag zuvor von mir getrennt. Ich brauche Zeit, um mich wieder an meinen Vater zu gewöhnen. Im Grunde hat er mich nur zu sich bestellt, um mit mir über Hindemith zu sprechen, und dann über alles übrige. Er wird mir keine Einzelheit ersparen. Gibt es in seinem Leben keine Frau, die ihm zuhören könnte? Frauen hat es immer gegeben ... Und ich habe mir ja auch geschworen, mich nie eifersüchtig zu zeigen. Im übrigen verläßt er seine Frauen eine nach der anderen und kommt immer zu mir zurück. Er behandelt mich wie die einzige Frau, der er treu bleiben würde. Schreckliche Treue. So schwer auszuhalten.

Sie möchte es sich fast übelnehmen, so einfach mit ihm wiederanzuknüpfen, so genau, ohne mögliche Verleugnung, den Urheber ihrer Tage und Nächte in ihm zu erkennen. Sie sitzt diesem Mann gegenüber, dessen unergründlichem Charme sie wieder einmal erliegt. Er ist ihr nicht fremd, das ist das mindeste, was sie sich eingestehen kann. Alles, nur nicht fremd ... Leider. Noch vor einer Weile fragte sie sich, warum sie gekommen ist. Doch wohl nicht, um den Doktor Benn Hannover beschreiben, von Hamburg schwärmen oder seine Sehnsucht nach Berlin ausdrücken zu hören. Auch nicht, um seine Eindrücke beim Lesen von Kurt Tucholsky zu vernehmen ...

Dann, plötzlich: Hörst du noch etwas von Paul Hindemith? Es fehlt nicht viel, und er würde fragen: Hörst *du* wenigstens noch etwas von „meinem Freund" Paul Hindemith?

Wie schwer es ihm gefallen sein muß, die Frage zu stellen! So schwer, daß sie sich fragt, ob sie ihm eine Wahrheit beibringen soll, die ihn nur kränken kann. Zugleich billigt sie sich nicht das Recht zu auszuweichen, so daß ihr Vater umsonst Mut bewiesen hätte. Denn selbstverständlich hört sie noch etwas von dem Komponisten, und sogar mehr als er von ihr. Sie hört von ihm aus der Türkei, wo der germanischste der deutschen Musiker, sich bis auf weiteres aufhält, den sein eigenes Land aber verfemt hat. Er hat vor, in die Schweiz zu gehen. Er wird eingeladen, sich in den Vereinigten Staaten niederzulassen. Doch wohin er auch geht, er würde nie umhinkönnen, Deutscher zu sein. Wie seine Frau schreibt, die ebenfalls liebevoll mit Nele korrespondiert, wähnt Paul Hindemith sich überall in Deutschland. So wenig kann man sich doch nicht auf das Exil einstellen! In seinem Gepäck trägt er ein Land mit sich, das nur noch in seinen Erinnerungen existiert, ein Deutschland, das schon außer Kurs ist.

„Aber lassen wir das", sagt der Vater, als bereue er schon, dieses heikle Thema angesprochen zu haben. „Was möchtest du essen, Kleines? Einen Salat mit Käse? Schweinebraten mit Kroketten? Von dem Hackfleisch rate ich dir ab: Es könnte von einer halben Hafenratte sein! Oder gekochten Aal?"

„In Hamburg", verfügt Nele kategorisch, „ist mir Fisch am liebsten."

„Wie wäre es mit Heilbutt in Remouladensauce? Oder lieber gedünsteten Lachs? Und vorher eine Aalsuppe mit Aprikosen? Dazu trinken wir eine Flasche Trollinger!"

„Ist das nicht ein bißchen teuer?" wendet sie ein.

„Heute abend ist nichts teuer genug, Kind, denn schließlich feiern wir mich! Nutze es aus, wir werden keine Wurst aus Sägespänen und kein aus Kuhurin gewonnenes Bier zu uns nehmen wie in Berlin ..."

„Weißt du, Vater, ich korrespondiere hauptsächlich mit Gertrud. Ich war fünfzehn, als wir Paul und seiner Frau begegnet sind, und wie alle Mädchen in dem Alter habe ich zuviel, unentwegt und an unpassenden Stellen gelacht. Er hat mich sehr stark beeindruckt, aber er mußte mich für das halten, was ich noch war: ein ganz kleines Mädchen, leicht übermütig und ein bißchen zu laut ..."

„Er hat dich sogar für so unreif gehalten", stellt der Vater fest, „daß er am Ende unseres ersten Besuchs bei ihm in Charlottenburg unbedingt wollte, daß wir ihn in die Staatsbibliothek begleiten, um dir die Originalpartituren von Bach, Mozart und Beethoven zu zeigen, die sonst für die Öffentlichkeit unzugänglich sind … Er muß dich wirklich für ein dummes Gänschen gehalten haben!"

„Aber Vater, dir wollte er sie vor allem zeigen! Ihr hattet vor, zusammenzuarbeiten, er wollte dich an dem von ihm Bewunderten, an seinen stärksten Empfindungen teilhaben lassen. Ich war nur die Tochter des großen Dichters, die er zartfühlend nicht zu ihren Spielsachen zurückgeschickt hat."

„Aber er hatte dir doch angeboten, mit der elektrischen Eisenbahn zu spielen, auf die er so stolz war … Siehst du wohl, von euch beiden war er, Paul Hindemith, das Kind. Er war sehr enttäuscht, daß du ihn nicht ernster genommen hast."

„Das war ein Spielzeug für Erwachsene", entgegnet Nele verdrossen, „wie es sie heutzutage anscheinend viel in Deutschland gibt. Göring besitzt auch seine Märklin-Eisenbahn, die er zur Verblüffung seiner ausländischen Gäste fernsteuert, indem er wie auf den Tasten eines Harmoniums herumklimpert: die dänischen Zeitungen reden von nichts anderem."

„Du machst vielleicht Vergleiche!" bemerkt der Vater. „Göring und Hindemith, ich weiß nicht, welcher von beiden entsetzter wäre, mit dem anderen in einen Topf geworfen zu werden … Aber du sagtest, daß Gertrud Hindemith dir seit langem oft schreibt, nicht wahr? Für sie mußt du doch auch nur ein Kind gewesen sein. Und jetzt wechselt ihr Briefe zwischen dem Bosporus und dem Baltischen Meer …"

„Mit Gertrud, das war etwas anderes. Ich war nicht nur ein Kind wie die anderen, denn sie wurde ja ein bißchen meine Mutter. Meine deutsche Mutter, weil ich keine mehr hatte, weil ich nur eine dänische Mutter hatte …"

Sie schweigen. Sie gönnen sich eine Atempause. Der Vater fühlt sich eingekreist. In dem Moment, in dem er am wenigsten darauf gefaßt war, ist Ellen Overgaards Bild zwischen seiner Tochter und ihm aufgetaucht.

Spricht man mit meinem Vater über eine Frau, dann kommen bald von überall her andere, denkt Nele. Die Dänin hat er gerade so lange geliebt, um ihr die Erziehung seiner Tochter anzuvertrauen. Am Ende hat er behauptet, er gestehe sich nicht das Recht zu, die eheliche Harmonie der Overgaards zu gefährden. Seltsame und späte Skrupel. Man muß eine Beziehung zu beenden wissen, dozierte er. Und in Sachen Trennung kannte er sich aus!

„Wie geht es Ellen?" wagt der Vater etwas beklommen zu fragen.

„Sie ist immer noch genauso nett zu mir. Und genauso stark."

Stark hat sie nämlich sein müssen, denkt Nele. Wenn sie sich mit ihren Erinnerungen herumschlägt. Mein Gott, Vater, ich bin von einer Frau aufgezogen worden, die Wagner sang und die nur dich bewunderte! Manchmal habe ich gesehen, wie sie von der Leidenschaft verwüstet wurde, die sie für dich empfand ... Mit all dem muß ich zurechtkommen. Wenn ich auch fern von dir lebe, werde ich dir denn nie entrinnen?

„Kommen wir auf deine ‚deutsche Mutter' zurück", sagt der Vater. „Ist sie es geblieben, wo sie jetzt in Istanbul lebt und wo sie morgen vielleicht in Genf oder Washington sein wird?"

„Weil meine deutsche Mutter auch meine halbjüdische Mutter ist", erwidert Nele, „eine von denen, die das Mutterland nicht mehr auf seinem Boden haben will ... Das wirst du ihr doch wohl nicht vorwerfen? Weißt du, früher, noch vor kurzem, muß ich für sie wirklich nur ein Baby gewesen sein ... Wenn sie mit mir sprach, wurde in ihrem Mund alles klein: Möchtest du ein Süppchen essen, mein Kleines? Tut dir dein Köpfchen weh? Vielleicht solltest du ein kleines Aspirin schlucken? Du möchtest wohl gerne, daß wir uns zusammen ein kleines Theaterstück ansehen? ‚Klein, -chen, vielleicht, wohl' ... Alles erschien ihr winzig und ungewiß ... Und das sind die Menschen, die das große Deutschland jetzt bestimmt hinauswirft!“ Nach einem Schweigen fügt sie hinzu: „Dabei hätte man an Gertrud nie etwas Geziertes entdecken können. Sie war nicht einmal sehr sentimental. Aber sie hatte mich lieb.“

Mein Gott, ich habe das romantische Wesen dieser Frau vielleicht nur verleugnet, um sie besser gegen diesen Vater zu verteidigen, der so wenig romantisch ist, macht Nele sich klar. Oder nein, das ist es auch nicht. Ich wollte ihn nur meine eigenen romantischen Gefühle nicht merken lassen ... Ich bin über das Meer gefahren, um ihm meinen dänischen Liebesroman zu erzählen, der so schlecht ausgeht ... Ich hätte mir gewünscht, daß er die kleine Meerjungfrau tröstet, die in ihrer Verzweiflung ertrinkt. Sie hat sich in einen verheirateten Mann verliebt. Sie hat sich von ihm trennen müssen ... Aber mein Vater hat nur seinen eigenen Roman im Kopf, seinen politischen Roman, der ebenfalls eine schlechte Wendung genommen hat ... Ich werde ihm nichts sagen.

Wie groß mein kleines Mädchen geworden ist, denkt der Vater. Wie reif sie geworden ist, fern von mir, in der Fremde. Die Briefe, die ich von ihr bekomme, lese ich jetzt wie die einer Unbekannten, der ich gern begegnen würde.

„Weißt du, Vater“, sagt sie, „ich glaube, daß Gertrud mir weiter schreibt, weil sie auch, weil sie vielleicht vor allem die Verbindung aufrechterhalten will, die zwischen euch, Paul Hindemith und dir, bestand.“

„Warum denn das?“ fragt der Vater schroff. „Kann er mir nicht selbst schreiben? Kennt er meine Adresse in Hannover etwa nicht?“

„So? Du bist gerade berechtigt, ihm Vorwürfe zu machen“, sagt Nele. „Du nimmst es denen, die Deutschland verlassen haben, ein für allemal übel, nicht wahr? Als hätten sie die Wahl gehabt!“

Sie hat beinah geschrien ... Aber nicht vor Wut, sondern vor Kummer. Am Nebentisch hat sich jemand nach ihr umgedreht. Heutzutage werden die jungen Frauen in Deutschland nämlich dazu erzogen, nicht laut zu sprechen. Außer natürlich, wenn sie beabsichtigen, ihre Liebe zu dem neuen Staat hinauszuschreien, der vor ihren Augen aufgebaut wird. Bei der Gelegenheit dürfen sie ihre Stimme erheben. Es ist zu natürlich, daß das ihnen einen Schrei entlockt …

Der Vater nimmt es sich übel, daß er dieser ganzen Ungerechtigkeit um sie herum noch diese „kleine Ungerechtigkeit“ – wie Gertrud Hindemith sagen würde – hinzugefügt hat, die er sich eben zuschulden kommen ließ: mit dem Finger des öffentlichen Anklägers auf ein Opfer gezeigt zu haben. Er schämt sich ein wenig, eine Methode benutzt zu haben, aus der andere als er auf einer anderen Ebene eine Praktik, ein Regierungssystem gemacht haben. Doch weil die Reaktion seiner Tochter das Beste in ihm aufrüttelt, tut es ihm eigentlich nur halb leid. Wie hätte er ahnen sollen, daß sie auch wegen der ihr zugefügten Ungerechtigkeit geschrien, beinah geschrien hatte? Daß sie ihm das Geheimnis nicht anvertrauen kann, das sie während ihrer Fahrt über die Ostsee geplagt hatte: Vater, in meinen letzten Briefen habe ich dir geschrieben, daß es in Kopenhagen noch kalt ist, daß ich mich aber nicht sattsehen kann am Meer, wie es in Charlottenlund heranbrandet. Ich habe dir berichtet, daß der Winter dort endlos erscheint und seine Eintönigkeit nur von schrecklichen Stürmen unterbrochen wird. Eigentlich wollte ich dir von einem ganz anderen Winter schreiben. Das Nachlassen der Liebe wollte ich dir beschreiben. Ich habe gesagt, daß ich die ganze Zeit an dich denke. Das war nicht wahr. Daß ich Schuldgefühle habe, dir nicht häufiger zu schreiben. Aber was hätte ich dir erzählen sollen? Ich habe behauptet, daß ich manchmal Heimweh habe, daß ich fürchte, mein Deutsch zu verlernen, daß ich oft Mühe habe, dich mir in Berlin, in Hannover vorzustellen … Lauter Lügen. Ich habe dich mir nirgends vorgestellt. Ich war in einen charmanten Mann verliebt, den ich für leidenschaftlich hielt. Würde ich es dir anvertrauen, würdest du nur versuchen, mich davon abzubringen, die Liebe zu lieben. Ich hasse den Positivismus der Männer! Wie kann ich so sehr an einem Schmerz leiden, der dich nur manchmal leicht verletzt zu haben scheint? Sollte diese wunderbare, viel zu früh gestorbene Mutter, die kennenzulernen ich kaum Zeit hatte, mir das vererbt haben?

„Ich erinnere mich", sagt sie, „daß der letzte Satz der IX. Sinfonie in einem Schrein aus Metall aufbewahrt wurde. Man konnte in der Bibliothek auch Auszüge aus Beethovens Tagebuch lesen, die herzzerreißend waren ... Muß man nicht befürchten, daß der neue Propagandaminister das alles ins Feuer wirft oder zumindest auf den Index setzt?"

„Für das Tagebuch besteht wirklich einige Gefahr", erwidert der Vater. „Es ist ein bißchen zu traurig, um nicht, wie wenig auch immer, ‚degeneriert' zu erscheinen! Aber die Hymne *An die Freude* bestimmt nicht, schließlich steht sie auf dem Programm, das der Maestro Richard Strauss im weißen Frack zur Eröffnung der Olympischen Spiele dirigieren soll! Gleich nach dem *Horst-Wessel-Lied,* welche Weihe! Für Beethoven, meine ich ..."

„Was hast du zu seiner Musik geschrieben?" fragt Nele.

„Zu Beethovens?"

„Nein! Zu der von Hindemith ..."

„*Er* hat von meinen Worten ausgehend komponiert. Es ist nicht leicht, mit einem Musiker zusammenzuarbeiten. Das Gedicht geht der Musik voraus, aber gleichzeitig muß es diese vorausahnen, mutmaßen. Ich bemühte mich, die Melodien im Ohr zu haben, die der Komponist rund um meine Verse hervorbringen würde. Ich hätte mehrmals fast aufgegeben. Und dann, in dem Moment als ich die Flinte ins Korn werfen wollte, habe ich eine lyrische Dichtung verfaßt, die dem entsprach, was ich damals über das unaufhörlich Sinnlose, das Auf und Ab der Geschichte, die Vergänglichkeit der Größe und des Ruhms, das unaufhörlich Zufällige und Wechselvolle der Existenz dachte ... Wenn du so willst, eine Hommage an die ewige Wiederkehr der Dummheit der Menschen und des Zynismus der Götter! Zu meiner großen Überraschung ist Hindemith sehr zufrieden damit gewesen. ‚Lebe wohl den frühen Tagen, / die mit Sommer, stillem Land / angefüllt und glücklich lagen / in des Kindes Träumerhand / …‘ usw. Ich verschanzte mich noch in der Nostalgie. Ich zögerte noch, meine schwerwiegendsten Geheimnisse über das Medium von Hindemiths Musik zu äußern. Im übrigen hat er das, was ich an Heftigerem vorgesehen hatte, nicht für die Komposition übernommen: ‚Was sagt ihr zu dem Wogen der Geschichte: / erst Wein, dann Blut: das Nibelungenmahl, / Mahle und Morde, Räusche und Gerichte, / Rosen und Ranken schlingen noch den Saal.‘ Die Nazis würden das sehr ‚altmodisch‘ finden! Unvorstellbar, daß man solche Verse in einer von Albert Speer entworfenen Monumentalkulisse, vor der Nase und unter den Augen der von Breker oder Thorak in Stein gehauenen Gladiatoren deklamieren könnte, während die Offiziellen an die Kräfte der ‚Jugend der Welt‘ appellieren! Das wäre eine Provokation. Aber 1932, unter der musikalischen Leitung von Otto Klemperer, konnte man noch, ohne einen Skandal hervorzurufen, den tragischen Charakter jeglichen Schicksals behaupten. Nun, da man sich eine Tragödie in weltweitem Maßstab ausdenkt, muß gerade dieses unglückliche Bewußtsein für vogelfrei erklärt werden!“

„Eins begreife ich nicht“, sagt Nele. „Wenn der Musiker als ‚Kulturbolschewist‘ ausgestoßen worden ist, wie kommt es dann, daß der Dichter bleiben durfte? Mir scheint doch, du bist nicht weniger dekadent als Paul?“

„Oh, du kannst mir ruhig deinen eigentlichen Gedanken verraten und mich direkt fragen: Ich hoffe doch, du bist nicht weniger dekadent als Paul Hindemith? Nun, du kannst beruhigt sein, der dekadenteste der deutschen Dichter befindet sich sehr wohl noch in Deutschland. Es fehlt immer noch viel, damit manche von denen, die aus ihm geflohen sind oder die es verbannt hat – die Brecht, Becher, Zweig, Döblin, Werfel und Feuchtwanger oder die vollzählige Familie Mann –, ihm trotz ihres großen Talents jemals in Sachen philosophischer Entartung oder moralischer Verderbtheit gleichkommen könnten! Dieser Wurm ist im Apfel geblieben! Aber fürchte nichts, die Zensur ist wachsam! Ich wollte dir nichts davon sagen, um keinen Schatten auf unser kleines Hamburger Beisammensein zu werfen, aber am Tag vor meiner Ankunft hat ein günstiger Wind mir folgende Nachricht zugetragen: ich werde von einem Tag auf den andern in den Spalten der offiziellen Parteizeitungen geschmäht werden. Ich werde als Schwein und meine Werke als gemeines, jüdisches Ungeziefer beschimpft, scheint es ... Ich habe es seit einiger Zeit geahnt. Aber ich wußte noch nicht, woher der Schlag kommen würde."

„Und ich dachte, das Stillschweigen der Zeitungen zu deinem Jubiläum würde dich bekümmern ..."

„Nun, wie du siehst, haben sie es nicht vergessen, sie werden es bloß auf ihre Weise feiern! Dieselben Gazetten, in denen es dieser Tage kein Ende nimmt mit beruhigenden Grußadressen an die ausländischen Gäste, die in diesem Sommer ‚ein gastfreundliches Land ohne Haß' unter den verschlungenen Zeichen der Hitleradler und der olympischen Ringe besuchen, werden in mir die avantgardistischste Strömung seit Rilkes und Stefan Georges Tod schmähen! Und erst einmal die Sache mit George! 1934 wurde mir ausdrücklich untersagt, seine Grabrede zu halten!"

Jetzt ist er an der Reihe zu schreien. Er ist aufgesprungen. In dem Wandspiegel über der Bank, auf der seine Tochter sitzt, erblickt er sein eigenes hochrotes Gesicht.

Er schreit, er kreischt in der Falle, die er sich selbst gestellt hat ...

Doch er setzt sich wieder und fährt mit heiserer Stimme fort:

„Davor wurde ich aus dem NS-Ärztebund ausgeschlossen: von 1933 an durfte ich keine Atteste, Gutachten und Rezepte mehr ausstellen. Der Quacksalber war ausgeschaltet: man behauptete, er sei jüdischer Herkunft. Aus demselben Grund verweigerte man dem Schriftsteller die Aufnahme in die Union Nationaler Schriftsteller. Der Dichter stand am Pranger! Im Kreuzfeuer! Der einzige Ausweg: die Armee. Paradoxerweise. Wieder Arzt werden, aber in Uniform und in der Provinz. Aber wie du feststellen kannst, schützt das Aufgehen in den Reihen der Wehrmacht nicht immer vor Schande und

Beschimpfung! Ein Offizier, mit dem ich mich über die Drohungen ausgesprochen habe, die, wie es scheint, die SS-Organe vorbringen sollen, hat mir geantwortet: ‚Es wäre schlimmer, wenn sie Sie lobten ... Beleidigungen von seiten dieser Leute sind ein günstiger Ersatz für alle Weihen. Ein regelrechter Literaturpreis!‘ Die Geschichtsschreiber sollten sich eines Tages näher mit den Einschätzungen und Urteilen befassen, die die verschiedenen Körperschaften und Vertreter des Dritten Reiches übereinander abgaben. Wenn einen Vereinfachungen und Vermengungen anziehen sollten, wäre es gut, sich daran zu erinnern ...“

Außer Atem hält er einen Augenblick inne. Er sieht seine Tochter an, die ihm begierig zuhört. Ihre Wangen glühen. Sie hat Tränen in den Augen. Es könnte vor Wut, vor Traurigkeit oder vor Demütigung sein. Sollte er ahnen, daß sie eher Erleichterung empfindet? Beinahe Stolz.

„Natürlich hatte ich nicht allzuviel Mühe zu beweisen, daß ich kein Jude bin“, fährt der Vater fort.

„Wie hast du das gemacht?“ fragt Nele.

„Ich habe meinen ganzen Stammbaum rekonstruiert ... Damit war ich – für kurze Zeit – rehabilitiert und wurde sogar in den Vorstand der Union berufen, aus der man mich am Tag zuvor noch fernhalten wollte. Aber man übertrug mir geradezu polizeiliche Aufgaben: ich sollte die Organisation von ‚schädlichen Elementen‘ säubern, die sie angeblich vergifteten. Bald schlug ich die unbedingte Auflösung des Verbandes vor, und als ich in die Wehrmacht eintrat, bin ich aus ihm ebenso wie aus der Preußischen Akademie der Künste ausgetreten. Ich wurde in der aristokratischen Form ein ‚innerer Emigrant‘ ...“

„Alles in allem hast du nichts damit gewonnen, erfolgreich Anspruch auf dein Ariertum zu erheben“, merkt Nele an.

Eine ganz und gar relative ‚Aristokratie‘, denkt sie, und ist im Nu in Schweiß gebadet.

„Also, Vater, denk doch mal ein bißchen nach, fast alle deine Freunde – und sogar dein Verleger – sind Juden!“

„Und will man das, willst du selbst das auch gegen mich kehren?" schreit er. „Ich bin der einzige Freund, den Carl Einstein, um nur ihn zu erwähnen, noch in Berlin hat!"

Aber das hat meinen Vater nicht daran gehindert, sich einen Ariernachweis ausstellen zu lassen, denkt Nele. Wo fängt der Antisemitismus an? Hätte er einen Schritt mehr in diese Richtung getan, so hätte er, ohne es zu merken, die Grenzen zum Unerträglichen überschritten.

„Vater, warum hast du sie nicht reden lassen?"

„Es ist nun einmal so, daß ich wirklich kein Jude bin ... Und daß ich mit Recht oder mit Unrecht dableiben wollte. Ich habe befürchtet, meine Praxis zu verlieren. Und ich habe sie trotzdem verloren ... Aber ich gestand mir nicht das Recht zu, wegzugehen. Ich dachte, ich müßte mein Schicksal in Deutschland leben. Ich glaube es noch."

O diese verwirrende und schreckliche preußische Naivität! denkt Nele. Er rechtfertigt sich so aufrichtig! Keinerlei Opportunismus. Nicht die leiseste Spur von Berechnung. Wird man Entschuldigungen für ihn finden? Und ist es meine Sache, darüber zu entscheiden? „War das der Preis für dein Verbleiben in der Akademie? War die Akademie so wichtig?"

Der Dichter antwortet nicht. Was sollte er denn auch antworten? Daß er aufrichtig geglaubt hat, diese vornehme Institution nehme wie eine Zitadelle das auf, was von der deutschen Seele übrig war, und schütze es? Oder daß der Sohn eines Pastors aus der Neumark mit seiner Aufnahme in die Akademie einen Jugendtraum verwirklicht hatte, den er nicht hatte aufgeben können?

„Als Hitler im Januar 33 auf legalem Wege an die Macht kam, ist Heinrich Mann zurückgetreten. Ich dachte, er mache Politik ... Es betreffe nur ihn."

„Und du meintest, daß du, indem du nicht zurücktratest, keine Politik machtest?"

„Zuerst ja ...", räumt der Vater ein.

Einen Augenblick lang tut er Nele fast leid.

„Vater", fragt sie, „was wäre aus dir geworden, wenn die Leute an der Macht dich nicht so schikaniert hätten?"

„Aber Liebes, die Frage stellt sich nicht einmal: angesichts meiner Schriften und logisch folgerichtig, nach ihrer und auch meiner Logik, konnten die Nazis nicht anders als mich schikanieren!"

Nele denkt: Diese schiefe Ebene, auf der es mit ihm abwärts gegangen ist, muß er doch erst einmal hinaufgestiegen sein ... Warum sagt er nichts von diesem „Aufstieg"?

„Hast du denn nicht gesehen, für was für ein Regime du bürgtest und welche Pfänder du ihm gabst? Erinnere dich, es ist schon zwei Jahre her, da habe ich dich in Berlin besucht. Braunhemden sind unter deinen Fenstern in der Belle-Alliance-Straße vorbeigezogen. Ich habe dir anvertraut, wie beunruhigt ich war. Du hast mir gestanden, daß man noch viel beunruhigter sein müsse, als wir im Ausland Lebenden es waren. Bei unserem Abschied hast du mir gestanden, daß du einen entsetzlichen Fehler gemacht hattest – und du hast es nicht für richtig gehalten, mir eine Erklärung zu liefern. Ich war noch ein Kind ... Ich war erschrocken. Heute abend mußt du mit mir darüber sprechen. Ich habe nie etwas von dir verlangt, das verlange ich von dir. Was du mir heute nacht nicht anvertraust, wirst du vielleicht lange keine Gelegenheit mehr haben, mir zu sagen ..."

Der Jubilar denkt: Was ich dir heute nacht nicht anvertraue, werde ich wahrscheinlich niemand anderem gestehen.

„Was ich dir enthüllen werde", sagt er, „wirst du vielleicht erst einmal lange vergessen müssen."

Er wundert sich über die Tröstung, die er empfindet. Das war es also, denkt er, was sie an diesem Maiabend des Jahres 1936 in Hamburg gesucht hatte, das war es, was er ihr hier offenbaren wollte.

Ich tue es wirklich für ihn, denkt sie. Denn noch vor einer Weile hätte ich alles versucht, mich dieser Belastung zu entziehen. Wenn er nur ahnte, wie sehr mich das bedrückt.

Er vertrat seit langem die Ansicht, der Künstler müsse sich aus der Geschichte zurückziehen, er dürfe sich nicht in den Dienst dessen stellen, was nur in der Weltanschauung von Technikern und Kriegern existiert, wenn diese vorhaben, ihre schlimmsten Pflichtverletzungen mit einem humanistischen Wortschwall zu vertuschen.

„Sieh nur, Nele, wohin uns diese ganzen feinen Leute mit ihren mitreißenden Slogans und ihren munteren Wahlsprüchen gebracht haben! Wäre ich doch nur mißtrauisch geblieben und hätte auf meinen damaligen Positionen bestanden! Mein Verhängnis war, daß ich sie plötzlich in Zweifel gezogen habe. Ja, ich habe an der Macht der Intelligenz gezweifelt. Ich hatte es satt, seit zu langer Zeit gegenüber der Welt recht zu haben. Lieber wollte ich mich am Irrtum der Welt beteiligen als ihr gegenüber nicht unrecht zu haben ... Ich, den die Gewaltsamkeit anekelte, mit der die Gattung zu Werke ging, wollte dabei mitmachen. Ich suchte mir dazu natürlich die schlechteste Gelegenheit aus.

Oh, es handelte sich nicht um eine spektakuläre Konversion! Wenn das in der Begeisterung eines romantischen Beitritts, im Strudel des Aufruhrs, der die Nation ergriffen hat, über mich gekommen wäre, ließe es sich leichter erklären. Dabei hätte keiner die totalitären Lügen, die die Ereignisse hervorbrachten, besser aufdecken können als ich.

Das alles ist gekommen, während ich eine Phase der Lustlosigkeit, beinah Schläfrigkeit durchmachte. Es fehlte mir an Überzeugung. Ich langweilte mich zu Tode. Das war ein gefährlicher Zustand. Man sollte nie zerstreut sein. Diese Art von Trägheit ist die Mutter der Verleugnung. Ein ganzes Schicksal kann sich mit einem Bein, das man sich selbst stellt, entscheiden. Es gibt Blindheitsblitze, wie es Geistesblitze gibt. Das ist die Blendung der Dummheit. Das Wort Blendung hat zwei Bedeutungen: die eine verweist auf das Licht und die andere auf die Dunkelheit. Und unser Blick geht so, geht so weit, daß er wider alle Vernunft das eine mit dem anderen verwechseln kann ...“

Ist man ein einziges Mal gestrauchelt, denkt er, so ist es für immer. Im Grunde sind wir nur scheinbar wach. Das ist eine Maske. Die List eines Nichtstuers. In Wahrheit schlafen wir im Stehen. Wir wachen nur mit einem Auge. Unsere ärgsten Verbrechen begehen wir manchmal in einer Art tiefer Betäubung. Und selbst unsere großzügigsten und edelsten Taten führen wir verstört, in einem Anfall von Umnachtung aus.

„Ich schrieb zu wenig", fährt er fort. „Aber ich arbeitete für den Rundfunk. Ohne es zu merken, verzettelte, vergeudete, schwächte ich meine Rede. Das Mikrophon hält einem einen Kannibalenmund hin. Man lernt, über alles mögliche zu sprechen. Das heißt man sagt nichts mehr. Man hat immer nur eines zu sagen, und das vergißt man dann. Man drückt nur noch alles übrige aus. Man macht Propaganda für die Leere. Paul Hindemith hat mir eine Zeitlang geholfen, gegen diesen Energieverlust anzukämpfen, indem er mich mit dem Libretto für ein Oratorium beauftragte. Schon fühlte ich mich nicht mehr auf der Höhe. Ich schützte die eine oder andere Rundfunksendung vor – auch noch über den schöpferischen Geist! –, um die Ausführung dieses Projekts aufzuschieben. Nach und nach habe ich mich anscheinend wieder in die Gewalt bekommen. Ich habe darauf geachtet, mich nicht mehr mit der immer gleichen Sicherheit über alles und über nichts zu äußern. Ich wollte auf ein Thema zurückkommen, ein einziges: meines. Es war schon zu spät. Ich war ohne mein Wissen reif, mich gegen mich selbst zu verschwören. Statt wie früher für die Richtschnur des Imaginären gegen den Un-Sinn der Geschichte zu kämpfen, freute ich mich diesmal, daß es für das Denken nur noch die Geschichte selbst gab! Das war ein totales Abdanken. In dem Kampf zwischen mir und Deutschland hatte ich geglaubt, Deutschland beistehen zu müssen! Ich sägte den Ast ab, auf dem ich saß ... Übrigens verkündete ich den Hörern die frohe Botschaft über den Rundfunk. Meine Stimme bebte nicht."

„Aber du warst doch wohl Pressionen ausgesetzt gewesen?" fragt Nele. „Man hatte dich gezwungen, das zu sagen?"

„Keineswegs! Ich streckte die Waffen vor einem Regime, das solche wie mich verachten würde, das aber keinerlei Druck auf mich ausüben konnte, damit ich mich unterwerfe ... Diese Jugend, die sich nahezu überall im Lande erhob, der man wieder eine Zukunft zu geben schien, imponierte mir. Hätte ich mich denn jederzeit verleiten lassen? Nein, dieses einzige Mal sollte ich auf Abwege geraten! Der mörderische Traum eines tragischen Clowns, der bald von einem ganzen Volk geteilt wurde, hat sich in einem Vakuum – aber diesmal auf Landesebene – breitgemacht. Ich vermeinte das Griechenland des dorischen Zeitalters in Deutschland wiedererstehen zu sehen: die Kunst würde nie wieder am Saum der Welt und an der Schwelle zum Haus der Menschen bleiben müssen! Welcher faustische Künstler hat nicht in einem Taumel erwogen, seine Luzidität auf dem Altar eines Universums zu opfern, das in seiner Vorstellung plötzlich zu seiner ersten Morgenröte zurückkehrt? Er weint. Er glaubt, es sei vor Entzücken. Die Tränen trüben seinen Blick. Verbergen ihm die künftigen Leichenhäuser. Er glaubt das Fleisch des Kosmos zu genießen. Er weiß nicht, daß er schon seine eigene Leiche ißt."

„Aber warum", fragt Nele, „diese Ironie gegen ... gegen sich, oder vielmehr ..."

„Dieser Masochismus, meinst du? Ja, sprechen wir das Wort aus, Masochismus. Die alte Krankheit des melancholischen Intellektuellen. Das ist anderen als mir passiert! Das wird weiterhin vorkommen ... Und außerdem ... Und außerdem ließ das erniedrigste, entehrteste, demoralisierteste Land an seine Wiederauferstehung glauben. Man konnte aufgewühlt werden von diesem wie Lazarus darniederliegenden Deutschland, das wieder zu laufen anfing, auch wenn es nach einem Horst Wessel, einem notorischen Zuhälter, gewidmeten Lied geschah. Haben sich nicht auch die Jakobiner mitunter in ihren Märtyrern geirrt? Würde die banalste Realität nicht menschlich, mehr als menschlich werden? Hatte ich nicht, Zarathustras ausdrücklichem Befehl entsprechend, einen möglichen Zufall in mir aufgespart, damit aufs neue ein tanzender Stern leuchten konnte? Ich ahnte nicht, daß es ein Totentanz werden würde.

Daß das Regime unter dem Prunkmantel des Irrationalismus seinen logischen Mord tarnte."

„Man kann doch nicht sagen", wendet Nele ein, „der Führer habe sich hinter dem Äußeren eines tapferen Ritters versteckt ..."

„Allerdings hat der bauchredende Übermensch nicht einmal die Marionette eskamotiert, die aus ihm quiekte. Er brauchte es auch nicht mehr. Wenn die Inszenierung der *Götterdämmerung* als erhaben angekündigt wird, merkt man weniger, daß der Baß, der den Wotan darstellen soll, nachgemacht ist. Diesem Troll, den man auf seine verwirrte Miene, seine fettige Strähne und seine Pferdeknechthose hin nicht als Nachtwächter für seine eigene Jauchegrube hätte haben wollen, hat man im Überschwang die Schlüssel der Nation anvertraut. Aber sieh dir diese von Drogen berauschten Augen an: er träumt, dieser Mann, und seine hohlsten Sätze versetzen ihn in Trance. Paradoxerweise wirkt das beruhigend. Der kleinste schwäbische Kleinbürger, der westfälische Pferdeabdecker, der Heidelberger Hoteldiener, der revanchistische Tübinger Rentner und der Hamburger Zuhälter - zum Beispiel der, der am Nebentisch sein dunkles Bier trinkt - meinen, daß in den unergründlichen Träumen dieses vom Teufel Besessenen, der ihnen zufällig ähnelt, ihre Schulden sich morgen unter der Asche ihres kommunistischen Nachbarn aufzehren werden und daß sie das Sparschwein ihres Sohnes auf dem Schädel der jüdischen Demokraten zerschlagen können, die sie gestern noch so schwer mit Zinsen belasteten. Das ist ihre ganze Metaphysik: ebenso wie dieser scheinheilige Barde Adolf verlangen und fordern sie sonst nichts. Ist er, abgesehen von seinen an einen bayrischen Pavian erinnernden Gebärden, nicht herrlich trivial? Von einer gewissermaßen unerwarteten, nahezu grandiosen Belanglosigkeit?"

Warum, warum nur hat mein Vater dieses Porträt, das er eben gezeichnet hat, nicht sofort auf seiner Staffelei entworfen? fragt sich Nele. Ich, die ich vor drei Jahren noch ein unwissendes junges Mädchen war, sah das. Genügte es denn, in Dänemark zu sein?

„Als Klaus Mann dich beschworen hat, dich von jenen zu distanzieren, die all die Werte verhöhnten, an die du geglaubt hast", sagt sie, „warum hast du ihm da nicht recht gegeben? Der Brief, den er dir aus dem Exil geschrieben hat, war noch so freundschaftlich, so ehrerbietig ... Er bat dich inständig, die Augen aufzumachen, er hat dir nicht die Leviten gelesen ..."

„Aber er hat von da unten, aus Le Lavandou, geschrieben, und das geschah hier. Ich fand, er sprach ein bißchen zu ungeniert darüber: wenn man der Sohn eines mit dem Nobelpreis gekrönten goethischen Großbürgers ist, der sich aufmacht, die richtige Botschaft an der Côte d'Azur zu verkünden, nachdem er kurz zuvor die Entjudung der Justiz befürwortet hatte und froh war über das an Tucholsky ergangene Verbot, auf deutschem Boden seine Meinung zu äußern ... So einer wie der Vater hatte kaum das Recht, ein Land zu verlassen, das er 14/18 von seinem Münchner Wohnsitz aus mit dem Beiklang eines entfesselten Nationalismus feierte. In der Nachkriegszeit beschimpfte Thomas Mann die Feinde Deutschlands noch als Krokodile und brandmarkte den klebrigen Pazifismus der staatsfeindlichen Spartakisten, wenn nicht die Juden herhalten mußten ... Der Föhn benebelte manchmal den Geist dieses imponierenden Humanisten, der nie ein anderes als ein goldenes Exil gekannt haben wird."

„Klaus Mann ist nicht Thomas Mann ...", entgegnet Nele.

„Gewiß nicht", gibt er zu, „aber Klaus Mann war siebenundzwanzig, und ich hätte sein Vater sein können an Stelle des besagten Thomas. Es ist wohl nicht gerade leicht, die Enttäuschung auf sich zu nehmen, die man in einem jungen Mann auslöst, der einen vergöttert hat, der einem noch am Tag zuvor seine Anerkennung dafür aussprach, daß man sich nie abfand, und der sich noch auf eine Reinheit beruft, die er als ‚fanatisch' bezeichnet ... Man geht nicht auf Angriffe ein, die von zu weit unten kommen – aber ebensowenig auf solche, die von edlen, untadeligen Seelen ausgehen, wenn sie nur noch über das würdigere Schicksal Buch führen, das sie für einen erträumt hatten ... Wer sind wir denn, uns vom Volk auszuschließen, fragte ich Klaus Mann in meiner Antwort. Es war die SS, die an seiner Stelle erwiderte: Sie stehen außerhalb des Gesetzes des Volkes, dem Sie sich anzuschließen behaupteten. Ich hatte, von einem Ufer zum anderen, Klaus Mann aufgefordert, mir Lebewohl zu sagen. Und es war die SS, die mir den Abschied gab. Ich bleibe dabei, zu glauben, daß die, die morgen über Deutschland urteilen werden, es vor allem von hier aus tun müssen.

Es ist doch merkwürdig, Nele, findest du nicht, daß wir hier, wo wir sind, nicht einmal den Atem des Meeres hören ..."

Mal glaubt er, daß ich alles verstehen kann, denkt Nele, mal nimmt er wohl an, daß ich nichts verstehe.

„Selbst wenn du dir die Mühe machst, dich an die Stelle mancher von ihnen zu versetzen", sagt sie, „kannst du anscheinend nicht umhin, den ins Exil Gegangenen Vorwürfe zu machen ..."

„Ich meine nicht die, die keine andere Wahl hatten. Aber manche, die nicht gezwungen waren zu gehen, hätten versuchen können, hier ihre Meinung zu sagen oder unser Schweigen zu teilen. Müssen denn alle Dichter dieses Landes es seinem Schicksal überlassen? Allem Anschein entgegen handelt es sich um kein einfaches Problem. Man muß sich vielleicht freuen, daß wenigstens einige sich entschieden haben zu bleiben, um dem Ende des Stücks beizuwohnen. Einige andere hatten keine Gelegenheit wegzugehen ... Manche hätten nicht einmal das Geld für die Fahrkarte gehabt. Um welchen Punkt der Welt zu erreichen? Manche hätte man umgebracht, indem man sie so entwurzelte. Auf das Exil reagieren alle genauso verschieden wie auf den Schrecken."

Ist es wirklich an ihm, das zu denken? fragt sie sich. Die Zukunft wird es beantworten. Es gibt Momente, wo ich ihn verstehe. Es gibt andere, wo ich ihn überhaupt nicht verstehe. Es ist ein jedesmal neu einsetzendes Leid.

„Du kennst sicher den Maler Otto Dix?" sagt er. „Im Weltkrieg war er wie ich in Belgien. Er hatte sich sogar freiwillig gemeldet, weil er befürchtete, ‚das zu verpassen'. Der Gedanke an die Konfrontation begeisterte ihn. Und dann hat er von dort die erschreckendsten Bilder mitgebracht, die je ersonnen wurden: im Vergleich dazu würden manche Bilder von Goya über *Die Schrecken des Krieges* fast beruhigend wirken … Dr. Goebbels hat gedroht, einige seiner Werke zu verbrennen. (Vermutlich hat zur gleichen Zeit Göring einige andere beschlagnahmt, um sie heimlich an den besten Plätzen seines Privatmuseums auszustellen.) Dix jedoch ist nicht gegangen. ‚Angesichts der Landschaften dieses Landes', hat er gesagt, ‚bleibe ich regungslos, versteinert stehen wie eine Kuh.' Wir brauchten unbedingt ein paar solcher Kühe, um zu bezeugen, daß diese Landschaften existiert haben …"

Seit einer Weile hört seine Tochter dem Mann, der redet, der sich abmüht, nicht mehr zu … Seit einer Weile spürt sie Groll in sich aufsteigen. Vater, denkt sie, du hättest ein Lehrmeister sein können. Ich hätte soviel von dir zu lernen gehabt. Daß du mich aus deinem Leben entfernt hast, daß du deine Einsamkeit bewahrt hast, hätte ich schließlich gelten lassen. Aber daß du, als du dann allein warst, dem Irrtum erlegen bist, ist unerträglich für mich. Jetzt bin ich auch allein. Sollte die Einsamkeit erblich sein? Das Irren ist es nicht.

Den Landschaften müßte man manchmal mehr Aufmerksamkeit widmen als den Gemütszuständen, sagt sich der Mann … Als er durch die breiten Straßen von Hannover wandelte, zwischen den alten Renaissancestadthäusern oder den Statuen des Parks von Schloß Herrenhausen: schönhüftige Dianen, breitbrüstige Neptune, starkbäuchige Herkulesse, oder wenn er sich in den Wiesen und Feldern erging, die ihn an die verzauberten Stunden der Kindheit erinnerten, dachte er an die Zeit, als sich noch nichts ereignet hatte: weder der Verlust der Mutter noch der Haß auf den Vater, weder die Leidenschaft für die Medizin noch der erste Vers eines einzigen Gedichtes, weder die Begegnung mit einer Frau noch mit einer anderen und wieder einer anderen – oder der Irrtum eines Lebens –, das heißt an die Zeit, als noch alles möglich war, und er sagte sich: jenseits und diesseits aller Dinge wirst du nicht der bleiben, dessen Augen an einem Sonntag im Frühjahr 1936 über den Theaterplatz oder das Rathaus, die Terrassen der Stadthalle oder die Fassade des Weinhauses Wolf oder die gelben Wasser der Leine geschweift sind – eben das war das Beste und Unbeschädigte in dir –, aber niemand würde etwas davon erfahren haben, und es wäre so, als hätte dich nie jemand gekannt. Doch welche heimliche Freude, wenn von dir nur ein einziger Blick auf die Treppe der Oper oder auf das Glasdach des Bahnhofs im Herzen der alten Welfenstadt bliebe! Ein Bild, das einen Augen-Blick lang dein Herz berührt hat, hätte man so bewahrt. Ein Krümchen Unschuld, das deinen Fleischfresserzähnen entgangen wäre. Deine einzige Entlastung.

„Es wird dich wahrscheinlich überraschen", sagt er, „aber als ich Klaus Manns Brief bekam, hat mich zuerst am meisten die Anschrift des Absenders verblüfft: Hôtel de la Tour, Sanary-sur-Mer (Var). Ich hatte selbst ein paar Jahre zuvor eine kleine Reise in den Süden Frankreichs gemacht. Eine dieser seltenen Eskapaden, die ich mir erlaubt habe, du weißt schon ... Aber Sanary, das sagte mir nichts. Und als die ersten Nachrichten von den deutschen Emigranten in der Provence zu uns gelangten – Schickele, Toller, Neumann, Ludwig Marcuse und andere – und als wir lernten, die Orte ihrer Sommerfrische zu nennen, Toulon, Cannes, Saint-Raphaël, Roquebrune, La Ciotat, wunderte ich mich, daß ich nie eine der Ortschaften wiedererkannte, durch die ich 1928 oder 1929 gekommen war: Hendaye oder Palavas-les-Flots, Arcachon oder Biarritz ... Und es frustrierte mich, daß ich sie mir nicht an Orten vorstellen konnte, die mir vertraut geworden waren. Erst da ermaß ich ihre Abwesenheit, die Abwesenheit von Künstlern, die mir zumeist fernstanden und zwangsläufig ideologische Gegner geworden waren. Nun waren Dreiviertel der deutschen Literatur weggegangen, hatten diese Männer von ihrem Standpunkt aus die richtige Wahl getroffen, und man konnte sie sich nicht einmal mehr in einer bestimmten Landschaft vorstellen. Ihr Südfrankreich war nicht das meine: auch darin waren wir getrennt ... Freilich waren die meisten überstürzt weggegangen, in der Meinung, Hitler würde von einem Tag auf den andern von der Bühne abtreten, und wenn die Zeit für ihren Ausflug um war, würde alles zur gewohnten Ordnung zurückkehren. Ihre Art, sich zu täuschen, ist zwar ‚respektabler' als meine, könnte aber zu dem Beweis verleiten, daß, von den Ereignissen überrumpelt, fast keiner der Dichter dieses Landes seine Luzidität bewahrt hat ... Du weißt ja auch, wie kühl sie mitunter von dem egalitären, brüderlichen Frankreich aufgenommen worden sind ..."

„Sie sind ohne Waffen und ohne Gepäck gegangen", sagt Nele heiser. „Oft war es ihnen eine dramatische Qual, sich von ihren Büchern zu trennen ... Man erzählt, Walter Benjamin habe einige in winziger Schrift in Notizbücher abgeschrieben und die anderen habe er Bertolt Brecht nach Kopenhagen schicken lassen. Du weißt ja wohl, daß Brecht sich in Dänemark niedergelassen hat?"

„Ja, ich habe es gehört ..." erklärt Gottfried Benn.

Einen Augenblick lang stellt er sich vor, wie der Autor von *Mahagonny* bei Tagesanbruch von der Brücke einer Fähre die kleine Meerjungfrau entdeckt.

Nichts ist einfach: diese Vision erfüllt ihn mit Wehmut.

„Vater?"

„Ja."

„Wann hast du verstanden?"

Sie hat natürlich recht, die Chronologie zu beachten ... Es beunruhigt sie weniger, wann ich verstanden habe, als wann ich hätte verstehen müssen! Wann ich hätte verstehen müssen, damit ich in ihren Augen keine Schuld auf mich lud.

Manchmal denke ich, ich habe es sofort gewußt, aber es war schon zu spät, das Unheil war geschehen.

Le mal était fait, wiederholt er auf französisch. Er erinnert sich an jenen müßigen Tag in Hannover, an dem er ein französisch-deutsches Wörterbuch aufgeschlagen und den Artikel *faire* gelesen hatte: weiter hatte er nicht gelesen, aber er hatte ihn vollständig im Gedächtnis. *Faire sa vie, faire son malheur, faire l'amour, faire le mort, faire nuit noire ... Savoir faire ... C'est chose faite, le mal est fait, ce qui est fait est fait ...* Es hatte ihn getroffen, daß man sagt, das Unheil ist geschehen, wenn man es nicht mehr *ungeschehen* machen konnte.

Ja, so muß es gewesen sein, denkt Nele, der Zweifel muß sofort, wenn auch allmählich an ihm genagt haben. Aber er hat wohl versucht, aus Leibeskräften gegen ihn anzukämpfen. Kopflose Flucht nach vorn, auf den Abgrund zu.

Deutschland, denkt er, ist das Land der Ungeduld. Die Deutschen haben es immer eilig: zu kämpfen, geschlagen zu werden ... Auch sich zugrunde zu richten. Sehr viel langsamer versuchen sie anschließend, es wiedergutzumachen. Wir werden nach dem Datum beurteilt werden, das wir gewählt haben, um klarzusehen.

„Es gibt natürlich die, die von vornherein Bescheid wußten. Sogar bevor Hitler auftauchte. Die seine Machtübernahme abgelehnt haben. Seit der Verbrennung des ‚undeutschen Schrifttums' vor genau drei Jahren hätte ich natürlich aus allen Wolken fallen müssen: was ist das denn für ein Schriftsteller, der zuläßt, daß seine Bücher verbrannt werden? Doch ich habe es zugelassen. Es waren – noch – nicht meine. Schon die Flammen des Reichstags, drei Monate zuvor, hätten mir die Augen öffnen müssen: ich habe sie nur aufgerissen. Aber es hätte genügt, *Mein Kampf* zu lesen, um zu verstehen: die Dichter haben unrecht, daß sie keine Bestseller lesen. Es gibt Geringschätzungen, die teuer zu stehen kommen. Tatsächlich sind es die Mörder von Walther Rathenau, die uns den Krieg erklärt haben, einerlei wie wir über das Opfer urteilten."

„Statt dessen hast du welchen Anlaß abgewartet?" fragt Nele.

„Wie viele habe ich erst in der Nacht der langen Messer angefangen zu begreifen: es war auch die Nacht derer mit der langen Leitung! Plötzlich war Zweifel nicht mehr erlaubt. Wir wurden die Staatsangehörigen einer sich selbst fressenden Nation. Die, die in der Nacht nicht aufgewacht sind, haben zweifelsohne die letzte Station verschlafen, auf der sie von dem rasenden Zug noch abspringen konnten. Wie jener SA-Mann, der sich mit dem Ruf: ‚Heil Hitler!' erschießen ließ, so tief saß die Lüge ihm im Mark."

„Aber warum hast du es damals nicht öffentlich bekannt?"

„Mein liebes Kind, wenn ein Dichter sich so schwer geirrt hat wie ich – so viel schwerer noch als jene behaupten, die uns hassen –, kann er nicht einmal mehr den Moment und den Ort wählen, wo er Rechenschaft ablegen muß. Allein meine Dichtung wird an meiner Stelle antworten. Das ist meine einzige Wahrheit. Sie weiß für mich, in welchem Lager ich stehe, und sollte ich es wieder vergessen, wird *sie* zumindest es weiter wissen. Willst du den Beweis dafür? Ich wurde auf die schwarzen Listen der schwarzen Macht gesetzt, noch ehe ich mich überhaupt gegen sie vergangen hatte! Ich hatte ihr Pfänder gegeben, und plötzlich konnte ich in Berlin nicht mehr Dermatologe und nirgendwo im Land mehr Dichter sein! Tatsächlich gehen diese Maßnahmen ganz zu Ehren meiner Zensoren. Letztlich beweist das, daß sie ein besseres Urteilsvermögen haben als ich. Wenn ich mich zuerst in ihnen getäuscht habe, so haben sie sich zumindest nicht lange Illusionen über mich gemacht ... Wenn sie ihrerseits ihre Meinung ändern und mich rehabilitieren sollten, dann geschähe es aufgrund eines bedauerlichen Versehens! Der endgültige Ausgang dürfte außer Zweifel stehen!"

Mögen sie dich lieber bis zu einem gewissen Grad verfolgen! Gerade soviel, wie nötig ..., denkt Nele. Und sie erschrickt nicht einmal, daß sie es denkt. Wenn sie dich schikanieren, bist du gerettet: deine Verfolger werden dir geholfen haben. Wenn sie dich je rehabilitieren, bist du verloren.

Er schweigt. Er hat sich gerechtfertigt. Zum ersten und, wie er glaubt, zum letzten Mal. Er wird kein Wort mehr zu seiner Verteidigung sagen. Er könnte nur dies hinzufügen: Ich habe nie davon geträumt, einer Welt anzugehören, in der die schwere Entgleisung eines Intellektuellen übersehen werden könnte. Man kann vermuten, daß zur Stunde der Ex-Rektor der Universität von Freiburg im Breisgau, Martin Heidegger, wie ich die bittere Genugtuung, das zweideutige Glück genießt, daß es nie folgenlos ist, wenn ein Denker sich irrt ... Das ist unser furchtbares Privileg. Wir werden es nicht verleugnen, außer um uns zu vernichten. Was für ein gefundenes Fressen für die Dummen: daß ein großer Philosoph so danebenhauen kann, ist beruhigend für sie. Sie werden nur noch davon sprechen, statt sein Werk zu lesen. Entbindet sein Fehltritt sie nicht davon? Ebensowenig beneide ich die, denkt er, die ihre Irrtümer hinterher als kleine Sünden bezeichnen werden, noch die, die sich nicht wenigstens einmal in dem Skandal des Universums bloßgestellt haben ...

Zu seiner Tochter würde er am liebsten noch sagen: Sie haben nie einen menschlichen Körper berührt, außer bei dem, was sie Liebe nennen – und sie urteilen. Sie haben keinen jener Körper berührt, den ein Leiden entstellt oder zerstört – und sie verurteilen. Wenn über mich eines Tages geurteilt werden soll, so wenigstens von dem, dessen Hände sich den heruntergekommenen Körpern genähert haben und der ihrer Bedrängnis gelauscht hat. Denn so hat er auch seine eigene erkennen können. Wenn jemand über mich urteilt, so soll es dieser Bedrängte sein, der über seinesgleichen urteilt.

„Das Gerücht geht um", sagt Nele mit müder Stimme, „daß das Dritte Reich sich aus Anlaß der Olympischen Spiele bemüht, ein anderes Gesicht zu zeigen und daß der Staat menschlicher werden könnte ..."

„Das ist ziemlich aussichtslos ...", sagt der Vater. „Trotz ihrer ganzen Propaganda befürchte ich sehr, daß die Nazis den Körper der Menschen nicht mögen ... So sehr sie sich den Anschein geben, ihn zu feiern, so sehr schikanieren sie ihn und werden sie sich, wenn es soweit ist, auf ihn stürzen wie Raubtiere. Sie führen nur den Körper im Munde, aber um ihn zu verschlingen. Wetten, daß der junge Grieche aus Pyrgos, dem die Ehre zufallen wird, das olympische Feuer zu entzünden, ebensogut gebaut sein wird ... wie ein junger Deutscher! Aber weißt du, daß die Bauern an der Strecke, auf der die Fackelträger durch Deutschland laufen werden, gezwungen worden sind, die Fassaden ihrer Häuschen auf eigene Kosten zu verputzen? ‚Schönheit der Arbeit'. Erntedankfeste. Reifes Korn und mit Blümlein bekränzte jugendliche Stirnen. Gruß der Spatenträger in Habachtstellung. ‚Kraft durch Freude'. Soldaten wachen über den Frieden des Volkes. Kurz, die Inszenierung ist perfekt. Wiederbelebte Antike, Lichtdome, Tänze am Meeresufer, Schlankheit und Bräune, weiße Heldinnen für Bergfilme, selbst die Schupos trainieren noch splitternackt auf dem Exerzierhof am Belle-Alliance-Platz. Aber jede Medaille, und sei sie olympisch, hat ihre Kehrseite. Diesen anmutigen Epheben, mit einem martialischen Sturmriemen quer über der Brust, die in ihren gußeisernen Fäusten Fackeln aus Harz schwingen, und diesen weiß uniformierten Gretchen in Plisseerock und taillierter Bluse, die Feldmütze schräg auf dem Kopf, oder diesen alabastergesichtigen entblößten Amazonen scheint man beizubringen, ihre Sexualität zu zügeln, um die verdorbene, von Lastern verrottete Generation, die in der Weimarer Republik ihr Unwesen trieb, gründlicher zu beschämen! Nun, nach Aussagen mancher Kollegen haben diese Athleten, die sich nach nie dagewesenen Leistungen verzehren, ihre Triebe so sehr und so gut unterdrückt, daß bei den Mädchen ein Ausbleiben der Menstruation beobachtet wird und die Jungen sexuelle Dysfunktionen aufweisen! Dahin hat das Hygieneprogramm unserer Menschenführer sie gebracht. ‚Aber der Mensch wird trauern, / Masse, muskelstark, / Cowboy und Centauern. / Nurmi als Jeanne d'Arc: / Stadionssakrale / mit Khasanaspray, ...' Man hätte folgendes beachten sollen: der Tribun, der all diese feinen Leute mit der Peitsche lenkt, macht nur deshalb mit den Massen Liebe, weil er es mit den Mädchen nicht kann, dieser trunkene Redner ist Abstinenzler, dieser Menschenfresser ist Vegetarier! Eine entlarvende Einzelheit: als Leibarzt hat er einen meiner erbärmlichsten Kollegen, Theo Morell, von Beruf Dermatologe, der abstoßend schmutzig ist und nach Tod stinkt. Sein teurer Patient ist von der Angst vor der venerischen Gefahr besessen ... Wir können nur hoffen, daß dieser Scharlatan eines Tages seinen eigenen Patienten infiziert! Lach nicht, das ist nicht komisch ..."

Aber Nele denkt überhaupt nicht daran zu lachen. Sie weiß, daß sich hinter diesen sarkastischen Bemerkungen eine unheilbare Verstörtheit verbirgt. Die Gewißheit, mit der der Ertrinkende sich herumschlägt, der das Ufer nicht mehr erreichen wird.

„Morgen", fährt er fort, „werden die Gladiatoren, die in die Arena hinabsteigen, sich bereit erklären, für einen Herrn zu sterben, dessen bloßer Anblick ihre Schönheit beleidigen müßte. Wer weiß, ob die Olympiade nicht eine Generalprobe gewesen sein wird? Später wird man von den Teilnehmern erwarten, daß sie die Rekorde in ganz andersartigen Wettkämpfen brechen. Schon in Griechenland waren die Spiele nur ein Vorspiel zum Krieg. Und ich habe es fertiggebracht, das zu bewundern. Morgen braucht die lebenssprühende Frau Riefenstahl mit ihrer Mütze und ihrer blauen Brille nur eine lange Kamerafahrt zu machen, um vom Stadion über den noch dazwischenliegenden Raum zum Schlachtfeld zu schwenken. Dann wird man sich vielleicht daran erinnern, daß der olympische Gruß der Athleten nur den der Krieger vorwegnahm.

Nele, wir sind so nah am Meer, und sein Geruch dringt nicht einmal bis zu uns ..."

Um das Waffengetöse zu übertönen, das er heraufbeschworen hat, wäre wirklich das Echo der Brandung nötig. Er ist in Schweiß gebadet, der Arzt. Nicht so sehr, weil er die Möglichkeit des Krieges angesprochen hat, sondern weil er wieder einmal den Körper der Menschen und die Mißhandlungen, die man ihm zufügt, erwähnt. Und weil die Erschütterung, die ihn dann jedesmal ergreift, von weither kommt, weil sie das Echo der Erinnerung an Männerkörper ist, die man aufmacht, an Frauenkörper, die man nimmt ...

Er hat innegehalten. Habe ich sie etwa nur kommen lassen, um ihr das anzuvertrauen, fragt er sich. Ja, natürlich. Wie könnte er es leugnen? Warum sie? Weil er niemanden gefunden hätte, der von voreingenommener Ergebenheit gewesen wäre? Würde er so nicht zu glimpflich davonkommen?

„Du verstehst doch, nicht wahr?“ fragt er beinah verzweifelt. Es ist nicht die Verzweiflung, daß man ihn nicht begreift, eher die, nur zu gut begriffen zu werden. Wer wird erbarmungsloser über uns urteilen, als der, der uns von vornherein ergeben war und entdecken muß, daß sein Vertrauen schlecht investiert war? Und selbst wenn man erfolgreich dem gegenüber argumentieren sollte, der einem die Absolution erteilen möchte, ermißt man dann nicht vor allem, auf wie schwachen Füßen die Beweisführung steht?

Ein letztes Mal würde sie gerne aufbegehren, ihre Widerstände bis ins letzte ausschöpfen und schreien: Nein, Vater, das alles ist entschieden zu schwer für mich zu tragen, das erstickt mich! Ich habe doch wohl das Recht, erst einundzwanzig zu sein. Mein Leben und meine eigenen Probleme zu haben! Könnte *ich* nicht auch egoistisch sein? Ich habe dich nie wiedergesehen, ohne daß die Wucht Deutschlands auf mich fällt! Jedesmal laufe ich Gefahr zu erleben, wie alle fern von dir gesammelten Kräfte vernichtet werden! Verlang den Schiedsspruch lieber von deinem alten Bremer Freund mit dem Raubvogelprofil, der immer so vornehm und so gut angezogen ist! Von Herrn Oelze, dem Juristen, Ästheten und Rumhändler! Oder verlaß dich auf das Urteil einer deiner Mätressen, dem einen oder anderen dieser parfümierten Theatermäuschen, die nacheinander deine Junggesellenwohnung schmücken kommen! Warum eigentlich ich? Weil ich zwischen 1933 und 1936 Zeit hatte zu reifen? Ich bin gereift. Man wäre an weniger gereift ... Warum heute abend? Es ist zu spät! Es ist viel zu früh! Es wird immer zu spät oder zu früh sein! Ich bin keine Deutsche mehr! Ich bin es nie gewesen! Ich weiß nicht, ob das ein Glück oder Pech ist. Ich will es nicht wieder werden, und sei es nur für eine Stunde! Du hast es so gewollt: ich bin kaum deine Tochter ... Hast du vor, wieder mit mir anzuknüpfen, weil du deine anstößige Liaison mit dem neuen Deutschland abbrechen möchtest? Oder gedenkst du, indem du mir deine Verfehlung gestehst, die Fehler wiedergutzumachen, denen du, was mich betraf, zugestimmt hast? Es wäre mir unerträglich, für die Berufung eines Vaters geopfert worden zu sein, der nicht integer gewesen wäre ... Ach, ich möchte der unnachsichtigste deiner möglichen Richter sein. Ich möchte dir nichts durchgehen lassen, vor keiner deiner Sünden die Augen verschließen. Das ist vielleicht, kurioserweise, deine Chance: es ist deine Sache, sie zu ergreifen ...

Das würde sie ihm gerne alles an den Kopf werfen. Aber sie bringt nur heraus:

„Nein, Vater, ich habe noch nicht zugestimmt. Ich habe weder ein einziges Wort deiner Antwort an Klaus Mann noch deiner *Antwort an die literarischen Emigranten*, noch deiner Huldigung an den *Neuen Staat* gutgeheißen, und vielleicht werde ich mich nie ganz damit abfinden ... Solltest du jedoch auf die abgeschmackte Idee kommen, mich dafür um Verzeihung zu bitten: wer wäre ich, sie dir zu verweigern? Kannst du dir vorstellen, daß du ein *Filia peccavi* sprichst? Natürlich nicht. Du wirst nie jemanden bitten, dir zu verzeihen. Und ich glaube, das beginne ich seltsamerweise zu akzeptieren ..."

Er würde seiner Tochter gern noch erklären, daß man, einerlei was man getan hat, die Wahrheit seines Lebens respektieren muß – und daß man sie immer nur in seinem Innersten eingeschlossen ganz respektiert. Sobald sie preisgegeben wird, ist sie entstellt, revidiert und frisiert. Wenn man sich einmal verirrt hat, muß man mit dieser Verirrung einige Zeit allein bleiben. Es gibt eine Art Blindheit, aus der man nicht herauskommt, indem man sie beichtet: in der Bußfertigkeit selbst liegt eine Falle – für den anderen, aber vor allem für einen selbst –, die einem Taschenspielertrick entspricht. Das mindeste, was man von sich verlangen kann, ist noch stillzuschweigen. Man muß lernen, mit seinem Irrtum zu leben, wie der Kranke mit seinem Karzinom zusammenlebt. Vielleicht kommt dann eine Stunde, in der dieses Scheitern weniger wichtig sein wird als die Art und Weise, wie man es durchgemacht hat. Mit Hilfe dieser zusätzlichen Schraubendrehung wird unsere Seele von neuem mit dem Körper verdübelt, den sie beinah verraten hätte ... Deshalb, nur deshalb werde ich hierbleiben.

Das alles würde er Nele gern sagen, doch er gesteht sich nicht einmal mehr das Recht zu, eine Moral aus seiner Geschichte zu ziehen.

Und er bringt nur heraus: „Wahrscheinlich habe ich mich zu zehn Jahren Fegefeuer aufgemacht ..."

Ohne sein Wissen hat er mir gerade eine Mission aufgetragen, überlegt sie. Ein Buch über ihn zu schreiben, stellt sie sich vor. Später. Wenn er tot ist, wenn ich ihn überleben soll. Oh, nicht um ihn weißzuwaschen, zu rehabilitieren, von jedem Verdacht zu reinigen! Wer würde übrigens der Objektivität einer liebenden Tochter trauen?

Sie erinnert sich an jene Schrift, die sie voller Rührung gelesen hat, in der Eugenie Schumann zu beweisen trachtet, daß ihr Vater, der geniale Musiker, nie dem Wahnsinn verfallen sei. Als sei es um einen Schandfleck gegangen. Aber Nele Benn würde nicht das Andenken an einen Irrsinnigen zu verteidigen haben – wieviel leichter dann alles wäre – sondern nur die Ehre eines Mannes, der beinah kriminell geworden wäre. Einen derartigen Versuch würde sie nicht unternehmen.

Zweifellos traf Klaus Mann das Richtige, wenn er sich auf Doktor Benns „fanatische Reinheit" berief. Wenn sie noch viel darüber nachgedacht hätte, würde sie wahrscheinlich zustimmen, daß „nicht korrumpierbar sein" nicht nur hieß, daß man der ist, der nicht korrumpiert, sondern daß man auch als der auftritt, der seiner eigenen Korruptheit widersteht. Daß der schönste und klügste Geist, den sie kannte, zudem ihr Vater, grob gegen sich selbst gefehlt hatte, während so viele Zyniker sich besser verhalten zu haben schienen, darin lag ein Geheimnis, das die junge Frau aus Charlottenlund vielleicht nie von allen Seiten würde betrachten können und das ihr zu hoch war: war es nicht sogar für ihren Vater zu hoch? Hätte man nicht den Zynismus des Lebens selbst verantwortlich machen müssen? Nein, davon würde sie nicht sprechen. Höchstens in einer Anspielung. Sie würde nur alles übrige darlegen. Sie würde darzustellen versuchen, wer er war. Schon dachte sie im Imperfekt an ihn. Das würde eine regelrechte Untersuchung. Schon bemühte sie sich das wenige zu sammeln, was sie von ihrem Thema wußte ...

Denn lange, Vater, dachte sie, war alles, was ich von dir wußte, daß du mich fortgeschickt hast, daß du mich dir vom Hals geschafft hast ...

Sie würde alles von Anfang an neu lernen müssen.

Es war einmal ein kleiner Dorfjunge, hätte seine große Tochter im Stil eines Märchens schreiben können – dabei sollte man sich im Zusammenhang mit ihm verbieten, ins Legendenhafte zu verfallen –, der in die Hauptstadt gelangt war, um tote Körper zu öffnen, leidende Körper zu verarzten. Er hatte eine Frau geheiratet, hatte mit ihr eine Tochter gezeugt. Danach hatte er einen Krieg mitgemacht. Schon hatte er alle Spiele des Lebens gespielt. Hatte einen kleinen Ozean von Geschichte durchquert. Als wieder Frieden einkehrte, war er auf seine kleine Insel zurückgegangen, um zu erfahren, was von der Welt geblieben war, um sich zu vergewissern, was von ihm übrig war. Seine Frau war fast gleich darauf gestorben. Er hatte nicht gewußt, was er mit seiner Tochter, mit seiner eigenen Lebensmüdigkeit machen sollte. Von seiner Tochter hatte er sich getrennt, die Müdigkeit hatte er behalten. Dennoch wachte er wie ein Posten. Er verarztete arme Leute und schrieb Verse. Seine Feder war ein zweites Skalpell, das bisweilen Blitze schleuderte. Warum wurde er nicht häufiger gelesen, er wußte so gut Bescheid! War er nicht mit sich allein geblieben, um zu schreiben? Manchmal verbrachte er die Nacht mit dafür vorgesehenen Frauen, die wenig redeten, die gut rochen und ein Geheimnis offenbarten. Er war weder aufsässig noch unterwürfig. Er hatte manchmal die Schroffheit des Schüchternen, die Brutalität des Zarten, die Zartheit des Brutalen. Er glaubte, er verlöre die Zielscheibe nicht aus den Augen. Nach einer Stunde verschleierte sich sein Blick. Wahrscheinlich würde man sagen, sein Herz habe keine Regungen. Er tue immer zuviel oder zuwenig. Dabei widmete er seine ganze Zeit dem Elend zu existieren. Er hatte sein Bild nicht geschminkt. Er war Experte in einer Wissenschaft vom Menschen, die nicht mehr gebräuchlich war, Träger eines deklassierten Wissens. Würde man eines Tages wohl zugeben, daß es gleichwohl an solchen Männern fehlte?

Wer würde jemals glauben, fragt sich Nele Benn aus Charlottenlund verzweifelt, daß die Seele meines Vaters schöner anzusehen war als sein Verhalten?

„Du hast mir ja noch gar nichts von dir erzählt!" sagt der Vater. „Laß uns einmal über dich reden ...", schlägt er vor.

Sie lacht schallend.

Was ist an dem, was er gesagt hat, so komisch?

„Findest du nicht, daß der Übergang etwas gewaltsam wäre?" fragt sie. „Und außerdem weißt du doch, daß ich nie etwas erlebe. Nicht jeder kann sich den Luxus einer Biographie leisten! Das heißt, doch, es geht etwas vor ... Ich habe Lust, Dänemark zu verlassen."

„Um nach Deutschland zurückzukommen?" fragt er beunruhigt.

„O nein! Nie mehr."

Dänemark zu verlassen, kommt ihr im Gegenteil so vor, als würde sie Deutschland ein zweites Mal verlassen. Ein kleines Deutschland. Aber wie sollte sie erklären, daß es unerträglich für sie ist, in Kopenhagen und seiner Umgebung zu bleiben, in diesem winzigen Dorf mit den so schmalen Straßen, wo sie überall auf einen Mann stoßen muß, den sie geliebt hat und den sie flieht?

„Ich habe mit einem Verlobten Schluß gemacht!" verkündet sie in einem Ton, der scherzhaft sein soll.

„Wahrscheinlich warst du zu redselig ...", sagt er.

„Wirklich? Wohl wie heute abend?" fragt sie ironisch.

Er wird rot.

Ich weiß, Vater, daß du Leid des Herzens nicht magst, denkt Nele, weil in deinen Augen die Kunst kein gemeinsames Interesse mit ihm hat ... Doch sie richtet ein stummes Gebet an ihn: Nein, Vater, ich bitte dich, überschütte die Liebe heute abend nicht mit sarkastischen Bemerkungen. Sag mir heute abend nicht, daß die Leidenschaft nichts bedeutet.

„Es ist zu spät, etwas von mir zu erzählen“, sagt sie. „Erzähl mir lieber etwas von meiner Mutter.“

Vielleicht glaubt er an ein Ablenkungsmanöver, um ein unerfreuliches Thema zu umgehen?

„Niemand außer dir kann ermessen, was ich mit deiner Mutter verloren habe. Aber ich mache mir kaum Illusionen: treubrüchiger Bürger. Abwesender Vater. Schlechter Ehemann ... Das hängt zusammen, wird man sagen. Das paßt gut zueinander, nicht wahr?“

„Mein Gott, Vater! Wer redet denn davon? Wer redet überhaupt von deinen Gefühlen? Sag mir nur, wie meine Mutter war, nur das will ich wissen ...“

„Sie war ein strahlendes Lebewesen ... Ganz das Gegenteil von deinem Vater. Und wo du gerade von ihr sprichst ... Dies habe ich dir von ihr mitgebracht. Einen Armreif, der ihr gehört hat. Sie hat ihn von ihren Eltern bekommen.“

In die Innenseite des Goldreifs sind zwei Jahreszahlen eingraviert: 1896 ... 1936: weder Geburt noch Tod ..., überlegt Nele. Ein ehemaliges Geschenk und Erneuerung des Geschenks. Mein Gott, denkt sie, ich verstehe, wieso die Frauen diesen Mann liebgewinnen.

„Bedank dich nicht bei mir“, sagt er. „Du bekommst ihn nicht von mir. Er ist von ihr. Ich bin seit ihrem Tod nur ein Hehler gewesen ... Nele, heirate nie“, fügt er seltsamerweise hinzu. (Will er andeuten: wenn du Ähnlichkeit mit mir hast? Oder: weil du so bist wie ich?) „Die Ehe ist nichts für dich ... Mach lieber eine Reise um die Welt. Lies Aristoteles, Nietzsche und Tolstoi. Man weiß nie, wieviel Unschuld man bei dem anderen zum Versiegen bringt. Auch die, die dich aufgezogen hat, deine dänische Mutter, habe ich wirklich geliebt ...“

Aber natürlich.

Neben ihr, träumt er, war „die Magnolie stumm“. Doch der Schizophrene in mir verneigte sich nicht. Er senkte nur „trostlos die Stirne“. Wer schwelgte heute in diesen Lichtfluten?

Ich war ganz klein, erinnert sich Nele. Wir lebten noch in Berlin, in der Wohnung in der Passauer Straße. Wir, das heißt

Mama und ich. Du warst nur ein gelegentlicher Besucher, den Mama nicht mehr wirklich erwartete, auf den ich aber noch jeden Abend wartete. Doch wenn du trotzdem kamst, wirkte Mama immer so glücklich. Glücklich und ein bißchen erstaunt ... Wenn du nicht nach Haus kamst, stand sie manchmal mitten in der Nacht auf, ging in die Küche und dünstete eine Tomate, ein paar Zwiebeln und ein Stück Speck in einer kleinen Pfanne. Gewissenhaft. Sachte und geduldig. Ich ging dann auf Zehenspitzen zu ihr, um an ihrem nächtlichen Festessen teilzunehmen. „Dein Vater ist nicht nach Haus gekommen“, sagte sie. Das war eine Information: sie machte kein Drama daraus. Dann fing sie an, leise von dir zu sprechen. Sie sagte mir, daß du in deiner Art so etwas wie ein Gelehrter wärest. Ein Mann der neuen Zeit ... Das übrige habe ich vergessen. Das sind die einzigen Erinnerungen an Berlin, die ich behalten habe.

„Es gab Schlimmeres ...“, sagt er.

Sie zuckt zusammen, als hätte er alle ihre Gedanken ans Licht gebracht. „Schlimmer als wer?“ fragt sie. „Schlimmer als meine Mutter oder als ‚meine dänische Mutter‘?“

„Aber nein, schlimmer als das Leid, das ich ihnen angetan habe ... Es hat viele andere Frauen gegeben ...“

„Mir ist nicht unbekannt“, sagt sie schelmisch, beinah komplizenhaft – wahrscheinlich weil diese Antwort sie beruhigt –, „daß mein Vater viel Erfolg hat ...“

„Und damit auch viel Mißerfolg“, sagt er. „So müßte man die Dinge manchmal eher sehen. Es hat Schlimmeres gegeben. Das heißt, ich bin zu anderen schlimmer gewesen.“ Er spricht darüber wie über die Verbrechen eines direkt der Sonntagsausgabe des *Berliner Tageblatts* entsprungenen Würgers oder Vampirs. Nele stellt sich einen Augenblick lang die Zeitbomben vor, die hier und da auf dem ganzen Gebiet von Deutschland verschiedenen Unbekannten auf den Weg gelegt sind ...

„Soviel Lügen geliebt, / soviel Lippen gesucht ... und der Fragen immer mehr ...“ „Bruch, und ach deine Züge / alle funkelnd von Flor ... Schutt, alle Trümmer / liegen morgens so bloß“

Da ist Lili, erinnert er sich, der es fast gelungen ist, mir zu entkommen, als sie nach Wien ging. Lili, die geglaubt hat, sich vor mir zu retten ... Dann war sie wieder in meinem Leben, und – zu ihrem Unglück – ich, der ich nichts mehr für sie tun konnte, in ihrem; ich sehe sie vor mir, entstellt von einem Leid ohne Grenzen, fast ohne Gegenstand, ohne Namen, obwohl sie ihm den meinen gab ... Es gibt ein Bild des Schmerzes, das einen verrückt macht vor Ohnmacht und einen bald mit Haß erfüllt. Das ist ein Faß ohne Boden. Man würde nur noch zusammen sterben können. Wenn man überlebt, wird man ein Mörder sein. Wir hatten Seite an Seite gelebt. Und dann nicht mehr. Und dann haben wir es wieder versucht. Und nichts von alldem war wirklich möglich. Dabei haben wir wohl ein gewöhnliches Paar gebildet. Es gibt kein gewöhnliches Paar: das ist ein Wunder, das ist eine Ungerechtigkeit. Das kann ein Fluch werden. Lili hing an mir wie ein Kind, oder wie ein Tier. Sie erwartete alles von mir. Alles ist immer zuviel. Sie hat mir ihre Selbstmordabsichten am Telefon mitgeteilt. Sie konnte keine Worte mehr artikulieren. Sie schluchzte. Ich jagte im Auto hin. Sie hatte sich aus dem Fenster gestürzt. Die Feuerwehrleute trugen schon ihren zerschmetterten Körper fort. Natürlich konnte ich nichts dafür. Natürlich konnte ich alles dafür. Wie könnte einer, der das Leben einer Selbstmörderin geteilt hat, glaubhaft machen, daß er alles, was in seinen Kräften stand, getan hat, um es zu verhindern, daß er nur Pech gehabt hat und daß er nicht ansatzweise ein Mörder war. Hinfort trennt uns eine Blutlache von dem Leben, das wir uns für uns selbst vorgestellt hatten. Ich habe mir gesagt, daß ich, wenn ich diesen Kummer bewältigte, ein neuer Mensch von einer auf Erden noch unbekannten Art würde. Ich habe diesen Kummer bewältigt. Ich bin nicht dieser neue Mensch geworden ... Manchmal steigen mir „grundlos" Tränen in die Augen. Die Tränen dessen, der sich seit einer Ewigkeit weder das Recht zugestanden noch die Zeit genommen hat, zu weinen. Tränen, die aus fernen Tiefen aufsteigen und sich jedem Spiegel entziehen ... Selbst Lilis Tränen fehlen mir. Sie waren noch das Salz der Erde. Ich trauere sogar ihrer Verzweiflung nach.

Einen Augenblick lang glaubt er, er habe diese Geschichte, die in ihm umherschwirrte, eben seiner Tochter erzählt. Nele sieht ihn an. Sie wartet. Er hat nichts gesagt. Etwas hat ihn im letzten Moment zurückgehalten. Glaubt er etwa, daß seine Tochter ihm diesen Tod, den er nicht verhindert hat, mehr vorwerfen könnte, als seine vorübergehende Zustimmung zu einem Regime, zu dem man sich nicht bekennen darf? Mein Gott! Das läßt sich doch nicht vergleichen, Doktor Benn, tadelt er sich.

„Vor einigen Jahren“, sagt er, „hat eine Frau sich um meinetwillen umgebracht, ‚wegen mir‘, wie man sagt. Man hat auch behauptet, ich hätte sie sitzenlassen, weil sie arm war ... Wo es mitunter das Fehlen von Armut bei jemandem ist, das mir Sorge bereitet ...“

Das Fehlen von Armut, hat er gesagt. Er hat nicht gesagt: von Reichtum. Das Wort „Reichtum“ ist aus seinem Wortschatz verbannt, registriert Nele. Es würde ihm die Zunge verbrennen. Aber warum erlegt er mir auch das noch auf? Und werde ich in meinem Buch darüber sprechen müssen? Nein: von allem übrigen. Vom Leben dieses Mannes, nicht von seinen Toten.

Es hat Schlimmeres gegeben ..., erklärte er. Bis es endlich herauskommt, muß das Schuldgefühl eine Tänzerin sein, die einen teuer zu stehen kommt, wenn sie einem so auf dem Herzen herumtanzt. Ist es nicht sonderbar, daß er den heutigen Abend ausgesucht hat, um alle Bekenntnisse von sich zu geben, wo er sonst so verschlossen, beinah schweigsam ist? Und wie kann er annehmen, daß es in meinen Augen etwas Schlimmeres gibt, als den Tod meiner eigenen Mutter? Weil Edith Osterloh eines natürlichen Todes gestorben ist? Wie oft hat er nicht das Karzinom, das seine eigene Mutter hinwegraffte, als das schlimmste Grauen geschildert? Mag man auch Arzt sein, so können Krankheit und Leiden für einen weiterhin weder irgendeinen Sinn noch eine Berechtigung haben: eben deshalb ist man Arzt geworden – aus Verzweiflung.

„Und heute gibt es natürlich noch andere Frauen in deinem Leben?“

In welchem Ton sie das gefragt hat, seine einundzwanzigjährige Tochter! Fast würde ihn das aufheitern.

„Ja, ich habe Freundinnen“, gibt er zu, „vor allem Frauen, denen ich gerne Briefe schreibe und deren Antworten meine Einsamkeit beleben ... Oft sind es Frauen, die schreiben oder die hätten schreiben können. Ich schätze den Gebrauch, den die Frauen von den Worten machen, selbst wenn sie nichtssagend oder neurotisch wirken, lassen sie sie auf dem Boden des Kochtopfes anbräunen!“

„Und liebst du immer noch so sehr die Frauen, die die Worte anderer wiederholen? Die Schauspielerinnen, meine ich? Verkehrst du immer noch mit Wedekinds Witwe?“

Dem Vater ist nicht unbekannt, warum „dieser Verkehr“ seine Tochter besonders ärgert; daß ihre Mutter ursprünglich Schauspielerin und die, die sie aufgezogen hat, Sängerin gewesen ist, bewirkt bei Nele wahrscheinlich ein Ressentiment gegen doppelt illoyale Rivalinnen ...

„Tilly Wedekind besucht mich manchmal, wenn ihre Tourneen sie zufällig in die Nähe von Hannover führen ... Und auch Ellinor Büller, die soviel Mitgefühl zeigte, als jene beerdigt wurde, von der ich dir vorhin erzählt habe, die ihrem Leben ein Ende gesetzt hat ...“

Nele fröstelt.

„Frierst du, Liebes?“

Keineswegs. Sie denkt nur daran, daß ihr Vater auf dem Rückweg von Edith Osterlohs Beerdigung in dem Zug, der ihn von Jena nach Berlin zurückbrachte, die „nächste Frau“, die Dänin traf ... Er verliert keinen Tag Zeit, sagt sie sich verdrossen; kaum ist die eine unter der Erde, breitet eine andere die Arme nach ihm aus. So ist der Anschluß gesichert. So bleibt dieser Einzelgänger nie allein.

„Und dann gibt es meine wichtigste, meine beste Freundin, Nele Benn, die im Staate Dänemark lebt ...“

Zum Zeichen des Einverständnisses hat sie ihm ihre rechte Hand über den Tisch hinweg gereicht, wie eine umschwärmte Frau es mit ihrem Verehrer machen würde, und er hat sie ergriffen. Ihr Tischnachbar hat sich noch einmal mit gerunzelter Stirn nach ihnen umgedreht. Er denkt wohl, daß die Fünfzigjährigen sich heutzutage in Deutschland blutjunge Mädchen leisten und außerdem, wie es sich angehört hat, offen umstürzlerische Meinungen äußern!

„Wer weiß?“ fragt der Vater. „Die Zukunft wird zeigen, daß ich wahrscheinlich richtig gehandelt habe, als ich dich aus meinem Leben entfernte ...“

Sie zieht schnell ihre Hand zurück, als hätte sie sich bei der Berührung mit der ihres Vaters verbrannt.

Sie ist wütend. So wirst du mir nicht davonkommen, denkt sie. Sollte Deutschland denn ein Land sein, in dem man Gefahr läuft, alle Frauen deinetwegen sterben zu sehen?

„Ich dachte nicht an mich, Nele. Ich meinte nur Deutschland.“

„Weißt du, Vater“, begehrt sie auf, „es ist manchmal hart für mich gewesen, ganz auf Deutschland zu verzichten. Irgendwie bin ich auch eine Emigrantin. Aber mich hat nicht der Nationalsozialismus vertrieben, sondern mein eigener Vater, der mich immer für fähig gehalten hat, seine Gründe nachzuvollziehen. Und mir Bücher schickte, die mich immer wieder an meine Herkunftskultur banden, so daß ich eine Entwurzelte blieb ... Weißt du, wenn ich gern auf die Briefe antworte, die Gertrud und Paul Hindemith mir noch schicken, so weil sie *mein* Deutschland repräsentieren! Ich werde nie die Ferien vergessen, die ich vor fünf Jahren mit euch in der Nähe von Bad Tölz verbrachte, während ihr an eurem Oratorium gearbeitet habt. Das mußte man gesehen haben, wie ihr zusammen ein paar Leibesübungen gemacht habt, bevor ihr an die Arbeit gegangen seid! Wir sind in einem Kabriolett durch ganz Deutschland gefahren. In Frankfurt sind wir in den Turm gestiegen, den die Stadt dem Komponisten zur Verfügung gestellt hatte. Sein Flügel hatte mit einem Flaschenzug hineingehievt werden müssen ... Wir haben Colmar besichtigt, wo sich der Isenheimer Altar von Matthias Grünewald befindet, der Paul Hindemith so faszinierte. Danach mußte ich zurück nach Kopenhagen, als wäre nichts gewesen, als handelte es sich nur um eine Abschweifung. Ich war fassungslos. Du mußt dir das vorstellen: einen ganzen Sommer lang hattest du mir Paul Hindemith geboten, und Paul Hindemith hatte mir Beethoven und Matthias Grünewald, seine Herzlichkeit, seine Passacaglien und seine Ostinatobässe, kurz ganz Deutschland geschenkt!"

„Ein anderes Deutschland", sagte der Vater. „Die letzten Friedensjahre der Weimarer Republik. Aber wir wußten es nicht."

„Du hast sie ja genug schlechtgemacht! Und jetzt mußte Paul Hindemith weggehen, vielleicht für immer, wer weiß? *Hier* ist etwas faul, nicht im Staate Dänemark! Und ich werde nur ab und zu hierhin zurückkommen, um dich in der einen oder der anderen Stadt zu treffen, wie deine Mätressen es machen ... Um mir deine Monologe anzuhören. Um dich mit so sanfter, einschmeichelnder Stimme Entsetzliches äußern zu hören ... Wie in dieser Totenrede für deinen Freund Klabund, die du mir eines Tages so wenig emphatisch, fast jubilierend vorgelesen hast. Als wäre es ein Wiegenlied, von einem Dichter geschrieben, um über den Schlaf eines anderen zu wachen ...

Bisweilen sage ich mir, daß ich einen Vater gebraucht habe, damit er mir die traurigsten, die schrecklichsten Aspekte der Existenz offenbart, aber er hat es mit einer solchen Sanftmut, einer so seltsamen Hingabe getan, daß er mir vielleicht nichts Besseres bieten konnte ..."

Eines Abends, erinnert sie sich, an einem jener seltenen Abende, an denen du in die Passauer Straße nach Hause gekommen bist – war es nicht Heiligabend? –, hat Mama sich ans Klavier gesetzt und hat für dich gespielt. Du wirktest plötzlich so besänftigt. Da hat Mama mich gebeten, dir eines deiner Gedichte vorzutragen, das ich auswendig gelernt hatte ... Ich bekam einen Schreck. Es war *Mann und Frau* ge-

hen durch die Krebsbaracke. Überall zerlaufende Leichen ... Ich trug es vor, als verstünde ich nichts. Mama und du, ihr amüsiertet euch sehr über meine Wahl und über meine Naivität. Ich erfaßte das Grauen, das von deinen Versen ausging aber so genau, daß Poesie für mich lange nur der Zufluchtsort allen Schreckens, der Schlupfwinkel des Albtraums war. Doch mit das erste, was ich las, als ich Dänisch konnte, war *Der Improvisator* von Andersen. Warum habe ich dieses Buch so geliebt? Weil der Held der Geschichte ein Dichter war, der gemeinsame Sache mit der Freude, dem Feiern, dem Wein machte. Frauen verliebten sich in ihn, ohne anschließend darunter zu leiden. Er kletterte lachend die Wand eines Vulkans hinauf ... Die Existenz eines Dichters konnte also auch das sein? Warum hatte mein Vater so wenig Ähnlichkeit mit ihm? Es war eine Offenbarung. Vater, der du die Dämmerung überallhin mit dir trägst, warum hast du mir verborgen, daß das Leben so ... zum Tanzen anregend sein kann? Dein gewaltiger Schatten verdunkelte die Sonne, entzog mir den Horizont. Auch das, vor allem das werde ich nicht in meinem Buch schreiben. Ich werde von Weihnachten, von dem Klavierspielen, dem Gedichtvortrag erzählen. Ich werde weder Andersen noch den Wein, noch den Vulkan erwähnen. Alles übrige. Ich werde nur über alles übrige sprechen. Und was ich heute abend gehört habe, werde ich mich erst einmal bemühen zu vergessen. Ich werde mich nur an die Ufer der Alster, an den gedünsteten Lachs und an den Armreif erinnern, der meiner Mutter gehörte. An den zweimal gravierten Armreif. Ich werde für eine Weile wieder das sentimentale kleine Mädchen werden, das nur sorglos diese beiden Tage mit seinem Vater in Hamburg verbracht hatte. Und dann wird eine Erinnerung an die Oberfläche steigen, und danach eine andere. Und eines Tages, wenn mein Sohn, falls ich einen bekomme, oder ein Fremder, der mein Sohn sein könnte, mir Fragen stellen sollte, werde ich mich an alles auf einmal erinnern.

„Ich werde trotzdem nach Dänemark zurückkehren", hat sie hinzugefügt, „mach dir meinetwegen keine Sorgen. In dieses Land, bei dem man daran zweifeln könnte, daß es je eine blutrünstige Vergangenheit gehabt hat, so bescheiden ist es. In dieses Land, das sich ganz klein macht, wie um der Geschichte besser zu entgehen, und wo man sich hütet, metaphysische Qualen und Liebesgeschichten allzu laut zu erwähnen. Irgendwann werde ich mich dort dennoch wieder verlieben. Ich werde Kinder haben, die ich dänisch aufziehe und die nie einen Fuß nach Deutschland setzen werden, außer um ihren Großvater zu besuchen. Ich fahre gleich morgen nach Charlottenlund zurück."

„Ich dachte, wir würden einen Tag länger bleiben und uns im Stellinger Tierpark den Schneeleoparden ansehen? Anscheinend ist er einer der bedeutendsten von Europa."

„Dasselbe sagt man von dem in Kopenhagen!" hat sie erwidert. „Überall auf der Erde erklären sich die Zoologischen Gärten für die schönsten der Welt."

„Aber keiner wird jemals dem von Berlin gleichkommen", hat er gesagt, „in den ich dich einmal mitgenommen habe, als du noch ganz klein warst."

Er hat sich an die Raubkatzen erinnert. Was ihnen an Erinnerung, Instinkt, Reflexen blieb, entlud sich nur noch in den Muskeln, die unter ihrem Fell spielten: die archaischste, die edelste Form eines gefangenen Bewußtseins, das sich noch nicht geschlagen gibt. Es schien, als würde von einem Augenblick zum andern sich ein Gedanke in seiner elementaren Reinheit daraus erheben. In dieser Erwartung empfand man nur die Intensität eines Leidens, und es fehlte nicht viel, und man hätte sich darüber gewundert, daß die Erde nicht bebte und sich dort, in dem Käfig, nicht ein Krater auftat ... Wer würde den Schöpfer je vom Schmerz seiner Geschöpfe erlösen?

„Du kannst sicher sein, Nele, daß der Berliner Zoo in diesen wirren Zeiten der Treffpunkt von Verschwörern, Spionen und Revolutionären geworden ist ... Welche Staatsgeheimnisse vernehmen wohl diese in Käfige gesperrten Tiere in einem Land, das selbst in einem Käfig ist?"

Apfelbaumblüte an den Ufern der Elbe, strahlende junge Mädchen an den Gestaden der Alster: es scheint, als könnte man mit jeder von ihnen auf der Stelle ein neues Leben anfangen, als genügte es, das zu beschließen. Spiegelung der Patrizierfassaden auf dem Wasserspiegel. Straßenlaternen mit opalartigen Glasglocken. Quakendes Geschnatter von Fröschen zwischen den Seerosen. Mehr Brücken als in Venedig. Gotisches Venedig. Venedig ohne Venedig. Labyrinth der Wasserläufe. Wenn der Nebel sich senkt, glaubt man alle Brückenjoche bersten und die Holzgiebel wanken zu sehen. Die ganze Stadt hebt an zu beben.

„Und was wirst du aus deinem Leben machen, Liebling?" hat er noch gefragt.

„Ich werde natürlich Schriftstellerin!"

„Hat mein trauriges Beispiel dich denn nicht davon abgehalten? Wer weiß? Vielleicht wirst du eine hervorragende Vertreterin der ‚deutschen Literatur im Exil'? Wie die besten von uns, nicht wahr?"

Vermischte Gerüche von Steinkohle, Kaffee, Kautschuk. Ölige Kanäle. Lauer Nebel. Feuchtwarmer Regenguß. Hochtrabende Devise des Reiseveranstalters Hapag. Exilvorrat. „Mein Feld ist die Welt." Aber das Meer ist ein Tor: man ist eingesperrt. Schwerer Schritt eines fünfzigjährigen Mannes auf dem schmierigen Pflaster. Seine Tochter hat eben ein weißes Haar auf seinem Mantelkragen entdeckt und nimmt es zwischen Daumen und Zeigefinger.

„Was wirst du denn jetzt machen?" hat sie gefragt.

„Oh, ich werde, noch ein bißchen heimlicher als in der Vergangenheit, weiter dekadente Gedichte schreiben ... Ich habe meine Zensoren noch nicht bis zum Äußersten getrieben. Man wird mich zweifelsohne ausmerzen. Wer jene auch sein mögen, die morgen in Deutschland regieren, sie werden mich wahrscheinlich zum Schweigen bringen. ‚Und heißt dann: schweigen und walten / wissend, daß sie zerfällt / dennoch die Schwerter halten / vor die Stunde der Welt.' Ich habe mich von allen zugleich abgeschnitten. Und das nicht einmal mit Absicht!"

Für einige Zeit, hat er auch gedacht, werde ich kein Zeitgenosse mehr sein. Ich werde ebenso allein sein wie in Brüssel, in meiner Jugend, im Krieg. Einem Krieg, der vielleicht nur einen anderen vorwegnahm. Wer weiß, was man in einer solchen Situation schreiben mag? Das könnte interessant werden!

„Du wirst doch vorsichtig sein?" hat sie sich gesorgt.

„Wenn es sein muß, vergrabe ich meine Gedichte eins nach dem anderen auf dem Land, irgendwo an der Weser oder im Solling!" hat er lachend gesagt.

„Wirst du ein Tagebuch führen?"

„Bisher habe ich immer nur ein Journal über meine Einnahmen und Ausgaben geführt. Wenig Einnahmen und wenig Ausgaben. Wenn man ein Doppelleben führt, erweist es sich als schwierig, ein Tagebuch zu führen, das nicht zur Agenda dieser Schizophrenie wird ..."

Sarkastische Schreie der Möwen mit den ranzigen Flügeln. Von Salz schmierige Gischt. Abgekämpfte Brandung. Keuchender Küstenstreifen. Graue Kohle, Tabakstaub, verfälschter Rum. In einem Keller in St. Pauli pafft ein Mädchen zwischen den Lippen seines zweiten Mundes eine Zigarette: für jeden Rauchring bekommt sie eine Mark. Am Ende der Helgoländerallee zieht ein Ozeandampfer vorbei, als führe er direkt auf dem Pflaster des Kais. Rostige Schiffswandung. Kurzatmiger Passagierdampfer. Heisere Sirene. Das Schiff, mit dem man nicht fahren wird. Keine Reise nach Cythera. Die Stadt, in der man gefangen bleibt. Keine hohe See mehr und kein Horizont. Bauchige Wellen. Schweiß von Geschichte.

„Wir werden immerhin das Rauschen des Meeres gehört haben", hat er gesagt. „Kann sein, daß wir uns einige Zeit nicht sehen. Ich schreibe dir. Wenn ich auch weiß, daß die Worte der Dichter selbst jene verfolgen und durchdringen, denen sie gerne schmeicheln wollten."

Es ist wahr, hat sie gedacht, daß ich Briefe von ihm bekommen werde, die dicht und schneidend sein werden wie Eisen. Sie fühlte sich erschöpft, wie wenn sie lange geweint hätte. Ganz hinten in der Mündung fordert ein Schiff mit einem Sirenentuten die Hilfe eines Schleppers an. Ein schwacher, ferner Ruf, der einen Augenblick lang ohne Antwort bleiben zu müssen scheint.

Berlin, 1946

Die Steine

Seltsam, sagt der Überlebende, es ist, als geschähe nichts mehr. Kein Ereignis mehr: als wäre die Luft zu voll davon gewesen. Keine Zeit mehr, nichts als Raum. Aber ein dem Erdboden gleichgemachter Raum. Man könnte dem Stadtführer von den Überresten des Anhalter Bahnhofs durch den Tiergarten und Wedding folgen, dann sich das ansehen, was von Grunewald, Charlottenburg, Wilmersdorf und Dahlem übrig ist, mit einem Abstecher an den Wannsee – um die Stelle aufzusuchen, an der Heinrich von Kleist sich das Leben genommen hat, und auch den Ort, an dem später, vor kurzem, von Heydrich, Eichmann, Göring die sogenannte Endlösung des Judenproblems verordnet wurde –, und von dort würde man dann über Marienfelde nach Steglitz und Tempelhof wandern – das heißt zu dem, was von Steglitz und Tempelhof geblieben ist –, um zurückzukehren nach Schöneberg, in die Bozener Straße 20, und im Vorbeigehen einen Blick auf den Bayerischen Platz zu werfen, dessen U-Bahnstation bombardiert wurde: fünfhundert Tote wurde gesagt, oder noch mehr; diese Zahlen werden erst lange danach ermittelt, wenn sie nur noch eine abstrakte Bedeutung haben. Warum sollte man sich nicht einen Trümmertourismus ausdenken, warum nicht einer mit Pfeilen versehenen Strecke folgen, die uns Ausflüge quer durch den Tod der Steine ermöglichen würde?

„Ihr werdet Deutschland nicht wiedererkennen!" hatte der Führer uns doch vorher in Kenntnis gesetzt. Wir hätten ihn besser beim Wort genommen. Aber wir haben ihm kein Gehör geschenkt. Statt dessen haben wir einem österreichischen Handelsvertreter in Reithosen, mit einem glänzenden Sturmriemen quer über seinem schmächtigen Oberkörper zugehört, der die Träume eines Großarchitekten hegte. O diese Liebe zu Monumentalbauten! Sollte in den Kuppelberg nicht siebzehnmal der römische Petersdom hineinpassen? Wohingegen jetzt nur noch zehn Prozent von Nürnberg stehen? Sollte indes das Stadion dieser verstorbenen Stadt nicht den Circus Maximus weit hinter sich lassen? Und hatte der Zentralbahnhof nicht die Berufung, die New Yorker Central Station mit einem Bissen zu verschlingen? Wo es hier doch keinen Bahnsteig mehr gibt, an dem irgendein im Anderswo und Einstmals verirrter Zug anhalten könnte? Die Große Brücke in Hamburg sollte die Golden Gate Bridge in San Francisco überspannen. Und das Mausoleum für die Toten des Ersten Weltkriegs den Arc de Triomphe in Paris. Den Reichstag würde man bewahren, doch gleichsam um zu belegen, welch armselige Ambitionen die Weimarer Republik hatte ... Der Maßstab der alten Welt! Dennoch haben die Sowjetrussen ihn erreicht, indem sie die Fahne des Eroberers auf dem höchsten Punkt der Stadt aufpflanzten. Hitlers Bauphantasmen haben sich erst in der Zerstörung von drei Vierteln von Frankfurt, in den dreiundvierzig Millionen Kubikmetern Schutt in Hamburg aufgehoben. In den neunzig Prozent von Darmstadt, die in weniger als einer halben Stunde hinweggepustet wurden. Insgesamt im Land fünf Millionen zerstörte Häuser, eine Milliarde siebenhundert Millionen wieder aufbereitete Bausteine. Immerhin ein nettes Ergebnis? Und für den Vater der Nation schließlich auch eine Art, seine Wünsche erfüllt zu bekommen! So haben sich seine Liebe zum Monumentalen und zu den Massen, sein Größenwahn letztlich materialisiert, aber verkehrt herum, durch die Zerstörung, die Auslöschung der Städte, über die er herrschte. Er, der danach getrachtet hatte, London und Paris dem Erdboden gleichzumachen, möge sich trösten: er wird unter anderen wenigstens ein paar deutsche Städte vernichtet haben ... Als hätte er sich in diesem Fall ein kleines bißchen im Ziel geirrt. Hatte er aus seinem Baumeister Albert Speer nicht schon 1942 einen Reichsminister für Rüstung gemacht? Im Grunde brauchte dieser sein Gewehr nur von einer Schulter auf die andere zu legen! Nur eines ist bedauerlich: daß er, in seinen unterirdischen Bunker von bescheidenen Ausmaßen verkrochen, das ungeheure Ausmaß der Schäden nur nach dem Hörensagen hat ermessen können – und selbst davon glaubte er kein Wort. Doch warum hätte er sich am Ort des Verbrechens aufhalten sollen? Genügte es ihm nicht, dazu angestiftet zu haben? Zumindest ist ihm erspart geblieben, von der Verwüstung Nagasakis und Hiroshimas zu erfahren: der Arme wäre vor Neid grün geworden. Trotzdem schade, daß der knausrige Tyrann uns am Ende sogar seine sterbliche Hülle verweigert hat, als eine allerletzte zu seinem Erdenruhm errichtete Gedenksäule!

Geschwärzte Fassaden von Reinickendorf, gähnend leere Fenster, verbrannte Balken der Villen von Moabit. Die Häuser sind in ihre eigenen Keller gestürzt, sie sind im Tiergarten in sich selbst zusammengefallen. Zerklüftete Giebel von Grunewald, Mauerteile, zerfetzt, zerknittert, verknautscht, zusammengeknüllt, als wäre es Seidenpapier. Wie zerbrechlich wir doch waren, dem ersten Gamaschenhengst aus einem posthumen Albtraum Bismarcks preisgegeben. Von der Not abgestumpft, vom Unglück blind gemacht, trunken vor Erniedrigung, verdorben durch die Arroganz aus einer anderen Zeit. Wir erhalten den Lohn für all das: eingestürzte Decken, aufgebrochene Fußböden, verkohlte Gehäuse, zertrümmerten Beton, Berge von Schutt in den Straßen von Kreuzberg. Am Landwehrkanal verläuft nur mehr ein Fluß aus Kies, ein Strom von Gerümpel, auf den sich, wie betrunken schwankend, Frauen hinaufwagen, um nach einem zerlumpten Kleidungsstück, nach dem Rudiment eines Möbels zu suchen, das sie an die gewöhnliche Existenz, das heißt an die Vorgeschichte, erinnert, ja, Frauen und Kinder, die Krieg spielen, wo der Krieg kaum vorbei ist; nur die Kinder und die Frauen sind mit diesen Trümmern der Städte vertraut, die die Bombardements der Männer zerschmettert haben, sie haben gelernt, darauf zu gehen wie auf Glatteis, auf einem unsicheren Boden, sie suchen irgend etwas, irgendein Bruchstück von irgend etwas, was ihnen helfen kann zu überleben, sie daran zu erinnern, wie man vorher lebte, und es ist, als schlitterten sie über Kaskaden von blutbeflecktem Nichts, wie der Reiter, der so den Bodensee überquerte und erst ohnmächtig wurde, als man ihm am anderen Ufer mitteilte, daß er über eine dünne Eisschicht geritten war. Frauen und Kinder höhlen diese Straßen aus, die nur mehr erkaltete Lavaströme, Moränen sind, von denen alles hinweggespült wurde; Frauen und Kinder bilden Ketten und reichen einander Eimer weiter, deren Henkel in die Fläche der nacheinander ausgestreckten Hände schneiden, Eimer, die randvoll mit Schutt sind: was gäbe es sonst zu finden außer hin und wieder einem verbeulten Napf, einer Stiefelette ohne Sohle, einer Gasmaske mit abgerissenem Rüssel? Muß man tatsächlich aufs Geratewohl unnütze Gegenstände, unbrauchbare Geräte ausgraben und Trümmer von einer Stelle an eine andere verlagern, transportieren, ja, diese Steine lediglich versetzen, wenn man sich noch dazu überreden will, daß es sich lohnte, daß es einen Sinn hatte davonzukommen? Immer neigen Frauen und Kinder eher dazu als die Männer, an ein Wunder zu glauben. Jene Frau, die bei Königsberg, auf der Flucht vor der Sowjetarmee, am Rand der verschneiten Straße das Korsett einer Schwangeren entdeckt und angezogen hatte, weinte noch heute vor Lachen und vor Dankbarkeit bei dem Gedanken, daß sie ihr heiles Davonkommen vielleicht nur diesem Umstand, diesem unverhofften Fund zu verdanken hatte ... „Ich hatte Schwein!" Sie wußte nicht, daß die russischen Soldaten zuweilen sogar Frauen kurz vor der Niederkunft vergewaltigten, so wie der Schriftsteller Ilja Ehrenburg sie dazu aufhetzte: „Vernichte die faschistische Bestie mit Stumpf und Stiel! Gebrauche deine Kraft und brich den Stolz der deutschen Frauen! Nimm sie dir als deine dir zustehende Beute. Töte selbst die noch ungeborenen Deutschen, tapferer Sowjet-Soldat." Vielleicht hatte ein Soldat der Roten Armee dieses Korsett seiner Besitzerin heruntergerissen, bevor er sich an ihr verging ... Aber was konnte man in diesen Bombenkratern oder zwischen diesen schwankenden Mauerteilen eines Hauses, von dem man erwartete, daß es von einem Augenblick zum andern sogar lautlos zusammensank, zwischen diesen verbogenen

Gleisen von Eisenbahnstrecken, die zu keinem Bahnhof mehr führten, zu finden hoffen außer irgendeinem ausgeweideten Tank oder irgendeinem Waggon, der auf dem Rücken lag, wie ein Dickhäuter am Ende einer Eisensafari? Dort sah man Stofffetzen in den Ästen eines Baumes an der Hubertusallee hängen, eines von Schnee und Frost entfärbten Stoffes, hautfarbene Fetzen, wenn nicht ...? Hier folgte man mit dem Blick den Windungen einer Wendeltreppe, die sich bis in den Himmel schraubte und noch stand wie im Traum. Woher kam es, fragte sich der mit dem Leben davongekommene Spaziergänger, daß keines dieser unwahrscheinlichen Bilder ihn überraschte, sondern daß er auf sie gefaßt war, daß sie sich mit der Macht der Gewißheit aufgedrängt hatten, so daß ihm der beunruhigende Verdacht kam, er habe sie immer in sich getragen. Als habe alles, was außerhalb von uns zu geschehen hat, sich vorher und sogar vor sehr langer Zeit in uns abgespielt. Lange bevor der Überlebende die von einer Flut aus Feuer und schmelzendem Metall überschwemmte Stadt zum ersten Mal erblickt hatte und sie sich dann, gleichsam betäubt, benommen vom Gebrüll eines hysterischen Gottes, noch einmal angesehen hatte, ja, lange bevor er sie in allen Ecken und Winkeln ihrer Katastrophe besichtigt, erforscht hatte, denn er hat diesen Gang durch die geschundene, von ihrem eigenen Skelett abgerissene Stadt nicht in einem oder zwei oder in drei Malen machen können, auch wenn man überlebt hat, ereilt einen nämlich die Hinfälligkeit, und die Müdigkeit heftet sich an jeden Schritt, eine Müdigkeit, die jedoch nichts mit dem Alter zu tun hat, eine aus den Ereignissen entstandene Müdigkeit, wie eine dieser Krankheiten, die die Sünde verursacht, und man würde nie mehr von ihr geheilt werden, aber dennoch wurde man nicht müde, durch die Straßen zu laufen, man sollte besser sagen: durch die unterirdischen Gänge, die grauen Arterien dieser Stadt, die bis zu den Gesimsen in ihren eigenen Fundamenten begraben, unter der Lawine ihrer selbst verschüttet ist und erstickt, wie jene gestrandeten Wale, die von ihrem eigenen Gewicht erdrückt werden, ja, daß der alte Überlebende es noch nicht aufgegeben hat, durch diese mit

Menschen überfüllte Geröllwüste zu laufen, Menschen, die wie Insekten den eingeschlossenen Ameisenhaufen nicht aufgeben wollen – lange vorher wußte er, daß er dies nicht tut, um mehr über den Zustand dieser geborstenen, geschwärzten Steine zu erfahren, nicht um erstaunt diesen Gestank von Rauch und erkalteter Asche zu riechen, der sich nie wieder verflüchtigen würde, nein, er tut es vielmehr, um die grausame Richtigkeit einer schon lange erstellten Diagnose, sehr lange, bevor all dies geschehen war, zu überprüfen. Doch dieser Befund löst keinerlei Resignation aus. Berlin ..., Berlin ..., stammelt der Mann, der frühere Bewohner dieser Stadt, und er könnte es nicht besser sagen: alles ist in diesen beiden Silben enthalten, die vor kurzem das Brausen der Stadt ausdrückten, ihr Schillern, ihre Aura, und die jetzt nur noch die Buchstaben eines Epitaphs bilden. Berlin ..., als wollte der alte Überlebende, der frühere Bürger dieser Stadt auch versprechen, daß er sie nie wieder verlassen, daß er sie in Zukunft nie mehr aus den Augen verlieren würde. Er würde viel zu viel Angst haben, daß man sie während seiner Abwesenheit endgültig fertigmachte und daß er sie bei seiner Rückkehr nicht mehr wiederfände. Daß er nicht einmal mehr dieses Phantom, dieses Architektur-Palimpsest wiederfände. Denn durch das Umherirren in den Gängen dieses Labyrinths, in dem keine Kreuzung unversehrt ist und sich nicht zu einer Sackgasse verschlossen hat, in dem die erschöpften Boulevards nicht mehr bis an das Ende ihrer selbst gehen, in dem jeder Weg hinfort ausweglos erscheint, in dem jede Perspektive auf einen Engpaß stößt, stürmen weiterhin die Echos, das zittrige Spiegelbild dessen, was war, auf einen ein. Einen Augenblick lang weiß man nicht mehr, wer heimsucht und wer heimgesucht wird, die Stadt oder man selbst. Wenn man die Augen schließt, kann man dieses Trugbild nicht einfangen, und es bleibt nur dessen bitterer Nachgeschmack auf der Zunge zurück.

Es heißt, die Viertel seien in „Zonen“ aufgeteilt, und es wird behauptet, diese Zonen seien „besetzt“, doch das ist reine Ironie: diese Zonen kommen in Wirklichkeit nirgendwo vor, und die Menschen nehmen nichts mehr in Besitz. Wahrscheinlich handelt es sich nicht um ein Ende, sondern noch um einen Anfang, und entspricht dies einer neuen Auffassung von Raum? Dann würde Berlin nur die Fiktion der künftigen Welt ankündigen, nur wüßte die Welt es noch nicht ... Jeder Friedhof dieser Stadt wäre immer nur der Friedhof eines Friedhofs: der Stadt selbst. Die Ruinen würden sich voneinander nähren, würden nicht mehr aufhören, sich fortzupflanzen. Man würde der Negation eines Wunders beiwohnen: der Vermehrung der Steine.

Hierhin mußte man schließlich gelangen. Bedingt durch das Umherwandern zwischen diesen von Rußzungen beleckten Fassaden, die in tiefem Schmerz um die Stadt trauern, oder durch das Sichverirren in diesen Hinterhöfen, die sich in einem unnahbaren Witwenstand abkapseln, stimmt man mit der unerbittlichen Logik überein, die hierin waltet. Einzig der teutonische Gefreite hat sie nicht mit seinen Augen festgestellt. „Ich mache keine Politik mehr. Sie ekelt mich zu sehr an ...", soll er in der Nacht vom zwanzigsten auf den einundzwanzigsten April neunzehnhundertfünfundvierzig gemurmelt haben, während er noch unter der Erde in seiner Taucherglocke aus Metall gondelte. Aber er blieb bis zum Schluß der einzige Bewohner dieser Stadt, der sie nicht anzusehen brauchte, als sie zum Verglühen gebracht wurde und schon in einem Höllenkessel brodelte. Nero bewunderte wenigstens den Brand von Rom, den er selbst entfacht hatte. Und bis zum Schluß entging dem Führer das Schauspiel der Ruinen, die er so versessen ausgebrütet hatte. „Was hast du getan, um Berlin zu retten?" fragte er noch auf Plakaten und Anschlägen an Mauern, die kurz darauf einstürzten, wo er doch so dafür gearbeitet hatte, daß die Stadt vernichtet wurde.

Bereits in Stalingrad verkündeten pausenlos herausgegebene Meldungen den Sieg einer Armee von Leichen: dort waren so viele von der Mannschaft an Entkräftung gestorben, daß es dem Stab verdächtig vorkam und Gerichtsmediziner beauftragt wurden, nachzuprüfen, ob sie nicht vielmehr Selbstmord begangen hatten. Ein Irrtum war jedoch ausgeschlossen: bei der Autopsie erwiesen sich die Leichen innen als so atrophiert, zerfressen und verkalkt, daß man sie gut und gerne für doppelt so alt halten konnte. Das ganze Herz war von einer seiner Kammern verschlungen, und die Eingeweide so glatt gezogen wie Papierschlangen. Es waren also welche, die man nicht posthum degradieren und nicht Verweigerer oder Deserteure nennen sollte. Selbstmorde hatte es in Stalingrad wie anderswo an der Front gegeben, Männer, die mit einem einzigen Schuß ein Ende machten, oder solche, die, schon zu schwach, es mehrmals versuchen und sich selbst verstümmeln mußten, bis der Tod eintrat. Viele indes brauchten es nicht zu tun, jene, die sich vom Frost euphorisiert einfach auf die vom Schnee mit strahlender und furchtbarer Harmlosigkeit bedeckte Erde legten, während ihre Augen sich vom Weiß der Dinge versengen ließen. Dennoch wurde beteuert, daß eben in Stalingrad ein Soldat durch die Liebe seiner Frau vor einem sicheren Tod errettet worden war: eine Kugel, die sein Herz hätte durchbohren müssen, war in dem dicken Bündel Briefe von ihr steckengeblieben, das er immer unter seinem Mantel bei sich trug. War das glaubhaft? Wenn es sich um eine Legende handelte, konnte man verstehen, daß jemand sie erfunden hatte! Jedenfalls hat der Führer wohl keine Kenntnis von ihr gehabt. Er schätzte derartige gute Nachrichten ebensowenig wie die schlechten, von denen er nichts wissen wollte. Diese Briefe allerdings, denkt der Überlebende, hätte man gern gelesen. Herta ..., denkt er laut. Herta, meine Frau ..., denkt der Witwer laut. Und er überlegt unpassend: Ich hätte ihr öfter schreiben sollen. Denn Wunder waren selten, sie widersetzten sich dem Lauf der Dinge. Diese wenigen Villen zum Beispiel, die im Wohnbezirk des Tiergartens verschont geblieben waren: warum gerade sie? Die Botschaft von Italien, die Botschaft von Dänemark unter anderen. Und vor allem diese anderen Häuser, die weder Botschaft noch Konsulat irgendeiner Macht waren, die aber, von dem urbanen Gefüge abgeschnitten, in das sie eingebettet waren und das sich verflüchtigt hatte, schienen komisch am Rande des Nichts entlangzuschlittern. Das war das Verwunderliche, nicht der umgekehrte Fall. Man mußte aufhören, die Toten so zu beschreiben, als wären sie verblüfft zu sterben. Man konnte nicht einmal mehr sagen: Mögen die Toten ihre Toten begraben! Es gab zu viele. Und sie waren niemandes Tote mehr. Es war noch ein Glück, daß die Toten nicht die Lebenden begruben.

Man muß also sezieren, was liegt, registrieren, was noch steht, denkt der Überlebende, der Zurückgestellte.

Ein Wintersonntag in Spandau. Eine totgeschlagene Landschaft. Die sich nicht wieder erholen wird: sie hat zuviel mitgemacht. Der Überlebende, der Veteran erinnert sich an seinen Aufenthalt hier, in der Kaserne, am Vorabend eines anderen Krieges. Er sucht unwillkürlich mit dem Blick das Schaufenster des Fahrradhändlers, die Auslage des Verkäufers von gebrauchten Koffern aus gummiertem Leder und Überseekoffern auf dem Marktplatz. Er erwartet unwillkürlich, daß in der Ferne ein melancholisches Hornsignal ruft. Ein Schleusentor hat sich mitten in die Spree gelegt. Welkes Laub raschelt auf dem Bürgersteig. Ein Hund jault anscheinend aufs Geratewohl, als beweinte er nicht den Tod eines bestimmten Herrn. Der Spaziergänger, der Demobilisierte entziffert auf den Schildern an den Straßenecken die Namen in gotischen Buchstaben, die noch eitel die alte Tradition eines ehrwürdigen Ortes bezeugen: Juliusturm, Zeppelinstraße, Reformationsplatz ...

Ein andermal trifft man auf ein Karussel, das sich mitten im Lustgarten auf einem Stück Ödland quietschend und leer dreht. Allein der Wind treibt die überfrorenen Gondeln noch an. Seit wann ist dieser Jahrmarkt da, den der Frost überrascht hat? Man könnte sich vorstellen, daß er am Vorabend des Krieges halb aufgebaut war und daß man sich seit der Kapitulation nie die Zeit genommen hat, ihn wieder abzubauen. Schneeverwehungen in der Größe von Eisbergen sind längs der Fahrbahn entstanden. Der Spaziergänger hebt erstaunt den Kopf: Stalaktiten haben sich wie Kinnladen aus Eis um die Gesimse und die Dachrinnen geschlossen. „Achtung! Dachlawine."

Stare krächzen von der Kälte aufgebracht. Windstöße aus Nord-Ost ziehen den Schnee von den Dächern und wehen ihn wie einen Schleier zwischen die Straße und einen selbst.

Der Umherwandernde geht an einem Hof in der Fasanenstraße vorbei, als ein Durcheinander von verschiedenartigen, buntscheckigen Gegenständen seine Aufmerksamkeit erregt. Ein Kinderwagen aus Wachstuch voller Filzhüte. Ein Akkordeon mit Perlmutthüften. Ein Schließkorb für Brieftauben. Eine Kaffeemühle. Ein Wäschetopf mit Trommel. Ein Wehrmachtshelm. Ein Porträt von Lord Wolseley. Eine Sturmlampe. Ein Ski. Eine Butangasflasche. Eine Wanduhr. Ein Aquarium mit einem Teppich aus vermoosten Algen und Kies auf dem Boden. Ein mottenzerfressener Muff. Ein Eisernes Kreuz 2. Klasse. Ein Banjo, dessen Seele Schnee hervorgeifert. Ein Straßenschild vom Pariser Platz ... All das ausgestellt ..., denkt er. Und plötzlich wird ihm klar, daß es sich tatsächlich um eine Auslage handelt. Man ist so sehr an das verstreute Herumliegen der Dinge gewöhnt, daß man hätte glauben können, all diese Gegenstände hätten sich irgendwie von selbst am Rand eines Bürgersteigs angehäuft. Nun hat sie aber ein Trödler geduldig gesammelt, um sie zusammen mit Fotos von Soldaten in Uniform, die den Clou der Sammlung darstellen, zum Verkauf anzubieten. Gedankenlos wundert sich der Veteran darüber, daß kein Angehöriger das Porträt dieses lebenssprühenden Leutnants mit dem dünnen Schnurrbart oder jenes schon mit drei ehrenvollen Erwähnungen bedachten Schreibstubenunteroffiziers aufgehoben hat. Dann begreift er, daß wahrscheinlich kein Erbe mehr am Leben ist, um dieses Andenken an einen Gefallenen entgegenzunehmen ... Zuerst meint man, sie sähen sich, unabhängig vom Alter, Dienstgrad und von der Uniform, alle ähnlich. Dann, bei näherer Betrachtung, entdeckt man, daß nicht zwei darunter sind, die denselben Kampf gekämpft haben. Während dieser Hauptmann, der keinen Blick übrig hat für die Braut, die an seiner Seite erscheint und ihn mit den Augen verschlingt, mit majestätischer Miene nur zum Horizont starrt, hat jenen Knaben vom Volkssturm so sehr das Grausen gepackt, daß es ihm einen ekstatischen, von dem auf ihn wartenden Schicksal geblendeten Ausdruck verleiht. Bei einem erkennt man Ratlosigkeit, bei einem anderen bange Erwartung. Dieser hält sich für männlich, jener ist nur schwermütig. Dieser andere wiederum ist wohl gestorben, ehe er erfuhr, in welche Hölle man ihn stürzte. Und dieser letzte, der es begriffen *hatte*, ist umgekommen, ehe er sich darein schicken konnte. Welche Naivität bei diesem Alten, welche Reife in den Augen jenes Kindes ...

Wenn schon, könnte dann nicht ein genialer Schrotthändler auf die Idee kommen, die Stadt selbst, was von ihr übrig ist, wie eine morbide Kuriosität stückweise an einen exzentrischen Milliardär zu verkaufen? Oder sie an einem Sonntagmorgen auf dem Hermannplatz im Anschluß an ein öffentliches Konzert der „Stimme Amerikas" zugunsten der Leichtverwundeten oder der hier noch ungeborenen Kinder zu versteigern? Mein Gott, denkt der Spaziergänger, wie rauh der Wind plötzlich ist ... Herta, denkt er. Meine Frau. Mein Kind. Er weiß nicht, was er mit seiner düsteren Verfassung anfangen soll, er ist zu traurig. Herta, die meine zweite Frau war, für die Zeit eines zweiten Krieges, wie ich eine andere Frau nach einer ersten Niederlage verlor ...

Das Schrecklichste ist nicht, wenn alles kaputt ist, es ist die unergründliche Unschuld dessen, was alle Katastrophen überstanden hat. Dieses zwischen Himmel und Erde hängende Badezimmer, seine bonbonrosa Kachelung, sein geblümtes Waschbecken und ein bodenlanger Spiegel, der, soweit man sehen kann, nicht einmal einen Sprung hat, während rundherum ganze Wände eingestürzt sind. Die Badewanne, deren Füße herausgerissen wurden, hat sich auf die Seite gelegt wie ein Kahn auf einem wild bewegten Ozean. Was ist aus der Frau geworden, die sich dort schönmachte, ehe sie zu einer Galavorstellung ins Schillertheater oder in die Kammerspiele ging? Und ihr Mann, hat er Zeit gehabt zu fliehen, als er im Frack in den Glutofen geriet? In welchem Behelfswaisenhaus ist endlich das herzzerreißend weinende Kind eingeschlafen, falls es aus dem Kinderzimmer entkommen konnte, in dem Episoden aus der Geschichte des Baron von Münchhausen auf der Tapete dargestellt waren? Zu welchem häuslichen Glück führte diese aus den Angeln gerissene Tür? Was sah man aus diesem Fenster, das nun mit hastig aufgenagelten Brettern dichtgemacht ist? Würde niemand kommen und sich an diesem Damenfahrrad vergreifen, das treuherzig an eine Laterne gelehnt ist und dessen Schneebelag die spinngewebsartigen Speichen in Rosetten verwandelt hat? Dieses unversehrt auf dem Fahrdamm abgestellte Klavier – wer würde seinen Deckel hochheben, um zu entdecken, daß die Tastatur intakt ist? Es gibt Wunder, die noch mehr Angst einflößen als Unglück. Und diesen Regenschirm mit Horngriff, der wie ein Schwert in die Erde gebohrt ist, würde aus Aberglaube wohl niemand entwenden.

Man hat Zinkrohre in die Fassaden gesteckt, die wie Zigarettenkippen qualmen. Manchmal hebt sich direkt auf dem Bürgersteig eine Falltür, und plötzlich begegnen einem ein vor Kälte geschwollenes Gesicht und haßerfüllte Augen.

Eines Abends, als er unterwegs ist nach Hause, nach Schöneberg, wegen einer ungewöhnlichen, noch nicht dagewesenen milden Luft aber ein wenig in der Westfälischen Straße verweilt, hört er ganz nahe Stimmen aus den Ruinen dringen. Er bleibt einen Augenblick lang stehen. Ein Mann und eine Frau diskutieren *mezza voce* ein Eheproblem: seinen Stundenplan, ihre Verwendung des Haushaltsgeldes, die richtige Erziehung ihres Kindes. Der Lauscher möchte eigentlich weitergehen, um sich von diesem Paar zu entfernen, daß er in seiner Intimität ertappt hat. Aber etwas Verwirrendes hält ihn zurück. Daß er, um dieses Gespräch zu hören, keine Tür aufzubrechen oder auch nur zu öffnen brauchte ... Daß das unter freiem Himmel geschieht. Er hebt den Kopf.

Im ersten Stock eines Wohnhauses, dessen Fassade weggepustet worden ist, sitzen sich ein Mann und eine Frau gegenüber. Als wenn nichts wäre. Sie sind allein auf der Welt. Sie haben noch nicht gemerkt, daß die Wand, die sie von der Straße trennte, verschwunden ist. Oder sie haben sie seit sehr langem in den Schornstein geschrieben. Dies könnte sich in Sizilien ereignen, an einem Tag, an dem der Vulkan auszubrechen droht: die Leute wären einfach gezwungen, die im Dunkel der Häuser angefangenen Streitigkeiten im Freien, auf der hellhörigen *piazzetta* fortzusetzen …

Im übrigen, stellt der Spaziergänger fest, wird selbst hier der Sommer wiederkehren. Doch da überkommt ihn Panik: um welchen Sommer, in welchem Jahr wird es sich handeln? Ein Schwindelgefühl erfaßt ihn. Erinnerungen und Jahreszeiten vertauschen oder vermischen sich miteinander, da sich alle von nun an in eben diese Szenerie aus lebenslänglichen Ruinen einfügen, die man weder aus seinen Augen noch aus seinem Gedächtnis wegschieben kann.

Aber das Sommerlicht läßt diese unverrückbare Landschaft beben. In eben dieser Straße marschierten, tanzten Soldaten im Stechschritt. Und nicht weit von hier zuckten, tanzten die Körper der Exekutierten beim Einschlagen der Kugeln. Seit einiger Zeit hat alles in diesem Land angefangen zu tanzen. Die Realität der Dinge. Oder ihre Irrealität. Die Häuser haben sich in Bewegung gesetzt. Die Straßen wurden von Krämpfen geschüttelt. Es genügt, daß das Licht eines kurz bevorstehenden Sommers diese enthaupteten Kirchen, diese verstümmelten Statuen, diese gevierteilten Portale, diesen Brei aus Steinen, dieses Mus aus Beton streichelt und leckt, damit man Zweifel bekommt, richtig gesehen zu haben. Daß die Sonne über einem derartigen Panorama wieder aufgeht, stellt ein regelrechtes Ereignis dar, denkt der wundersam Geheilte.

Man bummelt im Universum des Trompe-l'œil herum. Was ist Tür und was Fenster? Die Möbel auf den Bürgersteigen, die Abfallhaufen unter den Dächern. Das Außen ist innen und das Innere außerhalb. Die Stadt ist umgekrempelt worden wie ein Handschuh. Man hat sie auf den Kopf gestellt. Man hat ihre Eingeweide an die Luft gehängt. Man hat sie zu ihren Füßen niedergelegt. Jetzt ist sie ebenso horizontal wie vertikal. Man hat sie eingeschmolzen. Man hat sie neu geformt. So als hätte ein einbrechender Riese in seiner Wut, nicht zu entdecken, was er suchte, im Vorbeigehen alles über den Haufen geworfen. Die optischen Täuschungen, die auf den Spaziergänger einstürmen, lösen in ihm eine düstere Heiterkeit aus. Ihm kommen groteske Einfälle. Ist dieses Ruinenfeld, das der Tod umgepflügt und eingesät, in das er seine eisernen Eier gelegt hat, vielleicht nur die kostspielige Dekoration einer von Gott selbst mit ungeheurem Aufwand inszenierten letzten Theatervorstellung, um Richard Wagner lächerlich zu machen? Der Schöpfer ist Fra Diavolo geworden, er hat diese Wohnsitze erwachsener Brandstifter wie Puppenhäuser hin und her geschoben, hat den Dachfirst des einen auf das Gebälk eines anderen gestülpt. Hier hält eine Decke ganz allein über dem Abgrund. Dort reckt sich ein Kamin auf der Suche nach einem Dachstuhl. Und schließlich betrachtet man das Geschehen wie in einer avantgardistischen Inszenierung in allen Stockwerken des Hauses gleichzeitig: es würde einem von dem Tun eines jeden, vom Keller bis zum Speicher, nichts mehr entgehen. Von nun an würde sich alles in aller Durchsichtigkeit abspielen. Keiner hätte vor irgendeinem mehr Geheimnisse. Die Geschichte hat die Menschen entkleidet, sie würde sie nicht so bald wieder einkleiden. Auf dem Schwarzmarkt würde man Leere gegen Überfülle tauschen. Was der Dichter kaum zu träumen wagte, hat der Krieg vollbracht, indem er den Mordrevolver und den Überlebensregenschirm auf der Zeitnähmaschine vereinte. Man könnte meinen, Blinde hätten sich hier gegenseitig umgebracht. Dies eine Mal würde der Albtraum länger dauern als die Nacht.

Wir sehen uns die Ruinen an, denkt der Ruinenfußgänger. Aber vor allem sehen die Ruinen uns an. Anthropomorphismus der Steine. Jede Ruine ist ein zerstörtes Gesicht mit aufgerissenen Augen. Jede Ruine hält uns einen Spiegel vor. In ihr erkennen wir uns so viel besser, als zu der Zeit, da dort ein Bau stand – der Zeit, in der ein Bau widerrechtlich den Platz einer künftigen Ruine einnahm. Wir entdecken endlich, daß wir für uns selbst unsere eigene Ruine sind.

Goethe, erinnert sich der wandernde Dichter, sagte, ein Haus zu bauen, einen Baum zu pflanzen, ein Kind in die Welt zu setzen, sei die Erfüllung des Mannes.

In den letzten Wochen in Landsberg konnte der Dichter nur noch das lesen: Goethes persönliche Schriften, seine Briefe an Bettina Brentano und andere bevorzugte Geprächspartner. Seltsam, wie wir Deutschen, auf welcher Seite wir auch stehen und welches unsere Weltanschauung, unsere Empathien, unsere Abneigungen sein mögen, uns beim Namen des Geheimen Rats fast immer einig sind. Warum sollte man ihn 1944, in Landsberg, lesen? Auf der Suche nach welchem Schlüssel zu den damaligen Ereignissen? Was sollte man damals von einer solchen Formulierung halten: „Ein Haus bauen, einen Baum pflanzen" – den Baum Goethes, zweifellos, Goethes majestätische Eiche in Buchenwald! –, „ein Kind in die Welt setzen ..."? Ich, der ich nur zufällig dazu beigetragen habe, ein Kind in die Welt zu setzen, und mich seither kaum um es gekümmert habe; ich, der ich hienieden nicht einmal eine Wicke gepflanzt habe, welche Lektion oder welchen Trost erwartete ich vom Geheimen Rat? Was die an uns gerichtete Aufforderung betrifft, Erbauer unseres eigenen Heims zu werden, so frage ich mich, was er denken würde, wenn er sähe, was aus den deutschen Städten geworden ist. Und ob er seinen enthusiastischen Ausspruch über Valmy wiederholen würde.

Der Dichter hebt noch einmal den Kopf zum ersten Stock des Hauses in der Westfälischen Straße, auf dessen Schwelle er vorhin stehengeblieben ist, und sein Blick klettert an den anderen Stockwerken bis zum obersten hinauf, erklimmt dann von da aus einen halb abgerissenen Balkon und steigt, Etage für Etage, bis zum Erdgeschoß des Nachbarhauses wieder hinunter. Herrn von Goethes ungeachtet, denkt er, sollten wir die Geschichte dieser Leute nicht mehr in derselben Weise wie zu seiner Zeit erzählen, als wäre nichts geschehen. Oh, natürlich wird man es trotzdem versuchen können, und einige werden es unfehlbar tun, und wir machen uns keine Sorgen um sie: sie werden noch Millionen von Lesern haben. Und sie werden manchmal sogar schöne Bücher hervorbringen, die so etwas erzählen werden wie die Geschichte eines Professors, der sich zu seinem Unglück in eine Barsängerin verknallt, oder die eines in die Röntgenaufnahme seiner Geliebten vernarrten Schwindsüchtigen oder auch die Chronik der schweren Jungs, der Zuhälter und kleinen Leute vom Alexanderplatz, ja sogar, als bestmögliche Annahme, die Leiden eines jungen Mannes an einer unmöglichen Liebe oder die Qualen eines Kollegen von mir, der keine Angst hatte, seine Seele für ein bißchen wahres Leben einzutauschen ... Heutzutage tauscht man seine Seele nur noch gegen eine Zigarettenkippe, und wenn man seinen Schatten verliert, so weil der Körper es inmitten der großen Verwüstung plötzlich leid war, ihn noch zu tragen und ihn auf seiner kopflosen Flucht am Rande einer brennenden Straße abgelegt hat! Seit alle Fiktionen bei dem einen oder anderen Autodafé oder zu gleicher Zeit wie die Städte verbrannt sind, von denen sie inspiriert waren, sollte es mit den schönen deutschen Geschichten aus und vorbei sein! Da die grauenhafte Fiktion der Geschichte zur Realität geworden ist, wäre es anständig, für lange Zeit nichts anderes mehr zu erfinden!

Doch um das Unheil zu beschreiben, wird es auch an Worten mangeln. Sogar um die Sprachlosigkeit auszudrücken, wird Knappheit herrschen. Rationierung des Wortes. Wir können zwar wetten, daß die Schieber wie mit allem übrigen noch gute Geschäfte machen. Bis ins Innerste des Chaos hinein werden sie mühelos einen schönen neo-weimarischen Ersatzstil absetzen ...

Der Dichter träumt von einer Sprache, die von sich aus halbmast flaggen würde und die, um wieder aus ihrer Asche aufzuerstehen, sich dazu entschließen würde, erst einmal ihren eigenen Bankrott zu erklären.

Die Zeitungen melden, daß man beim Nürnberger Prozeß die begangenen Verbrechen rückwirkend mit noch ungebrauchten Benennungen näher bestimmen mußte. Wieso sollte man nicht, um eine Vorstellung von den Ruinen zu vermitteln, einen Ruinenstil erfinden? Um die blanke Not wiederzugeben, bis auf die Knochen blanke Sätze? Der Frieden der Friedhöfe rief nach einem lebendig ausgegrabenen Wort. Wider jene, die das Los der Steine beklagten und gleichzeitig aus ihrem Herzen einen weiteren Stein machten.

Der Abend bricht herein. Bevor der Mann weitergeht, schließt er die Augen. Er lauscht. Derzeit glaubt er oft das dumpfe Grollen einer Lawine zu hören. Eines fernen Einsturzes.

Wieder zu Hause, in der Bozener Straße 20, studiert er in der Aura einer Schreibtischlampe Luftaufnahmen der bombardierten Stadt. Aus dieser Höhe erkennt man nur noch die Waben eines verwüsteten Bienenstocks, Spitzengewebe.

Und dann der endlose Reigen der Flüchtlingskinder auf den Straßen, der mitten auf den Plätzen zusammengesunkenen Versehrten auf Krücken, der Prostituierten, die ihren Mantel öffnen, um zu zeigen, daß sie nichts darunter anhaben. Hier fraternisiert ein Leierkastenmann mit zwei sowjetischen Wachposten. Dort beschwört ein Prediger seine Zuhörer, sich endlich auf Christi Barmherzigkeit zu verlassen. Auf einem Bahnsteig wirft ein aus der Gefangenschaft heimkehrender Soldat nicht einmal einen Blick auf das Foto, das ihm die Mutter eines anderen hinhält. Eine Stadtstreicherin sitzt über einen Laib Brot gekauert wie über ein Neugeborenes. Ein vom First einer Kirche gefallener einbeiniger kleiner Engel tanzt auf dem Kirchenvorplatz. Doch mit Vorliebe verweilt der Betrachter bei anderen Aufnahmen, bei denen, die in Paris, in London, in Brüssel, in New York jene Plätze zeigen, die schwarz sind von einer berauschten Menge, jene Dächer voller Menschentrauben, diese Boulevards mit rollenden Panzerwagen, auf die junge Frauen, die Arme voller Blumen, gestiegen sind. Warum mustert der Betrachter vor allem diese vor Freude verrückten jungen Männer, diese strahlenden Mädchen, diese überschwenglichen Alten, diese fröhlichen Polizisten? Weil uns vielleicht mehr noch als das Grauen des Krieges diese entfesselte Freude verurteilt, denkt er. Ihre Leiden werden sie vielleicht vergessen, an diese Freude jedoch werden sie sich immer erinnern. Und sie wird weniger leicht verzeihen als der Schmerz.

Aber nun wendet er sich wieder den anderen Fotos zu. Jeder Mensch, der diese Bilder gesehen hat, denkt er, ist in gewisser Weise schuldig. Vielleicht wird die Welt ihre Unschuld erst wiedererlangen, wenn alle Zeugen tot sein werden? Das ist der größte Skandal. Und er erinnert sich an jene Haremsfotos, die voyeuristische Krämer heimlich hatten aufnehmen können, um die Lüsternheit der Kolonialherren zu befriedigen ... Jene Porträts von Geishas und Bauchtänzerinnen sollten pornographisch sein. Doch tief war zweifellos die Naivität des Betrachters. Ebenso tief die Erniedrigung der Betrachteten. Und die Fotos waren nur unabsichtlich grausam.

So müßte man Berlin fotografieren, dachte er. Mit dieser unbedarften Perversität. Mit diesem Blick, der nicht einmal wußte, daß er unerbittlich ist.

In der folgenden Nacht träumt er, er krieche nach einem Erdbeben durch den Schutt und bemühe sich fieberhaft, mit blutenden Händen, jemanden auszugraben, der ihm nahestehen muß – aber um wen mag es sich handeln: sind die meisten der Seinen nicht tot? Wenn sie verschüttet sind, sind sie es dann nicht in seiner Vergangenheit? Er fährt schweißverklebt, mit hämmerndem Herzen aus dem Schlaf auf. Der Anblick der vertrauten Umgebung erlöst ihn nicht von seiner Beklommenheit.

In meinem Traum handelte es sich wenigstens um eine Naturkatastrophe, denkt er.

Die Wahrheit, entdeckt der Berliner, ist, daß man ein Jahr nach Kriegsende noch nicht angefangen hat wiederaufzubauen. Das Jahr Null zieht sich in die Länge. Ohne Zweifel hätten manche Viertel innerhalb einiger Monate wiederhergerichtet werden können. Aber man zögert noch. Warum? Vielleicht fragt man sich ernsthaft, ob man überhaupt hierbleiben soll. Könnte man nicht ins Auge fassen, den Unglücksort aufzugeben? Morgen würde die Bevölkerung ohne Überraschung erfahren, daß man sie auffordert, zu emigrieren, ihr Schicksal anderswo zu verwirklichen. Noch schlimmer: man baut die Stadt nicht nur nicht wieder auf, sondern zerstört sie noch weiter. Man würde so gerne mit allem bei Null wiederanfangen, daß man nicht mehr nur den Krieg, sondern die ganze Vergangenheit verleugnen möchte. Sollten die Bombardierungen erst ein Anfang gewesen sein? Möchte man keine Spur übriglassen von dieser, wie die einen sagen werden, beschämenden, wie die anderen behaupten werden, tragischen Geschichte: als wäre sie nicht das eine wie das andere?

Das ist der Grund, weshalb sich die Bilder von 1946 mit den Erinnerungen an 1945 decken! Die Jahreszeiten folgen vor einem unveränderlichen Hintergrund aufeinander. Die Zerstörung der Stadt war ein Ereignis: sie ist dabei, eine Seinsweise zu werden.

Nach jedem Luftangriff kritzelten die dabei Ausgebombten eine Nachricht oder einen Aufruf an die betroffenen Fassaden: „Familien Richter und Bloch leben alle." – „Günter, wo bist du?" Tatsächlich signierten die Menschen die Steine, bevor sie von ihnen weggingen, um sich anderswo ein neues Obdach zu suchen.

Es könnte natürlich einen anderen Grund für diese Erhaltung der Ruinen geben. Für ihre Umwandlung in ein Naturmuseum.

Man würde nicht anders vorgehen, denkt der Beobachter, wenn man erreichen wollte, daß wir nie wieder an etwas anderes denken. Hinfort würden unsere Ruinen uns nicht mehr nur einschließen, sie würden uns vollständig definieren. Sie würden unsere Identität nennen. Sie würden ein für allemal sagen, wer wir sind. Mit wem man es zu tun hat.

Welche Zweideutigkeit ließe man damit nicht in der Schwebe! Denn wenn wir „unsere Ruinen" sagen, meinen wir dann die, die wir gemacht haben, oder die, die man uns zugefügt hat? fragt sich der Denker. Meinen wir die Schuld oder die Sühne? In Landsberg, in den zwei letzten Kriegsjahren, hat der Dichter-Arzt außer Goethe, den persönlichen Schriften des Geheimen Rats, seiner Korrespondenz mit Bettina Brentano – das heißt mehr ihre Briefe an Goethe als Goethes Antworten an seine „liebe Bettine“ –, ja, außer dem hat er es nur geschafft, den dicken und dichten Roman zu lesen, den ein genialer russischer Epileptiker der vertrackten Frage widmete: Schlägt die Gnade zuweilen verschlungene Umwege ein, um ans Ziel zu gelangen? So daß das Verbrechen wie ein Bumerang zu seinem Urheber zurückkehrt, doch um die Zielscheibe zu erleuchten? Der Dichter fand sich nicht ohne Vorbehalt und Skepsis mit diesem metaphysischen Taschenspielertrick ab ... Was würden unsere Ruinen denn dann ins Gedächtnis rufen? Eine bittere Niederlage oder eine Buße?

Er dachte an die Kirche Kaiser Wilhelms, die sogenannte „Gedächtnis-“kirche. Zum Gedächtnis woran? Zum Gedächtnis an Wilhelm. Doch seitdem würde die Erinnerung, ohne daß man den Bau umzutaufen brauchte, einen anderen Weg nehmen ... Die Votivkirche würde in Zukunft dem Krieg geweiht sein. Ohne daß man das heikle Problem anzuschneiden brauchte, zu klären, ob sie das Andenken an einen Angriff oder das an ein Martyrium verkörperte? Oder beides auf einmal? Und das um so mehr, als man an höherer Stelle entschieden hatte, sie nicht wiederaufzubauen. Oder vielmehr sie halb zu restaurieren und ihren Turm, den das Feuer verwüstet hatte, nicht wieder wie eine Bleistiftmine anzuspitzen. Er war enthauptet, und verstümmelt sollte er bleiben. Wie das Gedächtnis selbst. Ein Monument, das einer partiellen Amnesie geweiht war ...

Denn inwieweit würden die Überlebenden diese im Zentrum des Berliner Sterns versteinerte Lektion in Demut verstehen? Tausendmal würden wir uns daran erinnern, daß wir schuldig sind, und tausendmal würden wir es ebenso wieder vergessen. Wir würden für alle Ewigkeit zwischen dem Nichtsühnbaren und der Verdrängung hin- und hergerissen sein. Ein jegliches hat seine Zeit, sagt der Prediger Salomo. So würde es mit unseren Ruinen sein: eine Zeit, um sie abzutragen, eine

Zeit, um sie wieder zu verscharren ... Und selbst wenn wir uns erinnerten, würden wir noch vergeßlich wirken.

Folgendes sollte noch beachtet werden: wir haben uns der Welt gegenüber so schuldig gemacht, daß man darüber aus den Augen verloren hat, daß wir auch Opfer unserer selbst waren. Eine merkwürdige Situation. Bestimmt hätte sie den Epileptiker aus Sankt Petersburg fasziniert. Sie hätte ihm zu denken gegeben, hätte ihn dazu gebracht, vor Schmerz zu schreien, hätte ihn an den Rand des Wahnsinns geführt. Er hätte Grund dazu gehabt.

Jetzt lasse ich mich aber hinreißen, denkt der Denker, und jetzt greife ich vor ... Gehen wir nicht zu schnell voran. Die Bewohner dieser Stadt brauchen nämlich noch viel Zeit, um das Ausmaß des Verbrechens, das sie an der Welt begangen haben, überhaupt ein wenig zu erfassen. Und deshalb wird die Welt noch mehr Zeit brauchen, bis sie über das Unrecht nachzudenken beginnt, das uns angetan wurde. Wir haben an der Welt eine so unermeßliche Schandtat begangen, daß es lange so sein wird, als hätten wir nicht einmal das Recht, an die zu denken, die uns zugefügt wurde. Daß es lange so sein wird, als wäre es skandalös, überhaupt anders an uns zu denken, als an die schlimmsten Mörder. Daß es lange so sein wird, als wäre es ganz einfach undenkbar, an uns auch als Opfer zu denken. Sicher werde ich diese Zeit nicht miterleben. Wahrscheinlich wird zwischen diesem Frühlingstag des Jahres 1946 und dem Tag, an dem diese Stadt nicht mehr nur verfemt und unter der Schande versunken sein wird, soviel Zeit vergehen, wie vor diesem Frühlingstag des Jahres 1946 und dem Tag verstrichen ist, an dem ein Petersburger Epileptiker ein Buch mit einem Kriminalromantitel schrieb, das ich in Landsberg in den zwei letzten Kriegsjahren las ...

Entgegen dem Wunsch des Geheimen Rats habe ich nur ein Kind gemacht, um mich seiner gleich darauf zu entäußern, ich habe weder einen Baum gepflanzt noch selbst ein Haus gebaut, aber hätte ich mein Kind an meiner Seite, so weiß ich selbst nicht, wie ich ihm die Geschichte dieser Stadt erklären sollte. Vielleicht nicht zweimal in ganz derselben Weise. Denn diese Stadt hat so viele Geschichten erlebt, wie sie in der Epoche Einwohner zählte, in der wir für lange Zeit das Recht verloren haben, sie zu beweinen.

Der Beobachter überfliegt einen Führer mit den Schönheiten und Sehenswürdigkeiten der Stadt Dresden. Brühlsche Terrasse. Nymphenteich im Zwinger. Jagdschloß Moritzburg. Die Zitadelle von Pillnitz …

Er blättert nervös die Seiten um. Glanz des deutschen Barocks. Majestätischer Flußlauf. Leichte Bewehrung der Brücken. Weiße Schiffe. Auf den Geländern sitzende Touristen. Verliebte auf dem Weg. Nackte Kinder in den Springbrunnen. Unter Sonnenschirmen an Tischen sitzende Gäste. Busse und Ausflugsdampfer. Nichts als Bilder des Friedens, sommerliche Stimmungen. Keine Lancaster-Geschwader, keine fliegenden Festungen. Keine mit Flammen überzogene Altstadt. Keine in einen Berg aus Sandstein verwandelte Frauenkirche. Keine enthaupteten Türme, keine Blutströme, keine fliehenden Flüchtlinge. Der Führer stammt aus der Vorkriegszeit: ganz automatisch, in einem bloßen Reflex, aus verzerrter Sicht hat der Beobachter ihn wieder und wieder auf der Suche nach den Ruinen, den Katastrophen gelesen, die er noch gar nicht enthalten konnte. Doch wann würde es eine neue Ausgabe geben? Müßte vorher nicht die Ausgabe eines neuen Führers von Kiew, Warschau und Coventry ausverkauft werden?

Als der Dichter seine Wohnung verläßt, um seinen „kantianischen" Spaziergang zu machen, wie er ihn gerne nennt – denn er findet in dieser Gewohnheit des Philosophen mehr Weisheit als in allen seinen Schriften –, erblickt er den Hausmeister, der sich auf eine Treppenstufe gesetzt hat, um das Holzgeländer zu polieren. Diese Haltung wird er auf jeder der dreiundneunzig Stufen einnehmen, die die Treppe zählt. Daß er, nach allem, was passiert ist, noch ein derartiges Anliegen hat, ist das lachhaft oder bewundernswert? Oder ist es empörend, fragt sich der Dichter, den seine Sorgen nicht mehr in Ruhe lassen. Es ist nur menschlich, denkt der Dichter ironisch, wer weiß, ob man nicht, wenn man das gesagt hat, leider überhaupt nichts gesagt hat.

Der Abend fällt über die Stadt herein wie Ruß.

Wenn das Wetter hier bedeckt wird, scheint es, als würde das Licht selbst eingeäschert. Dem Spaziergänger schnürt es die Kehle zu. Er sagt sich: Es ist der Rauch, der die Luft dick macht ... Der Rauch, der aus den mit Holzkohle befeuerten Kachelöfen steigt. Doch was ihn würgt, ist die Erschütterung. Es ist die Stadt selbst, die ihn am Kragen gepackt hat.

Die mörderische Stadt oder die besiegte und gemarterte Stadt? Könnte es denn sein, daß etwas von dem Leid, das sie selbst verursacht hat, in diese Steine injiziert wurde, das sie ausschwitzen, ohne es auszuspeien? Könnte es sein, daß die Steine das Blut der Opfer aufgenommen haben, die die Stadt bewirkt hat, ehe sie sich in dem Blut ihrer Einwohner badeten? Ja, das ist möglich. Und auch das wäre Teil der Sühne.

Wenn ich meine Tochter noch bei mir hätte, dieses Kind, das Herr von Goethe uns wünscht, würde ich zumindest versuchen, ihr das zu erklären. Besser als ich es ihr bei ihrem Besuch zu Beginn dieses Frühjahrs habe sagen können.

Über seinem Kopf zerhackt die Schraube eines Helikopters die dicke Luft, schneidet sie in Scheiben. Dann tritt wieder Stille ein, die plötzlich vom Pfeifen eines Vogels zerrissen, abgeriegelt wird, der sich wider die Vernunft, wider die Jahreszeit in die Berliner Straße verirrt hat. Ein Vogel von anderswo ..., denkt der Spaziergänger, oder schon aus Afrika zurück? Else ..., murmelt Gottfried Benn. „Hinter meinen Augen stehen Wasser, / Die muß ich alle weinen. / Immer möcht ich auffliegen. / Mit den Zugvögeln fort." Else Lasker-Schüler. Sie hatte sie besungen, die geflügelten Reisenden. Ehe sie es ihnen nachmachte, hatte sie nicht abgewartet, bis sich hier das Schlimmste erfüllte – und sie flog davon nach Palästina, den heiligen Ort, wo sie 1945 starb, ein komisches Datum .. Nie tat sie etwas halb. Sie, die ihn einst zärtlich „den Zyklopen, ihren nichtjüdischen Freund, den Nibelungen, den Barbaren“ getauft hatte! Gleichsam um etwas von der Weiblichkeit aufzulösen, die den jungen Dichter an ihr verwirrte, der siebzehn Jahre jünger war als sie, obwohl man es ihr nicht ansah und obwohl er es damals nicht wußte, ließ sie sich von ihm „Prinz von Theben“ nennen ... Wie hatte der Prinz nach 1937 aus der Ferne den Barbaren, den Nibelungen, seinen arischen Freund, den Halbblinden beurteilt? Wie lautete sein Urteilsspruch? Man würde wohl nie etwas darüber erfahren. „Es ist ein Weinen in der Welt, / Als ob der liebe Gott gestorben wär, / Und der bleierne Schatten, der niederfällt, / Lastet grabesschwer. / ... Du! Wir wollen uns tief küssen – / Es pocht eine Sehnsucht an die Welt, / An der wir sterben müssen.“ Und jetzt war sie tatsächlich tot. Der Prinz von Theben hielt immer Wort. Vor Sehnsucht hatte er kaum ein paar Wochen vor dem Ende des Krieges sterben müssen. Und bevor das Jahr Null begann. Denn die Geschichte dieses Landes würde nicht nur von einer toten Stadt ausgehend neu beginnen, sondern mit der Besiegelung der den Toten gebührenden posthumen Huldigung.

Else, die fand, daß seine ersten Verse wie in Blut gehämmert waren, erinnerte sich der alten Dichter. Sie fürchtete vor allem, daß er Erbarmen mit ihr zeigte. Sie hatte unrecht. Das Mitleid mußte man Gott überlassen. Herr, berücksichtige die Verwirrung der starken Seelen, die alle immer geringschätzen. Es gibt majestätische Götter und engherzige Götter, dachte der Dichter weiter. Else glaubte nur an einen stolzen, großmütigen Gott voller Sanftmut, für ihn schrieb sie. Möge dieser sich nicht undankbar gezeigt haben.

Der junge Dichter hatte sie so bald wie möglich verlassen. Herr, habe auch Mitleid für die verspätete Reue, die vergebliche Sehnsucht. „Glücklich die Toten, die in den Frieden eingehen / Und ihre bleichen Hände strecken sich / den Engeln zu, die groß und dunkel gehen / mit Flügelschlägen durch das hohe Haus.“

Else Lasker-Schüler. Auschwitz. Palästina. Berlin. Knoten ineinanderverschlungenen Blutes. Selbst wenn wir uns erinnern, werden wir noch vergeßlich wirken. Dennoch hat das Vergessen nichts von uns zu erhoffen. Das Schuldgefühl ist eine treue Geliebte, die nie zu spät zum Rendezvous kommt.

Am Fehrbelliner Platz ist der Spaziergänger stehengeblieben. Er mustert von weitem einen Mann, der ihm hinter einem Schaufenster ein Zeichen zu geben scheint. Wirklich ein Zeichen? Es ist kein Zeichen. Der Mann wendet sich mit der Stimme an ihn. Aus einem großen viereckigen Mund dringt ein stummer Schrei. Ein Schrei, den man aus der Entfernung nicht vernehmen kann. Ein Mann? Das ist kein Mann. Es ist ein Engel. Zwei riesige, aus den Schultern wachsende Flügel rahmen das schreiende Gesicht ein.

Der Spaziergänger geht zu ihm hinüber.

Zwischen zwei an Haken hängenden Rinderhälften auf seine Theke gestützt, spricht der Metzger zu ihm.

Kein Wunder, daß der Spaziergänger ihn aus der Entfernung nicht gehört hat. Preist der Fleischhändler ihm seine Ware nicht durch die Scheibe an, die seine Auslage von der Straße trennt? Vielleicht wird der Spaziergänger aber auch etwas schwerhörig?

Nicht verwunderlich, daß der Spaziergänger aus der Entfernung nicht erkannt hat, daß es ein Metzger ist. Bis dahin hätte er nicht gedacht, daß in Berlin jemand solche hängenden Stücke Aas anbieten könnte! Das Auftauchen eines Engels hätte alles in allem noch wahrscheinlicher gewirkt. Vielleicht werden seit kurzem aber auch die Augen des Spaziergängers schlechter ...

Von näherem gesehen allerdings, und jetzt von ganz nahem, denn der Spaziergänger schreckt nicht davor zurück, seine Nase an die Schaufensterscheibe zu drücken, sind da im einzelnen nur viele Knochen, Sehnen und Bänder und sehr wenig Fleisch zu erkennen. Die beiden Kadaver, die, von der Vorsehung geschickt, vom Himmel hängen, müssen vor ihrem Eintreffen auf der Erde von Adlern säuberlich abgenagt worden sein! Wonach einen hier gelüsten könnte, sind nur zwei elfenbeinfarbene, fleischlose Gerippe, an dem einige schwarze Blutklümpchen haften. Der Metzger, dessen Stimme auf diesem Platz der ausgelöschten Stadt nicht sehr weit trägt, stellt tatsächlich einen Erzengel mit auf immer ausgebreiteten Flügeln dar, jedoch einen unreinen Erzengel, nicht gefallen, aber blutbefleckt.

Der Spaziergänger bringt sich rückwärts gehend in Sicherheit, er fürchtet, sich nicht in der Spiegelung in der Schaufensterscheibe, sondern in dem, was er durch sie hindurch sieht, wiederzuerkennen und entfernt sich von diesem gleichsam zur Erinnerung an ihn selbst erbauten Schlachthaus.

Das Leben kann so tun, als fange es wieder an, es fängt sogar wirklich wieder an. Die Männer bauen auf ihrem Balkon Tabak an, und die Frauen pflanzen unter dem Zimmerparkett Tomaten. Ein jeder hegt und pflegt seinen hängenden Gemüsegarten. Die Schneiderinnen hamstern überall Stoffreste, um Abendkleider zu kreieren und Luxuspantoffeln zu erschaffen: muß man also annehmen, daß manche Damen der höheren Gesellschaft sie bald benutzen werden und daß diese Gesellschaft folglich noch existiert? Die Rasenflächen am Reichstag werden umgegraben, die Bäumchen im Grunewald verpflanzt. Die Sowjetrussen besorgen sich zu jedwedem Preis Micky-Maus-Armbanduhren. Die Berliner tauschen Waschkessel, Klaviere und Damenunterwäsche gegen Kaffee, Schokolade, Apfelsinen und Mehl, Eier und Seife. Es ist noch so kalt: alle Bäume der Stadt, Treppengeländer und -stufen, ja sogar die Krücken der Versehrten sind schon in die Heizkessel gewandert. Sollte es noch einen anderen Markt geben als den schwarzen? Das Leben selbst ist ein schwarzer Markt.

Manchmal blickt man zum Himmel auf, er wirkt beinah unbewohnt, seit die Flugzeuge ihn nicht mehr unsicher machen, und die Sirenen die Bevölkerung nicht mehr auffordern, sich einzugraben … Man erlaubt den kleinen Mädchen, in den Trümmern der Bunker zu spielen und den Jungen Maschinenkanonen in Göpelwerke umzubauen.

So kommt die deutsche Menschheit also wieder zu sich … Ist es wenigstens eine neue Menschheit? Wer könnte es beschwören? Mit einem Handwerkerranzen auf dem Rücken und mit einem Stock oder einem Eispickel bewaffnet, als würden sie einen Berg erklimmen, ergreifen die Alten wieder Besitz von den Städten. Werden diese neuen Forscher, diese Stadtalpinisten, wenn sie den Gipfel des Trümmerhaufens erreicht haben, zum Zeichen des Sieges eine Fahne aufpflanzen?

Und werden die am Vortag geborenen Kinder eines Tages etwas anderes kennen als dieses Packeis aus gefrorenem Schotter, oder werden sie die Schotterkinder bleiben, wie es die Trümmerfrauen gab, die mit ihren Schaufeln und Eimern als geschäftig grabende Maulwürfe Gänge bohrend, selbst in die Kindheit zurückfielen?

Dort wird in einer Kirche, deren Dachstuhl davongeflogen ist, eine Eheschließung vollzogen; hier, im Freien, in Bibliotheken ohne Mauern, schlagen gierige Leser in Büchern nach.

Sollten wir unverwüstliche Höhlenbewohner sein? Die Stadt brodelt vor Leben.

Man müßte zumindest eine Erinnerung aufheben ..., murmelt der Spaziergänger, der sich bückt, ein Stück Hammerschlag, einen kleinen Betonbrocken aufhebt, in dem eine Blume aus verrostetem Metall gefangen ist. Ich werde ihn auf den Kamin im Wintergarten legen, denkt er.

Im „Femina“ spielt die Alexandrow-Gruppe zwischen zwei Auftritten von Schlangenmenschen und Jongleuren *Kalinka.* Marlene Dietrich paradiert in der Offiziersuniform der amerikanischen Armee über die Trümmer Hamburgs, und Ingrid Bergmann posiert um der schönen Augen eines Fotografen der Agentur Magnum willen vollständig bekleidet und strahlend in einer von einer Granate entzweigebrochenen Badewanne.

Wir werden uns an eine andere Stadt erinnern, die durchzogen wurde von Pferdebahnen, Fiakern und Autobussen mit Verdeck, an die Lastkähne, die auf den schaumigen Wassern der Havel tanzten, und an die Flugzeuge, die über die Brückenjoche flogen. Man verabredete sich im Café Schön. Amazonen ritten durch die Mittelallee Unter den Linden. Die Hauswarte in den Wohnhäusern gingen mit in den Aufzug, um einen in sein Stockwerk zu fahren.

Die Straßen, die nicht mehr existieren, wird man wieder aufbauen und nicht umtaufen. Das wird nicht richtig sein. So machen es Eltern, die ein Kind verloren haben, und dem nächstgeborenen dessen Namen geben …

Später werden uns die Filmwochenschauen zeigen, was geschehen ist. Die Kinder jener, die den Mut gehabt haben werden, welche zu machen, werden über Görings Korpulenz, über Goebbels' Hinken, über die Rasereien des Führers lachen … Es ist nicht so sehr das Grauenhafte dessen, was geschehen ist, was uns anachronistisch machen wird. Es ist das Lächerliche. Allein das Lachen derer, die auf uns folgen werden, wird uns in die Steinzeit zurückwerfen. Was uns angeht, so werden wir kaum über jene eleganten Damen mit ihrem nach oben getürmten Haar und so aufrecht wie Karyatiden lächeln können und auch nicht über jene schwarzgekleideten, ernst und harmlos dreinblickenden kleinen Herren mit Kreissägen auf dem Kopf, die auf der weißen Esplanade vor dem Brandenburger Tor das Vorbeiziehen des ersten Zeppelins beobachten: wir selbst, früher. Denn wir werden wissen, was wir von ihnen und von ihrer Zukunft zu halten haben.

Jahr null plus eins. Deutschland ist in Gestalt der Verwalter des Blutbades und einiger Säbelraßler verurteilt worden. Alle anderen werden anscheinend entnazifiziert. Deutschland ist jetzt geteilt, aber weder die Untaten noch die Leiden werden halbiert. Es ist noch ein Glück, wenn sie nicht verdoppelt werden.

Frauen haben überlebt. Wir werden uns daran erinnern, daß ihre Großzügigkeit manchmal die Niedertracht der Männer wiedergutmachte. Diese werden bemerken, daß jene schön und begehrenswert geblieben sind. Die einen und die anderen werden sich wieder im Schatten der Gartenlauben finden. Sie werden wieder romantische Liebesgeschichten haben. Man kann ihnen vertrauen: sie werden wieder schwofen lernen.

„Schutt, alle Trümmer / liegen morgens so bloß, / wahr ist immer nur eines: / du und das Grenzenlos –".

„Dann sind wir also Nachbarn, Fräulein", erklärt der Arzt und wirft einen Blick in den Hof, wo ein Ahornbaum eingeht.

„Ja, Herr Doktor, wir wohnen in derselben Straße; von unseren Fenstern aus haben wir nahezu denselben Blick … Und außerdem sind wir seit viel längerem als Sie glauben Nachbarn …"

„Wie meinen Sie das?" fragt der Arzt, den diese Erklärung kaum neugierig macht, ein wenig müde.

„Ich bin in Fürstenfelde geboren", betont sie, „wenige Kilometer von Sellin, wo Sie Ihre Kindheit verbracht haben …"

„Meine Kindheit …", wiederholt er zerstreut, als hätte dieses Wort in Wirklichkeit gar keinen Sinn.

„‚Ein Land, ein dunkles Meer, / und dann ein Reich, das endet / so fern, daß nie sich wendet / ein Strahl hierher' ", zitiert sie.

„Jenes Land ist nicht das meiner Kindheit", wendet er ein. „Auch nicht das der Ihren …", fügt er aus reiner Höflichkeit hinzu. „Das wird von keinem Meer bespült", sagt er fast bedauernd.

„Was macht das aus?" fragt sie, ohne sich irritieren zu lassen. „‚Kommst du zum letzten Male' ", zitiert sie weiter, „ ‚wir waren doch so allein / und rannen in eine Schale / mit Bildern und Träumen ein. / Es war doch eben noch heute / und unser Meer war die Nacht, / wir waren einander die Beute, / die weiße Fracht.' "

Scheiße, eine Dichterin! denkt der Arzt. Mit Müh und Not hat er seine eigenen Verse erkannt und hat fast geglaubt, eher das armselige Gedicht einer Anfängerin zu hören. Er vermutet, daß sie ihm vielmehr aus berechnender Schmeichelei zuerst etwas aus seinem Werk zitiert hat, bevor sie ihm ihres unterschieben würde. So machen sie es oft, die jungen Genies, erinnert er sich. Im Romanischen Café oder im Möhring kamen sie vor dem Krieg oft mit ihren schlechten Versen unter dem Arm an – sie dachten, ich hätte das furchtbare Geschenk noch nicht bemerkt, das sie mir machen wollten und das sie unvollkommen unter ihrer Achsel verbargen –, und sie begannen immer damit, aus Höflichkeit oder aus strategischen Gründen, je nachdem, mir Gedichte von mir zu rezitieren, und waren ganz enttäuscht, daß ich diese, von ihnen vorgetragen, meistens gar nicht erkannte. Aber ich genoß nur einen letzten Aufschub: früher oder später schob er – aber meistens war es eine Sie – mir den Schund herüber, und ich wurde gebeten, ihn auf der Stelle, oder fast, zu prüfen, mich unverzüglich zu dem Genie des Verfassers zu äußern, seine Erfolgsaussichten abzuschätzen, ihn mit Ermutigungen zu überschütten und ein Empfehlungsschreiben aufzusetzen, den er – oder sie – einem angesehenen Verleger würde vorweisen können ... Und jetzt, wo der Krieg kaum aus ist, fängt das schon wieder an! Er würde seiner Besucherin am liebsten sagen: Kommen Sie! Sie brauchen nicht so zu tun, als ob ... Legen Sie sie da auf meinen Schreibtisch: ich werde Ihnen schreiben ...

„Dann sind Sie also nicht gekommen, um sich impfen zu lassen, Fräulein Kaul?“ fragt Dr. Benn vorsichtig.

„Ich? Doch, doch!“ erwidert sie. „Ist es nicht Vorschrift?“

„Ja, Fräulein Kaul, das Gesetz – da die Besatzungsmächte uns zu unserem Besten ja eines auferlegen – ja, Sie haben recht, dieses Gesetz schreibt es vor. Dann wären Sie also doch deshalb gekommen?“

„Ja, deswegen habe ich mir einen Termin geben lassen“, sagt Ilse Kaul lächelnd. „Wissen Sie, das war so bequem, ich brauchte nur ein paar Schritte bis zu Ihrer Praxis zu gehen ... Aber Sie haben Grund, sich Fragen zu stellen. Es stimmt nämlich, daß ich mich nicht von einem x-beliebigen Arzt impfen lassen wollte!“

„Mein Gott, Fräulein Kaul! Mein Ruf ist doch wohl nicht so großartig, daß Sie nicht trotzdem die Qual der Wahl hatten!“

„Sagen wir, ich bin nicht nur deshalb gekommen.“

„Warum dann? Sind Sie krank?“

„Ich habe eine eiserne Gesundheit. Wissen Sie, das braucht man heutzutage ...“

„Ich weiß Bescheid. Aber die Impfung? Wollen Sie sie oder nicht?“

„Es muß ja sein …“

„Glauben Sie nicht an die Wirkung der Immunisierung?“

„Doch, doch, ich glaube felsenfest daran“, sagt sie, „obwohl man sich heute vor nichts sicher schützen kann …“

„Vor Unglück tatsächlich nicht“, bemerkt der Arzt anspielungsreich.

„Man kann sich nicht einmal vor der Freude schützen, Herr Doktor“, erwidert seine Patientin lächelnd. Beinah frech. (Herrlich unverschämt, wird der Arzt später, wenn er sich an die Szene erinnert, denken.)

„Man kann sich gegen nichts immunisieren, Fräulein Kaul“, übertreibt er, doch nicht, um sie an Ironie zu überbieten. Vielleicht möchte er Zeit gewinnen. „Wenn wir uns gegen die Ereignisse hätten impfen lassen können …“

„Hätten wir es getan“, stimmt sie zu.

„Ist Ihnen aufgefallen, daß der Gesetzgeber in solchen Fällen nicht eingreift?“ fragt er. „Daß er den freien Willen des mündigen, verantwortungsbewußten Bürgers respektiert?“

„An wen denken Sie dabei? An den Gesetzgeber vor dem Krieg oder an den, der ihn erklärt hat? Es gibt keinen fruchtbareren Rechtskundigen als den Tyrannen, Herr Doktor. Er verzichtet keineswegs auf die Gesetze, er bringt mehr hervor als alle Demokraten.“

„Es gibt keinen Diktator, der nicht beweisen wollte, daß er keiner ist, obwohl es auf der Hand liegt. Zum Beispiel dieses Gesetz, das er zum Schutze des deutschen Blutes verabschiedet hat …“

„Hat er so sehr gefördert, daß er sich beeilt hat, es auf den Schlachtfeldern zu vergießen. Jetzt werden wir aber ziemlich philosophisch …“ Ihr Dialog ist allerdings etwas ins Stocken geraten. Eine Spannung ist aufgekommen, die sich nicht löst. Jeden Moment, das wissen sie beide, kann sie ins Gefühlvolle umkippen – oder ins Lächerliche.

„Stimmt es, daß die Krankheit in der Stadt grassiert, Herr Doktor?“ fragt die Besucherin.

Mein Gott! Will sie etwa über Berlin wie über einen mondänen Salon sprechen?

„Wie äußert er sich?"

„Wer?"

„Nun, der Typhus."

Du meine Güte! Man könnte denken, es interessierte sie wirklich.

„Ach so!" sagt er. „Benommenheit, Kopfschmerzen, Schüttelfrost und Schwindelanfälle. Ödeme im Gesicht. Nasenbluten. Gliederschmerzen. Verdauungsstörungen. Fieberanstieg natürlich ... Warum lächeln Sie?"

„Ach, wegen nichts", sagt sie. „Diese professionelle Sprache. Diese klinische Beschreibung ..."

„Was soll ich denn sagen? Soll ich ein lyrisches Gedicht darüber machen?"

Er regt sich ein bißchen auf, der Doktor Benn, er ärgert sich sogar. Er fragt sich, was sie eigentlich von ihm will, diese Patientin, die anders ist als die anderen. Was sollte er noch hinzufügen?"

„Die Augen werden starr, glasig. Der Bauch ist aufgetrieben. Dann fängt man an, sich zu entleeren, und das hört erst mit dem Tod auf. Es ist, als wollte der ganze Körper sich selbst erledigen. Und genau das geschieht. Man entleert sich, man kommt sich unterwegs abhanden ... Gleichzeitig redet man natürlich wirr. Man fängt sogar an zu singen! Erinnerungen an früher stürmen auf einen ein ... Man besucht fremde Städte, in die man nie einen Fuß gesetzt hat. So tritt man ab. Indem man alles, was man in sich hat, in die Hose scheißt. Und indem man in die Kindheit zurückfällt. Indem man Raum und Zeit erforscht ..."

„Eine echte Lokalkrankheit!" ruft sie. „Viele Einheimische müßten das gern haben: zu regredieren, um an ihre ursprüngliche Unschuld anzuknüpfen. Als wäre nichts geschehen ..."

„Dazu brauchten die meisten nicht einmal krank zu werden, Fräulein Kaul!" Sie lachen einhellig. Zum ersten Mal. Sie können noch nicht wissen, daß es weitere Male geben wird. Doch sie fangen ganz sachte an, sich wohl zu fühlen.

„Aber befürchten Sie nichts: diese Impfung hat nur harmlose Nebenwirkungen. Ein leichter Temperaturanstieg für höchstens achtundvierzig Stunden. Vielleicht ein schwaches Delirium. Keine Komplikationen."

„Nicht die kleinste Halluzination? Ich werde enttäuscht sein!"

„Sie werden sich mit dem Gedanken trösten, daß ich womöglich dem Übel zuvorgekommen bin, das Ihnen drohte."

„Ich werde denken: Herr Doktor Benn war ein Schutzschild für mich ..."

„Ach, ich habe nie jemandem geholfen zu überleben, wissen Sie ... Eher das Gegenteil. Ich bin nie für irgend jemanden ein Schutzschild gewesen. Nicht einmal für mich. Eher eine Lanze. Ich bin öfter als zuträglich eine Lanze gewesen."

„Und an welchem Ende hielten Sie sie?"

„Eine gute Frage", gesteht er zu. „Mal am Griff und mal an der Spitze."

Er fragt sich, warum er auf das Spiel dieser eigenartigen Patientin eingeht, die ihn nicht mehr wirklich durcheinanderbringt. Ihr entgeht nicht, daß ihr Gesprächspartner von einer Abschweifung zum nächsten Scherz düster geworden ist. Ein Engel fliegt durch den Raum.

Herta ..., denkt er. Herta, meine zweite Frau, für die ich weder ein Schutzschild noch ein Bollwerk war. Herta, die ich gegen kein Unheil geimpft habe. Dieses Grab, das ich ausgehoben habe ... Aber hätte ich mich selbst nicht erst einmal vor der Plage schützen können, die mein Leben verheert hat? Allerdings impft ein Arzt sich selbst gewöhnlich nicht ...

„Ich habe vor heute morgen nie daran gedacht", sagt er, als spräche er seine Überlegungen laut aus. „Ich habe erst dank ihnen daran gedacht ..."

„Woran denn, Herr Doktor?"

„Ach, ich weiß nicht, an den eigentlichen Sinn der Impfung. Was machen Sie denn beruflich, Fräulein Kaul? Falls ich Ihnen nicht indiskret erscheine."

„Ich bin Zahnärztin", antwortet sie.

„Ach, Sie sind auch Medizinerin? Das überrascht mich kaum."

„Haben Sie es erraten?"

„Nein … Ich habe es nur ein bißchen geahnt."

„Aufgrund meiner Art, naiv über die Kräfte der medizinischen Kunst zu schwatzen?"

„Nein! Eher aufgrund Ihrer Art, aus reiner Herzensgüte die Verse Ihres armen Kollegen und Nachbarn zu zitieren …"

Sie lacht. Er mag dieses Lachen. Wie aus einer anderen Zeit, denkt er. Aus einer Epoche, von der man meinen könnte, sie sei vergangen. Und doch so jung. Das Lachen der Jugend einer anderen Zeit. Er ist bereit, auf dieses Lachen zu setzen. Er wundert sich, daß er bereit ist, noch auf irgend etwas zu setzen.

„Sie sehen träumerisch aus, Herr Doktor Benn", sagt Ilse Kaul.

„Glauben Sie das nicht, Fräulein Kaul", sagt er, „trauen Sie nicht dem Schein: ich träume buchstäblich nie. Ich bin nur geschmeichelt, daß Sie Verse von mir kennen. Es ehrt mich, daß jemand Verse von mir gelernt hat und sie nach all der Zeit, nach allem, was geschehen ist, behalten hat."

„Überrascht sie das?"

„Ja, das verblüfft mich, dabei habe ich gelernt, mich über nichts mehr zu wundern."

„Nicht einmal über das Beste?" fragt sie lächelnd. „Dann geben Sie zu, daß Sie nicht nur geschmeichelt sind, Sie sind froh."

„Ja, tatsächlich, eigentlich bin ich froh."

Was für ein seltsames Wort allerdings, denkt er. Er wußte nicht, daß es für ihn noch einen Sinn haben konnte. Er wiederholt es, gleichsam um sich von ihm zu überzeugen, um es zu überprüfen. Froh …

„Daß eine Frau Sie liest?"

„Daß eine Frau wie Sie es für gut befindet, mich 1946 zu lesen … Warum sollte ich es leugnen? Es ist ein grandioser Theatercoup. Eine Frau, die ich wiedersehen werde. Oft. So oft wie möglich. Was halten Sie von morgen vormittag, zum

Frühstück?" Er denkt: Eine Frau, mit der ich den Rest meines Lebens verbringen werde. Er fragt sich, ob er es nicht laut gedacht hat.

In diesem Augenblick sieht er sie zum ersten Mal richtig an. Er findet sie mehr als schön. Er bemerkt ihre Jugend. Womöglich jemand, bei dem man ahnt, weshalb er überlebt hat. Jemand, der es verdient hat zu überleben – was natürlich für die meisten Opfer dieses Blutbades gelten würde. Der aber außerdem die Argumente gefunden hätte, Gott selbst davon zu überzeugen. Wenn man denkt, daß man selbst nur allzu viele Gelegenheiten und sogar Gründe gehabt hat zu sterben und letzten Endes nur zufällig überlebt hat, hat man ein Auge für diese Dinge.

Man müßte trotzdem verblüfft sein. Aber angesichts des Fräulein Dr. Kaul möchte man sich am liebsten über nichts mehr wundern. Nicht einmal darüber, daß einem zuteil wird, worauf man seit langem kein Recht mehr zu haben glaubte.

„So", sagt er, „ich werde sie trotzdem impfen müssen ..."

„Gegen Sie?"

„Nein, dafür ist es schon zu spät! Daran kann ich nichts mehr ändern: dafür bin ich nicht zuständig. Haben Sie es lieber auf der rechten oder auf der linken Backe?"

Wie sehr er es später, wenn er an die Szene zurückdenkt, auskosten wird, daß er, als die Frau seines Lebens zum ersten Mal darin auftritt, diese ungestraft auffordern konnte, ihm ihr Hinterteil zu zeigen! Er hätte ja, wenigstens der Form halber, eine Spritze in den Arm oder in die Schulter vorschlagen können ...

„So, fertig", sagt er. „Sie können sich wieder ankleiden."

Und er denkt: Einstweilen ... Sollte es der Umgang mit dem Tod und der Kampf gegen ihn sein, der den Ärzten plumpe Vertraulichkeiten und Zoten gestattet, deren Vulgärität sich verflüchtigt, weil sie diesen auf geheimnisvolle Weise eine andere Bedeutung geben? Wenn er dieser Frau die Hand auf den Hintern legen würde, kann er nicht umhin zu denken, so wäre dies nur mehr eine absonderliche Art zu sagen: Sehen Sie, wie lebendig wir sind ... Er weiß, daß bei dem ganz neuen Freudentaumel, den diese Begegnung in ihm auslöst, die Tatsache, es mit jemandem vom Fach zu tun zu haben, mehr wiegt als das Vergnügen, von einer Person des anderen Geschlechts verführt zu werden. Er erinnert sich, daß bei seiner Stationierung in Brüssel im Jahre 1916, 1937 in Hannover und 1943 in Landsberg inmitten der zähen und blutigen Trivialität, die an der Tagesordnung war, immer ein Moment kam, in dem die einzigen Menschen, mit denen er noch sprechen konnte, etwas mit der Medizin zu tun hatten.

Sollte sich die Patientin der inneren Regung dessen anverwandelt haben, der eben schon ihr behandelnder Arzt geworden ist?

„Was Sie mir tatsächlich injiziert haben, sind das Bazillen, tote Stämme, Toxine?"

„Ein Cocktail gemordeter Bakterien ... Das Pech der einen, wird einer anderen zum Glück gereichen, und Sie sind aus dem Schneider! Wissen Sie, daß Tausende von Soldaten sich an der Front wirkliche Krankheiten eingeimpft haben, um den Schrecken des Krieges zu entgehen, selbst auf die Gefahr, daran zu krepieren?"

„Um sich vor den Befehlen zu drücken?" fragt sie.

„Um sich der Welt zu entziehen, ganz einfach. Um ihre Haut zu retten, das Wesentliche ihrer Haut, haben sie sich manchmal lieber eine Thallium- oder Salicylsäureinjektion gemacht und riskiert, an einer Überdosis einzugehen. Manche haben sich auch lieber verstümmelt, indem sie sich die Finger der rechten Hand mit einem Beil abhackten oder sich aus nächster Nähe einen Fuß abschossen. Andere überließen es Blutsaugern, ihnen ein Auge auszusaugen. Viele schluckten in Panik alles, was ihnen in die Hände fiel: Exkremente, die sie kranken Kameraden im Krankenrevier abkauften ... Oder Schmierseife, Flintenpulver, in Wasser abgekochten Tabak, Farbe oder ganz einfach Schrauben, Nägel, Nähgarn, Mantelknöpfe, Kieselsteine, Staniolpapier, Haare, Schamhaare."

„Was erhofften sie sich denn?"

„Untauglich zu werden. Aber diese wollten noch davonkommen. Sie wollten leben! Die meisten wurden entlarvt und als Deserteure erschossen. Das waren nicht die sonderbarsten Fälle. Mir wurde die Bearbeitung der Selbstmordfälle anvertraut."

„Was nützte es der Armee, noch eine Untersuchung *post mortem* durchzuführen?"

„Es ging um die Bewilligung oder Nichtbewilligung einer Entschädigung für die Angehörigen des Verstorbenen. Nur in einigen Fällen konnte man hypothetisch eine genaue Ursache herausfinden: die Begehung einer Straftat und die Angst vor Strafe, ein Liebeskummer, eine beschämende Krankheit. Meistens handelt es sich um eine nicht vorbedachte Tat, um einen unwiderstehlichen Impuls nach dem Genuß von zuviel Alkohol. Vor allem wenn es wieder Frühling wurde ... Man muß gesehen haben, wie die Armee in der Diskussion darüber moralisierte! War es nicht unwürdig zu fliehen ... vor einem Heldentod durch den Feind, einem Tod, ‚der zu etwas nutze war'? Man konnte nicht vorhersehen, daß der Führer selbst ... Warum hat er es nicht früher getan! Seit Jahren erpreßte er die Seinen damit. Durch das Lesen dieser Stöße von Protokollen und psychiatrischen Gutachten, die nichts erklärten, kam ich dazu, die Ansichten umzukehren und den Selbstmord als viel logischer zu betrachten als die Entscheidung für das Überleben. Der Selbstmord in Uniform war vielleicht eine Huldigung an die Vernunft. Aber ich ereifere mich, ich werde unerschöpflich. Stoppen Sie mich, Fräulein Kaul, unterbrechen Sie den alten Schwätzer, der ich geworden bin. Ich habe so selten Gelegenheit zu reden. All diese Dinge hatte ich fast vergessen, aber das ist natürlich keine Entschuldigung ..."

„Vielleicht wäre es tatsächlich besser, wenn Sie das, was Sie mir eben anvertraut haben, nicht zu oft wiederholten ... Man würde Sie wieder des Zynismus beschuldigen, wie vor genau dreißig Jahren bei Erscheinen Ihrer Gedichte über die ‚Leichen, die man wäscht, wie man Bänke wäscht' ..."

„Aha!“ sagt er und beginnt im Zimmer auf und ab zu gehen. „Darüber wissen Sie auch Bescheid? Wie ich sehe, haben Sie von dem lyrischen Leichenfledderer gehört, der seine Phantasmen aus der Unterwelt Germaniens schöpft und den man, weil er am menschlichen Fortschritt zweifelt, verdächtigt, sich mit gesenktem Kopf in den Nihilismus zu stürzen! Hat man Sie vor dem intellektuellen Dandy gewarnt, der auf starke Emotionen versessen ist und sich für den Planeten dessen hochästhetische Vernichtung erträumt? Ein berufsmäßiger Provokateur eben ... Berufsmäßig? Sogar das! Die halbe Zeit, bitte schön, die andere Hälfte und mehr widmete ich der Heilung der Körper, deren Zerstörung ich andererseits angeblich wollte. Dem wunderbaren Walter Benjamin wurde kurz vor seinem Selbstmord die Absicht zugeschrieben, sich in einem Essay mit dem ‚medizinischen Nihilismus‘ zu befassen: ich hätte mich darin in der guten Gesellschaft unter anderen von Jung und Céline befunden. Und wenn wir schon die Mediziner erwähnen, die Hand an die Feder gelegt haben, warum nicht auch Brecht und Döblin hinzuzählen? Weil sie an den ‚menschlichen Fortschritt‘ glaubten? Das werden wir ja sehen. Der Humanismus geht manchmal seltsame Wege! Sogar der reizende Sohn von Thomas Mann hat mich, nachdem er mich vor meiner Verirrung gewarnt hat – und er hatte recht, wie ich bald bemerkte –, Klaus Mann hat mich anschließend in einem Roman als eine Art Salonkassandra dargestellt, die bei ihren hermetischen Prophezeiungen in einen Trancezustand geriet und sich freute, die Zivilisation pathetisch auf den Abgrund zuschlittern zu sehen ... In einem Punkt entsprach dieses Porträt der Wahrheit: in der wenig schmeichelhaften Beschreibung meiner Körperlichkeit. Meine geringe Größe, meine Korpulenz, meine sanften, kalten blauen Augen und sogar meine Hängebacken und meine vollen, ‚grausam sinnlichen‘ Lippen. Ich bin tatsächlich so häßlich, wie der Autor des *Mephisto* es in komischer Weise dargestellt hat, nicht wahr? Ach, ich weiß wohl, daß ich weder die Visage noch die Gestalt eines Dichters habe! Aber ist es nicht besser so? Meine Dichtung hat manchmal auf den ersten Blick etwas Galgenvogelhaftes, nicht wahr? Beachten Sie vielmehr, daß zu der Zeit, als Klaus Mann noch meine Kompromittiertheit aufzeigte, die Nazis schon manche meiner Werke aufs Korn nahmen. Unser Land war inzwischen die Beute der Hexer geworden. Und seitdem habe ich auf eigene Kosten und im Untergrund Antihitlergedichte veröffentlicht. Doch gestern erst bin ich wieder ausgeschlossen worden. In den Augen der künftigen Besiegten bald unliebsam geworden, bleibe ich vom Standpunkt der neuen Sieger aus unerwünscht. Der Kreis ist geschlossen, man hat mich nur von ‚einer schwarzen Liste in eine graue Liste' übertragen ... Um reingewaschen zu werden, hätte ich wenigstens Emigrant gewesen sein müssen, nicht wahr, was meinen Sie?"

Sie sagt keinen Ton. Vielleicht meint sie nichts dazu? (Ist das überhaupt möglich?)

Er läßt sich nicht entmutigen.

„Hätte Furtwängler", sagt er, „der 1934 *Mathis der Maler*, die Oper meines Freundes Hindemith, direkt vor Goebbels Nase aufgeführt hat, der anschließend von all seinen Posten zurückgetreten ist und andere abgelehnt hat, hätte er einen Weggang in Betracht ziehen müssen, gegen den sich alles in ihm auflehnte? Anderswo hätte man ihn mit offenen Armen aufgenommen, hätte ihn als Symbolfigur des Widerstands gegen die Unterdrückung gefeiert. Lieber hat er, indem er unter schwierigen Bedingungen hierblieb, mit dem ganzen Gewicht seiner Mißbilligung sich an Ort und Stelle bemerkbar gemacht. Sollte das erbärmlich sein? Na, hören Sie! Man hat die Frage in den letzten zehn Jahren noch nicht von allen Seiten beleuchtet. Den exilierten Künstler gab es noch, als Schuldgefühl und als Phantom, und das war gewiß nicht belanglos ... Doch der, den man mundtot machen muß, weil er noch da ist, den man lebendig begraben hat und dessen Mund aus dem Sand wächst, um sich zu einem lautlosen Schrei zu öffnen, macht er mit seiner Stummheit nicht ebensoviel Lärm wie so manche Reden? Im übrigen erfährt man allmählich, daß es ebensoviele Emigrationen wie deutsche Emigranten gegeben hat. Döblin hatte allen Grund, auf die Luxuszuflucht seines Kollegen Thomas

Mann neidisch zu sein, und Lion Feuchtwanger, der soviel Gutes von der Sowjetunion hielt, hat sich trotzdem lieber für lange Zeit in die Vereinigten Staaten zurückgezogen ... War es alles in allem besser, dort zu überdauern oder hier Winterschlaf zu halten?"

„Ich weiß nicht", erklärt die Patientin des Dr. Benn. „Wie, wenn wir es allein den Tyrannen überließen, zu verallgemeinern?"

„Wir müßten befürchten, daß jene, welche Wahl sie auch trafen, die das eine oder das andere gemacht haben, nie wieder miteinander sprechen könnten. Das wäre der allerletzte Sieg des Führers! Täuschen Sie sich nicht, liebe Kollegin, ich bin keineswegs blasiert, ich bin von all dem noch nicht wieder zu mir gekommen. Und aus dem Krieg bin ich, wie nahezu alle, die ihn mitgemacht haben, Sieger und Besiegte, noch nicht ganz zurückgekommen ... Wer weiß außerdem, ob er nicht in anderen, noch unbekannten Formen wieder losgehen wird? Wir Mediziner haben doch ein Gespür dafür, nicht wahr?"

„Für Krieg und Frieden Betreffendes?"

„Ein Gespür für das, was endet, und für das, was kein Ende nimmt zu enden."

„Ach, wissen Sie, ich lese nicht aus der Hand ..."

„Nein, aber Sie haben Ihre Hände auf den Körper der Menschen gelegt. Sie sind in der Berührung mit ihnen schmutzig – oder sauber – geworden. Es kommt immer ein Moment, in dem das, was die Menschen unterscheidet und trennt oder zusammenführt und vereint, nicht mehr ihre Überzeugungen und Glaubensbekenntnisse oder ihre Meinungsverschiedenheiten sind; es hat sogar oft nicht an ihnen gelegen, daß sie im gleichen Moment nicht die gleiche Meinung hatten. Einige Zeit später hätten sie sich vielleicht verstehen können. Nein, was sie vereint, ist der Wirrwarr der Geschichte, die sie mitgemacht haben, mitunter sogar in entgegengesetzten Lagern, ist das Durcheinander, das sie von ihrem Leben abgebracht hat, oder zumindest von der Vorstellung, die sie ursprünglich davon hatten, ist die Art der Schwächen, durch die sie sich selbst erkannt haben oder die sie in ihren eigenen Augen kompromittiert haben; es ist der Wald der möglichen Formen von Mut, der Baum, den sie zum Hinaufklettern gewählt haben, und vor dem sie alle anderen Bäume nicht sahen, aber auch und vor allem sind es die Augen der Toten, die sie zudrücken mußten. Es sind buchstäblich Leichen unter uns. Es sind unsere Toten, die uns zusammenschweißen oder -ketten, oder die sich dazwischenschieben, uns versöhnen oder uns wieder Rücken an Rücken stellen ... Sie sind Medizinerin, haben Sie all das wie ich von den Gerippen abgelesen?"

„Ich lese nur in ihrem Mund", stellt sie vor Lachen prustend fest.

„Stimmt ja, Ihre Patienten bieten sich mit offenem Maul dar ... Eigentlich greifen Sie nur dem Gerichtsmediziner vor!"

„Manchmal reiße ich auch das Übel mit der Wurzel aus ... Aber als ich hierherkam, wußte ich nicht, daß ich veranlaßt würde, über das Los des Fleisches und die irdischen Bestimmungen zu philosophieren ... Darf ich Ihnen eine Frage stellen?"

„Bitte ..."

„Sind Sie diesen Selbstmördern, deren Akte Sie studiert haben, immer nur auf dem Papier begegnet, nachdem sie, wenn ich so sagen darf, ‚Erfolg' gehabt hatten? Haben Sie keine in Fleisch und Blut angehört, denen es mißglückt war?"

„Doch, natürlich. Aber das durfte nicht bekannt werden: jeder Versuch wurde absurderweise mit dem Tode bestraft!"

„Was haben Sie ihnen gesagt? Was konnte ein großer Dichter Deutschlands diesen Leuten sagen?"

„ ‚Ein großer Dichter Deutschlands', wie Sie so freundlich sagen, verfügt auch nicht über mehr Worte als sonst jemand, um sich dem zu stellen ... Eher über etwas weniger, denn sie wiegen schwerer. Es ist keine bequeme Aufgabe, einem den Glauben an das Leben zu geben, der es verlieren wollte, während rundherum jeden Augenblick die Bomben fallen können. Es wunderte sie immer, daß sie den Krieg und sich selbst überlebt hatten. Sie waren gegen ihren Willen unbezwingbar ... Darauf waren sie nicht besonders stolz. Sie konnten nicht umhin, mich anzusprechen, als verdankten sie mir zum Teil ihr Überleben. Sei es, um mir ihre Dankbarkeit dafür zu bekunden. Sei es, um es mir vorzuwerfen. Mit Hilfe dieses seltsamen Mißverständnisses entspann sich ein Dialog über die Gründe, die man für ein Weiterleben anführen konnte ... Würden Sie es glauben, Fräulein Kaul? Man bekommt schnell den Ruf eines Experten auf diesem Gebiet. Noch heute erhalte ich Briefe von Verzweifelten. Oder von zum Tode Verurteilten ... Wenn sie obendrein noch erfahren, daß ich Dichter bin, scheint ihnen vor allem daran gelegen, daß ich eines Tages ihre Geschichte schreibe ..."

„Öffentlicher Schreiber für Menschen an der Schwelle zum Tod! Sie haben noch eine vielversprechende Zukunft, wissen Sie das, Herr Doktor? Wären Sie wirklich der Zyniker, als den man sie hinstellt, würden Sie sich der Barbarei der Welt zweifellos bereitwilliger anpassen! Eine letzte Frage: Lieben Sie Blumen?"

Er hat sich in den Wintergarten gesetzt. Durch das Fenster sieht er in den Hof, auf die Kaninchenställe, die Hortensien. Ob ich Blumen liebe ..., murmelt er. Wahrscheinlich. Ihm ist plötzlich so kalt. Was für eine Idee, gleich nach dem Weggang seiner Besucherin den elektrischen Heizofen abzustellen. Er steht auf, um einen Mantel überzuziehen. Er setzt sogar einen Hut auf, in der Hoffnung, diese Geste möge ihn innig amüsieren. Die Sprechstunde ist für heute beendet. Die des Arztes oder des Anwalts? Du meine Güte, entdeckt er, fast hätte ich *pro domo* plädiert. Zum Glück ist das ins Wasser gefallen. Aber jetzt bin ich so gerädert, als hätte ich wirklich den Versuch unternommen. Was für eine Idee aber auch, sich vor jemandem zu rechtfertigen, der einem nichts bedeutet, der sich wundern muß, dein schlechtes Gewissen zu entdecken, wie einem anderen eher dein schlechtes Aussehen auffallen würde ...

Ein Metallreif drückt ihm die Stirn zusammen. In seinem Kopf ist eine Katze erwacht, die man eigentlich in einem Sack ertränken wollte. Traurigkeit, die eine Weile betäubt gewesen war, schlägt mit ausgestreckten Krallen um sich und faucht.

Warum muß er von so weit oben wieder hinunterfallen? Er hat wahrhaftig die Gewohnheit im Umgang mit dem Glück eingebüßt. Und sogar den mit dieser tragischen, der Euphorie so nahen Fröhlichkeit, die ihn bei seinem Ansatz zu einer Selbstrehabilitierung vorhin überwältigt hatte. Ein Flirt, denkt er, ich habe mit der Seele dieser schönen Unbekannten geflirtet. Das alles, weil sie, ehe sie mir ihr Hinterteil zeigte, um der gesetzlichen Vorschrift Genüge zu tun, mir die Gunst erwies, einige Verse von mir zu zitieren, die ich beinah Mühe hatte wiederzuerkennen, denn sie kamen von weither, von so weither wie die mit Steinen beschwerte Leiche, die wieder an der Wasseroberfläche auftaucht, wenn das Verbrechen schon verjährt ist ... Wenn niemand mehr Wiedergutmachung fordern wird. Ich habe Fräulein Dr. Kaul bequatscht. Ich habe mit ihr poussiert, habe ihr hektisch den Hof gemacht und dabei auf Pennälertricks zurückgegriffen. Als hätte ich, um sie zu verführen, in meinen Augen vorher wahrhaftig erst wieder Jungfrau werden müssen. Ich werde mir einen Termin in ihrer Praxis geben lassen. Nicht, um sie weiter zu belagern. Um mir alle Zähne ausreißen zu lassen. Und vor allem die Zunge, als Zugabe.

Nachdem er eine Gelegenheit verpaßt hatte, ganz und gar zu verzweifeln, und auch die nicht ergriffen hat, sich zu freuen, fällt er in ein Loch. Er ist für niemanden mehr da. Er hat seinen Hut abgenommen, hat ihn neben sich auf das Sofa gelegt. Er hat seinen Mantel aufgeknöpft, zieht ihn aber noch nicht aus, er läßt nur die Ärmel die Arme hinunterrutschen. Als hätte er keine Kräfte übrig und keinen Willen, mehr zu tun. Sie alle sind beansprucht und auf ein einziges Ziel gerichtet: dem, was geschehen ist, einen Sinn zu geben. Diesem Unbehagen, das er hatte. Auf welche Weise, fragt er sich, könnte man dieses Gespräch an einem anderen Punkt wiederaufnehmen?

Ich müßte ihr erzählen, denkt der Arzt, daß in Köln eine Bombe einen archäologischen Fund aus der Römerzeit ans Licht befördert hat, von dessen Existenz man nichts ahnte. Mosaiken aus einem dem Dionysos geweihten Tempel ... Und auch daß ein Schüler von Ferruccio Busoni, der das Grab seines Meisters nach einer der Bombardierungen der Hauptstadt offen fand, die Urne mit dessen Asche genommen und sie quer durch die in Flammen stehende Stadt an einen sicheren Ort gebracht hat ... Warum zuerst darüber sprechen? Anfangen müßte man mit etwas ... Etwas Tröstlichem. Dann, ganz schnell, auf das Problem mit der Kälte kommen. In den letzten Wochen töteten nicht nur die Kugeln, man mußte den Frost überlisten. Dem Nordostwind eher im Profil als frontal die Stirn bieten. Inmitten der universellen Kälte die Ellbogen gebrauchen. Kälte und Tod sind Zwillinge. Die Kälte ist es, die die Erde am Ende dieses Krieges so ungastlich, unbewohnbar gemacht hat wie die anderen Planeten. Vor dem Anziehen blies man in seine Handschuhe wie in einen Ballon, weil sie für ein paar Minuten die Wärme des Atems konservierten. Die Hände der Kämpfenden froren am Kolben der Waffen fest. Er besah sich seine Fingernägel. Wohin verzog sich denn das Blut? Die Kälte trank es wie ein Vampir. Man befürchtete, auf einmal blutleer zu sein, ohne es zu merken. Man fragte sich, ob das Herz nicht als erstes einfrieren würde. Ich kenne welche, die auf die Bomben hofften, um sich an den Bränden aufwärmen zu gehen. Von 1937 an sammelte der Führer den „Volksgroschen" für den Winter. Wir wußten nicht, daß der Winter so lange dauern und der Führer ihn verewigen würde. Wir tranken nur noch Schnee, den wir vorher abgekocht hatten. Manche wuschen sich mit Senf. Danach brachte er das Programm „Blut und Boden" zustande. Und tatsächlich wurde der Boden mit Blut getränkt. Man hätte seinen Versprechungen besser zuhören sollen. In gewisser Weise hat er uns nie belogen. Blut und Kälte. In den letzten Tagen in Berlin diese Lachen gefrorenen Blutes. Zuerst mußten wir in der Lauheit der Niederlage auftauchen, aus unserer Erstarrung erwachen, um die Katastrophe ganz zu ermessen.

Man müßte vom Hunger selbst der Nichthungernden, der relativ Privilegierten erzählen, zu denen ich gehörte: von den Sonderzuteilungen an Weihnachten: eine zusätzliche Ration geräucherte Zervelatwurst und Bratlingspulver. Ich war wirklich nicht zu bemitleiden. Und wenn man bedenkt, daß es weit weg von der Front, in der Garnison, die Langeweile war, die den dortigen Mann auf kleiner Flamme umbrachte, selbst wenn dieser Goethe und Dostojewski las. Man fand heraus, daß die Untätigkeit einen nicht unschuldiger am Krieg machte als das Kämpfen und daß die unsägliche Eintönigkeit dieses Lebens einen mehr abstumpfte als die Gefahr. Erst bei Anrücken des Feindes wurde man aus seiner Apathie gezerrt: man mußte Papiere und Bücher vernichten, sie vergraben oder anzünden.

Ja, man müßte zuerst das erzählen, den Rahmen umschreiben. Aber „das erzählen" hieß bereits, es *ihr* erzählen, es der Ärztin Ilse Kaul erzählen, wie ein Kranker seine Krankheit beschreibt, aufrichtig, mit allen Einzelheiten, ohne eine zu unterschlagen, in der Hoffnung, die Erstellung der Diagnose zu erleichtern und gesund zu werden. Und erst dann hätte man Lust, die Frage zu beantworten: Lieben Sie Blumen? Ja, ich denke schon ... Vor allem Astern. Und außerdem Herbstblumen im allgemeinen oder Zierpflanzen: Mondviolen, Sternmiere, Balsaminen, Chrysanthemen ... Ich bin sicher, daß dieser Krautjunker, dieser Grandseigneur des Krieges, mit dem ich kaum näher bekannt war, dieser Ernst Jünger, Ernst *Junker,* der so leidenschaftlich an Botanik interessiert ist, mir nicht unrecht geben würde.

Dann müßte man dieser Unbekannten – die schon keine mehr ist –, dieser ebenbürtigen Gesprächspartnerin erklären, was ich dort, in der Garnison in Landsberg zu schreiben begonnen habe, als wir noch den Ausgang des Krieges, das heißt die Niederlage erwarteten: meine Konzeption eines Phänotyps, der in seinem Wesen die Charakteristika unserer Zeit inmitten des Chaos der Geschichte verkörpern sollte. Würde man Anstoß daran nehmen, daß ich trotz allem, was geschehen ist, und sogar dessentwegen, was geschieht, nicht auf diese Idee einer entsäkularisierten Prosa verzichtet habe, deren Verfasser aber von einem Gott, einem Absoluten, wie man es auch nennen mochte, determiniert wäre? In Landsberg, auf dem Tiefpunkt der Melancholie, sah ich, wahrscheinlich deutlicher denn je, daß das, was uns überleben würde, dennoch diese Formen ohne Glauben, ohne Hoffnung, ohne wirklichen Empfänger waren – und gleichwohl reich an Bedeutung, an tragischer Substanz, die von dem Geheimnis verdichtet und zugleich verdeckt wird ... Unsere einzige Biographie! Bestimmt würde man mich wieder als eingefleischten Negativisten bezeichnen – wo ich doch wohl nur ein „Demoralisierer" bin, in dessen Augen jedoch Welten entstehen, ehe ich in ihnen aufgehe, in ihnen untergehe, um mich neu in ihnen zu finden. Schließlich vermögen wir in die Windungen des Abscheus, in die Knoten der Trostlosigkeit noch soviel Herrliches, reich an weiblicher Verlockung, sich einschleichen zu sehen. Nicht, daß uns das erlösen würde – im Gegenteil. Aber das gibt es. Die Ekstase hält nicht an, aber die Bilder, die von den Worten übermittelt wurden, sind unausschöpflich, den Worten, diesen Krücken für das Imaginäre, diesen Prothesen für jegliche Realität ... Achtung, würde er dieser Frau sagen: diese Freude an der Rettung der Formen ist keine Liebe, hat aber trotzdem verteufelte Ähnlichkeit mit ihr, man kann sagen, daß es an sie erinnert. Wie könnte man den Vergleich nicht machen? All das ist so ... erotisch! Das Mädchen, die Ratte, der Dichter befinden sich in der gleichen Lage: „Alle haben den Himmel, die Liebe und das Grab." Müßte ich trotzdem darauf zurückkommen, wieder daran glauben, müßte ich sogar die Ergebnisse veröffentlichen, zu denen ich komme? Ich könnte dem den Titel „Phase II des Expressionismus" geben. Es hätte nur scheinbar eine Unterbrechung gegeben. Doch um die Transzendenz des Stils zu verkünden, hätte sich einzig der Stil in sich verschoben. Nichtigkeit der Werte. Untergang der Inhalte, außer einem: der Form selbst als Inhalt. Und dann soll man mir ja nicht sagen, ich hätte auf diese Weise „dem Sinn entgehen" wollen. Auch wenn mir nichts zu erzählen bleibt als meine Seereise in „ein Lotosland, in dem nichts geschieht und alles stillsteht." Jenes Land, in dem man den Winter vergessen dürfte. Diese zweite Heimat, in der ich, wie andere gern behaupten würden, Schiffbruch erlitten habe. Mit solchen Ideen im Kopf aus dem Krieg zu kommen, würde einen schlechten Eindruck machen, vermute ich. Hinfort bin ich an derartige Mißverständnisse gewöhnt. Jeder von uns siedelt seinen Humanismus dort an, wo er kann. Ich neige dazu, zu glauben, daß es noch empörender wäre, aus unserer jüngsten Geschichte hervorzugehen und sich *nicht* zu diesen Ideen zu bekennen ... Wie einer meiner hervorragenden Kollegen sagte: „Es ist ein Kunststück zu schockieren, ohne sich danebenzubenehmen."

Aber wieder packt der Zweifel sein Gehirn. Müdigkeit überkommt ihn. Er ist so mitgenommen, denkt er, als wäre sie wirklich hier, bei ihm, diese neue Frau, diese so wenig fremde Unbekannte ...

Was ihn tatsächlich anstrengt, ist, das alles ohne ihre Anwesenheit zu sagen. Schon fehlt sie ihm. Was ihn atemlos macht, ist diese Generalprobe vor einem leeren Stuhl in der verlassenen Wohnung im Erdgeschoß der Bozener Straße 20, während es dunkel wird, während die Nacht hereinbricht. Er fühlt sich so erschöpft wie ein Tennisspieler, der alle Kräfte aufbietet, um einen Ball, der nur für ihn existiert, unermüdlich zu einem abwesenden Partner jenseits eines unsichtbaren Netzes zurückzuschlagen.

Liebe ich Blumen, Fräulein Kaul? Und ob ich sie liebe! Ich habe Ihnen noch nicht gesagt, welche. Allem Anschein zum Trotz habe ich die Klippe des Kennenlernens nämlich an der günstigsten Seite bestiegen ... Besonders schätze ich Chrysanthemen. Schauen Sie sich den Hof an: man kann einige von diesen Blumen sehen, die mir von allen am liebsten sind. Ich muß Ihnen nämlich noch von den Meinen erzählen. Wenn ich es noch nicht getan habe, so, weil sie fast alle tot sind. Ich bin ihr Witwer. Ich weiß nicht, ob sie vorher die Muße oder die Großzügigkeit hatten, sich als meine Lebenden zu betrachten. Ich habe sie also für später aufgehoben ... Ich habe für Sie noch nicht den Berg meiner Toten erklommen, aus Angst, unter die Lawine der Trauer zu geraten! „Alle die Gräber, die Hügel / auf Bergen und an Seen, / die ich grub und von deren Wällen / ich die offene Erde gesehen ..."

Als erstes für seine Mutter, denkt der Sohn.

Die Mutter mit dieser Geschwulst, die sie in sich trug wie ein weiteres Kind, einen jüngeren Bruder Gottfrieds, dem Obskurantismus des Vaters ausgeliefert – welcher einen engstirnigen Gott, so scharf wie eine Rasierklinge, anbetete. Ich war zu klein, denkt der Sohn, um ihr Leiden zu lindern. Einer unaussprechlichen Abneigung gegen seinen Vater kam bei dem Sohn nur die übermäßige Liebe zur Medizin gleich. Um von nun an, eine Leiche zwischen den Zähnen, gegen die Rasse der Schlächter-Väter Krieg zu führen. Man konnte noch nicht wissen, daß man so viele andere Gelegenheiten haben würde, seine Kunst zu erproben, und auf so viele verschiedene Arten unter so historischen Umständen! Schon sieht es so aus, als hätte man nur mehr die Wahl, Zuhälter, Mönch oder Soldat zu werden.

Lange war ich zu jung, denkt er, und dann, auf einmal, war ich zu alt. „Die offene Erde gesehen, / die ich trug und weiter trage / als Tang und Muscheln im Haar, / die ich frug und weiter frage, / wie das Meer am Grunde denn war –"

Dann war da Else, Fräulein Kaul …

Eine zweite Mutter, ohne daß sie es weiß, ohne daß er es ahnt. Und obendrein Jüdin, bevor dieses Wort in Deutschland so wichtig wurde. Sie ist eben erst im Land ihrer Väter entschlafen, aber gleichsam in einen Tod, der vollständig zur gleichen Zeit wie sie selbst geboren wurde.

„Die dich umarmt, / stiehlt mir von meinen Schauern", schrieb sie dem jungen Dichter. Aber er schien nicht zu glauben, daß es wahr oder wesentlich war. Eigentlich war sie wehrlos, sogar ihm gegenüber.

„Alle die Gräber, die Hügel, / in denen ich war und bin, / jetzt streift ein weißer Flügel / manchmal über sie hin."

Edith. Seine erste Frau, die er zur gleichen Zeit geheiratet hatte, wie er in einen ersten Krieg gegangen war. Natürlich würde man sagen, er habe sie nicht geliebt, er sei überdies unfähig dazu. Ein Sohn, den sie aus erster Ehe hatte, starb früh.

Wie ein Kind von Else Lasker-Schüler – so sehr mit Poesie vollgestopft, daß es arrogant oder verrückt wirkte – ebenfalls „vorzeitig" starb. Schon starben viele Söhne vor ihren Müttern. Die Zeit war so. Sie würde lange so sein.

Überleben wurde ein Paradoxon.

Und dann wieder Krieg. Und wiederum eine Frau. (Sollte man ein Anrecht auf eine Ehefrau pro Weltkrieg haben?) Herta von Wedemeyer, die Tochter eines hannoverischen Offiziers. Eine Sekretärin. Das fügte sich gut, denn war der Schriftsteller nicht gerade in Ungnade gefallen? Sie tippte seine Texte. Sie würde für lange Zeit seine einzige „Verlegerin" sein. Nahezu seine einzige Leserin ... Sie war groß, schlank. Zwanzig Jahre jünger als er. Sie hatte ihn anerkannt. Er war ihr erkenntlich dafür. Das war damals eine Sache der Anerkennung zwischen einem Mann und einer Frau! Sie hatte nur ihn. Er hatte nur sie. Es war wohl keine Liebe. Es handelte sich nur um eine kaum bemerkbare und dennoch fanatische Kameradschaft. Eigentlich hätte das auch immer währen können.

In der Armee befaßte er sich mit den freiwillig aus dem Leben geschiedenen Toten. Wieder einmal trat der Tod heran.

Jetzt fällt es ihm wieder ein: Fräulein Kaul, der Ärztin Ilse Kaul hatte er von den Soldatenselbstmorden erzählt. Aber vielleicht hatte er sie nur erwähnt, um nicht einen Selbstmord zur Sprache zu bringen, der ihm mehr zu Herzen ging?

Er hatte ihr noch nicht erzählt, daß Herta von Wedemeyer aus Hannover sich ebenfalls das Leben genommen hatte. Und daß er, der Selbstmordexperte, diesen Selbstmord nicht hatte verhindern können.

Die Kapitulation stand unmittelbar bevor. Der Oberstabsarzt hatte geglaubt, das Richtige zu tun: er hatte seine kranke Frau, um ihr den letzten Sturmangriff auf Berlin zu ersparen, aufs Land, an die Elbe geschickt. Das Dorf, in dem sie Zuflucht fand, wurde von den Engländern eingenommen. Von den Amerikanern. Dann von den Russen. Sie geriet in Panik, erklärt der Arzt. Erklärt sich der Arzt zum hundertsten Mal selbst. Als bereite er sich darauf vor, es auch der Ärztin Ilse Kaul zu erklären.

Sie spritzte sich eine doppelte Dosis Morphium ein, das wir für uns beide beiseitegestellt hatten, für den Fall, daß wir gemeinsam vom Feind bedrängt würden, erklärt er, versucht er sich zu erklären – um sich an das Undenkbare zu gewöhnen. Dieses Gift hat sie, als wir uns trennten, ohne etwas zu sagen, mitgenommen, und hat diese doppelte Dosis also ganz allein genommen. Ich möchte glauben, daß sie mich für bereits tot hielt. Es war im Juli 45, der Krieg war für nahezu alle beendet, auch an den Elbufern. Ich war nur für sie verantwortlich, für dieses Geschöpf, das soviel maßvoller war als der Schrecken, der es ergriffen und es zermalmt hat.

„Der kann die Kränze nicht heben, / nicht wecken der Rosen Schein, / die ich hinabgegeben, / doch ein Wandelndes deutet er ein."

Ich müßte Herta hier wiedersehen, wie sie nach einem langen Marsch eben nach Hause kommt, in die Bozener Straße, am Stock, mit ihrer großen Tasche und im roten Hut, noch voller Vertrauen zu mir, das heißt zu meiner Fähigkeit, sie zu beschützen.

Frauen haben sich meinetwegen umgebracht, Fräulein Kaul, oder meiner ungeachtet, aber läuft das nicht auf dasselbe hinaus? Der Führer wollte, daß man für ihn starb: sein Land, sein Volk, schließlich seine Frau. Und sein Hund. Was mich betrifft, so gibt es Leichen, die ich nicht verhindern konnte. Gegen meinen Willen war ich auf einmal in meiner eigenen Geschichte Blaubart, in meinem Privatleben Führer … Mein eigener Krieg hat seine Opfer verursacht. Habe ich überhaupt von all meinen „Morden" Kenntnis gehabt?

Diese Welt hat nicht nur ihre Opfer bestimmt, sie hat auch die erwählt und zurechtgestutzt, die jene hinrichten würden. Mitunter haben sie, wie man weiß, ihre Rollen vertauscht. Ich bin vorwiegend immer nur Überlebender gewesen. Eine sentimentale Raubkatze – aber trotzdem eine Raubkatze. Die Davongekommenen haben kein gemütliches Leben: sie träumen schlecht. Noch fahler, noch geronnener waren die Morgen für die, die gewissermaßen an meiner Stelle starben. Das, Fräulein Kaul, ist eigentlich etwas, worüber wir uns immer nur andeutungsweise unterhalten werden.

Wenn ich an all jene denke, die ich gekannt habe und die ihrem Leben selbst ein Ende gemacht haben, und wenn ich bedenke, daß der Führer am Ende die Absicht hatte, es ihnen gleichzutun, kommt mir das vor wie sein letzter Widerruf: denn er starb nicht allein, das ist das mindeste, was man sagen kann, er nahm nur Millionen von Toten mit sich. Er eignete sich noch widerrechtlich den Platz an ihrer Seite ein.

Jetzt gehe ich aber zu weit ... Haben Sie bemerkt, Fräulein Kaul, daß wir jedesmal, wenn es uns ratsam erscheint, unsere Taten und unsere Verantwortlichkeiten aus den Augen zu verlieren, nur Hitler zu erwähnen brauchen?

Wie komisch es ihm plötzlich erschien und wie jämmerlich, vom Tod der ihm Nahestehenden zu sprechen, als obläge er ihm! War das nicht wiederum eine Art, sie sich etwas mehr anzueignen?

War er denn seine Sache, der Tod dieses Vaters, den er so sehr gehaßt hatte und dessen er sich dann nur ein wenig geschämt hatte? Und dann hatte er ihn trotzdem geliebt, diesen Mann, der ihn nicht mehr aufbrachte, den er zu Möhring mitnahm, um eine heiße Schokolade zu trinken, diesen Greis, der nichts von seiner Würde einbüßte, obwohl man ihn wie ein Kind behandelte. (Er wirkte sehr provinziell in Berlin, der pensionierte Pastor, wenn er seinen Sohn besuchte und an öffentlichen Plätzen so laut sprach, daß alles sich nach ihm umdrehte.)

Der Arzt nahm es ihm nur ein bißchen übel, daß er im Oktober 1939, bei Ausbruch des Krieges, gestorben war, als hätte der Alte es aus Bosheit oder Bauernschläue absichtlich getan ...

Gab es Anlaß, sich durch den Verlust dessen, den man sein Leben lang geflohen hatte, als Trauernden zu empfinden?

Dann kam der jüngere Bruder an die Reihe. Und nach ihm ist ein anderer Bruder, dann noch ein dritter auf dem Feld der Ehre gefallen, wie die Armee sagt, um sich denen gegenüber reinzuwaschen, die sie zu Witwen oder Waisen macht, ein vierter wurde zweimal schwer verwundet. Die Übriggebliebenen wurden total bombengeschädigt, verloren alles. Ein Vetter ersten Grades, ebenfalls Schriftsteller, fiel in der Somme-Schlacht, sein einziger Sohn im letzten Kriege: „Das typische Blutbad einer etwas umfangreichen deutschen Familie der ersten Hälfte des zwanzigsten Jahrhunderts ..."

Mechanisch hebt der Arzt die Hand zum Hut, um ihn abzunehmen, als hätte er ihn noch auf, als ginge es darum, ihn vor all diesen versammelten Toten zu ziehen.

Das also, Fräulein Kaul, ist mein *curriculum mortis.*

Nun wird es aber Zeit, zu den Lebenden zu kommen!

Doch warum gebrauche ich das Wort im Plural? Ich habe nur noch meine Tochter.

Im Frühjahr hat sie mich zum ersten Mal seit Beginn des Krieges besucht. Übrigens kam sie nur zur Berichterstattung durch Berlin, als Korrespondentin und in der Uniform der Alliierten ... Sie war im Hotel am Zoo abgestiegen, das von den Amerikanern besetzt war. Sie hatte geheiratet, sie war Dänin geworden, und sie betrachtete die ausradierte Stadt mit den Augen der Fremden, der Gegnerin.

Ich habe gehört, daß Erika Mann, die älteste Tochter von Thomas Mann, auch *war correspondent* für eine Zeitung unter dem Sternenbanner geworden ist. In meinen Augen gehört es zu unserer Bestrafung, daß unsere Kinder nur auf der Durchreise nach Deutschland zurückkommen und mit einem Presseausweis, der sie bei der Zeitung eines fernen und für unsere Niederlage verantwortlichen Landes akkreditiert ... Fest steht, daß es ihre Kinder sein werden, die als erste über die Geschichte unserer Generation urteilen würden.

Fräulein Kaul, ich werde Ihnen meine Tochter Nele vorstellen müssen ..., murmelt der Arzt. Als probte er seine Rolle.

Er sah sie noch auf der Schwelle stehen, an jenem Tag im April, als er ihr die Tür öffnete. Dieser etwas verweinte Blick, den sie auf ihn richtete, diese Benommenheit – dann dieses Mitleid –, das sie nicht bemänteln konnte, wähend sie ihm drei Stangen Philip Morris reichte, als wollte sie sie ganz schnell loswerden: sie verbrannten ihr die Finger ... Er las von den Augen seiner Tochter den Eindruck ab, den er auf sie machte. Sie hatte einen wohlgefütterten Vater im besten Alter verlassen. Sie fand einen ganz kleinen, dünnen Mann wieder. Wie hätte sie es verbergen können? Wie hätte er übersehen können, was sie erblickte, hier, in der Tür der Bozener Straße 20, von der er endgültig umrahmt wurde wie ein Bild? Er mußte aussehen wie ein Gespenst, von Ereignissen ausgespien, über die sie alles zu wissen glaubte und von denen dieser Mann, dieser Unbekannte, dem sie sich plötzlich so nahe fühlte, ihr, wie ihr jetzt schien, einen weiteren Aspekt offenbarte, denn sie war trotz allem vom Fleische dieses Besiegten. „Nicht alt werden, nicht so alt, daß man noch seine eigene Leiche liegen sieht und über sie lacht."

Wir haben über anderes gesprochen.

Über ihren Mann, der viel älter ist als sie. Seltsam, nicht wahr, Fräulein Kaul, diese Altersunterschiede zwischen den heutigen Männern und Frauen. Wahrscheinlich suchte sie in ihm den Vater, der sich von ihr abgewandt hatte. Man muß immer eine derartige Erklärung suchen, nicht wahr? Dann habe ich sie über die Zwillinge ausgefragt, die der Himmel ihr geschenkt hat. Darüber, wie sie unter der Besatzung gelebt haben. Sie mußte ihnen Kleider aus Stoffresten und alten Fetzen fabrizieren. Aber nach der Befreiung hatte Gertrud Hindemith ihr wunderschöne Kleidung für ihre Kinder geschickt ... Ich habe verstanden, daß meine Besucherin darauf zu sprechen kommen wollte: daß die Distanz, die mich von Paul Hindemith trennt, jetzt aufgehoben werden müßte. Und außerdem meinte sie, daß ich mich jetzt mit Klaus Mann versöhnen sollte. Sie erklärte sich bereit, in meinem Namen selbst den ersten Schritt zu tun ... Ihm zu beweisen, daß ich mich im Grunde nie ganz mit dem Regime gemein gemacht hatte. Und daß der beste Beweis dafür wäre, wie dieses mich behandelt hatte. Ich wollte ihr in diesem Punkt nicht antworten. Ich sagte ihr, ich würde darüber nachdenken … Sie sah ratlos aus. Eigentlich entmutigte ich sie in ihren Initiativen. Es rührte mich viel mehr, als ich imstande war ihr zu zeigen, daß sie sich noch um den Ruf ihres Vaters sorgte und um seinen Nachruhm. Hindemith hätte ich gern wiedergesehen, dachte ich, er fehlt mir. Doch vielleicht genügte es mir im Grunde, daß meine kleine Tochter, daß meine Dänin und ehrbare Ehefrau gewordene große Tochter ihre Liebe und Achtung für mich bewahrt hat? Ich habe sie gefragt, wovon sie sich ernährt. „Von Obst und Körnern", hat sie mir gesagt. Ist das nicht ein bißchen asketisch?

Nun ist sie wieder nach Dänemark gefahren, meine kleine Meerjungfrau mit dem großen Herzen. Ich habe ihr versprochen, sie demnächst dort zu besuchen. Es ist amüsant: stellen Sie sich vor, sie wohnt in einer Stadt namens Charlottenlund, wo sie hier doch in Charlottenburg hätte leben können …

Dieses Zusammentreffen stimmte den Arzt froh. Er fand darin eine Art Trost. Charlottenburg … Charlottenlund … Er setzte seinen Hut wieder auf, erhob sich und begann mitten im Wohnzimmer mit dem Vorstellen.

Fräulein Kaul, ich habe Ihnen, glaube ich, noch nichts von meiner dänischen Tochter gesagt, die Sie hier sehen … Er zog den Hut und grüßte.

Nele, mein Liebes, ich hatte noch keine Gelegenheit, dir von meiner Nachbarin, Fräulein Ilse Kaul, zu erzählen, die auch meine Patientin ist …

Fräulein Ilse Kaul aus Charlottenburg, oder aus Schöneberg, das ist eins wie das andere, nicht wahr? Ich habe die besondere Ehre und Freude, Ihnen Frau Nele Soerensen, geborene Benn, aus Charlottenlund vorzustellen …

Mit der Präzision eines Diskuswerfers schleuderte er seinen Hut quer durch das Zimmer, so daß er auf einem Sessel landete. Mein Gott, dachte er, wer hätte geglaubt, daß der alte

Benn in seinem Alter und zu gegebener Zeit noch so lustig sein kann? Er selbst bestimmt nicht!

Er stand mitten im Wintergarten und schaute die Wäsche an, die im Hof einen Moment lang die Sonne zurückstrahlte.

Der alte Mann schwankte einen Augenblick zwischen Verzweiflung und Euphorie.

Er war vergnügt.

Natürlich geht es überhaupt nicht so vonstatten, wie er es vorgesehen hatte. Zum Beispiel sagt Gottfried Benn zu Ilse Kaul – als fiele es ihm gerade eben ein:

„Nun muß ich Ihnen aber von meiner Tochter erzählen …"

„Sie muß jetzt groß sein …", sagt Ilse Kaul versonnen.

Als hätte sie Nele früher gekannt.

„Aber …", sagt der Arzt, „sie ist verheiratet, sie hat zwei Kinder … Ich muß Ihnen sogar sagen …"

„Daß sie älter ist als ich?"

„Jedenfalls seid ihr nach meiner Einschätzung ungefähr gleichaltrig …"

„Um so besser", sagt Ilse Kaul.

„Und wieso das?"

„Ich bin froh, ihre Altersgenossin zu sein, wir werden uns gut verstehen."

„Ihr habt nicht die gleiche Geschichte erlebt …"

„Immer noch gleicher als die derer, die nach uns kommen werden …"

„Glauben Sie, daß sie noch weniger als wir selbst verstehen werden, was uns zugestoßen ist?"

„Oh, viel weniger gut und viel besser, je nachdem. Aber das Ergebnis wird bei beiden Hypothesen das gleiche sein: wir werden viel Mühe haben, miteinander darüber zu sprechen."

Und ein andermal:

„So wie ich vor Ihnen stehe", sagt er, „habe ich vor nicht mehr als einem Jahr eine Frau verloren …"

Sie lacht nervös.

„Finden Sie das zum Lachen?"

„Sie sprechen irgendwie darüber, als ginge es um einen Hund, den Sie an einem öffentlichen Ort verloren haben ... Gleichzeitig ist es entsetzlich."

„Wir waren wirklich eher wie zwei Hunde ...", sagt er. „Die aber einander verloren hatten."

„Wissen Sie", sagt sie, „wir sollten einen Pakt schließen. Einen Burgfrieden."

„Was heißt das?"

„Erinnern Sie sich an Ihr Verhalten, als wir uns zum ersten Mal begegnet sind?"

„Als Sie in meine Sprechstunde gekommen sind?"

„Ja ... Sie, den ich seither als so schweigsam kennengelernt habe, waren an dem Tag nach zehn Minuten drauf und dran, vor dem Tribunal der Geschichte aufzutreten. Sie waren unermüdlich. Dabei habe ich Sie nichts gefragt. Ich war nur eine ganz gewöhnliche Patientin, die sich bei dem Arzt ihres Viertels impfen lassen wollte ... Davon abgesehen, daß sie sich erinnerte, als Studentin voller Begeisterung Gedichte dieses Mannes gelesen zu haben ..."

„Sie hätten mich stoppen müssen ..."

„Das habe ich ja getan. Aber ich möchte die Dinge klarstellen: *Ich* bin kein Entnazifizierungsausschuß, Herr Dr. Benn. Wollen Sie mich noch einmal zum öffentlichen Ankläger erheben? Richten Sie sich an die zuständige Stelle! Ich möchte nicht, daß es jetzt auf einer anderen Ebene wiederanfängt. Daß Sie mir Einzelheiten über Ihre Passiva aufzählen: als Witwer, als kannibalischer Liebhaber, als unbegabter Vater. Was soll ich mit all dem heute anfangen? Genausogut kann ich Ihnen gleich antworten: Nichts, Herr Doktor, nicht heute. Was erwarten Sie von mir? Daß ich zu dem Glauben neige, Sie stellten alles in allem keine gute Partie dar? Später, Herr Doktor, später! Ein andermal, wenn man uns die Zeit dazu gibt ... Wissen Sie, was Sie wären, wenn Sie jetzt nicht lockerließen?"

„Nein, wirklich nicht ..."

„Ein Tölpel. Und ein Flegel", sagt sie.

War es am selben Tag oder ganz kurz danach, daß er sie gefragt hat:

„Meinen Sie nicht, wir müßten gemeinsam die Konsequenzen aus all dem ziehen?"

„Meinen Sie, wir hätten es verdient?" fragt sie spöttisch lächelnd.

„Jetzt sind Sie es, die von Verdienst spricht! Und dieses Land, meinen Sie, es hat verdient zu überleben? Doch, es wird überleben. Das, was es getan hat. Das, was man ihm angetan hat. An dem Tag, an dem Sie in meine Sprechstunde gekommen sind, Sie erinnern sich ja so gut daran: wissen Sie, was Sie zu mir gesagt haben?"

„Ich habe bestimmt nicht viel gesagt ... Sie haben ja die ganze Zeit geredet!"

„Sie haben gesagt, Sie wären nicht gekommen, um über das Los des Fleisches und die irdischen Bestimmungen zu philosophieren ..."

„Ja und?"

„Das war richtig, Sie waren gekommen, um mich um meine Hand zu bitten ..."

Sie lacht schallend.

„Ihre Hand! Sie gehen aber ran!"

„Meine Hand, jawohl. In diesen Hungerzeiten habe ich Ihnen nichts Besseres anzubieten. Diese Hand, die alles gemacht hat. Im Guten wie im Bösen ..."

„Ich bin prinzipiell entschieden gegen die Ehe ..."

„Das trifft sich gut, ich auch! Eine Gemeinsamkeit mehr zwischen uns ... Geben wir doch gemeinsam unsere Prinzipien auf, das wird leichter sein. Ich werde allem abschwören, was ich vor kurzem darüber geschrieben habe ..."

„Sie wissen ja, was Knut Hamsun dazu gesagt hat: ‚Es gibt nur eine Liebe, die, die man stiehlt.' "

„Aber indem wir heiraten, bilden wir eine Bande! Wir werden unsere Liebe unseren jeweiligen Biographien stehlen ..."

„Geben Sie acht, Herr Doktor. Karl Kraus sagt auch, daß ein Frauenliebhaber, der sich verliebt, einem Arzt ähnele, der sich an einem Kranken ansteckt."

„Sie haben wahrhaftig alles über das Thema gelesen. Dann wissen Sie auch, daß Kraus hinzufügt, daß dies eben das Berufsrisiko ist. Lassen Sie uns gefährlich leben! Im übrigen, wenn es gewagt von uns ist, zu heiraten, wieviel gewagter ist es erst, es nicht zu tun? Haben Sie mich nicht gefragt, ob ich Blumen liebe? Ja, sehr: Rosen, Asphodelen, Reseda, Lilien, Flieder und Astern. Vor allem Astern."

Manchmal gingen sie in den Alleen des Zoologischen Gartens spazieren. Statt einer Hochzeitsreise. Die meisten Gehege waren leer. Weil es Winter war. Weil die letzte Schlacht um Berlin sich hier abgespielt hatte. Eine Feuerwand hatte rund um den Zoo gelodert. Hunderte von Tieren waren neben den Soldaten gestorben. Mitunter hatten die Männer selbst sie mit der blanken Waffe erledigt. Ein Soldat hatte den Gorilla Pongo in dessen Käfig mit dem Bajonett getötet. In Panik war ein Elefant trompetend über die Bürgersteige des Kudamm entflohen ... Nilpferde hatten sich gerettet, indem sie unter Wasser blieben. Andere hatten versucht Gräben zu graben. Ein Tapir war erfroren.

„Nach der Kapitulation", erzählt der Ehemann, „haben Leute ein Wildschwein, einen Affen und überlebende Paviane entwendet, um ihnen das Fell abzuziehen und ihr Fleisch auf dem Schwarzmarkt am Landwehrkanal anzubieten. Andere haben ein Dromedar abgedeckt. Derjenige, der den Höcker erbte, hat sich gewundert, daß er nur Wasser in seinem Suppenteller fand ... Man hat Büffel zum Enttrümmern angespannt. Alle Bäume, die von den Bomben verschont worden waren, sind später in Stücken in die Wärmeöfen gewandert. An ihrer Stelle haben die Leute Kartoffeln gepflanzt."

„Anscheinend konnten etwa hundert Tiere geschützt werden," sagt die Ehefrau, „ein Helmkasuar, ein japanischer Storch, eine Giraffe, ein chinesischer Alligator, ein junger Elefantenbulle aus Siam: sie sind in anderen Zoos der Welt aufgenommen worden."

„Ist es eine Illusion?" fragt der Mann. „Was überdauert hat, ist der Geruch. Der hartnäckige Geruch. Der Raubkatzen. Tot oder lebendig? Früher ging ich gern hier spazieren. Ich bewunderte vor allem einen Jaguar, oder vielmehr einen Panther. Freigelassen, hätte er mit einem Satz die Welt übersprungen!"

„Sein Blick ist vom Vorübergehn der Stäbe / so müd geworden, daß er nichts mehr hält. / Ihm ist, als ob es tausend Stäbe gäbe / und hinter tausend Stäben keine Welt!"

„Von wem ist das?" fragt der Mann.

„Von Rilke", sagt seine Frau.

„Hatte ich vergessen … In letzter Zeit habe ich kaum Gelegenheit gehabt, die Dichter wiederzulesen. Und außerdem hätte ich Angst, sie zu wiederholen."

„Mitten in dem Nachplappern, das in der deutschen Poesie an der Tagesordnung war, besteht diese Gefahr für dich wohl kaum …", sagt sie.

„Erinnerst du dich an Hans Albers, der sang: ‚Mein Gorilla hat 'ne Villa im Zoo'?" fragt er. „Das war 32 oder 33. Er hat sie nicht sehr lange bewohnt."

„Da war ich ein bißchen jung …", sagt sie.

Seine Frau hatte sich bei ihm eingehakt. Er sah eine Weile ihr Profil an, ehe sie es merkte und ihm fragend ihre Augen zuwandte … Er sah sie oft gerne heimlich an. Um was aufs Korn zu nehmen? Das Leuchten der Liebe? Die Aura des Glücks? Die Wundmale des Leids? Nein, wessen er sich so gern vergewisserte, war das Vertrauen, das diese Züge bestätigten. Vertrauen in die Welt. In die Zukunft der Welt. Und sogar in ihn, ihren alten Ehemann.

Also weiterleben. War es möglich? War es nötig? War es wünschenswert? War es anständig? War es erlaubt?

Da waren nur ein Mann und eine Frau, die zusammen in einem Ruinenfeld spazierengingen. Nichts hatte sie dazu prädestiniert dieses Melodram zu leben. Nichts – außer allem. Nichts forderte sie auf, jetzt etwas anderes zu leben. Nichts – außer allem, wiederum.

Den alten Mann überkam eine leichte Trunkenheit. Ihm war, als gärte sein Blut wie Alkohol. Ihm schien, als geschähe in ihm und sogar um ihn herum gleichsam das absolute Gegenteil dessen, was fünf Jahre lang hier vorgegangen war. Ein lebendes Dementi. Hätte er es erklären müssen, hätte er gesagt: Es ist, als bekämen wir wieder mehr Zeit als Raum. Nachdem wir uns im Todesraum zerstreut haben, werden wir wieder ein wenig Zeit vor uns haben. Das strömte tief in ihn hinein und machte großes Getöse. Ein Windstoß Ewigkeit schüttelte ihn. Er mußte sich auf den Arm seiner jungen Frau stützen. Diese dumpfe Freude, diese blinde und dumpfe Freude, dieser verhaltene Jubel setzte ihm hart zu, zerrte ihn hin und her, verschlug ihm den Atem.

Diese Ruinen rings um ihn repräsentierten die Menschen, die sie verraten hatten, die zu beschützen sie unzureichend gewesen waren. Aber trotz der Ruinen waren es noch Menschen, denen man hier begegnete.

Wie oft, dachte der alte Mann, haben wir doch geglaubt, alles wäre verloren – durch unsere Schuld und auch ohne daß wir dafür verantwortlich waren –, und nun war es diesmal noch nicht soweit. Dieses Mal war man noch davongekommen, und es war das einzigartigste Mal – das „unverdienteste“ nämlich –, und es wurde Zeit, murmelte der alte Mann. Denn das Unglück kann eine schlechte Angewohnheit werden, die einen am Ende verblöden läßt.

Hier müssen wir uns begegnen, hätte er am liebsten zu Ilse gesagt, als stünde diese Begegnung noch aus, hier, inmitten der Ruinen, weil alles sich hier begegnet. Und wenn dies geschieht, so weil wir entschieden ein Recht darauf hatten. Man wird Anstoß daran nehmen, wenn es uns gelingt. Man müßte noch mehr Anstoß daran nehmen, wenn es uns nicht gelänge. Aber die Menschen haben sich eben ein Los ersonnen, in dem nichts so sehr Anstoß erregt wie die Schuld, es sei denn die Unschuld.

Eine Frau, die einen Kinderwagen vor sich herschob, wagte sich auf das Eis eines Teiches. Einen Kinderwagen, in dem ein lebendes Kind lag. Häufiger als für lebende Kinder hatte man sich auf der Flucht der Kinderwagen zum Transport von bereits toten Kindern oder von allem, was man hatte, bedient: Hühner, einen Schinken, Familienschmuck, ein Sparbuch, ein Messer … Als wären sie zuerst für diese Nutzung bestimmt.

Bald würde man mehr und mehr Frauen so auf dem gefrorenen Wasser des Halensees, Lietzensees und Wannsees spazierengehen sehen. Jungen würden sich in den Wilmersdorfer Anlagen Schneeballschlachten liefern. Die Zeit würde vergehen, und an den ersten schönen Tagen würde man eben hier, im Zoo, junge Berlinerinnen sich auf die eingestürzten Treppen des Elefantenhauses setzen sehen, um ihr Gesicht mit geschlossenen Augen der Sonne darzubieten. Noch einige Zeit darauf würde man in einem Käfig einen Tiger aus Sumatra oder einen japanischen Storch, Goldfasane, einen Helmkasuar bewundern können.

Um die Ruinen zu beleben, würde man von einer Kirchturmspitze zu einem Glockenturm die Trosse der Barclays, der waghalsigsten Seiltänzer der Welt, oder das Trapez der Brüder Sarrasani spannen.

„‚Leben ist Brückenschlagen / über Ströme, die vergehn'", zitiert Ilse Kaul.

Ich, denkt der alte Mann, ich bin der Kieselstein, den der Strom mitreißt, hin und her wälzt, abnutzt und glättet. Du, meine Frau, du bist der Strom.

„Liebt der Kiesel den Fluß, der ihn mitreißt?" fragt die Frau.

„Wenn das keine Liebe ist, was dann?" fragt der Mann. „Nur so kann man leben: indem man der Strömung nachgibt, indem man sich an Lichtgrannen klammert. Unter Wasser schreit der Stein, er jubelt noch dem Leben zu. Meine Biographen werden das wahrscheinlich eine Vernunftehe nennen."

„Und sie werden nicht ganz unrecht haben …", sagt die Frau.

„Komm jetzt", sagt der Mann. „Laß uns nach Hause gehen. Sogar die Zeugen dieser kriminellen Welt sind jetzt vielleicht zur Ruhe gekommen."

Berlin, 1956

Die letzten Worte

Den Nacken tief in den drei Kissen, die man ihm, gegen das Kopfbrett des Bettes, untergeschoben hatte, heuchelte er Interesse für die Fotos, die an seinem siebzigsten Geburtstag im Hotel am Steinplatz aufgenommen wurden. Salzlose Diät. Weder Bier noch Zigaretten. Pro Tag nichts als ein Glas von diesem Rotwein, den er nie gemocht hatte. Doch er durfte die Besucher nicht vor den Kopf stoßen, die ihm die Bilder aus der jüngsten Vergangenheit mitbrachten, die noch in alle Gedächtnisse gemeißelt war.

Er mischte sie wie Karten auf dem Federbett, aus dem er herausragte wie ein Seehund auf einer Packeisscholle. Bald jedoch fesselten Einzelheiten seine Aufmerksamkeit. Was offenbarten diese Aufnahmen denn, was er im Augenblick des Geschehens nicht gesehen hatte? Da ist Oelze, der langjährige Gesprächspartner mit dem Gesicht eines spanischen Asketen. Walter Lennig. Franz Tumler, der nicht umsonst wie ein Satyr dreinschaut. Max Niedermayer, der schöne Verleger, dunkel und verhängnisvoll, den man gern in einer Hollywoodserie den Golfmeister und den *lady-killer* spielen sehen würde. Außerdem sind seine Frau und seine Sekretärin und amtierende Geliebte nicht weit, die ihm unruhige Blicke zuwerfen ... Hans-Egon Holthusen, der auch nicht schlecht aussieht, wirkt vergleichsweise ein wenig wie ein Bayer auf Besuch ... Und das da, wer ist das? Kenn ich nicht. Während des Cocktails sind Leute vorbeigekommen, die nicht eingeladen waren. Aber es war so vorgesehen. Erst beim Abendessen war man wieder zu zwölft. Ilse mit ihrer majestätischen weißen Strähne; das ist Mode, aber wie elegant sie sich ihr doch unterwirft. Und außerdem Nele, die nie ohne bange Erwartung nach Berlin zurückkehrt, um ihren alten Vater zu besuchen. Seinetwegen oder Deutschlands wegen? Thilo Koch. Wer von diesen Kerlen plant wohl, meine Biographie zu schreiben? fragt sich der Dichter, denn sie werden mich alle überleben. Vielleicht alle. Ein so schönes Thema, nicht wahr? Das so viele verschiedene Interpretationen zuläßt ... Jedem seine Version der Tatsachen, und der Teufel mit allen. Jedem seinen Gottfried Benn.

Was für stattliche Erscheinungen sie alle waren. Man hätte meinen können, sie probten nach den strengen Anordnungen eines unsichtbaren Regisseurs ein Stück. Außer dem Jubilar selbst, der mit elefantenartiger Anmut vor dem Büffet und unter den Kronleuchtern herging. Er hatte seine Karten gut verdeckt. Trotzdem hatte sich diese Generation, und sogar die folgende, um *ihn* geschart. Diese Welt, die alles getan hatte, um sich zu beseitigen, hatte noch einige schöne Reste. Ilse zeigte ab und zu das gezwungene Lächeln derer, die sich ihr Teil denkt. Wie das einer Frau, die befürchtete, in Kürze verlassen zu werden. Sie irrte sich nur halb. Doch es gibt Verlassen und Verlassen.

Es sind nur zwei oder drei Porträts dabei, auf denen ich gütig aussehe ..., denkt er. Sollte ich es wahrhaftig nicht öfter gewesen sein, als es sich gehört hätte?

Mehr als alle anderen fällt ihm plötzlich dieses Foto von der Tafel auf, als sich noch niemand gesetzt hat, falls nicht alle schon aufgestanden sind, aber nein, es ist gedeckt, die Teller sind leer, die Kerzen brennen. Als wäre kein Gast gekommen. Vielleicht sind alle in einer Katastrophe umgekommen. Oder haben sie lieber im letzten Moment zur selben Zeit anderswo jemanden gefeiert? Wahrscheinlich brennen diese Kerzen umsonst, zu Ehren eines noch unbekannten Dichters herunter?

Klar ist jedoch, daß der Held dieses Geisterfestes in diesem Jahr sterben wird.

Vergessen Sie nicht die Blumen ... Vergessen Sie ja nicht die Blumen!

Er war so wenig der Richtige dafür ... So wenig, daß er sich bei dem Entschluß, seine Freunde zum 2. Mai 1956 in ein

Charlottenburger Hotel einzuladen, die Mühe machte, genau anzugeben: „Dies ist eine richtige Einladung. Anzug beliebig." Man hätte an einen Scherz glauben können. Er war aber so wenig zum Scherzen aufgelegt, daß er im voraus offen all jene bedauerte, die an dem Tag um ihn sein würden: „Sie werden ja sehen: es wird ein schrecklicher Tag, eine qualvolle Stunde, die wir gemeinsam hinter uns bringen müssen ..."

Er war so wenig der Richtige für diese erste und letzte Feier.

Vergessen Sie nicht die Blumen auf der Tafel ...

Ein Fest also, mit ihm, der nie eingeladen hatte, als Mittelpunkt: wie hätte er auch, wo er eine Zeitlang sogar in seiner Arztpraxis gelebt hatte und immer noch die zwei oder drei Zimmer eines mit Büchern und Manuskripten vollgestopften Erdgeschosses bewohnte, in dem er sich ohne jene Gewandtheit bewegte, die Gastgeber ausmacht, die diesen Namen verdienen? Dann lieber in einem Hotel, Ecke Uhlandstraße, und dort ein dreitägiges Fest vom 1. bis zum 3. Mai, den 1. mit Ilse, den 2. mit seiner Frau und seiner Tochter, den 3. in der Gesellschaft seiner Frau, seiner Tochter und seiner Freunde an einem neutralen Ort, einem Hotel seiner eigenen Stadt, in der er die meisten Jahre verbracht und mehr das Schlimmste als das Beste erlebt hatte, jedoch einem Ort ohne Bezüge und Erinnerung, damit die Vergangenheit nicht überlagernd eingreift, den Ablauf der Zeremonie nicht stört. Indes würde der Dichter jene brüderlichen Schatten nicht verbannen, sondern nur in seinem Innern, im Schoß der Erinnerung aufnehmen, während die Gäste ringsum nicht einmal etwas von deren Anwesenheit ahnten und ihren Einfällen freien Lauf ließen und über die Zukunft Deutschlands, die Erschütterungen der Geschichte, die Unordnung der Welt spekulierten und einander ihr Erstaunen darüber anvertrauten, daß sie alle miteinander hier waren, um den zu feiern, der in ihren Augen all das auf einmal am besten ausgedrückt und sogar verkörpert hatte.

„Einmal, als ich ihn zu Hause besuchte, war es so kalt: das war während der Blockade ..."

„Ich sehe ihn nur noch in dem Lokal an der Ecke der Bozener Straße, Sie wissen schon, im Dramburg ..."

„Ach ja, da habe ich ihn letztesmal auch getroffen ... Er sprach über *Unter dem Vulkan*, Sie wissen ja, dieses Meisterwerk eines Engländers, der sich in Mexiko zu Tode säuft. Oder ist es etwa umgekehrt?"

Das letzte Mal, als ... Das letzte Mal, als er ... Ihr wißt gar nicht, wie recht ihr habt, meine lieben und bewundernswerten Freunde, würde er denken: es ist vielleicht das letzte Mal, daß ihr in bezug auf mich „das letzte Mal" sagt. Es ist wunderbar großherzig von euch, daß ihr euch hierher bemüht habt, um den alten Gauner zu ehren, und es ist wunderbar naiv von euch, daß ihr nicht ahnt, daß er dabei ist, unter euren Schafsaugen zu verrecken. Dies ist das Ende der Safari. Ich konnte euch allerdings nicht zu mir nach Hause einladen, denn weder der Arzt noch der Dichter haben in ihrem Gemeinschafts- und Doppelleben genug verdient, um euch in einem Schloß mit Garten, Freitreppe, Säulengängen und Balustraden zu empfangen. Das stand fest: man würde nie, auf keinem Foto, einen dieser Schriftsteller darstellen, die zu Lebzeiten Legende geworden sind, nobilitierbar, wenn nicht nobilitiert, die ihre Gäste mit sehr einstudierter Lässigkeit an eine Säule gestützt oben auf einer Marmortreppe begrüßen in einem dieser gewissermaßen mythischen Wohnsitze, deren Abbildung man sogar in Schulbüchern findet: Goethe in Weimar, Tolstoi in Jasnaja-Poljana, Maeterlinck in Orlamonde, Gide in Cuverville, Thomas Mann in München, Küßnacht oder Pacific Palisades, Mauriac in Malaga. Axel Munthe und d'Annunzio man weiß nicht mehr, wo ... So viele Orte, an denen der Geist geweht hatte. Für ihn die Räume ohne Treu und Glauben. Seine einzige Bleibe: ein paar Gedichte unter offenem Himmel, bei schlagenden Türen. (Er veranstaltet einen Empfang, hatte seine Frau gedacht, er, der nie etwas besessen hat, nicht einmal ein Portemonnaie!) Er würde also nur hierher einladen, in ein Hotel Ecke Steinplatz und Uhlandstraße, in beliebigem Anzug, zwar ein wenig geziert, eingeschüchtert und sich fast entschuldigend: „Sie haben sich also verpflichtet gefühlt zu kommen? Was für eine Last, nicht wahr? Sie werden es mir doch nicht nachtragen? Sie werden den totlangweiligsten Abend Ihres Lebens erleben ...“ Mein Gott, hoffentlich sind wenigstens die Blumen nicht vergessen worden.

Verharren der Bilder hinter den schwerer und schwerer werdenden Lidern. Er sagt, er würde seinen siebzigsten Geburtstag feiern. Als ginge es nur darum. Wer würde ahnen, daß er tatsächlich siebzig Jahre Überleben festlich begeht, davon zehn Jahre Auferstehung – mindestens – in diesem Land, dessen Schicksal er sich im schlechtesten Moment anschloß, und in dieser Stadt, deren Verfall er teilte und liebte?

Solange er zurückdenken kann, war er immer erschöpft. Alles, was er Gutes gemacht hat, hat er trotz dieser Übermüdung gemacht. All seine Irrtümer sind aus dieser unendlichen Müdigkeit hervorgegangen; all seine Fehler sind von ihr genährt worden. Wie hat er so lange durchhalten können, obwohl er diese Bürde im voraus ermatteten Fleisches mitschleppen mußte, diesen Körper, der mit einem Schlag, wie das mit dem Bad ausgeschüttete Kind, von der Kindheit in das Alter übergegangen war? Hätte er sich nur einen einzigen Tag unverbraucht, unvergänglich fühlen können! Es ist schrecklich, denkt er, aber man macht sich falsche Vorstellungen vom Leiden: am Ende erweckt es keine Gefühle mehr, sondern stumpft einen ebenso sicher ab wie Wein und betäubt einen wie die Einsamkeit und die Kälte. Sein Leben lang: diese Mischung aus unentwegtem Schuften und paradoxer Faulheit. Die Müdigkeit ist immer nur der Beginn des Todes, dessen Auftakt.

Sehen Sie ihn doch an. Schauen Sie sich noch einmal diesen Kopf eines pommerschen Metzgers oder Delikatessenhändlers an. Eine Hirnschale, die gespeicherten Schmerz umschließt. Warum überrascht man ihn – wie seine Frau eben zum großen Amüsement der ganzen Gesellschaft erzählt hat – manchmal in seinem Arbeitszimmer beim Lesen eines Buches, ohne daß er sich die Mühe gemacht hat, seinen Hut abzunehmen?

Wahrscheinlich nicht, weil die meisten Bücher, die man heutzutage lesen kann, wie er behauptet, nicht der Mühe wert sind, daß man den Hut vor ihnen zieht! Er ist nahezu kahlköpfig. Die Haare der Melancholie wachsen unter seinem Schädel, und er kämmt sie fern von jedem Spiegel. Er bemüht sich, wie er selbst sagt, nur „ein kleiner ganz sauberer Greis“ zu bleiben. Er ist dick, gleichsam schwanger mit dem mißratenen Heiligen, den er in sich hat. Er ist häßlich. Seine Schönheit ist nicht von dieser Welt. Wer verbirgt sich hinter diesem gealterten Seraph? Ein grausamer, aber sanfter und geduldiger Wortkunsthandwerker, der Eroberer eines neuen Kinderplapperns.

Berlin ... stammelte er, als wollte er die Hölle auf Erden mit einem zärtlichen Wort beschwichtigen. Er trug die Sünden der Welt mit sich.

Mähmaschine der Erinnerungen, Schrotmaschine des Vergessens, Maschine zum Lebendigsein.

Er betrachtet wieder die Fotos von dem Empfang.

Dieses dreitägige Fest hat ihn mehr mitgenommen, als man glauben mochte. Die offizielle Würdigung in der Amerika-Gedenkbibliothek. Ein Schauspieler hat Gedichte gelesen. Man mußte sich auch die alles übertreibende Rede eines Senators der Stadt anhören. Dann hat er sich bedankt. Kurz. Er hat gemeint, das Blut wiche aus seinen Adern. Er hat gespürt, wie er leichenblaß wurde. Er hat gedacht: Hoffentlich merken sie nichts. Ilse würde er natürlich nicht hinters Licht führen, ihre weibliche und ärztliche Wachsamkeit nicht täuschen können.

Die Blumen? Ein Ablenkungsmanöver. Eine Tarnung. Um etwas von diesem Körper, dieser Fleischmasse zu verdecken: Fett, Muskeln und Sehnen, Eingeweide und Säfte waren in ihrem Versteck verdorben, krank. Ein Sack weggezaubertes Leiden. Seinem Schicksal überlassenes Fleisch.

Feierlich stellt er sich mit einem Glas in der Hand mitten im Salon auf. Um einen Arm zu finden, für den Fall, daß er zusammenbrechen sollte. Ahnen sie, daß er, den sie ehren, und der ein wenig durch Zufall und nicht ohne Paradoxie, einer der Dichter war, den dieses Jahrhundert im Gedächtnis behalten wird, ja, erraten sie, daß er bereits nur mehr ein fülliges Gespenst ist? Ein im Stehen verschimmelter Parzifal. Und dann dieses Genie, von dem in den offiziellen Ansprachen wieder die Rede war, wobei er wohl merkt, daß man es nicht immer zu seinen Gunsten erwähnt, sondern eher als einen erschwerenden Umstand.

Wie viele von den Umstehenden wissen, daß es sich um eine Corrida handelt und daß am Ende ein von Empfindungen zerrissener Stier, der berauscht ist von den Schlägen, die er sich mitunter selbst zugefügt hat, stehend sterben muß, wenn er noch kann? Wer wird sehen, daß das Blut vergossen war? Dieser schale Geruch überall, von geronnenem Blut. Gut, daß der Duft der Blumen alles überdeckt. Eine gewisse unendliche Größe jedoch spielt ihm wieder übel mit, durchbohrt ihn, sprengt ihn auf wie einen Lederschlauch.

Nein, sie wissen es nicht. Sie wollen es nicht sehen. Sie sind aus Rücksicht kurzsichtig. Soviel hellseherische Kindheit wurde in jedem von ihnen vergeudet. Die deutsche Geschichte hat sie durcheinandergeworfen wie dem Sturm ausgelieferte Stare. Von ihnen sind nur Rohentwürfe von Seelen übrig. Das nennt man eine Generation.

Dieser Geruch nach Erbrochenem, woher kommt er? Von überall und nirgendwo. Gott hat auf uns gekotzt. Gut, daß der Duft der Blumen alles überdeckt.

Ringsum wird die Stadt wiederaufgebaut. Aber man könnte meinen, sie wolle, um wiederzuerstehen, zuerst ihre Zerstörung vollenden. Der alte Mann, der heimlich seine Tochter ansieht, denkt, daß er sie gerne von dem Empfang entführen und an ihrem Arm durch die Straßen Berlins laufen würde. Er hegt immer noch die unvernünftige Hoffnung, sie dazu zu bringen, die Stadt zu lieben. Er würde ihr gern ihre Geschichte erzählen. Sogar die Episoden, die er ihr schon zehnmal in seinen Briefen oder bei seinen Besuchen in Dänemark erzählt hat. Aufgrund was für einer seltsamen Identifikation war er bei diesem Kapitel nicht zu halten? Er würde seiner Tochter gerne zeigen, wie hier nur durch das Anhäufen von Ruinen kleine

Berge entstanden sind, und wie Gras darauf gewachsen ist und dann Birken und Heckenrosen. Am liebsten würde er ihr noch einmal die Blockade schildern, als wäre das nicht schon eine alte Kamelle, denn alles, was hier geschieht, wirkt immer so, als wäre es von gestern.

Verstehst du, würde er ihr sagen, es waren manchmal dieselben Flugzeuge, die zurückgekommen sind, oder sie sahen ihnen ähnlich, aber statt Bomben auf uns zu schmeißen, bombardierten uns die *Dakotas, Lancasters* und *Yorks* mit Lebensmitteln. Eine Sintflut von Fleisch. Milch- und Eipulver, Rosinen. Und um seine Solidarität mit der belagerten Stadt zu zeigen, hat Paul Hindemith nach fünfzehnjähriger Abwesenheit hier ein Konzert dirigiert ... Nele, wir sollten das Oberdeck eines Busses auf dem Kudamm besteigen. Die Äste der Bäume würden im Vorbeifahren die Scheiben streicheln.

Weißt du, Nele, daß das lange mit einem „alliierten Kuchenbackverbot" belegte Café Möhring endlich wieder aufmachen konnte? Würdest du dort gern einen Apfelstrudel mit Vanillesauce probieren? Er vergißt, daß das Kind, das er in seinem geheimen Innern befragt, heute eine Frau von vierzig Jahren ist.

Nicht darüber etwas zu hören, wäre dieser Frau wichtig, die nicht umsonst Reporterin geworden und vollkommen auf dem laufenden über die aktuelle deutsche Situation ist. Sie möchte lieber, daß er ihr seine kürzlichen Aufenthalte in der Schweiz, in Belgien – hat Brüssel sich verändert, seit es dich zu meinem Vornamen angeregt hat? – und die Kur in Meran schildert. Und daß er ihr dann von dem Erfolg berichtet, der als Krönung eines Lebenswerks gekommen ist, als man ihn nicht mehr erhoffte. Der Büchner-Preis. Ausgerechnet Büchner, Dichter und Arzt wie er. Expressionist mit einem Jahrhundert Vorsprung ...

„Wissen Sie, daß Benns Lyrik sogar in Doktorarbeiten an den Universitäten in Flandern, im Kanton Waadt, in Minnesota und Wisconsin analysiert wird?" fragt Oelze in die Runde.

„Das ist normal", entschuldigt sich der Dichter, „es gibt nur zwei Sorten von Schriftstellern: die einen, die wahnsinnig viel schreiben und wenige Kommentare hervorrufen, und dann die, die wenig schreiben, die man aber endlos deuten kann. Ich gehöre merkwürdigerweise zur zweiten Kategorie ... Wenn ich meine eigenen Verse wiederlese, die Gegenstand dieser gelehrten Auslegungen sind, und diese und noch andere lese, habe ich manchmal den Eindruck einer Verwechslung! Das ist mir zu hoch."

Das ist die süße Rache des Mannes, den ich kennengelernt habe, als er gebrochen war – und wie von einem Fluch getroffen, denkt Ilse Benn. Keiner der heute abend hier Versammelten hat indessen jemals an dieser Wende gezweifelt. Nicht einmal er selbst ...

Dennoch begreift er nicht, wie das gekommen ist. Lazarus weiß am schlechtesten über die Umstände des Wunders Bescheid. Deshalb vermischt er alles, wenn er sich bemüht, dieses Wiederaktuellwerden zu schildern: das Schicksal Deutschlands, das Los der ehemaligen Hauptstadt und Ereignisse, die ihn persönlicher betreffen ...

„Ich war sehr beeindruckt von der Art und Weise, in der Sie sich über Ihren Verzicht auf das ‚Wie' in der Lyrik ausgesprochen haben ..." erklärt Hans Egon Holthusen.

„Ja", erläutert der Dichter, „ich schätze es nicht, wenn man die Farbe irgendwie ankündigt ... Entweder ist man in der Metapher, oder sie existiert nicht. Wer ‚wie' sagt, betrachtet das Wirkliche zwangsläufig von außen. Er bleibt ein Voyeur ..."

Und plötzlich denkt er: Im Leben dagegen habe ich mich zum ewigen ‚Wie' verurteilt. Ich war immer nur der mehr oder weniger interessierte und melancholische Zuschauer der Metapher Welt ... Insgesamt war ich *wie* auf der Welt und *wie* am Leben. Aber der Schein trog.

Man könnte meinen, er wäre nur als Phänomen und Instrument der Erkenntnis auf diese Erde geworfen worden. Als Erdbeben und als Seismograph. Wunde und Skalpell. Melodie und Geige. Blutfinsternis und Lichtspeer.

Nun verteilt er die Fotografien auf dem weißen Laken sorgsam wie Patience- oder Tarockkarten. Das Rätsel, das sie bergen, rührt daher, daß sie nicht auf die Höhepunkte der Zeremonie verweisen – die Rede nach dem Essen, das Hereinbringen des Geburtstagskuchens, die letzten Gratulationen –, sondern auf ihre toten Punkte: die, an denen sich das Geschick dieses Festes jedoch entschieden hat, an denen die Wahrheit auf den Gesichtern der Gäste stand. Er ist verblüfft, soviel Wehmut im Blick seiner Frau und eine so ernste Zärtlichkeit in den Augen seiner Tochter zu lesen. Wie zerstreut er doch war! Er hatte sich in letzter Zeit dabei ertappt, daß er seine Launen und Gefühle nicht mehr denen seiner Umgebung anpaßte. Bald umarmte er den, der ihm nichts bedeutete, und bald schien er einen Nahestehenden kaum wiederzuerkennen … Mußte man das als Gleichgültigkeit sehen? Auf zwei oder drei im Mai aufgenommenen Fotos entzifferte er in seinem eigenen Blick – demselben, den er auf alle Anwesenden richtete – nur ein unklares Mitgefühl: wem und was galt es eigentlich? Wie ein Kapitän, der seiner Mannschaft dankt, ehe er mit seinem Schiff in den Fluten versinkt.

Ihm wurde klar, daß er die Ereignisse der letzten zehn Jahre mit dem Blick betrachten mußte, den der Fotograf im Hotel am Steinplatz am 2. Mai 1956 gehabt hatte: eher indiskret als verständnisvoll.

Er hat sich in das Dunkel des Arbeitszimmers geflüchtet, dessen Fenster auf den Hof gehen, in dem Hühner gackern. Sie stören ihn nicht, auch wenn sie hin und wieder die Melodien übertönen, die Richard Tauber im Rias Berlin singt. Es ist die einzige Botschaft, die von diesem Sommer, in dem er allein ist, zu ihm dringt. Er hat Ilse nach Griechenland fahren lassen. Ein Land, dem er so viele Seiten gewidmet hat und das er nie betreten hat. Nun hat er seine Frau an seiner Stelle hingeschickt. Weil sie noch jung ist und begierig, die Schönheiten der Erde zu entdecken. Als Pfand hat sie ihm einen kleinen Hund dagelassen, der ihn bald auf die Palme bringt und bald rührt. Diese Frau würde ihn dazu bewegen, jedes beliebige Lebewesen zu lieben. Heute wandert sie wahrscheinlich an der

Küste von Epidauros entlang. Oder an den Gestaden von Ägina, wenn sie nicht die Zitadelle von Korinth besichtigt. Sie begreift sehr wohl, daß es ihn nicht vom Bayerischen Platz fortzieht. Er lebt von seinen Erinnerungen an den *Kampf der Giganten*, den er einst im Pergamonmuseum in Berlin gesehen hat, diesen Jagdfries, auf dem Kolossalfiguren sich in einem wuchernden Dschungel in Krämpfen winden. Er hatte sich über die schwülstigen Übertreibungen des Monuments amüsiert, das es schlecht vertrug, von den Mauern eines Museums gefangengehalten zu werden. Das hatte keine Lust in ihm erweckt, hinzufahren und es sich aus der Nähe anzusehen. Fern von Griechenland hatte er jene Huldigung an Sparta geschrieben, in der er einen gewagten Bezug zwischen Macht und Schöpfung herstellte ... Da sieht man, wohin ihn sein Fasziniertsein von der antiken Kunst eine Zeitlang geführt hatte. Es war besser, sich an einem Sommernachmittag in der Bozener Straße 20 *Plaisir d'amour*, gesungen von Richard Tauber, anzuhören. Im übrigen war er dort, in Griechenland: er las, fern von Griechenland, das *Leben des Alkibiades.*

Einen Augenblick lang hat er den Kopf gehoben. Durch die mit einem Blumenmotiv durchbrochenen Gardinen heftet sich sein Blick auf die im Hof aufgehängte Wäsche, die im Wind wie ein Banner knattert. Was bringt mir eine derartige Lektüre, fragt er sich. Und er hat keine Angst hinzuzufügen: einige Monate, vielleicht, vor meinem Ende? Unterwarf er sich nicht nur einer kulturellen Hygiene? Aber was kann man, zehn Jahre nachdem die Stadt, in der man wohnt, halb dem Erdboden gleichgemacht wurde, für eine Lehre aus Alkibiades' Mißgeschick ziehen? Man müßte schon ein ziemlich verträumtes Wesen zur Schau stellen, wenn man hier Auskünfte herauspicken wollte, die für die Welt von heute, nach Auschwitz, nach Nagasaki, nach Jalta gültig wären. Ebenso wahr ist, daß Dr. Benn solche Bücher liest, wie andere sich im Radio die 13-Uhr-Nachrichten anhören: um „die neuesten Nachrichten" zu hören ...

Dennoch, Alkibiades ... Kein Tyrann der modernen Zeit ähnelt mehr diesem jungen Mann, der träge und kokett war wie ein Mädchen, vielversprechend, aber zart, rachsüchtig wie ein abgeblitzter Liebhaber. Zwischendurch hat er sich die Mühe gemacht, seinem Meister Plato den Kopf zuzuwenden, er, dessen Politik ein schallendes Dementi der Lehren des Weisen sein würde. Eine gute Gelegenheit, über die Unbeständigkeit des Denkens nachzusinnen, wenn nicht sein Unvermögen, das Verhalten des Tatmenschen zu diktieren! Wer könnte den noch jugendlichen Alkibiades beschreiben, wie er in den Armen des Philosophen seine eigenen Grenzen, seine Schwächen und die Treubrüche, die er schon ausheckt, beweint? Zwar kündigt Alkibiades weder Napoleon noch Hitler noch Stalin an, doch tatsächlich gleicht er der Geschichte selbst: eine in ihren Körper verknallte Schwuchtel, eine größenwahnsinnige Nutte …

Einerlei, wozu soll es gut sein, all das nachzulesen, während die Klagen, die Richard Tauber im Rias Berlin singt, sich in einem Schluchzen verdichten und lösen? Man würde sich ziemlich über den musikalischen Geschmack des Dr. Benn wundern, der Puccini und Sibelius dem *Wohltemperierten Klavier* vorzieht und für die Schnulzen schwärmt, die ein Leierkasten bisweilen in einem Hinterhof orgelt.

„Schade für Nietzsche, daß Benn nicht sein Zeitgenosse war! Der Dichter hätte den Philosophen geheilt!"

Der da gerade gesprochen hat, der alte Freund Oelze, war immer von der Medizin fasziniert. Aber so, als ginge es nicht nur um die Heil*kunst* …

„Der Dichter vielleicht", bemerkt Walter Lennig, „aber der Venerologe?"

Alles lacht.

„Der Venerologe hätte sich schwer gehütet!" sagt der Arzt. „Womöglich hat Nietzsche auch nie Syphilis gehabt. Sein Wahnsinn hatte tiefere Ursachen. Und was den Dichter angeht, so hätte er dem Verfasser des *Zarathustra* nur eine homöopathische Behandlung angedeihen lassen können … Stellen Sie sich vor, wir fingen an, die großen Genies zu behandeln und dann gegen das zu impfen, was manchmal die Quelle ihrer Inspiration ist: wir verdienten, als Scharlatane beschimpft zu werden! Gleichwohl fehlt uns eine biologische Geschichte der großen Künstler. Auskünfte über Hölderlins Größe, Goethes Blutdruck, die Allergien der Romantiker: das würde in zweckdienlicher Weise viele germanistische Doktorarbeiten ersetzen!"

„Fehlt Ihnen Ihre Praxis nicht, Herr Doktor?" fragt Max Niedermayers Sekretärin.

Das war wenigstens eine mitfühlende Frage ...

„Sagen wir, daß ich der Medizin jedenfalls nicht fehle! Und außerdem paßt es meiner Frau ganz gut: anscheinend habe ich ihren Patienten angst gemacht! Wir hatten nur ein Wartezimmer für uns beide, wissen Sie."

„In letzter Zeit kamen manche seiner Pseudopatienten nur noch, um seine Unterhaltung zu genießen! Nicht wahr, Herr Lennig?" sagt Ilse.

„Aber wenn ich mich auf den Behandlungsstuhl meiner Frau setze, dann um mir wirklich einen Zahn ziehen zu lassen", sagt der Arzt. „Sie hat immer bessere Geschäfte gemacht als ich. Seit dem unheilvollen Aufkommen der Antibiotika schwimmen die Spezialisten meines Fachs nicht im Geld!"

„Das gleiche gilt für die Zahnprothesen", entgegnet Ilse. „Die, die man gleich nach dem Krieg in die Münder geschraubt hat, sind leider unverwüstlich! Wir waren nicht vorausschauend ..."

Sollten sie ahnen, denkt Dr. Benn, daß man nie aufhört Arzt zu sein?

„Das Sonderbarste passierte nicht tagsüber in der Sprechstunde", sagt er, um seine Gesprächspartner nicht zu kränken. „Sondern beim Bereitschaftsdienst und bei den nächtlichen Besuchen des praktischen Arztes in fernen, zerstörten Stadtvierteln, die manchmal ohne Strom waren. Um den Kranken zu behandeln, der einen gerufen hatte, mußte man zuerst mit einer Taschenlampe zu ihm vordringen ... Das war ein regelrechtes Abenteuer."

Wo habe ich bloß gelesen, fragt er sich, daß der umherirrende Ewige Jude im Gehen liebte?

Ilse, denkt er. Nicht nur vor anderen von ihr oder mit ihr reden und mich mit Witzworten aus der Affäre ziehen. Ein Epithalamion dichten. Ihr sagen, was mir gestern einfiel und was ich dann vergaß, daß sie die letzte „Belle Alliance" eines Lebens war. Kein Tremolo hineinlegen. Versuchen, daß es nicht zu rührselig wirkt. Von ihren Händen, von deren Sanftheit und Flinkheit sprechen. Hände, die den Weg weisen und ebnen.

Er geht wieder einmal mit ihr in den Zoologischen Garten. Dort gibt es neue Exemplare. Einen erregten und eifersüchtigen Serval. Eine Surikate aus Südafrika, die posiert wie eine Stripteasetänzerin. Einen kraftlosen Panda, dessen Haltung so teuer ist, daß für die Kostendeckung gesammelt wird. Einen erstarrten Bison, der den Eindruck von Energie ausstrahlt, die für immer gegen sich selbst gerichtet ist. Und außerdem ein Paar sibirischer Tiger.

Der Leopard aus Java. „Unversehrt", möchte der Poet denken, als handelte es sich um denselben wie früher.

„Siehst du", sagt er zu seiner Gefährtin, „sie sind zurückgekommen."

Er hört ein Konzert von Hindemith im Radio. Des Nachkriegs-Hindemith. Konzertante Werke und *Harmonie der Welt*. Der Dichter dringt nicht ohne Rührung in den Wald von Tönen ein, in den das Genie seines Freundes ihn vorzeiten eingeführt hat. Er findet ihn wieder. Unverändert. Die Streicher rauschen und die Blechinstrumente funkeln wie einst. Es ist ein Wald, den keine Bombe bedroht hat ... Der Krieg ist an der Peripherie des Werkes vorbeigezogen. Nicht in dem Maße jedoch, daß der Ekstase, zu der die Polyphonie strebt, nicht entgegengewirkt würde. Man ahnt nur, daß es früher in mehr Licht getaucht gewesen wäre und sich zu einer barocken Euphorie hätte hinreißen lassen. Es ist, als fände es keinen Zugang zur Erhabenheit – sondern würde von den allerdings nirgendwo hörbaren Turbulenzen der Geschichte niedergehalten und bliebe im Prosaischen verhaftet. Es schwingt nicht mehr.

Man vernimmt nur die Merkmale einer guten alten Weltanschauung, die ein Reger nicht mißbilligt hätte. Hätte Goebbels es somit geschafft, ihn gegen seinen Willen sogar in Amerika und im Jahre 1950 zu zensieren?

Noch einmal Bilder dieses einsamen im Wintergarten der Bozener Straße 20 verbrachten Sommers, während Ilse Benn über den Peleponnes reist, sich für zwei entzückt und sich vornimmt, ihm bei ihrer Rückkehr alles zu erzählen, als habe er sie damit beauftragt, habe sie als Boten in diese dorische Welt geschickt, in der sein Geist so oft umhergeschweift ist ... Warum überprüft er seine Intuitionen nie an Ort und Stelle? Weil er nur ein Leben hat.

Bilder jenes Sommers, vielmehr Klänge. Die von Richard Tauber gesungenen Schlager. Warum berührten sie ihn so sehr? Sie sprachen so wenig von dem Menschen, der er war, von seinem Leben. Sie richteten sich nicht an ihn. Wie der Telefonanruf eines Kindes, das ihn einen Moment lang für seinen Großvater gehalten hätte. Oder das Winken einer schönen Unbekannten auf einem Bahnsteig, die beim Abschied sein am Fenster des anfahrenden Zuges erscheinendes Gesicht unter Tränen mit dem des Geliebten verwechselt hätte ...

Oft war das, was ihn am meisten rührte, nicht für ihn bestimmt, gelangte aber wie aus Versehen zu ihm. Was machte das aus? Irgendwie bewegte ihn gerade diese Verwechslung.

Er hört die *Schöne blaue Donau.* Diese Hymne an einen Fluß, der weder blau noch schön ist. Aber die Menschen müssen sich immer Geschichten erzählen. Oh, diese sanften und unbelehrbaren Träumer! Mehr unbelehrbar als Träumer, und mehr Träumer als sanft. Ein Glück, daß sie überhaupt noch träumen können, auch wenn es nicht um das Beste von ihnen und um die edelste Sache geht! *La valse triste* von Sibelius. Die *Pathétique* von Tschaikowsky. Warum genießt er bei den anderen so sehr das Pathos, das Melodramatische, wenn er es sich selbst so streng verbietet? Weil er, der Dichter, der die Kunst über alles stellt, eben nur von dem Leben sprechen kann, das jenseits des Lebens ist. Das ist seine Spezialität. Wie die Venerologie die des Arztes ist. Deshalb genießt er die Geschichten der anderen nicht weniger, jene Geschichten, die diesseits des Lebens sind. Die Geschichten, die nur Ähnlichkeit mit dem Leben haben: wie mit Ilse Benns Hund, „ihnen fehlt nur die Sprache" ... Er liebt jene Legenden aufrichtig, die nicht wirklich beschreiben, denn wenn sie es so ausdrückten, wie es ist, wäre es unerträglich anzuhören. Aber sie sind nötig, und Dr. Benn ist ein gutes Publikum: er ist froh, daß andere als er es übernehmen, Geschichten zu erzählen, zu erdichten, die ihn einlullen, ihm die Kehle zuschnüren, ihm sogar eine Träne entlocken, während die schrecklichsten Ereignisse, denen er beigewohnt hat und die den Kern seines Werkes befruchtet haben, ihm nicht einen Schluchzer entrungen haben. Das *Concerto de Varsovie* von Addinsell. Das *Ave Maria* von Gounod. *Terry's theme,* Musik von Charlie Chaplin. Um nichts in der Welt würde er das Radio abstellen. Bei dem, was ihn am meisten rührt, ist er seit mehr als einem halben Jahrhundert den Tränen nahe, der Arzt. Aber nur nahe. Daher dieser Ruf, kaltherzig zu sein, den man ihm nachgesagt hat, den man ihm wieder nachsagen würde, und der einhergeht mit dem eines erbärmlichen Musikliebhabers ... „Er war nicht musikalisch, merkwürdigerweise. Er liebte ein bißchen sentimentale Musik ..." Er hebt seine Tränen nur für kleine Anlässe auf, er scheint nur beim Anhören der Erzählungen und Klagen gerührt zu werden, die sich an ihrer eigenen Gefühlsduselei berauschen. Er hat in seinem ganzen Leben mehr Tränen über Mimis Tod in *La Bohème* vergossen als über die Leiden seiner Patientinnen und den Tod seiner Regimentskameraden. Jedesmal, wenn ihn ein Trauerfall ereilte, hat der Schmerz in ihm nur die sieben oder acht Silben eines unbearbeiteten Verses für ein in der Wüste seines Lebens verirrtes, verdurstetes Gedicht gestammelt, so wie manchen beim Liebesakt das Sperma angeblich ins Gehirn steigt. Man würde von Gefühllosigkeit sprechen – und er selbst hat es geglaubt. Um den Kern der Welt zu berühren, würde er anscheinend den Umweg um die

Welt gemacht haben. Er würde nur jenseits der Tränen geweint haben. Diese Tränen gehören nur zur Literaturgeschichte. Aus Versehen stehen sie manchmal sogar in Anthologien, da, wo man sie kaum anzutreffen erwartet.

Im Berliner Hochsommer atmete der Dichter beschwerlich. Er fragte sich, warum er in der Weise seine Fühler in alle Richtungen ausstrecken mußte: Alkibiades und Richard Tauber, die schöne Donau, Athen und Chaplin, um sich irgendeine Chance einzuräumen, im allerletzten Moment das Ordnungsprinzip, das Chaos der Welt zu verstehen. Um etwas anderes als falsche Goldklumpen in seinen Netzen einzuziehen. Er geriet bei diesem Spiel außer Atem, aber das war immer seine Methode gewesen. Manche sagten von ihm: Wissen Sie, daß er fast nichts liest? Und andere: Hätten Sie gedacht, daß er über alles, was erscheint, auf dem laufenden ist? In Wahrheit hielt der Dichter es nicht für seine Aufgabe, diese Erde wie ein Sonderberichterstatter abzugrasen. Er war nicht unterwegs auf Reportage. An ihm war es nur, einen Ton von Ewigkeit im Getöse eines Potpourris zu vernehmen. Das war immer so gewesen. Er mußte alle Register gleichzeitig ziehen: Alkibiades, Sibelius, Epidauros ..., um, sie kombinierend, endlich etwas zu verstehen und eine Weile der Angst zu entrinnen. Man hatte recht, ihn als Hans Dampf in allen Gassen zu sehen: er war nur ein Amateur des Universellen.

Er fragte sich bloß, warum es soviel Mühe erforderte, den Rhythmus dieses Wachtraums aufrechtzuerhalten. Warum jede Stunde seines Lebens, selbst die passivste, apathischste, ihn so mitnahm. Warum die Existenz so stierkampfähnlich für ihn geworden war. Er fürchtete, seine Wachsamkeit nachlassen zu fühlen. Es gibt ein Wissen, das den Menschen, der es verwahrt, nach und nach unter sich erdrückt. Es ist manchmal ein so erschreckendes kleines Wunder, eine Stunde mehr zu überleben. Doch die Steine von Berlin, die schöne blaue Donau, die Erinnerung an Warschau, der Staub, der auf dem Wege nach Argos an den Sohlen hängenblieb: an der Mischung von all dem – Trümmer, Herrlichkeiten, Schlamm –

war genug, damit man sich eingekreist fühlte, ganz auf seine Aufgabe konzentriert, noch zwei Gedanken zusammenzubringen.

„Und worüber werden Sie morgen zu uns sprechen, Herr Doktor?" fragt ihn Thilo Koch.

In der Tat müssen sie sich morgen rechts und links von einem Mikrophon und unter dem Auge einer Kamera in einem Studio des Senders Freies Berlin in Grunewald wiedertreffen. Wie heute abend, denkt der Arzt, wird es darum gehen, seinen Tod nicht auf seinem Gesicht zu tragen. Sich nicht zu sehr in Floskeln wie „in der Tat", „im Grunde" und „das heißt" zu verstricken ... Das wird das Schwierigste sein. Was das übrige angeht ...

„Ich nehme doch an, daß *Sie* mich nicht fragen werden, ob die Poesie das Antlitz der Welt verändern kann, oder ob sie imstande ist, das Leben zu verbessern?"

Thilo Koch lacht:

„Nein, Herr Doktor, ich weiß, daß Sie derartige Gemeinplätze nicht schätzen und kenne im voraus den Wortlaut Ihrer Antwort."

„Und werden Sie mich auch nicht auffordern, auf den Monolog zu verzichten und mich feierlich an die Nation zu wenden?"

„Mein Gott, Herr Doktor", sagt Thilo Koch, „wollen Sie etwa andeuten, daß man Ihnen bisher nie gute Fragen gestellt hat? Von mir haben Sie nichts zu befürchten, ich werde Ihre insulare Haltung in nichts antasten ..."

Meine „Insularität" ist es, die mein Leben verbessert, denkt der Arzt, soweit es verbessert werden kann. Und es ist wiederum mein Solipsismus, der sich an die deutsche Nation richtet, soweit natürlich, wie sich noch irgend etwas in mir an sie richtet ...

„Und außerdem werde ich Sie auch nicht noch einmal in die ewige Debatte über die Form und das L'art pour l'art verwickeln ...", fährt Thilo Koch fort.

Das ist vielleicht schade, denkt der Dichter, man wird nie

genug darüber reden, und dazu habe ich immer etwas zu sagen …

„Apropos, wußten Sie“, fragt Thilo Koch in die Runde, „daß sogar Bert Brecht eines Tages erklärt hat, die Angriffe auf den Formalismus erinnerten ihn ein wenig an das Gerede reizloser Frauen, wenn sie die hübschen Mädchen als Huren bezeichnen?“

„Sehen Sie wohl?“ fragt der Arzt. „Im Grunde waren Bertolt Brecht und ich uns im Wesentlichen immer einig.“

Alles lacht schallend. Der Dichter weiß nicht, ob aus ganz einsichtigen Gründen: es war nur halbwegs ein Scherz.

„Durch das Schlechtmachen des L'art pour l'art“, fügt er hinzu, „wird man es in Kürze geschafft haben, die Kunst als solche in Mißkredit zu bringen.“

Einen Augenblick lang weicht seine Müdigkeit dem Zorn. Oh, die Form, wie sie alle schikaniert hat! Wie alle sie verleumdet, gehaßt haben! Die Liebe, die wir für sie empfinden, wäre, wollte man ihnen glauben, verdächtig; sie würde immer, früher oder später, der ideologischen Perversion Nahrung geben. Als ich, in einem Schwindelanfall, von dem nationalsozialistischen Spektakel fasziniert war, geschah dies gewiß nicht aus Liebe zur Form! Eher war es meine Liebe zur Form, die mir anschließend die Augen geöffnet hat. Warum sieht man nicht, daß es jenseits unserer ästhetischen Freuden – derer uns zu schämen, wir aufhören sollten – nur darum geht zu entscheiden, ob das Leben lebenswert ist oder nicht? Nicht mehr und nicht weniger.

Mein Gott, fragt er sich einen Augenblick lang in Panik, warum habe ich das Angebot zu diesem Fernsehgespräch angenommen? Obwohl ich meine, alle Vorschläge immer abzulehnen, sage ich noch zu oft ja … Vor drei Monaten bin ich aus der Akademie der Künste ausgetreten. „Ich will mich nicht feiern lassen.“ Ich habe Niedermayer beschworen, keine Würdigung zu veröffentlichen. Ich wollte keine Pressekonferenz. „Keine Ansprachen und keine Blumentöpfe. Überlassen wir die Zeremonien den Feldmarschällen, Konzessionären und Filmproduzenten.“ Ich nahm mir vor, meinen siebzigsten Geburtstag in einer Landschaft zu verbringen, wo die Mimosen blühen ... Ein letztes Mal verteidigte ich mit Klauen und Zähnen das Monomane, beinah Lethargische und eindeutig „Bionegative" meiner Tätigkeit. Meine Krankheit selbst verlieh mir die Energie dazu. Und dann wurde mir eine Erlassung zuteil. Die Akademie hat mich gebeten, meine Abdankung als König Ohneland für mich zu behalten ... Und nun stehe ich hier, scheinbar aus dem Schneider, und trinke, sogar reichlich für einen Abend, inmitten meiner Familie und meiner großzügigen Freunde. Ich, der ich es so schätzen würde, zu schweigen, fange wieder an, Reden zu schwingen, die Worte zu benutzen, die nicht so leicht zum Gedicht werden, wie der Stier zur Kuh kommt ... Es ist widersinnig. „Lieber spreche ich über ... Berlin", sagt er laut.

„Wie bitte, Herr Doktor?"

„Berlin", wiederholt er. „Morgen würde ich gern vor allem über Berlin sprechen. Über die Friedhofsstille, in der die ehemalige Hauptstadt des Reichs endgültig herunterkommt, sich immer mehr teilt, während vor unseren Augen die Fata Morgana der Wiedervereinigung in die Ferne rückt. Die Bibliothek, in der ich gerne noch Bücher ausleihen möchte, liegt im Osten und ist für mich nicht mehr erreichbar ..."

Von nun an gibt es gleichsam eine Mauer, denkt er, die diese Stadt teilt. Wie könnte ich diesen Ort verlassen? Wo doch mein ganzes Werk diese Teilung postuliert, die des Seins selbst.

„Lassen Sie mich doch darüber sprechen, das kann ich noch sagen, ohne mein Denken zu verraten und ohne die Tatsachen zu verdrehen ... Ich gleiche dieser Stadt. Was ihr zugestoßen ist, ist mir auch passiert."

Und dann wieder Bilder jenes Sommers, den er allein in seiner Wohnung in Schöneberg verbracht hat. Man könnte meinen, daß die Situation sich oft wiederholt hat und daß seine Frau sich im Lauf dieser letzten zehn Jahre daran gewöhnt hat, den Arzt sitzenzulassen, um allein loszuziehen und in erotischen Gefilden und bezaubernden Landschaften umherzuvagabundieren ... Arme Ilse! Sie hätte einigen Grund, dieses Gedenken eines Mannes, den sie so umsorgt hat, ziemlich undankbar zu finden! Die Erinnerung nimmt keine Rücksicht auf Gerechtigkeit ...

Er schält eine Zwiebel, schneidet sie in dünne Scheiben, die er in eine kleine Pfanne legt, und mit etwas Butter auf schwacher Flamme dünstet. Das Dienstmädchen hat Urlaub, und er hat ein wenig kochen gelernt. Der Frieden, den er dabei findet. Die Träume, die er träumt, wenn er ein Ei im sprudelnden Wasser hüpfen sieht. Oder wenn er zusieht, wie ein Omelette in einer Pfanne brutzelt.

Er hält die Finger an die Nase und vergewissert sich belustigt, daß seine Hände nach Schalotten riechen. Dann sieht er sie an. Diese Söldnerhände, die zu allem zu gebrauchen gewesen waren ... Diese Pianistenhände, die die gesamte Klaviatur der menschlichen Tätigkeiten anschlugen. Seit kurzem sind sie allerdings von Rheumatismus verkrümmt. Er betrachtet sie respektvoll.

Er ißt in der Küche. An der sonnenbeschienenen Wand sieht er den grünen Schatten der Flasche zittern und den purpurroten des Weins darin. Dann den einer Hand, die anmutig um den Flaschenhals, um das Glas flattert, das sie füllt. Bald inszeniert er mit diesen Schattenspielen eine ganze Choreographie. Man könnte meinen, seine Hand öffne sich, wie um die Taube aufzunehmen, deren Botschaft sie empfängt ... Dann läßt er sie wieder auf den Tisch fallen. Hie und da die Sprenkel der Altersflecken. Sie scheint ihm das ganze Alter der Welt und die ganze Jugend, die noch in ihm ist, in sich zu vereinen. Jetzt dreht er seinen Stuhl zur Wand. Stilleben mit Stuhl und Flasche ..., denkt er. Die alle beide bald leer sein werden: zuerst die Flasche und dann, eines nicht mehr fernen Tages, der Stuhl selbst.

Apfelschnitze laufen in einer Kompottschale braun an. Dann verändert sich das Licht. Die Deckenlampe gibt eine so fahle Beleuchtung, daß man sie noch lieber ausmacht und seine Mahlzeit im Halbdunkel beendet. Doch nun handelt es sich um eine andere Mahlzeit, an einem anderen Tag. Einem Wintertag. Ein Rußhimmel haftet an den Gesimsen auf der anderen Seite des Hofs. Der Blick schweift über die Mauern, die Fenster, die Massen und die Farben, an die er sich gewöhnt. Es ist schwarz und gelb und bläulich. Das bewegt sich hin und her, das wirbelt. Es ist schön. Das Auge hat entschieden: es ist auf jeden Fall schön. Weil es noch lebendig ist. In einem Berliner Zimmer auf der anderen Hofseite tanzen Kinder miteinander. Wahrscheinlich haben die einen die anderen zu sich eingeladen. Ein Samstag- oder Sonntagnachmittag im Winter. Wahrscheinlich im Winter 1945, denn Ilse ist diesmal nicht weg, nein: sie ist ganz einfach noch nicht in das Leben des Schauenden eingetreten. Sie bereitet sich erst darauf vor. Könnte man doch noch einige Wintersamstage und -sonntage wie diese erleben, die einem zu Herzen gehen. Und sogar den folgenden Sommer. Im Sommer würde es rot und ocker sein, und die Kinder würden immer noch tanzen. Es würde schön sein. Es würde auf jeden Fall schön sein, weil Sommer wäre. Sommer über dem hier. Über allem. Über Berlin. Und der Schauende denkt schon, daß er vielleicht nicht mehr da sein würde, um zu schauen … Doch was macht es aus? Das wäre zuerst in ihm vorgegangen. Um dank ihm, außerhalb von ihm, ein wenig zu überleben?

Immer noch jener Winter, jener Winter vor Ilse Kaul. Manchmal wurde es Abend, und er machte nicht gleich die Schreibtischlampe an. Er schrieb im Schein des Schnees, der die Fensterscheiben milchweiß färbte. Er schrieb auf die Rückseite der am Morgen eingetroffenen Briefe. Nicht aus Geiz. Sondern aus dem Bestreben nach Konzentration. Vor allem mit den Worten, so schien es ihm, mußte man von nun an sparsam umgehen.

Und plötzlich strahlen die Kronleuchter über seinem Kopf. Nicht nur an diesem 2. Mai 1956 im Hotel am Steinplatz, sondern in Wiesbaden, in Genf, in Knokke-Le Zoute. Er wird nicht mehr ausgeschlossen. Eine Zeitschrift bemüht sich um ihn. Dann noch eine. Er wird aufgefordert, seine Schubladen zu leeren. Man veröffentlicht ihn in der Schweiz, man bringt ihn in Deutschland wieder heraus. Die Texte sind ja auch da, fertig und bereit. Bei manchen, im Krieg geschrieben, könnte man sich wundern, daß sie so genau die Gegenwart ankündigen. Berlin erkennt sich in diesem Berliner wieder, der seinen Rausch, seinen Fall, seine Wiedergeburt geteilt hat. Das alles beginnt genau in dem Moment, als die Blockade die eben zu neuem Leben erwachende Stadt einschließt ... Die Steppe dringt in sie vor. Flackernde Lichter. Ausfallende Heizung. Unzustellbare Post. Geschlossene Geschäfte. Man schlägt sich um Schweineschmalz, um Kaffee. Es sind „Thermopylen", denkt der Dichter. Wieder einmal gleicht das, was rings um ihn geschieht, dem, was er in seinem Innern erlebt. Die Blockade aller ahmt wie durch Ansteckung die des Dichters nach, der nicht mehr veröffentlicht wurde, der nur im Licht einer Paraffinlampe beharrlich weiterschrieb. *Statische Gedichte. Drei alte Männer. Die Stimme hinter dem Vorhang. Apreslude.* Die Leser lassen sich von den introvertierten Texten eines Alten fesseln, die sie nicht mehr erwarteten, die aber all die Fragen stellen, die sie erwarteten – auch wenn sie keine Antwort, keine Botschaft, keine Lösung anbieten. In diesem Bericht über einen hartnäckigen, unermüdlichen Exkurs eines Mannes auf der Suche nach seinem eigenen Ausdruck erkennen sich bald – Gott weiß, warum – Tausende wieder. Sie solidarisieren sich mit dem, der ihnen als Gegenleistung nur die tastenden Versuche eines falschen Blinden bietet.

Bevor man ihn las, wußte man nicht, wie sehr er fehlte. Er, der dachte, nur noch für sich selbst zu sprechen, befindet sich auf einmal im Mittelpunkt der allgemeinen Aufmerksamkeit. Er ist nicht im geringsten überrascht darüber. Ein bedeutender Literaturpreis. Eine staatliche Ehrung. Interpretationen im Ausland. Sogar jene, die ihn gestern noch mißbilligten, schweigen schlimmstenfalls. Jene seiner Generation, die sich wohl oder übel in ihm wiedererkennen, wie er sich mit ihr identifiziert: „Wir waren eine große Generation: Trauer und Licht." Und dann vor allem jene, die heute anfangen zu schreiben. Er ist einer der seltenen Menschen von gestern, auf den das Deutschland von morgen neugierig ist. Er wundert sich:

demnach wären seine Worte nicht wie Falschgeld für immer aus dem Verkehr gezogen worden? Dieser Ahnherr, der rittlings auf dem Jahr Null sitzt, einen Fuß in der Vergangenheit – das heißt in der Sintflut –, einen Fuß in der Zukunft. Halb vorsintflutlich, halb Prophet.

Er sieht die an diesem Abend Versammelten an. Zum ersten Mal. Manche kannten sich vorher nur dem Namen nach. Ohne sie, denkt er, wäre ich nicht hier; jeder von ihnen hat im gegebenen Moment oder in einem anderen etwas für mich getan, was mich am Leben erhalten hat.

Er denkt noch: Das nächste Mal, daß sie zusammenkommen, wird an meinem Grab sein.

Max Niedermayer, der mich veröffentlicht hat, als mein Name noch auf Index-Listen stand.

Walter Lennig, den ich immer im Dramburg treffe und mit dem ich seit einiger Zeit über meinen Vater spreche – den fundamentalistischen Pastor, den ich seit seinem Tod neu zu lieben lerne. Ich fühle, daß es vielleicht Zeit wird, mich in meinem Herzen ganz mit ihm zu versöhnen. Ich vergesse, daß er meiner Mutter keine Sterbehilfe gegönnt hat. Ich vergesse, daß Gott, wenn er aus seinem Munde sprach, nicht besonders liebenswert war. Ich lese die Bibel wieder, dieses großartige Buch für Kinder und Greise, und begreife besser, daß der Leser der Psalmen und des Buches Hesekiel weder den Umweg über Heine noch über Schopenhauer gemacht hat. Ich billige endlich, ich schätze es sogar, daß er weder eine Reproduktion von Caspar David Friedrich noch gar einen Gainsborough an die Wände des Elternhauses gehängt hat ... Warum hat mich das mit ihm entzweit, sogar gedemütigt, und warum rührt es mich jetzt? Warum schäme ich mich jetzt, das verachtet zu haben? Muß man alt werden, Herr seiner eigenen Taten und Fehlleistungen werden, um die bedauernswerten Irrtümer, die liebenswerte Ignoranz seines Vaters lieben zu lernen? Der, den man als Kind gekannt hatte, der mit einem Bart und einer von Moses übernommenen Eloquenz ausgestattet war, hatte später einem kleinen Greis und Liebhaber von Naschwerk Platz gemacht … Am Anfang zu groß; am Ende zu klein: finden die Väter denn nie das richtige Maß? Das Schwierigste im Leben ist, die Synthese seiner selbst zu gewinnen.

Eines Tages, als ich in der Kirche dem Erntedankfest beiwohnte und die Bäurinnen als Gaben ihre Weintrauben, Kürbisse, Lauchstangen, ihre Krüge voll Milch und ihre Asternsträuße brachten, die das Licht entflammte, sah ich meinen Vater einem Kater nachblicken und hörte ihn murmeln: Man müßte so werden wie er … Warum habe ich nicht mehr derartige Momente mit ihm geteilt?

Walter Lennig, dich habe ich bei einem Weißbier im Dramburg wohl mehr als einmal mit diesen Familiengeschichten angeödet. Ich kam immer als erster zu unserer Verabredung: um sich mit seinem Vater zu versöhnen, selbst posthum und über einen Vermittler, kommt man nie zu früh.

Walter Lennig, ich glaube auch, daß wir zusammenkamen, um gemeinsam zu „berlinern". Wir erinnerten uns an die Härte des Winters 1947, an die Blockade von 48, an die Währungsreform, an die Gründung der neuen Republik, das Ende der Rationierung, das Wirtschaftswunder und den geistigen Bankrott … Oder auch – was weiß ich –: an den Tod Stalins, an den aufsehenerregenden Skandal am holländischen Hof … Es waren echte Kneipengespräche. Ich spreche im Imperfekt darüber: wer könnte sagen, wie viele uns noch bleiben?

Manchmal, denkt Walter Lennig, ging er und setzte sich allein an einen anderen Tisch, um einen oder zwei Verse zu schreiben, einen dritten zu verbessern. Ilse holte ihn spät nachts ab, wenn er die Zeit und seine Müdigkeit vergaß. Sie trank ein Bier mit uns. Oft sagte sie nichts.

Ilse sieht ihren Mann verstohlen an. Sie sagt sich: Diesen alten Mann habe ich für das Leben gewählt. Bald wird er mich im Stich lassen: der Tod begeht den schlimmsten Ehebruch. Doch wie störend und tyrannisch wird er nach seinem Tod sein! Sie denkt weiter: Hoffentlich stört und tyrannisiert er mich genug.

Friedrich Wilhelm Oelze sieht den Arzt an, der mit Walter Lennig spricht. Der an seinen Vater denkt. Und Ilse, die ihren Mann beobachtet. Es fehlt nicht viel, und er empfände Eifersucht. Er hätte keinen Grund. Seit einem Vierteljahrhundert korrespondieren sie miteinander: die drei Frauen von Gottfried Benn und seine zahlreichen Freundinnen haben zusammen nicht so viele Briefe von ihm bekommen ... Aber vielleicht konnten wir uns nur schreiben? denkt Herr Oelze mit einem Anflug von Melancholie. Eines Tages habe ich in Bremen den Zug bestiegen und bin nach Berlin gefahren, um ihn zu treffen, ohne ihm meinen Besuch anzumelden. Ich bin in die Bozener Straße gegangen, aber ich habe nicht gewagt, an seiner Tür zu klingeln ... Im Zustand tiefer Verwirrung bin ich wieder in den Zug nach Bremen gestiegen. Jedesmal wenn eine Frau, die er liebte, gestorben war, hat er sich indessen an mich gewandt, hat er sich bei mir gegen den Skandal dieses Sterbens verwahrt – aber er wurde dann auch liebevoller, aufmerksamer zu mir ... Wie zu einer legitimen Frau, die man lange vernachlässigt hat und der man die Trennung von der Geliebten anvertraut. Um nichts in der Welt hätte ich zugelassen, daß dieser Mann mich aufgibt, mir verlorengeht.

Jetzt denkt der Arzt an Friedrich Wilhelm Oelze, aber ohne sich zu ihm umzudrehen, denn er fühlt den Blick des anderen auf sich ruhen, und Gott weiß, warum, stört ihn dieser Blick: um weiter an ihn zu denken, will er nicht, daß ihre Blicke sich begegnen. An Friedrich Wilhelm Oelze denkt der Arzt, während er seinen Blick auf Ilse Kauls weiße Strähne heftet, diese Aigrette, die unter den Kronleuchtern strahlt wie ein Attribut ihrer Hoheit. Dieser Mann, der heute abend hierhergekommen ist, um mich zu feiern, ist eben immer der Gefährte der Feiertage wie der der schwierigsten Tage gewesen. Wenn er wußte, daß ich in Not war, bei Kriegsende oder während der Blockade, hat er mich mit Kaffee, Rum und Zigaretten versorgt. Er hat nie einen meiner Geburtstage verstreichen lassen, ohne mir Blumen zu schicken – Tulpen oder weiße Nelken –, wie einer Frau.

Hat man an die Blumen gedacht? habe ich mich heute abend gefragt. *Er* hat immer daran gedacht. Aber im Alltag verkümmerte, verbrauchte sich unsere Freundschaft. Eines Tages habe ich mit dem innigen Wunsch, ihn zu sehen, den Zug nach Bremen genommen, und dort angekommen, fand ich mich blöd, und bin zurückgefahren, ohne ihn auch nur anzurufen. Ich gebe zu, daß das eine Affekthandlung war. Aber ich monologisierte seit so langer Zeit und hatte mich so gut an meine Autarkie gewöhnt, daß ich, als dieser Mann auf meinem Weg erschien, mir schrieb und eine Antwort erbat, dann forderte, beinah erschrocken war. Er war so wohlhabend, wie ich mittellos war. Dem gesellschaftlichen Spielbetrieb so fern wie ich selbst. Außer daß er der Nazipartei beitrat ... Ich habe ihm immer eine höhere Intelligenz als meine zuerkannt. Aber er schrieb nicht. Was mir an ihm gleich imponiert hat, war, glaube ich, daß seine Misanthropie meine noch übertraf. Und so kam es, daß dieser Mann das Wort an mich richtete und daß dieses Wort das meine wieder in Schwung brachte, befreite, sich ihm so gut anschloß, daß es mir bald unentbehrlich wurde. Bevor ich ihn kannte, wußte ich selbst nicht, wie vereinsamt ich war, wie sehr mir ein Echo fehlte. Wenn man sich seit langem der Einsamkeit seines eigenen Wortes in fetischistischer Weise hingegeben hat, kann man nicht erkennen, daß der Zweifel in einem ist wie der Wurm im Apfel und daß er nagt ... Kein Bezug mehr. Aus mit den Kriterien. Man weiß nicht mehr, wer man ist. Man hat seinen Schatten verkauft. Dann muß jemand kommen, der einen von dieser Monomanie heilt, muß einen tragen – sogar ohne daß man sich getragen weiß. Bewässert, wird der Boden des Gedichts wieder fruchtbar. Ich sollte der Dichter werden, er sollte der werden, der mit dem Dichter spricht, ihn herausfordert, ihn in die Enge treibt, ihn voranreißt ... Ich weiß nicht, warum die Rollen so verteilt wurden – denn es gibt Werke von mir, die er ohne Mißbrauch fast hätte mitunterzeichnen können. Sie verdanken ihm alles ... Oh, all diese Briefe, in denen wir Überlegungen zur Gedichtstruktur austauschten, in denen wir über „Technisches" sprachen, wie weit sie über ihren offenbaren Gegenstand hinausgingen, wie sie mich stärkten! Sie festigten nicht nur meine Meisterschaft, sie boten mir eine Zukunft. Unsere Schreiben gingen von zwei Strategien aus, die sich verbündet hatten, um denselben Gegner zu bekämpfen: eine gewisse Denkfaulheit. Es ist vorstellbar, wie gespannt derartige Beziehungen bisweilen werden können ... Das Geistige läßt kaum Kompromisse zu. Die sich entschieden haben, darüber zu diskutieren, schonen sich nicht, gestatten einander weder Schwäche noch Unbekümmertheit, verzeihen einander nichts. Der Geist fordert, er legt keinerlei Nachsicht an den Tag. Wie oft haben wir unsere Beziehung nicht beinah abgebrochen! Ich glaube, weil wir uns gegenseitig angst machten. Abwechselnd verlangte der eine zuviel vom andern. Dann ist die Brüderlichkeit nicht weit davon entfernt, Ähnlichkeit mit der von Kain und Abel zu haben.

Über das Privatleben dieses Mannes Friedrich Wilhelm Oelze weiß ich nichts, ich habe nie die Schwelle seines Patrizierhauses überschritten. Wir haben nur das Wesentliche ausgetauscht.

Zwölf bei Tisch. Hätte man den Kreis nicht erweitern können? In der Freundschaft erweist sich Blaubart als so treu! Gibt es irgend etwas, was die Freundschaft der Frauen an Reiz übertrifft?

Thea Sternheim, deren Spur man so lange verloren hatte, schreibt man wieder und resümiert zunächst die vorangehenden Kapitel des Fortsetzungsromans. Sollte die Aneinanderreihung der Tage nur eine Sammlung dargestellt haben, die ein von der vergehenden Zeit Besessener zusammengestellt hat?

Gertrud Zenzes kann man einleitend schreiben, daß für einen nichts leicht war und nichts wirklich gut verlaufen ist. Man kann sie dazu beglückwünschen, daß sie nach New York übergesiedelt ist. Gehört sie nicht zu denen, die immer wieder hochkommen? Nach dem Krieg hat man ein Care-Paket mit Nescafé, Ananas, Zigaretten, einem Schlips vom Broadway von ihr erhalten. In dem Elend, in dem man verkam, schien dieses Geschenk einen Zauber, aber auch eine fast unerträgliche Gewalt zu haben … Man mußte die Absenderin beschwören, nie wieder etwas zu schicken! Man erinnert sich an jenen Tag im Jahr 1935 in Hannover, an dem man sich getrennt hat: man ahnte nicht, daß es nicht für immer sein würde; man wußte nicht, daß es für so lange sein würde. Welche Verschwendung, womöglich? Aber demnach ist doch nicht alles verloren?

Da sind noch so viele andere Empfängerinnen: Lotte, Tilly, Ellinor, Ernestine, Erna, Astrid, Ursula …, mit denen man so, in einem prophetischen Ton über den Lauf der Dinge, das Fehlen jeden Schlüssels, der uns von dem Rätsel erlösen würde, die Verwirrung der Gefühle, den Zufall der Trennungen, die Notwendigkeit des Wiederfindens reden könnte … Nährt sich das, was an die Stelle der Liebe getreten ist, nicht aus einer unergründlichen Melancholie am Leben?

Nun erinnert er sich auch an Else Lasker-Schüler. Er hat sie vor mehr als vierzig Jahren kennengelernt. Seit mehr als zehn Jahren ist sie tot. Aber vor kurzem hat er im British Center eine Gedenkrede auf sie gehalten. Dabei ist ihm wahllos alles wieder eingefallen. Er konnte nie vorhersehen, wann er an sie denken würde, und er dachte nie zweimal in der gleichen Weise an sie. Winzig klein, aß sie nichts. Mittellos, machte sie sich in einer Art Überspanntheit noch ärmer. Sie nahm sich großartige Freiheiten heraus: das rettete und verschlang sie zugleich. An ihrem Arm abends über den Kurfürstendamm zu gehen, war ein regelrechtes Abenteuer, bei dem man staunte, daß man es überstand. Die Welt stand still: entweder er oder sie! Doch ihre Exzentrizitäten, ihre Zigeunerinnengewänder, ihr morgenländischer Schmuck, armseliges und kindliches Blendwerk, sollten sie nicht schützen. Eines Tages, einige Zeit nach dem Ersten Weltkrieg, hatte sie ihn beschworen, zu ihr in die Schweiz zu kommen, um mit ihr, wenn auch nur zwei Stunden an einem See (sie hatte geschrieben: „das Meer“ …) zu verbringen. Sie fügte hinzu, daß sie oft vor Müdigkeit weinte, einer Müdigkeit, die über jede Traurigkeit hinausging.

Er hatte nicht geantwortet, er war nicht hingefahren und

hatte sich nicht mit ihr die blühenden Kamelien im Tessin angesehen. Er war mit ihr über keinen See gefahren. Diese zwei Stunden, die er ihr nicht gewährt hatte, widmete er, der heute alte, gichtige Dichter, manchmal, ihrer gedenkend, jemand anderem.

Zum Gedenken an Else, die als erste seiner Poesie gelauscht hatte und ihn um seiner so wenig reizvollen und so starken Verse willen liebte, empfängt er freitags von vierzehn bis sechzehn Uhr und nach Vereinbarung die jungen Dichter Deutschlands.

Deshalb komplimentiert er diese netten Zeitstehler nicht mit höflicher Festigkeit hinaus. Deshalb entzieht er sich nie diesen Zusammenkünften. Womöglich auch weil sie nie zweimal gleich ablaufen? Und weil man weiter die Hoffnung hegen kann, einem dieser Besucher ein Geheimnis zu offenbaren, das man den anderen nie anvertraut hätte?

Er könnte sich über diese jugendliche Beachtung freuen. Er ist nur erstaunt, daß sein Werk die Ereignisse und seine Absonderung so wohlbehalten überlebt hat. Er wundert sich, daß kurz vor dem Krieg geborene junge Leute darin ein Studienobjekt sehen können …

„Aber ich bin nicht hier, um Ihnen meine Anfängergedichte vorzulegen", sagt der junge Mann, dessen Stimme ein wenig bebt. „Ich komme, um Sie zu fragen, warum Sie dem Aufkommen des Schlimmsten in diesem Land zugestimmt haben."

Bebt seine Stimme vor Angst oder vor Wut, vor Haß oder vor Traurigkeit? Wie lange hat der Unbekannte mit den feinen Aristokratenzügen diesen Schritt vorher durchdacht? Und diesen Satz, den er eben ausgesprochen hat, seit wann hielt er ihn bereit?

Natürlich, denkt der Dichter, das mußte schließlich ja kommen, daß es in der Menge einen gibt, der so mit mir spricht … Man kann sich die, denen man Rechenschaft ablegen soll, nicht immer aussuchen.

Er fühlt sich hin und her gerissen zwischen Müdigkeit –

hört das denn nie auf, wird es nie ein letztes Mal geben? – und einer Erleichterung, die ihn selbst überrascht: es wird immerhin einen gegeben haben, für den die Dinge nicht selbstverständlich sind …

Ja, dieser Störenfried, dieser junge Gerichtsherr würde ihn eher über die hinwegtrösten, die glauben, sie könnten mit der deutschen Dichtung einfach dort weitermachen, wohin sie 1933 gelangt war …

Aber die Müdigkeit überwältigt ihn: sollte es von tausend Chancen eine geben, daß man sich endlich überzeugend äußern kann? Man müßte nämlich weniger zu überzeugen trachten als – wie dieser junge Mann und mit ihm – die Wahrheit herauszufinden …

„Ich weiß nicht …", stammelt er. „Wir haben an eine wahre Revolution geglaubt. Leider war es tatsächlich eine, und Sie wissen ja, wohin alle Revolutionen führen …"

Der Gesprächspartner reagiert nicht. Für ihn ist das Wesentliche erreicht: man hört ihm zu. Dieses etwas lockige Haar … Diese mädchenhaften Züge … Klaus Mann! denkt der Poet. Diese Reinheit. Dieselbe Lebenskraft. Zuviel Reinheit, um den Krieg hinzunehmen. Zuviel Ungeduld, um sich mit der Art von Frieden, die folgte, abzufinden. Und wenn man bedenkt, daß der alte Mann nicht im entferntesten auf den Gedanken kam, diesen graziösen, diesen zarten Ordenskommandanten hinauszuwerfen. Weil er Klaus Mann wie aus dem Gesicht geschnitten war? Man wird ihn nicht einmal nach seinem Namen fragen. Wozu?

„Wissen Sie, Herr Doktor, ich bin nicht zu Ihnen gekommen, um Sie herauszufordern, um einen Prozeß durchzuführen. Das werden schon – vielleicht weniger wohlgesinnte – Inquisitoren übernehmen. Aber ich gehöre einer Generation an, die auf keine andere Wahrheit ein Recht hatte als auf die der Ruinen. Man wird uns nichts erklären. Es ist klar, daß *Sie* wissen – wie Ihre Deutung auch lauten mag. Aber Sie werden bald nicht mehr da sein. Wir müssen verstehen, in was für einem Land wir Ihre Nachfolge antreten werden. Ob es uns nun freut oder nicht, Sie sind einer der Unseren. Wir haben das Gefühl, daß Sie beim Heraufziehen des Nationalsozialismus gelebt haben, wie ein Drogenkonsument, der seinen ersten Trip unternimmt. Wir wollen von Ihnen nur, daß Sie uns die Reise beschreiben ..."

Die Entziehungskur interessiert diesen jungen Mann also nicht so sehr? Er hat recht: darüber habe ich mit Kommentaren nicht gegeizt ...

„Wissen Sie", sagt der Arzt, „wer Sie auch sein mögen, das könnte Ihnen auch passieren ..."

„Eben deshalb, Herr Doktor, weil ich das begriffen habe, bin ich hier."

Der Dichter bekommt einen roten Kopf. Er imponiert ihm, dieser junge Mann, es betört ihn, dieses Kind, das so besorgt darum ist, eine Unschuld wiederzuerlangen, die es indessen weder Gelegenheit noch Zeit hatte zu verlieren. Der alte Mann fühlt sich wie ein Zar, der seinem Sohn erklären müßte, daß dieser nicht vom Blut eines Königsmordes befleckt ist ... Er würde ihm gerne helfen, diesem jungen Mann, denkt der Arzt, ich würde ihm gerne weniger meine Unschuld als seine beweisen ... Aber eben dafür müßte ich mich doch ein wenig rechtfertigen?

„Wissen Sie, mit all dem habe ich mich in einem Buch auseinandergesetzt. Haben Sie es wenigstens gelesen?"

„Natürlich habe ich *Doppelleben* gelesen. Man kann nicht behaupten, Sie hätten eine ordnungsgemäße Selbstkritik abgegeben ..."

„Meinen Sie nicht, daß eine ‚vorschriftsmäßige' Selbstkritik, wie Sie sagen, für die, die sie vornehmen, oft nur ein überaus listiges Manöver darstellt, die Vorwürfe zu verhüten und glimpflich davonzukommen? Auf diese Weise behalten sie das Spiel in der Hand!"

„Und dieses ‚Spiel', falls es eines ist, werden Sie nicht spielen?"

„Wenn man, wie ich, ‚von den Nazis als Schwein, von den Kommunisten als Trottel, von den Demokraten als geistig Prostituierter, von den Emigranten als Renegat, von den Religiösen als pathologischer Nihilist öffentlich bezeichnet' worden ist, glauben Sie, daß man dann geneigt ist weiterzunörgeln?"

Ich kann meinem Besucher doch nicht mir nichts dir nichts beibringen, daß ich, soweit das, was ich getan habe, irreparabel ist, nicht so tun werde, als würde ich reparieren? denkt der Arzt. Dieser junge Mann muß so alt sein wie meine Tochter, als ich ihr das eines Abends in Hamburg mit anderen Worten gesagt habe, und seitdem sind ebenso viele Jahre vergangen: er muß genau in dem Jahr geboren worden sein, als ich mit Nele darüber sprach ... Zum letzten Mal, dachte ich. Er muß zwanzig Jahre alt sein, dieser junge Mann ... Er könnte mein Enkel sein. Und ich bin immer noch an demselben Punkt.

„Kennen Sie die Geschichte von Kurt Gerstein?" fragt der alte Mann. „Nein? Der Name sagt Ihnen nichts? Gerstein ist 1933, nachdem er, wie ich übrigens, in Marburg Theologie studiert hatte, in die SA eingetreten. Er war gläubiger Protestant. Ihn entsetzte bald die Art und Weise, wie die nationalsozialistischen Offiziellen über das Alte Testament sprachen. Nachdem er sich ihnen widersetzt hatte, zog er in Betracht, Medizin zu studieren, dann traf er eine Entscheidung, die langsam in ihm gereift war: der SS beizutreten, einzig und allein um sie zu unterwandern und den Alliierten die von ihr begangenen Untaten zu enthüllen ..."

„Die Strategie des trojanischen Pferdes ..."

„Eher die Löwengrube! Auf einmal war er in die Vorbereitungen zur sogenannten Endlösung der Judenfrage verwikkelt ..."

„Hat er keine Möglichkeit gefunden, sich dem zu entziehen?"

„Nicht gleich. Vergessen Sie nicht, daß er so wirkungsvoll wie möglich sein wollte. Einmal kompromittiert, konnte er ebensogut bis zum Letzten mitmachen, um das System zu entlarven ..."

„Wollten die Zuständigen bei den Alliierten ihn nicht empfangen?"

„Und ob! Sie haben ihn angehört. Sie haben ihm nur nicht

glauben wollen. Sie haben eine Falle befürchtet ... Es sei denn, sie hätten sich nur ungläubig gestellt? Manche meinten, sie hätten etwas Besseres zu tun, als die Gaskammern zu vernichten."

„Und dann?"

„Dann hat er sich dem Feind gestellt. Er hat 1945 in seinem Gefängnis in Paris Selbstmord begangen. Aber er ist trotzdem posthum von einem Entnazifizierungsausschuß stigmatisiert worden ..."

„All diese Verbrechen umsonst", sagt der junge Mann. Dann, nach einer Weile, fügt er hinzu: „Was für ein bis zum äußersten, bis zum Absurden getriebenes Beispiel ‚germanischer Ernsthaftigkeit'! Aber warum erzählen Sie mir das, Herr Doktor? Sie setzen Ihre Haltung doch wohl nicht mit der dieses Mannes gleich?"

„In Wehrmachtsuniform habe ich immer nur als Arzt gewirkt ..."

„Ja und? Sie sehen in Kurt Gersteins sonderbarem ‚Martyrium' doch wohl kein Vorbild, an das man sich hätte halten sollen?"

„Bedenken Sie, daß der Oberleutnant Gerstein nur aufgrund eines hochgradigen Realismus zu seiner Entscheidung gebracht wurde! Er hatte sogar die Möglichkeit gefunden, sein religiöses Ideal endlich mit seinem utilitären Anliegen, seinem unglaublichen Pragmatismus zur Deckung zu bringen ... Er wollte lediglich ‚den Schaden begrenzen', wenn man so sagen darf!"

„Indem er opferte, was nicht zu retten war?"

„Ja, und man kann die Opfer nicht zählen, zu deren Schicksal er selbst beitrug, indem er auf seinem Posten blieb. Die Geschichte sagt nichts darüber ... Sein Irrtum bestand in der festen Annahme, für feststehend zu halten, daß den Vertretern der Alliierten, die er sich als Gesprächspartner ausgesucht hatte, das Los von Millionen von Juden wirklich wichtig sei. Deren ‚Realismus' hat sich nicht mit seinem gedeckt. Gerstein wollte völlig vergeblich ein Doppelagent sein, der gleichzeitig für die Nazis und den Ewigen arbeitet ..."

„Gott nimmt es vielleicht nicht hin, daß man ihm mit Hilfe eines solchen Arrangements dient?“

„Nicht Gott hat Gersteins Plan scheitern lassen, sondern Menschen ... Wissen Sie, ich habe Ihnen das nicht erzählt, um die Zeit totzuschlagen oder um mich Ihren Fragen, die mich persönlich betreffen, zu entziehen. Ich möchte Ihnen nur folgendes klarmachen: wie die deutsche Schuld in diesem Krieg auch aussehen mochte, es gibt womöglich keine zwei Deutschen, die sie in genau der gleichen Weise auf sich geladen haben.“

„Ich bin aber nicht gekommen, Sie über die Kollektivschuld zu befragen, Herr Doktor Benn, sondern über die Ihre.“

„Meine Überzeugung – vielleicht ein fataler Irrtum – lautete, daß das Geistesleben das Beste im Menschen beansprucht und sich irgendwo über dem Getümmel abspielt ...“

„Ist das nicht heute noch ihr Credo?“

„Ja. Ich werde nicht mehr davon ablassen. Wenn eine entscheidende Idee die Gesamtheit Ihrer Handlungen bestimmt hat, ist es zu spät, eine andere zu wählen ...“

„Sie könnten also den gleichen Irrtum wieder begehen?“

„Ich sage doch: ich möchte nach der Gesamtheit meiner Handlungen beurteilt werden und nach den Zusammenhängen, die sie miteinanderverschweißen. Ich glaube natürlich nicht, daß ich den gleichen Irrtum noch einmal begehen würde. Aber vielleicht noch einen anderen: ich würde auf eine andere Art an der Gattung verzweifeln ... Das nennt man meinen Nihilismus, wissen Sie? Sind Sie auf dem laufenden? Ezra Pound hat eines Tages gesagt: ‚Spät, allzu spät habe ich sie gekannt die Traurigkeit. Sechzig Jahre war ich aus Stein, wie die Jugend ...‘ Sechzig Jahre! Können sie sich das vorstellen! Was für ein Glückspilz! *Meine* Traurigkeit ist sofort über mich hergefallen und hat mich nicht mehr verlassen ...“

Der junge Mann würde gern einwenden: Das ist keine Entschuldigung ... Aber er gibt die Polemik auf. Seine Hoffnung schwindet, den alten Mann ins Wanken zu bringen. Er hat nicht einmal mehr Lust dazu. Als hätte die Traurigkeit des

Arztes auch ihn erfaßt und würde nun alles überlagern. Doch der Arzt will die Großzügigkeit – oder eine vorübergehende Schwäche? – seines jungen Gesprächspartners nicht ausnutzen: sollte er sich noch nicht für quitt halten?

„Eines Tages, kurz nach Kriegsende, habe ich die Historikerin Margret Boveri besucht, die dem Thema des Verrats Tausende von Seiten gewidmet hat ... Mein Fall interessierte sie. Sie meinte, es gäbe Situationen, in denen man in jedem Fall verrät: entweder das Vaterland oder die Regierung oder die Menschheit oder Gott oder sich selbst ... Einzig der Held wäre derjenige, der sich im Verrat nicht irrt. Sie meinte auch, meine vorübergehende Verirrung 1933 wäre mir von meiner Rebellion gegen die Ideale der Aufklärung diktiert worden und gegen die Heuchelei, in der sich eine Zeit hervortat, die von der Schrecklichkeit des Lebens nichts wissen wollte ... Das war aufregend, aber ich habe mich kaum dabei aufgehalten ..."

„Warum nicht? Waren Sie enttäuscht?"

„Nein! Aber ohne es zu wollen, stellte sie mir eine Falle. Wie hätte das Leben mich nicht in Schrecken versetzen sollen? Wahrscheinlich hätte nur eines mir Straflosigkeit verschaffen können ..."

„Und das wäre?"

„Der Wahnsinn ... Es hat vielleicht nicht viel gefehlt, wissen Sie. Im Ersten Weltkrieg ... Wenn ich mich ein bißchen hätte gehenlassen ... Der Abgrund war nahe. Der Arzt in mir war es, der den Dichter gerettet hat. Haben Sie schon einmal darüber nachgedacht, was aus Hölderlin geworden wäre, wenn er nicht in Wahnsinn verfallen wäre? Wohlgemerkt hätte mich, wäre ich verrückt geworden, sogar das Schicksal ereilen können, das das Hitlerregime den Geistesgestörten beschied ..."

Der junge Mann hört nicht mehr richtig zu. Es schockiert ihn zutiefst, daß man sich für Hölderlin ein anderes Geschick vorstellen könnte als das von ihm erlittene. Aber vor allem kann er nicht umhin, sich vorzustellen, daß Dr. Benn, wäre er Anfang der dreißiger Jahre wirklich der Neurose erlegen, das Schicksal hätte erfahren können, das das Dritte Reich für die Geisteskranken vorsah. Und das macht ihn ein wenig schwindlig.

„Sie haben meine zweiundzwanzig Gedichte gegen Hitler sicher gelesen?"

„‚Die Ratte kommt als Labsal gegen Pest' ... Ob ich es kenne? Ja. Ich habe Ihr ganzes Werk gelesen, Herr Doktor. Mehrmals."

„Und was halten Sie von diesen Gedichten?"

„Daß Sie darin ein heroisches Feuer an den Tag legen ..., aber ein etwas verspätetes."

„Geben Sie zu, daß es nicht, bei weitem nicht das Beste ist, was ich geschrieben habe?"

„Mein Gott, würden Sie das abstreiten wollen?"

„Sie verstehen mich nicht richtig. Ich will sagen, daß die Poesie sich schlecht auf ein so triviales Thema wie den Reichskanzler Hitler einstellen kann. Kennen Sie etwas Stärkeres, was die Literatur zu diesem Thema hervorgebracht hat? *Der aufhaltsame Aufstieg des Arturo Ui*? Bestimmt nicht ... Aber ein Satz, ein einziger Satz von Karl Kraus: ‚Zu Hitler fällt mir nichts ein.' Das ist alles. Das ist endgültig. Es haben sich sogar grämliche Geister gefunden, das Bonmot mißzuverstehen und es ‚zweideutig' zu finden. Konnte man überhaupt klarer sein? Und doch ... Wir sprechen von Kraus ... Haben Sie schon einmal Aufzeichnungen seiner Stimme gehört? Es ist die gepreßte, beinah hysterische Stimme eines Diktators des Denkens! Im übrigen konnten Kraus' Äußerungen und Anklagereden das Ansehen der Unglücklichen ruinieren, die ihm widersprachen! Man mußte das Format eines Freud oder eines Hofmannsthal haben, um sich davon zu erholen. Zum Glück übte Kraus seine Tyrannei oft mit Recht aus ... Aber wir sind mit heiler Haut davongekommen!"

Der gesunde Menschenverstand des Besuchers sträubt sich und begehrt gegen die Paradoxien oder Hypothesen auf, die der Dichter ihm anbietet, wie um seine Wachsamkeit einzuschläfern. ‚Wenn Hölderlin nicht in Irrsinn verfallen wäre, und wenn ich …' ,Wenn Karl Kraus nicht ein aufgeklärter Despot gewesen wäre …' "

„Weder der Ton noch das Geschrei eines Tribunen verraten ihn, sondern seine Botschaft …", bringt er vor. „Die Wut läßt aus dem Mund des Gerechten und dem des Diktators dieselbe Musik vernehmen. Aber die Worte sind nicht dieselben … Und was Sie auch sagen mögen, Herr Doktor, glücklicherweise haben nach Karl Kraus andere Schriftsteller gemeint, über Hitler sprechen zu müssen … Uns gegenüber, die wir kurz vor dem Krieg geboren sind, wird man so sehr bemüht sein zu verschleiern, was geschehen ist … Man wird so unwillig auf unsere äußerst lästigen Fragen antworten … Wenn wir uns dann mit einem Bonmot von Karl Kraus zufriedengeben müßten, um uns aufklären zu lassen! Bonmot und Bonmot sind zweierlei, da ist mir die schlagfertige Antwort noch lieber, die Karl Valentin dem Führer gab, als dieser ihn nach einer Vorstellung in seiner Garderobe beglückwünschen kam und ihm versicherte, daß seine Nummern ihn immer sehr zum Lachen gebracht hatten. ,Das ist merkwürdig', erwiderte der Schauspieler. ,Ihre haben mich nämlich nie amüsiert …' Ich glaube allerdings, daß wir nicht mit ein paar genialen Antworten oder Dichterworten davonkommen … ,Das ist ein bißchen wenig, junger Mann.' Unter anderen Umständen hätte es vielleicht gereicht … Diesmal nicht … Aber Sie sehen müde aus, Herr Doktor. Womöglich finden Sie, daß ich zu weit gehe?"

„Durchaus nicht, mein Herr. Tatsächlich haben wir noch nichts gesagt, wir haben das Thema nur gestreift … Wissen Sie, ich gebe gerne zu, daß es besser gewesen wäre, zu denen zu gehören, die gleich die Augen aufmachten … Aber wenn dies nun einmal nicht der Fall war, muß man eine andere Lösung suchen, verstehen Sie. Klaus Mann heute um seine Luzidität zur rechten Zeit oder seinen Onkel um sein Urteilsvermögen oder Tucholsky um seine intellektuelle Tapferkeit zu beneiden, wäre lachhaft, finden Sie nicht, beinah unanständig. Und überhaupt … Ich führe hier nur bedeutende Personen an. Es gibt andere, die sich auch nicht geirrt haben und die ich weniger achte … Wissen Sie, die, die immer bei den Guten sind, die gerade rechtzeitig unanfechtbare Positionen einnehmen; ich weiß nicht, warum diese Leute – die professionell unfähig sind, zu irren – mir immer einen gewissen Argwohn, ein ungeheures Mißtrauen eingeflößt haben … Ich habe wieder einmal unrecht, es gibt Heilige … Aber ich habe viel zuviel Skepsis in mir, um mich je ‚bewundernswert' zu zeigen. Ich brauche es nicht einmal zu bedauern: es war nicht im Bereich meiner Möglichkeiten. Das hat mir zumindest erspart, jemals ein Lektionenerteiler zu werden … Heute sind die Hohen Priester den Henkern nachgefolgt, und unter ihnen sind welche, die ihre Irrtümer von gestern gerade erst in Vergessenheit gebracht haben … durch die, die sie heute begehen! Sie können alles sagen und alles tun, sich alles herausnehmen: sie profitieren von einer Amnesie der Menschen, die günstig für sie ist … Muß ich Sie daran erinnern, was Thomas Mann von 1920 bis 1933 geschrieben und erklärt hat, bis die ihm Nahestehenden ihn die Ungeheuerlichkeit seiner fortwährenden Schnitzer ermessen ließen? Dennoch sind es seine Ansprachen in der BBC, die die Geschichte festhalten wird …"

„Ihre Skepsis steht nicht zur Debatte, Herr Doktor. 1933 hat es Ihnen allerdings an Skepsis eher gefehlt."

„ ‚Sich irren und doch seinem Innern weiter Glauben schenken müssen, das ist der Mensch.' Das schrieb ich in einem Text über die Art, wie die Künstler sich mit diesem zittrigen, gesprungenen Bild abfinden müssen, das das Leben eines Tages in ihren Spiegel eingeritzt hat. Bisweilen sage ich mir, daß ich auf diesen einen Irrtum, der mich verfolgt – man wird nie mehr von mir sprechen können, ohne ihn zu erwähnen –, in gewisser Weise Anspruch erheben muß, daß ich nicht anders kann, als soviel Menschliches wie möglich auf mich zu nehmen, das durch diesen Irrtum in mir hervorgetreten ist und durch das Unheil, das er in meinem Leben angerichtet hat. Ich muß ihn repräsentieren, verstehen Sie das? Aber im stillen …"

Der alte Mann wirkt erschöpft. Der junge Mann sagt nichts.

Wie schrecklich, denkt er. Er wird keinen weiteren Schritt

zu einer Annäherung zwischen uns tun, lieber verschließt er sich in der schrecklichen Einsamkeit der verirrten Erlöser. Aber gleichzeitig hat er recht; wer könnte sich menschlicher zeigen als ein Weiser, der in der Weisheit versagt hat, oder ein Heiliger, der einen Augenblick lang von der Gnade abgekommen ist? Was er sein ‚zittriges Bild' nennt, ist *seine* Durchsichtigkeit. Die Klarheit, die er jenseits des Spiegels wiedererlangt hat, indem er ihn dabei zerbrach. Nun war er beschmutzt, und achtbar. Von entwaffnender und entwaffneter Reinheit ... Ich hatte die Hoffnung, er würde ein bestimmtes Wort aussprechen, ein einziges – ich weiß nicht, welches –, und er hat es nicht gesagt.

„Wie dem auch sei, Herr Doktor, ich war gekommen, um es Ihnen zu sagen und werde mich damit begnügen, es zu denken: Was Sie getan haben, wird für uns immer unfaßbar bleiben. Wir werden über das, was Ihnen geschehen ist, nie hinwegkommen. Wir werden uns nicht ganz davon erholen, was *uns* durch Sie geschehen ist."

Was man sich nicht erklären kann, denkt der alte Mann, ist, daß ich nicht besiegt bin. Daß mein Leben mich nicht erledigt hat. Das bleibt allerdings unerklärlich.

Diesen jungen Mann, denkt der alte Mann am Abend des 2. Mai 1956, während er seine Tochter und seine Freunde rings um die prunkvolle Tafel ansieht, diesen jungen Mann, überlegt er, während er sich wieder so erschöpft, so müde fühlt, wie an dem Tag, als dieser ihn besuchte, hätte ich in unsere Runde einladen sollen. Wäre er gekommen? Das ist nicht sicher. Und er hätte sich unbehaglich, allein und verzweifelt gefühlt. Nele, du hättest ihn überrascht angesehen. Liebevoll. Klaus Mann ..., hättest du gesagt. Sieh nur, wie dieser junge Mann ihm ähnelt. Und ich hätte mich ebenfalls allein gefühlt. Ich weiß, du nimmst es mir übel, daß ich nach dem Krieg nichts unternommen habe, um den Kontakt zu Klaus Mann wiederaufzunehmen. Mir schien, er hätte eine Geste machen müssen ... Doch im Grunde spürte ich wohl, daß wir uns nicht wiedersehen, nie wieder miteinander sprechen würden. Und dann hat er sich das Leben genommen. Von der seltsamen Hochachtung, die diese Handlung mir eingeflößt hat, werde ich dir nichts sagen: du würdest mir nur noch mehr grollen.

Und noch einmal, kleine Tochter, sehe ich dich so sorgenvoll. Erinnerst du dich an jenes andere Geburtstagsessen, das wir beide vor dem Krieg ganz unter uns in Hamburg einnahmen? Du hattest nur die Liebe – oder vielmehr den Liebeskummer – im Kopf. Und heute, zwanzig Jahre danach, sehe ich dich wieder den gleichen Schrecknissen ausgeliefert. Eben erst von deinem Großkaufmann geschieden. Und schon von einem anderen Abenteuer verlockt. Das heißt immer noch genauso jung. Immer noch meine kleine Tochter mit dem Herzen, das so groß ist, daß sie nicht weiß, wem sie es anvertrauen soll ... Von wem hast du das nur? Von deiner Mutter zweifellos. Wenn es nur von mir abhinge, so hätte ich dir von Liebesgeschichten eher abgeraten. Im Notfall hätte ich dir, vergebens natürlich, die Liebe verboten! Vermute nicht, daß ich deine süßen Qualen nicht mehr ernst nehme! Würde die Wehmut, in die sie mich stürzen, mich davon entbinden, an die Kindheit zu denken, die du fern von deinem Vater erlebt hast? Sollte ich denn so wenig zur Reue und zur Gewissenserforschung begabt sein, wie man anzunehmen scheint, daß ich mir dieses bequeme Mittel ausgedacht hätte, um dir trotzdem meine Fürsorge zu beweisen?

Vor einiger Zeit hatte ich die Absicht, dir einen Brief zu schreiben, in dem ich noch einmal die Leidenschaft schlechtgemacht hätte, dieses ewige Alibi der Müßiggänger, die es davon befreit, schöpferisch zu sein ... Doch wozu? Das hätte dich nicht über das Scheitern deiner Ehe hinweggetröstet.

Wie um aber doch in der Gestimmtheit zu bleiben, bin ich an meinen Bücherschrank gegangen und habe nach den Briefen Bettina Brentanos an Goethe, der *Marienbader Elegie*, dem Briefwechsel der Karoline von Günderode gegriffen ... Gewöhnlich reizt es mich nicht, diese angeblich intimen Schriften wiederzulesen – in denen der oder die Federführende jedoch so gut für die Nachwelt posiert – und die ständig von Schreien, Gejammer und häuslichen Klageliedern unterbrochen werden.

Doch dann erregten diese ausschweifenden Gefühle, diese Orgie von Gemütszuständen faszinierten Ekel in mir.

Hysterische Intrigen und Ränke Bettina Brentanos, die sich dem alten Goethe an den Hals wirft und diesen dazu bringt, ihr viel mehr zu sagen oder zu schreiben, als er wirklich für sie empfindet. Überspanntheit Charlottes. Verleugnung Christianes. Gekränkte Selbstliebe Frau von Steins. Senile Verführungsmanöver des großen Goethe selbst. Uneingestandene Eifersucht. Zaudernder Walzer von Pflicht und Neigung. Geknebelte Aufrichtigkeiten. Das war das Los des Geheimen Rats und seiner Bewunderinnen ...

Der Weg der Günderode war noch herzzerreißender. Koketterien des Gecken Savigny. Seelenfängerei des Taschenspielers Clemens Brentano. Enttäuschte Liebe, grandioser Verzicht und schließlich Selbstmord Karoline von Günderodes. Späte Gewissensbisse Arnims ... Mein Gott, was für ein Trivialroman! Ein Rheinisches Resteragout ...

Ich gestehe dir, daß ich mich mehr an den tränenreichen Schnulzen ergötze, die gleichartige Begebenheiten erzählen – bis auf das romantische Schmierentheater. Ich weiß, das ist sehr ungerecht von mir. Aber dabei handelt es sich eben nur um Schnulzen ... Was mich beunruhigt, ist der neuerliche und zunehmende Erfolg, den diese Paraliteratur sich heute in den Schaufenstern der Buchhändler erkämpft. Glaube nicht, Nele, ich sei engherzig neidisch. Denke nur einmal über folgendes nach: es geht um das germanische Trauma, das ewig Menschliche, was weiß ich? Es gibt keinen Grund, vor Freude aus dem Häuschen zu sein. Sollte das alles sein, was man gefunden hat, um uns über die Massaker hinwegzutrösten und uns mit unserer Gattung zu versöhnen? Zwei Weltbrände *made in Germany und Co* sind im Galopp und im Tiefflug über diese Kümmernisse von Müßigen und Ausgehaltenen hinweggefegt, und man findet, als wäre nichts gewesen, die Schilderung dieser wankelmütigen, kränklichen Liebschaften, dieser Schwindsüchte halbbegabter Dichterinnen, dieser spektakulären Selbstmorde schöner Seelen wieder in den Auslagen der Antiquare! Im Vergleich dazu scheint mir, daß Kleist sich nur das Leben genommen hat, um sich das folgende Kapitel dieses von Gefühlsduselei triefenden Romans zu ersparen. Und daß Hölderlin sich gleichsam in den Wahnsinn geflüchtet hat, um nicht in die abgedroschenen Formen der modischen Schwermut zu verfallen ...

Dreißig Millionen Menschen sind auf den Schlachtfeldern gefallen, aber die Gespenster, die uns wieder heimsuchen kommen, die Gräber, die man wieder mit Blumen schmückt, stammen vom Beginn des 19. Jahrhunderts ... Wahrscheinlich wäre es angebracht, sich gleichwohl zu freuen, daß diese Holdseligkeiten im Gedächtnis der Menschen alle Greuel überleben?

Ich erinnere mich indes an jene Satire aus der unmittelbaren Nachkriegszeit, in der ein Chansonnier eines politischen Kabaretts Goethe und Schiller vorwarf, zu früh geboren und gestorben und in Stalingrad oder Dresden gewissermaßen desertiert zu sein, die letzte Seite der deutschen Geschichte geflohen zu haben ... Immerhin traute er ihnen zu, daß der eine heutzutage vermutlich in Birkenau vergast und der andere in Plötzensee gehängt worden wäre. Aber welcher hier und welcher dort, gab er nicht an.

Was war es dann, liebe Tochter, was mich an der Darstellung dieser Zuckungen, dieser altjüngferlichen Hirngespinste, dieser Herzrhythmusstörungen, dieser blutleeren Aderlässe auf die Palme brachte? Ich gebe zu, daß man darin den zu Gluthitze gesteigerten, höchsten geistigen Ausdruck hätte finden müssen! Doch ich hörte Betrug heraus ...

Was mir auffiel, war die Willkür dieser aristokratischen Leiden, ihre Vergeudung ... Sie waren nun wirklich nicht sublimer als das trivialste unserer eigenen Leiden! Man watete in einer dickflüssigen Kitschbrühe ... Wenn man etwas genauer hinsah, schlugen diese ganze Galanterie, diese Beteuerungen von Seelengröße, diese erbaulichen Moralpredigten in Maskerade und bald in den Totentanz um! Aber wie gepflegt man es anstellte! Oh, dieses in Halbdunkel getauchte gedämpfte Massaker der kostbaren Empfindsamkeiten! Blutbad in Spitzenkleidern und in einer Watteau-Szenerie. Menschenfressendes Menuett. Verheerung der Herzen *mezza voce*! Bewundern wir das Werk!

Hätte ich dem Ausdruck dieses Weltschmerzes nicht mehr Glauben schenken müssen? Nein, all das war meinem Wesen letzten Endes um so fremder, als es mir hätte nahe sein müssen ... Ich konnte sogar sagen, warum. Auf diesem Planeten, den Freßsucht und Magersucht des Herzens sich teilen, wurde jede Berührung mit einem anderen zur Vergewaltigung. Man zerfleischte sich, schon wenn man sich streifte. Oh, eine Metzgersinnlichkeit wäre mir lieber gewesen als diese Reibungen von Seelen mit lahmen Flügeln, diese Fledermauspirouetten, diese Vampirkapriolen! Man mußte sehen, wie diese Verstümmelten, diese Amputierten, diese Unfertigen sich für einander und für sich selbst als so mörderisch wie Skorpione erwiesen. Furchterregende Selbst-Mörder, sogar am anderen. Ein paar inspirierte Glanzstücke machten diesen gesellschaftlichen Verfall nicht wett. Mir schmeckte dieser Hustensaft nicht recht, der das Gekeuche nicht heilte, sondern verschlimmerte.

Im Vergleich dazu welche Männlichkeit bei Schumann und Chopin: „Stiller Tod / im Gegensatz zu einem / mit Schmerzparoxysmen / oder durch Gewehrsalven."

Weißt du, daß Goethe – da man ja immer auf ihn zurückkommen muß – am Ende seines Lebens vorgab, Werthers Los zu beneiden? Und daß er seiner Figur, die ihm, indem sie starb, doch ‚Glück gebracht' hatte, nicht zu sagen zögerte: „Du hast nicht viel verloren ..." Eine weitere Pose? Wahrscheinlich. Goethe hat nicht damit gegeizt. Warum möchte ich dies eine Mal darauf hereinfallen?

Von mir wird man denken, ich sei gefühllos und kalt gewesen. Die es denken, werden die sein, die nicht sehen, wie öde und eisig diese Welt ist. Sie finden die Krankheit furchtbar, den Krieg grauenhaft, die Ausschweifung gemein, den irdischen Tod entsetzlich. Ist das nicht ein sehr voreingenommenes, metonymisches und selektives Urteil? Mich versetzt die Welt global in Schrecken. Doch obwohl es so ist, kämpfe ich Schritt für Schritt mit ihr, ich verhandle, ich zähme sie. Wenn ich einen Menschen sehe, der mit einem anderen spricht, der einer Frau zulächelt oder ein Kind zum Lachen bringt, kann ich es manchmal nicht fassen, ich bleibe verblüfft stehen: Wie ist es ihnen gelungen? frage ich mich. Wieso verhalten sie sich nicht wie Raubkatzen zueinander? Wo sie doch bestimmt welche sind. Und manchmal ist dieser Mensch natürlich niemand anderer als ich.

Aber wir leben in Gegenden, in denen das Gefühl allzu oft nur in zäher Weise Ausdruck findet. Das ist eine Frage der Organe. Und ich weiß, wie wenig Umfang und Gewicht die Organe haben.

Ich habe scheinbar keine Leidenschaft zu zügeln gehabt. Oh, ich mache mir keine Illusionen: Gleichgültigkeit gilt selten als heroisch ... Sie will es auch nicht sein. Sie setzt nur ein wenig Mut voraus. Ich habe keinen anderen Vertrag mit der Realität einzugehen. Im Leben sucht man sich immer nur den Strick aus, mit dem man sich aufhängt. Ich frage mich, ob die Einwilligung alt zu werden in meinem Fall nicht die größte Gefahr war, der man sich aussetzen konnte. Mission erfüllt.

Dem alten Mann fällt auf, daß in diesem Frühjahr strahlende junge Mädchen zu ihm gekommen sind, um ihn über „den Sinn seines Werkes“ zu befragen. Mein Gott, sollte es mehr die Frauen ansprechen? Sollte es sich denn nicht bloß um eine „Männerphantasie“ handeln?

Er verhehlt sich nicht, daß er diese Begegnungen jetzt ganz reizvoll findet. Diese weiblichen Aufmerksamkeiten. Es ist nicht der zweite Frühling – oder der dritte? –, der seinen Körper drangsaliert. Hier muß ihm Gerechtigkeit widerfahren: er hat sich nicht die Lächerlichkeit geleistet, das hohe Alter abzuwarten, um sich für junge Frauen zu interessieren. Dieses Interesse – dieses Anliegen – hat ihn eigentlich nie losgelassen. Nein, es geht um etwas anderes. Wenn ein Mann alle Hoffnung verloren hat, hat er bei den Geschlechtern keine Präferenz mehr. Wenn er ein wenig Hoffnung bewahrt, sind es meistens Frauen, die sie in ihm erwecken.

Er wundert sich nur. Warum jetzt? Das heißt: warum so spät? Warum alle auf einmal? Es ist wie diese Bekanntheit, ja sogar dieser Ruhm, der wie eine Lawine über ihn hereinbricht, als er ihn nicht mehr erwartete. Man könnte natürlich beide Fragen gemeinsam formulieren: zwischen dem späten Aufkommen der Berühmtheit und der Invasion gewisser junger Frauen gibt es mitunter doch wohl einen Zusammenhang von Ursache und Wirkung?

Schade, daß man durch so viele Katastrophen gegangen ist – selbst wenn es wahrscheinlich auch das ist, was sie interessiert. Schade, daß Krankheit und Altern sich seiner robusten Hülle bemächtigt haben. Er würde diese Periode der Befriedung und Sanftheit gern verlängern. Vergebliches Bedauern: seine Besucherinnen müssen sogar gespürt haben, daß er nicht mehr viel Zeit vor sich hatte. Deshalb kommen sie herbeigeeilt. „Was sie an ihm finden", ist der eigenartige Reiz dessen, der in Kürze wirklich verschwinden wird. Sie wittern bei ihm den Geruch eines Vaters am Ende seiner Kraft, sie empfangen von ihm die letzte Zärtlichkeit eines entschwindenden Magiers. Entreißen sie ihm wie ein Geständnis. Er weiß, daß es das friedliche Requiem ist, das in ihm erklingt, welches sie anzieht. Er nimmt es ihnen nicht übel. Er nimmt es sich nicht übel, auf diese Erwartung einzugehen. Er läßt sich lieber wiegen, auch wenn das Wiegenlied schon ein Totengesang ist.

Manche haben sich gefragt, ob sie nicht einen trockenen, pedantischen, egozentrischen alten Knacker antreffen würden. Sie entdeckten einen sanften, komischen, rührenden – nur ein bißchen gebrochenen – Mann.

Sollte es Liebe sein, was sie ihm anbieten? Wahrscheinlich. Und die leiseste Bemühung würde genügen, damit das Fleisch daran teilhätte. Manchmal überprüft er es ... Oft errät er auch, daß sie nicht kommen, um ihm eine Liebeserklärung zu machen, sondern um ihm Lebewohl zu sagen. Daß sie ihm schon nachtrauern. Er ist nicht mehr wirklich darauf aus, zu verführen. Er hat gelernt, an diesem Gefühlskannibalismus zu zweifeln, den so viele patriarchalische Menschenfresser ausüben, um sich noch ein wenig lebendig zu fühlen ... Und es ist nicht einmal nötig, damit diese wohlgerundeten Gestalten freitagnachmittags in seinem ehemaligen Wartezimmer aufeinanderfolgen, deren Parfum, nachdem sie wieder gegangen sind, ihren Gastgeber ganz verträumt zurückläßt.

Jetzt müßte man sich Zeit lassen ..., denkt er, während er einer Studentin mit Pfirsichhaut zuhört, die ihn fragt, ob „die Frau bei ihm etwas anderes sein kann als Hetäre oder Madonna".

„Aber natürlich, mein Fräulein! Der Frau ist es gegeben, alle Gebiete abzudecken ...," während er durch die halb offene Wohnzimmertür Ilse Kaul zusieht, wie sie Narzissen und Jonquillen in einer Alabastervase ordnet.

Manchmal erscheint ihm die Gegenwart der Frauen so stark, daß er gern den Kopf zwischen den Händen verstecken würde, um heimlich gleich wieder das Bild jener Mandelaugen, der wehrlosen Reinheit eines Busens, des Fließens von Mahagonihaar, der offenen Wunde eines Mundes, des feuchten Aufblitzens von Zähnen, des kindlichen Saums eines Ohres herzustellen ... Er möchte, daß all diese Bilder in seine Adern fließen wie Alkohol und daß sie ihn wärmen, solange es ihm gelingt, dieses Trugbild festzuhalten: die Spiegelung derer, die in einem Augenblick gegangen sein wird, wie sie gekommen ist. Er hat sich zum Fenster gedreht und den Kopf gesenkt. Die Besucherin könnte sich täuschen und annehmen, sie ermüde ihn.

Es ist umgekehrt. Er ist mehr denn je auf der Lauer; mit aller Kraft visiert er den perlmutternen Schatten an, der in einem Phosphenwirbel unter seinen Lidern flimmert ...

So braucht er ihr nicht zu sagen: Gehen Sie nicht so bald ... Sie wird gar nicht mehr gehen. Ohne ihr Wissen hält er sie gefangen. Beinah so, als würde er sie im Schlaf mißbrauchen.

Alle diese Schönen, die glauben, er schlafe halb, wissen nicht, daß der Arzt sie hypnotisiert hat. Jetzt können sie ruhig gehen, das macht nichts. Sie haben ihren Schatten verloren, wie man seine Jungfräulichkeit aufgibt. Sie haben ihm ebensosehr angehört, als wenn sie schwanger von ihm fortgingen. Meine Gedichte, denkt der Dichter verschmitzt, waren manchmal die Frucht einer ebensowenig unbefleckten wie unerlaubten Empfängnis. In die Arme der Welt geworfen, machte ich dieser Krake in der Panik ein Kind.

Wenn er sich von einer seiner Besucherinnen verabschiedet, bemüht er sich nochmals, ihre Züge festzuhalten. Manchmal mißlingt es ihm, sich an sie zu erinnern. Wenn er sie in plötzlichen Erleuchtungen wieder zusammensetzt, ist es jedesmal ein Sieg. Er bietet alle Kräfte auf, in der Anamnese die Einzigartigkeit dieser karminroten Lippen, jenes feinen Flaums, den die Bräunung erkennen ließ, oder der Frechheit einer Haarsträhne schärfer hervorzuheben. Verliert er ein Detail, so ist ihm, als verliere er alles. Er trauert.

Es kommt vor, daß ich sogar mein eigenes Gesicht auslösche, stellt er fest. Ich vergesse auch die Eigennamen ... Sollte ich etwa zerstreut werden? Doch sollte das, was er „Zerstreuung" nennt, nicht ein wenig vom Tode sein?

Nie verwechselt er die Gesichter untereinander, nie mischt er sie wie Spielkarten, um aus allen ein einziges zu machen – wie einer seiner Freunde, der sich als *homme à femmes* ausgab, sich aber dennoch darin hervortat, sie in einen Topf zu werfen, so daß er diesen Plural auf einen beinah anonymen Singular herabminderte.

Demnach ist es wirklich Liebe, was sie ihm anbieten, denn was er empfängt, ist Liebe. Doch das ist nicht das Wesentliche. Wichtiger als alles ist, daß ihm von *Frauen* Absolution erteilt wird, wo eine um seinetwillen gestorben ist, wo er versagt hat, eine andere zu retten, wo er eine weitere nicht vor einem Gram bewahrt hat, der dem Wahnsinn gleichkam; wer weiß, wie viele andere Wehrlose – gleichsam zufällig Frauen – er so erledigt hatte? Daher sind es nicht so sehr potentielle Verliebte, emanzipierte junge Berlinerinnen, die er so freundlich empfängt, es sind vielmehr Künderinnen einer frohen Botschaft. Die Frauen sind ein Volk, und Völkern wie Königen steht es frei, ihre Gnade zu bezeigen.

Am späten Nachmittag in einem Straßencafé am Kurfürstendamm vor einem Glas Weißwein und einem rothaarigen jungen Mädchen. Er spricht nicht. Es genügt dem alten Mann, den Geist der Stadt durch die junge Frau wirken zu lassen. Ein Regenschauer vertreibt sie in das Innere des Cafés. Um sie herum glänzen Kupfer, Zink und Paneele. Sie können schweigend die Geschicklichkeit des schwarzen Barkeepers, die Flinkheit der Bedienung, einer Mestizin, bewundern. Die Lampen skalpieren die Stirn der Speisenden. Zeitungen hängen wie Wäsche an Holzleisten. An einem Nebentisch knirscht es ein wenig in einer Liebelei. Das rothaarige junge Mädchen hat ein Gesicht, über das nie ein einziger Schatten gezogen ist. Das Leben hat noch keine Zeit gehabt, sie zu behelligen. Der alte Mann wird sie weder nach ihrer Adresse noch nach ihrer Telefonnummer fragen. Nicht einmal nach ihrem Namen. Er wird sich diesmal mit einem Vornamen – Inge – zufriedengeben. Er wird mit gebeugtem Rücken und etwas zugeschnürter Kehle von ihr gehen. Ich habe soviel Einsamkeit gekannt wie Lebenstage, denkt er. Nie bin ich heulend vor ihr geflohen.

Noch einmal sitzt er in einem Straßencafé am Kudamm. Heute soll er niemanden treffen. Es genügt ihm, daß die jungen Frauen der Stadt vor seinen Augen vorbeigehen wie in einem Film, der wohl ein Ende haben muß. Zarte Erscheinungen, deren Züge man im Gegenlicht nicht erraten kann, aber dieses Gehabe, wo haben sie das nur her? Diesen Lebensdrang. Der alte Mann wundert sich. Er fragt sich, wem oder was er diese Glückseligkeit verdankt, die sein altes Herz mit der Leichtigkeit von Schwanenflaumfedern streichelt. Zu anderen Zeiten wäre es eher eine Messerklinge gewesen, und es war ein Wunder, daß er sie sich nicht ins Fleisch stieß! Gesegnet sei diese wortlose, analphabetische Botschaft.

Wenn er diesmal die Augen schließt, so nicht, um Dunkelkammer zu spielen, in der nette Momentaufnahmen entwickelt werden, sondern um das Plätschern eines Springbrunnens an der Ecke des Olivaer Platzes besser zu hören. Er denkt, daß er gelegentlich gern ein kleines bißchen von dieser Geneigtheit, mit der er sich bedacht fühlt, einem teuren Menschen mitgebracht hätte. Er denkt, daß einige seiner Verse zumindest hätten fließen sollen wie dieses Wasser in einem Brunnenbecken. Öfter als angebracht, hatten seine Gedichte eher gewirkt, geätzt wie Säure.

Wenn man ihn liest, würde man kaum ahnen, daß er diese dumpfe Euphorie erreichen kann. Das Werk hat sich nie die Zeit genommen, das auszusprechen. Im Elend wie in der Freude war es kämpferisch.

Eines Abends ißt er in einem „Gasthaus" in der Fasanenstraße. Ihm gegenüber eine von weißer Magie hingerissene Dichterin. Bevor er ihr begegnete, wußte er nicht einmal, daß die weiße Magie existiert. Aus gutem Grund kannte er nur die schwarze.

Während sie ihm von ihren Erfahrungen im Besessensein erzählt, sieht er im Schein der Kerzen, die man zwischen sie gestellt hat, wie ihr Gesicht entsteht, sich bildet, sich auflöst, sich wieder zusammensetzt. So reift dieses Gesicht und altert und verjüngt sich und stirbt und erneuert sich mehrmals in der Minute und geht vorwärts und rückwärts durch alle Lebensalter. Bald Raffael, bald Klimt, bald Schiele. Innerhalb einer Stunde hat der alte Mann sich mehrmals in die Dichterin verliebt und ist wieder abgekühlt. Im Zweifel, verzichtet er wieder einmal darauf zu erobern. Kaum, daß er ihr ein bißchen den Hof gemacht hat. Der Form halber. Um nicht unhöflich zu wirken. Beinah erleichtert, daß man auf seine lahmen Avancen nicht eingegangen ist.

Lieber geht er noch allein nach Haus, zu Fuß, durch die Straßen dieser Stadt, die sich erholt, ohne wieder die Alte zu werden. Immerhin! Wieder ein Tag, an dem man sich nicht zu Tode gelangweilt hat, was unter den gegenwärtigen Umständen schon etwas heißt. Er erinnert sich, daß die Dichterin irgendwann gesagt hat: „Herr Doktor, Sie stellen mir da eine

Frage, die die Gefahr mit sich bringt, die Art unserer Beziehung zu verändern!" Hatte sie das wirklich gesagt, und welche Frage war gemeint? Er weiß es nicht mehr.

Auf dem Bürgersteig der Berliner Straße, der gerade instandgesetzt wird, bleibt er stehen. Sturmlampen verleihen ihm einen riesigen, bizarren Schatten, der sich auf der Projektionsfläche einer Fassade hin und her bewegt. Er erinnert sich nicht an den Gegenstand dieser Rede und Gegenrede. So ist es, das Ende ..., denkt er. Man spricht von der möglichen Veränderung der Beziehung zwischen einem Mann und einer Frau, und im nächsten Augenblick weiß man nicht einmal mehr, was es da zu revolutionieren gab!

Jedenfalls hatte seine Partnerin bald von etwas anderem gesprochen. Ihre Beziehung hatte sich in nichts verändert. Es war besser so.

„Glauben Sie an Gott?" fragt die Germanistin, die ihre Doktorarbeit über ihn geschrieben hat.

„Sieht man das denn?" wundert er sich.

„Daß Sie gläubig sein könnten? Ja, ein wenig ..."

„Nicht, daß ich an ihn glaube", sagt der Dichter. „Daß ich an ihn dachte, mehr nicht ..."

Denn er dachte genau in dem Moment an Gott. Einen Gott, der wie die Sphinx kaum Antworten auf die von Ihm gestellten Rätsel bekommen hätte, der aber, im Gegensatz zur Sphinx, jene verschont hätte, die sich als unfähig erwiesen, Ihm eine zu geben, und die Er also umsonst grausaum geprüft hätte.

Er dachte auch an die Toten. An seine Toten, die sie in diesem Moment bestimmt im Zimmer umdrängten, um sich in der Berührung mit der jungen Germanistin aufzuwärmen und zu verhindern, daß sie noch mehr starben.

„Nein, Anna, ich bin nicht sicher, ob ich an Gott glaube. Aber wenn ich Gott wäre, würde ich an Sie glauben ..."

Dann verstummt er. Immer häufiger versinkt er in einem Schweigen, das nichts mit dem von früher zu tun hat: dem

Mutismus eines Ertrunkenen. An diesem Nachmittag ist das Schweigen außerdem von einem geheimen Jubel durchdrungen.

„Sagen Sie nichts mehr, Herr Doktor?“ fragt Anna. „Hören Sie mir nicht zu? Ich bin so geschwätzig, nicht wahr? Aber, Sie werden es mir nicht glauben, erst seit ich Sie kenne!“

„O doch, ich glaube Ihnen gern. Ich verleite reizende Frauen zum Sprechen ... Und in ihrer Gesellschaft kann ich endlich schweigen. Fröhlich schweigen.“

Könnte dieses Lebensende, denkt er, denn nicht nach dem Bilde dessen sein, was das Leben selbst war: sogleich und immer dem Tod ausgeliefert? Das Auge verleibt sich das staubige Licht eines letzten Berliner Frühlings ein. Er genießt einen Moment reiner Virtuosität.

So würde der alte Mann also ein letztes Mal Verliebtheit erleben können. Er ist verblüfft darüber. Man wird sagen: Das kam daher, weil Anna so hübsch war, weil beinahe Sommer war. Er ist immer für blühende Körper empfänglich gewesen ... Man wird vergessen, daß dies sein letzter Frühling auf Erden war und daß er es natürlich wußte. Man wird sagen: Sie hätte seine Enkelin sein können, oder beinah. Damit seine Liebe weniger lächerlich oder obszön wäre, hätte sie dann vielleicht alt und häßlich sein müssen, diese Frau, der er kaum eine Liebeserklärung machte und die zu betören, er sich nicht die Freiheit nahm? Man wird sehen, daß er mit jemandem Zwiesprache halten wollte, der die Schrecken, die die Welt in Trauer versetzen, nur vom Hörensagen gekannt hat. Er hatte den Wunsch, ein kurz vor der Katastrophe geborenes junges Mädchen zu hören, das keine Erinnerung daran behalten hat. Er wollte sich mit einem Geschöpf unterhalten, das nicht mit einer blutbefleckten Erinnerung belastet war und die Naivität besaß, an eine bessere Welt zu glauben als die, von der man ihm erzählt hatte. Die allerletzte Hoffnung, daß Deutschland nicht morgen unter der Asche der Feuersbrünste erstickt, die ein anderes Deutschland entfacht hatte. Er äußerte den Wunsch, daß diese hübsche Sonne mit ihren Strahlen einstweilen nur ihn erwärmen sollte. Egoistisch. Daß Anna ihn noch eine Stunde glücklich machte und ihn, was das übrige anging, der Hoffnungslosigkeit überließe.

Dieses anmutige Kind spricht über seine Dichtung, zitiert ihn. Natürlich schmeichelt das seiner Eitelkeit. Doch vor allem wundert ihn, daß seine Dichtung sich von all dem genährt hat, wodurch sie bei anderen verneint worden wäre. Das organisierte sich, harmonisierte dank einem latenten inneren Rhythmus, der die Worte schwanken, aber aufrechtstehen ließ, und sie mit der Sicherheit des Seiltänzers auf einer Trosse über einen Abgrund gehen ließ ...

Er beobachtet seine Gesprächspartnerin, die das Licht von innen her zu erleuchten scheint wie eine Lampe. Er fängt den zugleich so ernsten und so unbeschwerten Blick auf, den sie auf ihn richtet. Er lauscht ihrem Lachen. Denn er würde nicht müde, es wieder und wieder zu hören, dieses Lachen, das die Kindheit der Welt ist. Er ist stolz, daß er es hervorlocken konnte. Sich erinnern, merkt er sich vor, daß ich Anna noch zum Lachen bringen konnte ... Daran denken, daß sie meine Dichtung gelesen hat, als wäre sie gerade im Entstehen. Es sind die Worte, die gewirkt haben. Vorkriegsworte. Gewissermaßen bewährte Worte, die er wiederentdeckt, während sie sie ihm wiedergibt ... Welche Rache an denen, die damals behaupteten, der düstere Schönredner sei in seinem Manierismus eingerostet!

Nun denkt er an Gott. Wer weiß? Vielleicht würde es ihm gefallen, daß Gott – oder die Sphinx – sich ein bißchen in diese Sache eingemischt haben.

„Sind Sie eingenickt, Herr Doktor?" fragt Anna.

„Nein, Kleines, wie immer habe ich nur auf einem Auge geschlafen."

Aber er würde, dies eine Mal, da die aus einem menschlichen Gesicht strahlende Reinheit ihn überwältigt, diese Heimsuchung doch wohl nicht mit einer unpassenden Bemerkung unterbrechen?

„Man müßte ein Fest veranstalten ...", murmelt er.

„Ein Fest?“ fragt Anna.
„Ja, ich habe wirklich ein Fest gesagt.“

Doch an diesem Abend des 2. Mai 1956 im Hotel am Steinplatz war Anna nicht eingeladen. Es wäre schwierig gewesen, ihre Anwesenheit zu erklären. Das sind die Ungehörigkeiten des Lebens. Und wenn er nicht befürchtete, mißverstanden zu werden und wie eine kalte Dusche zu wirken, würde er den Anwesenden, seiner Frau, seiner Tochter, seinen Freunden, gern seine Absicht anvertrauen, nicht mehr zu schreiben. Seit einiger Zeit scheint es ihm, daß er, sobald er sich ans Schreiben macht, makellose Verse von sich gibt. Als könne er nicht anders. Funkelnde Gegenstände, die ihn nur während ihrer Fertigung interessieren. Glatte Poesie, ohne Rauheiten. Ohne Überraschung – zumindest für ihren Verfasser. Er greift auf strenge Formen zurück, die den Leser bezaubern, einlullen. Gleichzeitig und ohne es gewollt zu haben, knüpft er seit kurzem wieder an die Worte seiner Anfänge an: „arm ... Auge ... dunkel ... Fleisch ... Haut ... hell ... kommen ... schlafen ...“ Seine Exegeten hatten die Tatsache hervorgehoben. War das nicht das unwiderlegbare Anzeichen dafür, daß der Kreis geschlossen war, daß man es dabei bewenden lassen mußte?

Manche entfernten sich elegant. Oder sackten nicht ohne Vornehmheit zusammen. Aber wenn man Expressionist gewesen ist, kann man nicht gemütlich in der Haut eines Literaten enden.

Warum muß man auch an einem Abend wie diesem, an dem man geehrt wird, an die Schäden denken, die man angerichtet hat, an den Mist, den man gemacht hat? Weil man von den Seinen umgeben ist, das heißt von denen, die man am wenigsten geschont hat. Er hat ihnen nur die Schlacken seiner Zuwendung gelassen. Ich habe aufgehört, schöpferisch zu sein, folgert er, bald werde ich aufgehört haben zu schaden.

Noch einmal läßt er die Augen über die Fotografien wandern,

die er auf das Federbett gelegt hat. Es lohnt nicht einmal, daß er sich höher im Kissen aufrichtet, um sie sich näher anzusehen, er würde nichts mehr aus ihnen erfahren. Die aufgehobene Tafel. Die erloschenen Kerzen. Die zerknitterten Servietten ... Sehr bald nachdem er sich von dieser Tafel erhoben hat, ist er von der Ermüdung in die Krankheit geglitten. Bluthochdruck, Darmblutungen: so lauten die offiziellen Verlautbarungen. Der Arzt weiß wohl, daß die wahre Diagnose abseits gesprochen wird. Er gehört nicht zu den Medizinern, die nicht selbst das Übel erkennen, das sie an einem ihrer Kranken ablesen würden.

Jedenfalls, sagt er sich, haben alle wesentlichen Episoden meines Lebens, bei meiner Geburt angefangen, immer in einem Jahr mit einer 6 stattgefunden. Ich brauche die Serie nur noch zu vollenden!

„Die 6 ist die Zahl des Teufels", erklärt er Ilse, „weil diese Neiderin nie bis zur 7 kommt, die die Zahl der Vollkommenheit ist. Deshalb kann sie immer nur 6 werden und wieder 6 und noch einmal 6 ..."

Eines Nachts träumt er von Ilse, Nele, Anna, Herta und noch anderen Frauen, die mit verbundenen Augen an Pfähle gebunden sind. Es verblüfft ihn, daß alle graue Haare haben.

Er liest eine Tschechow-Biographie. Vielleicht weil dieser in doppelter Hinsicht sein Kollege war? 1885, als dessen Leser bald auf die Welt kommen sollte, nahm der russische Arzt Autopsien an Selbstmördern vor. Etwa zwanzig Jahre später war er nach Deutschland gekommen, um zu sterben. Er hatte die Hauptstadt nicht sehr geliebt. Er fand die Frauen dort außerordentlich reizlos. Anschließend ist er zur Kur nach Badenweiler gefahren. Dort ist er krepiert. Er selbst hat dieses Wort gebraucht, und dann, im Augenblick des Entschlafens, hat er höflich auf deutsch gesagt: „Ich sterbe ..." Darin erkennt man die erlesene Höflichkeit eines Mannes, der darauf bedacht war, von denen, die an seinem Bett weilten, verstanden zu werden.

Warum liest man das Leben berühmter Männer? Um zu erfahren, wie sie ihren Abgang hinbekommen haben. Warum liest man die Bibel wieder? Um schnellstens die im Jenseits gebräuchliche Sprache zu lernen, für den Fall, daß ...?

„Ilse, erinnerst du dich an das Buch, in dem die Todesumstände der Duse geschildert werden? Sie ist in Amerika gestorben. In New York kam sie in den Genuß eines ersten Begräbnisses. Dann wurde sie mit dem Schiff nach Neapel überführt, und dort ging es noch einmal los. Als der Dampfer mit ihrer sterblichen Hülle durch die Straße von Gibraltar fuhr, haben alle Schiffe, die ihm begegneten, halbmast geflaggt. Aber mir ist der Tod Tschechows da noch lieber ..."

„Warum denn?"

„Weil er mehr Ähnlichkeit hat ..."

„Ähnlichkeit womit?"

„Mit dem, was der Tod wirklich ist. Keine roten Samtvorhänge. Keine Dampfersirenen. Nichts als ein Güterwaggon mit Austern, in den man den Sarg hineingezwängt hat! Ich frage mich, ob Tschechow wußte, woran der starb. Ob er die richtige Diagnose gestellt hat. Und ob er ein fachkundiger Arzt war."

Aber, begreift er, es ist nicht der Tod des Dr. Tschechow, um den man ihn unter Umständen beneiden müßte, es ist sein Leben.

Dreiundzwanzig Saiteninstrumente schwingen einstimmig in dem kleinen Transistorradio, das Ilse auf den Nachttisch gestellt hat. Sinfonische *Metamorphosen,* die Richard Strauss als Epitaph für eine bombardierte Stadt, ein vernichtetes Theater, eine vergangene Welt komponierte. Doch was würden unsere Erben denken, fragt sich der Kranke, wenn sie morgen diese Musik hörten, in der der Komponist sich von allem verabschiedet, was er verehrte? Schwanengesang am Ende einer langen Abschiedszeremonie, mit der sein ganzes Werk verschmolz. Als wäre diese Musik in dem Bett aus Wehmut, in dem sie fließt, ganz und gar im zweiten Konjunktiv geschrieben. *Die Metamorphosen* trugen die Nummer *opus 85*: die Zahl von Jahren, die der Musiker auf dieser Welt verbracht hat. Doch wurden im Werkverzeichnis die von Strauss 1933 ehrerbietig Joseph Goebbels gewidmete Melodie und die Olympische Hymne aus dem Jahre 1936 berücksichtigt? Das war nicht sicher. Wen würde man also vernehmen, wenn man Strauss später hören würde? Den Mann, der 1945 beschuldigt wurde, ein „Kriegsgewinnler" geworden zu sein – während der Erfinder der V2 mit allen seinem Rang gebührenden Ehren eingeladen wurde, sich in Amerika niederzulassen? Oder den mit seinem Librettisten Stefan Zweig solidarischen Komponisten, als dieser Schwierigkeiten mit dem antisemitischen Reich hatte? Mit welchem Ohr würde man die hochzivilisierte Musik dessen hören, der eine Zeitlang Komplize der Barbarei war?

Derartige Zweideutigkeiten erinnerten den expressionistischen Dichter an etwas, ihn, der von seinem Schmerzenslager aus keine Antwort auf seine Fragen erhielt ... Indessen verklangen die letzten Töne eines seraphischen und düsteren Gesangs, den ein feister Bürger kurz vor seinem Tod schrieb und von dem man außerdem wußte, daß er zwischen zwei Beschimpfungen durch seine furienhafte Ehefrau gern in den Kneipen Karten spielte.

Man würde alles gekannt haben können: Krieg und Frieden und das Fehlen von Frieden; Liebe und Haß und das Fehlen von Liebe. Man würde allem nahegekommen sein können: den Frauen, der Not und dem Tod. Man würde alles gehört haben können: man wurde mit Beschimpfungen überschüttet und mit Lobreden überhäuft. Das würde man alles gelebt haben können, um am Ende gleichsam ohne Biographie dazustehen. Unberührt von all dem, was man gern in den Biographien anderer findet. Mißliche Lagen und schlechte Reputationen. Widersprüchliche Gerüchte: „Er mochte weder Improvisation noch Papierservietten, noch öffentliche Verkehrsmittel, noch Taxen, noch Rilke, noch Trakl, noch die Musik ... Trakl, wirklich, sind Sie sicher? Er hat es gesagt! Er hat auch das Gegenteil angedeutet. Was macht das schon? Und seine Gedichte über Schumann und Chopin: Gedichte eines Musiknarren. Weder politisches Gespür noch Humor. Was das politische Gespür angeht; also da stimme ich Ihnen ganz zu – aber nicht, was den Humor angeht! Da übertreiben Sie aber." Bisweilen versteckte er sich, um einmal richtig zu lachen. Er tat nie den ersten Schritt. Zum Ende hin nahm er Businessman-Allüren an. Er brauchte nicht ruiniert zu werden, da er nie reich war. Als Kind ging er barfuß. Er bewunderte die schönen englischen Autos. Er verstand nichts von chinesischem Porzellan. Wieviel Haß hat er hervorgerufen! Wieviel Ruhm wurde ihm zuteil. Ein makabrer Ruhm. Wieviel unbegreifliche Freude auch! Im Grunde hat er sich selbst verspielt wie ein Zocker. Er war sein einziger Einsatz. Karten auf den Tisch. Wie viele Geheimnisse! Ganz Abwarten. Keine Hoffnung. Nie gleichgültig. Wieviel Bewegung! Wieviel Trägheit! Grundlose Tragödien, unvernünftige Glückseligkeiten. Als hätte das Schicksal die Rollen falsch verteilt und gegen seinen Willen aus einem Professor Unrat einen Doktor Faust gemacht. „Wir lebten etwas anderes, als wir waren, wir schrieben etwas anderes, als wir dachten, wir dachten etwas anderes, als wir erwarteten und was übrigbleibt, ist etwas anderes, als wir vorhatten." Ein Leben ohne Geschichte, alles in allem?

Donjuanistisch ist er nicht so sehr gegenüber den Geschöpfen wie gegenüber der Schöpfung gewesen. Er war hinter dem uneingestandenen Teil der Menschen und ihrer verborgenen Schönheit her. Gerade eben Zeit genug, um sich wie Don Juan zu vergewissern, daß man nicht immer versteht, was man verführt.

Man würde ihn mit Erstaunen, nicht ohne Unbehagen lesen, so wie in ihm selbst seine relative Unsterblichkeit es endlich bekräftigte. Diese fröhliche Verzweiflung. Diese schattenhafte Geduld. Was von ihm altern würde, wären nicht seine Schrecken, die Geschichte würde ihnen recht geben. Weniger würde man sich seine seltenen Verzückungen erklären können. Ein sonderbarer Glücksfall, hier, da zu sein, sogar im Grauen. Ich sollte nur ein Ende sein, denkt er, und der Beginn von nichts anderem. Doch diese Dichter von morgen, die heute zu mir kommen, was nehmen sie mit, wenn sie wieder nach Hause gehen? Mein Wort: dieser Krampf des Gehängten, der sich auf den Strick überträgt, der ihn hängt. „Du hast dich zwar gerettet, / doch *wen* rettetest du?“

Anfang Juni wird der Schmerz so stark, daß er sogar den Schrecken davor beseitigt, zu merken, wie er ganz aufhört. Das Ödem fesselt einem die Beine. Der Rheumatismus zwingt einen in die Knie, legt einen nieder, richtet einen wieder auf und macht einen steif, unterwirft einen aufs neue. Die Muskeln schwinden. Der Blutdruck stürzt ab. Man ertrinkt in sich selbst, aber ohne die Hoffnung, ganz unterzugehen. Und alles, was an diesem Körper nicht im Starrkrampf liegt, ist einem unerträglichen Juckreiz ausgeliefert.

Im Sanatorium von Schlangenbad weist man ihn ab, weil, wird ihm erklärt, seine Aufnahme verfrüht wäre: wenn sein Blutdruck wieder etwas steigt, wenn sein Rheumatismus durch Spritzen zurückgeht, wird man ihn endlich untersuchen können ... Hat er, ohne es sich anmerken zu lassen, die Botschaft aufgenommen, deren Code er nur allzu gut kennt? Denkt er: Sie wissen nichts, ich aber weiß? Oder: Sie wissen und sagen nichts? Sie glauben, ich hätte nicht verstanden? Oder aber: Sie wissen und wissen, daß ich weiß? Sollte dies das sein, was man mit einem beschwichtigenden, beinah mütterlich klingenden Wort benannt hat: ein Nachgeben?

Dieses Jahr wäre sein Vater, wenn er noch lebte, 99 Jahre alt geworden. Der Sohn würde also nicht bis zum hundertsten Geburtstag des Pastors leben? Armer Vater.

Nie wieder ein Spaziergang am Arm von Ilse Kaul durch die Kufsteiner Straße oder im Schöneberger Stadtpark. Er drängt seine Frau, *Licht im August* von Faulkner zu lesen. Seltsam, wie nahe ein Schriftsteller uns sein kann, der von etwas ganz anderem als uns und sogar von unserem Gegenteil spricht.

„Lies schnell …", sagt er zu Ilse, „damit du noch Zeit hast, mir deine Eindrücke mitzuteilen."

Dabei spricht er, der sich so oft über den Tod geäußert hat, wie zufällig nicht besonders viel über ihn. Er trifft nur seine Vorkehrungen. Er hat immer recht schlecht für sein Leben vorgesorgt: er möchte, indem er für seinen Tod vorsorgt, die Überlebenden keinen Pfennig kosten. Zu seinen Lebzeiten hat er die Lebenden manchmal belastet: er möchte sie durch sein Sterben nur von einer Last befreien. Wenn es dazu kommt, müßte er den Schriftstellerverband bitten, die Krankenhauskosten zu übernehmen. Er erfährt auch, daß das Land Nordrhein-Westfalen die Absicht hat, ihm seinen jährlichen Preis zuzusprechen. Er könnte dieses Almosen nicht erhoffen. Seine extreme Mittellosigkeit verleitet ihn dazu, an es zu denken. Ach, wenn diese provinzielle Auszeichnung ihm doch zufallen könnte … Das heißt: wenn Ilse und Nele sie ergatterten … Bis dahin durchhalten. Es ist ein Wettlauf zwischen dem Schmerz und den Ehrungen: welche Farce, noch einmal.

Man hat noch andere Sorgen. Schnell die Skandierung, die Spannung einiger eigener Verse überprüfen, die man sich selbst rezitiert. Mit einem Wort den Anfängen eines anderen Dichters nachhelfen. Flüchtig das Gesicht einer Frau sehen, die man in einem anderen Leben hätte verführen können, und sei es nur einen Augenblick lang. Schnell noch etwas, irgend etwas über die Südseen erfahren, die Osterinseln, den Tod Athens. Als könnte das der Seele dort, wohin sie geht, nützen, damit sie mit mehr Ballast, besser gewappnet und befruchtet ihren Weg ins Nichts unternehmen kann. Schnell noch ein wenig Unsterblichkeit gegen etwas Wissen geben und nehmen, wechseln und tauschen: man würde gern nicht weiter den Doktor Faust spielen und sich mit dem Dr. Benn begnügen!

Ein Wassertropfen vergrößert sich auf dem Blütenblatt einer der Rosen, die Ilse in eine Vase auf den Nachttisch gestellt hat, er schwillt an, rollt, wird gleich fallen ... Würde man denn keinem Klischee entgehen?

Doch, immerhin würde man nicht den Tod in Venedig, den Tod des Sokrates, den Vergils oder Iwan Iljitschs und nicht den Tod am Nachmittag erfahren. Sondern den Tod in Berlin.

Auf den Grabstein von Eleonora Duse hatte Olga Signorelli gravieren lassen: „Begnadigt, verzweifelt, vertrauensvoll". Nicht vergessen zu sagen, daß auf seinen kein Epitaph kommen soll. Kein Status, kein Motto, kein Gemütszustand. Nur die Zahlen sprechen lassen: 1886-1956.

Vor allem den Sommer nicht überschreiten: „Am schlimmsten: / nicht im Sommer sterben, / wenn alles hell ist / und die Erde für Spaten leicht." Nicht den Herbst abwarten: „Einsamer nie als im August", schrieb man 1936, „Erfüllungsstunde." Und zwanzig Jahre vergingen. Gestern noch fragte man: „... ob Ende, ob Beginn, / dann tragen dich vielleicht die Stunden / noch bis zum Juni mit den Rosen hin."

Und nun ist der Juni vorüber.

Zehn Jahre gemeinsamen Lebens, Ilse, meine Frau. Kaum mehr als die Zeit zweier ineinander übergehender Weltkriege.

Man würde nicht nur das Leben verlieren, sondern die Worte, für deren Besitzer man sich gehalten hatte. Man könnte befürchten, daß sie nie wieder durch jemand anderen wirken. Es wäre nicht nur mehr ein Tod, sondern eine Zensur.

Auf ein Stück Papier hat er – aber wo, aber wann – geschrieben: „Die Ästhetik des ...", und ist nicht weitergekommen. Als hätte ihn in dem Augenblick der Tod getroffen. Doch nein, das Papier hat noch Zeit gehabt zu vergilben und die Tinte zu verblassen. Sollte er einen Zweifel gehabt haben? Oder die Qual der Wahl? Oder sollte er einfach aufgehört haben, an die „Ästhetik" von irgend etwas zu glauben?

Ein letzter Brief an Oelze, den langjährigen Freund, den, der dem Werk eine Leiter zum Hinaufsteigen bot. Aus Großzügigkeit – denn man weiß, daß der Gedanke an das Ende den Empfänger in Schrecken versetzt – suggeriert man ihm: „Wir werden nicht fallen, wir werden steigen." Die Information taugt, was sie eben taugt, immerhin ist es gut, sie zu bekommen … Aber man verhehlt nicht, daß man sich bereitwillig vor die Räder eines Reiseomnibusses werfen würde, um dem Schmerz zu entrinnen.

Später würden die Leser nun aber feststellen, daß der folgende Text eine Lücke hat. Als hätte der Empfänger, ehe er die Botschaft der Öffentlichkeit überließ, einen Satz ausradiert oder abgeschabt. Was besagte dieser? Daß Gott existiert? Daß Er nicht existiert? Oder daß man seine Leiden selbst abkürzen würde und über die dazu nötigen Medikamente verfügte? Wohl eher das.

Die Hände von Mann und Frau treffen sich nie über dem unüberwindlichen Abgrund, hat er geschrieben. Seine Hand sucht Ilse Kauls Hand. Findet sie. In einem Testament, das vorzeitig eröffnet werden konnte, hat er verfügt, daß er in Händen seiner Frau zu sterben wünscht. Als müßte er von der Medizin die ausdrückliche Einwilligung dazu bekommen. Daher haben sie sich in dem Augenblick bei den Händen gefaßt, in dem er die Pforte durchschreiten würde, auf deren Schwelle sie ihn verlassen wird. Eine Hand wird sich um eine andere schließen, verkrampfen, steif werden und erkalten. Die warme und lebendige Hand würde sich gleich von jener wie aus einer stählernen Handschelle befreien. So weit ist es noch nicht.

Er denkt an jene Ferien auf Helgoland, in denen er eines Nachts, scheint ihm, so die Hand seiner Gefährtin gesucht hat. Es sei denn, er hätte sie wieder einmal allein fahren lassen, sie sogar überredet, allein nach Helgoland zu reisen, sie, die Reisen so liebte, während er noch lieber in Berlin-Schöneberg blieb? Ist er überhaupt je nach Helgoland gefahren oder nach Travemünde oder nach Wilhelmshaven oder an den Bodensee, mit ihr oder ohne sie? Nein, es war in Knokke-Le Zoute, wo seine Hand sich eines Nachts so über die Leere streckte, und diesmal war er ohne sie gefahren: man hatte ihn geehrt, er hatte eine Rede über die stolze Legitimität, die verzweifelte

Größe der Worte, ihre Einsamkeit gehalten, und keine Hand hatte sich damals um seine geschlossen, wie hier, wie auf Helgoland, in Schlangenbad, in Berlin, um ihm den Weg zu ebnen. Dieser Literaturpreis fällt ihm ein, der ihm noch zuerkannt werden könnte und gerade recht käme: ein Jurymitglied, das ihm gewogen ist, hat versprochen, gleich nach der Beratung anzurufen. Einstweilen erinnert er sich an Chopin, das heißt an sein Gedicht über Chopin: „Spielen sollte jeder Finger / mit der seinem Bau entsprechenden Kraft, / der vierte ist der schwächste ..." Chopin, der sagte: „Meine Versuche sind nach Maßgabe dessen vollendet, / was mir zu erreichen möglich war." Und ich selbst, fragt er sich, der sich eben zitiert hat, was habe ich eigentlich vollendet? Fünf oder sechs Verse hart wie Diamant, die es mir geglückt ist, in von Literatur verfaulte Gedichte einzuarbeiten und die eine Handvoll Ästheten, Verächter geistiger Vulgarität, im Gedächtnis behalten würden? Er denkt: Man fällt trotzdem. Seine Hand umklammert die seiner Frau. Nun wird man nicht mehr fallen. Ich habe auch einige hundert Mädchen behandelt, die bis zum Haaransatz von Syphilis verfault waren und die nicht einmal der Abdecker vom Alexanderplatz gewollt hätte, überlegt er. Doch am Ende des Tunnels gibt es an Sicherem nur das zarte Handgelenk einer Frau, die man seit dem Vortag kennt, oder es kommt einem so vor: man hat die Jahre wie Kippen geraucht, in zwei oder drei Zügen, ohne Besinnung ... Man kann sich jedoch in nahezu allem geirrt haben und am Ende so richtig klingen wie der Mittelfinger von Chopins linker Hand auf gis. Das Klavier der Zeit ist im allerletzten Moment nachgestimmt worden. Es scheint, denkt der Arzt, daß ich schöne Hände habe, solche, die man gern vereint, wenn sie nicht die Zeit hatten, sich in der Stunde des Abtretens von selbst zu falten.

„Die Satzung bestimmt", sagt eine Stimme in dem drei Schritte von ihm entfernten Telefonhörer, „daß nur ein noch lebender Künstler den Preis erhalten darf, daher das Problem, Sie verstehen, glauben Sie bitte, daß es uns leid tut ..."

Lichtspritzer auf dem Kamm der Wogen. Niemand würde wissen, daß ich durch all das hindurch mußte, um am Ende nichts zu sein. Ich werde nur sterben, weil ich alles erschöpft habe. „Mehr Licht!“ hat der Meister gesagt. Wie einfältig die Leute sind: diese Offensichtlichkeit, diese Platitüde hat sie alle in Erstaunen versetzt, dazu gab es wirklich keinen Grund. Müssen die phantasielos sein. Eine schöne Bande von Ikarussen mit gußeisernen Sohlen. Nun, diesmal gilt es: ich werde nichts Schlechtes mehr über sie sagen, und doch, wie sollte ein klinisch Toter nicht mehr Licht sehen, einer, der von dort zurückkehrt, wird es Ihnen tatsächlich bestätigen.

Als der Vorsitzende der Jury des nordrhein-westfälischen Literaturpreises aus dem Beratungsraum kam, meldete der Berliner Sender bereits den Tod des Dichters: er mußte also mit dem Kultusminister persönlich telefonieren und diesen heiklen Punkt anschneiden. Daraufhin beschwor ihn der Minister, die Entscheidung vorzudatieren: Richten Sie es ein, ihm den Preis trotzdem zuzuerkennen, verdammt noch mal!

Aber am Ende blieb doch nur diese Hand einer Frau, ihre Hand und ihr Handgelenk, nur dieses feine Band blieb, um die Welt ein letztes Mal festzuhalten: die Hand einer Frau, die dich geliebt hat. *Te spectem suprema cum mihi venerit hora, te teneam moriens deficiente manu,* das Handgelenk einer Frau für einen Mann wollte er nicht loslassen, das schmächtige Zepter eines allem beraubten Königs, außer, noch einen Augenblick lang, der Worte, dreier oder vierer Worte, die ihn den Bruchteil einer Sekunde überleben werden, so lange es dauert, sie auszuhauchen: Ilse, meine Liebste, die stolze Armut der Worte, warum, sag mir, mußte ich, nein, sag mir nichts, schon spreche ich nicht mehr zu dir, diese Armut, warum mußte ich sie einen Augenblick lang verraten, es ist schon lange her, scheint mir, doch nein, es war gestern, dabei kannte ich sie gut, ich kannte nur sie, sie kannte nur mich, einmal noch erkenne ich sie: sie war stolz wie die Liebe.

Inhalt